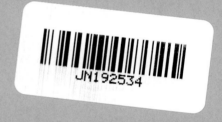

世界文学綜覧シリーズ　20

世界文学 全集/個人全集・内容綜覧 第Ⅳ期

日外アソシエーツ

Bibliography of Foreign
Literature Collections, Part 20

Collections of Foreign Literature
&
The Complete Works of Foreign Novelists

IV

Table-of-contents Index

Compiled by
Nichigai Associates, Inc.

●編集スタッフ● 高橋 朝子／岡田 真弓

刊行にあたって

本書は「世界文学綜覧」シリーズの最新刊であり、「世界文学全集/個人全集・内容綜覧 第III期」「同・作家名綜覧」「同・作品名綜覧」（2005年刊）の継続版である。本シリーズは、多種多様な文学全集・作品集を集約し、収録内容が通覧でき、また作家名や作品名から特定の作品を検索することのできるツールとして、1986年の刊行開始以来、図書館や文学研究者などから高い評価をもって迎えられている。

読者の嗜好の多様化に伴い、総合的な文学全集の出版は減少傾向にあるが、それでも個人編集の全集、一般人の教養書としての文庫版や軽装版のセット、専門家による研究の成果としての個人全集・作品集などは出版され続けている。ただ、特定の作品を読もうとしたとき、特に短篇や詩の場合などは、どの本にその作品が収録されているかを調べるのは意外に困難なことであり、本書はそのような場合に大いに役立つものである。

本書には全集46種514冊と、79名の作家の個人全集91種420冊の、合計137種934冊を収録した。

原本調査に基づき収録するという基本方針に変わりはないが、今版では刊行途中のものでも全巻構成が判明している全集の一部は収録対象に加えた。また調査・編集にあたっては誤り・遺漏がないように努めたが、至らぬ点もあろうかと思われる。お気づきの点はご教示いただければ幸いである。文学研究の一助として、また趣味の読書の際の便利な検索ツールとして、本書が幅広く活用されることを願っている。

なお、日本の近代文学作品については「現代日本文学綜覧」シリーズが便利である。併せてご利用いただきたい。

2017年7月

日外アソシエーツ

凡　例

1. 本書の内容

本書は、国内で翻訳刊行された外国文学作品を主に収録した全集と、海外作家の個人全集の内容細目集である。

2. 収録対象

2005（平成17）年〜2017（平成29）年に刊行が完結した全集・個人全集、および刊行中で全巻構成が判明しているものの一部を収録した。なお、2004年以前に刊行されたもので前版までに収録されなかった全集・個人全集も含んでいる。収録点数は、全集46種514冊と、79名の作家の個人全集（選集・著作集・作品集などを含む）91種420冊の、合計137種934冊である。

3. 排　列

全集名の読みの五十音順とし、同一全集の中は巻数順（巻数がないものは刊行年月日順）に排列した。

4. 記載事項

全て原本の内容に基づいて記載した。従って目次に記載がない項目も採録している。収録した作品および解説等の総数は19,340件である。

1）記載形式

（1）全集名・作家名・作品名などの表記は原則として原本の表記を採用した。

（2）頭書・角書・冠称などのほか、原本のルビ等については、文字サイズを小さくして表示した。

（3）巻数表示は、アラビア数字に統一した。

2）記載項目

全集名／出版者／総巻数／刊行期間／叢書名／編者／注記

巻次・巻名／刊行年月日／注記

作品名・論題／著者・訳者・解説者など〔（　）で表示〕／原本掲載（開始）頁

※解説・年譜・参考文献等は、タイトルの先頭に「*」を付した。

収録全集目次

〔全　集〕

「アジア本格リーグ」 全6巻 講談社 2009年9月～2010年6月 …… 1
「新しい台湾の文学」 全12巻 国書刊行会 1999年3月～2008年3月 …… 2
「『新しいドイツの文学』シリーズ」 全14巻 同学社 1988年11月～2004年8月 …… 4
「異色作家短篇集」 全20巻 早川書房 2005年10月～2007年3月 …… 10
「エリザベス朝演劇集」 全5巻 白水社 1995年10月～1996年7月 …… 41
「海外戯曲アンソロジー—海外現代戯曲翻訳集〈国際演劇交流セミナー記録〉」 全3巻 日本演出者協会, れんが書房新社（発売） 2007年3月～2009年3月 …… 43
「海外ミステリ Gem Collection」 全16巻 長崎出版 2006年12月～2010年6月 …… 44
「怪奇小説傑作集新版」 全5巻 東京創元社（創元推理文庫） 2006年1月～2006年8月 …… 45
「怪奇小説の世紀」 全3巻 国書刊行会 1992年12月～1993年6月 …… 47
「怪奇文学大山脈—西洋近代名作選」 全3巻 東京創元社 2014年6月～2014年12月 …… 48
「KAWADE MYSTERY」 全11巻 河出書房新社 2006年10月～2008年11月 …… 55
「韓国古典文学の愉しみ」 全2巻 白水社 2010年3月 …… 57
「奇想コレクション」 全20巻 河出書房新社 2003年11月～2013年5月 …… 58
「ギリシア喜劇全集」 全9巻, 別巻1巻 岩波書店 2008年7月～2012年2月 …… 64
「黒いユーモア選集」 全2巻 河出書房新社（河出文庫） 2007年8月 …… 79
「啓蒙のユートピア」 全3巻 法政大学出版局 1996年10月～2008年12月 …… 80
「現代インド文学選集」 全7巻 めこん 1986年10月～2016年1月 …… 88
「現代スペイン演劇選集」 全3巻 カモミール社 2014年11月～2016年9月 …… 89
「現代フランス戯曲名作選」 全2巻 カモミール社 2008年7月～2012年9月 …… 92
「コレクション現代フランス語圏演劇」 全16巻 れんが書房新社 2010年6月～2013年6月 …… 94
「コレクション中国同時代小説」 全10巻 勉誠出版 2012年4月～2012年7月 …… 96
「新編 真ク・リトル・リトル神話大系」 全7巻 国書刊行会 2007年9月～2009年8月 …… 152
「世界古典文学全集」 全50巻（54冊） 筑摩書房 1964年3月～2004年5月 …… 154
「世界探偵小説全集」 全45巻 国書刊行会 1994年12月～2007年11月 …… 155
「世界文学全集」 全30巻 河出書房新社 2007年11月～2011年3月 …… 159
「台湾郷土文学選集」 全5巻 研文出版 2014年6月～2014年12月 …… 174
「台湾原住民文学選」 全10巻 草風館 2002年12月～ …… 175
「台湾セクシュアル・マイノリティ文学」 全4巻 作品社 2008年12月～2009年3月 …… 181
「台湾熱帯文学」 全4巻 人文書院 2010年11月～2011年9月 …… 182

「ダーク・ファンタジー・コレクション」 全10巻 論創社 2006年8月～2009年2月 …… *183*

「ちくま文学の森」 全10巻 筑摩書房 2010年9月～2011年5月 …… *187*

「中国現代文学選集」 全6巻 トランスビュー 2010年11月 …… *191*

「中国古典小説選」 全12巻 明治書院 2005年11月～2009年10月 …… *192*

「中世英国ロマンス集」 全4巻 篠崎書林 1983年2月～2001年1月 …… *196*

「ドイツ現代戯曲選30」 全30巻 論創社 2005年12月～2008年5月 …… *214*

「ドイツ・ナチズム文学集成」 全13巻 柏書房 2001年9月～ …… *217*

「トロイア叢書」 全5巻 国文社 2001年12月～2011年11月 …… *227*

「20世紀イギリス小説個性派セレクション」 全5巻 新人物往来社 2010年3月～2012年9月 …… *230*

「20世紀英国モダニズム小説集成」 全3巻 風濤社 2014年1月～2014年12月 …… *231*

「新編 バベルの図書館」 全6巻 国書刊行会 2012年8月～2013年7月 …… *246*

「百年文庫」 全100巻 ポプラ社 2010年10月～2011年10月 …… *258*

「ブロンテ姉妹エッセイ全集」 全1巻 彩流社 2016年5月 …… *278*

「ポケットマスターピース」 全13巻 集英社（集英社文庫ヘリテージシリーズ） 2015年10月～2016年12月 …… *317*

「ミステリーの本棚」 全6巻 国書刊行会 2000年6月～2001年10月 …… *356*

「Modern & Classic」 全22巻 河出書房新社 2003年12月～2008年8月 …… *358*

「夢の文学館」 全6巻 早川書房 1995年6月～1995年12月 …… *361*

〔個人全集〕

アルトー, アントナン
「アルトー後期集成」 全3巻 河出書房新社 2007年3月～2016年3月 …… 5
アンダーソン, シャーウッド
「シャーウッド・アンダーソン全詩集」 全1巻 作品社 2014年6月 …… 100
ヴァルザー, ローベルト
「ローベルト・ヴァルザー作品集」 全5巻 鳥影社・ロゴス企画 2010年7月～2015年11月 …… 383
ヴァレリー, ポール
「ヴァレリー集成」 全6巻 筑摩書房 2011年2月～2012年7月 …… 18
ウッドハウス, P.G.
「ウッドハウス・コレクション」 全14巻 国書刊行会 2005年2月～2012年1月 …… 22
「ウッドハウス・スペシャル」 全3巻 国書刊行会 2007年9月～2009年2月 …… 24
「P.G.ウッドハウス選集」 全4巻 文芸春秋 2005年5月～2008年12月 …… 256
ウルフ, ヴァージニア
「ヴァージニア・ウルフ コレクション」 全8巻 みすず書房 1999年4月～2006年8月 … 16
エリアーデ, ミルチャ
「エリアーデ幻想小説全集」 全3巻 作品社 2003年7月～2005年2月 …… 40
オー・ヘンリー
「O.ヘンリー傑作選」 全3巻 新潮社（新潮文庫） 2014年12月～2015年12月 …… 42
ガーネット, デイヴィッド
「ガーネット傑作集」 全5巻 河出書房新社 2004年5月～2006年8月 …… 50
カフカ, フランツ
「カフカ・セレクション」 全3巻 筑摩書房（ちくま文庫） 2008年7月～2008年11月 …… 51
カロッサ, ハンス
「ハンス・カロッサ全詩集」 全1巻 早稲田出版 2011年2月 …… 254
キイス, ダニエル
「ダニエル・キイス文庫」 全16巻 早川書房 1999年10月～2014年9月 …… 186
ギャスケル, エリザベス
「ギャスケル全集」 全7巻, 別巻2巻 大阪教育図書 2000年1月～2009年3月 …… 62
クイーン, エラリー
「エラリー・クイーン外典コレクション」 全3巻 原書房 2015年9月～2016年1月 …… 39
クノー, レーモン
「レーモン・クノー・コレクション」 全13巻 水声社 2011年9月～2013年1月 …… 381
クライスト, ハインリヒ・フォン
「クライスト全集」 全3巻, 別巻1巻 沖積舎 1994年7月～2008年11月 …… 71

クラウス, カール
「カール・クラウス著作集」 全10巻, 別巻1巻 法政大学出版局 1971年2月～……………52
グリーン, グレアム
「グレアム・グリーン・セレクション」 全9巻 早川書房（ハヤカワepi文庫） 2004年8月～2013年11月……………78
コルテス, ベルナール＝マリ
「コルテス戯曲選」 全3巻 れんが書房新社 2001年12月～2015年12月……………94
コールリッジ, サミュエル・テイラー
「S.T.コールリッジ詩歌集（全）」 全1巻 大阪教育図書 2013年12月……………25
サイモン, ニール
「ニール・サイモン戯曲集」 全6巻 早川書房 1984年10月～2008年4月……………235
サキ
「サキ・コレクション」 全2巻 風濤社 2015年4月～2015年10月……………98
サンド, ジョルジュ
「ジョルジュ・サンド セレクション」 全9巻, 別巻1巻 藤原書店 2004年10月～……………145
シェイクスピア, ウィリアム
「研究社シェイクスピア選集対訳・注解」 全10巻 研究社 2004年9月～2009年4月……………86
シムノン, ジョルジュ
「シムノン本格小説選」 全9巻 河出書房新社 2008年4月～2012年8月……………99
ジャン・パウル
「ジャン・パウル中短編集」 全2巻 九州大学出版会 2005年9月～2007年4月……………137
シュオッブ, マルセル
「マルセル・シュオッブ全集」 全1巻 国書刊行会 2015年6月……………354
シュティフター, アーダルベルト
「シュティフター・コレクション」 全4巻 松籟社 2006年5月～2008年12月……………138
シュトルム, テーオドール
「シュトルム全集」 全10巻 村松書館 1984年9月～2003年4月……………139
「シュトルム名作集」 全6巻 三元社（発売） 2009年5月～2013年2月……………141
ゼーバルト, W.G.
「ゼーバルト・コレクション」 全7巻 白水社 2005年10月～2014年4月……………165
ゾラ, エミール
「ゾラ・セレクション」 全11巻, 別巻1巻 藤原書店 2002年11月～……………166
チャペック, カレル
「カレル・チャペック短編集」 全3巻 青土社 2007年12月～2008年6月……………54
ディック, フィリップ・K.
「ディック短篇傑作選」 全6巻 早川書房（ハヤカワ文庫SF） 2011年4月～2014年11月……………210
デ・フィリッポ, エドゥアルド
「エドゥアルド・デ・フィリッポ戯曲集」 全2巻 イタリア会館出版部 2012年5月～

2013年1月 …… 38
デュレンマット, フリードリヒ
「デュレンマット戯曲集」 全3巻 鳥影社・ロゴス企画 2012年10月～2015年6月 …… 213
ドイル, アーサー・コナン
「シャーロック・ホームズ全集」 全9巻 東京創元社（創元推理文庫） 2010年2月～2017年4月 …… 103
「シャーロック・ホームズ全集」 全9巻 河出書房新社（河出文庫） 2014年3月～2014年10月 …… 104
「ドイル傑作集」 全5巻 東京創元社（創元推理文庫） 2004年7月～2011年12月 …… 218
ドブロリューボフ, エヌ・ア
「ドブロリューボフ著作選集」 全18巻, 別巻1巻 鳥影社・ロゴス企画部 1996年3月～2009年7月 …… 220
トマージ・ディ・ランペドゥーザ, ジュゼッペ
「ランペドゥーザ全小説」 全1巻 作品社 2014年8月 …… 362
トマス, ディラン
「ディラン・トマス全詩集」 全1巻 青土社 2005年11月 …… 212
トロロープ, アントニー
「アントニー・トロロープ短篇集」 全2巻 鷹書房弓プレス 2004年8月～2008年11月 … 9
ナイポール, V.S.
「V.S.ナイポール・コレクション」 全3巻 草思社 2002年2月～2007年12月 …… 21
ナボコフ, ウラジーミル
「ナボコフ全短篇」 全1巻 作品社 2011年8月 …… 229
ニーチェ, フリードリヒ
「ニーチェ全詩集」 全1巻 人文書院 2011年5月 …… 232
ノヴァーリス
「ノヴァーリス作品集」 全3巻 筑摩書房（ちくま文庫） 2006年1月～2007年3月 …… 236
ハイネ, ハインリヒ
「ハイネ散文作品集」 全6巻 松籟社 1989年7月～2008年9月 …… 237
パヴェーゼ, チェーザレ
「パヴェーゼ文学集成」 全6巻 岩波書店 2008年9月～2010年1月 …… 238
パステルナーク, ボリース
「パステルナーク全抒情詩集」 全1巻 未知谷 2011年10月 …… 241
バッハマン, インゲボルク
「インゲボルク・バッハマン全詩集」 全1巻 青土社 2011年1月 …… 15
バルザック, オノレ・ド
「バルザック愛の葛藤・夢魔小説選集」 全5巻 水声社 2015年10月～2017年5月 …… 251
「バルザック芸術／狂気小説選集」 全4巻 水声社 2010年6月～2010年12月 …… 252
「バルザック幻想・怪奇小説選集」 全5巻 水声社 2007年4月～2007年10月 …… 253
「バルザック・コレクション」 全3巻 筑摩書房（ちくま文庫） 2014年4月～2014年6月 …… 254

ハワード, ロバート・E.
「コナン全集新訂版」 全6巻 東京創元社（創元推理文庫） 2006年10月～2013年5月 ……92
ビューヒナー, ゲオルク
「ゲオルク・ビューヒナー全集」 全2巻 鳥影社・ロゴス企画 2011年11月 ……81
ピランデッロ, ルイージ
「ピランデッロ戯曲集」 全2巻 新水社 2000年2月～2000年4月 ……269
ピンチョン, トマス
「Thomas Pynchon Complete Collection」 全12巻 新潮社 2010年6月～2014年9月 ……224
プラムディヤ・アナンタ・トゥール
「プラムディヤ選集」 全9巻 めこん 1983年5月～ ……270
ブルガーコフ, ミハイル
「ブルガーコフ戯曲集」 全2巻 東洋書店（日露演劇会議叢書） 2014年8月 ……275
プルースト, マルセル
「プルースト全集」 全18巻, 別巻1巻 筑摩書房 1984年9月～1999年4月 ……275
ブレヒト, ベルトルト
「ブレヒト戯曲全集」 全8巻, 別巻1巻 未来社 1998年12月～2001年1月 ……277
ブロンテ, シャーロット
「シャーロット・ブロンテ書簡全集／註解」 全3巻 彩流社 2009年6月 ……108
「シャーロット・ブロンテ全詩集」 全2巻 彩流社 2014年9月 ……132
ブロンテ, パトリック
「パトリック・ブロンテ著作全集」 全1巻 彩流社 2013年1月 ……245
ブロンテ, ブランウェル
「ブランウェル・ブロンテ全詩集」 全2巻 彩流社 2013年9月 ……271
ペイター, ウォルター
「ウォルター・ペイター全集」 全3巻 筑摩書房 2002年2月～2008年5月 ……21
ヘッセ, ヘルマン
「ヘルマン・ヘッセ エッセイ全集」 全8巻 臨川書店 2009年1月～2012年1月 ……280
「ヘルマン・ヘッセ全集」 全16巻 臨川書店 2005年4月～2007年12月 ……290
ベンヤミン, ヴァルター
「ベンヤミン・コレクション」 全7巻 筑摩書房（ちくま学芸文庫） 1995年6月～2014年7月 ……308
ポー, エドガー・アラン
「ポー怪奇幻想集—ヴィジュアル・ストーリー」 全2巻 原書房 2014年9月 ……317
ボウエン, エリザベス
「ボウエン・コレクション」 全3巻 国書刊行会 2008年2月～2009年1月 ……316
ホセ, フランシスコ・ショニール
「F.ショニール・ホセ選集」 全10巻 めこん 1984年4月～1991年12月 ……39
ホーソーン, ナサニエル
「ナサニエル・ホーソーン短編全集」 全3巻 南雲堂 1994年10月～2015年10月 ……228

ボルヘス, ホルへ・ルイス
「ボルヘス・コレクション」 全7巻 国書刊行会 2000年10月～ …… *326*
マラルメ, ステファヌ
「マラルメ全集」 全5巻, 別冊3巻 筑摩書房 1989年2月～2010年5月 …… *329*
マルティ, ホセ
「ホセ・マルティ選集」 全3巻 日本経済評論社 1998年12月～2005年2月 …… *324*
マン, トーマス
「トーマス・マン日記」 全10巻 紀伊国屋書店 1985年12月～2016年3月 …… *225*
ミラー, アーサー
「アーサー・ミラー全集」 全6巻 早川書房 1957年1月～1998年10月 …… *1*
ミラー, ヘンリー
「ヘンリー・ミラー・コレクション第1期」 全10巻, 別巻1巻 水声社 2004年1月～2010年6月 …… *315*
モーパッサン, ギー・ド
「モーパッサン短編集改版」 全3巻 新潮社 (新潮文庫) 2006年12月～2008年7月 …… *360*
モリスン, トニ
「トニ・モリスン・セレクション」 全5巻 早川書房 (ハヤカワepi文庫) 2009年7月～2010年6月 …… *219*
ヤンソン, トーベ
「トーベ・ヤンソン・コレクション」 全8巻 筑摩書房 1995年10月～1998年5月 …… *223*
ランボー, アルチュール
「ランボー全集」 全1巻 青土社 2006年9月 …… *362*
「ランボー全集」 全1巻 みすず書房 2011年9月 …… *374*
ロレンス, D.H.
「D.H.ロレンス全詩集」 全1巻 彩流社 2011年1月 …… *197*
「D.H.ロレンス短篇全集」 全5巻 大阪教育図書 2003年1月～2006年1月 …… *209*
ロンドン, ジャック
「ジャック・ロンドン選集決定版」 全6巻 本の友社 2005年10月～2006年4月 …… *101*

アーサー・ミラー全集

早川書房
全6巻
1957年1月～1998年10月

※1～5巻は第I期に収録

第6巻（倉橋健訳）
1998年10月31日刊

壊れたガラス …… 3
　＊訳注 …… 128
大司教の天井 …… 131
　＊訳注 …… 292
＊対談『壊れたガラス』をめぐって（藤久ミネ, 倉橋健） …… 295
＊『大司教の天井』翻訳ノート …… 303
＊あとがき …… 309

アジア本格リーグ

講談社
全6巻
2009年9月～2010年6月
（島田荘司選）

第1巻（台湾）　錯誤配置（藍霄著, 玉田誠訳）
2009年9月10日刊

錯誤配置 …… 3
＊台湾のミステリー事情（玉田誠） …… 307

第2巻（タイ）　二つの時計の謎（チャッタワーラック著, 宇戸清治訳）
2009年9月10日刊

二つの時計の謎 …… 3
＊タイ・ミステリーの過去と現在（宇戸清治） …… 275

第3巻（韓国）　美術館の鼠（李垠著, きむふな訳）
2009年11月20日刊

美術館の鼠 …… 5
＊韓国ミステリーの百年の現在（米津篤八） …… 231

第4巻（中国）　蝶の夢―乱神館記（水天一色著, 大沢理子訳）
2009年11月20日刊

蝶の夢―乱神館記 …… 3
＊あとがき …… 370
＊発展途上の中国ミステリー（池田智恵） …… 383

第5巻（インドネシア）　殺意の架け橋（S.マラ・Gd著, 柏村彰夫訳）
2010年3月10日刊

殺意の架け橋 …… 3

＊インドネシアの推理小説（柏村彰夫）……387

第6巻（インド）　第三面の殺人（カルパナ・スワミナタン著, 波多野健訳）
2010年6月23日刊

第三面の殺人 ……5
＊インドの本格ミステリーの歴史と現在（波多野健）……351

新しい台湾の文学

国書刊行会
全12巻
1999年3月～2008年3月
（藤井省三, 山口守, 黄英哲編）

迷いの園（李昂著, 藤井省三監修, 櫻庭ゆみ子訳）
1999年3月18日刊

＊「迷いの園」序（李昂）……1
迷いの園 ……3
＊李昂と『迷いの園』（藤井省三）……353
＊訳者あとがき ……359

台北ストーリー（山口守編訳）
1999年6月18日刊

ノクターン（張系国著, 山口守訳）……7
記憶のなかで（朱天心著, 三木直大訳）……35
将軍の記念碑（張大春著, 三木直大訳）……75
総統の自動販売機（黄凡著, 渡辺浩平訳）……115
エデンはもはや（朱天文著, 池上貞子訳）……171
奇跡の台湾（平路著, 池上貞子訳）……215
最後の夜（白先勇著, 山口守訳）……261
＊編者あとがき（山口守）……289

古都（朱天心著, 清水賢一郎訳）
2000年6月20日刊

＊日出る処に致す書―日本語版刊行によせて（著者）……1
古都 ……9
ハンガリー水 ……147
ティファニーで朝食を ……215
ラ・マンチャの騎士 ……257
ヴェニスに死す ……277
＊〈記憶〉の書（清水賢一郎）……315

鹿港（ルーカン）からきた男（山口守編訳）
2001年6月25日刊

銅鑼（黄春明著, 垂水千恵訳）…… 5
坊やの人形（黄春明著, 山口守訳）…… 97
金水嬸（王拓著, 三木直大訳）…… 129
腐乱（宋沢莱著, 三木直大訳）…… 201
シャングリラ（王禎和著, 池上貞子訳）…… 267
鹿港からきた男（王禎和著, 池上貞子訳）…… 309
＊郷土文学から台湾文学へ（山口守）…… 343

客家（ハッカ）の女たち（松浦恆雄監訳, 彭瑞金編集協力）
2002年4月25日刊

貧しい夫婦（鍾理和著, 澤井律之訳）…… 7
祖母の想い出（鍾理和著, 澤井律之訳）…… 29
母親（李喬著, 三木直大訳）…… 51
山の女（李喬著, 三木直大訳）…… 85
客家村から来た花嫁（彭小妍著, 安部悟訳）…… 113
灯籠花（呉錦発著, 渡辺浩平訳）…… 135
伯母の墓碑銘（鍾鉄民著, 澤井律之訳）…… 163
大根女房（鍾鉄民著, 澤井律之訳）…… 185
阿枝とその女房（鍾肇政著, 松浦恆雄訳）…… 207
＊解説（彭瑞金著, 澤井律之訳）…… 275

ヴィクトリア倶楽部（施叔青著, 藤井省三訳）
2002年11月25日刊

ヴィクトリア倶楽部 …… 1
＊解説（藤井省三）…… 307

自伝の小説（李昂著, 藤井省三編訳）
2004年10月5日刊

＊序―誰の自伝か、誰の小説か …… 1
自伝の小説 …… 9
＊解説（藤井省三）…… 333

寒夜（李喬著, 岡崎郁子, 三木直大訳）
2005年12月25日刊

＊幸運な苗―日本語版序文（李喬著, 三木直大訳）…… 1
寒夜 …… 7
＊付録 …… 377
　＊人物相関図 …… 378
　＊地図（1）蕃仔林とその周辺 …… 379
　＊地図（2）フィリピン・台湾広域図 …… 380
　＊知己に謝し、書を後人に送る―『大地の母』序文（李喬著）…… 381
　＊『寒夜』（寒夜三部曲）序文（李喬著）…… 384
　＊『孤灯』（寒夜三部曲）後期（李喬著）…… 386
＊解説（三木直大）…… 388

孽子（白先勇著, 陳正醍訳）
2006年4月25日刊

＊日本語版に寄せて（白先勇）…… 1
孽子 …… 7
＊地図
＊主要登場人物一覧 …… 505
＊解題（陳正醍）…… 507

荒人手記（朱天文著, 池上貞子訳）
2006年12月18日刊

＊日本語版への序（朱天文）…… 1
荒人手記 …… 7
＊訳者あとがき …… 261

星雲組曲（張系国著, 山口守, 三木直大訳）
2007年4月25日刊

星雲組曲（山口守訳）…… 9
　帰還 …… 11
　子どもの将来 …… 33
　理不尽な話 …… 56
　夢の切断者 …… 72
　銅像都市 …… 95
　青春の泉 …… 105
　翻訳の傑作 …… 116
　傾城の恋 …… 134
　人形の家 …… 155
　帰還 …… 171
星塵組曲（三木直大訳）…… 183
　夜曲 …… 185
　シャングリラ …… 204
　スター・ウォーズ勃発前夜 …… 216

陽羨書生 …… 220
虹色の妹 …… 236
最初の公務 …… 247
落とし穴 …… 266
緑の猫 …… 272
＊訳者あとがき …… 293

台北人（白先勇著, 山口守訳）
2008年3月31日刊

永遠の尹雪艶 …… 5
一束の緑 …… 25
除夜 …… 49
最後の夜 …… 67
血のように赤いつつじの花 …… 87
懐旧 …… 103
梁父山の歌 …… 115
孤恋花 …… 131
花橋栄記 …… 149
秋の思い …… 169
満天に輝く星 …… 179
遊園驚夢 …… 189
冬の夜 …… 223
国葬 …… 245
＊解説（山口守） …… 257

『新しいドイツの文学』シリーズ

同学社
全14巻
1988年11月～2004年8月

※1～8巻は第II期に収録

第9巻　僕の旅（シュテン・ナドルニー原著, 明星聖子訳）
1998年2月2日刊

僕の旅 …… 7
＊訳者あとがき …… 245

第10巻　隔離の風景（ジョルジュ - アルチュール・ゴルトシュミット原著, 富重与志生訳）
1999年11月20日刊

＊序文（ペーター・ハントケ） …… 1
隔離の風景 …… 5
＊あとがき―翻訳者ジョルジュ - アルチュール・ゴルトシュミット …… 153

第11巻　空爆下のユーゴスラビアで―涙の下から問いかける（ペーター・ハントケ原著, 元吉瑞枝訳）
2001年6月30日刊

＊口絵 …… 巻頭
＊地図 …… 巻頭
空爆下のユーゴスラビアで―涙の下から問いかける …… 1
＊訳註 …… 177
＊関連年表 …… 189
＊訳者あとがき …… 201

第12巻　幸せではないが、もういい（ペーター・ハントケ原著, 元吉瑞枝訳）
2002年11月1日刊

幸せではないが、もういい …… 5
＊訳者あとがき …… 145

第13巻　こどもの物語（ペーター・ハントケ原著, 阿部卓也訳）
2004年5月25日刊

こどもの物語 …………………………… 1
＊訳者あとがき …………………………… 141

第14巻　マルレーネの姉—二つの物語（ボート・シュトラウス原著, 藤井啓司訳）
2004年8月6日刊

マルレーネの姉 …………………………… 5
脅威の理論 …………………………… 59
＊訳者あとがき …………………………… 155

アルトー後期集成

河出書房新社
全3巻
2007年3月～2016年3月
（宇野邦一, 鈴木創士監修）

第1巻（宇野邦一, 岡本健訳）
2007年3月30日刊

タラウマラ …………………………… 7
　タラウマラ族におけるペヨトルの儀式 …… 8
　タラウマラの国への旅について ………… 37
　　記号の山 …………………………… 37
　　ペヨトルのダンス …………………… 42
　アンリ・パリゾーへの手紙 …………… 57
　トゥトゥグリ …………………………… 60
　『エル・ナシオナル』に掲載されたタラウマラ族に関する三つのテクスト …………………………… 67
　『ヴゥラ』に掲載されたテクスト ……… 84
　　失われた人々の種族 ………………… 84
　『タラウマラの国への旅』の補遺 ……… 88
　　付録 …………………………… 101
　ペヨトルに関する一注釈 ……………… 102
　タラウマラ族に関する手紙 …………… 104
アンリ・パリゾーへのロデーズからの手紙 …………………………… 127
　アンリ・パリゾーへの最後のの手紙 …… 174
　ロデーズの司教 ……………………… 178
1944年ロデーズの小品三篇 ……………… 185
　この作品を読むと …………………… 186
　詩への反逆 …………………………… 189
　フランス人におけるアンティゴネ …… 194
英文作品の翻案五篇 ……………………… 199
　ルイス・キャロルの翻案 ……………… 200
　　一主題に関する変奏曲 ……………… 200
　　チェックメイト・カーペットの騎士 …… 205
　　幼虫ラルヴと人間ローム …………… 207
　　追伸 …………………………… 230
　火の乳呑み子（ロバート・サウスウェル作） …………………………… 232
　イズラフェル …………………………… 235
覚書1943年～1944年 ……………………… 241

アルトー・ル・モモ …… 253
　アルトー・ル・モモの帰還 …… 254
　母サントル・メールと神パトロン・ミネ …… 268
　絶対者への侮辱 …… 272
　父・母への呪詛 …… 277
　精神異常と黒魔術 …… 291
インディオの文化 …… 301
此処に眠る …… 309
ピーター・ワトソンへの手紙 …… 339
＊解題 …… 353
　＊タラウマラ（宇野邦一） …… 353
　＊アンリ・パリゾーへのロデーズからの手紙（岡本健） …… 360
　＊1944年ロデーズの小品三篇（岡本健） …… 362
　＊英文作品の翻案五篇（岡本健） …… 364
　＊覚書1943年～1944年（岡本健） …… 367
　＊アルトー・ル・モモ（岡本健） …… 368
　＊インディオの文化 此処に眠る（岡本健） …… 373
　＊ピーター・ワトソンへの手紙（岡本健） …… 377
　＊訳注 …… 378
＊解説（宇野邦一） …… 385

第2巻（管啓次郎, 大原宣久訳）
2016年3月30日刊

手先と責苦 …… 9
　断片化 …… 13
　　［私は母親を欠いた女性器（コン）から］ …… 14
　　追伸 …… 30
　　ポポカテペルの物語 …… 32
　　中心（サントル）＝結び目（ヌー） …… 35
　　家畜小屋の母たち …… 39
　　ロートレアモンについての手紙 …… 45
　　血の捲上機（ウィンチ）（現実） …… 54
　　グルームと神のあいだの物語 …… 60
　　人間とその苦痛 …… 68
　　Centre Pitere et Potron Chier …… 71
　書簡 …… 77
　　ジャン・デュビュッフェに …… 78
　　ジャン・デュビュッフェ夫人に …… 84
　　ジャン・デュビュッフェ夫人に …… 91
　　アンリ・パリゾーに …… 96
　　ギー・レヴィ・マノへ …… 101
　　アンリ・トマへ …… 103
　　マルト・ロベールへ …… 106
　　アンリ・トマへ …… 108
　　コレット・トマへ …… 112
　　アンリ・トマへ …… 114
　　マルト・ロベールに …… 116
　　アンリ・トマへ …… 119
　　アルチュール・アダモフへ …… 121
　　マルト・ロベールへ …… 126
　　コレット・トマへ …… 129
　　マルト・ロベールへ …… 133
　　アルチュール・アダモフへ …… 137
　　コレット・トマへ …… 139
　　マルト・ロベールへ …… 144
　　コレット・トマへ …… 146
　　アンリ・トマへ …… 149
　　コレット・トマへ …… 151
　　マルト・ロベールへ …… 153
　　コレット・トマへ …… 163
　　ロデーズからの手紙 …… 165
　　アンドレ・ブルトンへ …… 168
　　コレット・トマへ …… 184
　　コレット・トマへ …… 187
　　コレット・トマへ …… 188
　　コレット・トマへ …… 190
　　アニー・ベナールへ …… 191
　　おなじみの糞愛箱（カニカ）ジルベール・レリー氏へ …… 192
　　アンドレ・ブルトンへ …… 200
　　ジョルジュ・ブラックへ …… 206
　　アニー・ベナールへ …… 210
言礫 …… 217
　言礫 …… 217
　cogne et foutre［叩きのめし、一発くれてやること］ …… 247
　戸籍 …… 257
　歌 …… 260
　［彼らは頭蓋骨の睾丸のごとき］ …… 277
　［私が食べるとき、咽喉の奥］ …… 279
　［じつにすばらしい、なかなか治らないしゃっくりは］ …… 282
　［一九四六年十一月二十七日水曜日］ …… 283

［思考は四肢なしではうまくいかない］…… 286
［そしてついに］…… 290
［これから起きるのは］…… 292
［一九四六年十二月十三日金曜日］…… 298
［私は知らない］…… 300
［私はそれについてまったく何も知らない］…… 301
［こんぺねとらしおん］…… 304
［誘導するのは］…… 308
［電気とは身体であり、重みであり］…… 310
［やつらは穴をうがつ］…… 311
［猿の手は自発的機能の閃光］…… 313
［神秘主義のいちばんの先端］…… 319
［私は自分自身の奥底に埋まっていて］…… 323
［アントナン・アルトーの心理の上方には］…… 325
［神―動物たち人間たちの偉大な発見］…… 327
［空虚の恐ろしいさびしさ］…… 332
［身体と身体のあいだには何もない］…… 333
［原理もなく］…… 353
［ひげの吸血鬼］…… 336
［一九四六年十二月十三日］…… 338
［感情は遅れている］…… 339
［ゆがんだ生の卵白がつまったわが睾丸のうちで］…… 341
［きみは私に関してきみのしたいことを］…… 343
［私は身体の反逆者］…… 344
［あらゆる存在どもが芝居を朗唱してきた］…… 345
［おまえが生命なき墓の苦しみの状態に］…… 346
［あらゆる食物は、自分自身のうちから引きずり出した］…… 347
［どんな場合でも理解すべきものなど］…… 349
［高いところで一列になって］…… 353
［彼は断言する、自分の罪は］…… 355
［髭面たちの隊列］…… 358
［悪がもはや思考の最先端部によってしか］…… 360
［キリスト教徒がちの永遠の幸福は］…… 365
［一九四七年一月二十三日木曜日］…… 366
［私の中で霊はどこから出てきたのか？］…… 370
［無作法な豚飼いやプチブル肉屋どもの］…… 375
［そしていまや悪はできあがった］…… 377
［身体の形成を誘発したのは］…… 378
［ti largar］…… 381
［存在どもが私を窒息させようとして］…… 385
［霊たちとはそれらが生じるときに］…… 387
［やつらはでたらめにみずからを］…… 388
［彼女は歯が痛いのだと私は思った］…… 391
［かれらが私のうちで捉えるものは］…… 392
［私はつねに悪く不当だった］…… 393
［してはならないこと］…… 394
［火掻棒を入れた箱を下から揺さぶってやる］…… 395
［閉ざされているので誰も入れない秘儀（エルメティスム）がある］…… 396
［精霊（エスプリ）］…… 397
［私はサタンが姿を消す地点に］…… 400
［蜂起した十都市の夜］…… 402
［自分の身体で他人の動作をまね］…… 403
［存在たちはけっして自分の身体を］…… 404
［そう、地上のすべての人―が呪いをかける］…… 406
［すべては幻想］…… 408
［問題の壁を爆破したあとで］…… 413
［つまり神であるという容疑によって］…… 415
［そして神としてではなく］…… 417
［かくして何世紀も何世紀にもわたり］…… 421
［神であるという容疑のせいで］…… 424

[目下の計画] …… 426
[かくして神であるという容疑によって] …… 432
[ある日、私はこんなことを] …… 435
[私、アルトー] …… 437
[私は洗礼を否定する] …… 439
[私は心も] …… 440
[いま私は否定する、霊を] …… 441
[いま私は人間たちに頼む] …… 443
[ポート＝アーサー[旅順]と] …… 445
＊注 …… 447
＊訳者あとがき(管啓次郎) …… 463

第3巻(鈴木創士, 荒井潔, 佐々木泰幸訳)
2007年6月30日刊

アルトー・モモのほんとうの話 …… 9
アンドレ・ブルトンへの手紙 …… 59
カイエ1945 …… 107
フランスの聖なる原理への回帰 …… 108
[親愛なるソランジュへ] …… 117
神の演劇的魂 …… 119
神のコレラ …… 122
紅に焼かれた天使たち(ソラネス医師のための夢) …… 126
シュルレアリスムとキリスト教時代の終焉 …… 130
[ひとつの魂がどこにでもついてきて、私はそれを熱愛する] …… 147
カイエ1946 …… 157
ロベール・デスノスの『星の場所』 …… 158
[思うに〈虚言症(ミトマニア)〉は] …… 161
[現実は身体の生理学のなかにあるのではなく] …… 164
[私はぞっとするような夢を見た] …… 166
ヨガについて …… 168
病人たちと医者たち …… 175
[私は十年間精神異常者たちと過ごした] …… 180
[人体解剖学には我慢できない] …… 184
演劇と解剖学 …… 191
いつも同じ条件へのマーグルそしていかなる条件にも制約されないものへのマーグル …… 194
苦悩する意識の上の猥褻さの木琴の響きに向かって …… 198
時宜を得ない死とアルチュール・アダモフの告白 …… 206
[今夜、それは起こった] …… 212
裏切り者コールリッジ―親愛なるアンリ・パリゾーへ …… 218
[バルテュスの絵の前では] …… 227
カイエ1947 …… 231
[なぜバルテュスの絵からは] …… 232
[動かないページの上の形象たちは] …… 236
[「バリ島民への手紙」のためのノート] …… 238
[私はデッサンについて] …… 307
精神糞くらえ …… 311
何かについて一言―ロジェ・ブラン出演、ヴィェー・コロンビア座の『谷の影』について …… 323
[なぜ私は病気なのか] …… 326
[言語が去って十年になる] …… 334
[人体] …… 345
俳優を精神異常にする …… 353
[私はもう詩の言葉を信じない] …… 361
カバラに反対する手紙―イヴリー・一九四七年六月四日ジャック・プルヴェル様 …… 363
[ここは、はちきれそうな場所だ] …… 381
[人間の顔は仮に] …… 384
[人間の顔] …… 387
[これらのノートは] …… 391
ピエール画廊で読まれるために書かれた三つのテキスト …… 392
演劇と科学 …… 410
イエス・キリストの真の物語 …… 419
キリストに生まれついた者に私はつばを吐く …… 434
[キリストであることはイエス・キリストだということではない] …… 446
[そしてもし私が最後の審判の再検討について話すとするならば] …… 453
[さてそれならば] …… 463
『パリ‐ワルシャワ』草稿 …… 484
パリ‐ワルシャワ …… 489
[私は生きていたし] …… 493
[人が苦しむ場所] …… 496
[思考は次から次へと] …… 499

[存在には、徐々に危険になってい
く] ……… 505
[私は認めない] ……… 509
カイエ1948 ……… 523
[存在たちは] ……… 524
[魔術にかかると] ……… 527
＊解題（鈴木創士, 荒井潔, 佐々木泰幸）
……… 539
＊訳注 ……… 574
＊解説（鈴木創士） ……… 585

アントニー・トロロープ短篇集

鷹書房弓プレス
全2巻
2004年8月～2008年11月

第1巻　電信局の娘（都留信夫編, 津久井良充編訳）

2004年8月5日刊

＊まえがき（都留信夫） ……… 1
帰郷（高倉章男訳） ……… 7
パナマへの船旅（向井秀忠訳） ……… 37
マラキの入江（津久井良充訳） ……… 75
バリモイのジャイルズ神父（戸田勉訳）
……… 113
ロッタ・シュミット（市川薫訳） ……… 145
トルコ風呂（谷田恵司訳） ……… 187
電信局の娘（清水明訳） ……… 229
＊解説（津久井良充） ……… 291
＊付・関連地図 ……… 295
＊アントニー・トロロープ略歴 ……… 302

第2巻　ピラミッドに来た女（津久井良充, 谷田恵司編訳）

2008年11月15日刊

＊まえがき（津久井良充） ……… 1
メイヨー州コナー館のオコナー一族
（戸田勉訳） ……… 7
ピラミッドに来た女（清水明訳） ……… 39
馬に乗りパレスチナを旅する（津久井良充訳） ……… 89
アーロン・トロウ（高倉章男訳） ……… 159
ヴェネツィアを去った最後のオーストリア人（市川薫訳） ……… 199
ぶち犬亭（谷田恵司訳） ……… 241
＊解説（谷田恵司） ……… 319
＊付・写真・地図 出展一覧 ……… 333
＊アントニー・トロロープ略歴 ……… 334

異色作家短篇集

早川書房
全20巻
2005年10月～2007年3月

※新装版

第1巻　キス・キス（ロアルド・ダール著, 開高健訳）

2005年10月15日刊

女主人 …… 7
ウィリアムとメアリイ …… 23
天国への登り道 …… 61
牧師のたのしみ …… 81
ビクスビイ夫人と大佐のコート …… 115
ローヤルゼリー …… 139
ジョージイ・ポーギイ …… 177
誕生と破局―真実の物語 …… 211
暴君エドワード …… 223
豚 …… 251
ほしぶどう作戦 …… 281
＊申し訳ない一冊（阿刀田高） …… 319

第2巻　さあ、気ちがいになりなさい（フレドリック・ブラウン著, 星新一訳）

2005年10月15日刊

みどりの星へ …… 5
ぶっそうなやつら …… 21
おそるべき坊や …… 37
電獣ヴァヴェリ …… 51
ノック …… 87
ユーディの原理 …… 105
シリウス・ゼロ …… 125
町を求む …… 151
帽子の手品 …… 159
不死鳥への手紙 …… 171
沈黙と叫び …… 187
さあ、気ちがいになりなさい …… 197
＊フレドリック・ブラウンの幸福（坂田靖子） …… 261

第3巻　一角獣・多角獣（シオドア・スタージョン著, 小笠原豊樹訳）

2005年11月15日刊

一角獣の泉 …… 5
熊人形 …… 33
ビアンカの手 …… 51
孤独の円盤 …… 65
めぐりあい …… 87
ふわふわちゃん …… 129
反対側のセックス …… 143
死ね, 名演奏家, 死ね …… 183
監房ともだち …… 233
考え方 …… 253
＊コレクター垂涎の書、ここに復活！（北原尚彦） …… 295

第4巻　13のショック（リチャード・マシスン著, 吉田誠一訳）

2005年11月15日刊

ノアの子孫 …… 7
レミング …… 33
顔 …… 39
長距離電話 …… 49
人生モンタージュ …… 69
天衣無縫 …… 101
休日の男 …… 129
死者のダンス …… 139
陰謀者の群れ …… 163
次元断層 …… 179
忍びよる恐怖 …… 193
死の宇宙船 …… 213
種子まく男 …… 245
＊解説（尾之上浩司） …… 271

第5巻　蝿（ジョルジュ・ランジュラン著, 稲葉明雄訳）

2006年1月31日刊

＊はしがき（ジャック・ベルジェ） …… 3
蝿 …… 7
奇跡 …… 61
忘却への墜落 …… 83
彼方（かなた）のどこにもいない女 …… 101
御しがたい虎 …… 135

他人の手 …… 151
安楽椅子探偵 …… 177
悪魔巡り …… 189
最終飛行 …… 207
考えるロボット …… 221
＊解説（三橋暁）…… 271

第6巻　くじ（シャーリイ・ジャクスン著, 深町眞理子訳）

2006年1月31日刊

I …… 7
　酔い痴れて …… 9
　魔性の恋人 …… 19
　おふくろの味 …… 45
　決闘裁判 …… 61
　ヴィレッジの住人 …… 73
II …… 85
　魔女 …… 87
　背教者 …… 95
　どうぞお先に、アルフォンズ殿 …… 117
　チャールズ …… 125
　麻服の午後 …… 135
　ドロシーと祖母と水兵たち …… 145
III …… 157
　対話 …… 159
　伝統あるりっぱな会社 …… 165
　人形と腹話術師 …… 173
　曖昧の七つの型 …… 187
　アイルランドにきて踊れ …… 199
IV …… 211
　もちろん …… 213
　塩の柱 …… 223
　大きな靴の男たち …… 249
　歯 …… 265
　ジミーからの手紙 …… 293
　くじ …… 299
V　エピローグ …… 315
＊駆けだしのころ―解説に代えて（深町眞理子）…… 319
＊シャーリイ・ジャクスン著作リスト …… 324

第7巻　炎のなかの絵（ジョン・コリア著, 村上啓夫訳）

2006年3月15日刊

夢判断 …… 7
記念日の贈物 …… 19
ささやかな記念品 …… 43
ある湖の出来事 …… 53
旧友 …… 63
マドモアゼル・キキ …… 77
スプリング熱 …… 93
クリスマスに帰る …… 107
ロマンスはすたれない …… 119
鋼鉄の猫 …… 127
カード占い …… 141
雨の土曜日 …… 151
保険のかけ過ぎ …… 165
ああ, 大学 …… 175
死の天使 …… 183
ギャヴィン・オリアリー …… 195
霧の季節 …… 211
死者の悪口を言うな …… 225
炎のなかの絵 …… 239
少女 …… 267
＊デミタス・コーヒーのごとき味わい（結城信孝）…… 279

第8巻　血は冷たく流れる（ロバート・ブロック著, 小笠原豊樹訳）

2006年3月15日刊

芝居をつづけろ …… 7
治療 …… 15
こわれた夜明け …… 27
ショウ・ビジネス …… 41
名画 …… 51
わたしの好みはブロンド …… 59
あの豪勢な墓を掘れ！ …… 77
野牛のさすらう国にて …… 99
ベッツィーは生きている …… 123
本音 …… 131
最後の演技 …… 165
うららかな昼さがりの出来事 …… 185
ほくそ笑む場所 …… 225
針 …… 241
フェル先生、あなたは嫌いです …… 263
強い刺激 …… 279
＊心の師ブロックと《異色作家短篇集》（井上雅彦）…… 295

第9巻　無限がいっぱい（ロバート・シェクリィ著, 宇野利泰訳）
2006年5月31日刊

グレイのフラノを身につけて …………… 5
ひる ………………………………………… 27
監視鳥 ……………………………………… 57
風起こる …………………………………… 89
一夜明けて ……………………………… 117
先住民問題 ……………………………… 155
給餌の時間 ……………………………… 195
パラダイス第2 ………………………… 203
倍額保険 ………………………………… 227
乗船拒否 ………………………………… 281
暁の侵略者 ……………………………… 303
愛の語学 ………………………………… 321
＊キョトンとさせられる快感（清水義範）………………………………… 345

第10巻　破局（ダフネ・デュ・モーリア著, 吉田誠一訳）
2006年5月31日刊

アリバイ …………………………………… 5
青いレンズ ………………………………… 59
美少年 …………………………………… 107
皇女 ……………………………………… 157
荒れ野 …………………………………… 207
あおがい ………………………………… 229
＊解説（関口苑生）…………………… 261

第11巻　特別料理（スタンリイ・エリン著, 田中融二訳）
2006年7月15日刊

＊序（エラリイ・クイーン）……………… 5
特別料理 …………………………………… 15
お先棒かつぎ ……………………………… 47
クリスマス・イヴの凶事 ………………… 75
アプルビー氏の乱れなき世界 …………… 91
好敵手 …………………………………… 121
君にそっくり …………………………… 147
壁をへだてた目撃者 …………………… 175
パーティーの夜 ………………………… 203
専用列車 ………………………………… 233
決断の時 ………………………………… 253
＊満たされぬ飢餓感（山本一力）……… 289

第12巻　夜の旅その他の旅（チャールズ・ボーモント著, 小笠原豊樹訳）
2006年7月15日刊

黄色い金管楽器の調べ ……………………… 7
古典的な事件 ……………………………… 31
越して来た夫婦 …………………………… 53
鹿狩り ……………………………………… 85
魔術師 …………………………………… 101
お父さん、なつかしいお父さん ……… 129
夢と偶然と ……………………………… 139
淑女のための唄 ………………………… 155
引き金 …………………………………… 181
かりそめの客 …………………………… 203
性愛教授 ………………………………… 229
人里離れた死 …………………………… 245
隣人たち ………………………………… 265
叫ぶ男 …………………………………… 279
夜の旅 …………………………………… 305
＊生き急いだ作家―チャールズ・ボーモントの生涯（中村融）…………… 333

第13巻　レベル3（ジャック・フィニイ著, 福島正実訳）
2006年9月15日刊

レベル3 ……………………………………… 5
おかしな隣人 ……………………………… 15
こわい ……………………………………… 41
失踪人名簿 ………………………………… 65
雲のなかにいるもの ……………………… 89
潮時 ……………………………………… 109
ニュースの陰に ………………………… 137
世界最初のパイロット ………………… 159
青春を少々 ……………………………… 185
第二のチャンス ………………………… 203
死人のポケットの中には ……………… 231
＊空豆の呪い（恩田陸）……………… 257

第14巻　虹をつかむ男（ジェイムズ・サーバー著, 鳴海四郎訳）
2006年9月15日刊

＊序文—ジェイムズ・サーバーと五十年を共にして（ジェイムズ・サーバー）‥ 3
虹をつかむ男 …… 9
世界最大の英雄 …… 21
空の歩道 …… 33
カフスボタンの謎 …… 41
ブルール氏異聞 …… 47
マクベス殺人事件 …… 59
大衝突 …… 69
142列車の女 …… 81
ツグミの巣ごもり …… 93
妻を処分する男 …… 109
クイズあそび …… 117
ビドウェル氏の私生活 …… 125
愛犬物語 …… 133
機械に弱い男 …… 157
決闘 …… 165
人間のはいる箱 …… 181
寝台さわぎ …… 187
ダム決壊の日 …… 195
オバケの出た夜 …… 205
虫のしらせ …… 215
訣別 …… 225
ウィルマおばさんの勘定 …… 235
ホテル・メトロポール午前二時 …… 249
一種の天才 …… 261
本箱の上の女性 …… 283
＊解説（長谷部史親）…… 297

第15巻　メランコリイの妙薬（レイ・ブラッドベリ著, 吉田誠一訳）
2006年10月15日刊

穏やかな一日 …… 7
火竜 …… 17
メランコリイの妙薬 …… 25
初めの終わり …… 41
すばらしき白服 …… 51
熱にうかされて …… 87
結婚改良家 …… 99
誰も降りなかった町 …… 109
サルサのにおい …… 123
イカロス・モンゴルフィエ・ライト …… 135
かつら …… 145
金色の目 …… 159
ほほえみ …… 183
四旬節の最初の夜 …… 193
旅立つ時 …… 205
すべての夏をこの一日に …… 217
贈りもの …… 227
月曜日の大椿事 …… 233
小ねずみ夫婦 …… 245
たそがれの浜辺 …… 255
いちご色の窓 …… 271
雨降りしきる日 …… 285
＊ブラッドベリの妙薬（菊地秀行）…… 303

第16巻　嘲笑う男（レイ・ラッセル著, 永井淳訳）
2006年10月15日刊

サルドニクス …… 5
役者 …… 67
檻 …… 73
アルゴ三世の不幸 …… 85
レアーティーズの剣 …… 93
モンタージュ …… 105
永遠の契約 …… 121
深呼吸 …… 139
愉しみの館 …… 151
貸間 …… 163
帰還 …… 169
バベル …… 179
おやじの家 …… 187
遺言 …… 207
バラのつぼみ …… 213
ロンドン氏の報告 …… 219
防衛活動 …… 229
＊解説（日下三蔵）…… 241

第17巻　壁抜け男（マルセル・エイメ著, 中村真一郎訳）
2007年1月31日刊

壁抜け男 …… 7
カード …… 21
よい絵 …… 43
パリ横断 …… 115
サビーヌたち …… 171
パリのぶどう酒 …… 209
七里の靴 …… 225
＊解説（長島良三）…… 263

第18巻　狼の一族—アンソロジー／アメリカ篇（若島正編）

2007年1月31日刊

ジェフを探して（フリッツ・ライバー著）…… 5
貯金箱の殺人（ジャック・リッチー著）…… 31
鶏占い師（チャールズ・ウィルフォード著）…… 55
どんぞこ列車（ハーラン・エリスン著）…… 79
ベビーシッター（ロバート・クーヴァー著）…… 93
象が列車に体当たり（ウィリアム・コツウィンクル著）…… 135
スカット・ファーカスと魔性のマライア（ジーン・シェパード著）…… 143
浜辺にて（R.A.ラファティ著）…… 171
他の惑星にも死は存在するのか？（ジョン・スラデック著）…… 191
狼の一族（トーマス・M.ディッシュ著）…… 207
眠れる美女ポリー・チャームズ（アヴラム・デイヴィッドスン著）…… 223
＊新アンソロジーを編むにあたって（若島正）…… 253

第19巻　棄ててきた女—アンソロジー／イギリス篇（若島正編）

2007年3月31日刊

時間の縫い目（ジョン・ウインダム著）…… 5
水よりも濃し（ジェラルド・カーシュ著）…… 27
煙をあげる脚（ジョン・メトカーフ著）…… 61
ペトロネラ・パン–幻想物語（ジョン・キア・クロス著）…… 79
白猫（ヒュ–・ウォルポ–ル著）…… 93
顔（L.P.ハートリー著）…… 113
何と冷たい小さな君の手よ（ロバート・エイクマン著）…… 147
虎（A.E.コッパード著）…… 179
壁（ウィリアム・サンソム著）…… 197
棄ててきた女（ミュリエル・スパーク著）…… 205
テーブル（ウィリアム・トレヴァー著）…… 213
詩神（アントニイ・バ–ジェス著）…… 237
パラダイス・ビーチ（リチャード・カウパー著）…… 265
＊異色作家短篇についての雑感（今本渉）…… 293
＊著者紹介 …… 297

第20巻　エソルド座の怪人—アンソロジー／世界篇（若島正編）

2007年3月31日刊

容疑者不明（ナギーブ・マフフーズ著）…… 5
奇妙な考古学（ヨゼフ・シュクヴォレツキー著）…… 23
トリニティ・カレッジに逃げた猫（ロバートソン・デイヴィス著）…… 67
オレンジ・ブランデーをつくる男たち（オラシオ・キローガ著）…… 83
トロイの馬（レイモン・クノ–著）…… 105
死んだバイオリン弾き（アイザック・バシェヴィス・シンガー著）…… 119
ジョヴァンニとその妻（トンマーゾ・ランドルフィ著）…… 161
セクシードール（リー・アン著）…… 169
金歯（ジャン・レイ著）…… 191
誕生祝い（エリック・マコーマック著）…… 211
エソルド座の怪人（G.カブレラ＝インファンテ著）…… 219
＊解説（風間賢二）…… 271
＊著者紹介 …… 279

インゲボルク・バッハマン
全詩集
青土社
全1巻
2011年1月
（中村朝子訳）

インゲボルク・バッハマン全詩集

2011年1月20日刊

1　初期詩作品 …… 13
《わたし》…… 15
心の動き 選集 …… 17
灰色の日々の後に …… 17
見上げながら …… 19
わたしは問う …… 21
夏に …… 23
制限 …… 25
ある冬に向かって… …… 27
2　詩 1948–1953 …… 31
〔夕べにわたしはわたしの母に問う〕…… 33
〔わたしたちは行く、塵にまみれた心をもって〕…… 35
〔それは多くのことを意味するかもしれない〕…… 37
疎外 …… 38
酩酊した夕べ …… 40
壁のうしろで …… 42
〔夜の蹄の音のもとで〕…… 44
夕べに言うと …… 46
幻想 …… 48
人間のいない …… 50
何とわたしはわたしを呼べばよいのだろう？ …… 52
〔港たちは開いていた〕…… 54
〔世界は広い〕…… 59
〔まだわたしは恐れている〕…… 59
何のためにもならない証明 …… 61
3　猶予された時 …… 63
I …… 65
出航 …… 65
イギリスとの別れ …… 70
落ちよ、心よ …… 73
暗いものを言う …… 75
パリ …… 78
大きな積荷 …… 80
輪舞 …… 82
秋の大演習 …… 84
猶予された時 …… 86
II …… 88
三月の星たち …… 88
薄明のなかで …… 90
木材と削り屑 …… 92
テーマとヴァリエーション …… 95
早い真昼 …… 99
毎日 …… 103
ある軍指令官に …… 105
知らせ …… 109
III …… 110
橋たち …… 110
夜間飛行 …… 113
詩篇 …… 117
薔薇たちの雷雨のなかで …… 121
塩とパン …… 122
ウィーン郊外の大きな風景 …… 125
バレエ・パントマイム『白痴』のためのムイシュキン公爵のモノローグ‥ 131
4　大熊座の呼びかけ …… 163
I …… 165
遊びは終わりました …… 165
一つの国、一つの川そしていくつもの湖から …… 169
大熊座の呼びかけ …… 193
わたしの鳥 …… 196
II …… 200
領土占領 …… 200
履歴書（クリークルム・ヴィーテ） …… 202
家路 …… 210
霧の国 …… 214
青い時刻 …… 217
わたしに説明して、愛よ …… 220
陶片の丘 …… 224
白色の日々 …… 226
ハレム …… 229
宣伝 …… 230
死んだ港 …… 232
発言と陰口 …… 234
真実であるもの …… 238
III …… 241
最初に生まれた国 …… 241

ある島の歌 …… 244
北と南 …… 252
二つの草稿の手紙 …… 254
ローマの夜の像 …… 258
葡萄の木の下で …… 260
アプリアで …… 262
黒いワルツ …… 265
何年もの後に …… 268
影たち 薔薇たち 影たち …… 270
とどまれ …… 271
アクラガスで …… 273
太陽に …… 275
IV …… 278
逃亡の途上の歌 …… 278
5 詩 1957–1961 …… 299
親愛 …… 301
〔この世代にはあなたたちは信仰を命ずるな〕 …… 302
オテル・ドゥ・ラ・ペ …… 303
亡命 …… 304
この大洪水の後で …… 306
ミリヤム …… 307
流れ …… 309
行け、思考よ …… 310
愛、それは暗い大陸 …… 312
アリアI …… 316
自由通行権（アリアII） …… 317
お前たち 言葉よ …… 320
6 詩 1964–1967 …… 325
真に …… 327
ボヘミアは海辺にある …… 329
プラハ 六四年一月 …… 332
一種の喪失 …… 335
エニグマ …… 337
デリカテッセンではない …… 339
＊注 …… 343
＊略年表 …… 419
＊訳者あとがき …… 427

ヴァージニア・ウルフ コレクション

みすず書房
全8巻
1999年4月～2006年8月

燈台へ（伊吹知勢訳）

1999年4月5日刊

燈台へ …… 1
＊『燈台へ』解説（伊吹知勢） …… 278

自分だけの部屋（川本静子訳）

1999年4月5日刊

自分だけの部屋 …… 1
＊原注 …… 175
＊訳注 …… 178
＊訳者あとがき（川本静子） …… 213

ダロウェイ夫人（近藤いね子訳）

1999年5月21日刊

ダロウェイ夫人 …… 1
＊『ダロウェイ夫人』解説（近藤いね子） …… 251

壁のしみ―短編集（川本静子訳）

1999年8月5日刊

壁のしみ …… 5
キュー植物園 …… 21
固い物体 …… 35
書かれなかった小説 …… 47
幽霊屋敷 …… 71
ボンド街のダロウェイ夫人 …… 77
外から見た女子学寮 …… 95
新しいドレス …… 103
存在の瞬間―「スレイターの店のピンは先が尖ってないのよ」 …… 121
姿見のなかの婦人―ある映像 …… 137
公爵夫人と宝石商 …… 149
狩りの一行 …… 165
ラッピンとラピノヴァ …… 183

＊訳者あとがき（川本静子） …… 219

波（川本静子訳）
1999年10月5日刊

波 …… 1
＊『波』解説（川本静子） …… 278

ある作家の日記（神谷美恵子訳）
1999年12月3日刊

＊序文（レナード・ウルフ） …… v
＊日記で用いられている人名・地名の小辞典 …… x
一九一八年 三六歳 …… 1
一九一九年 三七歳 …… 10
一九二〇年 三八歳 …… 31
一九二一年 三九歳 …… 42
一九二二年 四〇歳 …… 60
一九二三年 四一歳 …… 78
一九二四年 四二歳 …… 88
一九二五年 四三歳 …… 100
一九二六年 四四歳 …… 120
一九二七年 四五歳 …… 146
一九二八年 四六歳 …… 173
一九二九年 四七歳 …… 200
一九三〇年 四八歳 …… 215
一九三一年 四九歳 …… 234
一九三二年 五〇歳 …… 252
一九三三年 五一歳 …… 272
一九三四年 五二歳 …… 304
一九三五年 五三歳 …… 334
一九三六年 五四歳 …… 372
一九三七年 五五歳 …… 389
一九三八年 五六歳 …… 408
一九三九年 五七歳 …… 439
一九四〇年 五八歳 …… 458
一九四一年 五九歳 …… 513
＊『ある作家の日記』解説（神谷美恵子） …… 519
＊一般索引 …… iv
＊著作索引 …… ii
＊著作の年代順一覧表 …… i

オーランドー——ある伝記（川本静子訳）
2000年6月20日刊

オーランドー——ある伝記 …… 1
＊訳者あとがき（川本静子） …… 287

三ギニー——戦争と女性（出淵敬子訳）
2006年8月10日刊

三ギニー——戦争と女性 …… 1
＊ヴァージニア・ウルフによる原注および参考文献 …… 217
＊訳者あとがき（出淵敬子） …… 275

ヴァレリー集成

筑摩書房
全6巻
2011年2月～2012年7月

第1巻　テスト氏と〈物語〉（恒川邦夫編訳）

2011年2月10日刊

I　テスト氏
テスト氏との一夜 …… 5
序文―英語版「テスト氏との一夜」…… 40
エミリー・テスト夫人の手紙 …… 45
テスト氏の姪、エンマの日記 …… 58
テスト氏の《航海日誌(ログブック)》から …… 60
ある友の手紙 …… 72
テスト氏との散歩 …… 83
対話―テスト氏に関する新しい断片 …… 86
テスト氏の肖像のために …… 91
テスト氏の思想の断片 …… 98
テスト氏の最後 …… 106
アポカリプト・テスト …… 109
『カイエ』の断章 …… 115
本当らしい物語 …… 148
鴨緑江 …… 154
アガート …… 163
シンガポールの夜食草稿 …… 177
II　物語の断片(かけら) …… 217
物語のかけら …… 219
序言 …… 219
カリュプソ …… 221
ロビンソン …… 224
ヘーラーの物語 …… 237
奴隷 …… 240
エリザベートからラシェルへ …… 245
ラシェル …… 247
クシフォス島 …… 253
アセム …… 274
詩 …… 285
断片 …… 289
物語のかけら（J.Robindon編『カイエ』のSujetsに収録されているもの）…… 296
肖像 …… 320
ステファヌ・マラルメ …… 320
マラルメへの最後の訪問 …… 324
J=K.ユイスマンスの思い出 …… 328
ヴェルレーヌの通った道 …… 333
文学的回想 …… 339
マルセル・プレヴォーの時代 …… 350
リルケの思い出 …… 359
梁宗岱 …… 362
メレディス …… 363
コンラッドとの話題 …… 370
ピエール・ルイス …… 375
［アンドレ・ジッド］…… 381
［アインシュタイン］…… 385
［ストラヴィンスキー］…… 388
［ベルクソン］…… 389
ベルクソン追悼 …… 392
［ド・ゴール将軍］…… 396
III　物語作家論 …… 399
ヴィリエ・ド・リラダンについての講演 …… 401
デュルタル …… 409
マルセル・プルースト頌 …… 422
スタンダール …… 429
アカデミー・フランセーズへの謝辞 …… 464
ヴィクトール・ユゴー 形(フォルム)から創る人 …… 494
（聖）フローベールの誘惑 …… 503
＊あとがき〈物語〉のポール・ヴァレリー（恒川邦夫）…… 511

第2巻　〈夢〉の幾何学（塚本昌則編訳）

2011年5月20日刊

I　夢の物語 …… 3
夢（『続ロンブ』より）…… 5
夢（『ロンブ』より）…… 12
夢（『渾淆集』より）…… 13
夢（『邪念その他』より）…… 14
夢の物語（草稿より）…… 17
夢の物語（『カイエ』より）…… 23
II　夢研究 …… 127
夢について（作品集より）…… 129
神話に関する小書簡 …… 148
人と貝殻 …… 157
夢について（草稿より）…… 180

夢について（『カイエ』より）…… 194
III 目覚め・眠り …… 397
アルファベット …… 399
目覚め・眠り（作品集より）…… 441
目覚め（『カイエ』より）…… 486
眠り（『カイエ』より）…… 555
＊解説〈夢〉の幾何学（塚本昌則）…… 589

第3巻 〈詩学〉の探究（田上竜也, 森本淳生編訳）

2011年8月10日刊

1 詩学講義 …… 3
コレージュ・ド・フランスにおける詩学教授 …… 5
詩学講義第一講 …… 15
詩学講義（第二講—第十八講）…… 38
わが《詩学》…… 114
『占領下の教授ポール・ヴァレリー』より …… 119
講義計画・要旨 …… 130
「詩学」（『カイエ』より）…… 147
2 詩論 …… 211
文学の技術について …… 213
『女神を織る』序文 …… 223
ボードレールの位置 …… 241
マラルメについての手紙—わが親愛なるロワイェール …… 269
象徴主義の存在 …… 287
美的無限 …… 317
芸術の一般概念 …… 322
詩についてのいくつかの問い …… 334
美学についての講演 …… 354
詩の必要 …… 383
詩と抽象的思考 …… 401
ある詩篇の思い出断章 …… 433
大公と「若きパルク」…… 471
『魅惑』の注解 …… 486
「海辺の墓地」について …… 494
＊解説（森本淳生）…… 511

第4巻 精神の〈哲学〉（山田広昭編訳）

2011年11月20日刊

1 ヴァレリーと〈哲学者〉たち …… 3
デカルト断章 …… 5
オランダからの帰り道 …… 13
デカルト …… 30
デカルト考 …… 52
デカルト考 第二 …… 83
『パンセ』の一句を主題とする変奏曲 …… 86
ヴォルテール …… 107
ベルクソンについての談話 …… 124
ニーチェについての書簡 …… 129
1 アンドレ・ジッド宛（一八九九年一月十三日）…… 129
2 アンリ・アルベール宛（一九〇二年十二月十日消印）…… 132
2 アンリ・アルベール宛（一九〇三年八月四日消印）…… 133
2 アンリ・アルベール宛（一九〇七年十月（日付未詳））…… 135
3 ギー・ドゥ・プルタレス宛（一九二九年十一月十六日土曜日）…… 136
『カイエ』より（抜粋）…… 139
2 神秘主義 …… 155
スヴェーデンボリ …… 157
霊的讃歌 …… 175
『ユリイカ』について—リュシアン・ファーブルに …… 193
覚書と予断（1919）…… 209
『カイエ』より（抜粋）…… 238
3 身体論 …… 251
外科学会での演説 …… 253
身体についての素朴な考察 …… 273
『カイエ』より（抜粋）…… 284
＊解説（山田広昭）…… 297

第5巻 〈芸術〉の肖像（今井勉, 中村俊直編訳）

2012年2月20日刊

I 建築 …… 3
建築家についての逆説—クロード・モロー、ベルナール・デュルヴァル両氏に（今井勉訳）…… 5
ユーパリノスまたは建築家—プロス・カリレ（今井勉訳）…… 11
楽劇『アンフィオン』の由来（今井勉訳）…… 82
アンフィオン（今井勉訳）…… 91
II 絵画 …… 119

モンペリエ美術館（今井勉訳）……121
いくつかの絵画をめぐる注釈（今井勉訳）……126
ドガダンスデッサン（今井勉訳）……129
コローをめぐって（中村俊直訳）……226
マネの勝利（中村俊直訳）……250
ルノワールの思い出（今井勉訳）……261
ベルト・モリゾ（中村俊直訳）……266
ベルト・モリゾについて（中村俊直訳）……273
オノレ・ドーミエ（中村俊直訳）……282
エルネスト・ルアールを偲んで（今井勉訳）……288
パオロ・ヴェロネーゼのフレスコ画（今井勉訳）……291
イタリア美術展に寄せて（今井勉訳）……296
レオナルド・ダ・ヴィンチ（今井勉訳）……305
レオナルド・ダ・ヴィンチの文章作品（今井勉訳）……312
美術館の問題（今井勉訳）……317
似ていることと芸術と（今井勉訳）……323
芸術についての考察（今井勉訳）……332
絵画、画家について（『カイエ』より）（今井勉訳）……375
III 写真論・複製芸術論……393
写真発明百周年記念（中村俊直訳）……395
最も面白い映画は〈映画の映画〉だ（今井勉訳）……405
映画術（中村俊直訳）……410
同時偏在性の征服（中村俊直訳）……411
IV 実作者としてのヴァレリー……417
『カイエ』におけるヴァレリーのデッサン（松田浩則）……419
＊解説……465

第6巻 〈友愛〉と対話（恒川邦夫, 松田浩則編訳）
2012年7月20日刊

I 友愛書簡……5
一 ギュスターヴ・フルマンへ……5
二 ギュスターヴ・フルマンへ……8
三 ピエール・ルイスへ……10
四 ピエール・ルイスへ……14
五 ピエール・ルイスへ……16
六 ピエール・ルイスへ……18
七 ステファヌ・マラルメへ……24
八 ピエール・ルイスへ……26
九 アンドレ・ジッドへ……31
一〇 ギュスターヴ・フルマンへ……34
一一 ピエール・ルイスへ……39
一二 ピエール・ルイスへ……42
一三 ギュスターヴ・フルマンへ……46
一四 ギュスターヴ・フルマンへ……48
一五 ギュスターヴ・フルマンへ……50
一六 ギュスターヴ・フルマンへ……51
一七 ギュスターヴ・フルマンへ……52
一八 ギュスターヴ・フルマンへ……53
一九 ピエール・ルイスへ……54
二〇 ギュスターヴ・フルマンへ……56
二一 ギュスターヴ・フルマンへ……58
二二 アンドレ・ジッドへ……60
二三 ピエール・ルイスへ……64
二四 アンドレ・ジッドへ……67
二五 ピエール・ルイスへ……70
二六 アンドレ・ジッドへ……73
二七 アンドレ・フォンテーナスへ……76
二八 ピエール・ルイスへ……78
二九 ヴィエレ＝グリファンへ……83
三〇 アンドレ・ジッドへ……86
II 対話篇……95
固定観念—あるいは海辺の二人……97
魂と舞踏……226
樹についての対話……258
III わがファウスト……280
わがファウスト（稿本）—善意も悪意もあわせ持つ読者に……281
ルスト—水晶嬢（喜劇）……282
ルスト—第四幕……390
孤独者—あるいは宇宙ののろい（夢幻劇）……426
孤独者—第二幕、第三幕の草稿……459
＊あとがき（恒川邦夫）……486

V.S.ナイポール・コレクション

草思社
全3巻
2002年2月～2007年12月
(安引宏訳)

※1～2巻は第III期に収録

第3巻　自由の国で(安引宏訳)
2007年12月28日刊

プロローグ—旅日記から ピレウスの老ヒッピー …… *5*
大勢の中で一人は …… *25*
教えてくれ、誰を殺るのか …… *83*
自由の国で …… *151*
エピローグ—旅日記から ルクソールの中国雑技団 …… *357*
＊訳者のノート(安引宏) …… *369*
＊解説(大工原弥太郎) …… *377*

ウォルター・ペイター全集

筑摩書房
全3巻
2002年2月～2008年5月

※1～2巻は第III期に収録

第3巻(富士川義之編)
2008年5月25日刊

享楽主義者マリウス(工藤好美訳) …… *3*
ガストン・ド・ラトゥール(土岐恒二訳) …… *305*
＊註解
　＊享楽主義者マリウス …… *501*
　＊ガストン・ド・ラトゥール …… *549*
＊〈付録〉ペイターをめぐって …… *573*
　＊『想像の肖像』の書評(オスカー・ワイルド著, 富士川義之, 大淵利春訳) …… *575*
　＊『鑑賞批評集』の書評(オスカー・ワイルド著, 富士川義之, 大淵利春訳) …… *579*
　＊ウォルター・ペイターの肖像(エドマンド・ゴス著, 富士川義之, 大淵利春訳) …… *586*
　＊ペイターの思い出(アーサー・シモンズ著, 富士川義之, 大淵利春訳) …… *609*
　＊ウォルター・ペイター(フーゴー・フォン・ホーフマンスタール著, 川村二郎訳) …… *620*
　＊ウォルター・ペイター(マリオ・プラーツ著, 古田耕史訳) …… *624*
　＊遊戯的な手法(ポール・バロルスキー著, 富士川義之訳) …… *649*
＊年譜(松村伸一編) …… *665*
＊解説(富士川義之) …… *685*

ウッドハウス・コレクション

国書刊行会
全14巻
2005年2月～2012年1月
（森村たまき訳）

比類なきジーヴス

2005年2月14日刊

ジーヴス、小脳を稼働させる …… 5
ビンゴがために ウエディングベルは鳴らず …… 19
アガサ伯母、胸のうちを語る …… 31
真珠の涙 …… 41
ウースター一族の誇り傷つく …… 58
英雄の報酬 …… 70
クロードとユースタス登場 …… 79
サー・ロデリック昼食に招待される …… 88
紹介状 …… 101
お洒落なエレベーター・ボーイ …… 115
同志ビンゴ …… 131
ビンゴ、グッドウッドでしくじる …… 147
説教大ハンデ …… 159
スポーツマン精神 …… 186
都会的タッチ …… 211
クロードとユースタスの遅ればせの退場 …… 239
ビンゴと細君 …… 267
大団円 …… 279
＊訳者あとがき―P・G・ウッドハウス礼讃（森村たまき） …… 297

よしきた、ジーヴス

2005年6月15日刊

よしきた、ジーヴス …… 5
＊ジーヴス・シリーズ紹介 …… 365

それゆけ、ジーヴス

2005年10月15日刊

ジーヴス登場 …… 5
コーキーの芸術家稼業 …… 39
ジーヴスと招かれざる客 …… 66
ジーヴスとケチンボ公爵 …… 98
伯母さんとものぐさ詩人 …… 128
旧友ビッフィーのおかしな事件 …… 170
刑の代替はこれを認めない …… 209
フレディーの仲直り大作戦 …… 249
ビンゴ救援部隊 …… 279
バーティー考えを改める …… 322
＊訳者あとがき（森村たまき） …… 351

ウースター家の掟

2006年3月14日刊

ウースター家の掟 …… 5
＊訳者あとがき（森村たまき） …… 379

でかした、ジーヴス！

2006年7月21日刊

序文 …… 5
ジーヴスと迫りくる運命 …… 9
シッピーの劣等コンプレックス …… 44
ジーヴスとクリスマス気分 …… 74
ジーヴスと歌また歌 …… 105
犬のマッキントッシュの事件 …… 139
ちょっぴりの芸術 …… 171
ジーヴスとクレメンティーナ嬢 …… 209
愛はこれを浄化す …… 243
ビンゴ夫人の学友 …… 277
ジョージ伯父さんの小春日和 …… 313
タッピーの試練 …… 349
＊訳者あとがき（森村たまき） …… 387

サンキュー、ジーヴス

2006年11月27日刊

サンキュー、ジーヴス …… 5
＊訳者あとがき（森村たまき） …… 351

ジーヴスと朝のよろこび

2007年4月13日刊

ジーヴスと朝のよろこび …… 5
＊訳者あとがき（森村たまき） …… 373

ジーヴスと恋の季節

2007年12月20日刊

ジーヴスと恋の季節 …………………………… 5
＊訳者あとがき（森村たまき）…………… 347

ジーヴスと封建精神
2008年9月25日刊

＊ピーター・シュウェッド（サイモン・
　アンド・シュースター社）へ捧ぐ……… 3
ジーヴスと封建精神 …………………………… 9
＊訳者あとがき（森村たまき）…………… 303

ジーヴスの帰還
2009年8月12日刊

ジーヴスの帰還 ……………………………… 3
ジーヴスとギトギト男 …………………… 261
ポッター氏の安静療法 …………………… 333
＊訳者あとがき（森村たまき）…………… 369

がんばれ、ジーヴス
2010年5月24日刊

がんばれ、ジーヴス ………………………… 3
灼熱の炉の中を通り過ぎてきた男たち‥ 273
驚くべき帽子の謎 ………………………… 305
アルジーにおまかせ ……………………… 335
＊訳者あとがき（森村たまき）…………… 359

お呼びだ、ジーヴス
2011年1月23日刊

お呼びだ、ジーヴス ………………………… 3
＊『カモン、ジーヴス』に関する著者
　による覚書 ……………………………… 301
ブリング・オン・ザ・ガールズ！ ……… 307
ジーヴス、オムレツをつくる ………… 325
＊訳者あとがき（森村たまき）…………… 359

感謝だ、ジーヴス
2011年7月21日刊

感謝だ、ジーヴス …………………………… 3
＊訳者あとがき（森村たまき）…………… 267

ジーヴスとねこさらい
2012年1月23日刊

ジーヴスとねこさらい ……………………… 3
＊訳者あとがき（森村たまき）…………… 233
＊《ジーヴス・シリーズ》全巻紹介……… 248
＊P・G・ウッドハウス年譜 ………………… i

ウッドハウス・スペシャル

国書刊行会
全3巻
2007年9月～2009年2月
（森村たまき訳）

ブランディングズ城の夏の稲妻

2007年9月15日刊

ブランディングズ城の夏の稲妻 …………… 3
＊巻末エッセイ わたしのウッドハウス 沃地としてのブランディングズ城（紀田順一郎）…………………………………………… 397
＊特別付録 エンプレス・オヴ・ブランディングズ（N.T.P.マーフィー）……… 403
＊訳者あとがき（森村たまき）…………… 409
＊《ブランディングズ城シリーズ》紹介 …………………………………………… 414

エッグ氏，ビーン氏，クランペット氏

2008年4月22日刊

ユークリッジとママママ伯父さん ………… 5
バターカップ・デー …………………………… 34
メイベルの小さな幸運 ………………………… 66
ユークリッジのホーム・フロム・ホーム‥ 96
ドロイトゲート鉱泉のロマンス ………… 128
アンセルム、チャンスをつかむ ………… 160
すべてビンゴはこともなし ……………… 190
ビンゴとペケ犬危機 ……………………… 223
編集長の後悔 ……………………………… 255
サニーボーイ ……………………………… 282
元気ハツラツ、ブラムレイ・オン・シー ……………………………………… 311
タズレイの災難 …………………………… 337
＊巻末エッセイ わたしのウッドハウス 見果てぬ夢と笑い（霞流一）…………………… 367
＊特別付録 本当のドローンズ・クラブ（N.T.P.マーフィー）………………… 373
＊訳者あとがき（森村たまき）…………… 409

ブランディングズ城は荒れ模様

2009年2月14日刊

ブランディングズ城は荒れ模様 …………… 3
＊巻末エッセイ わたしのウッドハウス ブランディングズ城の魅力（佐藤多佳子）…… 411
＊特別付録 本当のブランディングズ城（N.T.P.マーフィー）……………………… 417
＊訳者あとがき（森村たまき）…………… 431

S.T.コールリッジ詩歌集（全）
大阪教育図書
全1巻
2013年12月
（野上憲男訳）

S.T.コールリッジ詩歌集（全）

2013年12月2日刊

＊献辞詩（ハートリー・　コールリッジ）‥ i
＊まえがき …………………………………… iii
1 「初めての試作詩」………………………… 1
2 地口にことよせた頌歌の断章………… 1
3 海上での苦難……………………………… 2
4 アプロディーテーとアテーナーにことよせたギリシャ語の警句 …………… 4
5 復活祭……………………………………… 5
6 独身生活ほど素晴らしく、よいものはない……………………………………… 6
7 魅惑の泉から一滴の苦味が生まれる… 7
8 おお！ ジュピターが過去の歳月を取り戻してくれればよいのに！ ……… 8
9 ソネット―我がミューズに寄せる…… 9
10 ソネット―「最近、私が広大な平原を旅した時」…………………………… 10
11 鼻―頌歌的ラプソディー …………… 11
12 若々しき詩篇の結び ………………… 12
13 バスティーユの崩壊にことよせた詩 ……………………………………… 13
14 ソネット―宵の明星に寄せる ……… 14
15 ソネット―病床で作られた ………… 15
16 気がふれた時、リーによって書かれた二、三の詩行 ……………………… 16
17 ソネット―ジェネヴィーヴ ………… 16
18 何人も突如として下劣の深みはまることはない ………………………… 17
19 ソネット―アナとハーランド ……… 17
20 愛の住処 ……………………………… 18
21 ヤカンにことよせた哀歌 …………… 19
22 祈願 …………………………………… 21
23 名誉は芸術を培う …………………… 21
24 ユークリッドの翻訳の内容証明と見本 ……………………………………… 22
25 ソネット―我が妹の不可避の死の知らせを受けたことにことよせて …… 26
26 ソネット―彼の妹に愛しく迎えられた若者に会ったことにことよせて … 26
27 道も初めのうちは険しい …………… 27
28 ギリシャ語による「冬の小曲」の模倣 ……………………………………… 28
29 おお、人間の心配よ！ おお、人間の事象には何と多くの空しさがあることか！ ………………………………… 29
30 幸福―詩篇 …………………………… 31
31 クライスツ・ホスピタルの学童のための祝歌 ……………………………… 35
32 ソネット―エヴァンズ夫人に送られた―フィールディングの「アメリア」を添えて ……………………………… 36
33 ソネット―クライスツ・ホスピタルを去ることにことよせて …………… 37
34 眠りに寄せる歌 ……………………… 38
35 プリムトゥリーの道 ………………… 39
36 オッタリーとティヴァートンの教会音楽にことよせた歌 ……………… 40
37 我が教母の顎鬚にことよせた警句 … 41
38 模倣にことよせて …………………… 42
39 留守―頌歌 …………………………… 42
40 幼子にことよせたギリシャ語の碑文 ……………………………………… 43
41 アナクレオンの作風による歌 ……… 43
42 ジーザスの森で書かれた願望の詩 … 44
43 恋人の夫人への愚痴 ………………… 45
44 失望に寄せる ………………………… 46
45 数学の講義室で見つけた断章 ……… 47
46 泣いている夫人にことよせて ……… 48
47 ハワードの墓のためのギリシャ語の墓碑銘 ………………………………… 49
48 西インド諸島の奴隷の不幸な運命 … 50
49 直喩―夕食前の散歩の後に書かれた ……………………………………… 53
50 オッタリーの住民にことよせたラテン語の詩 ……………………………… 54
51 ニナソマの愚痴 ……………………… 55
52 桂冠詩人にことよせた二行詩 ……… 56
53 おお、コキジバトの目をした愛よ！ ……………………………………… 56
54 ジョージ・コールリッジに送られたラテン語の詩 ………………………… 56

55　オシアンから模倣して ……………… 57
56　F.ネズビット嬢にモスローズを贈ったことにことよせて ……………… 58
57　化学者に変身したキューピッド …… 59
58　即興詩 ……………… 60
59　哀歌 ……………… 60
60　不在—詩篇 ……………… 61
61　ソネット—秋の月に寄せる ………… 65
62　画家に寄せる ……………… 65
63　デヴォンシャーのダッシュウッド・ベーコン嬢に寄せる ……………… 67
64　豆仙人の歌 ……………… 67
65　運に寄せる—アイルランドの宝くじのチケット購入にことよせて ……… 72
66　自国の平和 ……………… 73
67　歌—カシミールからの模倣 ………… 74
68　憂鬱な手紙に答えて友に寄せる …… 74
69　発汗に因んで—旅行用の短詩 ……… 76
70　「ロスの人」にことよせた詩 ……… 76
71　メアリー・エヴァンズにことよせたラテン語の詩 ……………… 77
72　ある夫人にことよせた哀歌に因んだ連 ……………… 77
73　ウェールズの歌を模倣して ………… 78
74　村の美しい春に寄せる詩 ……………… 78
75　バラの丘にことよせて ……………… 80
76　溜め息 ……………… 80
77　口づけ ……………… 81
78　幼子にことよせた碑文の二つの訳文 ……………… 82
79　パンティソクラシーにことよせたソネット（サムエル・ファヴェルと共に） ……………… 83
80　アン・ブラントに寄せる—フランシス・ランガムのラテン語を模倣して ……………… 84
81　エライザ・ブラントンに寄せる—フランシス・ランガムに代わって …… 85
82　若き夫人に寄せる—フランス革命にことよせた詩篇を添えて ………… 86
83　チャタートンの死にことよせた哀悼詩 ……………… 87
84　ソネット—我が心に寄せる ………… 92
85　若いロバに寄せる—その母親がその近くにつながれている ……………… 93
86　狂乱的興奮故に亡くなった友にことよせた詩—中傷的な知らせに誘発されて ……………… 94
87　ソネット—「群盗」の作者に寄せる ……………… 96
88　ソネット—希望にことよせて（チャールズ・ラムと共に） ……………… 97
89　ソネット—雪降りの中の老人に寄せて（サムエル・ファヴェルと共に） … 98
90　ソネット—ホン・アースキン氏に寄せて ……………… 99
91　ソネット—バークに寄せて ………… 99
92　ソネット—プリーストリーに寄せて ……………… 100
93　ソネット—フェイエットに寄せて‥ 100
94　ソネット—コシチューシコに寄せて ……………… 101
95　ソネット—ピットに寄せて ……… 102
96　ソネット—ボールズに寄せて …… 102
97　ソネット—シドン夫人に寄せて（チャールズ・ラムと共に） ……………… 104
98　ソネット—ウィリアム・ゴドウィンに寄せて—『政治的正義』の著者‥ 104
99　ソネット—「追憶」と他の詩篇の作者、オックスフォード・ベイリオル大学のロバート・サウジーに寄せて‥ 105
100　ソネット—リチャード・ブリンスリー・シェリダン卿に寄せて ……… 106
101　友に寄せる—未完の詩篇を添えて ……………… 106
102　宗教的瞑想 1794年のクリスマス前夜に書かれたとりとめのない詩 …… 108
103　スタンホープ卿に寄せる—上院での先の抗議文を読んだことにことよせて ……………… 122
104　ソネット—スタンホープ卿に寄せて ……………… 122
105　ロバート・サウジーのソネット—「青白き夜の放浪者」の改作 ……… 123
106　夜半に海辺で書かれたチャールズ・ラムのソネットの改作 ……… 124
107　幼子に寄せる ……………… 124
108　ロバート・サウジーによる兵士の妻への寄稿 ……………… 125
109　寓話的幻想 ……………… 126

110　サマセットシャー州のブロックリー峡谷の左側の斜面を登った時に作られた …… *132*

111　若き夫人にフルートに合わせて歌の調べを指導している時の恭しきW. J.ホート先生に寄せる …… *133*

112　ロバート・サウジーのジャンヌ・ダルクへの寄稿 …… *134*

113　スペンサー風に …… *150*

114　ナイチンゲールに寄せる …… *152*

115　チャールズ・ラムのソネットの改作「それは妖精の国の見事な趣向だったのか・・・？」 …… *153*

116　チャールズ・ラムのソネットの改作「思うに、それは何と甘美だろう」 …… *153*

117　イオルスの竪琴―サマセットシャーにて作る …… *154*

118　セアラに寄せる歌―ブリッジウォーター近くのシャートン砂洲にて―ブリストルからの手紙に答えて …… *156*

119　ヨセフ・コトルに寄せる詩 …… *160*

120　ホーマーの「イリアド」I.34, 49の翻訳 …… *162*

121　銀の指貫（セアラ・フリッカー・コールリッジと共に） …… *163*

122　トーマス・プール宛の書簡体詩の断章 …… *165*

123　ホラティウスの概要訳 …… *166*

124　ガッチの覚書からの断章 …… *167*

125　再開の時 …… *171*

126　一輪の花を観察したことにことよせた詩 …… *172*

127　韻文書簡体詩への韻文題辞 …… *173*

128　ある夫人の肖像画にことよせた詩 …… *173*

129　未刊の詩から …… *174*

130　回想 …… *175*

131　閑地を去った時の想い …… *176*

132　破格のソネット―セルウォールに寄せる …… *178*

133　ウェールズの王女に寄せて―王子との別離の期間に書かれた …… *179*

134　ホーントゥックへの詩的建白 …… *180*

135　もうこれ以上詩作の意図のないことを公言していた友に寄せて …… *182*

136　ソネット―息子の誕生を私に知らせた手紙を受け取ったことにことよせて書かれた―現在、私はバービンガムに居る …… *183*

137　ソネット―家路を辿る時に作られた―作者は息子の誕生の知らせを受けた …… *184*

138　ソネット―乳母が私に初めて我が幼子を見せた時、私がどう感じたかを尋ねた友に寄せて …… *185*

139　ソネット―農場主プリシラの死にことよせたチャールズ・ロイドの詩篇を提唱して …… *185*

140　チャールズ・ロイドに寄せる―作者と親しくなりたいと申し出たことにことよせて …… *186*

141　国民の運命―幻想 …… *189*

142　ソネット―オッター川に寄せる …… *205*

143　トーマス・ダーモディーの改作 …… *206*

144　逝く年にことよせた歌 …… *207*

145　怠惰な、言われなき憂鬱さに身を任せた若き資産家に寄せる詩 …… *213*

146　ネザーストーウィーをめざし、ブリストル、オックスフォード・ストリートをあとにしたことにことよせて 1797年元旦 …… *214*

147　ワタリガラス …… *217*

148　トーマス・プールに寄せて―晩餐への招待 …… *218*

149　友の子供の命名にことよせて …… *219*

150　不運な女性に寄せて 私は無邪気な頃の彼女を知っていた―劇場で作られた …… *221*

151　同じ主題にことよせた寓話詩 …… *222*

152　デヴォンシャーのオッタリー・セント・メアリーの恭しきジョージ・コールリッジに寄せて―数編の詩篇を添えて …… *223*

153　オソーリオ／悔恨からの歌 …… *225*

154　養母の話―劇的断章 …… *226*

155　土牢 …… *229*

156　憂鬱―断章 …… *230*

157　ウィリアム・ワーズワースの三つの墓の続き …… *231*

158　三つの墓―寺男の話の断章 …… *245*

159　この菩提樹の四阿は我が牢獄 …… *265*

160 ソネット—ウィリアム・リンリー様に寄せる—彼がパーセルの音楽に合わせて歌を歌った時 …… 268
161 「当代の作者」風に試みられたソネット …… 269
162 ある夫人に寄せて …… 270
163 カインの放浪 …… 271
164 老水夫の歌—全7部 …… 279
165 議会の発信器 …… 303
166 雲の生み出す効果の研究 …… 305
167 代理人にことよせて—— …… 305
168 神格化—あるいは、ユキノハナ …… 306
169 署名な音楽批評家に寄せる—髪を突き出た耳故に目立つ …… 309
170 大火、飢餓と虐殺—戦争の対話体の短詩—弁明的序文を付して …… 309
171 アルプスの老人 …… 326
172 ウィリアム・ワーズワースの有名なギリシャ語の歌の翻訳の修正 …… 330
173 教皇にことよせて—さほど曖昧でない、あるいは信じがたき予言、1798 …… 332
174 夜半の霜 …… 332
175 リューティー—サーカッシアンの恋歌 …… 335
176 ラヴィニア・プールに寄せる歓迎の詩 …… 339
177 フランス賦 …… 340
178 独居の恐怖—1798年4月 フランス軍侵入の警報発令下に書かれた …… 344
179 クリスタベル …… 352
180 狂牛の話 …… 376
181 クーブラ・カーン—夢幻 …… 381
182 ウィリアム・ワーズワースの我らは七人への寄稿 …… 384
183 ナイチンゲール—説話詩 …… 385
184 ウィリアム・ワーズワースに寄せる—「ナイチンゲール」を添えて …… 388
185 黒衣の夫人の民謡詩—断章 …… 389
186 ストーウィー教会の銘刻文の翻訳 …… 392
187 「都会の静けさ」を叙述した詩行 …… 392
188 英語の六歩格 …… 393
189 英語の十一音節—マシソンからの改作 …… 395
190 叙述、例示されたホメロスの六歩格—シラーから改作して …… 395
191 叙述、例証されたオゥイディウス風の哀歌体の韻律—シラーからの改作 …… 396
192 子供っぽいが、ごく当然のこと—ドイツ語に因む …… 396
193 神々の訪れ—シラーを模して …… 397
194 オットフリードの翻訳 …… 398
195 サッフォー対アルカイオス（ウィリアム・ワーズワースを改作して） …… 399
196 洗礼式の前に没した幼子にことよせて—多分、レッシングに鼓舞されて …… 400
197 ゲスナーの韻文改作 …… 400
198 ドイツ人学生の詩歌集の中の詩行 …… 401
199 郷愁—ドイツにて書かれた—ビュルデの改作 …… 401
200 ノミにことよせた改作詩 …… 402
201 ドイツの道と森にことよせた即興二行連句 …… 402
202 聖母マリアの子守歌—ドイツのローマカトリック教の村の聖母マリアのレリーフから模写して …… 403
203 エルビンゲローデにて詩歌集の中に書かれた詩—ハールツの森で …… 403
204 ゴスラー・エールにことよせた警句—ドイツ語から …… 405
205 カトレンブルグのヨハーン・ラインボルトにことよせた碑文—ドイツ語から …… 406
206 ケプラーにことよせた警句—ケシュトナーから …… 406
207 警句—「ジャックが美味しいワインを飲む」—ケストナーから …… 406
208 ロス氏にことよせた警句—通称「鼻」 …… 407
209 警句—「おお、洗礼者ヨハネが今一度訪れたならなあ」—ロガウから …… 407
210 結束したアイルランド人たちにことよせて …… 408
211 詩の読者にことよせた警句—ヴェルニッケに鼓舞されて …… 408
212 ニーラの肖像にことよせた警句—レッシングに鼓舞されて …… 409
213 友達を交換することにことよせた警句—ロガウから …… 409

214　誹謗者にことよせた警句―レッシングから …… 409
215　イギリスの若者の軍歌―シュトルベルグを模して …… 410
216　ヒッポナにことよせた警句―レッシングから …… 411
217　悪魔の想い …… 411
218　グライムの小屋の前で―ヴォスに因む哀歌体の詩 …… 414
219　マホメット―断章 …… 414
220　哀歌体の詩の見本―オシアンを改作して …… 415
221　ある聖職者の死の風評にことよせた警句―レッシングから …… 415
222　誇り高き親への警句―レッシングから …… 416
223　名うてのほら吹きにことよせた警句―レッシングから …… 417
224　悪人にことよせた碑文―多分、ヴァイセシマス・ノックスに因んで …… 417
225　嘘をつくことにことよせた警句の二つの訳文―レッシングから …… 417
226　オックスフォードの売春宿にことよせた警句―レッシングからの改作 …… 418
227　ある婦人の犬のばか可愛がりにことよせた警句―レッシングから …… 419
228　ミムルスにことよせた警句―レッシングから …… 419
229　パヴィウンにことよせた警句―レッシングから …… 419
230　つまらぬ人にことよせた碑文―レッシングからの改作 …… 420
231　結婚にことよせた警句―レッシングから …… 420
232　乙女と天使にことよせた警句―レッシングから …… 421
233　高潔な経済学者への警句―ヴェルニッケから …… 421
234　グリップスにことよせた警句―レッシングから …… 421
235　偉大な牧師の病にことよせて―レッシングから …… 422
236　筆者への警句―レッシングから …… 422
237　昏睡者と狂人―政治的寓話―ギリシャ語の詞華集に因んで …… 423
238　ある批評家への警句―彼は詩篇からの一節を展開した …… 424
239　名前―レッシングから …… 425
240　警句―常に聞こえる―ケストナーから …… 425
241　小屋の入り口を越えて―ロガウに因んで …… 426
242　出し抜かれた悪魔、あるいはヨブの巡り合わせ―ロガウとジョン・オーエンに因んで …… 426
243　ジャックが詩を書く時の速さにことよせた警句―フォン・ハレムに因んで …… 427
244　下手な歌い手にことよせた警句―プフェフェルとマルティアーリスに因んで …… 427
245　トゲのない冗談にことよせた警句 …… 427
246　活発なニノン・ダンクロスに寄せる …… 428
247　純潔であるよりも感傷的な乙女にことよせた警句 …… 428
248　心の交換 …… 429
249　想定上の息子にことよせた警句 …… 429
250　とくと考えよ、非数を―ロガウから …… 430
251　演奏室で作られた詩 …… 430
252　賛美歌46の六歩格訳 …… 431
253　赤鼻卿にことよせた警句 …… 432
254　ディーリアに寄せる …… 432
255　グロスヴェナー・ベッドフォードにことよせた二行連句 …… 433
256　恋 …… 433
257　テヴォンシャーの女公爵夫人、ジョージアーナに寄せる歌―彼女のゴサッド山越えの一節の第二十四連にことよせて …… 437
258　翻訳されたデボラの歌 …… 440
259　イザヤ書の六歩格の訳文 …… 442
260　大地への讃歌―シュトルベルグから …… 443
261　大滝に寄せる―山の断崖の頂付近の洞窟から―シュトルベルグから …… 445
262　テルの誕生の地―シュトルベルグを模して …… 446
263　クリスマスの祝歌 …… 447
264　即興詩―若き夫人が歌っている間に持ち込まれたローソクにことよせて …… 450

265　グレンヴィル卿対タレーラン—韻文の書簡 …… 450
266　カンバランドの鞍の形をした屋根の景色からの着想 …… 454
267　製革にことよせた二行連句 …… 455
268　ハートリー・コールリッジに寄せる詩 …… 455
269　星と山々にことよせた二行詩 …… 455
270　詩人の目にことよせて …… 456
271　墓石の上の二つの丸い空間—（叙唱詩風に陽気で快活に読まれるべき）概要 …… 456
272　ケジックの休日にことよせた六行詩 …… 458
273　気の狂った修道士 …… 458
274　南に面した険しい丘を半ば上がった路傍の所在地用の銘刻板 …… 460
275　見知らぬ人なる吟遊詩人 …… 461
276　夜景—劇的断章 …… 464
277　悔恨にことよせた二行詩 …… 467
278　ろくでなし、関節炎にことよせた二行詩 …… 468
279　T.ハッチンソンと連れ立ってスカボローの海での水浴の後で—1801年8月 …… 468
280　イザベラ・アディソンとジョアンナ・ハッチンソンへの韻文の手紙 …… 469
281　ヒースの荒野にことよせた泉の説明碑文 …… 472
282　エールという名のもとに構成された気品のあるアルコール飲料愛飲家によって歌われる歌 …… 473
283　飲酒対思考—新哲学に逆らった歌 …… 473
284　グラスミアの病床で書かれた詩 …… 474
285　狐火—サッフォー詩体—シュトルベルグから …… 477
286　粗野なラテン語から翻訳された詩 …… 477
287　静寂に寄せる歌 …… 478
288　あるモダンなスイセン—ハゲドルンから …… 479
289　ゲスナーに因む牧歌 …… 479
290　ベン・ジョンソンのへぼ詩人にことよせた改作 …… 480
291　時にことよせた断章—シラーに因む …… 480
292　微風と希望にことよせた詩 …… 481
293　・・・への手紙 …… 481
294　満月の独白—彼女は猛然と怒っている …… 492
295　子供の質問への答 …… 494
296　ロンスデール卿にことよせた碑文 …… 495
297　失意の歌 …… 495
298　白日夢 …… 500
299　アスラに寄せるソネット …… 502
300　スキドーの背後での夜間の散歩の間に書かれた詩—ブレンカーサー山の麓で 1802年 …… 502
301　ペトラルカから改作されたソネット …… 503
302　童歌の訳文 …… 503
303　形見 …… 504
304　絵画—あるいは、恋人の決意 …… 506
305　日の出前の讃歌—シャモニの谷間で …… 512
306　立派な偉人に関する対話 …… 515
307　騎士の墓 …… 516
308　マチルダ・ベサムに寄せる—見知らぬ人から …… 516
309　警句にことよせた警句—ヴェルニッケから …… 518
310　生来の嘘つきにことよせた警句—ヴェルニッケから …… 518
311　悪魔にことよせた警句—ドイツ語の原作から？ …… 519
312　我が炉辺で彼に委託されていたものを出版して公表した方に宛てた警句—ヴェルニッケから …… 519
313　ドイツ語では太陽は女性、そして月は男性という奇妙な事柄にことよせて—ヴェルニッケに因んで …… 519
314　太陽黒点にことよせた警句—ヴェルニッケから …… 520
315　外観にことよせた警句—ヴェルニッケから …… 521
316　作者と彼の友人との間の対話—ヴェルニッケに因んで …… 521
317　所有にことよせた警句—ドイツ語の原作から …… 522
318　空中楼閣にことよせた警句—ヴェルニッケから …… 522

319　虚栄心の強い婦人にことよせて—ドイツ語とマルティアーリスから …… 523

320　我がローソクへの警句—ヴェルニッケに因んで …… 523

321　老ドイツ詩人から—ヴェルニッケに因んで …… 524

322　ボンドストリートのお喋りにことよせた警句—ヴェルニッケから改作して …… 524

323　ヴァージルの「ぼんやりと・・・の月の物惜しみする輝きの下で」にことよせた警句—ヴェルニッケに因んで …… 525

324　モロ族の知、あるいは愚かさの知恵—ドイツ語の原作から？ …… 525

325　ウェストファーレン人の歌 …… 525

326　首相たちと第一執政への暗示 …… 526

327　ウィリアム・サザビーに寄せるラテン語の詩 …… 526

328　アウレリウスにことよせた警句—グリッファスから …… 527

329　番犬の首輪のために—オピッツから …… 527

330　ゾォイルスにことよせた警句—オピッツから …… 527

331　欲得づくの守銭奴にことよせた碑文—オピッツから …… 528

332　昔の友情にことよせたラテン語の詩 …… 528

333　アキルスの昨日の食事にことよせたギリシャ語の詩 …… 529

334　口づけと紅潮 …… 529

335　陽光に包まれたグラスミア湖 …… 530

336　不文の詩篇の断章 …… 530

337　ローモンド湖にことよせた三行詩 …… 531

338　「悲嘆に暮れた夫が抱くような愛」にことよせた詩行 …… 531

339　悪夢 …… 531

340　哀れなコールリッジにことよせた碑文—自分で …… 553

341　比較されるギリシャ人とイギリス人の簡潔さ …… 534

342　ウィリアム・ワーズワースの「マイケル」を聞いた後の詩 …… 534

343　ダブ・コテッジで書かれた詩 …… 534

344　愛国的な詩の連 …… 535

345　三行連句にことよせた三行連句 …… 536

346　コールリッジ婦人に寄せる六歩格の詩 …… 536

347　修正されたカートライト …… 537

348　「愛しきアン」にことよせた警句 …… 537

349　鏡の慰め …… 538

350　涙と同情 …… 538

351　亡霊 …… 538

352　フィンドレー船長に寄せて …… 539

353　地平線に近づく水星—韻律の試み …… 540

354　山国の日没の寸描—断章 …… 540

355　人生とは何か？—韻律の試み …… 541

356　ハゲドーンの改作 …… 541

357　『覚書22』からの韻律の試み …… 541

358　恋の思い出 …… 544

359　断章—「そして、月桂冠・・・」 …… 546

360　断章—存在しないのではなく、ただ存在すべきもの …… 546

361　理想的なものに対する節操 …… 547

362　「このせつない心・・・」 …… 548

363　恋—何故に盲目なのか？ …… 548

364　『覚書21』の中の最終章 …… 549

365　1805年2月に書かれた対句 …… 549

366　愛と道徳的な生き物にことよせた詩 …… 549

367　悲しげな対話 …… 550

368　『覚書17』の中の短縮詩 …… 550

369　比喩 …… 550

370　マルタの美人への頓呼 …… 551

371　神に寄せて …… 551

372　病人を慰める人にことよせた乱れた詩行 …… 551

373　グラスミアの仲間と関連した詩 …… 552

374　話を聞いたことにことよせた詩 …… 552

375　サナツァロを書き改めた詩 …… 552

376　マルタ備忘録の中の名前にことよせて …… 553

377　多分、おかしいくらいひどい韻文の訳 …… 553

378　評定者としてのウィリアム・ワーズワースに寄せるラテン語の詩 …… 554

379　メジャー・ディーマンにことよせた墓碑銘—注を付して …… 554

380 「チェイストナット・グローヴ」という名にことよせて―アリオスから …… 555
381 カタルで亡くなったフェティッドにことよせて …… 555
382 バーズ家の地下納骨所にことよせて …… 556
383 夢の中で書かれた詩 …… 556
384 仇討ちにことよせた一行詩 …… 557
385 死に様にことよせた詩 …… 557
386 オッシアで書かれた …… 557
387 ピサでの死にことよせて …… 557
388 時代の風情 …… 558
389 スペンサーの祝婚歌を書き改めた詩 …… 558
390 皇帝と王を作ろうとする王たる皇帝にことよせた詩―フルク・グレヴィルを改作して …… 559
391 恋への惜別 …… 559
392 現実的な時と非現実的な時―寓話 …… 560
393 ピットとフォックスにことよせた二つの警句 …… 561
394 フルク・グレヴィルのアラハムを改作して …… 561
395 フルク・グレヴィルにより鼓舞された更なる詩 …… 562
396 フルク・グレヴィルのアラハムによって鼓舞されて …… 562
397 音楽に合わされ、ギリシャ語研究者、韻律愛好学者、ナイチンゲール研究者なるハートリー・コールリッジ様によって歌われるギリシャ語の歌 …… 563
398 ダーウェント・コールリッジに寄せる詩―ギリシャ語のレッスンを添えて …… 563
399 ダーウェント・コールリッジに寄せる―関連した韻律で表現される主要で、最もありふれた韻律の詩脚 …… 564
400 寂しいナツメヤシの開花 …… 565
401 1806年11月から12月に書かれた詩 …… 566
402 コレオートンにて書かれた …… 567
403 「色濃く、最高に表情に富んだそれらの青い目」 …… 567
404 コレオートンにて書かれた一行詩 …… 568
405 ウィリアム・ワーズワースに寄せる―個人の心の成長にことよせた一篇の詩を彼が朗唱した後の夜に書かれた …… 568
406 プシュケ―蝶 …… 572
407 韻文の結果？ …… 572
408 キアオジにことよせた詩 …… 573
409 トム・ネイヴェルにことよせたもじり詩の碑文 …… 573
410 1807年2月に書かれた断章 …… 573
411 寓話的寸描 …… 574
412 懺悔にことよせた三行詩 …… 574
413 運命と良心 …… 575
414 五月の鳥 …… 575
415 内密な告白にことよせた警句 …… 575
416 何よりも辛辣な苦しみ―寓話 …… 576
417 樹木の根にことよせて …… 578
418 クラショーを凝縮したイメージ …… 578
419 運命の同時作用の狭間 …… 578
420 ドゥ・バータスを模倣した作品 …… 579
421 シラーによる連句の訳 …… 580
422 ゲーテとシラーによる連句の訳 …… 580
423 トーマス・プールの曲がりくねった道にことよせて …… 581
424 ワーズワースとコールリッジにことよせた詩 …… 581
425 ベーコンから詩作して …… 582
426 シェークスピアのソネットを改作して …… 582
427 二人姉妹に寄せて―放浪者の惜別 …… 582
428 一人で愉快に思うこと …… 584
429 チャプマンに促された詩 …… 584
430 遺失した詩篇からの詩？ …… 585
431 二行詩―「あるいは、燕の如く・・・」 …… 585
432 夜に捧げる祈り―ハートリーとダーウェントのために …… 585
433 ウィリアム・ワーズワースに寄せる …… 586
434 ウィリアム・ワーズワースに寄せる―ラテン語の詩訳 …… 586
435 メアリー・モーガンの顔の綴り変え遊戯 …… 587
436 シャーロット・ブレントに寄せる …… 588

437　シャーロット・ブレントに寄せる詩 …… 588
438　極論は一致する―哲学的覚書 …… 589
439　幸福な家庭にことよせて …… 589
440　個人的表象に伴うラテン語の詩 … 589
441　第二の表象に伴うラテン語の詩 … 590
442　第三の表象に伴う銘文 …… 590
443　説話的寸描 …… 590
444　ガイ・フォークスにことよせたラテン語の哀歌体の詩 …… 591
445　マリーノから翻訳されたソネット …… 591
446　マリーノの作風での代わりの連 … 592
447　幸福な夫―断章 …… 593
448　月にことよせた詩 …… 594
449　教会での唱歌にことよせた二行連句 …… 594
450　アンフレットに寄せる …… 594
451　同胞生殖のギリシャ人の謎 …… 595
452　コールリッジ婦人宛の韻文の手紙 …… 595
453　幼子にことよせたもう一つの墓碑銘 …… 596
454　「恋の骨折り損」から改作した題字 …… 596
455　三行の断章 …… 597
456　トーマス・ウィルキンソンによる我がツグミに寄せるへの寄稿 …… 597
457　市場の時計のために …… 597
458　ベーカー氏の結婚にことよせて―断章 …… 598
459　パラケルススに基づいた詩 …… 598
460　墓のない墓碑 …… 598
461　1809年の秋に書かれた対句 …… 600
462　1809年の晩秋に書かれた詩 …… 600
463　韻文詩―1809年晩秋 …… 600
464　ダニエルの内乱の詩の改作 …… 601
465　修正しなおされたカートライト … 601
466　別離―チャールズ・コットンに因んで …… 602
467　フルク・グレヴィルの「人間学識論」から改作した詩 …… 603
468　修正されたフルク・グレヴィル … 603
469　静寂にことよせた更なる詩 …… 604
470　肉体と魂にことよせた詩 …… 604
471　失意のうちに書かれた―1810年5月 …… 604
472　幻想的な希望 …… 605
473　無韻詩の断章 …… 606
474　ユーモラスな詩―1810年の春 …… 606
475　韻文化されたヴォルテール …… 607
476　韻文化されたギルバート・ホワイト―フクロウにことよせて …… 607
477　色彩と光の観察 …… 607
478　ウォルター・スコット風のバーレスク …… 608
479　ゲーテの警句の翻訳 …… 608
480　太平洋上の月 …… 608
481　ダンの書物の中の最初の詩にことよせて …… 609
482　モグラ …… 609
483　リンボ―断章 …… 609
484　これ以上その上なし …… 610
485　シェークスピアにことよせたミルトンの詩の改作 …… 611
486　ベネデット・メンチィーニの中に記入された詩 …… 612
487　人生―不滅の否定にことよせて … 612
488　美は真実を明白に表すものにすぎぬ …… 613
489　フレゲトーン、コキュトス、エウテルペ―奔放な連 …… 613
490　変化にことよせた断章の詩 …… 614
491　ジャン・パウルに鼓舞された詩 … 614
492　ベン・ジョンソンのニンフの情熱の改作 …… 615
493　ベン・ジョンソンの砂時計の改作 …… 616
494　洗面所の詩 …… 617
495　多分、ジョン・モーガンに関連したラテン語の詩 …… 617
496　自殺の議論―自然の答を添えて … 618
497　魂にことよせたジョン・デイヴィ卿―想像力に適応させて …… 618
498　女人には魂がないというふざけた言説に感情を害された婦人に寄せて‥ 619
499　授受にことよせたラテン語の連句 …… 619
500　韻文での中途半端な試み …… 620
501　悪魔を奮い立たせるためのおどけた式文集 …… 620

502　J.J.モーガンへの韻文で語られた調べ …… 622
503　モールとマザーにことよせた警句 …… 622
504　ボンベイの呼称にことよせて …… 623
505　信仰、希望、慈悲―ガリーニから翻訳して …… 623
506　1812年5月の韻律の試み …… 624
507　北国の王 …… 625
508　博識なロバート・フィットモア卿にことよせた墓碑銘―下痢で死す1812年8月4日享年57歳 …… 625
509　同性愛者にことよせた二行連句 …… 626
510　ある夫人の内緒にことよせて …… 626
511　メイヴァス―バヴァスの神話 …… 626
512　海の方を眺めたことにことよせた詩 …… 626
513　西風にことよせた詩 …… 627
514　国家の独立―ラテン語の断章 …… 627
515　ある夫人に寄せる―鷹匠の難破を添えて …… 628
516　神の遍在―賛美歌 …… 629
517　一長三短音格と四長三短音格を例証する二行連句 …… 630
518　哀れを誘う律動 …… 630
519　透視画のモットー …… 630
520　アイルランドの現状にことよせて―ダニエルの内乱の作風で …… 631
521　リチャード・フィールドの教会についての本の中に書かれた …… 631
522　サウジーのロデリックの序幕の改定 …… 632
523　グリシンの歌―ザポリアから …… 633
524　『覚書22』の韻文詩 …… 633
525　ヨブの韻文訳―ヤコブから …… 634
526　ピンダロスの見本訳―「逐語訳」 …… 635
527　当代の批評家たち …… 636
528　ダンテの翻訳 …… 636
529　オーリーリア・コーテスにことよせた詩 …… 636
530　ラブレーを讃えた詩 …… 637
531　我一つの全体―熱狂的な頌歌 …… 638
532　モーガン家の人々に寄せて …… 639
533　迷信にことよせた詩 …… 639
534　「オルフェウス」という見出しのついた詩 …… 639
535　ジャン・パウルを改作した詩 …… 640
536　ジャン・パウルを改作した更なる詩 …… 640
537　お金にことよせた警句 …… 641
538　罪と美徳にことよせた詩 …… 641
539　崇高なる下痢 …… 641
540　『俗人の説教』からの韻文詩 …… 642
541　ヴァージルの牧歌に代わる訳 …… 642
542　『覚書25』の手控えのためのモットー
543　パンチ酒を飲んだ後の詩 …… 643
544　サイン集めの好きな人のための詩 …… 643
545　ウオノメに愚痴をこぼす若き夫人に寄せて …… 643
546　ヌビバスでの空想 …… 644
547　アリストファネスを模倣して …… 644
548　ブロックに寄せるソネットの一部 …… 645
549　ウェールズのシャーロット王女の死にことよせたイスラエルの嘆き―ハイマン・フルウィッツのヘブライ語からの翻訳 …… 645
550　ビューモントとフレッチャーによる詩の書き換え …… 647
551　ナイチンゲール寸描 …… 647
552　トーマス・ブラウン卿に示唆された詩 …… 648
553　耳の不自由な、盲目の心にことよせた二行連句 …… 648
554　ダニエルのトーマス・エガートン卿に宛てた書簡の改作 …… 648
555　ダンのヘンリー・グディヤー卿に寄せる碑文の改作 …… 649
556　ダニエルのバナナ好きの生き物の改作 …… 650
557　1613年12月26日のダンの対話体の短詩の改作 …… 650
558　ダニエルのバナナ好きの生き物の更なる改作 …… 651
559　友のための碑文詩 …… 651
560　ドッズリーの昔の劇の精選集の詩の改作 …… 652
561　草稿の断章―多分、セアラ・コールリッジを叙述している …… 652
562　苦痛な、法外な高利にことよせた詩 …… 653
563　1819年2月に書かれた対句 …… 653

564　固有の改められないドキミオス—即ち、更なる音節を添えたアンチスパスタス …… 653
565　「万事を担う」…… 654
566　滑稽な著者に寄せる—口汚い論評にことよせて …… 654
567　ある人物 …… 655
568　多音節の地口の即興の実例 …… 658
569　唯物論者にとっての謎 …… 658
570　即興詩—チャールズ・マシューズに寄せて …… 659
571　感謝する国民の涙 …… 659
572　予測と理論、天才と賢さにことよせた二行連句 …… 664
573　太陽崇拝の動物としての人間にことよせた二行連句 …… 664
574　ローダデールにことよせたギリシャ語の二行連句 …… 665
575　脚注にことよせて—手紙の中で …… 665
576　ハエに関する実際的な問題 …… 665
577　音楽 …… 666
578　自然に寄せるソネット …… 666
579　心の耳に宛てた二行連句 …… 666
580　恋の初めての到来 …… 667
581　理性は何処に？ …… 667
582　ホルティーから改作して …… 667
583　バガヴァド・ギータからの詩—クロイツァーから …… 668
584　アナクレオンの炉辺 …… 669
585　ウィリアム・カーティス卿にことよせた擬似の碑文 …… 669
586　トーマス・アルソップによって記録された詩行 …… 670
587　気まぐれな花—叙情短歌 …… 670
588　夫人に寄せる—無にことよせた詩 …… 671
589　善なるもの、真なるもの、美なるもの …… 671
590　ナンセンスなサッフォー風の詩体—ジェームズ・ギルマンJr.のために書かれた …… 671
591　咎めだてと返事—花泥棒の侘び …… 672
592　ブリッジの戦い—書き改めて …… 674
593　ジョン・スワンから改作したラテン風の二行連句 …… 675
594　ハナワラビの詩—ドゥ・バルタスの言い換えを添えて …… 675
595　ブリッジ・ストリート委員会 …… 676
596　ワーズワースにことよせた狂文二行連句 …… 677
597　時にことよせた詩—1823年9月10日 …… 677
598　青春と老境 …… 677
599　詩歌集—「露の滴は朝の宝玉」…… 679
600　ゲーテの訳—「友好的な一言・・・」…… 680
601　「君知るや、あの丘を・・・？」—ゲーテから …… 681
602　シビラの発する言葉にことよせたヘラクレイトス …… 681
603　『覚書28』の中の即興詩 …… 682
604　願望 …… 682
605　クリストファー・ハーヴィーのシナゴーグに取って代わる詩 …… 683
606　務めを怠った旅人 …… 683
607　ジョウンズ嬢に（あるいはA—T嬢に）…… 687
608　カンバランドの女伯爵マーガレット夫人に寄せたダニエルの作品の改作 …… 687
609　エドワード・アーヴィングにことよせた詩 …… 688
610　警句—「こんなものだが」…… 688
611　原罪にことよせた歌集詩 …… 688
612　J.F.メッケルの比較解剖学体系にことよせた詩 …… 689
613　望みなき仕事 …… 689
614　三種類の友 …… 690
615　モス・ビー—苔蚕にことよせた詩 …… 690
616　パリー船長 …… 691
617　ラムズゲートの天候にことよせた詩 …… 693
618　本屋 …… 693
619　「彼は二人の間に心を一つのみ授けた」…… 694
620　エライザに寄せる詩 …… 694
621　ハーバーツの対話の改作 …… 695
622　マルティン・ルターの本の余白に書かれた韻文詩 …… 695
623　「失楽園」第十巻の詩の改作 …… 695
624　マーストンの改作 …… 696

625　二つの泉—苦痛への辛辣な攻めから回復した汚れなき表情の夫人に宛てた連 …… 696
626　恭しきB氏とリチャード・ヒーバー氏に当てはめられたヴァージル …… 698
627　聖ドミニクスの大外套—詩人と友との間の対話 …… 698
628　プラハのジェロームの生涯に於ける韻律と押韻 …… 701
629　二者択一 …… 702
630　即興詩人—「ジョン・アンダーソン、我がジョー・ジョン」 …… 702
631　疎外された婦人（愛の埋葬地） …… 704
632　ベレンガリウスの臨終の言葉と関連詩 …… 705
633　汝と私 …… 707
634　義務、生き残る自己愛—衰退する人生の唯一の確かな友—独白 …… 708
635　クリスマスの日にことよせた即興詩 …… 708
636　白日夢 …… 709
637　雌犬とロバにことよせた警句 …… 710
638　遺言の墓碑 …… 710
639　恋はいつもお喋りの友 …… 711
640　いない、いないばあー、見一つけた …… 711
641　歌—「螺旋状のギンバイカの花冠に隠されているが」 …… 711
642　スマッジャー婦人の歌集のための詩—そして、続き …… 712
643　歌—「我が讃えるユリの表情にあらず」 …… 712
644　物惜しみしない思いやり …… 713
645　ウィリアム・アプコットの歌集の中に書かれた …… 713
646　メアリー・S.プリダムに寄せる …… 713
647　涙にことよせた詩—目の語る言葉として …… 714
648　ロマンス—あるいは暗黒時代の話 …… 714
649　三房の韻文詩 …… 715
650　ジョジフ・コトルにことよせた二行連句 …… 715
651　三人の外科医にことよせた即興詩 …… 716
652　最高に正直な逸話を話す人、そして世話話をする人トーマス・ヒル卿にことよせて …… 716
653　出エジプト記 17に基づいた詩 …… 716
654　ナミュールで書かれた即興詩 …… 717
655　水上のバラード—プラナードに因んで …… 717
656　ケルンからの二つの喀出 …… 718
657　ホック・ハイマーにことよせた即興詩 …… 719
658　不条理なドイツ語の押韻詩 …… 719
659　ネザーランド …… 719
660　ボッカチオの庭 …… 720
661　ベイビー・ベーツに寄せる …… 723
662　黒猫にことよせた模範的な墓碑銘 …… 724
663　アリス・ド・クロス、あるいは二叉の舌—バラッド …… 725
664　女教師に最も望ましい才芸に関するある夫人への返答 …… 732
665　教師の務め …… 733
666　アメリカ合衆国の英国担当長官の娘、バーバー嬢の備忘録に書かれた詩行 …… 735
667　チャールズ・スカッダモア先生にことよせた狂詩 …… 735
668　ジョージ・ドーにことよせた即興詩 …… 736
669　スーザン・スティールに寄せる、財布を受け取った時に—余りにもつまらぬ詩 …… 737
670　トロイラスとクレシダに由来する碑文 …… 737
671　フィルターによるダン …… 738
672　「ソロモン王はすべてのことを知っていた」 …… 739
673　愛と友情は対立する …… 740
674　安らぎがなくて …… 740
675　亡霊、あるいは事実？ 韻文の対話 …… 741
676　思いやりの慈悲 …… 742
677　謙遜—慈悲の母 …… 742
678　天は告ぐ …… 742
679　観念の連想 …… 743
680　ワイングラスの中の歯—突然の絶叫 …… 744
681　ある婦人の歌集の中で …… 744

682　時計の銘刻文字 …… 745
683　『談話集』の中の二行連句 …… 745
684　髭剃り用の錫の容器に寄せる1.5倍以上の哀歌的ソネット …… 745
685　三人の愛国主義者―コックニー訛りの生意気な人、アイルランドのおべっか使いと私 …… 746
686　アイルランドの雄弁家の飲み過ぎ―ソネット …… 747
687　事前に治されるコレラ …… 747
688　坐骨神経痛 …… 749
689　自箋羊皮紙に書かれた肉筆 …… 749
690　敏活な医者と無力になった患者の対話 …… 750
691　我が洗礼の誕生日 …… 750
692　警句―罪深き懐疑論者の死の床 … 751
693　親切な助言と招き …… 751
694　純粋なラテン語風の見本―即席に …… 751
695　春の二行詩 …… 752
696　嘘つきのひもじさ …… 752
697　恋の出現と消滅―寓話的ロマンス …… 752
698　おお！　私は我がパトリックしか愛せぬかも …… 753
699　歌って、喜べ …… 755
700　若き芸術家、カイザワースのカイザーに寄せる …… 755
701　アタナシオス・スフィンクスの原稿詩から …… 756
702　エス・ティー・シー …… 756
703　S.T.コールリッジ―享年 63歳 …… 757
704　イザヤ書 2.7の改作 …… 757
705　メアリー・シェパード夫人にことよせた詩 …… 757
706　メアリー・シェパード夫人にことよせた別の詩 …… 758
707　今年の碑銘―ドクター・トーマス・フラーの追憶の碑文 …… 759
708　ジョン・ケニョンの省略にことよせて …… 759
709　「汝自身を知れは天来のもの」…… 759
710　輝く胆汁 …… 760
711　クリストファー・モーガンへのラテン語の建白 …… 760
712　ジョージ・クローリーの黙示録にことよせた詩 …… 761
713　リードのシェークスピアのためのモットー …… 761
714　ファニー・ボイス嬢に寄せる …… 761
715　自書のための狂詩風な手紙 …… 762
＊あとがき（野上憲男） …… 763
＊Coleridge's Poetical Works …… 767
＊索引 …… 771

エドゥアルド・デ・フィリッポ戯曲集

イタリア会館出版部
全2巻
2012年5月～2013年1月
（ドリアーノ・スリス監修・訳,
大西佳弥訳）

第1巻 デ・プレトーレ・ヴィンチェンツォ

2012年5月25日刊

デ・プレトーレ・ヴィンチェンツォ …… 3
エドゥアルド・デ・フィリッポフォトギャラリー …… 201
エドゥアルド・デ・フィリッポのことば …… 209
自伝メモ …… 210
＊年譜 …… 214
＊エドゥアルド・デ・フィリッポに贈られた言葉 …… 220
　＊オーソン・ウェルズ …… 220
　＊フェデリコ・フェリーニ …… 221
　＊ダリオ・フォ …… 222
＊デ・フィリッポ演劇の舞台としてのナポリ（陣内秀信） …… 224
＊主義でも、異端でもなくデ・フィリッポ（梁木靖弘） …… 225
＊あとがき（ドリアーノ・スリス） …… 226
＊全五巻の作品のご案内 …… 232
＊本作品DVDの紹介 …… 242

第2巻 クピエッロ家のクリスマス

2013年1月25日刊

クピエッロ家のクリスマス …… 3
エドゥアルド・デ・フィリッポフォトギャラリー …… 185
エドゥアルド・デ・フィリッポの詩 …… 192
　ことばの色 …… 192
自伝メモ …… 196
＊年譜 …… 200
＊エドゥアルド・デ・フィリッポに送られた言葉 …… 206
　＊オーソン・ウェルズ …… 206
　＊フェデリコ・フェリーニ …… 207
　＊ダリオ・フォ …… 208
＊プレゼピオとは（ロベルト・ケルキ） …… 210
＊あとがき（ドリアーノ・スリス） …… 214
＊全五巻の作品のご案内 …… 224
＊本作品DVDの紹介 …… 234

F.ショニール・ホセ選集

めこん
全10巻
1984年4月～1991年12月
（山本まつよ訳）

※既刊1～3巻

第1巻　仮面の群れ

1984年4月10日刊

＊日本語版への序―「ロサレス物語」五部作の完結にあたって …… 3
仮面の群れ …… 7
＊訳註 …… 324
＊訳者あとがき …… 328

第2巻　民衆 上

1991年12月25日刊

水よ燃えよ …… 7
橋をこわせ …… 29
張り子の虎 …… 57
圧政者を忘れるな …… 95
民衆こそわれらの望み …… 123
隷属の連禱 …… 163
人民に奉仕せよ …… 183
結束せよ、恐れるな …… 209

第3巻　民衆 下

1991年12月25日刊

民衆をして知らしめよ …… 5
くたばれ、ブルギス …… 39
プラカードは血ぬられている …… 67
数世紀にわたる鎖 …… 135
民族への挑戦 …… 147
明日はわれらのもの …… 181
赤い夜明け …… 203
フィリピン人よ―目覚めよ！ …… 229
＊訳者あとがき …… 260

エラリー・クイーン外典コレクション

原書房
全3巻
2015年9月～2016年1月

第1巻　チェスプレイヤーの密室（飯城勇三訳・解説）

2015年9月28日刊

チェスプレイヤーの密室 …… 5
＊解説―クイーン、ヴァンス、そして密室（飯城勇三） …… 255

第2巻　摩天楼のクローズドサークル（白須清美訳）

2015年11月27日刊

摩天楼のクローズドサークル …… 5
＊解説―クイーン、デミング、そしてクローズドサークル（飯城勇三） …… 253

第3巻　熱く冷たいアリバイ（森沢くみ子訳）

2016年1月29日刊

熱く冷たいアリバイ …… 7
＊解説―クイーン、フローラ、そしてアリバイ（飯城勇三） …… 229

エリアーデ幻想小説全集

作品社
全3巻
2003年7月～2005年2月
(住谷春也編, 直野敦, 住谷春也訳)

第1巻　1936–1955

2003年7月25日刊

令嬢クリスティナ (住谷春也訳) ………… 7
蛇 (住谷春也訳) ………………………… 189
ホーニヒベルガー博士の秘密 (住谷春也訳) ………………………………… 311
セランポーレの夜 (直野敦訳) ………… 371
大物 (住谷春也訳) ……………………… 429
弟思い (住谷春也訳) …………………… 457
一万二千頭の牛 (直野敦訳) …………… 473
大尉の娘 (住谷春也訳) ………………… 495
＊「聖」の顕現としての文学—ルーマニアの物語る〈宇宙羊〉を称えて (沼野充義) ……………………………… 523
＊解題 (住谷春也) ……………………… 549

第2巻　1959–1971

2004年5月15日刊

石占い師 (住谷春也訳) …………………… 7
十四年昔の写真 (住谷春也訳) …………… 43
ジプシー娘の宿 (住谷春也訳) …………… 73
営舎の中で (住谷春也訳) ……………… 119
壕 (住谷春也訳) ………………………… 133
橋 (住谷春也訳) ………………………… 163
イワン (住谷春也訳) …………………… 195
アディオ！… (住谷春也訳) …………… 247
ディオニスの宮にて (住谷春也訳) …… 275
ムントゥリャサ通りで (直野敦訳) …… 337
将軍の服 (住谷春也訳) ………………… 469
＊エピファニーの連鎖反応 (池沢夏樹) ………………………………………… 535
＊解題 (住谷春也) ……………………… 543

第3巻　1974–1982

2005年2月25日刊

ブーヘンワルトの聖者 …………………… 7
ケープ ……………………………………… 45
三美神 ……………………………………… 99
若さなき若さ …………………………… 153
19本の薔薇 ……………………………… 259
ダヤン …………………………………… 409
百合の蔭で… …………………………… 481
＊ミルチャ・エリアーデ年譜 (住谷春也編) ……………………………………… 514
＊ミルチャ・エリアーデの邦訳作品 (二〇〇五年二月現在) …………………… 540
ヴェルサイユの幽霊 (佐藤亜紀) ……… 542
解題 (住谷春也) ………………………… 554

エリザベス朝演劇集

白水社
全5巻
1995年10月～1996年7月
（小田島雄志訳）

第1巻　マルタ島のユダヤ人・フォースタス博士（クリストファー・マーロー著）

1995年12月10日刊

マルタ島のユダヤ人 ………………………… 5
フォースタス博士 ………………………… 143
＊クリストファー・マーローについて（小田島雄志）………………………… 259

第2巻　ヴォルポーネ・錬金術師（ベン・ジョンソン著）

1996年7月30日刊

ヴォルポーネ ………………………… 5
錬金術師 ………………………… 223
＊ベン・ジョンソンについて（小田島雄志）………………………… 449

第3巻　白い悪魔・モルフィ公爵夫人（ジョン・ウェブスター著）

1996年2月10日刊

白い悪魔 ………………………… 5
モルフィ公爵夫人 ………………………… 195
＊ジョン・ウェブスターについて（小田島雄志）………………………… 379

第4巻　復讐者の悲劇・無神論者の悲劇（シリル・ターナー著）

1996年4月10日刊

復讐者の悲劇 ………………………… 5
無神論者の悲劇 ………………………… 163
＊シリル・ターナーについて（小田島雄志）………………………… 315

第5巻　あわれ彼女は娼婦・心破れて（ジョン・フォード著）

1995年10月20日刊

あわれ彼女は娼婦 ………………………… 5
心破れて ………………………… 143
＊ジョン・フォードについて（小田島雄志）………………………… 307

O.ヘンリー傑作選

新潮社
全3巻
2014年12月～2015年12月
（新潮文庫）
（小川高義訳）

第1巻　賢者の贈りもの

2014年12月1日刊

賢者の贈りもの …… 9
春はアラカルト …… 21
ハーグレーヴズの一人二役 …… 35
二十年後 …… 63
理想郷の短期滞在客 …… 71
巡査と讃美歌 …… 83
水車のある教会 …… 97
手入れのよいランプ …… 121
千ドル …… 145
黒鷲の通過 …… 157
緑のドア …… 179
いそがしいブローカーのロマンス …… 193
赤い酋長の身代金 …… 203
伯爵と婚礼の客 …… 225
この世は相身互い …… 239
車を待たせて …… 249
＊訳者あとがき …… 260

第2巻　最後のひと葉

2015年11月1日刊

最後のひと葉 …… 9
騎士の道 …… 23
金銭の神、恋の天使 …… 47
ブラックジャックの契約人 …… 61
芝居は人生だ …… 91
心と手 …… 107
高らかな響き …… 113
ピミエンタのパンケーキ …… 127
探偵探知機 …… 149
ユーモリストの告白 …… 159
感謝祭の二人の紳士 …… 177
ある都市のレポート …… 189
金のかかる恋人 …… 221
更生の再生 …… 233
＊訳者あとがき …… 260

第3巻　魔が差したパン

2015年12月1日刊

魔が差したパン …… 9
ブラック・ビルの雲隠れ …… 17
未完の物語 …… 41
にせ医者ジェフ・ピーターズ …… 55
アイキーの惚れ薬 …… 69
人生ぐるぐる …… 79
使い走り …… 91
一ドルの価値 …… 99
第三の材料 …… 113
王女とピューマ …… 139
貸部屋、備品あり …… 153
マジソン・スクエアのアラビアンナイト …… 167
都会の敗北 …… 181
荒野の王子さま …… 195
紫のドレス …… 213
新聞の物語 …… 225
シャルルロワのルネサンス …… 233
＊訳者あとがき …… 260

海外戯曲アンソロジー

—海外現代戯曲翻訳集〈国際演劇交流セミナー記録〉
日本演出者協会, れんが書房新社（発売）
全3巻
2007年3月～2009年3月
（日本演出者協会編）

第1巻　カナダ・韓国・ベラルーシ・オーストラリア・マレーシア

2007年3月30日刊

居留地姉妹（トムソン・ハイウェイ作, 常田景子訳）…… *9*
チェロとケチャップ（金明和作, 木村典子訳）…… *63*
女流詩人の為に夫が必要です—二幕の喜劇（エレーナ・ポポワ作, 古沢晃訳）…… *99*
ハサミ、紙、石（じゃんけんぽん）（ダニエル・キーン作, 佐和田敬司訳）…… *143*
皆々さまへ（ダニエル・キーン作, 佐和田敬司訳）…… *175*
投票日（フジル・スライマン作著, 小飯塚真知子訳）…… *189*
＊国際演劇交流セミナの歩み …… *221*

第2巻　プエルトリコ・カナダ・中国・マレーシア

2008年3月30日刊

アヴァター（ロベルト・ラモス＝ペレア作, 中川秀子訳）…… *5*
ローズィーの食堂（リック・シオミ作, 吉原豊司訳）…… *81*
赤毛の司祭—ヴィヴァルディ、最後の恋（ミエコ・オーウチ作, 吉原豊司訳）…… *137*
独り芝居 俺は担ぎ屋（劉深作, 坂手日登美訳）…… *179*
「アンタウムイ」という名の現代女性（リャオプイティン作, 角田美知代訳）…… *207*
三人の子供たち（リャオプイティン作, はたやまくにお訳）…… *231*
＊国際演劇交流セミナの歩み …… *264*
＊あとがき …… *267*

第3巻　オーストラリア・韓国・フランス・カナダ

2009年3月31日刊

リデンプション～つぐない（ジョアンナ・マレースミス作, 家田淳訳）…… *5*
男子衝動（青廣華作, 木村典子訳）…… *57*
ブラック・メディア（ウェズリー・イノック作, 佐和田敬司訳）…… *133*
隔室（ミシェル・アザマ作, 佐藤康訳）…… *157*
ベル・モラル—自然進化史（アン＝マリー・マクドナルド作, 佐藤アヤ子, 小泉摩耶訳）…… *181*
＊国際演劇交流セミナの歩み …… *260*
＊海外戯曲アンソロジーIII刊行にあたって—編集後記（和田喜夫）…… *264*

海外ミステリ Gem Collection

長崎出版
全16巻
2006年12月～2010年6月

第1巻　証拠は語る（マイケル・イネス著, 今井直子訳）

2006年12月6日刊

証拠は語る ………………………………… 1
＊訳者あとがき ……………………………… 368

第2巻　死のチェックメイト（E.C.R.ロラック著, 中島なすか訳）

2007年1月10日刊

死のチェックメイト ………………………… 1
＊訳者あとがき ……………………………… 258

第3巻　薄灰色に汚れた罪（ジョン・D.マクドナルド著, 板垣節子訳）

2007年2月10日刊

薄灰色に汚れた罪 ………………………… 1
＊訳者あとがき ……………………………… 384

第4巻　嘘は刻む（エリザベス・フェラーズ著, 川口康子訳）

2007年3月10日刊

＊読者へのささやかな道案内（レッド・ヘリング）
嘘は刻む ……………………………………… 1
＊訳者あとがき ……………………………… 324

第5巻　アリントン邸の怪事件（マイケル・イネス著, 井伊順彦訳）

2007年4月10日刊

＊読者へのささやかな道案内（レッド・ヘリング）
アリントン邸の怪事件 …………………… 1
＊訳者あとがき ……………………………… 248

第6巻　蛇は嗤う（スーザン・ギルラス著, 文月なな訳）

2007年5月10日刊

＊読者へのささやかな道案内（レッド・ヘリング）
蛇は嗤う ……………………………………… 1
＊訳者あとがき ……………………………… 348

第7巻　正義の四人／ロンドン大包囲網（エドガー・ウォーレス著, 宮崎ひとみ訳）

2007年6月10日刊

＊読者へのささやかな道案内（レッド・ヘリング）
正義の四人／ロンドン大包囲網 ………… 1
＊訳者あとがき ……………………………… 194

第8巻　ペンローズ失踪事件（R.オースティン・フリーマン著, 美藤健哉訳）

2007年10月6日刊

ペンローズ失踪事件 ……………………… 1
＊訳者あとがき ……………………………… 294

第9巻　大聖堂の殺人（マイケル・ギルバート著, 今井直子訳）

2007年11月12日刊

大聖堂の殺人 ……………………………… 1
＊訳者あとがき ……………………………… 320

第10巻　サファリ殺人事件（エルスペス・ハクスリー著, 小笠原はるの訳）

2007年12月6日刊

サファリ殺人事件 ………………………… 1
＊訳者あとがき ……………………………… 244

第11巻　猿の肖像（R.オースティン・フリーマン著, 青山万里子訳）

2008年1月10日刊

猿の肖像 ……………………………………… 1
＊訳者あとがき ……………………………… 326

第12巻　或る豪邸主の死（J.J.コニントン著, 田中富佐子訳）

2008年2月15日刊

或る豪邸主の死 …… 1
＊訳者あとがき …… 314

第13巻　ランドルフ・メイスンと7つの罪（メルヴィル・デイヴィスン・ポースト著, 高橋朱美訳）

2008年3月14日刊

はじめに …… 1
I　罪体 …… 9
II　マンハッタンの投機家 …… 51
III　ウッドフォードの共同出資者 …… 69
IV　ウィリアム・バン・ブルームの過ち …… 103
V　バールを持った男たち …… 123
VI　ガルモアの郡保安官 …… 147
VII　犯意 …… 181
＊訳者あとがき …… 204

第14巻　ワトスンの選択（グラディス・ミッチェル著, 佐久間野百合訳）

2008年5月15日刊

ワトスンの選択 …… 1
＊訳者あとがき …… 332

第15巻　殺人への扉（エリザベス・デイリー著, 葉戸ひろみ訳）

2008年6月15日刊

殺人への扉 …… 2
＊訳者あとがき …… 332

第16巻　カマフォード村の哀惜（エリス・ピーターズ著, 土屋元子訳）

2010年6月15日刊

カマフォード村の哀惜 …… 3
＊訳者あとがき …… 420

怪奇小説傑作集

新版
東京創元社
全5巻
2006年1月～2006年8月
（創元推理文庫）

※1969年刊のものの改版

第1巻　英米編 I（平井呈一訳）

2006年1月31日刊

幽霊屋敷（ブルワー・リットン著） …… 9
エドマンド・オーム卿（ヘンリー・ジェイムズ著） …… 83
ポインター氏の日録（M.R.ジェイムズ著） …… 143
猿の手（W.W.ジェイコブズ著） …… 165
パンの大神（アーサー・マッケン著） …… 191
いも虫（E.F.ベンスン著） …… 289
秘書奇譚（アルジャーノン・ブラックウッド著） …… 307
炎天（W.F.ハーヴィー著） …… 371
緑茶（J.S.レ・ファニュ著） …… 383
＊解説（平井呈一） …… 449
＊新版解説 初版刊行のころを振り返って（紀田順一郎） …… 467
＊収録作品原題 …… 473

第2巻　英米編 II（宇野利泰, 中村能三訳）

2006年3月17日刊

ポドロ島（L.P.ハートリイ著, 宇野利泰訳） …… 9
みどりの想い（ジョン・コリアー著, 宇野利泰訳） …… 31
帰ってきたソフィ・メイスン（E.M.デラフィールド著, 宇野利泰訳） …… 65
船を見ぬ島（L.E.スミス著, 宇野利泰訳） …… 91
泣きさけぶどくろ（F.M.クロフォード著, 宇野利泰訳） …… 139
スレドニ・ヴァシュタール（サキ著, 宇野利泰訳） …… 195

人狼（フレデリック・マリヤット著, 宇野利泰訳）……205
テーブルを前にした死骸（S.H.アダムズ著, 宇野利泰訳）……243
恋がたき（ベン・ヘクト著, 宇野利泰訳）……255
住宅問題（ヘンリイ・カットナー著, 宇野利泰訳）……277
卵型の水晶球（H.G.ウェルズ著, 宇野利泰訳）……315
人間嫌い（J.D.ベレスフォード著, 中村能三訳）……347
チェリアピン（サックス・ローマー著, 中村能三訳）……367
こびとの呪い（E.L.ホワイト著, 中村能三訳）……401
＊解説（平井呈一）……431
＊新版解説 はじめて海外の怪奇小説を読んだころ（荒俣宏）……449
＊収録作品原題……455

第3巻　英米編 III（橋本福夫, 大西尹明訳）
2006年4月28日刊

ラパチーニの娘（ナサニエル・ホーソーン著, 橋本福夫訳）……9
信号手（チャールズ・ディケンズ著, 橋本福夫訳）……67
あとになって（イーディス・ウォートン著, 橋本福夫訳）……95
あれは何だったか？（フィッツ＝ジェイムズ・オブライエン著, 橋本福夫訳）……157
イムレイの帰還（ラドヤード・キップリング著, 橋本福夫訳）……183
アダムとイヴ（A.E.コッパード著, 橋本福夫訳）……207
夢のなかの女（ウィルキー・コリンズ著, 橋本福夫訳）……231
ダンウィッチの怪（H.P.ラヴクラフト著, 大西尹明訳）……275
怪物（アンブローズ・ビアース著, 大西尹明訳）……369
シートンのおばさん（ウォルター・デ・ラ・メア著, 大西尹明訳）……389
＊解説（平井呈一）……455
＊新版解説 受け継がれゆく怪奇の法燈（東雅夫）……473
＊収録作品原題……481

第4巻　フランス編（青柳瑞穂, 澁澤龍彦訳）
2006年7月14日刊

ロドリゴあるいは呪縛の塔（マルキ・ド・サド著, 澁澤龍彦訳）……9
ギスモンド城の幽霊（シャルル・ノディエ著, 澁澤龍彦訳）……41
シャルル十一世の幻覚（プロスペル・メリメ著, 青柳瑞穂訳）……111
緑色の怪物（ジェラール・ド・ネルヴァル著, 澁澤龍彦訳）……125
解剖学者ドン・ベサリウス—悖徳(はいとく)物語マドリッドの巻（ペトリュス・ボレル著, 澁澤龍彦訳）……137
草叢のダイアモンド（グザヴィエ・フォルヌレ著, 澁澤龍彦訳）……167
死女の恋（テオフィル・ゴーティエ著, 青柳瑞穂訳）……179
罪のなかの幸福（バルベエ・ドルヴィリ著, 澁澤龍彦訳）……233
フルートとハープ（アルフォンス・カル著, 青柳瑞穂訳）……321
勇み肌の男（エルネスト・エロ著, 澁澤龍彦訳）……329
恋愛の科学（シャルル・クロス著, 澁澤龍彦訳）……347
手（ギー・ド・モーパッサン著, 青柳瑞穂訳）……359
奇妙な死（アルフォンス・アレ著, 澁澤龍彦訳）……373
仮面の孔(あな)（ジャン・ロラン著, 澁澤龍彦訳）……379
フォントフレード館の秘密（アンリ・ド・レニエ著, 青柳瑞穂訳）……393
列車〇八一（マルセル・シュオップ著, 青柳瑞穂訳）……401
幽霊船（クロード・ファレール著, 青柳瑞穂訳）……411
オノレ・シュブラックの消滅（ギヨーム・アポリネール著, 青柳瑞穂訳）……423

ミスタア廣（ポール・モーラン著, 青柳瑞穂訳）…… 433
自転車の怪（アンリ・トロワイヤ著, 澁澤龍彦訳）…… 445
最初の舞踏会（レオノラ・カリントン著, 澁澤龍彦訳）…… 461
＊解説（澁澤龍彦）…… 469
＊新版解説 人生は夢—回想記風に（出口裕弘）…… 511
＊収録作品原題 …… 518

第5巻　ドイツ・ロシア編（原卓也, 植田敏郎訳）

2006年8月31日刊

ドイツ編（植田敏郎訳）…… 9
ロカルノの女乞食（ハインリヒ・フォン・クライスト著）…… 11
たてごと（テオドール・ケルナー著）…… 17
蜘蛛（H.H.エーヴェルス著）…… 25
イグナーツ・デンナー（E.T.A.ホフマン著）…… 67
ロシア編（原卓也訳）…… 161
深夜の幻影（ミハイル・アルツィバーシェフ著）…… 163
犠牲（アレクセイ・レミゾフ著）…… 185
妖女（ヴィイ）（ニコライ・ゴーゴリ著）…… 217
黒衣の僧（アントン・チェーホフ著）…… 293
カリオストロ（アレクセイ・トルストイ著）…… 353
＊ドイツ編解説（植田敏郎）…… 419
＊ロシア編解説（原卓也）…… 423
＊新版解説 ドイツ・ロシアの大いなる幻想の沃野へ（沼野充義）…… 433
＊収録作品原題 …… 443

怪奇小説の世紀

国書刊行会
全3巻
1992年12月～1993年6月
（西崎憲編）

第1巻　夢魔の家

1992年12月25日刊

火宅（ヴィンセント・オサリヴァン著）…… 11
岩のひきだし（ヨナス・リー著）…… 27
旅行時計（W・F・ハーヴィー著）…… 43
夢魔の家（エドワード・ルーカス・ホワイト著）…… 53
花嫁（M.P.シール著）…… 71
違う駅（A.M.バレイジ著）…… 97
人形（ヴァーノン・リー著）…… 111
フローレンス・フラナリー（マージョリー・ボウエン著）…… 127
湿ったシーツ（H.R.ウエイクフィールド著）…… 161
戦利品（A.N.L.マンビー著）…… 179
アルフレッド・ワダムの絞首刑（E・F・ベンスン著）…… 201
陽気なる魂（エリザベス・ボウエン著）…… 223
＊怪奇小説の黄金時代（西崎憲）…… 245
＊書誌 …… i

第2巻　がらんどうの男

1993年2月25日刊

がらんどうの男（トマス・バーク著）…… 11
茶色い手（アーサー・コナン・ドイル著）…… 33
ボルドー行の乗合馬車（ハリファックス著）…… 61
妖精にさらわれた子供（J・S・レ・ファニュ著）…… 69
チャレルの谷（H.R.ウエイクフィールド著）…… 85
遭難（アン・ブリッジ著）…… 103
時計（ニール・ミラー・ガン著）…… 141
死神の霊廟（レディ・ディルク著）…… 153

エニスモア氏の最期（J・H・リドル夫人著）…… 161
閉ざされた部屋（E・F・ベンスン著）…… 185
ウエッソー（ニュージェント・バーカー著）…… 209
事故（オリヴァー・オニオンズ著）…… 229
＊好事家志願（西崎憲）…… 259
＊書誌 …… i

第3巻　夜の怪

1993年6月15日刊

ターンヘルム（ヒュー・ウォルポール著）…… 11
足跡（A.M.バレイジ著）…… 39
秋のクリケット（ダンセイニ卿著）…… 59
死霊の山 …… 71
イノウズラッド夫人（R.マレー・ギルクリスト著）…… 85
夜の怪（L.P.ハートリー著）…… 97
列車（ロバート・エイクマン著）…… 109
日時計（R.H.マールデン著）…… 175
砂歩き（ファーガス・ヒューム著）…… 201
失われた船（W.W.ジェイコブズ著）…… 231
＊The Study of Twilight（西崎憲）…… 243
＊書誌 …… i

怪奇文学大山脈

—西洋近代名作選

東京創元社

全3巻

2014年6月～2014年12月

（荒俣宏編纂）

第1巻　19世紀再興篇

2014年6月27日刊

＊第一巻まえがき 西洋怪奇文学はいかにして日本に届いたか（荒俣宏）…… 5
第一部　ドイツロマン派の大いなる影響—亡霊の騎士と妖怪の花嫁 …… 45
レノーレ（ゴットフリート・アウグスト・ビュルガー著, 南條竹則訳）…… 47
新メルジーネ（ヨハン・ヴォルフガング・ゲーテ著, 垂野創一郎訳）…… 57
青い彼方への旅（ルートヴィヒ・ティーク著, 垂野創一郎訳）…… 83
フランケンシュタインの古塔（南條竹則訳）…… 141
イタリア人の話（キャサリン・クロウ著, 青木悦子訳）…… 147
人狼（クレメンス・ハウスマン著, 野村芳夫訳）…… 171
第二部　この世の向こうを覗く—心霊界と地球の辺境 …… 227
モノスとダイモノス（エドワード・ブルワー＝リットン著, 南條竹則訳）…… 229
悪魔のディッコン（ジョゼフ・シェリダン・レ・ファニュ著, 南條竹則訳）…… 241
鐘突きジューバル（フィッツ＝ジェイムズ・オブライエン著, 南條竹則訳）…… 255
仮面（リチャード・マーシュ著, 青木悦子訳）…… 265
第三部　欧州からの新たなる霊感と幻想科学小説 …… 295
王太子通り（リュ・ムッシュー・ル・プランス）二五二番地（ラルフ・アダムズ・クラム著, 青木悦子訳）…… 297

使者（ロバート・W.チェンバース著，夏来健次訳）……317
ふくろうの耳（エルクマン＝シャトリアン著，藤田真利子訳）……367
重力が嫌いな人（ちょっとした冗談）—『地球と宇宙の夢想』より（コンスタンチン・ツィオルコフスキイ著，大野典宏訳）……381
＊第一巻作品解説（荒俣宏）……391

第2巻　20世紀革新篇

2014年8月29日刊

＊第二巻まえがき 二〇世紀怪奇スクール—夢魔の花咲きほこる（荒俣宏）……5
末亡人と物乞い（ロバート・ヒチェンズ著，夏来健次訳）……37
甲板の男（F.マリオン・クロフォード著，圷香織訳）……63
鼻面（E.L.ホワイト著，西崎憲訳）……109
紫色の死（グスタフ・マイリンク著，垂野創一郎訳）……153
白の乙女（H.H.エーヴェルス著，垂野創一郎訳）……163
私の民事死について（マッシモ・ボンテンペッリ著，マッシモ・スマレ訳）……173
ストリックランドの息子の生涯（J.D.ベリズフォード著，西崎憲訳）……183
シルヴァ・サアカス（A.E.コッパード著，平井呈一訳）……191
島（L.P.ハートリー著，西崎憲訳）……207
紙片（アーサー・マッケン著，南條竹則訳）……231
遅参の客（ウォルター・デ・ラ・メア著，圷香織訳）……237
ふたつのたあいない話（オリヴァー・オニオンズ著，西崎憲訳）……269
アンカーダイン家の信徒席（W.F.ハーヴィー著，野村芳夫訳）……285
ブレナー提督の息子（ジョン・メトカーフ著，西崎憲訳）……301
海辺の恐怖—一瞬の経験（ヒュー・ウォルポール著，西崎憲訳）……327
釣りの話（H.R.ウエイクフィールド著，西崎憲訳）……337
不死鳥（フェニックス）（シルヴィア・タウンゼンド・ウォーナー著，青木悦子訳）……353
近頃蒐（あつ）めたゴースト・ストーリー（ベネット・サーフ著，西崎憲訳）……361
＊第二巻作品解説（荒俣宏）……375

第3巻　諸雑誌氾濫篇

2014年12月26日刊

＊第三巻まえがき 雑誌は怪奇文学の源泉だった（荒俣宏）……5
枷をはめられて（スティーヴン・クレーン著，青木悦子訳）……83
闇の力（イーディス・ネズビット著，圷香織訳）……89
アシュトルトの樹林（ジョン・バカン著，青木悦子訳）……109
蠟人形小屋（グスタフ・マイリンク著，垂野創一郎訳）……139
舞踏会の夜（カール・ハンス・シュトローブル著，垂野創一郎訳）……153
カミーユ・フラマリオンの著名なる『ある彗星の話』の驚くべき後日譚（アルフ・フォン・チブルカ著，垂野創一郎訳）……165
ラトゥク—あるグロテスク（カール・ツー・オイレンブルク著，垂野創一郎訳）……173
赤い光の中で（モーリス・ルヴェル著，藤田真利子訳）……179
物音・足音（野尻抱影著）……187
悪魔を見た男（ガストン・ルルー著，藤田真利子訳）……193
わたしは告発…されている（アンドレ・ド・ロルド著，藤田真利子訳）……231
幻覚実験室（アンドレ・ド・ロルド著，藤田真利子訳）……239
最後の拷問（アンドレ・ド・ロルド著，藤田真利子訳）……285
不屈の敵（W.C.モロー著，青木悦子訳）……309
ジョン・オヴィントンの帰還（マックス・ブランド著，夏来健次訳）……323

昏（H.S.ホワイトヘッド著, 夏来健次訳）…… 345
悪魔の娘（E.ホフマン・プライス著, 夏来健次訳）…… 363
責め苦の申し子（ワイアット・R.ブラッシンゲーム著, 夏来健次訳）…… 389
死を売る男（ロバート・レスリー・ベレム著, 夏来健次訳）…… 411
猫嫌い（L.ロン・ハバード著, 野村芳夫訳）…… 429
七子（M.E.カウンセルマン著, 野村芳夫訳）…… 451
＊第三巻作品解説（荒俣宏）…… 475

ガーネット傑作集

河出書房新社
全5巻
2004年5月～2006年8月
（池央耿訳）

第1巻　狐になった人妻／動物園に入った男（池央耿訳）
2004年5月30日刊

狐になった人妻 …… 5
動物園に入った男 …… 97
＊参考資料 …… 194
＊訳者あとがき …… 199

第2巻　アスペクツ・オブ・ラブ（新庄哲夫訳）
2004年6月30日刊

アスペクツ・オブ・ラブ …… 3
＊訳者あとがき …… 223

第3巻　水夫の帰郷（池央耿訳）
2005年10月30日刊

水夫の帰郷 …… 5
＊訳者あとがき …… 172

第4巻　ビーニー・アイ（池央耿訳）
2006年1月30日刊

ビーニー・アイ …… 7
＊訳者あとがき …… 120

第5巻　イナゴの大移動（池央耿訳）
2006年8月30日刊

イナゴの大移動 …… 5
＊訳者あとがき …… 108

カフカ・セレクション

筑摩書房
全3巻
2008年7月～2008年11月
（ちくま文庫）
（平野嘉彦編）

第1巻　時空／認知（平野嘉彦訳）

2008年7月10日刊

〔それは、どの地域にあるのだろうか〕…… 9
隣り村 …… 10
〔遠くに町がみえる〕…… 11
〔立ち去る、立ち去るのだ〕…… 12
〔ここから立ち去る、とにかくここから立ち去るのだ！〕…… 13
路地の窓 …… 14
〔三軒の家がたがいに接していて〕…… 15
ある注釈 …… 16
〔「この道でいいのかね？」と、私は〕…… 18
〔私は、馬を厩から引いてくるように命じた〕…… 20
山中への遠足 …… 22
〔おそらく私は、もっと早くから〕…… 24
〔「おれが舵手ではないのか？」と、私は叫んだ〕…… 26
走り過ぎていく人たち …… 28
突然の散歩 …… 30
〔ポセイドンは、自分の仕事机の前にすわって〕…… 32
〔私たちは二人して、滑りやすい地面の上を〕…… 35
〔街中で、たえまなく工事がおこなわれている〕…… 38
〔バベルの塔の建設にあたっては、当初は〕…… 41
〔数人の人たちがやってきて〕…… 45
〔隊商宿では、およそ眠ることなど〕…… 49
〔朝は早くからこの日暮れまで〕…… 53
〔モンデリー弁護士の突然の死に関して〕…… 57
掟の問題について …… 61
〔私に弁護人がいたのかどうか、それはきわめて不確かなことだった〕…… 66
〔しばしば必要になる部隊の徴募〕…… 72
〔われわれの小さな町は、およそ国境沿いにあるとは〕…… 78
村医者 …… 90
村での誘惑 …… 104
カルダ鉄道の思い出 …… 122
万里の長城が築かれたとき …… 141
村の学校教師 …… 168
〔エードゥアルト・ラバーンは、廊下を抜けて〕…… 198
あるたたかいの記 …… 238
＊あとがき …… 332

第2巻　運動／拘束（柴田翔訳）

2008年9月10日刊

〔私は最初の門番の前を〕…… 9
インディアンになりたいという願い …… 10
〔アレクサンダー大王〕…… 11
　＊〔訳注〕…… 11
〔列車の車室に座って〕…… 13
〔夢幻騎行〕…… 15
〔公園の藪〕…… 17
〔牢獄の一室ではないのだが〕…… 19
アマチュア競馬の騎手諸氏のための考察 …… 21
〔珍しくもない出来事〕…… 23
天井桟敷にて …… 25
〔白馬が最初に姿を見せたのは〕…… 28
　＊〔訳注〕…… 30
〔中庭への扉を叩く〕…… 31
　＊〔訳注〕…… 35
〔セイレーンたちの沈黙〕…… 36
商人 …… 40
ある夢 …… 44
　＊〔訳注〕…… 48
〔死者たちの家へ客に呼ばれ〕…… 49
石炭バケツの騎手 …… 56
〔肉屋の兄妹〕…… 61
最初の悩み …… 69
街道の子どもたち …… 75
〔狩人グラフス〕…… 82
　〔狩人グラフス〕…… 82
　〔狩人グラフスの笑い〕…… 89
　〔狩人グラフスの自己省察〕…… 90
　〔狩人グラフスの出現〕…… 92

〔狩人グラフスの自己紹介〕…… 93
〔狩人グラフスの対話〕…… 94
＊〔訳注〕…… 102
ある断食芸人の話 …… 104
判決―ある物語 Fに …… 125
流刑地にて …… 149
流刑地断片群 …… 207
＊〔訳注〕…… 206
〔巣造り〕…… 213
ブレッシアでの懸賞飛行 …… 283
＊〔訳注〕…… 296
＊訳者あとがき（柴田翔）…… 299

第3巻　異形／寓意（浅井健二郎訳）

2008年11月10日刊

〔「ああ」、と鼠が言った〕…… 9
〔猫が鼠をつかまえたのだった〕…… 11
〔それは大きな尻尾を〕…… 12
〔かわいい蛇よ〕…… 13
〔私はもともと蛇に〕…… 15
〔それはハゲタカで〕…… 17
〔私はここにはっきり表明しておくが〕…… 19
新しい弁護士 …… 21
＊〈訳者付記〉…… 23
雑種 …… 24
〔「奇妙だ！」とその犬は言って〕…… 28
家父の心配 …… 32
＊〈訳者付記〉…… 44
〔夕方帰宅してみると〕…… 36
一枚の古文書 …… 40
＊〈訳者付記〉…… 44
ジャッカルとアラビア人 …… 45
＊〈訳者付記〉…… 53
〔その村はターミュルといった〕…… 54
あるアカデミーへの報告 …… 62
＊〈訳者付記〉…… 82
歌姫ヨゼフィーネ、あるいは鼠の族 …… 90
＊〈訳者付記〉…… 129
〔いかに私の生活は変化したことか〕…… 131
＊〈訳者付記〉…… 210
変身 …… 212
＊〈訳者付記〉…… 315
＊訳者あとがき（浅井健二郎）…… 317
＊収録作品索引 …… 巻末

カール・クラウス著作集

法政大学出版局
全10巻, 別巻1巻
1971年2月～

※刊行中、5～6, 9～10巻は第I期に収録

7・8　言葉（武田昌一, 佐藤康彦, 木下康光訳）

1993年3月30日刊

第7巻

＊題辞 …… 1
当地ではドイツ語がペッと吐き出される …… 4
言語浄化主義者の宛書きにあてて …… 8
言葉の実習（一）…… 14
文法のペスト …… 14
まで …… 15
nur noch と nur mehr …… 16
Wieso kommt es …… 20
それには忘れる …… 22
後方の人 …… 23
人が憚かるもの …… 24
ことなしに …… 26
かしこに …… 28
誤植（一）…… 51
パンドラの凌辱 …… 60
省略符 …… 67
コンマ …… 70
ほかの葉を欲しがった小さな木の話 …… 76
Es（主語の剝ぎとり）…… 87
訂正 …… 97
補習 …… 110
古典の軛語法（主語の追放）…… 134
言葉の実習（二）…… 154
der と welcher …… 188
剽窃について …… 197
異文 …… 203
魔女の場、およびその他の戦慄 …… 224
ユーモアと抒情詩について …… 334
ある剽窃者の犯罪証明 …… 357
言葉の実習（三）…… 372
読者の疑い …… 372

als と wie …… 375
aus か von か …… 378
いいえ、それさえ！ …… 379
見解がバラバラになるふたり …… 381
「禁ずる」と「断わる」 …… 383
要求することと期待すること …… 384
欺いたのだ！ …… 387
奇妙な過去形 …… 387
救済 …… 389
最もすばらしい見出しのひとつ …… 391
彼は『ファウスト』を狙ったのだ！ …… 392
新自由新聞が言葉の実習をお授けになる …… 394
ジョン・ラスキン『芸術についての講演』から …… 410
作家の慨嘆 …… 413
ふたりの作家 …… 420
第8巻
言葉の実習（四） …… 435
荷物の積み過ぎ …… 435
国立銀行のための言葉の実習 …… 437
電力会社のための言葉の実習 …… 440
必要とする …… 442
古い形と新しい形 …… 444
宝石飾り …… 446
ささやかな成果 …… 449
間違った賞賛 …… 450
間違った非難 …… 452
比喩 …… 454
商業語 …… 455
素晴らしい展望 …… 457
読者が書く …… 462
ご発言が求められるとき …… 463
主語と述語 …… 477
Es …… 477
それは……父親だ …… 494
Es とは何か …… 504
was そして der と welcher …… 512
……なのは精神だ …… 536
心理学と文法 …… 548
曲解のあれこれ …… 558
それなのにこの通りだ、可哀そうに俺という阿呆が！ …… 558
言語財を使った商売 …… 559
口調 …… 562
チェコ人の側で、ドイツ人の側で …… 564
『言葉』（オノレ・ド・バルザック） …… 571
言葉の姿 …… 574
『ファウスト』引用 …… 583
誤植（二） …… 595
音節の運命 …… 612
韻 …… 636
言葉と価値 …… 693
言語 …… 712
＊編者後記（ハインリヒ・フィッシャー） …… 716
＊編者注 …… 723
＊訳注 …… 725
＊エロスとしての言葉―カール・クラウスの言語観（木下康光） …… 769
＊クラウスの論集『言葉』について（佐藤康彦） …… 775
＊訳者追記 …… 795

カレル・チャペック短編集

青土社
全3巻
2007年12月～2008年6月
（田才益夫訳）

〔第1巻〕

2007年12月20日刊

ピラトの信条 …… 7
アルキメデスの死 …… 15
五切れのパン …… 21
貴族階級 …… 29
二度のキスのあいだに …… 35
小麦 …… 45
システム …… 51
眩暈 …… 63
指揮者カリナ氏の物語 …… 75
切手コレクション …… 87
陪審員 …… 101
チンタマニと小鳥の絨毯 …… 113
プロメテウスの刑罰 …… 135
盗まれたサボテン …… 145
ハヴレナ氏の鸚鵡裁判 …… 159
アルコール …… 171
＊訳者あとがき …… 175

第2巻　赤ちゃん盗難事件

2008年4月20日刊

死の晩餐 …… 7
泥棒詩人の話 …… 15
ガンダラ男爵の死 …… 29
ヒルシュ氏失踪事件 …… 41
不眠症の男 …… 53
引越し業 …… 65
女占い師 …… 71
赤ちゃん盗難事件 …… 81
金庫破りと放火犯 …… 99
棒占い …… 113
なくなった足の物語 …… 119
伯爵夫人 …… 131
結婚詐欺師の話 …… 143
輝ける深淵 …… 159
＊訳者あとがき …… 175

第3巻　ありふれた殺人

2008年6月20日刊

悪魔 …… 7
電報 …… 13
奇跡の監房 …… 27
ありふれた殺人 …… 39
ユライ・チュプのバラード …… 49
アガトンまたは賢明さについて …… 61
針 …… 67
懺悔 …… 77
殺人盗難事件 …… 87
デンマークの王子ハムレット …… 101
マルタとマリエ …… 113
千里眼 …… 125
雪の上の足跡 …… 139
人間の最後のもの …… 155
＊訳者あとがき …… 165

KAWADE MYSTERY

河出書房新社
全11巻
2006年10月～2008年11月

10ドルだって大金だ（ジャック・リッチー著, 藤村裕美, 白須清美, 谷崎由依, 好野理恵訳）

2006年10月30日刊

妻を殺さば（白須清美訳） …… 7
毒薬であそぼう（谷崎由依訳） …… 39
10ドルだって大金だ（谷崎由依訳） …… 57
50セントの殺人（白須清美訳） …… 73
とっておきの場所（好野理恵訳） …… 93
世界の片隅で（好野理恵訳） …… 109
円周率は殺しの番号（谷崎由依訳） …… 127
誰が貴婦人を手に入れたか（白須清美訳） …… 135
キッド・カーデュラ（好野理恵訳） …… 155
誰も教えてくれない（藤村裕美訳） …… 177
可能性の問題（藤村裕美訳） …… 213
ウィリンガーの苦境（藤村裕美訳） …… 231
殺人の環（藤村裕美訳） …… 249
第五の墓（藤村裕美訳） …… 267
＊ジャック・リッチーのクールな魅力（F） …… 285

アララテのアプルビイ（マイクル・イネス著, 今本渉訳）

2006年12月30日刊

アララテのアプルビイ …… 1
＊訳者あとがき …… 275

物しか書けなかった物書き（ロバート・トゥーイ著, 法月綸太郎編, 小鷹信光, 小梨直, 清野泉, 谷崎由依, 山本光伸訳）

2007年2月28日刊

おきまりの捜査（清野泉訳） …… 7
階段はこわい（清野泉訳） …… 19
そこは空気も澄んで（清野泉訳） …… 35
物しか書けなかった物書き（小鷹信光訳） …… 49
拳銃つかい（清野泉訳） …… 67
支払い期日が過ぎて（山本光伸訳） …… 85
家の中の馬（山本光伸訳） …… 105
いやしい街を…（山本光伸訳） …… 131
ハリウッド万歳（山本光伸訳） …… 159
墓場から出て（谷崎由依訳） …… 191
予定変更（山本光伸訳） …… 223
犯罪の傑作（山本光伸訳） …… 251
八百長（小梨直訳） …… 279
オーハイで朝食を（谷崎由依訳） …… 301
＊ロバート・トゥーイのおかしなおかしなおかしな世界（法月綸太郎） …… 339

ウォンドルズ・パーヴァの謎（グラディス・ミッチェル著, 清野泉訳）

2007年4月30日刊

ウォンドルズ・パーヴァの謎 …… 5
＊訳者あとがき …… 309

ダイアルAを回せ（ジャック・リッチー著, 駒月雅子, 藤村裕美, 武藤崇恵, 好野理恵訳）

2007年9月30日刊

正義の味方（武藤崇恵訳） …… 7
政治の道は殺人へ（武藤崇恵訳） …… 33
いまから十分間（好野理恵訳） …… 55
動かぬ証拠（好野理恵訳） …… 81
フェアプレイ（好野理恵訳） …… 91
殺人はいかが？（武藤崇恵訳） …… 103
三階のクローゼット（好野理恵訳） …… 125
カーデュラと盗癖者（駒月雅子訳） …… 143
カーデュラ野球場へ行く（駒月雅子訳） …… 169
カーデュラと昨日消えた男（駒月雅子訳） …… 183
未決陪審（藤村裕美訳） …… 197
二十三個の茶色の紙袋（藤村裕美訳） …… 217
殺し屋を探せ（藤村裕美訳） …… 239
ダイアルAを回せ（藤村裕美訳） …… 259
グリッグスビー文書（藤村裕美訳） …… 269
＊短篇ミステリのグレートマスター（F） …… 319

ナツメグの味（ジョン・コリア著, 垂野創一郎, 小池滋, 吉村満美子, 和爾桃子訳）
2007年11月30日刊

ナツメグの味（吉村満美子訳）…… 7
特別配達（和爾桃子訳）…… 23
異説アメリカの悲劇（和爾桃子訳）…… 51
魔女の金（垂野創一郎訳）…… 63
猛禽（吉村満美子訳）…… 83
だから、ビールジーなんていないんだ（和爾桃子訳）…… 97
宵待草（垂野創一郎訳）…… 107
夜だ！ 青春だ！ パリだ！ 見ろ、月も出てる！（和爾桃子訳）…… 127
遅すぎた来訪（吉村満美子訳）…… 137
葦毛の馬の美女（吉村満美子訳）…… 145
壜詰めパーティ（和爾桃子訳）…… 159
頼みの綱（垂野創一郎訳）…… 173
悪魔に憑かれたアンジェラ（吉村満美子訳）…… 183
地獄行き途中下車（小池滋訳）…… 193
魔王とジョージとロージー（垂野創一郎訳）…… 205
ひめやかに甲虫は歩む（垂野創一郎訳）…… 233
船から落ちた男（垂野創一郎訳）…… 251
＊『ナツメグの味』の余白に（垂野創一郎）…… 289

不思議なミッキー・フィン（エリオット・ポール著, 今本渉訳）
2008年1月30日刊

＊親愛なる読者の皆さんへ（著者）…… 1
＊読者のためのパリ案内図 …… 7
不思議なミッキー・フィン …… 9
＊訳者あとがき …… 359

道化の町（ジェイムズ・パウエル著, 森英俊編, 白須清美, 宮脇孝雄訳）
2008年3月30日刊

最近のニュース（白須清美訳）…… 7
ミスター・ニュージェントへの遺産（白須清美訳）…… 19
プードルの暗号（白須清美訳）…… 39
オランウータンの王（白須清美訳）…… 55
詩人とロバ（白須清美訳）…… 75
魔法の国の盗人（白須清美訳）…… 97
時間の鍵穴（白須清美訳）…… 117
アルトドルフ症候群（白須清美訳）…… 137
死の不寝番（白須清美訳）…… 169
愚か者のバス（白須清美訳）…… 201
折り紙のヘラジカ（白須清美訳）…… 229
道化の町（宮脇孝雄訳）…… 261
＊ミステリに魅せられたユーモア作家（森英俊）…… 291

ポドロ島（L.P.ハートリー著, 今本渉訳）
2008年6月30日刊

ポドロ島 …… 7
動く棺桶 …… 23
足から先に …… 57
持ち主の交代 …… 107
思いつき …… 127
島 …… 145
夜の怪 …… 169
毒壜 …… 179
合図 …… 237
W・S …… 243
パンパス草の茂み …… 261
愛し合う部屋 …… 279
＊訳者あとがき …… 305

ランポール弁護に立つ（ジョン・モーティマー著, 千葉康樹訳）
2008年8月30日刊

ランポールと跡継ぎたち …… 5
ランポールとヒッピーたち …… 71
ランポールと下院議員 …… 123
ランポールと人妻 …… 169
ランポールと学識深き同僚たち …… 219
ランポールと闇の紳士たち …… 283
＊英国法曹界小用語集―本書読者のために …… 339
＊訳者あとがき …… 343

ポジオリ教授の冒険（T.S.ストリブリング著, 霜島義明訳）
2008年11月30日刊

パンパタールの真珠 …… 7
つきまとう影 …… 31
チン・リーの復活 …… 133
銃弾 …… 163
海外電報 …… 187
ピンクの柱廊 …… 215
プライベート・ジャングル …… 249
尾行 …… 281
新聞 …… 309
＊幻のポジオリ第二シリーズ（F） …… 339

韓国古典文学の愉しみ
白水社
全2巻
2010年3月
（仲村修編, オリニ翻訳会訳）

上　春香伝 沈清伝
2010年3月30日刊

春香伝（鄭智我現代語訳, 萩森勝訳） …… 7
沈清伝（張喆文現代語訳, 仲村修訳） …… 101
＊解説—春香伝 沈清伝（仲村修） …… 207

下　洪吉童伝 両班伝ほか
2010年3月30日刊

洪吉童伝（鄭鐘牧現代語訳, 奥田邦治訳） …… 7
両班伝 …… 115
　両班とは盗人のことか—両班伝（朴趾源作, 張喆文現代語訳, 原田芽里訳） …… 117
　許生、学問を捨てて、立つ—許生伝（朴趾源作, 張喆文現代語訳, 吉仲貴美子訳） …… 126
　虎、北郭先生を叱る—虎叱（朴趾源作, 張喆文現代語訳, 木下豊二郎訳） …… 146
　鬼神はおるのかおらぬのか—崔生員伝（李鈺作, 張喆文現代語訳, きたがわともこ訳） …… 157
　天下の詐欺師—李泓伝（李鈺作, 張喆文現代語訳, 金敬子訳） …… 168
　沈生の恋—沈生伝（李鈺作, 張喆文現代語訳, 梁玉順訳） …… 181
＊解説—洪吉童伝 両班伝ほか（仲村修） …… 193
＊あとがき（仲村修） …… 207

奇想コレクション
河出書房新社
全20巻
2003年11月〜2013年5月

夜更けのエントロピー（ダン・シモンズ著, 嶋田洋一訳）
2003年11月30日刊

黄泉の川が逆流する …… 7
ベトナムランド優待券 …… 29
ドラキュラの子供たち …… 63
夜更けのエントロピー …… 103
ケリー・ダールを探して …… 157
最後のクラス写真 …… 233
バンコクに死す …… 271
＊訳者あとがき（嶋田洋一）…… 341
＊ダン・シモンズ書籍リスト …… 349

不思議のひと触れ（シオドア・スタージョン著, 大森望編, 大森望, 白石朗訳）
2003年12月30日刊

高額保険（大森望訳）…… 7
もうひとりのシーリア（大森望訳）…… 13
影よ、影よ、影の国（白石朗訳）…… 43
裏庭の神様（大森望訳）…… 63
不思議のひと触れ（大森望訳）…… 101
ぶわん・ばっ！（大森望訳）…… 125
タンディの物語（大森望訳）…… 151
閉所愛好症（大森望訳）…… 191
雷と薔薇（白石朗訳）…… 249
孤独の円盤（白石朗訳）…… 299
＊解説―A Touch of Sturgeon（大森望）…… 327

ふたりジャネット（テリー・ビッスン著, 中村融編訳）
2004年2月28日刊

熊が火を発見する …… 7
アンを押してください …… 27
未来からきたふたり組 …… 45
英国航行中 …… 69
ふたりジャネット …… 109
冥界飛行士 …… 125
穴のなかの穴 …… 175
宇宙のはずれ …… 235
時間どおりに教会へ …… 289
＊編訳者あとがき―ザ・ベスト・オブ・ビッスン（中村融）…… 369
＊テリー・ビッスン書籍リスト …… 383

フェッセンデンの宇宙（エドモンド・ハミルトン著, 中村融編訳）
2004年4月30日刊

フェッセンデンの宇宙 …… 7
風の子供 …… 31
向こうはどんなところだい？ …… 67
帰ってきた男 …… 111
凶運の彗星 …… 135
追放者 …… 197
翼を持つ男 …… 207
太陽の炎 …… 249
夢見る者の世界 …… 277
＊編訳者あとがき―あなたの知らないハミルトン（中村融）…… 339
＊エドモンド・ハミルトン著作リスト …… 355

願い星、叶い星（アルフレッド・ベスター著, 中村融編訳）
2004年10月30日刊

ごきげん目盛り …… 7
ジェットコースター …… 43
願い星、叶い星 …… 59
イヴのいないアダム …… 93
選り好みなし …… 117
昔を今になすよしもがな …… 145
時と三番街と …… 209
地獄は永遠に …… 225
＊編訳者あとがき―ベスターのもうひとつの顔（中村融）…… 367
＊アルフレッド・ベスター著作リスト …… 383

輝く断片（シオドア・スタージョン著, 大森望編, 大森望, 伊藤典夫, 柳下毅一郎訳）
2005年6月30日刊

取り替え子（大森望訳）…… 7
ミドリザルとの情事（大森望訳）…… 39
旅する巌（大森望訳）…… 61
君微笑めば（大森望訳）…… 119
ニュースの時間です（大森望訳）…… 171
マエストロを殺せ（柳下毅一郎訳）…… 207
ルウェリンの犯罪（柳下毅一郎訳）…… 267
輝く断片（伊藤典夫訳）…… 319
＊解説―Crimes for Sturgeon（大森望）…… 359
＊シオドア・スタージョン短篇邦訳リスト …… 373

どんがらがん（アヴラム・デイヴィッドスン著, 殊能将之編, 浅倉久志, 伊藤典夫, 中村融, 深町真理子, 若島正訳）

2005年10月30日刊

＊序文―アヴラム・デイヴィッドスンを偲んで（グラニア・デイヴィス著, 浅倉久志訳）…… 1
ゴーレム（浅倉久志訳）…… 13
物は証言できない（浅倉久志訳）…… 27
さあ、みんなで眠ろう（浅倉久志訳）…… 47
さもなくば海は牡蠣でいっぱいに（若島正訳）…… 71
ラホール駐屯地での出来事（若島正訳）…… 89
クィーン・エステル、おうちはどこさ？（浅倉久志訳）…… 111
尾をつながれた王族（浅倉久志訳）…… 125
サシェヴラル（若島正訳）…… 141
眺めのいい静かな部屋（若島正訳）…… 151
グーバーども（浅倉久志訳）…… 173
パシャルーニー大尉（中村融訳）…… 191
そして赤い薔薇一輪を忘れずに（伊藤典夫訳）…… 213
ナポリ（浅倉久志訳）…… 223
すべての根っこに宿る力（深町眞理子訳）…… 237
ナイルの水源（浅倉久志訳）…… 279
どんがらがん（深町眞理子訳）…… 335
＊解説―唯一無比の異色作家（殊能将之）…… 405
＊付記および謝辞（殊能将之）…… 426
＊アヴラム・デイヴィッドスン著作リスト …… 427

ページをめくれば（ゼナ・ヘンダースン著, 中村融編, 安野玲, 山田順子訳）

2006年2月28日刊

忘れられないこと（山田順子訳）…… 7
光るもの（山田順子訳）…… 71
いちばん近い学校（安野玲訳）…… 103
しーッ！（安野玲訳）…… 127
先生、知ってる？（山田順子訳）…… 145
小委員会（安野玲訳）…… 165
信じる子（安野玲訳）…… 207
おいで、ワゴン！（安野玲訳）…… 237
グランダー（安野玲訳）…… 255
ページをめくれば（山田順子訳）…… 291
鏡にて見るごとく―おぼろげに（山田順子訳）…… 305
＊解説―エッセンシャル・ヘンダースン（中村融）…… 351

元気なぼくらの元気なおもちゃ（ウィル・セルフ著, 安原和見訳）

2006年5月30日刊

リッツ・ホテルよりでっかいクラック …… 7
虫の園 …… 37
ヨーロッパに捧げる物語 …… 63
やっぱりデイヴ …… 99
愛情と共感 …… 121
元気なぼくらの元気なおもちゃ …… 157
ボルボ七六〇ターボの設計上の欠陥について …… 217
ザ・ノンス・プライズ …… 245
＊訳者あとがき（安原和見）…… 337
＊ウィル・セルフ著作リスト …… 347

最後のウィネベーゴ（コニー・ウィリス著, 大森望編訳）

2006年12月30日刊

女王様でも …… 7
タイムアウト …… 43
スパイス・ポグロム …… 129
最後のウィネベーゴ …… 273
＊編訳者あとがき―短篇SFの女王の“ベスト・オブ・ザ・ベスト”（大森望）…… 361

＊コニー・ウィリス小説作品リスト …… 377

失われた探険家（パトリック・マグラア著, 宮脇孝雄訳）
2007年5月30日刊

天使 …… 7
失われた探険家 …… 31
黒い手の呪い …… 53
酔いどれの夢 …… 69
アンブローズ・サイム …… 89
アーノルド・クロンベックの話 …… 107
血の病 …… 129
串の一突き …… 159
マーミリオン …… 183
オナニストの手 …… 211
長靴の物語 …… 229
蠱惑の聖餐 …… 247
血と水 …… 257
監視 …… 275
吸血鬼クリーヴあるいはゴシック風味の田園曲 …… 297
悪臭 …… 321
もう一人の精神科医 …… 331
オマリーとシュウォーツ …… 361
ミセス・ヴォーン …… 369
＊訳者あとがき（宮脇孝雄） …… 385
＊パトリック・マグラア著作リスト …… 401

悪魔の薔薇（タニス・リー著, 中村融編, 安野玲, 市田泉訳）
2007年9月30日刊

別離（市田泉訳） …… 7
悪魔の薔薇（安野玲訳） …… 43
彼女は三（死の女神）（安野玲訳） …… 87
美女は野獣（市田泉訳） …… 125
魔女のふたりの恋人（市田泉訳） …… 147
黄金変成（安野玲訳） …… 173
愚者、悪者、やさしい賢者（市田泉訳） …… 231
蜃気楼と女呪者(マジア)（市田泉訳） …… 289
青い壺の幽霊（安野玲訳） …… 317
＊解説—現代のシェヘラザード姫（中村融） …… 353
＊タニス・リー著作リスト …… 365

[ウィジェット]と[ワジェット]とボフ（シオドア・スタージョン著, 若島正編, 若島正, 小鷹信光, 霜島義明, 宮脇孝雄訳）
2007年11月30日刊

帰り道（若島正訳） …… 7
午砲（小鷹信光訳） …… 21
必要（宮脇孝雄訳） …… 47
解除反応（霜島義明訳） …… 139
火星人と脳なし（霜島義明訳） …… 163
[ウィジェット]と[ワジェット]とボフ（若島正訳） …… 209
＊編者あとがき（若島正） …… 349
＊シオドア・スタージョン著作リスト …… 364

蒸気駆動の少年（ジョン・スラデック著, 柳下毅一郎編, 柳下毅一郎, 浅倉久志, 伊藤典夫, 大森望, 大和田始, 風見潤, 酒井昭伸, 野口幸夫, 山形浩生, 若島正訳）
2008年2月29日刊

古カスタードの秘密（柳下毅一郎訳） …… 7
超越のサンドイッチ（柳下毅一郎訳） …… 19
ベストセラー（山形浩生訳） …… 31
アイオワ州ミルグローブの詩人たち（伊藤典夫訳） …… 55
最後のクジラバーガー（柳下毅一郎訳） …… 69
ピストン式（大森望訳） …… 85
高速道路（山形浩生訳） …… 105
悪への鉄槌、またはパスカル・ビジネススクール求職情報（若島正訳） …… 127
月の消失に関する説明（柳下毅一郎訳） …… 145
神々の宇宙靴—考古学はくつがえされた（浅倉久志訳） …… 157
見えざる手によって（風見潤訳） …… 167
密室（大和田始訳） …… 205
息を切らして（浅倉久志訳） …… 217
ゾイドたちの愛（柳下毅一郎訳） …… 227
おつぎのこびと（浅倉久志訳） …… 249
血とショウガパン（柳下毅一郎訳） …… 277
不在の友に（柳下毅一郎訳） …… 311
小熊座（柳下毅一郎訳） …… 327
ホワイトハット（酒井昭伸訳） …… 353
蒸気駆動の少年（柳下毅一郎訳） …… 373

教育用書籍の渡りに関する報告書（柳下毅一郎訳）…… 389
おとんまたち全員集合！（浅倉久志訳）…… 401
不安検出書（B式）（野口幸夫訳）…… 421
＊解説―ジョン・スラデックの四つの顔（柳下毅一郎）…… 429
＊ジョン・スラデック著作リスト …… 449

ブラックジュース（マーゴ・ラナガン著，佐田千織訳）
2008年5月30日刊

沈んでいく姉さんを送る歌 …… 7
わが旦那様 …… 27
赤鼻の日 …… 45
愛しいピピット …… 71
大勢の家 …… 97
融通のきかない花嫁 …… 141
俗世の働き手 …… 161
無窮の光 …… 185
ヨウリンイン …… 211
春の儀式 …… 237
＊謝辞 …… 255
＊訳者あとがき（佐田千織）…… 257

TAP（グレッグ・イーガン著，山岸真編訳）
2008年12月30日刊

新・口笛テスト …… 7
視覚 …… 35
ユージーン …… 65
悪魔の移住 …… 93
散骨 …… 123
銀炎 …… 145
自警団 …… 203
要塞 …… 235
森の奥 …… 259
TAP …… 283
＊編訳者あとがき（山岸真）…… 355
＊グレッグ・イーガン著作リスト …… 369

洋梨形の男（ジョージ・R.R.マーティン著，中村融編訳）
2009年9月30日刊

モンキー療法 …… 7
思い出のメロディー …… 53
子供たちの肖像 …… 85
終業時間 …… 155
洋梨形の男 …… 175
成立しないヴァリエーション …… 227
＊編訳者あとがき―マーティンの薄明地帯（トワイライトゾーン）（山岸真）…… 325
＊ジョージ・R.R.マーティン著作リスト …… 339

跳躍者の時空（フリッツ・ライバー著，中村融編，中村融，浅倉久志，深町真理子訳）
2010年1月30日刊

跳躍者の時空（深町眞理子訳）…… 7
猫の創造性（深町眞理子訳）…… 31
猫たちの揺りかご（深町眞理子訳）…… 51
キャット・ホテル（深町眞理子訳）…… 85
三倍ぶち猫（深町眞理子訳）…… 117
『ハムレット』の四人の亡霊（中村融訳）…… 129
骨のダイスを転がそう（中村融訳）…… 187
冬の蠅（浅倉久志訳）…… 225
王侯の死（中村融訳）…… 249
春の祝祭（深町眞理子訳）…… 279
＊編者あとがき―ライバーの魔法（中村融）…… 363
＊フリッツ・ライバー著作リスト …… 380

平ら山を越えて（テリー・ビッスン著，中村融編訳）
2010年7月30日刊

平ら山を越えて …… 7
ジョージ …… 33
ちょっとだけちがう故郷 …… 47
ザ・ジョー・ショウ …… 119
スカウトの名誉 …… 159
光を見た …… 185
マックたち …… 215
カールの園芸と造園 …… 233
謹啓 …… 251
＊編訳者あとがき―現代のトール・テール（中村融）…… 377
＊テリー・ビッスン主要著作リスト …… 387

たんぽぽ娘（ロバート・F.ヤング著, 伊藤典夫編, 伊藤典夫, 深町眞理子, 山田順子訳）
2013年5月30日刊

特別急行がおくれた日（伊藤典夫訳）……… *7*
河を下る旅（伊藤典夫訳）……………… *25*
エミリーと不滅の詩人たち（山田順子訳）……………………………… *47*
神風（伊藤典夫訳）………………………… *69*
たんぽぽ娘（伊藤典夫訳）……………… *87*
荒寥の地より（伊藤典夫訳）…………… *111*
主従問題（伊藤典夫訳）………………… *147*
第一次火星ミッション（伊藤典夫訳）…… *191*
失われし時のかたみ（深町眞理子訳）…… *209*
最後の地球人、愛を求めて彷徨す（伊藤典夫訳）……………………………… *239*
11世紀エネルギー補給ステーションのロマンス（伊藤典夫訳）……………… *261*
スターファインダー（伊藤典夫訳）……… *277*
ジャンヌの弓（山田順子訳）…………… *309*
＊編者あとがき（伊藤典夫）…………… *361*
＊収録作原題・初出一覧 ………………… *370*
＊ロバート・F.ヤング小史……………… *371*
＊ロバート・F.ヤング著作リスト……… *373*

ギャスケル全集

大阪教育図書
全7巻, 別巻2巻
2000年1月～2009年3月
（日本ギャスケル協会監修）

第1巻　クランフォード・短編（小池滋他訳）
2000年1月24日刊

クランフォード（小池滋訳）…………………… *1*
短篇
従妹フィリス（松原恭子訳）…………… *181*
荒野の家（阿部美恵訳）………………… *267*
魔女ロイス（大野竜浩訳）……………… *367*
灰色の女（木村晶子訳）………………… *455*
リジー・リー（多比羅真理子訳）……… *503*
異父兄弟（中村美絵訳）………………… *537*
マンチェスターの結婚（中村みどり訳）……………………………………… *551*
地主物語（金子史江訳）………………… *581*
＊『クランフォード』解説（小池滋）…… *599*
＊短篇解説（山脇百合子）……………… *603*

第2巻　メアリ・バートン（直野裕子訳）
2001年12月15日刊

メアリ・バートン—マンチェスター物語‥ *1*
＊『メアリ・バートン』解説（直野裕子）……………………………………… *437*

第3巻　ルース（巽豊彦訳）
2001年1月6日刊

ルース ……………………………………… *1*
＊『ルース』解説（巽豊彦）……………… *459*
＊主要な作中人物 ………………………… *469*

第4巻　北と南（朝日千尺訳）
2004年10月5日刊

北と南 ……………………………………… *1*
＊『北と南』解説（朝日千尺）…………… *473*

第5巻　シルヴィアの恋人たち（鈴江璋子訳）

2003年4月15日刊

シルヴィアの恋人たち …… 1
＊『シルヴィアの恋人たち』解説（鈴江璋子）…… 443
＊主要な作中人物 …… 451

第6巻　妻たちと娘たち（東郷秀光, 足立万寿子訳）

2006年4月10日刊

妻たちと娘たち―日々の生活の物語 …… 1
＊『妻たちと娘たち』解説（東郷秀光）…… 711
＊主要な作中人物 …… 718

第7巻　シャーロット・ブロンテの生涯（山脇百合子訳）

2005年6月28日刊

シャーロット・ブロンテの生涯 …… 1
＊『シャーロット・ブロンテの生涯』解説（山脇百合子）…… 503

別巻 1　短編・ノンフィクション（鈴江璋子他訳）

2008年9月30日刊

日記（宇田朋子訳）…… 3
死産の女児(むすめ)の墓に詣でて―一八三六年七月四日日曜日（長浜麻里子訳）…… 31
貧しい人々のいる風景（長浜麻里子訳）…… 33
チェシャーの慣習（東郷秀光訳）…… 38
クロプトン・ホール（熊倉朗子訳）…… 41
リビー・マーシュの三つの祭日（松岡光治訳）…… 45
寺男(セクストン)の英雄（諸坂喜美訳）…… 73
エマソンの連続講演（鈴江璋子訳）…… 85
クリスマス–嵐のち晴れ（関口章子訳）…… 91
イングランドの前世代の人々（足立万寿子訳）…… 104
手と心（木村正子訳）…… 113
マーサ・プレストン（直野裕子訳）…… 132
ペン・モーファ村の泉（直野裕子訳）…… 145
ジョン・ミドルトンの心（多比羅眞理子訳）…… 168
失踪（熊倉朗子訳）…… 190
『アシニアム』誌掲載評論（鈴江璋子訳）…… 200
　ヘンリー・ワズワース・ロングフェロー著『黄金伝説』ボーグ社 …… 200
　新作小説『モートメインの心』その他の著者による小説『精神の錬金術―試煉は黄金に変わった』二巻ベントリー社 …… 209
ハリソン氏の告白（木村晶子訳）…… 212
ベッシーの家庭の苦労（多比羅眞理子訳）…… 282
ペルシャ王に仕えた英国人庭師（江澤美月訳）…… 300
ばあやの物語（廣野由美子訳）…… 310
カンバーランドの羊毛刈り（松村豊子訳）…… 333
モートン・ホール（閑田朋子訳）…… 346
私のフランス語の先生（大嶋浩訳）…… 385
ユグノーの特性と物語（越川菜穂子訳）…… 409
現代ギリシャ民謡（阿部美恵訳）…… 422
おもてなしの仕方（中村みどり訳）…… 437
呪われた民族（武井暁子訳）…… 457
一時代前の物語（矢次綾訳）…… 470
貧しきクレア修道女（玉井史絵訳）…… 510
『メーベル・ヴォーン』への序文（波多野葉子訳）…… 562
ナイアガラの滝での出来事（波多野葉子訳）…… 565
＊あとがき（鈴江璋子）…… 571
＊収録作品一覧 …… 577
＊訳者紹介 …… 582

別巻 2　短編・ノンフィクション（東郷秀光他訳）

2009年3月30日刊

やっと順調に（東郷秀光訳）…… 3
ラドロー卿の奥様（中村祥子訳）…… 22
グリフィス一族の運命（金山亮太訳）…… 231
曲がった枝（大野龍浩訳）…… 269
本当なら奇妙〔リチャード・ウィティンガム氏の手紙からの抜粋〕（田中孝信訳）…… 310

ヘッペンハイムの六週間(足立万寿子訳) …… 328
ヴェッキ大佐著『カプレーラでのガリバルディ』への序文(波多野葉子訳) …… 363
あるイタリアの組織(波多野葉子訳) …… 367
暗い夜の事件(中村美絵訳) …… 376
クロウリー城(石塚裕子訳) …… 550
まがいもの(宮丸裕二訳) …… 586
ロバート・グールド・ショー(宮丸裕二訳) …… 601
クランフォードの鳥籠(ケージ)(長瀬久子訳) …… 609
フランス日記(市川千恵子訳) …… 622
W.T.M.トレンス『ランカシャーの教訓』書評(鈴木美津子訳) …… 680
怪談の断章二篇(長瀬久子訳) …… 688
＊あとがき(多比羅眞理子) …… 695
＊収録作品一覧 …… 699
＊訳者紹介 …… 702

ギリシア喜劇全集

岩波書店
全9巻, 別巻1巻
2008年7月～2012年2月
(久保田忠利, 中務哲郎編)

第1巻 アリストパネース 1(アリストパネース著, 野津寛, 平田松吾, 橋本隆夫訳)

2008年7月25日刊

アカルナイの人々(野津寛訳) …… 1
騎士(平田松吾訳) …… 105
雲(橋本隆夫訳) …… 209
＊解説
　＊アカルナイの人々(野津寛) …… 323
　＊騎士(平田松吾) …… 343
　＊雲(橋本隆夫) …… 355
＊人名索引 …… 25
＊資料 …… 1
　＊1　ギリシア喜劇用語解説 …… 2
　＊2　度量衡表 …… 17
　＊3　関連地図 …… 19
　　＊1　地中海周辺 …… 19
　　＊2　ギリシア北部 …… 20
　　＊3　ギリシア中央部 …… 21
　　＊4　ギリシア南部 ペロポンネーソス半島 …… 22
　　＊5　小アジア沿岸 …… 23
　　＊6　アテーナイとその周辺 …… 24

第2巻 アリストパネース 2(アリストパネース著, 中務哲郎, 佐野好則, 久保田忠利訳)

2008年9月25日刊

蜂(中務哲郎訳) …… 1
平和(佐野好則訳) …… 107
鳥(久保田忠利訳) …… 205
＊解説
　＊蜂(中務哲郎) …… 343
　＊平和(佐野好則) …… 357
　＊鳥(久保田忠利) …… 367
＊人名索引 …… 25

＊資料 …… 1
　＊1　ギリシア喜劇用語解説 …… 2
　＊2　度量衡表 …… 17
　＊3　関連地図 …… 19
　　＊1　地中海周辺 …… 19
　　＊2　ギリシア北部 …… 20
　　＊3　ギリシア中央部 …… 21
　　＊4　ギリシア南部 ペロポンネーソス半島 …… 22
　　＊5　小アジア沿岸 …… 23
　　＊6　アテーナイとその周辺 …… 24

第3巻　アリストパネース 3（アリストパネース著, 丹下和彦, 荒井直, 内田次信訳）
2009年1月27日刊

リューシストラテー（丹下和彦訳） …… 1
テスモポリア祭を営む女たち（荒井直訳） …… 103
蛙（内田次信訳） …… 199
＊解説
　＊リューシストラテー（丹下和彦） …… 319
　＊テスモポリア祭を営む女たち（荒井直） …… 343
　＊蛙（内田次信） …… 359
＊人名索引 …… 25
＊資料 …… 1
　＊1　ギリシア喜劇用語解説 …… 2
　＊2　度量衡表 …… 17
　＊3　関連地図 …… 19
　　＊1　地中海周辺 …… 19
　　＊2　ギリシア北部 …… 20
　　＊3　ギリシア中央部 …… 21
　　＊4　ギリシア南部 ペロポンネーソス半島 …… 22
　　＊5　小アジア沿岸 …… 23
　　＊6　アテーナイとその周辺 …… 24

第4巻　アリストパネース 4（アリストパネース著, 西村賀子, 安村典子, 久保田忠利, 野津寛, 脇本由佳訳）
2009年11月20日刊

女の議会（西村賀子訳） …… 1
プルートス（安村典子訳） …… 91
アリストパネース断片（久保田忠利, 野津寛, 脇本由佳訳） …… 191
　証言 …… 195
　『アイオロシコーン』第一、第二 …… 244
　『アンピアラーオス』 …… 249
　『アナギュロス』 …… 255
　『バビュローニオイ（バビュローニア人）』 …… 260
　『ゲオールゴイ（農夫たち）』 …… 267
　『ゲーラス（老い）』 …… 272
　『ゲーリュタデース』 …… 278
　『ダイダロス』 …… 286
　『ダイタレース（宴の人々）』 …… 289
　『ダナイデス（ダナオスの娘たち）』 …… 301
　『ディオニューソス・ナウアーゴス（難破したディオニューソス）』 …… 305
　『ドラーマタ（劇作品）』第一、第二 …… 306
　『ドラーマタ（劇作品）』第一または『ケンタウルス』 …… 306
　『ドラーマタ（劇作品）』第二または『（羊毛を運ぶ）ニオボス』 …… 308
　『ドラーマタ（劇作品）』 …… 310
　『平和』第二 …… 311
　『ヘーローエス（英雄たち）』 …… 313
　『テスモポリア祭を営む女たち』第二 …… 317
　『コーカロス』 …… 324
　『レームニアイ（レームノス島の女たち）』 …… 327
　『雲』第一 …… 332
　『ネーソイ（島々）』 …… 333
　『オドマ］ントプレス［ベイス（？）』 …… 336
　『ホルカデス（商船たち）』 …… 337
　『ペラルゴイ（シュバシコウ）』 …… 341
　『プルートス』第一 …… 345
　『ポイエーシス（詩作）』 …… 346
　『ポリュイードス』 …… 347
　『プロアゴーン（前披露）』 …… 348
　『スケーナース・カタランバヌーサイ（テントを占拠する女たち）』 …… 351
　『タゲーニスタイ』 …… 354
　『テレメーッセース（テレメーッソス人たち）』 …… 362
　『トリパレース』 …… 365
　『ポイニッサイ（フェニキアの女たち）』 …… 368

　『ホーライ（四季）』 …… 371
　作品名不詳断片 …… 374
　存疑断片 …… 418
＊解説
　＊女の議会（西村賀子） …… 425
　＊プルートス（安村典子） …… 441
＊出典一覧 …… 31
＊人名索引 …… 25
＊資料 …… 1
　＊1　ギリシア喜劇用語解説 …… 2
　＊2　度量衡表 …… 17
　＊3　関連地図 …… 19
　　＊1　地中海周辺 …… 19
　　＊2　ギリシア北部 …… 20
　　＊3　ギリシア中央部 …… 21
　　＊4　ギリシア南部 ペロポンネーソス半島 …… 22
　　＊5　小アジア沿岸 …… 23
　　＊6　アテーナイとその周辺 …… 24

第5巻　メナンドロス 1（メナンドロス著，西村太良，川上穣，吉武純夫，広川直幸，平山晃司訳）
2009年6月25日刊

人間嫌い（西村太良訳） …… 1
楯（川上穣訳） …… 83
辻裁判（吉武純夫訳） …… 129
髪を切られた女（広川直幸訳） …… 197
サモスの女（平山晃司訳） …… 241
＊解説
　＊人間嫌い（西村太良） …… 315
　＊楯（川上穣） …… 327
　＊辻裁判（吉武純夫） …… 337
　＊髪を切られた女（広川直幸） …… 355
　＊サモスの女（平山晃司） …… 367
＊出典一覧 …… 33
＊人名索引 …… 25
＊資料 …… 1
　＊1　ギリシア喜劇用語解説 …… 2
　＊2　度量衡表 …… 17
　＊3　関連地図 …… 19
　　＊1　地中海周辺 …… 19
　　＊2　ギリシア北部 …… 20
　　＊3　ギリシア中央部 …… 21
　　＊4　ギリシア南部 ペロポンネーソス半島 …… 22
　　＊5　小アジア沿岸 …… 23
　　＊6　アテーナイとその周辺 …… 24

第6巻　メナンドロス 2（メナンドロス著，中務哲郎，脇本由佳，荒井直訳）
2010年2月17日刊

メナンドロス断片（中務哲郎，脇本由佳，荒井直訳） …… 1
　証言 …… 3
　『アグロイコス（田舎者）』 …… 62
　『アデルポイ（兄弟）』 第一 …… 62
　『アデルポイ（兄弟）』 第二 …… 64
　『ハラエイス（ハライの人々）』 …… 68
　『ハリエウス（漁師）』（または『ハリエイス（漁師たち）』） …… 68
　『アナティテメネー』 …… 72
　『アンドリアー（アンドロス島の女）』 …… 73
　『アンドロギュノス（男女）』 または『クレース（クレータ島の男）』 …… 77
　『アネコメノス』（？） …… 79
　『アネプシオイ（従兄弟たち）』 …… 79
　『アピストス（疑い深い男）』 …… 81
　『アッレーポロス（聖物を運ぶ少女）』 または『アウレートリス（笛吹き女）』（または『アウレートリデス（笛吹き女たち）』） …… 82
　『ハウトン・ペントーン（わが身を悼む男）』 …… 87
　『ハウトン・ティーモールーメノス（自虐者）』 …… 87
　『アプロディーシオス』（または『アプロディーシオン』 または『アプロディーシア』） …… 91
　『アカイオイ（アカイアの人々）』 または『ペロポンネーシオイ（ペロポンネーソスの人々）』 …… 93
　『ボイオーティアー（ボイオーティアの女）』 …… 93
　『ゲオールゴス（農夫）』 …… 95
　『グリュケラー』 …… 108
　『ダクテュリオス（指輪）』 …… 109
　『ダルダノス』 …… 110
　『デイシダイモーン（迷信家）』 …… 111

『デーミウールゴス（花嫁に付き添う女）』…… 113
『ディデュマイ（ふたごの姉妹）』…… 114
『ディス・エクサパトーン（二度の騙し）』…… 115
『エンケイリディオン（短剣）』…… 125
『エンピンプラメネー（火をつけられる女）』…… 129
『エパンゲッロメノス（約束する男）』…… 131
『エピクレーロス（女相続人）』第一、第二…… 133
『エウヌーコス（宦官）』…… 136
『エペシオス（エペソスの男）』…… 138
『ヘーニオコス（御者）』…… 140
『ヘーロース（守護霊）』…… 142
『ターイス』…… 155
『テオポルーメネー（神憑りの女）』…… 157
『テッサレー（テッサリアの女）』…… 163
『テーサウロス（宝蔵）』…… 164
『トラシュレオーン』…… 166
『トラソーニデス』…… 168
『テュローロス（門番）』…… 168
『ヒエレイア（女祭司）』…… 170
『インブリオイ（インブロス島の人々）』…… 171
『ヒッポコモス（馬丁）』…… 173
『カネーポロス（聖籠を運ぶ乙女）』…… 174
『カーリーネー（カーリアの泣き女）』…… 175
『カルケードニオス（カルターゴーの男）』…… 177
『カタプセウドメノス（虚偽の告発をする男）』…… 182
『ケクリュパロス（頭飾り）』…… 182
『ケーデイアー（縁組み）』…… 184
『キタリステース（竪琴弾き）』…… 184
『クニディアー（クニドスの女）』…… 194
『コラクス（追従者）』…… 195
『キュベルネータイ（舵取り人たち）』…… 207
『コーネイアゾメナイ（毒ニンジンを飲む女たち）』…… 210
『レウカディアー（レウカス島の女）』…… 211
『ロクロイ（ロクリスの人々）』…… 217
『メテー（酩酊）』…… 217
『メッセーニアー（メッセーニアの女）』…… 220
『メーリアー（メーロス島の女）』…… 222
『メーナギュルテース（托鉢僧）』…… 222
『ミーサントローポス（人間嫌い）』…… 222
『ミーソギュネース（女嫌い）』…… 223
『ミースーメノス（憎まれ者）』…… 226
『ナウクレーロス（船主）』…… 252
『ネメシス（神罰）』…… 254
『ノモテテース（立法家）』…… 255
『クセノロゴス（傭兵を集める男）』…… 255
『オリュンティアー（オリュントスから来た女）』…… 256
『ホモパトリオイ（腹違いの兄弟）』…… 257
『オルゲー（怒り）』…… 258
『パイディオン（子供）』…… 261
『パッラケー（妾）』…… 263
『パラカタテーケー（預託金）』…… 264
『ペリンティアー（ペリントスの女）』…… 266
『プロキオン（首飾り）』…… 273
『プロガモーン（婚前に交わる者）』…… 280
『プロエンカローン（先んじて告発する者）』…… 280
『ポールーメノイ（売られる男たち）』…… 281
『ラピゾメネー（打たれる女）』…… 283
『シキュオーニオイ（シキュオーンの人々）』（または『シキュオーニオス（シキュオーンの男）』）…… 286
『ストラティオータイ（兵士たち）』…… 311
『シュナーリストーサイ（食事を共にする女たち）』…… 312
『シュネーロサ（恋の手助けをする女）』…… 316
『シュネペーボイ（エペーボスの仲間たち）』…… 316
『ティッテー（乳母）』…… 316
『トロポーニオス』…… 318
『ヒュドリアー（水甕）』…… 320
『ヒュムニス』…… 322
『ヒュポボリマイオス（取り替えっ子）』または『アグロイコス（田舎者）』…… 324
『パーニオン』…… 329
『パスマ（幽霊）』…… 332

『ピラデルポイ（恋する兄弟）』 …… 343
『カルケイア』 …… 345
『カルキス』 …… 346
『ケーラー（寡婦）』 …… 346
『クレーステー』 …… 348
『プセウデーラークレース（偽ヘーラクレース）』 …… 348
『プソポデエース（臆病者）』 …… 352
作品名不詳断片 …… 353
＊出典一覧 …… 25
＊資料 …… 1
＊1　ギリシア喜劇用語解説 …… 2
＊2　度量衡表 …… 17
＊3　関連地図 …… 19
＊1　地中海周辺 …… 19
＊2　ギリシア北部 …… 20
＊3　ギリシア中央部 …… 21
＊4　ギリシア南部 ペロポンネーソス半島 …… 22
＊5　小アジア沿岸 …… 23
＊6　アテーナイとその周辺 …… 24

第7巻　群小詩人断片 I（内田次信, 橋本隆夫, 平田松吾, 佐野好則訳）
2010年8月27日刊

ドーリス喜劇（橋本隆夫訳） …… 1
1　アリストクセノス …… 7
2　エピカルモス …… 9
プセウデピカルメイア（エピカルモス偽作集） …… 59
3　ポルモスまたはポルミス …… 78
4　デイノロコス …… 79
ミーモス劇（橋本隆夫訳） …… 81
5　ソープローン …… 83
6　クセナルコス …… 102
プリュアーケス劇（橋本隆夫訳） …… 105
7　リントーン …… 107
8　スキラース …… 112
9　ブライソス …… 113
10　ソーパトロス …… 114
11　ヘーラクレイデース …… 127
作者不詳ドーリス喜劇断片 …… 129
アッティカ喜劇（内田次信, 平田松吾, 佐野好則, 橋本隆夫訳） …… 133
12　アガテーノール …… 135
13　アガトクレース …… 135
14　アルカイオス …… 136
15　アルケーノール …… 143
16　アルキメネース …… 144
17　アレクサンドロス …… 144
18　アレクシス …… 147
19　アメイニアース …… 314
20　アメイプシアース …… 314
21　アンピカレース …… 322
22　アンピス …… 322
23　アナクサンドリデース …… 340
24　アナクシラース …… 374
25　アナクシッポス …… 390
26　アンテアース …… 397
27　アンティドトス …… 398
28　アンティオコス …… 400
29　アンティパネース …… 400
30　アンティパネースII …… 553
31　アンティポーン …… 553
32　アヌービオーン …… 554
33　アポリナーリス …… 554
＊出典一覧 …… 9
＊作品名索引 …… 2
＊詩人名索引 …… 1

第8巻　群小詩人断片 II（久保田忠利, 橋本隆夫, 野津寛, 安村典子, 吉武純夫, 丹下和彦訳）
2011年2月16日刊

アッティカ喜劇 II（久保田忠利, 橋本隆夫, 野津寛, 安村典子, 吉武純夫, 丹下和彦訳） …… 1
34　（カリュストスの）アポロドーロス …… 3
35　（ゲラーの）アポロドーロス …… 16
36　アポロドーロス …… 19
38　アポロパネース …… 28
39　アラーロース …… 31
41　アルケディコス …… 35
43　アルキッポス …… 38
48　アリストメネース …… 49
52　アリストーニュモス …… 52
53　アリストポーン …… 53
55　アテーニオーン …… 63
58　アウトクラテース …… 66

59 アクシオニーコス …… 68
60 バトーン …… 75
64 カッリアース …… 81
68 カンタロス …… 86
69 ケーピーソドーロス …… 89
71 カリクレイデース …… 92
72 キオーニデース …… 93
75 クリューシッポス …… 95
76 クレアルコス …… 96
77 クラテース …… 100
79 クラティーノス …… 110
80 クラティーノス・ネオーテロス …… 180
81 クリトーン …… 186
83 クロービュロス …… 188
84 ダーモクセノス …… 192
85 デーメートリオス …… 200
86 デーメートリオスII …… 202
87 デーモニーコス …… 205
89 デクシクラテース …… 206
91 ディオクレース …… 207
92 ディオドーロス …… 211
94 ディオニューシオス …… 216
100 ディオークシッポス …… 224
101 ディーピロス …… 227
102 ドロモーン …… 282
103 エクパンティデース …… 283
105 エピッポス …… 286
106 エピクラテース …… 303
108 エピゲネース …… 313
109 エピリュコス …… 317
110 エピニーコス …… 319
111 エリポス …… 322
114 エウアンゲロス …… 327
115 エウブーリデース …… 329
117 エウブーロス …… 330
121 エウニーコス …… 394
122 エウパネース …… 395
123 エウプローン …… 397
125 エウポリス …… 407
127 エウテュクレース …… 489
131 ヘーゲーモーン …… 490
132 ヘーゲーシッポス …… 491
133 ヘーニオコス …… 494
134 ヘーラクレイデース …… 500
136 ヘルミッポス …… 501
137 ヒッパルコス …… 525
142 ラオーン …… 528
143 レウコーン …… 529
145 リュンケウス …… 531
146 リューシッポス …… 534
147 マコーン …… 537
148 マグネース …… 540
その他の詩人たち …… 544
*出典一覧 …… 9
*作品名索引 …… 4
*詩人名索引 …… 1

第9巻　群小詩人断片 III（中務哲郎, 西村賀子, 平山晃司, マルティン・チエシュコ訳）

2012年2月24日刊

アッティカ喜劇 III（中務哲郎, 西村賀子, 平山晃司訳） …… 1
149 メネクラテース …… 3
152 メタゲネース …… 4
155 ムネーシマコス …… 10
156 モスキオーン …… 20
159 ミュルティロス …… 20
160 ナウシクラテース …… 21
165 ニーコーン …… 24
166 ニーコカレース …… 25
168 ニーコーラーオス …… 29
170 ニーコマコス …… 33
172 ニーコポーン …… 37
173 ニーコストラトス …… 41
178 オーペリオーン …… 57
181 ペレクラテース …… 59
182 ピレーモーン …… 128
183 小ピレーモーン …… 215
185 ピレタイロス …… 217
186 ピリッピデース …… 225
187 ピリッポス …… 234
188 ピリスコス …… 236
192 ピローニデース …… 237
193 ピローニデースII …… 239
194 ピロステパノス …… 240
197 ピリュッリオス …… 241
198 ポイニキデース …… 247
199 プリューニコス …… 251
200 プラトーン …… 264
201 ポリオコス …… 302

203　ポリュゼーロス……………………304
205　ポセイディッポス………………307
210　サンニュリオーン………………320
212　シーミュロス……………………323
214　ソーピロス………………………324
215　ソーシクラテース………………328
216　ソーシパトロス…………………330
218　ソータデース……………………334
219　ステパノス………………………338
221　ストラトーン……………………340
222　ストラッティス…………………344
223　スーサリオーン…………………365
225　テーレクレイデース……………368
229　テオグネートス…………………376
231　テオピロス………………………378
232　テオポンポス……………………386
233　トゥーゲニデース………………410
235　ティーモクレース………………411
237　ティーモストラトス……………436
238　ティーモテオス…………………437
241　クセナルコス……………………439
242　クセノーン………………………448
その他の詩人たち……………………450
作者不詳断片（マルティン・チエシュコ訳）……………………………………461
パピルス断片（喜劇の梗概）…………463
引用断片………………………………465
パピルス・陶片断片…………………535
＊出典一覧………………………………9
＊作品名索引……………………………3
＊詩人名索引……………………………1

別巻　ギリシア喜劇案内

2008年11月26日刊

＊笑いの系譜（丹下和彦）…………………1
＊アリストパネースとその時代（久保田忠利）……………………………………33
＊メナンドロスとその時代（中務哲郎）…71
＊ギリシア喜劇のはじまり（橋本隆夫）……………………………………………103
＊ギリシア喜劇の上演形式（安村典子）……………………………………………147
＊ギリシア喜劇の韻律と構造（野津寛）……………………………………………193
＊壺絵で見るギリシア喜劇（平田松吾）……………………………………………223
＊ギリシア喜劇とジェンダー―服装倒錯・言語・類型的描出をめぐって（西村賀子）……………………………………249
＊ギリシア喜劇とローマ喜劇（木村健治）……………………………………275
＊アリストパネースの喜劇と狂言（マルティン・チエシュコ著）……………305
＊ギリシア喜劇年表（佐野好則）………339
＊資料……………………………………1
　＊1　ギリシア喜劇用語解説……………2
　＊2　度量衡表……………………………17
　＊3　関連地図……………………………19
　　＊1　地中海周辺………………………19
　　＊2　ギリシア北部……………………20
　　＊3　ギリシア中央部…………………21
　　＊4　ギリシア南部 ペロポンネーソス半島……………………………22
　　＊5　小アジア沿岸……………………23
　　＊6　アテーナイとその周辺…………24

クライスト全集

沖積舎
全3巻, 別巻1巻
1994年7月～2008年11月

※本巻全3巻は第III期に収録

別巻　書簡集（佐藤恵三著）

2008年11月28日刊

＊前書き …… i
1　アウグステ・ヘレーネ・フォン・マソ宛 一七九二年〈一七九三年〉三月十三日〈十八日〉…… 1
2　ウルリーケ・フォン・クライスト宛 一七九五年二月二十五日 …… 11
3　クリスチャン・エルンスト・マルティーニ宛 一七九九年三月十八日（及び十九日）…… 14
4　クライスト宛の内閣令〈一七九九年四月四日〉…… 34
5　クライスト宛の王の指令書〈一七九九年四月十三日〉…… 34
6　答礼書〈一七九九年四月十七日〉…… 35
7　ウルリーケ・フォン・クライスト宛〈一七九九年五月（？）〉…… 36
8　ウルリーケ・フォン・クライスト宛 一七九九年十一月十二日 …… 46
9　ヴィルヘルミーネ・フォン・ツェンゲ宛〈恐らく一八〇〇年四月／五月〉‥ 56
10　ヴィルヘルミーネ・フォン・ツェンゲ宛〈恐らく一八〇〇年四月／五月〉…… 58
11　ヴィルヘルミーネ・フォン・ツェンゲ宛 一八〇〇年五月三十日 …… 64
12　ヴィルフェルミーネ・フォン・ツェンゲ向けの種々の思考練習問題〈一八〇〇年初春から夏まで〉…… 68
13　ウルリーケ・フォン・クライスト宛 一八〇〇年八月十四日 …… 75
14　ヴィルヘルミーネ・フォン・ツェンゲ宛 一八〇〇年八月十六日 …… 78
15　ヴィルヘルミーネ・フォン・ツェンゲ宛 一八〇〇年八月二十日 …… 89
16　ウルリーケ・フォン・クライスト宛 一八〇〇年八月二十一日 …… 94
17　ヴィルヘルミーネ・フォン・ツェンゲ宛 一八〇〇年八月二十一日 …… 97
18　ウルリーケ・フォン・クライスト宛 一八〇〇年八月二十六日 …… 104
19　ヴィルヘルミーネ・フォン・ツェンゲ宛 一八〇〇年八月三十日〈及び九月一日〉…… 108
20　ヴィルヘルミーネ・フォン・ツェンゲ宛 一八〇〇年九月三日〈及び四日〉、朝五時 …… 116
21　ヴィルヘルミーネ・フォン・ツェンゲ宛 一八〇〇年九月四日 夜九時〈及び九月五日〉…… 128
22　ヴィルヘルミーネ・フォン・ツェンゲ宛〈一八〇〇年九月九日、或いは十日〉…… 139
23　ヴィルヘルミーネ・フォン・ツェンゲ宛 一八〇〇年九月十一日〈及び十二日〉…… 140
24　ヴィルヘルミーネ・フォン・ツェンゲ宛 一八〇〇年九月十三日〈十五日まで及び十八日〉〈及び九月十六日付の添付状〉…… 147
25　ヴィルヘルミーネ・フォン・ツェンゲ宛 一八〇〇年九月十九日〈二十日及び二十三日〉…… 166
26　ヴィルヘルミーネ・フォン・ツェンゲ宛 一八〇〇年十月十日〈及び十一日〉…… 176
27　ウルリーケ・フォン・クライスト宛 一八〇〇年十月二十七日 …… 188
28　カール・アウグスト・フォン・シュトゥルーエンゼー宛〈一八〇〇年十一月一日〉…… 191
29　ヴィルヘルミーネ・フォン・ツェンゲ宛 一八〇〇年十一月十三日 …… 192
30　ヴィルヘルミーネ・フォン・ツェンゲ宛 一八〇〇年十一月十六日（及び十八日）（さらに十二月三十日の挿絵）…… 203
31　ヴィルヘルミーネ・フォン・ツェンゲ宛 一八〇〇年十一月二十二日 … 214
32　ウルリーケ・フォン・クライスト宛 一八〇〇年十一月二十五日 …… 217

33　ヴィルヘルミーネ・フォン・ツェンゲ宛 一八〇〇年十一月二十九日〈及び三十日〉 …… *223*
34　ウルリーケ・フォン・クライスト宛〈一八〇〇年十二月〉 …… *229*
35　ヴィルヘルミーネ・フォン・ツェンゲ宛 一八〇一年一月十一日〈及び十二日〉 …… *230*
36　ヴィルヘルミーネ・フォン・ツェンゲ宛 一八〇一年一月二十一日〈及び二十二日〉 …… *238*
37　ヴィルヘルミーネ・フォン・ツェンゲ宛 一八〇一年一月三十一日 …… *243*
38　ウルリーケ・フォン・クライスト宛 一八〇一年二月五日 …… *255*
39　ヴィルヘルミーネ・フォン・ツェンゲ宛 一八〇一年三月二十二日 …… *263*
40　ウルリーケ・フォン・クライスト宛 一八〇一年三月二十三日 …… *272*
41　ヴィルヘルミーネ・フォン・ツェンゲ宛 一八〇一年三月二十八日 …… *275*
42　ウルリーケ・フォン・クライスト宛 一八〇一年四月一日 …… *277*
43　クライスト宛の内閣令〈一八〇一年四月六日〉 …… *280*
44　ヴィルヘルミーネ・フォン・ツェンゲ宛 一八〇一年四月九日 …… *281*
45　ゴットロープ・ヨハン・クリスチアン・クント宛〈一八〇一年四月十二日〉 …… *287*
46　ヴィルヘルミーネ・フォン・ツェンゲ宛 一八〇一年四月十四日 …… *288*
47　ヴィルヘルミーネ・フォン・ツェンゲ宛 一八〇一年五月四日 …… *292*
48　ヴィルヘルミーネ・フォン・ツェンゲ宛 一八〇一年五月二十一日 …… *295*
49　ヴィルヘルミーネ・フォン・ツェンゲ宛 一八〇一年六月三日 …… *302*
50　ヴィルヘルミーネ・フォン・ツェンゲ宛 一八〇一年六月二十八日 …… *309*
51　カロリーネ・フォン・シュリーベン宛 一八〇一年七月十八日 …… *311*
52　ヴィルヘルミーネ・フォン・ツェンゲ宛 一八〇一年七月二十一日 …… *324*
53　アドルフィーネ・フォン・ヴェルデク宛 一八〇一年七月二十八日〈及び二十九日〉 …… *330*
54　ヴィルヘルミーネ・フォン・ツェンゲ宛 一八〇一年八月十五日 …… *344*
55　ルイーゼ・フォン・ツェンゲ宛 一八〇一年八月十六日 …… *352*
56　ヴィルヘルミーネ・フォン・ツェンゲ宛 一八〇一年十月十日 …… *361*
57　ヴィルヘルミーネ・フォン・ツェンゲ宛 一八〇一年十月二十七日 …… *369*
58　アドルフィーネ・フォン・ヴェルデク宛〈一八〇一年九月末と十一月中頃までの間、及び十一月二十九日〉 …… *372*
59　ヴィルヘルミーネ・フォン・ツェンゲ宛 一八〇一年十二月二日 …… *379*
60　ウルリーケ・フォン・クライスト宛 一八〇一年十二月十六日 …… *383*
61　フリードリヒ・ローゼ宛 一八〇一年十二月二十三日〈及び二十七日と二十九日〉 …… *386*
62　ウルリーケ・フォン・クライスト宛 一八〇二年一月十二日 …… *391*
63　ハインリヒ・チョッケ宛 一八〇一年〈一八〇二年〉二月一日 …… *398*
64　ウルリーケ・フォン・クライスト宛 一八〇二年二月十九日 …… *401*
65　ハインリヒ・チョッケ宛 一八〇一年〈一八〇二年〉三月二日 …… *404*
66　ウルリーケ・フォン・クライスト宛 一八〇一年〈一八〇二年〉三月十八日 …… *406*
67　ヴィルヘルミーネ・フォン・ツェンゲよりクライスト宛 一八〇二年四月十日 …… *408*
68　ウルリーケ・フォン・クライスト宛 一八〇二年五月一日 …… *411*
69　ヴィルヘルミーネ・フォン・ツェンゲ宛 一八〇二年五月二十日 …… *414*
70　ヴィルヘルム・フォン・パンヴィッツ宛 一八〇二年八月 …… *417*
71　ウルリーケ・フォン・クライスト宛 一八〇二年十一月 …… *418*
72　ウルリーケ・フォン・クライスト宛 一八〇二年十二月九日 …… *419*
73　ウルリーケ・フォン・クライスト宛〈一八〇三年一月初旬〉 …… *420*
74　ウルリーケ・フォン・クライスト宛〈一八〇三年一月〉 …… *421*

75　ウルリーケ・フォン・クライスト宛 一八〇三年三月十三日〈及び十四日〉…… 422
76　フリードリヒ・ローゼ宛〈一八〇三年初春〉…… 427
77　ウルリーケ・フォン・クライスト宛〈一八〇三年七月三日〉…… 429
78　クリストフ・マルティーン・ヴィートラントよりクライスト宛〈一八〇三年七月十二日頃？〉…… 430
79　ウルリーケ・フォン・クライスト宛〈一八〇三年七月二十日〉…… 431
80　ウルリーケ・フォン・クライスト宛〈一八〇三年十月五日〉…… 434
81　ウルリーケ・フォン・クライスト宛〈一八〇三年十月二十六日〉…… 436
82　ウルリーケ・フォン・クライスト宛〈一八〇四年六月二十四日〉…… 438
83　ウルリーケ・フォン・クライスト宛〈一八〇四年六月二十七日（？）〉… 442
84　ウルリーケ・フォン・クライスト宛〈一八〇四年七月十一日〉…… 444
85　ウルリーケ・フォン・クライスト宛〈一八〇四年七月二十七日〉…… 446
86　ヘンリエッテ・フォン・シュリーベン宛〈一八〇四年七月二十九日〉… 448
87　ウルリーケ・フォン・クライスト宛〈一八〇四年八月二日〉…… 452
88　ウルリーケ・フォン・クライスト宛〈一八〇四年八月二十四日〉…… 454
89　ウルリーケ・フォン・クライスト宛〈一八〇四年十二月〉…… 455
90　エルンスト・フォン・プフーエル宛〈一八〇五年一月七日〉…… 457
91　クリスチャン・フォン・マッセンバハ宛〈一八〇五年四月二十三日〉… 460
92　カール・フォン・シュタイン・ツム・アルテンシュタイン宛〈一八〇五年五月十三日〉…… 462
93　エルンスト・フォン・プフーエル宛〈一八〇五年七月二日と四日〉…… 465
94　マリー・フォン・クライスト宛〈一八〇五年七月二十日〉…… 469
95　エルンスト・フォン・プフーエル宛〈一八〇五年八月〉…… 473
96　カール・フォン・シュタイン・ツム・アルテンシュタイン宛〈一八〇五年十一月十三日〉…… 475
97　オトー・アウグスト・リューレ・フォン・リーリエンシュテルン宛〈一八〇五年十二月前半期ころ〉…… 478
98　カール・フォン・シュタイン・ツム・アルテンシュタイン宛〈一八〇六年二月十日〉…… 481
99　カール・フォン・シュタイン・ツム・アルテンシュタイン宛〈一八〇六年六月三十日〉…… 483
100　ハンス・フォン・アウエルスヴァルト宛〈一八〇六年七月十日〉…… 486
101　アウエルスヴァルトよりクライスト宛の書簡〈一八〇六年七月十二日〉…… 487
102　カール・フォン・シュタイン・ツム・アルテンシュタイン宛〈一八〇六年八月四日〉…… 488
103　オトー・アウグスト・リューレ・フォン・リーリエンシュテルン宛〈一八〇六年八月三十一日〉…… 490
104　ウルリーケ・フォン・クライスト宛〈一八〇六年十月二十四日〉…… 494
105　マリー・フォン・クライスト宛〈一八〇六年十一月二十四日〉…… 496
106　ウルリーケ・フォン・クライスト宛〈一八〇六年十二月六日〉…… 499
107　ウルリーケ・フォン・クライスト宛〈一八〇六年十二月三十一日〉…… 501
108　ウルリーケ・フォン・クライスト宛〈一八〇七年二月十七日〉…… 504
109　クリストフ・マルティーン・ヴィーラント宛〈一八〇七年三月十日〉…… 506
110　要塞司令官ド・ビュロ宛（フランス語による）〈一八〇七年三月三十一日〉…… 508
111　ウルリーケ・フォン・クライスト宛〈一八〇七年四月二十三日〉…… 509
112　ウルリーケ・フォン・クライスト宛〈一八〇七年六月八日〉…… 512
113　マリー・フォン・クライスト宛〈一八〇七年六月〉…… 515

114　オトー・アウグスト・リューレ・フォン・リーリエンシュテルン宛〈一八〇七年七月十三日〉…… 518
115　ウルリーケ・フォン・クライスト宛〈一八〇七年七月十四日（及び十五日？）〉…… 520
116　オトー・アウグスト・リューレ・フォン・リーリエンシュテルン宛〈一八〇七年七月十五日〉…… 524
117　オトー・アウグスト・リューレ・フォン・リーリエンシュテルン宛〈一八〇七年八月十四日〉…… 526
118　ヨハン・フリードリヒ・コッタ宛〈一八〇七年九月十七日〉…… 527
119　ウルリーケ・フォン・クライスト宛〈一八〇七年九月十七日〉…… 528
120　ウルリーケ・フォン・クライスト宛〈一八〇七年十月三日〉…… 531
121　ウルリーケ・フォン・クライスト宛〈一八〇七年十月二十五日〉…… 532
122　アルドフィーネ・フォン・ヴェルデク宛〈一八〇七年十月三十日〉…… 536
123　ヨハン・フリードリヒ・コッタ宛〈一八〇七年十一月八日〉…… 538
124　マリー・フォン・クライスト宛〈一八〇七年晩秋〉…… 539
125　マリー・フォン・クライスト宛〈一八〇七年晩秋〉…… 540
126　マリー・フォン・クライスト宛〈一八〇七年晩秋〉…… 542
127　クリストフ・マルティーン・ヴィーラント宛〈一八〇七年十二月十七日〉…… 542
128　ウルリーケ・フォン・クライスト宛〈一八〇七年十二月十七日〉…… 545
129　ヨハン・フリードリヒ・コッタ宛〈一八〇七年十二月二十一日〉…… 547
130　カルル・フォン・シュタイン・ツム・アルテンシュタイン宛〈一八〇七年十二月二十二日〉…… 549
131　ハンス・フォン・アイエルスヴァルト宛〈一八〇七年十二月二十二日〉…… 550
132　ウルリーケ・フォン・クライスト宛 一八〇八年一月五日 …… 552
133　ジャン・パウルより「フェーブス」編集部宛の通知文〈一八〇八年〉一月五日 …… 554
134　アウエルスヴァルトよりクライスト宛 一八〇八年一月五日 …… 555
135　ヨハン・ヴォルフガング・フォン・ゲーテ宛〈一八〇八年一月二十四日〉…… 556
136　ハインリヒ・ディーテリヒ宛〈一八〇八年一月二十九日〉…… 558
137　ウルリーケ・フォン・クライスト宛〈一八〇八年二月一日〉…… 559
138　ヨハン・ヴォルフガング・フォン・ゲーテよりクライスト宛〈一八〇八年二月一日〉…… 559
139　ヨーゼフ・タデーウス・フォン・ズメラフ宛〈一八〇八年二月四日〉…… 561
140　ウルリーケ・フォン・クライスト宛〈一八〇八年二月八日〉…… 562
141　ハインリヒ・ヨーゼフ・フォン・コリーン宛〈一八〇八年二月十四日〉…… 564
142　オトー・アウグスト・リューレ・フォン・リーリエンシュテルン宛〈一八〇八年四月〉…… 566
143　オトー・アウグスト・リューレ・フォン・リーリエンシュテルン宛〈一八〇八年五月四日〉…… 567
144　ゲオルク・ヨーアヒム・ゲッシェン宛〈一八〇八年五月七日〉…… 568
145　ヨハン・フリードヒ・コッタ宛〈一八〇八年六月七日〉…… 569
146　ヨハン・フリードヒ・コッタ宛〈一八〇八年七月二十四日〉…… 572
147　カルル・フォン・ベティガー宛〈一八〇八年七月二十七日〉…… 574
148　ウルリーケ・フォン・クライスト宛〈一八〇八年八月〉…… 574
149　ウルリーケ・フォン・クライスト宛〈一八〇八年九月三十日〉…… 577
150　ハインリヒ・ヨーゼフ・フォン・コリーン宛〈一八〇八年十月二日〉…… 578
151　カール・アウグスト・ファルンハーゲン・フォン・エンゼ宛〈一八〇八年十月六日の確実性大〉…… 579
152　ウルリーケ・フォン・クライスト宛〈一八〇八年十一月二日〉…… 580

153　ハインリヒ・ヨーゼフ・フォン・コリーン宛〈一八〇八年十二月八日〉…………581
154　オトー・アウグスト・リューレ・フォン・リーリエンシュテルン宛〈一八〇八年〉…………582
155　ハインリヒ・フォン・コリーン宛〈一八〇九年一月一日〉…………583
156　カール・フォン・シュタイン・ツム・アルテンシュタイン宛〈一八〇九年一月一日〉…………584
157　ハインリヒ・ヨーゼフ・フォン・コリーン宛〈一八〇九年二月二十二日〉…………587
158　ゲオルク・モーリッツ・ヴァルター宛〈一八〇九年四月五日〉…………588
159　ウルリーケ・フォン・クライスト宛〈一八〇九年四月八日〉…………589
160　フランクフルト・アン・デア・オーデル市の地方裁判所宛〈一八〇九年四月十四日〉…………590
161　ハインリヒ・ヨーゼフ・フォン・コリーン宛〈一八〇九年四月二十日及び二十三日〉…………591
162　ウルリーケ・フォン・クライスト宛〈一八〇九年五月三日〉…………593
163　ヨーゼフ・フォン・ブーオル宛〈一八〇九年五月二十五日〉…………595
164　フリードリヒ・シュレーゲル宛〈一八〇九年六月十三日〉…………597
165　ウルリーケ・フォン・クライスト宛〈一八〇九年七月十七日〉…………599
166　ゲオルゲ・フリードリヒ・ダーメス宛〈一八〇九年十一月二十三日〉…601
167　ウルリーケ・フォン・クライスト宛〈一八〇九年十一月二十三日〉……602
168　ヨハン・フリードリヒ・コッタ宛〈一八一〇年一月十二日〉…………603
169　ハインリヒ・ヨーゼフ・フォン・コリーン宛〈一八一〇年一月二十八日〉…………604
170　ヨハン・フリードリヒ・コッタ宛〈一八一〇年三月四日〉…………606
171　ウルリーケ・フォン・クライスト宛 一八一〇年三月十九日 …………607
172　ゾフィー・ザンダー宛〈一八一〇年初春〉…………609
173　ヨハン・フリードリヒ・コッタ宛〈一八一〇年四月一日〉…………610
174　ヴィルヘルム・ロイター宛〈一八一〇年四月八日〉…………610
175　ヴィルヘルム・ロイター宛〈一八一〇年四月十六日〉…………611
176　ゲオルク・アンドレーアス・ライマー宛〈一八一〇年四月三十日〉……612
177　ヴィルヘルム・ロイター宛〈一八一〇年五月八日〉…………613
178　ゲオルク・アンドレーアス・ライマー宛〈一八一〇年五月〉…………614
179　ラーエル・レーヴィーン宛〈一八一〇年五月十六日〉…………614
180　ゲオルク・アンドレーアス・ライマー宛〈一八一〇年八月十日〉…………615
181　アウグスト・ヴィルヘルム・イフラント宛〈一八一〇年八月十日〉……616
182　ゲオルク・アンドレーアス・ライマー宛〈一八一〇年八月十一日〉……617
183　アウグスト・ヴィルヘルム・イフラント宛〈一八一〇年八月十二日〉…618
184　A.W.イフラントよりクライスト宛〈一八一〇年八月十三日〉…………619
185　ゲオルク・アンドレーアス・ライマー宛〈一八一〇年八月十三日〉……620
186　ヨハン・ダーニエル・ザンダー宛？〈一八一〇年八月十五日〉……621
187　ゲオルク・アンドレーアス・ライマー宛〈遅くとも一八一〇年八月十六日〉…………622
188　フリードリヒ・ド・ラ・モト・フケー宛〈一八一〇年九月二日〉…………623
189　ゲオルク・アンドレーアス・ライマー宛〈一八一〇年九月四日〉…………624
190　ゲオルク・アンドレーアス・ライマー宛〈一八一〇年九月八日〉…………624
191　ユーリウス・エードゥアルト・ヒッツィヒ宛〈一八一〇年十月二日〉…………625
192　アヒム・フォン・アルニム宛〈一八一〇年十月十四日〉…………626
193　エードゥアルト・フォン・リヒノフスキ公子宛〈一八一〇年十月二十三日〉…………627

194　アヒム・フォン・アルニムよりクライスト宛〈一八一〇年十一月中旬〉…… 628
195　クリスチァン・フォン・オムプテダ宛〈一八一〇年十一月二十四日〉… 629
196　クリスチァン・フォン・オムプテダよりクライスト宛〈一八一〇年十一月二十八日〉…… 630
197　クリスチァン・フォン・オムプテダ宛〈一八一〇年十二月二日〉…… 634
198　カール・アウグスト・フォン・ハルデンベルグ宛〈一八一〇年十二月三日〉…… 635
199　ゲオルク・アンドレーアス・ライマー宛〈一八一〇年十二月十二日〉… 637
200　フリードヒ・フォン・ラオマーよりクライスト宛〈一八一〇年十二月十二日〉…… 638
201　フリードリヒ・フォン・ラオマー宛〈一八一〇年十二月十三日〉…… 639
202　フリードリヒ・フォン・ラオマー宛〈一八一〇年十二月十五日〉…… 641
203　アウグスト・フリードリヒ・フェルディナント・グラーフ・フォン・デア・ゴルツ宛〈一八一〇年十二月十五日〉…… 642
204　ゲオルク・アンドレーアス・ライマー宛〈一八一〇年十二月十六日〉… 644
205　ヴィルヘルム・レーマー宛〈一八一〇年十二月十七日〉…… 644
206　ゲオルク・アンドレーアス・ライマー宛〈一八一〇／一八一一年冬〉… 645
207　フリードリヒ・シュルツ宛〈一八一一年一月一日〉…… 646
208　ゲオルク・アンドレーアス・ライマー宛〈一八一一年一月十二日〉…… 647
209　ゲオルク・アンドレーアス・ライマー宛〈一八一一年一月三十日〉…… 648
210　テーオドール・アントーン・ハインリヒ・シュマルツよりクライスト宛 一八一一年二月一日 …… 648
211　ゲオルク・アンドレーアス・ライマー宛〈一八一一年二月九日又は十日〉…… 649
212　カール・アウグスト・フォン・ハルデンベルク宛〈一八一一年二月十三日〉…… 650
213　ゲオルク・アンドレーアス・ライマー宛〈一八一一年二月十七日〉…… 651
214　カール・アウグスト・フォン・ハルデンベルクよりクライスト宛〈一八一一年二月十八日〉…… 652
215　フリードリヒ・フォン・ラオマー宛〈一八一一年二月二十一日〉…… 653
216　フリードリヒ・フォン・ラオマーよりクライスト宛 一八一一年二月二十一日 …… 654
217　カール・アウグスト・フォン・ハルデンベルク宛〈一八一一年二月二十二日〉…… 655
218　フリードリヒ・フォン・ラオマー宛〈一八一一年二月二十二日〉…… 656
219　フリードリヒ・フォン・ラオマーよりクライスト宛 一八一一年二月二十二日 …… 658
220　フリードリヒ・フォン・ラオマー宛〈一八一一年二月二十六日〉…… 659
221　フリードリヒ・ラオマーよりクライスト宛〈一八一一年二月二十六日〉…… 660
222　カール・アウグスト・フォン・ハルデンベルクよりクライスト宛〈一八一一年二月二十六日〉…… 660
223　カール・アウグスト・フォン・ハルデンベルク宛〈一八一一年三月十日〉…… 662
224　カール・アウグスト・フォン・ハルデンベルクよりクライスト宛〈一八一一年三月十一日〉…… 663
225　カール・アウグスト・フォン・ハルデンベルク宛〈一八一一年四月四日〉…… 664
226　フリードリヒ・フォン・ラオマー宛〈一八一一年四月四日〉…… 665
227　カール・アウグスト・フォン・ハルデンベルクよりクライスト宛〈一八一一年四月十八日〉…… 666
228　ヘンリエッテ・ヘンデル＝シュッツ宛〈一八一一年四月二十二日又は二十三日〉…… 667
229　フリードリヒ・ド・ラ・モト・フケー宛〈一八一一年四月二十五日〉… 668

230　フリードリヒ・カルル・ユーリウス・シュッツ宛〈一八一一年四月二十六日〉…… 670
231　マリー・フォン・クライスト宛〈一八一一年五月（？）〉…… 671
232　マリー・フォン・クライスト宛〈一八一一年五月（？）〉…… 672
233　プロイセン公子ヴィルヘルム宛〈一八一一年五月二十日〉…… 673
234　ゲオルク・アンドレーアス・ライマー宛〈一八一一年五月三十一日〉… 679
235　カール・アウグスト・フォン・ハルデンベルク宛〈一八一一年六月六日〉…… 680
236　プロイセンのフリードリヒ・ヴィルヘルム三世宛〈一八一一年六月十七日〉…… 682
237　ゲオルク・アンドレーアス・ライマー宛〈一八一一年六月二十一日〉… 684
238　ゲオルク・アンドレーアス・ライマー宛〈一八一一年七月二十六日〉… 685
239　ゲオルク・アンドレーアス・ライマー宛〈一八一一年七月末〉…… 686
240　マリー・フォン・クライスト宛〈一八一一年七月／八月〉…… 687
241　アヒム・フォン・アルニム宛〈一八一一年八月〉…… 688
242　マリー・フォン・クライスト宛〈一八一一年八月〉…… 689
243　ウルリーケ・フォン・クライスト宛〈一八一一年八月十一日〉…… 690
244　フリードリヒ・ド・ラ・モット・フケー宛〈一八一一年八月十五日〉… 692
245　クライスト宛の王の勅令 一八一一年九月十一日 …… 693
246　カール・アウグスト・フォン・ハルデンベルク宛〈一八一一年九月十九日〉…… 694
247　ウルリーケ・フォン・クライスト宛〈一八一一年九月末〉…… 696
248　マリー・フォン・クライスト宛〈一八一一年十月前半期〉…… 697
249　ラーエル・レーヴィーン宛〈一八一一年十月二十四日〉…… 700
250　マリー・フォン・クライスト宛 一八一一年十一月九日 …… 701
251　マリー・フォン・クライスト宛 一八一一年十一月十日 …… 702
252　マリー・フォン・クライスト宛 一八一一年十一月十二日 …… 705
253　ゾフィー・ミュラー宛〈一八一一年十一月二十日〉…… 707
254　マニーツィウス夫人宛〈一八一一年十一月二十一日〉…… 709
255　ウルリーケ・フォン・クライスト宛〈一八一一年十一月二十一日〉…… 710
256　エルンスト・フリードリヒ・ペギレーン宛〈一八一一年十一月二十一日〉…… 711
付録 …… 713
1　フリードリヒ・フォン・ド・ラ・モット・フケー？ 宛〈恐らく確実と思われる日付、一八〇七年秋から一八〇八年の終わりまでの間〉… 715
2　ハインリヒ・ヨーゼフ・コリーン？ 宛〈一八〇八年二月十四日以後？〉…… 716
3　ルートヴィヒ・カルル・ゲオルク・オムプテダ？ 宛〈一八一〇年二月二日〉…… 716
4　所領地フリーダースドルフでの素描〈一八一一年九月十八日〉…… 717
5　ヘンリエッテ・フォーゲル宛〈確実性の高いのは、一八一一年十一月〉…… 719
6　ヘンリエッテ・フォーゲルよりクライスト宛〈確実性の高いのは、一八一一年十一月〉…… 720
7　ルートヴィヒ・フォン・ブロケス？ 宛〈一八〇一年十一月？〉…. 721
＊系統図（I・II・III・IV・V）…… 724
＊クライスト書簡集の注解 …… 729
＊参考文献資料リスト …… 1253
＊あとがき（佐藤恵三）…… 1255
＊人名索引 …… 1369

グレアム・グリーン・セレクション

早川書房
全9巻
2004年8月〜2013年11月
（ハヤカワepi文庫）

おとなしいアメリカ人（田中西二郎訳）

2004年8月31日刊

＊親愛なレネとフォン（グレアム・グリーン）…… *3*
おとなしいアメリカ人 …… *7*
＊訳者あとがき …… *345*
＊一九九〇年以降のグリーンをめぐる動向（若島正）…… *361*

権力と栄光（斎藤数衛訳）

2004年9月15日刊

権力と栄光 …… *5*
＊訳者あとがき（斎藤数衛）…… *439*
＊解説（安徳軍一）…… *449*

負けた者がみな貰う（丸谷才一訳）

2004年12月15日刊

＊フレア君（グレアム・グリーン）…… *3*
負けた者がみな貰う …… *5*
＊グレアム・グリーン年譜 …… *157*
＊グレアム・グリーン著作・文献目録 …… *161*
＊読んだ者がみな得をする（高橋和久）…… *169*

二十一の短篇（高橋和久他訳）

2005年6月15日刊

廃物破壊者たち（高橋和久訳）…… *7*
特別任務（永富友海訳）…… *43*
ブルーフィルム（田口俊樹訳）…… *59*
説明のヒント（三川基好訳）…… *73*
ばかしあい（永富友海訳）…… *99*
働く人々（加賀山卓朗訳）…… *135*
能なしのメイリング（三川基好訳）…… *149*
弁護側の言い分（高橋和久訳）…… *159*
エッジウェア通り（三川基好訳）…… *169*
アクロス・ザ・ブリッジ（三川基好訳）…… *183*
田舎へドライブ（古屋美登里訳）…… *207*
無垢なるもの（鴻巣友希子訳）…… *237*
地下室（若島正訳）…… *249*
ミスター・リーヴァーのチャンス（加賀山卓朗訳）…… *303*
弟（加賀山卓朗訳）…… *335*
即位二十五年記念祭（永富友海訳）…… *351*
一日の得（加賀山卓朗訳）…… *369*
アイ・スパイ（若島正訳）…… *379*
たしかな証拠（越前敏弥訳）…… *387*
第二の死（越前敏弥訳）…… *397*
パーティの終わり（古屋美登里訳）…… *411*
＊訳者紹介 …… *431*

事件の核心（小田島雄志訳）

2005年12月15日刊

事件の核心 …… *7*
＊訳者あとがき（小田島雄志）…… *533*

ブライトン・ロック（丸谷才一訳）

2006年6月30日刊

ブライトン・ロック …… *5*
＊サスペンスとは何か—グレアム・グリーン『ブライトン・ロック』について（三浦雅士）…… *485*

ヒューマン・ファクター（加賀山卓朗訳）

2006年10月15日刊

ヒューマン・ファクター …… *5*
＊解説（池上冬樹）…… *485*

見えない日本の紳士たち（高橋和久他訳）

2013年4月25日刊

ご主人を拝借（桃尾美佳訳）…… *7*
ビューティ（桃尾美佳訳）…… *77*
悔恨の三断章（永富友海訳）…… *87*
旅行カバン（木村政則訳）…… *105*
過去からの声（古屋美登里訳）…… *119*
八月は安上がり（永富友海訳）…… *145*
ショッキングな事故（加賀山卓朗訳）…… *201*

見えない日本の紳士たち（高橋和久訳）…… 215
考えるとぞっとする（越前敏弥訳）…… 227
医師クロンビー（越前敏弥訳）…… 237
諸悪の根源（加賀山卓朗訳）…… 253
慎み深いふたり（鴻巣友季子訳）…… 277
祝福（高橋和久訳）…… 297
戦う教会（田口俊樹訳）…… 313
拝啓ファルケンハイム博士（若島正訳）…… 329
庭の下（木村政則訳）…… 343
＊訳者紹介 …… 445

国境の向こう側（高橋和久他訳）
2013年11月25日刊

最後の言葉（高橋和久訳）…… 7
英語放送（若島正訳）…… 33
真実の瞬間（高橋和久訳）…… 55
エッフェル塔を盗んだ男（桃尾美佳訳）…… 71
中尉が最後に死んだ―戦史に残らない一九四〇年の勝利（加賀山卓朗訳）…… 81
秘密情報機関の一部局（永富友海訳）…… 101
ある老人の記憶（田口俊樹訳）…… 131
宝くじ（古屋美登里訳）…… 139
新築の家（越前敏弥訳）…… 167
はかどらぬ作品―ゲートルを履いたわが恋人（越前敏弥訳）…… 179
不当な理由による殺人（木村政則訳）…… 197
将軍との会見（古屋美登里訳）…… 239
モランとの夜（谷崎由依訳）…… 259
見知らぬ地の夢（田口俊樹訳）…… 291
森で見つけたもの（桃尾美佳訳）…… 319
国境の向こう側（木村政則訳）…… 363
＊訳者紹介 …… 427

黒いユーモア選集

河出書房新社
全2巻
2007年8月
（河出文庫）
（アンドレ・ブルトン著）

※国文社（1968年刊）のものを再編集

第1巻
2007年8月20日刊

避雷針（アンドレ・ブルトン著, 小海永二訳）…… 9
ジョナサン・スウィフト（平井照敏訳）…… 25
D=A=F・ド・サド（窪田般弥訳）…… 55
ゲオルク・クリストフ・リヒテンベルク（清水茂訳）…… 77
シャルル・フーリエ（山田直訳）…… 93
トマス・ド・クインシー（稲田三吉訳）…… 117
ピエール＝フランソワ・ラスネール（小浜俊郎訳）…… 129
クリスチャン＝ディートリッヒ・グラッベ（水田喜一郎訳）…… 135
ペトリュス・ボレル（天沢退二郎訳）…… 155
エドガー・ポー（入沢康夫訳）…… 171
グザヴィエ・フォルヌレ（弓削三男訳）…… 181
シャルル・ボードレール（村上菊一郎訳）…… 199
ルイス・キャロル（村上光彦訳）…… 209
ヴィリエ・ド・リラダン（斎藤磯雄訳）…… 231
シャルル・クロス（渋沢孝輔訳）…… 241
フリードリッヒ・ニーチェ（高橋允昭訳）…… 259
ロートレアモン伯爵／イジドール・デュカス（栗田勇訳）…… 267
ジョリス＝カルル・ユイスマンス（小島俊明訳）…… 287
トリスタン・コルビエール（平田文也訳）…… 305
ジェルマン・ヌーヴォー（嶋岡晨訳）…… 315
アルチュール・ランボー（高橋彦明訳）…… 323
アルフォンス・アレー（片山正樹訳）…… 339
＊訳者略歴 …… 357

第2巻
2007年8月20日刊

ジャン＝ピエール・ブリッセ（高橋彦明訳）…… *9*
オー・ヘンリー（平野幸仁訳）…… *29*
アンドレ・ジッド（宗左近訳）…… *43*
ジョン＝ミリントン・シング（小浜俊郎訳）…… *55*
アルフレッド・ジャリ（宮川明子訳）…… *67*
レイモン・ルーセル（嶋岡晨訳）…… *97*
フランシス・ピカビア（宮川淳訳）…… *119*
ギョーム・アポリネール（窪田般弥訳）…… *127*
パブロ・ピカソ（曽根元吉訳）…… *143*
アルチュール・クラヴァン（鈴木孝訳）…… *149*
フランツ・カフカ（神品友子訳）…… *163*
ジャコブ・ヴァン・ホッディス（桜木泰行訳）…… *185*
マルセル・デュシャン（粟津則雄訳）…… *193*
ハンス・アルプ（小海永二訳）…… *207*
アルベルト・サビニオ（森乾訳）…… *217*
ジャック・ヴァシェ（波木居純一訳）…… *231*
バンジャマン・ペレ（飯島耕一訳）…… *245*
ジャック・リゴー（滝田文彦訳）…… *259*
ジャック・プレヴェール（大岡信訳）…… *271*
サルヴァドール・ダリ（塩瀬宏訳）…… *281*
ジャン・フェリイ（宮川明子訳）…… *297*
レオノーラ・カリントン（有田忠郎訳）…… *307*
ジゼール・プラシノス（阿部弘一訳）…… *317*
ジャン＝ピエール・デュプレー（稲田三吉訳）…… *327*
＊あとがき（山中散生）…… *340*
＊文庫版あとがき（編集部）…… *346*
＊訳者略歴 …… *351*

啓蒙のユートピア
法政大学出版局
全3巻
1996年10月～2008年12月
（野沢協, 植田祐次監修）

第1巻
1996年10月14日刊

＊はじめに（野沢協）…… *iii*
南大陸ついに知られる（ガブリエル・ド・フォワニ著, 三井吉俊訳）…… *1*
セヴァランブ物語（ドニ・ヴェラス著, 田中良知, 野沢協訳）…… *131*
カレジャヴァまたは合理人の島の物語（クロード・ジルベール著, 野沢協, 小林浩訳）…… *417*
著者と、良識があり旅行体験もある未開人との、興味ある対話（ラオンタン男爵著, 小池健男, 松崎洋訳）…… *521*
ジャック・マッセの旅と冒険（シモン・ティソ・ド・パト著, 野沢協訳）…… *615*
哲人共和国、またはアジャオ人物語（フォントネル著, 白石嘉治訳）…… *821*
＊訳注 …… *879*
＊解題 …… *907*
　＊南大陸ついに知られる（三井吉俊）…… *907*
　＊セヴァランブ物語（田中良知）…… *922*
　＊カレジャヴァまたは合理人の島の物語（野沢協）…… *934*
　＊著者と、良識があり旅行体験もある未開人との、興味ある対話（小池健男）…… *944*
　＊ジャック・マッセの旅と冒険（野沢協）…… *953*
　＊哲人共和国、またはアジャオ人物語（白石嘉治）…… *966*

第2巻
2008年12月10日刊

奴隷島（マリヴォー著, 木下健一訳）…… *1*

しあわせ王国記（ラッセ侯爵著, 野沢協訳）…… 39
ヨーロッパ人とデュモカラ王国人の対談（スタニスワフ・レシチンスキ著, 菅谷暁訳）…… 75
浮島の難破、またはバジリアード（モレリ著, 楠島重行訳）…… 105
自然の法典（モレリ著, 楠島重行訳）…… 391
フォシオン対談（マブリ著, 貴田晃, 野沢協訳）…… 513
ガリジェーヌ物語またはダンカンの覚書（ティフェーニュ・ド・ラ・ロッシュ著, 橋本克己, 野沢協訳）…… 637
＊訳注 …… 743
＊解題 …… 765
　＊奴隷島（木下健一）…… 765
　＊しあわせ王国記（野沢協）…… 772
　＊ヨーロッパ人とデュモカラ王国人の対談（菅谷暁）…… 788
　＊浮島の難破、またはバジリアード／自然の法典（楠島重行）…… 795
　＊フォシオン対談（野沢協）…… 816
　＊ガリジェーヌ物語またはダンカンの覚書（橋本克己）…… 820

第3巻
1997年12月12日刊

紀元二四四〇年（ルイ・セバスチャン・メルシエ著, 原宏訳）…… 1
道徳考（ドン・デシャン著, 野沢協訳）…… 275
アルカディア（ベルナルダン・ド・サン＝ピエール著, 山内淳訳）…… 345
南半球の発見（レティフ・ド・ラ・ブルトンヌ著, 植田祐次訳）…… 429
アンドログラフ（レティフ・ド・ラ・ブルトンヌ著, 植田祐次訳）…… 697
＊訳注 …… 899
＊解題（植田祐次）…… 939
　＊紀元二四四〇年（原宏）…… 939
　＊道徳考（野沢協）…… 955
　＊アルカディア（山内淳）…… 977
　＊南半球の発見・アンドログラフ（植田祐次）…… 985

ゲオルク・ビューヒナー全集

鳥影社・ロゴス企画
全2巻
2011年11月
（日本ゲオルク・ビューヒナー協会有志訳）

第1巻
2011年11月15日刊

ダントンの死―戯曲（谷口廣治訳）…… 9
＊『ダントンの死』登場人物とその他の重要人物の紹介（谷口廣治）…… 110
レオーンスとレーナ―喜劇（谷口廣治訳）…… 120
ヴォイツェク―「完成」稿（谷口廣治訳）…… 169
レンツ（谷口廣治訳）…… 244
＊ビューヒナーと文学作品四篇の解題（谷口廣治）…… 272
政治的文書
　ヘッセンの急使（本田陽太郎訳）…… 282
　＊『ヘッセンの急使』解題（谷口廣治）…… 312
　ビューヒナーが残した言葉（岡田恒雄訳）…… 315
＊作品資料
　＊『ダントンの死』典拠集（谷口廣治）…… 317
　＊『レオーンスとレーナ』典拠集（谷口廣治）…… 339
　＊オーバーリーンの手記（今村武訳）…… 342
　＊詩人 レンツ―アウグスト・シュテーバーの報告（岡田恒雄訳）…… 357
　＊ゲーテ『詩と真実、わが人生より』抜粋（岡田恒雄訳）…… 363

第2巻
2011年11月15日刊

子供時代の詩作品（藁谷郁美訳）…… 7
　〈父に捧げる物語の断片〉…… 7
　〈母へ〉…… 8

両親に捧げるささやかなクリスマスの贈り物『夜』…… 9
無題 …… 10
ギムナージウム時代の落書き（藁谷郁美訳）…… 13
貨幣学の利点について …… 13
〈落書き〉…… 13
ギリシア語古文書学について …… 14
作文と演説
プフォルツハイム人四百名の英雄的な死（加藤智也訳）…… 18
〈ウティカのカトー〉（谷口廣治訳）…… 29
〈自殺について〉（加藤智也訳）…… 38
ひとりのアルカディア人の見た夢（武藤奈緒美訳）…… 44
書簡（荒川宗晴, 兼田博訳）…… 46
ストラスブールおよびダルムシュタット 一八三一年十一月―三三年九月 …… 46
一　弟ヴィルヘルム・ビューヒナーから ダルムシュタットからストラスブールへ 一八三一年十一月十三日 …… 46
二　家族へ ストラスブールからダルムシュタットへ 一八三一年〈十二月四日以降〉…… 48
三　家族へ ストラスブールからダルムシュタットへ 一八三一年十二月 …… 49
四　家族へ ストラスブールからダルムシュタットへ 一八三二年四月中頃 …… 49
五　エドゥアール・ロイスへ ダルムシュタットからストラスブールへ 一八三二年八月二十日 …… 49
六　アウグスト・シュテーバーへ ダルムシュタットからストラスブールへ 一八三二年八月二十四日 …… 51
七　ウジェーヌ・ベッケルから ニーデルブロンからダルムシュタットへ 一八三二年九月七日 …… 52
八　アードルフ・シュテーバーから ストラスブールからダルムシュタットへ 一八三二年九月二十三日 …… 54
九　アードルフ・シュテーバーへ ストラスブールからメスへ 一八三二年十一月三日 …… 55
一〇　家族へ ストラスブールからダルムシュタットへ 一八三二年十二月上旬 …… 55
一一　家族へ ストラスブールからダルムシュタットへ 一八三三年一月初め …… 56
一二　家族へ ストラスブールからダルムシュタットへ 一八三三年四月五日 …… 56
一三　家族へ ストラスブールからダルムシュタットへ 一八三三年五月中頃（？）…… 57
一四　家族へ ストラスブールからダルムシュタットへ 一八三三年五月二十八日 …… 57
一五　家族へ ストラスブールからダルムシュタットへ 一八三三年六月 …… 59
一六　家族へ〈ヴォージュ山行〉 ストラスブールからダルムシュタットへ 一八三三年七月八日 …… 59
一七　エドゥアール・ロイスへ ダルムシュタットからストラスブールへ 一八三三年八月三十一日 …… 60
一八　ウジェーヌ・ベッケルとアードルフ・シュテーバーから ストラスブールからダルムシュタットへ 一八三三年九月三日 …… 62
ギーセンおよびダルムシュタット 一八三三年十月―一八三五年三月初め …… 64
一九　家族へ ギーセンからダルムシュタットへ 一八三三年十一月一日 …… 64
二〇　家族へ ギーセンからダルムシュタットへ 一八三三年十一月十二日 …… 64
二一　アウグスト・シュテーバーへ ダルムシュタットからオベルブロンへ 一八三三年十二月九日 …… 65
二二　婚約者へ ギーセンからストラスブールへ 一八三四年一月末 …… 66

二三　家族へ ギーセンからダルムシュタットへ 一八三四年二月初め …… 68
二四　婚約者へ ギーセンからストラスブールへ 一八三四年二月十六日頃 …… 68
二五　家族へ ギーセンからダルムシュタットへ 一八三四年二月後半 …… 68
二六　婚約者へ ギーセンからストラスブールへ 一八三四年三月八日頃 …… 70
二七　婚約者へ ギーセンからストラスブールへ 一八三四年三月中頃 …… 71
二八　婚約者へ ギーセンからストラスブールへ 一八三四年三月後半 …… 73
二九　家族へ ギーセンからダルムシュタットへ 一八三四年三月十九日 …… 74
三〇　ゲオルク・ロイスへ ダルムシュタットからギーセンへ 一八三四年三月二十四日 …… 74
三一　家族へ ストラスブールからダルムシュタットへ 一八三四年三月二十七日以降 …… 75
三二　家族へ ギーセンからダルムシュタットへ 一八三四年五月二十五日 …… 75
三三　家族へ ギーセンからダルムシュタットへ 一八三四年七月二日 …… 76
三四　家族へ フランクフルト・アム・マインからダルムシュタットへ 一八三四年八月三日 …… 76
三五　家族へ ギーセンからダルムシュタットへ 一八三四年八月五日 …… 77
三六　家族へ ギーセンからダルムシュタットへ 一八三四年八月八日 …… 78
三七　家族へ ギーセンからダルムシュタットへ 一八三四年八月二十三日頃 …… 79
三八　ザウアーレンダーへ ダルムシュタットからフランクフルト・アム・マインへ 一八三五年二月二十一日 …… 80
三九　グツコーへ ダルムシュタットからフランクフルト・アム・マインへ 一八三五年二月二十一日 …… 81
四〇　グツコーから フランクフルトからダルムシュタットへ 一八三五年二月二十五日 …… 82
四一　グツコーから フランクフルトからダルムシュタットへ 一八三五年二月二十八日 …… 82
四二　グツコーから フランクフルトからダルムシュタットへ 一八三五年三月三日 …… 83
四三　グツコーから フランクフルトからダルムシュタットへ 一八三五年三月五日 …… 84
ストラスブール 一八三五年三月初め―一八三六年九月 …… 85
四四　家族へ ヴィサンブールからダルムシュタットへ 一八三五年三月九日 …… 85
四五　グツコーへ ストラスブールからフランクフルト・アム・マインへ 一八三五年三月中頃 …… 85
四六　グツコーから フランクフルトからストラスブールへ 一八三五年三月十七日 …… 86
四七　家族へ ストラスブールからダルムシュタットへ 一八三五年三月二十七日 …… 87
四八　グツコーから フランクフルトからストラスブールへ 一八三五年四月七日 …… 88
四九　家族へ ストラスブールからダルムシュタットへ 一八三五年四月二十日 …… 89
五〇　家族へ ストラスブールからダルムシュタットへ 一八三五年五月五日 …… 90
五一　グツコーから マンハイムからストラスブールへ 一八三五年五月十二日 …… 91

五二　家族へ ストラスブールからダルムシュタットへ 一八三五年六月十日 …… 92
五三　家族へ ストラスブールからダルムシュタットへ 一八三五年六月末あるいは七月初め …… 93
五四　家族へ ストラスブールからダルムシュタットへ 一八三五年七月十六日 …… 94
五五　グツコーから ヴィースバーデンからストラスブールへ 一八三五年七月二十三日 …… 95
五六　家族へ ストラスブールからダルムシュタットへ 一八三五年七月二十八日 …… 96
五七　家族へ ストラスブールからダルムシュタットへ 一八三五年八月五日 …… 98
五八　家族へ ストラスブールからダルムシュタットへ 一八三五年八月十七日 …… 100
五九　グツコーから シュトゥットガルトからストラスブールへ 一八三五年八月二十八日 …… 100
六〇　グツコーへ ストラスブールからフランクフルト・アム・マインへ 一八三五年九月 …… 101
六一　ヴィルヘルム・ビューヒナーへ ストラスブールからブッツバッハへ 一八三五年 …… 102
六二　家族へ ストラスブールからダルムシュタットへ 一八三五年九月二十日 …… 103
六三　グツコーから フランクフルトからストラスブールへ 一八三五年九月二十八日 …… 103
六四　家族へ ストラスブールからダルムシュタットへ 一八三五年十月 …… 105
六五　家族へ ストラスブールからダルムシュタットへ 一八三五年十一月二日 …… 105
六六　グツコーへ ストラスブールからフランクフルト・アム・マインへ 一八三五年十一月末 …… 106
六七　グツコーから マンハイムからストラスブールへ 一八三五年十二月四日 …… 107
六八　ルートヴィヒ・ビューヒナーへ ストラスブールからダルムシュタットへ 一八三六年一月一日 …… 107
六九　家族へ ストラスブールからダルムシュタットへ 一八三六年一月一日 …… 108
七〇　グツコーへ ストラスブールからマンハイムへ 一八三六年一月後半 …… 109
七一　ウジェーヌ・ベッケルから ゲッティンゲンからストラスブールへ 一八三六年一月十六日 …… 110
七二　ヴィルヘルム・ブラウバッハへ ストラスブールからチューリヒへ 一八三六年一月二十六日 …… 113
七三　グツコーから マンハイムからストラスブールへ 一八三六年二月六日 …… 113
七四　家族へ ストラスブールからダルムシュタットへ 一八三六年三月十五日 …… 115
七五　ウジェーヌ・ベッケルから ウィーンからストラスブールへ 一八三六年五月十五日 日曜日 …… 116
七六　家族へ ストラスブールからダルムシュタットへ 一八三六年五月末あるいは六月初め …… 119
七七　ウジェーヌ・ベッケルへ ストラスブーからウィーンへ〈一八三六年〉六月一日 …… 121
七八　グツコーへ ストラスブールからフランクフルト・アム・マインへ 一八三六年六月初め …… 123
七九　グツコーから フランクフルトからストラスブールへ 一八三六年六月十日 …… 124
八〇　ウジェーヌ・ベッケルから ウィーンからストラスブールへ 一八三六年六月十八日 …… 126
八一　ゲオルク・ガイルフースへ ストラスブールからチューリヒへ 一八三六年七月二十五日頃 …… 129

八二　家族へ ストラスブールから ダルムシュタットへ 一八三六年夏 …… 130
八三　家族へ ストラスブールから ダルムシュタットへ 一八三六年夏（？） …… 130
八四　ヴィルヘルム・ビューヒナーへ ストラスブールからダルムシュタットへ 一八三六年九月二日 …… 131
八五　ウジェーヌ・ベッケルから ヴュルツブルクからストラスブールへ 一八三六年九月四日 …… 132
八六　ヘス市長へ ストラスブールからチューリヒへ 一八三六年九月二十二日 …… 135
八七　チューリヒ市教育委員会委員長へ ストラスブールから チューリヒへ 一八三六年九月二十六日 …… 136
八八　家族へ ストラスブールから ダルムシュタットへ 一八三六年九月 …… 136
チューリヒ 一八三六年十月—一八三七年 …… 137
八九　家族へ ストラスブールから ダルムシュタットへ 一八三六年十月二十六日 …… 137
九〇　母カロリーネ・ビューヒナーから ダルムシュタットから チューリヒへ 一八三六年十月三十日 …… 137
九一　家族へ ストラスブールから ダルムシュタットへ 一八三六年十一月二十日 …… 139
九二　ヴィルヘルム・ビューヒナーへ チューリヒからハイデルベルクへ 一八三六年十月中頃から三七年一月末まで …… 140
九三　父エルンスト・ビューヒナーから ダルムシュタットから チューリヒへ 一八三六年十二月十八日 …… 141
九四　ウジェーヌ・ベッケルから パリからチューリヒへ 一八三七年一月十一日 …… 142
九五　婚約者へ チューリヒからストラスブールへ 一八三七年一月十三日 …… 145
九六　婚約者へ チューリヒからストラスブールへ 一八三七年一月二十日 …… 146
九七　婚約者へ チューリヒからストラスブールへ 一八三七年一月二十七日 …… 146
九八　婚約者へ チューリヒからストラスブールへ 一八三七年 …… 147
＊書簡 解題（兼田博） …… 183
医学研究
試験講義（真田健司訳） …… 186
＊『試験講義』解題（真田健司） …… 215
＊ビューヒナーへの追憶
＊フリードリッヒ・ツィンマーマンが語るギムナージウム時代の回想（藁谷郁美訳） …… 220
＊ルートヴィヒ・ヴィルヘルム・ルックが記すギムナージウム時代から大学時代の想い出（藁谷郁美訳） …… 223
＊ストラスブール学生サークル「オイゲーニア」議事録抜粋（今村武訳） …… 228
＊アレクシス・ミューストンの『回想録』抜粋（今村武訳） …… 231
＊ギーセン大学時代のビューヒナー—カール・フォークトの印象（藁谷郁美訳） …… 235
＊アウグスト・リューニング—ビューヒナー講師の思い出（藁谷郁美訳） …… 236
＊ヨハン・ヤーコプ・チューディからフランツォースへ（藁谷郁美訳） …… 241
＊カロリーネ・シュルツ—ゲオルク・ビューヒナーの病と死（杉本良子訳） …… 243
＊ヴィルヘルム・シュルツ—追悼の辞（大塚直訳） …… 251
＊カール・グツコー—ゲオルク・ビューヒナーを悼む（大塚直訳） …… 255
＊ヴィルヘルミーネ・イェーグレからウジェーヌ・ベッケルへ（藁谷郁美訳） …… 264

＊アードルフ・シュテーバーからグスタフ・シュヴァープへ（藁谷郁美訳）……266
＊ヴィルヘルム・バウムからウジェーヌ・ベッケルへ（藁谷郁美訳）……267
＊ミンナ・イェーグレからカール・エーミール・フランツォースへ（藁谷郁美訳）……269
＊ヴィルヘルム・ビューヒナーからフランツォースへ（岡田恒雄訳）……270
＊ドキュメント
＊ゴッデラウ牧師管区の出生および洗礼記録（藁谷郁美訳）……275
＊ゲオルク・ビューヒナーの大学入学資格証明書（谷口廣治訳）……276
＊チューリヒ大学議事録（藁谷郁美訳）……278
＊手配書（岡田恒雄訳）……279
＊チューリヒのビューヒナー記念祭一八七五年（藁谷郁美訳）……281
＊鉄面皮のデュ・ティルさんとブッツバッハの指物師、クラウス親方（浅野英雄訳）……283
＊ルイーゼ・ビューヒナー『ある詩人』（断章）抄訳（中村采女訳）……286
＊ルイーゼ・ビューヒナー『ある詩人』（断章）解題（中村采女）……300
＊フリードリッヒ・ネルナー 訴訟記録に基づく詳解（第二章から抜粋）（兼田博訳）……303
＊オーバーヘッセンで起った一八三〇年の暴動事件について（高坂純子訳）……326
＊ヴォイツェク鑑定書（竹内拓史訳）……338
＊シュモリング鑑定書（竹内拓史訳）……383
＊解題——二つの鑑定書について（竹内拓史）……395
＊ヴォイツェク年譜（竹内拓史）……400
＊シュモリング年譜（竹内拓史）……405
＊年譜（本田陽太郎）……407
＊翻訳担当者……xxx
＊テクストと担当者一覧……xxxvi
＊文献一覧……xxii
＊人名一覧……i

研究社シェイクスピア選集

対訳・注解
研究社
全10巻
2004年9月～2009年4月
（大場建治編注訳）

第1巻　あらし

2009年4月23日刊

＊図版一覧……iv
＊凡例……v
＊シェイクスピアの詩法……xiii
＊The Tempestのテキスト……xviii
＊The Tempestの創作年代と材源……xxi
＊略語表……xxiv
THE TEMPEST……1
＊補注……215
＊付録 シェイクスピアのFirst Folio……235

第2巻　真夏の夜の夢

2005年12月23日刊

＊図版一覧……iv
＊凡例……v
＊シェイクスピアの詩法……xiii
＊A Midsummer Night's Dreamのテキスト……xvix
＊A Midsummer Night's Dreamの創作年代と材源……xxiii
＊略語表……xxx
A MIDSUMMER NIGHT'S DREAM……1
＊補注……207
＊付録 シェイクスピアのFirst Folio……231

第3巻　ヴェニスの商人

2005年3月23日刊

＊図版一覧……iv
＊凡例……v
＊シェイクスピアの詩法……xiii
＊The Merchant of Veniceのテキスト……xviii
＊The Merchant of Veniceの創作年代と材源……xxi

＊略語表 …… *xxvii*
THE MERCHANT OF VENICE …… *1*
＊補注 …… *244*
＊付録 シェイクスピアのFirst Folio …… *267*

第4巻 宴の夜

2007年5月23日刊

＊図版一覧 …… *iv*
＊凡例 …… *v*
＊シェイクスピアの詩法 …… *xiii*
＊Twelfth Nightのテキスト …… *xviii*
＊Twelfth Nightの創作年代と材源 …… *xxiii*
＊略語表 …… *xxviii*
TWELFTH NIGHT …… *1*
＊補注 …… *235*
＊付録 シェイクスピアのFirst Folio …… *255*

第5巻 ロミオとジュリエット

2007年1月23日刊

＊図版一覧 …… *iv*
＊凡例 …… *v*
＊シェイクスピアの詩法 …… *xiii*
＊Romeo and Julietのテキスト …… *xviii*
＊Romeo and Julietの創作年代と材源 …… *xxiv*
＊略語表 …… *xxx*
ROMEO AND JULIET …… *1*
＊補注 …… *297*
＊付録 シェイクスピアのFirst Folio …… *327*

第6巻 ジューリアス・シーザー

2005年12月23日刊

＊図版一覧 …… *iv*
＊凡例 …… *v*
＊シェイクスピアの詩法 …… *xiii*
＊Julius Caesarのテキスト …… *xix*
＊Julius Caesarの創作年代と材源 …… *xxi*
＊略語表 …… *xxvii*
JULIUS CAESAR …… *1*
＊補注 …… *243*
＊付録 シェイクスピアのFirst Folio …… *271*

第7巻 マクベス

2004年9月23日刊

＊図版一覧 …… *iv*
＊凡例 …… *v*
＊シェイクスピアの詩法 …… *xiii*
＊Macbethのテキスト …… *xviii*
＊Macbethの創作年代と材源 …… *xxi*
＊Macbeth関連地図 …… *xxvii*
＊略語表 …… *xxviii*
MACBETH …… *1*
＊補注 …… *215*
＊付録 シェイクスピアのFirst Folio …… *235*

第8巻 ハムレット

2004年9月23日刊

＊図版一覧 …… *iv*
＊凡例 …… *v*
＊シェイクスピアの詩法 …… *xiii*
＊Hamletのテキスト …… *xviii*
＊Hamletの創作年代と材源 …… *xxv*
＊略語表 …… *xxx*
HAMLET …… *1*
＊補注 …… *358*
＊付録 シェイクスピアのFirst Folio …… *391*

第9巻 リア王

2005年3月23日刊

＊図版一覧 …… *iv*
＊凡例 …… *v*
＊シェイクスピアの詩法 …… *xiii*
＊King Learのテキスト …… *xix*
＊King Learの創作年代と材源 …… *xxvii*
＊略語表 …… *xxxii*
KING LEAR …… *1*
＊補注 …… *312*
＊付録 シェイクスピアのFirst Folio …… *335*

第10巻 オセロー

2008年8月23日刊

＊図版一覧 …… *iv*
＊凡例 …… *v*
＊シェイクスピアの詩法 …… *xiii*
＊Othelloのテキスト …… *xviii*
＊Othelloの創作年代と材源 …… *xxv*
＊略語表 …… *xxx*
OTHELLO …… *1*

＊補注 …… 317
＊付録 シェイクスピアのFirst Folio …… 337

現代インド文学選集

めこん
全7巻
1986年10月～2016年1月

第1巻（ウルドゥー） ペシャーワル急行
（クリシャン・チャンダル著, 謝秀麗編）
1986年9月30日刊

ペシャーワル急行（鈴木斌訳）…… 5
アンヌ・ダーター（謝秀麗, 鈴木斌訳）…… 23
天国と地獄（謝秀麗訳）…… 71
ユーカリの枝（謝秀麗訳）…… 89
兵士（都筑正夫訳）…… 109
ピレートゥー（謝秀麗訳）…… 131
イーサリーおばさん（鈴木斌訳）…… 147
王子さま（麻田豊訳）…… 173
半時間の神（謝秀麗訳）…… 199
神様と農夫（鈴木斌訳）…… 217
＊解説（謝秀麗）…… 225
＊参考文献 …… 237

第2巻（ヒンディー） 焼跡の主（モーハン・ラーケーシュ著, 田中敏雄, 坂田貞二, 石田英明, 鈴木良明, 白井恵子訳）
1989年3月5日刊

焼跡の主（白井恵子訳）…… 5
神の犬（白井恵子訳）…… 23
クレイム（白井恵子訳）…… 35
新しい雲（白井恵子訳）…… 47
ミスター・バーティヤー（坂田貞二訳）…… 59
ミス・パール（坂田貞二訳）…… 83
最後の競売品（石田英明訳）…… 123
獣と獣（石田英明訳）…… 139
弁当（鈴木良明訳）…… 169
相続人（田中敏雄訳）…… 191
＊解説（田中敏雄）…… 204

第3巻（ベンガリー） ジャグモーハンの死（モハッシェタ・デビ著, 大西正幸訳）
1992年1月25日刊

ジャグモーハンの死 ………………………… 3
千八十四番の母 …………………………… 103
＊ベンガル文学の背景 …………………… 255
＊モハッシェタ・デビについて ………… 259
＊訳者あとがき …………………………… 264

第4巻（カンナダ）　マレナード物語（K.P.プールナ・チャンドラ・テージャスウィ著，井上恭子訳）
1994年10月9日刊

マレナード物語 ………………………………… 3
＊解説（井上恭子） ………………………… 213

第5巻（タミル）　焼身（ジャヤカーンタン著，山下博司訳）
1997年7月25日刊

焼身 …………………………………………… 3
誰のために哭いたのか …………………… 29
俺のために哭け …………………………… 89
憐れみをこえて …………………………… 135
＊解説（山下博司） ………………………… 209

第6巻（英語）　デリーの詩人（アニター・デサイ著，高橋明訳）
1999年1月25日刊

デリーの詩人 ………………………………… 3
＊訳者あとがき …………………………… 270

第7巻（ベンガリー）　船頭タリニ（タラションコル・ボンドパッダエ著，大西正幸訳）
2016年1月25日刊

船頭タリニ …………………………………… 5
郵便配達夫 …………………………………… 33
やぶにらみ …………………………………… 65
供養バラモン ………………………………… 95
ラカル・バルッジェ ……………………… 125
ラエ家 ……………………………………… 159
花環と白檀 ………………………………… 195
＊解説（大西正幸） ………………………… 263
＊作品解説（大西正幸） ………………… 291
＊訳者あとがき …………………………… 301

現代スペイン演劇選集

カモミール社
全3巻
2014年11月～2016年9月
（田尻陽一監修）

第1巻
2014年11月19日刊

＊はじめに スペイン演劇ののいま―新しいきざしとこころみ（田尻陽一） …… 3
I
自転車は夏のために（フェルナンド・フェルナン・ゴメス作，田尻陽一，古屋雄一郎訳） ……………… 13
＊劇評『自転車は夏のために』 …… 173
＊傑作（エドゥアルド・アロ・テグレン） ………………… 173
＊歴史へと向かう自転車（ジュアン＝アントン・バナック） … 174
＊作者紹介 ………………………… 176
II
モロッコの甘く危険な香り（ホセ・ルイス・アロンソ・デ・サントス作，古屋雄一郎訳） ………………… 177
＊劇評『モロッコの甘く危険な香り』 ……………………… 258
＊若い偉大な作家の見事な卒業試験（ロレンソ・ロペス・サンチョ） ……………………… 258
＊帰ってきた風俗喜劇（エドゥアルド・アロ・テグレン） …… 260
＊作者紹介 ………………………… 263
一晩の出会い（ホセ・ルイス・アロンソ・デ・サントス作，田尻陽一訳） ‥ 265
III
どこにいるのだ、ウラルメ、どこだ（アルフォンソ・サストレ作，矢野明紘訳） ……………………… 277
＊劇評『どこにいるのだ、ウラルメ、どこだ』 ………………… 350
＊アルフォンソ・サストレとポーの恐怖（ハビエル・ビジャン） ……………………… 350

＊ハルディエルからカフカ（フアン・イグナシオ・ガルシア・ガルソン） …… 352
＊作者紹介 …… 354

IV

歌姫カルメーラ―二幕とエピローグからなる内戦の哀歌（ホセ・サンチス・シニステーラ作, 古屋雄一郎訳） …… 357
＊劇評『歌姫カルメーラ』 …… 452
＊1　追憶のるつぼで（アントン・カストロ） …… 452
＊2　市民英雄的行為（エドゥアルド・アロ・テグレン） …… 453
＊作者紹介 …… 454

扉（ホセ・サンチス・シニステーラ作, 田尻陽一訳） …… 455

第2巻

2015年4月16日刊

I

愛の手紙―中国風殉教（フェルナンド・アラバール作, 田尻陽一訳） …… 5
＊劇評『愛の手紙―中国風殉教』 …… 36
＊フェルナンド・アラバールの『愛の手紙―中国風殉教』、やはり既成概念を破る（パス・メディアビリャ） …… 36
＊ねじれた愛（ソフィーア・バサロ・カスティイ） …… 42
＊作者紹介 …… 45

II

スターリンへの愛の手紙（フアン・マヨルガ作, 田尻陽一訳） …… 47
＊劇評『スターリンへの愛の手紙』 …… 108
＊作家とその悪魔たち（フアン・イグナシオ・ガルシア・ガルソン） …… 108
＊誰のために書くのか（エステラ・レニェロ・フランコ） …… 110
＊作者紹介 …… 113

善き隣人（フアン・マヨルガ作, 田尻陽一訳） …… 115

III

死よりも意外な出来事（エルビラ・リンド原作, エルビラ・リンド, ボルハ・オルティス・デ・ゴンドラ脚色, 吉川恵美子訳） …… 125
＊劇評『死よりも意外な出来事』 …… 202
＊〔「テアトロ・クリティカ」エンリケ・センテノのブログ〕（エンリケ・センテノ・プエンテ） …… 202
＊エルビラ・リンド、演劇界の新しい声（ロサナ・トレス） …… 204
＊作者紹介 …… 208

ロスコンケーキに隠された幸運の小さな人形（エルビラ・リンド作, 矢野明紘訳） …… 209

IV

キス、キス、キス（パロマ・ペドレロ作, 岡本淳子訳） …… 223
＊劇評『キス、キス、キス』 …… 310
＊キスのテクニックとキスが生み出すものについて（ハビエル・ビリャン） …… 310
＊唇に言葉（ミゲル・アヤンス） …… 313
＊作者紹介 …… 315

あたし、天国には行きたくないの（ある女流劇作家の裁判）（パロマ・ペドレロ作, 田尻陽一訳） …… 317

＊あとがき 現代スペイン劇作家との付き合い（田尻陽一） …… 339

第3巻

2016年9月16日刊

I

研究室はミツバチの巣箱、もしくはネグリンのコーヒー（ホセ・ラモン・フェルナンデス作, 田尻陽一訳） …… 5
＊劇評『研究室はミツバチの巣箱、もしくはネグリンのコーヒー』 …… 113
＊出口のない悲劇（ハビエル・ビリャン） …… 113
＊啓蒙という夢（フアン・イグナシオ・ガルシア・ガルソン） …… 115
＊作者紹介 …… 117

水の記憶（ホセ・ラモン・フェルナンデス作, 田尻陽一訳） …… 119

II
あの無限の風（リュイサ・クニリェ作, 小阪知弘訳）……… 127
＊劇評『あの無限の風』……… 178
＊古典劇の狭間に生ずる対話(ディアロゴ)（カルロス・パチェコ）……… 178
＊クニリェ王国に捕まえられて（エドゥワルド・モルネール）……… 180
＊作者紹介 ……… 184
八十年から九十年にかけての雑談集（リュイサ・クニリェ作, 小阪知弘訳）……… 187
III
聖女ペルペトゥア（ライラ・リポイ作, 岡本淳子訳）……… 195
＊劇評『聖女ペルペトゥア』……… 277
＊『聖女ペルペトゥア』エスペルペントと歴史的記憶（ヘロニモ・ロペス・モス）……… 277
＊生々しい傷（ホアキン・メルギソ）……… 279
＊作者紹介 ……… 281
あたしたちの生涯で一番幸せな日（ライラ・リポイ作, 田尻陽一訳）‥ 283
IV
月の世界で（アルフレド・サンソル作, 田尻陽一訳）……… 305
＊劇評『月の世界で』……… 411
＊ユーモアと自覚と記憶（ハビエル・ビリャン）……… 411
＊独創的でなんとなく憤っているサンソル（ジョアン・アントン・ベナク）……… 413
＊作者紹介 ……… 415
裸のナチ女子同盟（アルフレド・サンソル作, 田尻陽一訳）……… 417
V
辞書（マヌエル・カルサダ・ペレス作, 田尻陽一訳）……… 429
＊劇評『辞書』……… 500
＊言葉の鼓動（フアン・イグナシオ・ガルシア・ガルソン）…… 500
＊マリーア・モリネールのような女性を演じるのはビッキーのような女優でなければ（ハビエル・ビリャン）……… 502
＊作者紹介 ……… 505
王の言葉（マヌエル・カルサダ・ペレス作, 矢野明紘訳）……… 507
＊あとがき 『現代スペイン演劇選集』全三巻を編集し終えて（田尻陽一）…… 535

現代フランス戯曲名作選

カモミール社
全2巻
2008年7月～2012年9月
（和田誠一訳, 花柳伊寿穂編）

〔第1巻〕（ロベール・トマ, アルベール・ユッソン著）
2008年7月26日刊

八人の女―三幕推理喜劇（ロベール・トマ著）……5
殺人同盟―三幕推理喜劇（ロベール・トマ著）……97
マカロニ金融―信用の哲学的考察 喜劇四幕（アルベール・ユッソン著）……201
＊上演記録……283
＊作品解説（和田誠一）……293
＊あとがきによせて（花柳伊寿穂）……297

第2巻（ロベール・トマ, アルド・ニコライ, フランソワ・カンポ著）
2012年9月28日刊

第二の銃声（ロベール・トマ著）……5
水族館（アルド・ニコライ原作, ジョルジュ・ソニエ脚色）……79
ジゼルと粋な子供たち（フランソワ・カンポ著）……181
＊上演記録……275
＊作品解説……286
＊あとがきによせて（花柳伊寿穂）……292

コナン全集〔ロバート・E.ハワード〕

東京創元社
全6巻
2006年10月～2013年5月
（創元推理文庫）

※新訂版

第1巻　黒い海岸の女王（宇野利泰, 中村融訳）
2006年10月27日刊

キンメリア……9
黒い海岸の女王……13
　氷神の娘……15
　象の塔……35
　石棺のなかの神……85
　館のうちの凶漢たち……129
　黒い海岸の女王……179
　消え失せた女たちの谷……239
資料編……273
　死の広間（梗概）……275
　ネルガルの手（断片）……278
　闇のなかの怪（梗概）……283
　闇のなかの怪（草稿）……287
　R.E.ハワードからP.S.ミラーへの手紙……306
　ハイボリア時代……313
＊解説（中村融）……353

第2巻　魔女誕生（宇野利泰, 中村融訳）
2006年12月15日刊

魔女誕生……9
　黒い怪獣……11
　月下の影……87
　魔女誕生……153
　ザムボウラの影……239
　鋼鉄の悪魔……301
＊資料編……367
　＊ロバート・アーヴィン・ハワード―ある追想（H.P.ラヴクラフト）……369
＊解説（中村融）……377

第3巻　黒い予言者（宇野利泰, 中村融訳）
2007年3月23日刊

黒い予言者 …… *9*
　黒い予言者 …… *11*
　忍びよる影 …… *163*
　黒魔の泉 …… *231*
資料編 …… *287*
　トムバルクの太鼓（梗概） …… *289*
　トムバルクの太鼓（草稿） …… *297*
＊解説（中村融） …… *343*

第4巻　黒河を越えて（宇野利泰, 中村融訳）
2007年7月13日刊

赤い釘 …… *9*
　赤い釘 …… *11*
　古代王国の秘宝 …… *173*
　黒河を越えて …… *257*
＊資料編 …… *369*
　＊ロバート・アーヴィン・ハワード（E.ホフマン・プライス） …… *371*
＊解説（中村融） …… *379*

第5巻　真紅の城砦（中村融訳）
2009年3月27日刊

真紅の城砦 …… *9*
　黒い異邦人 …… *11*
　不死鳥の剣 …… *163*
　真紅の城砦 …… *211*
資料編 …… *285*
　ハイボリア時代の諸民族に関する覚え書き …… *287*
　西方辺境地帯に関する覚え書き …… *290*
　辺境の狼たち（草稿） …… *293*
＊解説（中村融） …… *331*

第6巻　竜の刻（とき）（中村融訳）
2013年5月31日刊

竜の刻 …… *7*
＊資料編 …… *357*
　＊I.M.ハワード博士からH.P.ラヴクラフトへの手紙 一九三九年六月二十九日付 …… *359*
　＊I.M.ハワード博士からE.ホフマン・プライスへの手紙 一九四四年六月二十一日付 …… *366*
＊解説（中村融） …… *375*

コルテス戯曲選
れんが書房新社
全3巻
2001年12月～2015年12月

※1巻は第III期に収録

第2巻　西埠頭／タバタバ（佐伯隆幸訳）
2013年3月15日刊

タバタバ …… 7
西埠頭 …… 21
＊「西埠頭」を演出するために—作者自註 …… 180
＊訳者あとがき …… 201

第3巻　黒人と犬どもの闘争／プロローグ（佐伯隆幸, 西樹里訳）
2015年12月25日刊

黒人と犬どもの闘争（佐伯隆幸訳） …… 7
「黒人と犬どもの闘争」手帖（佐伯隆幸訳） …… 125
プロローグ（佐伯隆幸, 西樹里訳） …… 145
＊演劇、そして伝承ふうの物語—訳者あとがきに代えて（佐伯隆幸） …… 284

コレクション現代フランス語圏演劇
れんが書房新社
全16巻
2010年6月～2013年6月
（日仏演劇協会編, 東京日仏学院企画）

第1巻　クリストフ王の悲劇（エメ・セゼール著, 尾崎文太, 片桐祐, 根岸徹郎訳, 佐伯隆幸監訳）
2013年6月15日刊

＊地図 …… 4
クリストフ王の悲劇 …… 5
＊関連略年譜 …… 147
＊解題（尾崎文太） …… 148
＊付記（根岸徹郎） …… 160

第2巻　いつもの食事／2001年9月11日（ミシェル・ヴィナヴェール著, 佐藤康, 高橋勇夫, 根岸徹郎訳）
2010年12月20日刊

いつもの食事—七つの断片からなる戯曲（佐藤康訳） …… 7
2001年9月11日（高橋勇夫, 根岸徹郎訳） …… 149
＊解題（高橋勇夫） …… 197

第3巻　偽証の都市、あるいは復讐の女神たちの甦り（エレーヌ・シクスー著, 高橋信良, 佐伯隆幸訳）
2012年8月30日刊

偽証の都市、あるいは復讐の女神たちの甦り …… 1
＊解題（佐伯隆幸） …… 258

第4巻　亡者の家／プロムナード（フィリップ・ミンヤナ, ノエル・ルノード著, 斎藤公一, 佐藤康訳）
2011年6月30日刊

亡者の家―プロローグとエピローグのある俳優と人形のための六楽章に分かれた戯曲（フィリップ・ミンヤナ著, 斎藤公一訳）…… 7
プロムナード（ノエル・ルノード著, 佐藤康訳）…… 115
＊解題（斎藤公一, 佐藤康）…… 166

第5巻　十字軍／夜の動物園（ミシェル・アザマ著, 佐藤康訳）
2010年6月30日刊

十字軍 …… 7
夜の動物園 …… 113
＊解題（佐藤康）…… 176

第6巻　紅の起源（ヴァレール・ノヴァリナ著, ティエリ・マレ訳）
2013年5月20日刊

紅の起源 …… 5
＊解題（ティエリ・マレ）…… 163

第7巻　天使達の叛逆／ギブアンドテイク（エンゾ・コルマン著, 北垣潔訳）
2013年5月20日刊

天使達の叛逆 …… 7
ギブアンドテイク …… 91
＊解題（北垣潔）…… 149

第8巻　まさに世界の終わり／忘却の前の最後の後悔（ジャン＝リュック・ラガルス著, 斎藤公一, 八木雅子訳）
2012年2月29日刊

まさに世界の終わり（斎藤公一訳）…… 7
忘却の前の最後の後悔（八木雅子訳）…… 127
＊解題（斎藤公一, 八木雅子）…… 186

第9巻　ザット・オールド・ブラック・マジック／ブルー・ス・キャット（コフィ・クワユレ著, 八木雅子訳）
2012年2月10日刊

ザット・オールド・ブラック・マジック…… 7
ブルー・ス・キャット …… 127
＊解題（八木雅子）…… 175

第10巻　時の商人／うちの子は（ジョエル・ポムラ著, 横山義志, 石井恵訳）
2011年6月20日刊

時の商人 …… 7
うちの子は …… 97
＊解題―ジョエル・ポムラとその作品（横山義志）…… 153

第11巻　お芝居／若き俳優たちへの書翰（オリヴィエ・ピィ著, 佐伯隆幸, 斎藤公一, 根岸徹郎訳, 日仏演劇協会編）
2010年12月31日刊

お芝居（佐伯隆幸訳）…… 7
若き俳優たちへの書翰―《発語＝行為》がその力をとり戻さんがために（斎藤公一, 根岸徹郎訳）…… 73
＊解題（佐伯隆幸）…… 119

第12巻　パパも食べなきゃ（マリー・ンディアイ著, 根岸徹郎訳）
2013年6月15日刊

パパも食べなきゃ …… 5
＊解題（根岸徹郎）…… 103

第13巻　沿岸―頼むから静かに死んでくれ（ワジディ・ムアワッド著, 山田ひろ美訳）
2010年6月30日刊

沿岸―頼むから静かに死んでくれ …… 3
＊解題（山田ひろ美）…… 151

第14巻　破産した男／自分みがき（ダヴィッド・レスコ著, 奥平敦子, 佐藤康訳, 日仏演劇協会編）
2010年12月31日刊

破産した男（奥平敦子）…… 7
自分みがき（佐藤康）…… 87
＊解題（奥平敦子, 佐藤康）…… 141

第15巻　ブリ・ミロ／セックスは心の病いにして時間とエネルギーの無駄（ファブリス・メルキオ著, 友谷知己訳）
2012年11月30日刊

ブリ・ミロ …… 7
セックスは心の病いにして時間とエネルギーの無駄 …… 61
＊解題（友谷知己） …… 154

第16巻　隠れ家／火曜日はスーパーへ（エマニュエル・ダルレ著, 石井恵訳）
2012年2月10日刊

隠れ家 …… 7
火曜日はスーパーへ …… 91
＊解題（石井恵） …… 130

コレクション中国同時代小説
勉誠出版
全10巻
2012年4月～2012年7月

第1巻　空山―風と火のチベット（阿来著, 山口守訳）
2012年4月27日刊

空山―風と火のチベット …… 1
＊解説（山口守） …… 387

第2巻　黄金時代（王小波著, 桜庭ゆみ子訳）
2012年4月27日刊

黄金時代 …… 1
三十而立 …… 91
流れゆく時の中で …… 191
白銀時代 …… 313
＊解説（桜庭ゆみ子） …… 409

第3巻　小陶（シャオタオ）一家の農村生活（韓東著, 飯塚容訳）
2012年4月27日刊

小陶一家の農村生活 …… 1
＊解説（飯塚容） …… 371

第4巻　離婚指南（蘇童著, 竹内良雄, 堀内利恵訳）
2012年4月27日刊

クワイ（堀内利恵訳） …… 1
垂楊柳にて（堀内利恵訳） …… 35
刺青時代（竹内良雄訳） …… 61
女人行路（堀内利恵訳） …… 123
もう一つの女人行路（堀内利恵訳） …… 207
紅おしろい（竹内良雄訳） …… 283
離婚指南（竹内良雄訳） …… 375
＊解説（竹内良雄） …… 465

第5巻　神木―ある炭鉱のできごと（劉慶邦著, 渡辺新一, 立松昇一訳）

2012年4月27日刊

ナイフを探せ！（立松昇一訳）…………………… 1
捨て難きもの—太平車（タイピンチョー）（立松昇一訳）…………………………………… 25
幻影のランタン（立松昇一訳）…………………… 47
羊を飼う娘（渡辺新一訳）…………………………… 69
葬送のメロディー（渡辺新一訳）………………… 93
あの子はどこの子（立松昇一訳）……………… 121
街へ出る（渡辺新一訳）…………………………… 143
神木—ある炭鉱のできごと（渡辺新一訳）…………………………………………………… 267
＊解説（渡辺新一）………………………………… 417

第6巻　富萍（フーピン）—上海に生きる（王安憶著，飯塚容，宮入いずみ訳）
2012年7月10日刊

富萍（フーピン）—上海に生きる（飯塚容訳）…………………………………………………… 1
酔客（宮入いずみ訳）……………………………… 279
姉妹行（宮入いずみ訳）…………………………… 315
暗い路地（宮入いずみ訳）………………………… 361
＊解説（飯塚容）…………………………………… 393

第7巻　今夜の食事をお作りします（遅子建著，竹内良雄，土屋肇枝訳）
2012年7月10日刊

ラードの壺（土屋肇枝訳）………………………… 1
七十年代の春夏秋冬（土屋肇枝訳）……………… 37
今夜の食事をお作りします（竹内良雄訳）…………………………………………………… 81
プーチラン停車場の十二月八日（土屋肇枝訳）…………………………………………… 203
ドアの向こうの清掃員（土屋肇枝訳）………… 289
ねえ、雪見に来ない（竹内良雄訳）…………… 321
原風景（土屋肇枝訳）……………………………… 341
＊解説（竹内良雄）………………………………… 419

第8巻　落日—とかく家族は（方方著，渡辺新一訳）
2012年7月10日刊

待ち伏せ ………………………………………………… 1
父のなかの祖父 ………………………………………… 77
落日—とかく家族は ………………………………… 141
＊解説（渡辺新一）………………………………… 383

第9巻　旧跡—血と塩の記憶（李鋭著，関根謙訳）
2012年7月10日刊

旧跡—血と塩の記憶 ………………………………… 1
＊解説—蘇る歴史の真実と家族の愛（関根謙）……………………………………… 377

第10巻　たったひとりの戦争（林白著，池上貞子，神谷まり子訳）
2012年7月10日刊

たったひとりの戦争（池上貞子訳）……………… 1
危険な飛翔（神谷まり子訳）……………………… 311
＊解説（池上貞子）………………………………… 371

サキ・コレクション

風濤社
全2巻
2015年4月～2015年10月

レジナルド（井伊順彦, 今村楯夫他訳）

2015年4月30日刊

レジナルド（今村楯夫訳）…… 9
レジナルドとクリスマスの贈り物（今村楯夫訳）…… 22
レジナルドと王立芸術院（今村楯夫訳）…… 30
劇場のレジナルド（奈須麻里子訳）…… 36
レジナルドと平和の詩（奈須麻里子訳）…… 46
レジナルドと聖歌隊の引率（奈須麻里子訳）…… 55
レジナルドと心配事（辻谷実貴子訳）…… 64
レジナルドとハウスパーティ（辻谷実貴子訳）…… 73
カールトンホテルのレジナルド（辻谷実貴子訳）…… 82
レジナルドと陥りやすい罪—真実を言う女（肥留川尚子訳）…… 95
レジナルドの演劇（肥留川尚子訳）…… 103
レジナルドと関税（肥留川尚子訳）…… 113
レジナルドとクリスマスの憂さ晴らし（渡辺育子訳）…… 123
レジナルドのルバイヤート（渡辺育子訳）…… 133
レジナルドは無実（渡辺育子訳）…… 145
ロシアのレジナルド（井伊順彦訳）…… 155
＊解説（井伊順彦）…… 167

四角い卵（井伊順彦, 今村楯夫他訳）

2015年10月20日刊

幻の昼食（今村楯夫訳）…… 9
警告されて（奈須麻里子訳）…… 22
屈辱の顚末（肥留川尚子訳）…… 41
ミセス・ペンサビーは特例（辻谷実貴子訳）…… 55
地獄に堕ちた魂の像（渡辺育子訳）…… 71
四角い卵—塹壕における泥戦争に対するアナグマ的視点（今村楯夫訳）…… 79
西部戦線の鳥たち（奈須麻里子訳）…… 97
祝典式次第—ローマ史に書かれざる逸話（辻谷実貴子訳）…… 108
地獄の議会（肥留川尚子訳）…… 118
ネコはこうして成功した（渡辺育子訳）…… 130
クローヴィス、実務(ビジネス)の冒険心(ロマンス)なるものについて語る（井伊順彦訳）…… 137
東棟—駄弁を弄する劇作家流の悲劇（井伊順彦訳）…… 142
＊解説（井伊順彦）…… 160

シムノン本格小説選
河出書房新社
全9巻
2008年4月～2012年8月

証人たち（野口雄司訳）
2008年4月30日刊

証人たち …… 3
＊訳者あとがき …… 242

ちびの聖者（長島良三訳）
2008年7月30日刊

ちびの聖者 …… 3
＊訳者あとがき …… 258

闇のオディッセー（長島良三訳）
2008年11月30日刊

闇のオディッセー …… 3
＊訳者あとがき …… 200

倫敦から来た男（長島良三訳）
2009年10月30日刊

倫敦から来た男 …… 3
＊訳者あとがき …… 186

マンハッタンの哀愁（長島良三訳）
2010年2月28日刊

マンハッタンの哀愁 …… 3
＊訳者あとがき …… 234

ブーベ氏の埋葬（長島良三訳）
2010年12月30日刊

ブーベ氏の埋葬 …… 3
＊訳者あとがき …… 201

青の寝室―激情に憑かれた愛人たち（長島良三訳）
2011年2月28日刊

青の寝室―激情に憑かれた愛人たち …… 3
＊訳者あとがき …… 199

モンド氏の失踪（長島良三訳）
2011年8月30日刊

モンド氏の失踪 …… 3
＊訳者あとがき …… 192

小犬を連れた男（長島良三訳）
2012年8月30日刊

小犬を連れた男 …… 3
＊訳者あとがき …… 214

シャーウッド・アンダーソン全詩集

作品社
全1巻
2014年6月
（白岩英樹訳）

シャーウッド・アンダーソン全詩集―中西部アメリカの聖歌／新しい聖約

2014年6月30日刊

中西部アメリカの聖歌 …… 7
　まえがき …… 9
　トウモロコシ畑 …… 11
　シカゴ …… 13
　工業国アメリカの歌 …… 15
　無口なセドリックの歌 …… 21
　夜明けの歌 …… 24
　勇気の起源の歌 …… 26
　反乱 …… 28
　ある子守歌 …… 30
　セオドアの歌 …… 31
　マンハッタン …… 36
　春の歌 …… 37
　産業主義 …… 39
　一斉射撃 …… 42
　種まき …… 44
　中間世界の歌 …… 45
　見知らぬ人 …… 47
　女たちへの愛の歌 …… 48
　西部人スティーブンの歌 …… 49
　いなくなってしまった者たちに寄せる歌 …… 53
　忘れられた歌 …… 54
　アメリカの春の歌 …… 57
　光のすじ …… 60
　新しい歌に寄せる歌 …… 61
　暗い夜のための歌 …… 63
　恋人 …… 65
　夜はささやく …… 67
　生気に寄せる歌 …… 68
　律動 …… 70
　まだ生まれていない …… 72
　夜 …… 73
　ある訪問 …… 74
　ある工場町の夜明けに寄せる聖歌 …… 75
　交わりのときの歌 …… 78
　孤独な道のための歌 …… 82
　だいぶあとの歌 …… 84
　シカゴの魂の歌 …… 85
　酔っ払い実業家の歌 …… 87
　笑い声に寄せる歌 …… 89
　救いたまえ …… 91
　戦争 …… 92
　中西部アメリカの祈り …… 94
　ぼくたちはなかへ入っていく …… 99
　戦争の葬送歌 …… 101
　西部のある政治家に寄せるささやかな歌 …… 104
　虫の歌 …… 105
　確信 …… 106
　追憶の歌 …… 108
　夕暮れの歌 …… 110
　歌い手の歌 …… 111
新しい聖約 …… 113
　青年 …… 116
　空を見上げていた人 …… 117
　聖約 …… 118
　トランペットを持つ男 …… 128
　渇望 …… 130
　死 …… 131
　癒す人 …… 133
　女に語りかける男 …… 134
　夢想家 …… 136
　ひとりで歩く男 …… 138
　年老いた男の聖約 …… 139
　不完全な神々 …… 144
　大望 …… 145
　労働者の下宿で …… 147
　橋のたもとに立つ男 …… 148
　赤いのどの黒人 …… 149
　沼地の歌う黒人 …… 153
　夜に人気(ひとけ)のない往来へやってきた男の思い …… 155
　街 …… 157
　ゆっくり話す若者 …… 158
　知識を探し求めた人 …… 160
　神に仕える者 …… 161
　執拗な恋人 …… 162

朝の来訪 …… 167
唖の男 …… 170
詩人 …… 174
ひと休みしている労働者 …… 175
我慢強い恋人 …… 176
若いユダヤ人 …… 178
物語作家 …… 180
考える人 …… 182
茶色のコートを着た男 …… 189
自分自身に戸惑う男 …… 194
夢見る人 …… 196
さすらいの人 …… 200
部屋にいる青年 …… 201
アラバマ州モービルの波止場にいる黒人 …… 202
言葉工場 …… 204
カウチに横たわる男 …… 208
切り裂き魔 …… 209
老いることのない人 …… 211
ニューイングランドの人 …… 213
建築者 …… 215
力がみなぎっていると強く感じる青年 …… 217
瀕死の詩人―エマヌエル・カルネヴァーリに寄せて …… 219
兄弟 …… 222
足を引きずる人 …… 223
喜ぶふたりの男 …… 225
シカゴ …… 230
海の挑戦 …… 231
詩人―アルフレッド・スティーグリッツに寄せて …… 233
井戸で …… 234
感情―E・Pに寄せて …… 236
その日（デア・ターク） …… 238
もうひとりの詩人 …… 240
海に面する壁のそばでたたずむひとりの男とふたりの女 …… 241
＊訳者あとがき（白岩英樹） …… 246

ジャック・ロンドン選集

決定版
本の友社
全6巻
2005年10月～2006年4月
（辻井栄滋訳）

第1巻　野性の呼び声／どん底の人々

2005年10月25日刊

野性の呼び声 …… 1
　＊作品解説 …… 77
どん底の人々 …… 83
　＊作品解説 …… 236
＊改訂新版〈図書館永久保存版〉に寄せて（辻井栄滋） …… 239

第2巻　ボクシング小説集／白牙

2005年10月25日刊

ボクシング小説集
　試合 …… 1
　ひと切れのビフテキ …… 41
　メキシコ人 …… 59
　奈落の獣 …… 87
　＊作品解説 …… 150
白牙 …… 155
　＊作品解説 …… 316
＊改訂新版〈図書館永久保存版〉に寄せて（辻井栄滋） …… 321

第3巻　太古の呼び声／アメリカ浮浪記

2005年10月25日刊

太古の呼び声 …… 1
　＊作品解説 …… 94
アメリカ浮浪記 …… 97
　告白 …… 99
　無賃乗車 …… 111
　情景 …… 125
　「しょっぴかれて」 …… 135
　刑務所 …… 147
　夜を走るルンペンたち …… 158

さすらい小僧(ロウド・キッズ)と新米ルンペン(ゲイ・キャッツ) …… 174
二千人のルンペン …… 185
デカ …… 196
＊作品解説 …… 210
＊改訂新版〈図書館永久保存版〉に寄せて(辻井栄滋) …… 213

第4巻　マーティン・イーデン

2006年4月25日刊

マーティン・イーデン …… 1
＊作品解説 …… 327
＊改訂新版〈図書館永久保存版〉に寄せて(辻井栄滋) …… 330

第5巻　ジョン・バーリコーン／赤死病／エッセイ

2006年4月25日刊

ジョン・バーリコーン …… 1
＊作品解説 …… 160
赤死病 …… 163
＊作品解説 …… 212
J・ロンドンの思想的根幹を成すエッセイ四篇 …… 215
競争制度によって社会が失うもの …… 216
いかにして私は社会主義者になったか …… 227
革命 …… 231
私にとって人生とは何か …… 247
＊作品解説 …… 255
＊改訂新版〈図書館永久保存版〉に寄せて(辻井栄滋) …… 258

第6巻　短篇集

2006年4月25日刊

短篇集 …… 1
生の掟 …… 2
ミダスの手先 …… 9
まん丸顔 …… 21
豹使いの男の話 …… 27
生命にしがみついて …… 32
背信者 …… 50
焚き火 …… 68
全世界の敵 …… 83
奇異なる断章 …… 96
恥さらし …… 104
デブズの夢 …… 116
スロットの南側 …… 134
さよなら、ジャック …… 149
支那人(シナーゴウ) …… 159
ハンセン病患者クーラウ …… 172
ゴリア …… 187
椿阿春(チュン・アーチュン) …… 208
比類なき侵略 …… 220
原始時代にかえる男 …… 232
強者の力 …… 247
＊作品解説 …… 261
＊改訂新版〈図書館永久保存版〉に寄せて(辻井栄滋) …… 264

シャーロック・ホームズ全集

〔アーサー・コナン・ドイル〕
東京創元社
全9巻
2010年2月～2017年4月
（創元推理文庫）
（深町真理子訳）

シャーロック・ホームズの冒険
2010年2月19日刊

ボヘミアの醜聞 ……………………………… 8
赤毛組合 ………………………………………54
花婿の正体 ……………………………………98
ボスコム谷の惨劇 ………………………… 132
五つのオレンジの種 ……………………… 180
くちびるのねじれた男 …………………… 215
青い柘榴石 ………………………………… 260
まだらの紐 ………………………………… 299
技師の親指 ………………………………… 346
独身の貴族 ………………………………… 383
緑柱石の宝冠 ……………………………… 423
模の木屋敷の怪 …………………………… 467
＊解題（戸川安宣） ……………………… 514
＊シャーロック・ホームズの魅力を考える（高橋哲雄） ……………………… 528

回想のシャーロック・ホームズ
2010年7月30日刊

〈シルヴァー・ブレーズ〉号の失踪……… 8
黄色い顔 ………………………………………56
株式仲買店員 …………………………………92
〈グロリア・スコット〉号の悲劇……… 127
マズグレーヴ家の儀式書 ………………… 166
ライゲートの大地主 ……………………… 203
背の曲がった男 …………………………… 241
寄留患者 …………………………………… 274
ギリシア語通訳 …………………………… 306
海軍条約事件 ……………………………… 341
最後の事件 ………………………………… 405
＊解題（戸川安宣） ……………………… 440
＊ホームズと鉄道（小池滋） …………… 456

緋色の研究
2010年11月30日刊

緋色の研究 …………………………………… 7
＊解題（戸川安宣） ……………………… 241
＊『緋色の研究』を研究してわかること（高山宏） …………………………… 251

四人の署名
2011年7月29日刊

四人の署名 …………………………………… 7
＊解題（戸川安宣） ……………………… 229
＊怪奇小説として見たホームズ・シリーズ（紀田順一郎） ………………… 241

シャーロック・ホームズの復活
2012年6月29日刊

空屋の冒険 …………………………………… 8
ノーウッドの建築業者 ………………………48
踊る人形 ………………………………………94
ひとりきりの自転車乗り ………………… 141
プライアリー・スクール ………………… 180
ブラック・ピーター ……………………… 239
恐喝王ミルヴァートン …………………… 279
六つのナポレオン像 ……………………… 312
三人の学生 ………………………………… 351
金縁の鼻眼鏡 ……………………………… 386
スリークォーターの失踪 ………………… 430
アビー荘園 ………………………………… 473
第二の血痕 ………………………………… 519
＊解題（戸川安宣） ……………………… 569
＊解説（巽昌章） ………………………… 584

シャーロック・ホームズ最後の挨拶
2014年8月29日刊

ウィステリア荘 ……………………………… 8
ボール箱 ………………………………………68
赤い輪 ……………………………………… 111
ブルース＝パーティントン設計書 ……… 151
瀕死の探偵 ………………………………… 210
レイディー・フランシス・カーファクスの失踪 ……………………………… 243
悪魔の足 …………………………………… 285

シャーロック・ホームズ最後の挨拶—ホームズ物語の終章 …… 335
＊解題（戸川安宣）…… 371
＊シャーロック・ホームズとそのコアなファンたちの、長く濃密な関係（日暮雅通）…… 384

バスカヴィル家の犬
2013年2月28日刊

バスカヴィル家の犬 …… 7
＊解題（戸川安宣）…… 325
＊演奏者が変われば音色も変わる—映像版『バスカヴィル家の犬』の世界（小川正）…… 337

恐怖の谷
2015年9月30日刊

恐怖の谷 …… 7
＊解題（戸川安宣）…… 327
＊ホームズ・パロディ／パスティーシュ史概説（北原尚彦）…… 333

シャーロック・ホームズの事件簿
2017年4月14日刊

＊著者まえがき …… 8
高名の依頼人 …… 13
白面の兵士 …… 63
マザリンの宝石 …… 100
〈三破風館〉…… 133
サセックスの吸血鬼 …… 167
ガリデブが三人 …… 200
ソア橋の怪事件 …… 233
這う男 …… 282
ライオンのたてがみ …… 322
覆面の下宿人 …… 359
〈ショスコム・オールド・プレース〉…… 382
隠退した絵の具屋 …… 416
＊新版・訳者あとがき …… 446
＊解題（戸川安宣）…… 452
＊解説（有栖川有栖）…… 471

シャーロック・ホームズ全集

〔アーサー・コナン・ドイル〕
河出書房新社
全9巻
2014年3月～2014年10月
（河出文庫）
（小林司, 東山あかね訳）

第1巻　緋色の習作
2014年3月20日刊

＊はじめに（小林司, 東山あかね）…… 6
緋色の習作 …… 11
＊注・解説・年譜（オーウェン・ダドリー・エドワーズ, 高田寛訳）…… 235
＊《緋色の習作》注 …… 236
＊解説 …… 255
＊付録 …… 287
＊アーサー・コナン・ドイル年譜 …… 297
＊訳者あとがき（小林司, 東山あかね）…… 317
＊文庫版によせて（東山あかね）…… 322

第2巻　四つのサイン
2014年5月20日刊

＊はじめに（小林司, 東山あかね）…… 7
四つのサイン …… 11
＊注・解説（クリストファー・ローデン, 高田寛訳）…… 229
＊《四つのサイン》注 …… 230
＊解説 …… 253
＊訳者あとがき（小林司, 東山あかね）…… 305
＊文庫版によせて（東山あかね）…… 319

第3巻　シャーロック・ホームズの冒険
2014年3月20日刊

＊はじめに（小林司, 東山あかね）…… 6
シャーロック・ホームズの冒険 …… 11
ボヘミアの醜聞 …… 13
花婿失踪事件 …… 69
赤毛組合 …… 111
ボスコム谷の惨劇 …… 165

オレンジの種五つ ………………………… 217
唇の捩れた男 ……………………………… 259
青いガーネット …………………………… 313
まだらの紐 ………………………………… 359
技師の親指 ………………………………… 415
花嫁失踪事件 ……………………………… 459
緑柱石の宝冠 ……………………………… 507
ぶな屋敷 …………………………………… 557
＊注・解説（リチャード・ランセリン・グリーン, 高田寛訳）…………………… 611
＊《シャーロック・ホームズの冒険》注 ……………………………………… 612
＊《ボヘミアの醜聞》注……………… 613
＊《花婿失踪事件》注………………… 628
＊《赤毛組合》注……………………… 634
＊《ボスコム谷の惨劇》注…………… 641
＊《オレンジの種五つ》注…………… 647
＊《唇の捩れた男》注………………… 654
＊《青いガーネット》注……………… 660
＊《まだらの紐》注…………………… 667
＊《技師の親指》注…………………… 672
＊《花嫁失踪事件》注………………… 675
＊《緑柱石の宝冠》注………………… 681
＊《ぶな屋敷》注……………………… 685
＊解説 ……………………………………… 691
＊訳者あとがき（小林司, 東山あかね）‥ 717
＊文庫版によせて（東山あかね）………… 731

第4巻　シャーロック・ホームズの思い出

2014年6月20日刊

＊はじめに（小林司, 東山あかね）………… 6
シャーロック・ホームズの思い出 ……… 11
白銀号（シルヴァー・ブレイズ）事件 ………… 13
ボール箱 …………………………………… 65
黄色い顔 …………………………………… 113
株式仲買店員 ……………………………… 155
グロリア・スコット号 …………………… 195
マスグレーヴ家の儀式 …………………… 237
ライゲイトの大地主 ……………………… 277
曲がった男 ………………………………… 321
入院患者 …………………………………… 359
ギリシャ語通訳 …………………………… 397
海軍条約文書事件 ………………………… 439
最後の事件 ………………………………… 513
＊注・解説（クリストファー・ローデン, 高田寛訳）…………………………… 551
＊《シャーロック・ホームズの思い出》注…………………………………… 552
＊《白銀号事件》注…………………… 553
＊《ボール箱》注……………………… 560
＊《黄色い顔》注……………………… 567
＊《株式仲買店員》注………………… 570
＊《グロリア・スコット号》注……… 575
＊《マスグレーヴ家の儀式》注……… 579
＊《ライゲイトの大地主》注………… 584
＊《曲がった男》注…………………… 588
＊《入院患者》注……………………… 592
＊《ギリシャ語通訳》注……………… 596
＊《海軍条約文書事件》注…………… 600
＊《最後の事件》注…………………… 605
＊解説 ……………………………………… 608
＊本文について …………………………… 657
＊付録一　二人の共作者の冒険（サー・ジェイムズ・バリー）……………………… 658
＊付録二　いかにして私は本を書くか‥ 665
＊訳者あとがき（小林司, 東山あかね）‥ 660
＊文庫版によせて（東山あかね）………… 680

第5巻　バスカヴィル家の犬

2014年4月20日刊

＊はじめに（小林司, 東山あかね）………… 6
バスカヴィル家の犬 ………………………… 11
＊注・解説（W.W.ロブスン, 高田寛訳）……………………………………… 365
＊《バスカヴィル家の犬》注………… 366
＊解説 ……………………………………… 401
＊本文について …………………………… 433
＊訳者あとがき―《バスカヴィル家の犬》における見えるものと見えないもの（小林司, 東山あかね）…………… 435
＊文庫版によせて（東山あかね）………… 458

第6巻　シャーロック・ホームズの帰還

2014年7月20日刊

＊はじめに（小林司, 東山あかね）………… 6
シャーロック・ホームズの帰還 ………… 11
空き家の冒険 ……………………………… 15
ノーウッドの建築士 ……………………… 57

孤独な自転車乗り …… 107
踊る人形 …… 149
プライオリ学校 …… 199
黒ピータ …… 265
犯人は二人 …… 309
六つのナポレオン …… 347
三人の学生 …… 391
金縁の鼻めがね …… 431
スリー・クォーターの失踪 …… 477
アビ農園 …… 521
第二の汚点 …… 569
＊注・解説(リチャード・ランセリン・グリーン, 高田寛訳) …… 627
＊《シャーロック・ホームズの冒険》注 …… 628
＊略語について …… 628
＊連載について …… 629
＊《空き家の冒険》注 …… 630
＊《ノーウッドの建築士》注 …… 642
＊《孤独な自転車乗り》注 …… 647
＊《踊る人形》注 …… 653
＊《プライオリ学校》注 …… 662
＊《黒ピータ》注 …… 670
＊《犯人は二人》注 …… 680
＊《六つのナポレオン》注 …… 688
＊《三人の学生》注 …… 698
＊《金縁の鼻めがね》注 …… 705
＊《スリー・クォーターの失踪》注 …… 714
＊《アビ農園》注 …… 721
＊《第二の汚点》注 …… 728
＊解説 …… 737
＊本文について …… 768
＊付録一　競技場バザー …… 771
＊付録二　ワトスンの推理法修業 …… 780
＊訳者あとがき(小林司, 東山あかね) …… 787
＊文庫版によせて(東山あかね) …… 797

第7巻　恐怖の谷

2014年8月20日刊

＊はじめに(小林司, 東山あかね) …… 6
恐怖の谷 …… 11
＊注・解説(オーウェン・ダドリー・エドワーズ, 高田寛訳) …… 333
＊《恐怖の谷》注 …… 334
＊解説 …… 401
＊本文について …… 452
＊訳者あとがき(小林司, 東山あかね) …… 453
＊文庫版によせて(東山あかね) …… 464

第8巻　シャーロック・ホームズ最後の挨拶

2014年9月20日刊

＊はじめに(小林司, 東山あかね) …… 6
シャーロック・ホームズ最後の挨拶—シャーロック・ホームズの追想の一部 …… 11
前書き …… 12
ウィステリア荘 …… 15
ブルース - パーティントン設計図 …… 89
悪魔の足 …… 155
赤い輪 …… 213
フラーンシス・カーファックスの失踪 …… 261
瀕死の探偵 …… 307
最後の挨拶—シャーロック・ホームズの終幕 …… 345
＊注・解説(オーウェン・ダドリー・エドワーズ, 高田寛訳) …… 385
＊《シャーロック・ホームズ最後の挨拶》注 …… 386
＊《ウィステリア荘》注 …… 388
＊《ブルース - パーティントン設計図》注 …… 399
＊《悪魔の足》注 …… 410
＊《赤い輪》注 …… 418
＊《フラーンシス・カーファックスの失踪》注 …… 426
＊《瀕死の探偵》注 …… 436
＊《最後の挨拶》注 …… 457
＊解説 …… 484
＊本文について …… 522
＊付録 P.G.ウッドハウスの無署名の小品(P.G.ウッドハウス) …… 523
＊一　退屈の狩人、ダドリー・ジョーンズ …… 523
＊二　故郷ストランドへの帰郷 …… 535
＊三　放蕩息子 …… 538
＊訳者あとがき(小林司, 東山あかね) …… 543
＊文庫版によせて(東山あかね) …… 557

第9巻　シャーロック・ホームズの事件簿

2014年10月20日刊

＊はじめに（小林司, 東山あかね）………… 6
シャーロック・ホームズの事件簿 ……… 13
前書き ……………………………………… 14
マザリンの宝石 …………………………… 19
トール橋 …………………………………… 61
這う男 ……………………………………… 121
サセックスの吸血鬼 ……………………… 171
三人ガリデブ ……………………………… 211
高名な依頼人 ……………………………… 249
三破風館 …………………………………… 307
白面の兵士 ………………………………… 347
ライオンのたてがみ ……………………… 391
隠居絵具屋 ………………………………… 433
覆面の下宿人 ……………………………… 469
ショスコム荘 ……………………………… 497
＊注・解説（W.W.ロブスン, 高田寛訳）………………………………………… 535
＊《シャーロック・ホームズの事件簿》注…………………………………… 536
＊《マザリンの宝石》注……………… 540
＊《トール橋》注……………………… 550
＊《這う男》注………………………… 558
＊《サセックスの吸血鬼》注………… 565
＊《三人ガリデブ》注………………… 571
＊《高名な依頼人》注………………… 581
＊《三破風館》注……………………… 596
＊《白面の兵士》注…………………… 603
＊《ライオンのたてがみ》注………… 609
＊《隠居絵具屋》注…………………… 634
＊《覆面の下宿人》注………………… 639
＊《ショスコム荘》注………………… 644
＊解説 ……………………………………… 655
＊本文について …………………………… 689
＊付録《覆面の下宿人》の起源…………… 691
＊美しい調教手と恐ろしいライオン、そして賢い道化者―子供のためのお話（ウォルター・エマヌエル作・絵）……………………………………… 691
＊全集への前書き ………………………… 694
＊参考文献抄 ……………………………… 701
＊1　A.コナン・ドイルの作品……… 701
＊（a）　小説 …………………………… 701
＊（b）　ノン・フィクション ……… 704
＊2　雑録 ……………………………… 704
＊「注・解説」訳者のあとがき―オックスフォード版全集の背景と意義（高田寛）…………………………………… 720
＊文庫版への追記（高田寛）……………… 727
＊訳者あとがき（小林司, 東山あかね）‥ 733
＊文庫版によせて（東山あかね）………… 746

シャーロット・ブロンテ書簡全集／註解

彩流社
全3巻
2009年6月
（中岡洋, 芦沢久江編訳）

※上・中・下巻でページが連続している。

上 〔1829～1847年〕

〔2009年6月6日〕刊

＊まえがき（訳者）…… 3
書簡／註解 …… 67
一八二九年～一八三一年 …… 69
1 パトリック・ブロンテ宛 一八二九年九月二三日（水）付…… 69
2 ミセス・エリザベス・フランクス宛 一八三一年五月初旬 …… 71
3 エレン・ナッシー宛 一八三一年五月一一日（水）付…… 73
一八三二年～一八三三年 …… 75
4 エレン・ナッシー宛 一八三二年一月一三日（金）付…… 75
5 ブランウェル・ブロンテ宛 一八三二年五月一七日（木）付…… 78
6 エレン・ナッシー宛 一八三二年七月二一日（土）付…… 81
7 エレン・ナッシー宛 一八三二年九月五日（水）付…… 85
8 エレン・ナッシー宛 一八三二年一〇月一八日（木）付…… 88
9 エレン・ナッシー宛 一八三三年一月一日（火）付…… 90
10 エレン・ナッシー宛 一八三三年六月二〇日（木）付…… 92
11 エレン・ナッシー宛 一八三三年七月三日（水）付…… 95
12 エレン・ナッシー宛 一八三三年九月一一日（水）付…… 96
一八三四年～一八三五年 …… 98
13 エレン・ナッシー宛 一八三四年二月一一日（火）付…… 98
14 エレン・ナッシー宛 一八三四年二月二〇日（木）付…… 100
15 エレン・ナッシー宛 一八三四年六月一九日（木）付…… 103
16 エレン・ナッシー宛 一八三四年七月四日（金）付…… 105
17 エレン・ナッシー宛 一八三四年一一月一〇日（月）付…… 110
18 エレン・ナッシー宛 一八三五年一月一二日（月）付…… 113
19 エレン・ナッシー宛 一八三五年三月一三日（金）付…… 115
20 エレン・ナッシー宛 一八三五年五月八日（金）付…… 118
21 エレン・ナッシー宛 一八三五年七月二日（木）付…… 121
一八三六年 …… 124
22 エレン・ナッシー宛 一八三六年五月一〇日（火）付…… 124
23 エレン・ナッシー宛 一八三六年五月二八日（土）付？ …… 127
24 ミセス・エリザベス・フランクス宛 一八三六年六月二日（木）付…… 129
25 エレン・ナッシー宛 一八三六年七月七日（木）付ころ…… 131
26 アン・グリーンウッド宛 一八三六年七月二二日（金）付…… 134
27 エレン・ナッシー宛 一八三六年八月／九月付？ …… 135
28 エレン・ナッシー宛 一八三六年九月二六日（月）付…… 138
29 エレン・ナッシー宛 一八三六年一〇月付？ …… 140
30 エレン・ナッシー宛 一八三六年一〇月／一一月付？ …… 142
31 エレン・ナッシー宛 一八三六年一二月五、六日（月、火）付…… 144
32 エレン・ナッシー宛 一八三六年一二月一四日（水）付？ …… 148
33 エレン・ナッシー宛 一八三六年一二月二九日（木）付…… 150
一八三七年 …… 153
34 エレン・ナッシー宛 一八三七年早々？ …… 153
35 エレン・ナッシー宛 一八三七年二月二〇日（月）付？ …… 156
36 ロバート・サウジー宛 一八三七年三月一六日（木）付…… 159

37 エレン・ナッシー宛 一八三七年六月初旬付 …… 162
38 エレン・ナッシー宛 一八三七年六月八日（木）付 …… 165
一八三八年 …… 167
39 エレン・ナッシー宛 一八三八年一月四日（木）付 …… 167
40 エレン・ナッシー宛 一八三八年二月／三月付？ …… 170
41 エレン・ナッシー宛 一八三八年五月五日（土）付 …… 172
42 エレン・ナッシー宛 一八三八年六月九日（土）付 …… 175
43 エレン・ナッシー宛 一八三八年八月二四日（金）付 …… 178
44 エレン・ナッシー宛 一八三八年一〇月二日（火）付 …… 181
一八三九年 …… 184
45 エレン・ナッシー宛 一八三九年一月二〇日（日）付 …… 184
46 ヘンリ・ナッシー師宛 一八三九年三月五日（火）付 …… 186
47 エレン・ナッシー宛 一八三九年三月一二日（火）付 …… 189
48 エレン・ナッシー宛 一八三九年四月一五日（月）付 …… 192
49 エミリ・ブロンテ宛 一八三九年六月八日（土）付 …… 195
50 エレン・ナッシー宛 一八三九年六月三〇日（日）付 …… 199
51 エミリ・ブロンテ宛 一八三九年七月付？ …… 203
52 エレン・ナッシー宛 一八三九年七月二六日（金）付？ …… 204
53 エレン・ナッシー宛 一八三九年八月四日（日）付 …… 207
54 エレン・ナッシー宛 一八三九年八月九日（金）付 …… 211
55 エレン・ナッシー宛 一八三九年八月一四日（水）付 …… 212
56 マリア・テイラー宛 一八三九年九月四日（水）／一一日（水）付？ …… 214
57 エレン・ナッシー宛 一八三九年一〇月二四日（木）付 …… 215
58 ヘンリ・ナッシー師宛 一八三九年一〇月二八日（月）付 …… 218
59 エレン・ナッシー宛 一八三九年一二月二一日（土）付 …… 221
60 エレン・ナッシー宛 一八三九年一二月二八日（土）付？ …… 224
一八四〇年 …… 226
61 エレン・ナッシー宛 一八四〇年一月一二日（日）付 …… 226
62 エレン・ナッシー宛 一八四〇年一月二四日（金）付 …… 229
63 エレン・ナッシー宛 一八四〇年三月一七日（火）付 …… 231
64 エレン・ナッシー宛 一八四〇年四月七日（火）付？ …… 234
65 エレン・ナッシー宛 一八四〇年四月三〇日（木）付 …… 237
66 エレン・ナッシー宛 一八四〇年五月一五日（金）付 …… 239
67 ヘンリ・ナッシー師宛 一八四〇年五月二六日（火）付 …… 241
68 エレン・ナッシー宛 一八四〇年五月二八日（木）付あるいは二九日（金）付 …… 244
69 エレン・ナッシー宛 一八四〇年六月二日（火）付？ …… 245
70 エレン・ナッシー宛 一八四〇年六月下旬付 …… 246
71 エレン・ナッシー宛 一八四〇年七月一四日（火）付 …… 249
72 エレン・ナッシー宛 一八四〇年八月一四日（金）付？ …… 251
73 エレン・ナッシー宛 一八四〇年八月二〇日（木）付 …… 253
74 エレン・ナッシー宛 一八四〇年九月二九日（火）付？ …… 256
75 エレン・ナッシー宛 一八四〇年一一月一二日（木）付 …… 260
76 エレン・ナッシー宛 一八四〇年一一月二〇日（金）付 …… 264
77 ハートリー・コールリッジ宛 一八四〇年一二月付下書き …… 270
78 ハートリー・コールリッジ宛 一八四〇年一二月一〇日（木）付 …… 274
一八四一年 …… 280
79 エレン・ナッシー宛 一八四一年一月三日（日）付 …… 280

80 ヘンリ・ナッシー師宛 一八四一年一月一一日（月）付…………… *283*
81 エレン・ナッシー宛 一八四一年三月三日（水）付？……………… *286*
82 エレン・ナッシー宛 一八四一年三月二一日（日）付？…………… *289*
83 エレン・ナッシー宛 一八四一年四月一日（木）付？……………… *291*
84 エミリ・ブロンテ宛 一八四一年四月二日（金）付？……………… *293*
85 エレン・ナッシー宛 一八四一年五月四日（火）付？……………… *295*
86 リア・ソファイア・ブルック宛 一八四一年早々？ ……………… *298*
87 ヘンリ・ナッシー師宛 一八四一年五月九日（日）付……………… *299*
88 エレン・ナッシー宛 一八四一年六月一〇日（木）付？…………… *303*
89 エレン・ナッシー宛 一八四一年七月一日（木）付………………… *305*
90 エレン・ナッシー宛 一八四一年七月三日（土）付？……………… *307*
91 エレン・ナッシー宛 一八四一年七月一九日（月）付……………… *308*
92 エレン・ナッシー宛 一八四一年八月七日（土）付………………… *311*
93 エリザベス・ブランウェル宛 一八四一年九月二九日（水）付…… *315*
94 エレン・ナッシー宛 一八四一年一〇月一七日（日）付…………… *319*
95 エレン・ナッシー宛 一八四一年一一月二日（火）付……………… *321*
96 エミリ・ブロンテ宛 一八四一年一一月七日（日）付？…………… *325*
97 エレン・ナッシー宛 一八四一年一二月九日（木）付？…………… *327*
98 エレン・ナッシー宛 一八四一年一二月一七日（金）付？………… *329*
99 マーシ・ナッシー宛 一八四一年一二月一七日（金）付…………… *331*
一八四二年 ……………………………………… *333*
100 エレン・ナッシー宛 一八四二年一月一〇日（月）付？………… *333*
101 エレン・ナッシー宛 一八四二年一月二〇日（木）付…………… *335*
102 エレン・ナッシー宛 一八四二年三月／四月付 ………………… *338*
103 エレン・ナッシー宛 一八四二年五月付 ………………………… *340*
104 エレン・ナッシー宛 一八四二年七月？ ………………………… *344*
105 エレン・ナッシー宛 一八四二年一一月一〇日（木）付………… *347*
106 エレン・ナッシー宛 一八四二年一一月二二日（火）付？……… *349*
107 エレン・ナッシー宛 一八四二年一一月二五日（金）付………… *350*
108 ミセス・メアリ・テイラー宛 一八四二年一二月五日（月）付？ ………………………………… *352*
109 ミセス・メアリ・テイラー宛 一八四二年一二月七日（水）付？ ………………………………… *353*
一八四三年 ……………………………………… *354*
110 エレン・ナッシー宛 一八四三年一月六日（金）付？…………… *354*
111 エレン・ナッシー宛 一八四三年一月一四日（土）付？………… *356*
112 エレン・ナッシー宛 一八四三年一月三〇日（月）付…………… *358*
113 エレン・ナッシー宛 一八四三年三月六日（月）付……………… *360*
114 メアリ・ディクソン宛 一八四三年早々 ………………………… *364*
115 エレン・ナッシー宛 一八四三年四月？ ………………………… *366*
116 ブランウェル・ブロンテ宛 一八四三年五月一日（月）付……… *369*
117 エミリ・ブロンテ宛 一八四三年五月二九日（月）付…………… *373*
118 パトリック・ブロンテ宛 一八四三年六月二日（金）付？……… *376*
119 ある友人宛 一八四三年六月五日（月）付………………………… *377*
120 エレン・ナッシー宛 一八四三年六月下旬付？ ………………… *378*
121 エレン・ナッシー宛 一八四三年八月六日（日）付……………… *382*
122 エミリ・ブロンテ宛 一八四三年九月二日（土）付……………… *385*
123 エミリ・ブロンテ宛 一八四三年一〇月一日（日）付…………… *389*
124 エレン・ナッシー宛 一八四三年一〇月一三日（金）付………… *392*

125　メアリ・ディクソン宛 一八四三年一〇月一六日（月）付……… 396
126　エミリ・ブロンテ宛 一八四三年一二月一九日（火）付………… 399
一八四四年 ……………………………… 400
127　エレン・ナッシー宛 一八四四年一月付？ ……………………… 400
128　エレン・ナッシー宛 一八四四年一月二三日（火）付…………… 401
129　エレン・ナッシー宛 一八四四年三月四日（月）付？…………… 405
130　エレン・ナッシー宛 一八四四年三月七日（木）付？…………… 406
131　エレン・ナッシー宛 一八四四年三月二五日（月）付…………… 407
132　エレン・ナッシー宛 一八四四年四月七日（日）付……………… 409
133　ヴィクトワール・デュボワ宛 一八四四年五月一八日（土）付…… 410
134　エレン・ナッシー宛 一八四四年六月二三日（日）付…………… 412
135　ミセス・メアリ・テイラー宛 一八四四年七月一七日（水）付？ ……………………………… 413
136　コンスタンタン・エジュ宛 一八四四年七月二四日（水）付…… 414
137　エレン・ナッシー宛 一八四四年七月二九日（月）付？………… 417
138　エレン・ナッシー宛 一八四四年八月一〇日（土）付？………… 422
139　エレン・ナッシー宛 一八四四年八月二二日（木）付？………… 425
140　エレン・ナッシー宛 一八四四年一〇月二日（水）付？………… 427
141　コンスタンタン・エジュ宛 一八四四年一〇月二四日（木）付 ……………………………… 429
142　エレン・ナッシー宛 一八四四年一〇月二六日（土）付？……… 432
143　エレン・ナッシー宛 一八四四年一一月一四日（木）付………… 435
144　エレン・ナッシー宛 一八四四年一二月三〇日（月）付？……… 439
一八四五年 ……………………………… 441
145　コンスタンタン・エジュ宛 一八四五年一月八日（水）付……… 441
146　エレン・ナッシー宛 一八四五年一月一三日（月）付…………… 444
147　エレン・ナッシー宛 一八四五年二月二〇日（木）付？………… 447
148　エレン・ナッシー宛 一八四五年三月四日（火）付？…………… 449
149　エレン・ナッシー宛 一八四五年三月二四日（月）付…………… 451
150　エレン・ナッシー宛 一八四五年三月二七日（木）付？………… 455
151　エレン・ナッシー宛 一八四五年四月二日（水）付……………… 456
152　マーガレット・ウラー宛 一八四五年四月二三日（水）付……… 459
153　エレン・ナッシー宛 一八四五年四月二四日（木）付…………… 462
154　ミセス・ランド宛 一八四五年五月二六日（土）付……………… 465
155　エレン・ナッシー宛 一八四五年六月一日（日）付……………… 468
156　エレン・ナッシー宛 一八四五年六月一三日（金）付…………… 471
157　エレン・ナッシー宛 一八四五年六月一八日（水）付？………… 474
158　エレン・ナッシー宛 一八四五年六月二一日（土）付？………… 478
159　エレン・ナッシー宛 一八四五年六月二七日（金）付？………… 480
160　ミセス・エレン・ナッシー宛 一八四五年七月二八日（月）付…… 452
161　エレン・ナッシー宛 一八四五年七月三一日（木）付…………… 484
162　エレン・ナッシー宛 一八四五年八月一八日（月）付…………… 488
163　エレン・ナッシー宛 一八四五年八月付？ ……………………… 491
164　エレン・ナッシー宛 一八四五年九月八日（月）付……………… 493
165　エレン・ナッシー宛 一八四五年九月一〇日（水）付？………… 495
166　エレン・ナッシー宛 一八四五年九月一八日（木）付…………… 497
167　エレン・ナッシー宛 一八四五年一〇月七日（火）付…………… 498
168　エレン・ナッシー宛 一八四五年一一月四日（火）付…………… 501

169　コンスタンタン・エジュ宛 一八四五年一一月一八日（火）付 …… *503*
170　エレン・ナッシー宛 一八四五年一一月二〇日（木）付 …… *508*
171　エレン・ナッシー宛 一八四五年一二月一四日（日）付？ …… *509*
172　エレン・ナッシー宛 一八四五年一二月三〇日（火）付？ …… *511*
一八四六年 …… *513*
173　ミスター・ランド宛 一八四六年一月二二日（木）付 …… *513*
174　エレン・ナッシー宛 一八四六年一月二三日（金）付 …… *515*
175　エイロット・アンド・ジョーンズ社宛 一八四六年一月二八日（水）付 …… *518*
176　マーガレット・ウラー宛 一八四六年一月三〇日（金）付 …… *519*
177　エイロット・アンド・ジョーンズ社宛 一八四六年一月三一日（土）付 …… *522*
178　エレン・ナッシー宛 一八四六年二月五日（木）付？ …… *524*
179　エイロット・アンド・ジョーンズ社宛 一八四六年二月六日（金）付 …… *525*
180　エレン・ナッシー宛 一八四六年二月一三日（金）付？ …… *526*
181　エイロット・アンド・ジョーンズ社宛 一八四六年二月一五日（日）付 …… *527*
182　エイロット・アンド・ジョーンズ社宛 一八四六年二月一六日（月）付 …… *528*
183　エイロット・アンド・ジョーンズ社宛 一八四六年二月二一日（土）付 …… *529*
184　エイロット・アンド・ジョーンズ社宛 一八四六年三月三日（火）付 …… *530*
185　エレン・ナッシー宛 一八四六年三月三日（火）付 …… *531*
186　イライザ・ジェイン・キングストン宛 一八四六年三月三日（火）付？ …… *533*
187　エイロット・アンド・ジョーンズ社宛 一八四六年三月一一日（水）付 …… *536*
188　エイロット・アンド・ジョーンズ社宛 一八四六年三月一三日（金）付 …… *537*
189　エイロット・アンド・ジョーンズ社宛 一八四六年三月二八日（土）付 …… *538*
190　エレン・ナッシー宛 一八四六年三月三一日（火）付 …… *539*
191　エイロット・アンド・ジョーンズ社宛 一八四六年四月六日（月）付 …… *542*
192　エイロット・アンド・ジョーンズ社宛 一八四六年四月一一日（土）付 …… *543*
193　エレン・ナッシー宛 一八四六年四月一四日（火）付 …… *545*
194　エイロット・アンド・ジョーンズ社宛 一八四六年四月一五日（水）付 …… *547*
195　エイロット・アンド・ジョーンズ社宛 一八四六年四月二〇日（月）付 …… *548*
196　エレン・ナッシー宛 一八四六年四月二〇日（月）付 …… *549*
197　エレン・ナッシー宛 一八四六年四月二五日（土）付 …… *551*
198　エイロット・アンド・ジョーンズ社宛 一八四六年五月七日（木）付 …… *552*
199　イライザ・ジェイン・キングストン宛 一八四六年五月八日（金）付 …… *556*
200　エイロット・アンド・ジョーンズ社宛 一八四六年五月一一日（月）付 …… *558*
201　エイロット・アンド・ジョーンズ社宛 一八四六年五月二五日（月）付 …… *559*
202　エレン・ナッシー宛 一八四六年六月三日（水）付直後 …… *561*
203　エレン・ナッシー宛 一八四六年六月一七日（水）付 …… *562*
204　ヘンリ・コルバーン社宛 一八四六年七月四日（土）付 …… *565*

205　エレン・ナッシー宛 一八四六年七月一〇日（金）付……566
206　エイロット・アンド・ジョーンズ社宛 一八四六年七月一〇日（金）付……569
207　エイロット・アンド・ジョーンズ社宛 一八四六年七月一五日（水）付……571
208　エイロット・アンド・ジョーンズ社宛 一八四六年七月一八日（土）付……572
209　エイロット・アンド・ジョーンズ社宛 一八四六年七月二三日（木）付……573
210　エレン・ナッシー宛 一八四六年七月二三日（木）付……574
211　エレン・ナッシー宛 一八四六年八月九日（日）付……576
212　エレン・ナッシー宛 一八四六年八月二一日（金）付……579
213　エレン・ナッシー宛 一八四六年八月二六日（水）付……581
214　エレン・ナッシー宛 一八四六年八月三一日（月）付……584
215　エレン・ナッシー宛 一八四六年九月一三日（日）付……586
216　エレン・ナッシー宛 一八四六年九月二一日（月）付……588
217　エイロット・アンド・ジョーンズ社宛 一八四六年九月下旬付？……590
218　エイロット・アンド・ジョーンズ社宛 一八四六年九月二五日（金）付？……591
219　エレン・ナッシー宛 一八四六年九月二九日（火）付……592
220　『ダブリン・ユニヴァーシティー・マガジン』宛 一八四六年一〇月六日（火）付……594
221　エレン・ナッシー宛 一八四六年一〇月一四日（水）付……596
222　エレン・ナッシー宛 一八四六年一〇月一七日（火）付……599
223　マーガレット・ウラー宛 一八四六年一一月／一二月付？……601
224　エレン・ナッシー宛 一八四六年一二月一三日（日）付……604
225　エレン・ナッシー宛 一八四六年一二月二八日（月）付……607
一八四七年……611
226　エレン・ナッシー宛 一八四七年一月一九日（火）付？……611
227　エレン・ナッシー宛 一八四七年一月二八日（木）付？……614
228　エレン・ナッシー宛 一八四七年二月一四日（日）付……616
229　エレン・ナッシー宛 一八四七年三月一日（月）付……619
230　エレン・ナッシー宛 一八四七年三月二四日（水）付……622
231　エレン・ナッシー宛 一八四七年四月四日（日）付？……624
232　エレン・ナッシー宛 一八四七年四月二一日（水）付？……627
233　エレン・ナッシー宛 一八四七年五月四日（火）付……629
234　エレン・ナッシー宛 一八四七年五月一二日（水）付……630
235　エレン・ナッシー宛 一八四七年五月一四日（金）付？……632
236　エレン・ナッシー宛 一八四七年五月一七日（月）付？……633
237　エレン・ナッシー宛 一八四七年五月二〇日（木）付……634
238　エレン・ナッシー宛 一八四七年五月二五日（火）付？……636
239　エレン・ナッシー宛 一八四七年六月五日（土）付……638
240　トマス・ド・クィンシー宛 一八四七年六月一六日（水）付……640
241　ハートリー・コールリッジ宛 一八四七年六月一六日（水）付……642
242　アルフレッド・ロード・テニソン宛 一八四七年六月一六日（水）付……643
243　エレン・ナッシー宛 一八四七年六月二九日（火）付……644
244　エレン・ナッシー宛 一八四七年七月一四日（水）付？……646
245　スミス・エルダー社宛 一八四七年七月一五日（木）付……647
246　エレン・ナッシー宛 一八四七年七月一八日（日）付？……648

247　スミス・エルダー社宛 一八四七年八月二日（月）付…… 649
248　スミス・エルダー社宛 一八四七年八月七日（土）付…… 650
249　エレン・ナッシー宛 一八四七年八月一二日（木）付…… 652
250　エレン・ナッシー宛 一八四七年八月二三日（月）付？…… 654
251　スミス・エルダー社宛 一八四七年八月二四日（火）付…… 656
252　スミス・エルダー社宛 一八四七年九月一二日（日）付…… 657
253　スミス・エルダー社宛 一八四七年九月一八日（土）付…… 660
254　スミス・エルダー社宛 一八四七年九月二四日（金）付…… 661
255　エレン・ナッシー宛 一八四七年九月二四日（金）付？…… 662
256　スミス・エルダー社宛 一八四七年九月二九日（水）付…… 664
257　ウィリアム・スミス・ウィリアムズ宛 一八四七年一〇月四日（月）付…… 665
258　エレン・ナッシー宛 一八四七年一〇月七日（木）付…… 667
259　スミス・エルダー社宛 一八四七年一〇月八日（金）付…… 670
260　ウィリアム・スミス・ウィリアムズ宛 一八四七年一〇月九日（土）付…… 671
261　エレン・ナッシー宛 一八四七年一〇月一五日（金）付？…… 673
262　スミス・エルダー社宛 一八四七年一〇月一九日（火）付…… 675
263　スミス・エルダー社宛 一八四七年一〇月二六日（火）付…… 676
264　ウィリアム・スミス・ウィリアムズ宛 一八四七年一〇月二八日（木）付…… 677
265　エレン・ナッシー宛 一八四七年一〇月二九日（金）付、あるいは一一月上旬付？…… 681
266　ウィリアム・スミス・ウィリアムズ宛 一八四七年一一月六日（土）付…… 683
267　ジョージ・ヘンリ・ルイス宛 一八四七年一一月六日（土）付…… 685
268　ウィリアム・スミス・ウィリアムズ宛 一八四七年一一月一〇日（水）付…… 688
269　スミス・エルダー社宛 一八四七年一一月一三日（土）付…… 692
270　ウィリアム・スミス・ウィリアムズ宛 一八四七年一一月一七日（水）付…… 693
271　ウィリアム・スミス・ウィリアムズ宛 一八四七年一一月二二日（月）付…… 695
272　ジョージ・ヘンリ・ルイス宛 一八四七年一一月二二日（月）付…… 697
273　ウィリアム・スミス・ウィリアムズ宛 一八四七年一一月二七日（土）付…… 699
274　スミス・エルダー社宛 一八四七年一一月三〇日（火）付…… 701
275　スミス・エルダー社宛 一八四七年一二月一日（水）付…… 702
276　エレン・ナッシー宛 一八四七年一二月二日（木）付…… 704
277　スミス・エルダー社宛 一八四七年一二月一〇日（金）付…… 705
278　ウィリアム・スミス・ウィリアムズ宛 一八四七年一二月一一日（土）付…… 706
279　ウィリアム・スミス・ウィリアムズ宛 一八四七年一二月一四日（火）付…… 711
280　ウィリアム・スミス・ウィリアムズ宛 一八四七年一二月一五日（水）付…… 725
281　リチャード・ヘンリ〔ヘンギスト〕・ホーン宛 一八四七年一二月一五日（水）付…… 718
282　ウィリアム・スミス・ウィリアムズ宛 一八四七年一二月一八日（土）付？…… 720
283　ウィリアム・スミス・ウィリアムズ宛 一八四七年一二月一八日（土）付…… 721
284　ウィリアム・スミス・ウィリアムズ宛 一八四七年一二月二一日（火）付…… 723

285 ウィリアム・スミス・ウィリアムズ宛 一八四七年一二月二三日(木)付……725
286 エレン・ナッシー宛 一八四七年一二月二四日(金)付……729
287 アミーリア・リングローズ宛 一八四七年一二月二四日(金)付……732
288 スミス・エルダー社宛 一八四七年一二月二五日(土)付……734
289 ウィリアム・スミス・ウィリアムズ宛 一八四七年一二月三一日(金)付……736

中 〔1848～1850年〕

〔2009年6月6日〕刊

一八四八年……739
290 ウィリアム・スミス・ウィリアムズ宛 一八四八年一月四日(火)付……739
291 エレン・ナッシー宛 一八四八年一月一一日(火)付……745
292 ジョージ・ヘンリ・ルイス宛 一八四八年一月一二日(水)付……748
293 ウィリアム・スミス・ウィリアムズ宛 一八四八年一月一三日(木)付……752
294 ジョージ・ヘンリ・ルイス宛 一八四八年一月一八日(火)付……755
295 ウィリアム・スミス・ウィリアムズ宛 一八四八年一月二二日(土)付……759
296 エレン・ナッシー宛 一八四八年一月二八日(金)付……763
297 ウィリアム・スミス・ウィリアムズ宛 一八四八年一月二八日(金)付……766
298 ジューリア・キャヴァナ宛 一八四八年二月二日(水)付……771
299 ウィリアム・スミス・ウィリアムズ宛 一八四八年二月五日(土)付……772
300 ウィリアム・スミス・ウィリアムズ宛 一八四八年二月一五日(火)付……775
301 ジョージ・スミス宛 一八四八年二月一七日(木)付……778
302 ウィリアム・スミス・ウィリアムズ宛 一八四八年二月二五日(金)付……780
303 アミーリア・リングローズ宛 一八四八年二月二六日(土)付……783
304 エレン・ナッシー宛 一八四八年二月二六日(土)付……786
305 ウィリアム・スミス・ウィリアムズ宛 一八四八年二月二八日(月)付……789
306 エレン・ナッシー宛 一八四八年三月六日(月)付……794
307 エレン・ナッシー宛 一八四八年三月一一日(土)付……797
308 ウィリアム・スミス・ウィリアムズ宛 一八四八年三月一一日(土)付……799
309 ウィリアム・スミス・ウィリアムズ宛 一八四八年三月一三日(月)付……803
310 エレン・ナッシー宛 一八四八年三月二八日(火)付……804
311 ウィリアム・スミス・ウィリアムズ宛 一八四八年三月二九日(水)付……807
312 マーガレット・ウラー宛 一八四八年三月三一日(金)付……813
313 ウィリアム・スミス・ウィリアムズ宛 一八四八年四月三日(月)付？……816
314 ウィリアム・スミス・ウィリアムズ宛 一八四八年四月二〇日(木)付……819
315 スミス・エルダー社宛 一八四八年四月二〇日(木)付……821
316 エレン・ナッシー宛 一八四八年四月二二日(土)付……823
317 ウィリアム・スミス・ウィリアムズ宛 一八四八年四月二六日(水)付……826
318 エレン・ナッシー宛 一八四八年四月二八日(金)付……830
319 ウィリアム・スミス・ウィリアムズ宛 一八四八年五月一日(月)付……831

320　エレン・ナッシー宛 一八四八年五月三日（水）付…… *840*
321　ウィリアム・スミス・ウィリアムズ宛 一八四八年五月一二日（金）付…… *843*
322　エレン・ナッシー宛 一八四八年五月二四日（水）付…… *852*
323　ウィリアム・スミス・ウィリアムズ宛 一八四八年六月二日（金）付…… *855*
324　スーザン・ブランド宛 一八四八年六月一三日（火）付…… *857*
325　ウィリアム・スミス・ウィリアムズ宛 一八四八年六月一五日（木）付…… *858*
326　ジョージ・スミス宛 一八四八年六月一五日（木）付…… *863*
327　ウィリアム・スミス・ウィリアムズ宛 一八四八年六月二二日（木）付…… *864*
328　エレン・ナッシー宛 一八四八年六月二六日（月）付…… *869*
329　ウィリアム・スミス・ウィリアムズ宛 一八四八年七月八日（土）付…… *872*
330　ウィリアム・スミス・ウィリアムズ宛 一八四八年七月一三日（木）付…… *874*
331　ジョージ・スミス宛 一八四八年七月一三日（木）付…… *877*
332　エレン・ナッシー宛 一八四八年七月二八日（金）付…… *878*
333　ウィリアム・スミス・ウィリアムズ宛 一八四八年七月三一日（月）付…… *881*
334　ウィリアム・スミス・ウィリアムズ宛 一八四八年八月一四日（月）付…… *888*
335　ジョージ・スミス宛 一八四八年八月一七日（木）付…… *892*
336　ウィリアム・スミス・ウィリアムズ宛 一八四八年八月一八日（金）付…… *894*
337　エレン・ナッシー宛 一八四八年八月一八日（金）付…… *896*
338　マーガレット・ウラー宛 一八四八年八月二八日（月）付…… *901*
339　エレン・トムリンソン宛 一八四八年八月付？ …… *339*
340　メアリ・テイラー宛 一八四八年九月四日（月）付…… *908*
341　ジョージ・スミス宛 一八四八年九月七日（木）付…… *917*
342　ウィリアム・スミス・ウィリアムズ宛 一八四八年九月上旬付？ …… *919*
343　ウィリアム・スミス・ウィリアムズ宛 一八四八年一〇月二日（月）付…… *924*
344　ウィリアム・スミス・ウィリアムズ宛 一八四八年一〇月六日（金）付…… *927*
345　エレン・ナッシー宛 一八四八年一〇月九日（月）付…… *930*
346　アン・ナッシー宛 一八四八年一〇月一四日（土）付…… *933*
347　ウィリアム・スミス・ウィリアムズ宛 一八四八年一〇月一八日（水）付？…… *936*
348　エレン・ナッシー宛 一八四八年一〇月二九日（日）付…… *939*
349　ウィリアム・スミス・ウィリアムズ宛 一八四八年一一月二日（木）付…… *943*
350　ウィリアム・スミス・ウィリアムズ宛 一八四八年一一月五日（日）付…… *947*
351　ジョージ・スミス宛 一八四八年一一月七日（火）付…… *951*
352　ジョージ・スミス宛 一八四八年一一月一二日（日）付…… *953*
353　ウィリアム・スミス・ウィリアムズ宛 一八四八年一一月一六日（木）付…… *954*
354　ウィリアム・スミス・ウィリアムズ宛 一八四八年一一月二二日（水）付…… *957*
355　エレン・ナッシー宛 一八四八年一一月二三日（木）付…… *961*
356　エレン・ナッシー宛 一八四八年一一月二七日（月）付？…… *963*
357　ウィリアム・スミス・ウィリアムズ宛 一八四八年一二月七日（木）付…… *965*

358　ジョージ・スミス宛 一八四八年一二月七日（木）付…… 969
359　ウィリアム・スミス・ウィリアムズ宛 一八四八年一二月九日（土）付…… 970
360　ドクター・ジョン・エップス宛 一八四八年一二月九日（土）付申告書…… 972
361　エレン・ナッシー宛 一八四八年一二月一〇日（日）付…… 974
362　エレン・ナッシー宛 一八四八年一二月一九日（火）付…… 977
363　ウィリアム・スミス・ウィリアムズ宛 一八四八年一二月二〇日（水）付…… 978
364　エレン・ナッシー宛 一八四八年一二月二三日（土）付…… 979
365　ウィリアム・スミス・ウィリアムズ宛 一八四八年一二月二五日（月）付…… 981
一八四九年…… 983
366　ウィリアム・スミス・ウィリアムズ宛 一八四九年一月二日（火）付…… 983
367　エレン・ナッシー宛 一八四九年一月一〇日（水）付…… 985
368　ウィリアム・スミス・ウィリアムズ宛 一八四九年一月一三日（土）付…… 987
369　エレン・ナッシー宛 一八四九年一月一五日（月）付…… 990
370　ジョージ・スミス宛 一八四九年一月二二日（月）付…… 992
371　エレン・ナッシー宛 一八四九年一月二二日（月）付？…… 994
372　エレン・ナッシー宛 一八四九年一月二九日（月）付？…… 996
373　ウィリアム・スミス・ウィリアムズ宛 一八四九年二月一日（木）付…… 998
374　ウィリアム・スミス・ウィリアムズ宛 一八四九年二月四日（日）付…… 1002
375　ウィリアム・スミス・ウィリアムズ宛 一八四九年二月一〇日（土）付？…… 1006
376　エレン・ナッシー宛 一八四九年二月一六日（金）付…… 1009
377　ウィリアム・スミス・ウィリアムズ宛 一八四九年三月一日（木）付？…… 1011
378　ジェイムズ・テイラー宛 一八四九年三月一日（木）付？…… 1015
379　エレン・ナッシー宛 一八四九年三月七日（水）付？…… 1017
380　ウィリアム・スミス・ウィリアムズ宛 一八四九年三月一一日（日）付？…… 1018
381　レティシャ・ホイールライト宛 一八四九年三月一五日（木）付…… 1019
382　エレン・ナッシー宛 一八四九年三月一六日（金）付？…… 1021
383　マーガレット・ウラー宛 一八四九年三月二四日（土）付…… 1023
384　エレン・ナッシー宛 一八四九年三月二九日（木）付…… 1025
385　ウィリアム・スミス・ウィリアムズ宛 一八四九年四月五日（木）付…… 1027
386　エレン・ナッシー宛 一八四九年四月一二日（木）付…… 1030
387　ウィリアム・スミス・ウィリアムズ宛 一八四九年四月一六日（月）付…… 1033
388　エレン・ナッシー宛 一八四九年五月一日（火）付…… 1038
389　ウィリアム・スミス・ウィリアムズ宛 一八四九年五月八日（火）付…… 1040
390　エレン・ナッシー宛 一八四九年五月一二日（土）付、一四日（月）付…… 1044
391　マーガレット・ウラー宛 一八四九年五月一六日（水）付…… 1047
392　エレン・ナッシー宛 一八四九年五月一六日（水）付…… 1049
393　エレン・ナッシー宛 一八四九年五月二一日（月）付？…… 1051
394　ウィリアム・スミス・ウィリアムズ宛 一八四九年五月二七日（日）付…… 1052

395　ウィリアム・スミス・ウィリアムズ宛 一八四九年五月三〇日（水）付……1054
396　ウィリアム・スミス・ウィリアムズ宛 一八四九年六月四日（月）付……1055
397　パトリック・ブロンテ宛 一八四九年六月五日（火）付？……1058
398　マーサ・ブラウン宛 一八四九年六月五日（火）付……1059
399　パトリック・ブロンテ宛 一八四九年六月九日（土）付……1060
400　ウィリアム・スミス・ウィリアムズ宛 一八四九年六月一三日（水）付……1062
401　パトリック・ブロンテ宛 一八四九年六月一九日（火）付……1066
402　エレン・ナッシー宛 一八四九年六月二三日（土）付……1067
403　ウィリアム・スミス・ウィリアムズ宛 一八四九年六月二五日（月）付……1070
404　ウィリアム・スミス・ウィリアムズ宛 一八四九年七月三日（火）付……1074
405　エレン・ナッシー宛 一八四九年七月四日（水）付……1078
406　エレン・ナッシー宛 一八四九年七月一四日（土）付……1081
407　ウィリアム・スミス・ウィリアムズ宛 一八四九年七月二六日（木）付……1084
408　エレン・ナッシー宛 一八四九年七月二七日（金）付？……1086
409　エレン・ナッシー宛 一八四九年八月三日（金）付？……1088
410　ウィリアム・スミス・ウィリアムズ宛 一八四九年八月一六日（木）付……1090
411　ウィリアム・スミス・ウィリアムズ宛 一八四九年八月二一日（火）付……1093
412　エレン・ナッシー宛 一八四九年八月二三日（木）付？……1095
413　ウィリアム・スミス・ウィリアムズ宛 一八四九年八月二四日（金）付……1097
414　ウィリアム・スミス・ウィリアムズ宛 一八四九年八月二九日（水）付……1100
415　エリザベス・リグビー宛 一八四九年八月二九日（水）付……1102
416　ウィリアム・スミス・ウィリアムズ宛 一八四九年八月三一日（金）付？……1109
417　ジョージ・スミス宛 一八四九年八月三一日（金）付……1111
418　ジェイムズ・テイラー宛 一八四九年九月三日（月）付……1113
419　ウィリアム・スミス・ウィリアムズ宛 一八四九年九月四日（火）付……1114
420　エレン・ナッシー宛 一八四九年九月一〇日（月）付……1115
421　エレン・ナッシー宛 一八四九年九月一三日（木）付？……1117
422　ウィリアム・スミス・ウィリアムズ宛 一八四九年九月一三日（木）付……1120
423　ジョージ・スミス宛 一八四九年九月一四日（金）付……1123
424　ウィリアム・スミス・ウィリアムズ宛 一八四九年九月一五日（土）付？……1125
425　ウィリアム・スミス・ウィリアムズ宛 一八四九年九月一七日（月）付……1127
426　ウィリアム・スミス・ウィリアムズ宛 一八四九年九月一九日（水）付……1128
427　ウィリアム・スミス・ウィリアムズ宛 一八四九年九月二〇日（木）付？……1130
428　ジョージ・スミス宛 一八四九年九月二〇日（木）付……1131
429　ジェイムズ・テイラー宛 一八四九年九月二〇日（木）付……1132
430　ウィリアム・スミス・ウィリアムズ宛 一八四九年九月二一日（金）付……1134
431　ジョージ・スミス宛 一八四九年九月二二日（土）付……1137
432　エレン・ナッシー宛 一八四九年九月二四日（月）付？……1139

433　ジョージ・スミス宛 一八四九年九月二七日（木）付…………*1141*
434　エレン・ナッシー宛 一八四九年九月二八日（金）付…………*1143*
435　ウィリアム・スミス・ウィリアムズ宛 一八四九年一〇月一日（月）付？…………*1145*
436　ジョージ・スミス宛 一八四九年一〇月四日（木）付…………*1147*
437　エレン・ナッシー宛 一八四九年一〇月一一日（木）付？……*1149*
438　ミセス・アン・クラパム宛 一八四九年一〇月一三日（土）付…*1151*
439　エレン・ナッシー宛 一八四九年一〇月二〇日（土）付？……*1152*
440　ジョージ・スミス宛 一八四九年一〇月二四日（水）付………*1154*
441　マーサ・ブラウン宛 一八四九年一〇月二九日（月）付？……*1155*
442　ウィリアム・スミス・ウィリアムズ宛 一八四九年一一月一日（木）付…………*1156*
443　エレン・ナッシー宛 一八四九年一一月一日（木）付？………*1160*
444　ジョージ・ヘンリ・ルイス宛 一八四九年一一月一日（木）付…*1162*
445　アミーリア・リングローズ宛 一八四九年一一月五日（月）付…*1164*
446　エレン・ナッシー宛 一八四九年一一月五日（月）付…………*1166*
447　ウィリアム・スミス・ウィリアムズ宛 一八四九年一一月五日（月）付？…………*1168*
448　ジェイムズ・テイラー宛 一八四九年一一月六日（火）付……*1171*
449　ウィリアム・スミス・ウィリアムズ宛 一八四九年一一月九日（金）付？…………*1173*
450　ウィリアム・スミス・ウィリアムズ宛 一八四九年一一月一五日（木）付…………*1175*
451　アミーリア・リングローズ宛 一八四九年一一月一六日（金）付？…………*1178*
452　エレン・ナッシー宛 一八四九年一一月一六日（金）付………*1179*
453　ウィリアム・スミス・ウィリアムズ宛 一八四九年一一月一七日（土）付？…………*1182*
454　ハリエット・マーティノウ宛 一八四九年一一月一七日（土）付？…………*1184*
455　エリザベス・ギャスケル宛 一八四九年一一月一七日（土）付…………*1185*
456　ジョージ・スミス宛 一八四九年一一月一九日（月）付………*1186*
457　ウィリアム・スミス・ウィリアムズ宛 一八四九年一一月一九日（月）付…………*1188*
458　エレン・ナッシー宛 一八四九年一一月二二日（木）付………*1193*
459　ウィリアム・スミス・ウィリアムズ宛 一八四九年一一月二二日（木）付…………*1196*
460　ウィリアム・スミス・ウィリアムズ宛 一八四九年一一月二四日（土）付？…………*1199*
461　アミーリア・リングローズ宛 一八四九年一一月二六日（月）付？…………*1201*
462　エレン・ナッシー宛 一八四九年一一月二六日（月）付………*1203*
463　エレン・ナッシー宛 一八四九年一二月五日（水）付？………*1205*
464　パトリック・ブロンテ師宛 一八四九年一二月五日（水）付…*1208*
465　ハリエット・マーティノウ宛 一八四九年一二月八日（土）付…*1211*
466　ハリエット・マーティノウ宛 一八四九年一二月九日（日）付…*1212*
467　エレン・ナッシー宛 一八四九年一二月九日（日）付…………*1213*
468　ミセス・エリザベス・スミス宛 一八四九年一二月一七日（月）付…………*1216*
469　ジョージ・スミス宛 一八四九年一二月一七日（月）付………*1218*
470　レティシャ・ホイールライト宛 一八四九年一二月一七日（月）付…………*1220*
471　エレン・ナッシー宛 一八四九年一二月一九日（水）付………*1222*

472 ウィリアム・スミス・ウィリアムズ宛 一八四九年一二月一九日（水）付……1225
473 ジェイムズ・テイラー宛 一八四九年一二月一九日（水）付？……1129
474 エレン・ナッシー宛 一八四九年一二月二二日（土）付……1131
475 ジョージ・スミス宛 一八四九年一二月二六日（水）付……1133
一八五〇年……1237
476 ウィリアム・スミス・ウィリアムズ宛 一八五〇年一月三日（木）付……1237
477 ミセス・エリザベス・スミス宛 一八五〇年一月九日（水）付……1240
478 ウィリアム・スミス・ウィリアムズ宛 一八五〇年一月一〇日（木）付……1243
479 ジョージ・ヘンリ・ルイス宛 一八五〇年一月一〇日（木）付？……1245
480 ジョージ・スミス宛 一八五〇年一月一五日（火）付……1246
481 ジョージ・ヘンリ・ルイス宛 一八五〇年一月一九日（土）付……1248
482 エレン・ナッシー宛 一八五〇年一月一九日（土）付……1250
483 アミーリア・リングローズ宛 一八五〇年一月二五日（金）付？……1253
484 エレン・ナッシー宛 一八五〇年一月二五日（金）付？……1255
485 エレン・ナッシー宛 一八五〇年一月二八日（月）付？……1257
486 エレン・ナッシー宛 一八五〇年一月三一日（木）付？……1260
487 ジョージ・ラヴジョイ宛 一八五〇年二月五日（火）付？……1262
488 エレン・ナッシー宛 一八五〇年二月五日（火）付？……1263
489 エレン・ナッシー宛 一八五〇年二月七日（木）付……1265
490 マーガレット・ウラー宛 一八五〇年二月一四日（木）付……1268
491 エレン・ナッシー宛 一八五〇年二月一六日（土）付？……1174
492 ウィリアム・スミス・ウィリアムズ宛 一八五〇年二月二二日（金）付……1179
493 ジョン・グリーンウッド宛 一八五〇年三月付……1282
494 レディ・ジャネット・ケイ＝シャトルワース宛 一八五〇年三月五日（火）付？……1283
495 ジョン・ストアズ・スミス宛 一八五〇年三月六日（水）付……1284
496 エレン・ナッシー宛 一八五〇年三月一一日（月）付？……1285
497 ウィリアム・スミス・ウィリアムズ宛 一八五〇年三月一六日（土）付……1287
498 アミーリア・リングローズ宛 一八五〇年三月一六日（土）付……1290
499 ジョージ・スミス宛 一八五〇年三月一六日（土）付……1292
500 ソーントン・ハント宛 一八五〇年三月一六日（土）付……1295
501 ハリエット・アレグザンダー宛 一八五〇年三月一八日（月）付……1297
502 ウィリアム・スミス・ウィリアムズ宛 一八五〇年三月一九日（火）付……1299
503 エレン・ナッシー宛 一八五〇年三月一九日（火）付……1302
504 レディ・ジャネット・ケイ＝シャトルワース宛 一八五〇年三月二二日（金）付……1306
505 レティシャ・ホイールライト宛 一八五〇年三月二五日（月）付……1309
506 エレン・ナッシー宛 一八五〇年三月三〇日（土）付……1311
507 アミーリア・リングローズ宛 一八五〇年三月三一日（日）付……1314
508 エレン・ナッシー宛 一八五〇年四月三日（水）付……1317
509 ウィリアム・スミス・ウィリアムズ宛 一八五〇年四月三日（水）付……1318

510 アミーリア・リングローズ宛 一八五〇年四月六日（土）付…… *1323*
511 ウィリアム・スミス・ウィリアムズ宛 一八五〇年四月一二日（金）付…… *1325*
512 エレン・ナッシー宛 一八五〇年四月一二日（金）付？…… *1328*
513 エレン・ナッシー宛 一八五〇年四月一五日（月）付？…… *1331*
514 ジョージ・スミス宛 一八五〇年四月一八日（木）付…… *1333*
515 エレン・ナッシー宛 一八五〇年四月二四日（水）付？…… *1335*
516 ウィリアム・スミス・ウィリアムズ宛 一八五〇年四月二五日（木）付…… *1337*
517 アミーリア・リングローズ宛 一八五〇年四月二八日（日）付？…… *1339*
518 エレン・ナッシー宛 一八五〇年四月二九日（月）付…… *1341*
519 ウィリアム・スミス・ウィリアムズ宛 一八五〇年五月六日（月）付…… *1342*
520 エレン・ナッシー宛 一八五〇年五月一一日（土）付…… *1345*
521 ジョン・ドライヴァー宛 一八五〇年五月一六日（木）付…… *1348*
522 レディ・ジャネット・ケイ＝シャトルワース宛 一八五〇年五月一八日（土）付…… *1349*
523 ウィリアム・スミス・ウィリアムズ宛 一八五〇年五月二〇日（月）付…… *1350*
524 エレン・ナッシー宛 一八五〇年五月二〇日（月）付…… *1351*
525 レディ・ジャネット・ケイ＝シャトルワース宛 一八五〇年五月二一日（火）付…… *1352*
526 ジョン・ドライヴァー宛 一八五〇年五月二二日（水）付…… *1354*
527 ウィリアム・スミス・ウィリアムズ宛 一八五〇年五月二二日（水）付…… *1355*
528 あるケンブリッジの青年宛 一八五〇年五月二三日（木）付… *1358*
529 エレン・ナッシー宛 一八五〇年五月二四日（金）付…… *1360*
530 ミセス・エリザベス・スミス宛 一八五〇年五月二五日（土）付…… *1362*
531 ミセス・エリザベス・スミス宛 一八五〇年五月二八日（火）付…… *1364*
532 レディ・ジャネット・ケイ＝シャトルワース宛 一八五〇年五月二九日（水）付…… *1365*
533 エレン・ナッシー宛 一八五〇年六月三日（月）付…… *1366*
534 レティシャ・ホイールライト宛 一八五〇年六月三日（月）付…… *1368*
535 パトリック・ブロンテ宛 一八五〇年六月四日（火）付…… *1369*
536 エレン・ナッシー宛 一八五〇年六月一二日（水）付…… *1373*
537 マーサ・ブラウン宛 一八五〇年六月一二日（水）付…… *1377*
538 ジェイムズ・ホッグ宛 一八五〇年六月一三日（木）付…… *1379*
539 エレン・ナッシー宛 一八五〇年六月二一日（金）付…… *1380*
540 マーサ・ブラウン宛 一八五〇年六月二四日（月）付…… *1383*
541 ジョージ・スミス宛 一八五〇年六月二七日（木）付…… *1384*
542 ミセス・エリザベス・スミス宛 一八五〇年六月二八日（金）付…… *1386*
543 エレン・ナッシー宛 一八五〇年七月五日（金）付…… *1388*
544 エレン・ナッシー宛 一八五〇年七月一五日（月）付…… *1390*
545 エレン・ナッシー宛 一八五〇年七月一八日（木）付…… *1393*
546 ウィリアム・スミス・ウィリアムズ宛 一八五〇年七月二〇日（土）付…… *1395*
547 ジョン・ストアズ・スミス宛 一八五〇年七月二五日（木）付… *1398*
548 ジョージ・スミス宛 一八五〇年七月二七日（土）付…… *1400*

549　レティシャ・ホイールライト宛 一八五〇年七月三〇日（火）付 …… 1402
550　エレン・ナッシー宛 一八五〇年八月一日（木）付 …… 1404
551　ジョージ・スミス宛 一八五〇年八月一日（木）付 …… 1407
552　ジョージ・スミス宛 一八五〇年八月五日（月）付 …… 1409
553　エレン・ナッシー宛 一八五〇年八月七日（木）付 …… 1412
554　エレン・ナッシー宛 一八五〇年八月一六日（金）付 …… 1414
555　パトリック・ブロンテ宛 一八五〇年八月二〇日（火）付 …… 1416
556　エレン・ナッシー宛 一八五〇年八月二六日（月）付 …… 1418
557　チャールズ・カスバート・サウジー師宛 一八五〇年八月二六日（月）付 …… 1423
558　ウィリアム・スミス・ウィリアムズ宛 一八五〇年八月二七日（火）付 …… 1424
559　ミセス・キャサリン・ゴア宛 一八五〇年八月二七日（火）付 …… 1426
560　エリザベス・ギャスケル宛 一八五〇年八月二七日（火）付 …… 1428
561　エレン・ナッシー宛 一八五〇年九月二日（月）付 …… 1432
562　ジェイムズ・テイラー宛 一八五〇年九月五日（木）付 …… 1435
563　ウィリアム・スミス・ウィリアムズ宛 一八五〇年九月五日（木）付 …… 1439
564　ウィリアム・スミス・ウィリアムズ宛 一八五〇年九月一〇日（火）付 …… 1443
565　ウィリアム・スミス・ウィリアムズ宛 一八五〇年九月一三日（金）付 …… 1445
566　ミス（エレン）ハドソン宛 一八五〇年九月一三日（金）付 …… 1447
567　エレン・ナッシー宛 一八五〇年九月一四日（土）付 …… 1450
568　ジョージ・スミス宛 一八五〇年九月一八日（水）付 …… 1453
569　ジョージ・スミス宛 一八五〇年九月一八日（水）付 …… 1457
570　ウィリアム・スミス・ウィリアムズ宛 一八五〇年九月二〇日（金）付 …… 1459
571　エリザベス・ギャスケル宛 一八五〇年九月二六日（木）付 … 1462
572　マーガレット・ウラー宛 一八五〇年九月二七日（金）付 …… 1465
573　ウィリアム・スミス・ウィリアムズ宛 一八五〇年九月二七日（金）付 …… 1469
574　ハリエット・マーティノウ宛 一八五〇年一〇月上旬付？ …… 1471
575　エレン・ナッシー宛 一八五〇年一〇月三日（木）付？ …… 1473
576　エレン・ナッシー宛 一八五〇年一〇月一四日（月）付 …… 1475
577　ウィリアム・スミス・ウィリアムズ宛 一八五〇年一〇月一六日（水）付 …… 1477
578　ジョージ・ヘンリ・ルイス宛 一八五〇年一〇月一七日（木）付 …… 1479
579　ウィリアム・スミス・ウィリアムズ宛 一八五〇年一〇月二一日（月）付 …… 1482
580　エレン・ナッシー宛 一八五〇年一〇月二三日（水）付 …… 1483
581　ウィリアム・スミス・ウィリアムズ宛 一八五〇年一〇月二五日（金）付 …… 1486
582　ジョージ・スミス宛 一八五〇年一〇月三一日（木）付 …… 1490
583　ジェイムズ・テイラー宛 一八五〇年一一月六日（水）付 …… 1494
584　K・T宛 一八五〇年一一月九日（土）付 …… 1497
585　ウィリアム・スミス・ウィリアムズ宛 一八五〇年一一月九日（土）付 …… 1500
586　エレン・ナッシー宛 一八五〇年一一月一六日（土）、あるいは二三日（土）付 …… 1502
587　ウィリアム・スミス・ウィリアムズ宛 一八五〇年一一月一九日（火）付？ …… 1503

588　K・T宛 一八五〇年一一月二一日（木）付？（下書き）…………1505
589　K・T宛 一八五〇年一一月二一日（木）付…………1507
590　ジョージ・ヘンリ・ルイス宛 一八五〇年一一月二三日（土）付…………1509
591　エレン・ナッシー宛 一八五〇年一一月二六日（火）付…………1513
592　ジョージ・スミス宛 一八五〇年一二月三日（火）付…………1515
593　K・T宛 一八五〇年一二月六日（金）付？（下書き）…………1518
594　K・T宛 一八五〇年一二月六日（金）付…………1520
595　シドニー・ドウベル宛 一八五〇年一二月八日（日）付…………1522
596　エリザベス・ギャスケル宛 一八五〇年一二月一三日（金）付…………1524
597　エレン・ナッシー宛 一八五〇年一二月一八日（水）付…………1526
598　エレン・ナッシー宛 一八五〇年一二月二一日（土）付…………1529
599　パトリック・ブロンテ宛 一八五〇年一二月二一日（土）付…1531

下　〔1851～1855年〕

2009年6月6日刊

一八五一年…………1533
600　エレン・ナッシー宛 一八五一年一月一日（水）付…………1533
601　ウィリアム・スミス・ウィリアムズ宛 一八五一年一月一日（水）付…………1535
602　ジェイムズ・テイラー宛 一八五一年一月一日（水）付…………1538
603　エリザベス・ギャスケル宛 一八五一年一月四日（土）付？…1540
604　エリザベス・ギャスケル宛 一八五一年一月初旬付？ 断片‥1541
605　ジョージ・スミス宛 一八五一年一月七日（火）付…………1542
606　ハリエット・マーティノウ宛 一八五一年一月上旬付？ …………1548
607　エレン・ナッシー宛 一八五一年一月八日（水）付？…………1549
608　レティシャ・ホイールライト宛 一八五一年一月一二日（日）付…………1551
609　ジェイムズ・テイラー宛 一八五一年一月一五日（水）付……1553
610　エレン・ナッシー宛 一八五一年一月二〇日（月）付？…………1558
611　ジューリア・キャヴァナ宛 一八五一年一月二一日（火）付…1561
612　エリザベス・ギャスケル宛 一八五一年一月二二日（水）付…1564
613　エレン・ナッシー宛 一八五一年一月三〇日（木）付…………1569
614　ウィリアム・スミス・ウィリアムズ宛 一八五一年二月一日（土）付…………1572
615　ハリエット・マーティノウ宛 一八五一年二月上旬付？ …………1574
616　ジョージ・スミス宛 一八五一年二月五日（水）付…………1575
617　ジェイムズ・テイラー宛 一八五一年二月一一日（火）付……1579
618　エレン・ナッシー宛 一八五一年二月二六日（水）付…………1582
619　ジョージ・スミス宛 一八五一年三月八日（土）付、一一日（火）付…………1584
620　エリザベス・ギャスケル宛？ 一八五一年三月上旬付？ 断片‥1589
621　ジェイムズ・テイラー宛 一八五一年三月二二日（土）付……1590
622　ジェイムズ・テイラー宛 一八五一年三月二四日（月）付……1592
623　エリザベス・ギャスケル宛 一八五一年三月二五日（火）付…1594
624　エリザベス・ギャスケル宛 一八五一年三月二八日（金）付…1597
625　ジョージ・スミス宛 一八五一年三月三一日（月）付…………1600
626　エレン・ナッシー宛 一八五一年四月四日（金）、五日（土）付…………1603
627　エレン・ナッシー宛 一八五一年四月九日（水）付…………1606

628 アミーリア・リングローズ宛 一八五一年四月一二日（土）付？……*1609*
629 エレン・ナッシー宛 一八五一年四月一二日（土）付……*1610*
630 シドニー・ドウベル宛 一八五一年四月一四日（月）付？……*1613*
631 ミセス・エリザベス・スミス宛 一八五一年四月一七日（木）付……*1615*
632 ジョージ・スミス宛 一八五一年四月一九日（土）付……*1617*
633 エレン・ナッシー宛 一八五一年四月二三日（水）付……*1621*
634 シドニー・ドウベル宛 一八五一年五月一日（木）付……*1624*
635 エレン・ナッシー宛 一八五一年五月五日（月）付……*1626*
636 エレン・ナッシー宛 一八五一年五月一〇日（土）付……*1629*
637 エリザベス・ギャスケル宛 一八五一年五月一〇日（土）付…*1632*
638 ジョージ・スミス宛 一八五一年五月一二日（月）付……*1634*
639 ミセス・エリザベス・スミス宛 一八五一年五月二〇日（火）付……*1638*
640 エレン・ナッシー宛 一八五一年五月二二日（木）付……*1640*
641 エレン・ナッシー宛 一八五一年五月二四日（土）付？……*1642*
642 シドニー・ドウベル宛 一八五一年五月二四日（土）付？……*1644*
643 ジョージ・スミス宛 一八五一年五月二七日（火）付……*1646*
644 パトリック・ブロンテ宛 一八五一年五月二九日（木）付……*1647*
645 パトリック・ブロンテ宛 一八五一年五月三一日（土）付……*1649*
646 エレン・ナッシー宛 一八五一年六月二日（月）付……*1652*
647 パトリック・ブロンテ宛 一八五一年六月七日（土）付……*1657*
648 アミーリア・テイラー宛 一八五一年六月七日（土）付……*1660*
649 アミーリア・テイラー宛 一八五一年六月一一日（水）付……*1663*
650 エレン・ナッシー宛 一八五一年六月一一日（水）付……*1665*
651 パトリック・ブロンテ宛 一八五一年六月一四日（土）付……*1667*
652 エリザベス・ギャスケル宛 一八五一年六月一四日（土）付？……*1671*
653 リチャード・モンクトン・ミルンズ宛 一八五一年六月一七日（火）付……*1673*
654 パトリック・ブロンテ宛 一八五一年六月一七日（火）付……*1674*
655 エリザベス・ギャスケル宛 一八五一年六月一八日（水）付…*1676*
656 エレン・ナッシー宛 一八五一年六月一九日（木）付……*1677*
657 エリザベス・ギャスケル宛 一八五一年六月二〇日（金）付…*1680*
658 ミセス・キャサリン・ゴア宛 一八五一年六月二一日（土）付…*1682*
659 サー・ケイ＝シャトルワース宛 一八五一年六月二二日（日）付？……*1683*
660 レディ・ジャネット・ケイ＝シャトルワース宛 一八五一年六月二三日（月）付……*1684*
661 ミセス・キャサリン・ゴア宛 一八五一年六月二四日（火）付…*1686*
662 エレン・ナッシー宛 一八五一年六月二四日（火）付……*1687*
663 パトリック・ブロンテ宛 一八五一年六月二六日（木）付……*1690*
664 シドニー・ドウベル宛 一八五一年六月二八日（土）付……*1962*
665 ミセス・キャサリン・ゴア宛 一八五一年六月二八日（土）付…*1964*
666 エレン・ナッシー宛 一八五一年七月一日（火）付？……*1695*
667 ミセス・エリザベス・スミス宛 一八五一年七月一日（火）付……*1696*
668 ジョージ・スミス宛 一八五一年七月一日（火）付……*1698*
669 ジョージ・スミス宛 一八五一年七月二日（水）付……*1701*
670 ジョージ・スミス宛 一八五一年七月八日（火）付……*1703*

671　マーガレット・ウラー宛 一八五一年七月一四日（月）付……1709
672　ウィリアム・スミス・ウィリアムズ宛 一八五一年七月二一日（月）付……1711
673　ジョージ・スミス宛 一八五一年七月二六日（土）付……1714
674　エレン・ナッシー宛 一八五一年七月二八日（月）付……1715
675　ジョージ・スミス宛 一八五一年七月三一日（木）付……1717
676　エレン・ナッシー宛 一八五一年八月三日（日）、あるいは一〇日（日）付？……1719
677　ジョージ・スミス宛 一八五一年八月四日（月）付……1721
678　エリザベス・ギャスケル宛 一八五一年八月六日（水）付……1724
679　ジョージ・スミス宛 一八五一年八月九日（土）付……1729
680　エレン・ナッシー宛 一八五一年八月一八日（月）付……1733
681　ジョージ・スミス宛 一八五一年八月下旬付？ 断片……1736
682　エレン・ナッシー宛 一八五一年九月一日（月）付……1738
683　ジョージ・スミス宛 一八五一年九月八日（月）付……1741
684　エレン・ナッシー宛 一八五一年九月一〇日（水）付……1745
685　マーガレット・ウラー宛 一八五一年九月一三日（土）付？……1747
686　ジョージ・スミス宛 一八五一年九月一五日（月）付……1748
687　エレン・ナッシー宛 一八五一年九月一七日（水）付……1752
688　ジョン・ホワイト宛 一八五一年九月一八日（木）付……1753
689　エレン・ナッシー宛 一八五一年九月二〇日（土）付？……1755
690　エリザベス・ギャスケル宛 一八五一年九月二〇日（土）付……1757
691　ジョージ・スミス宛 一八五一年九月二二日（月）付……1762
692　マーガレット・ウラー宛 一八五一年九月二二日（月）付？……1765
693　ウィリアム・スミス・ウィリアムズ宛 一八五一年九月二六日（金）付……1766
694　エレン・ナッシー宛 一八五一年一〇月三日（金）付……1769
695　エレン・ナッシー宛 一八五一年一〇月二〇日（月）付？……1771
696　マーガレット・ウラー宛 一八五一年一〇月二一日（火）付……1772
697　ジェイン・フォースター宛 一八五一年一〇月二八日（火）付……1775
698　ウィリアム・スミス・ウィリアムズ宛 一八五一年一〇月三一日（金）付……1776
699　エリザベス・ギャスケル宛 一八五一年一一月三日（月）付？……1777
700　ウィリアム・スミス・ウィリアムズ宛 一八五一年一一月六日（木）付……1779
701　エリザベス・ギャスケル宛 一八五一年一一月六日（木）付……1780
702　エレン・ナッシー宛 一八五一年一一月六日（木）付、七日（金）付？……1783
703　ジョージ・スミス宛 一八五一年一一月七日（金）付……1785
704　ウィリアム・スミス・ウィリアムズ宛 一八五一年一一月一〇日（月）付……1787
705　ウィリアム・スミス・ウィリアムズ宛 一八五一年一一月一〇日（月）付？……1789
706　エレン・ナッシー宛 一八五一年一一月一一日（火）付？……1791
707　ジェイムズ・テイラー宛 一八五一年一一月一五日（土）付……1793
708　エレン・ナッシー宛 一八五一年一一月一九日（水）付……1797
709　ジョージ・スミス宛 一八五一年一一月二〇日（木）付……1799
710　エレン・ナッシー宛 一八五一年一一月二五日（火）付……1802
711　ジョージ・スミス宛 一八五一年一一月二八日（金）付……1804

712　エレン・ナッシー宛 一八五一年一二月八日（月）付…………*1809*

713　ハリエット・マーティノウ宛 一八五一年一二月一〇日（水）付…………*1815*

714　エレン・ナッシー宛 一八五一年一二月一六日（火）付？……*1814*

715　エレン・ナッシー宛 一八五一年一二月一八日（木）付？……*1816*

716　ジョージ・スミス宛 一八五一年一二月一九日（金）付………*1817*

717　ジョージ・スミス宛 一八五一年一二月三一日（水）付………*1819*

718　エレン・ナッシー宛 一八五一年一二月三一日（水）付………*1822*

一八五二年…………*1825*

719　ジョージ・スミス宛 一八五二年一月一日（木）付…………*1825*

720　ウィリアム・スミス・ウィリアムズ宛 一八五二年一月一日（木）付？…………*1827*

721　エレン・ナッシー宛 一八五二年一月六日（火）付…………*1829*

722　エレン・ナッシー宛 一八五二年一月一四日（水）付？………*1831*

723　エレン・ナッシー宛 一八五二年一月一六日（金）付…………*1833*

724　ジョージ・スミス宛 一八五二年一月一九日（月）付…………*1935*

725　マーガレット・ウラー宛 一八五二年一月二〇日（火）付……*1836*

726　エレン・ナッシー宛 一八五二年一月二二日（木）付…………*1837*

727　エレン・ナッシー宛 一八五二年一月二四日（土）付…………*1841*

728　ジョージ・スミス宛 一八五二年一月二九日（木）付…………*1843*

729　ミセス・エリザベス・スミス宛 一八五二年一月二九日（木）付…………*1845*

730　エリザベス・ギャスケル宛 一八五二年二月六日（金）付……*1847*

731　ジョージ・スミス宛 一八五二年二月七日（土）付…………*1850*

732　エレン・ナッシー宛 一八五二年二月一二日（木）付？………*1851*

733　ジョージ・スミス宛 一八五二年二月一四日（土）付…………*1852*

734　エレン・ナッシー宛 一八五二年二月一六日（月）付…………*1856*

735　ジョージ・スミス宛 一八五二年二月一七日（火）付…………*1859*

736　マーガレット・ウラー宛 一八五二年二月一七日（火）付……*1861*

737　エレン・ナッシー宛 一八五二年二月二四日（火）付？………*1865*

738　エレン・ナッシー宛 一八五二年三月五日（金）付…………*1867*

739　エレン・ナッシー宛 一八五二年三月一〇日（水）付？………*1869*

740　ジョージ・スミス宛 一八五二年三月一一日（木）付…………*1871*

741　マーガレット・ウラー宛 一八五二年三月一二日（金）付……*1875*

742　ジョージ・スミス宛 一八五二年三月二一日（日）付…………*1878*

743　エレン・ナッシー宛 一八五二年三月二三日（火）付…………*1880*

744　ウィリアム・スミス・ウィリアムズ宛 一八五二年三月二五日（木）付…………*1883*

745　ウィリアム・スミス・ウィリアムズ宛 一八五二年四月三日（土）付…………*1886*

746　エレン・ナッシー宛 一八五二年四月七日（水）付？…………*1889*

747　レティシャ・ホイールライト宛 一八五二年四月一二日（月）付…………*1891*

748　エレン・ナッシー宛 一八五二年四月二二日（木）付…………*1894*

749　メアリ・ホウムズ宛 一八五二年四月二二日（木）付…………*1896*

750　エリザベス・ギャスケル宛 一八五二年四月二六日（月）付…*1898*

751　エレン・ナッシー宛 一八五二年五月四日（火）付…………*1900*

752　エレン・ナッシー宛 一八五二年五月一一日（火）付…………*1903*

753　エレン・ナッシー宛 一八五二年五月一八日（火）付…………*1905*

754　ジョージ・スミス宛 一八五二年五月二二日（土）付…………*1907*

755　エリザベス・ギャスケル宛 一八五二年五月二二日（土）付…*1908*
756　ミセス・キャサリン・ゴア宛 一八五二年五月二八日（金）付…*1911*
757　パトリック・ブロンテ宛 一八五二年六月二日（水）付………*1912*
758　エレン・ナッシー宛 一八五二年六月六日（日）付……………*1915*
759　エレン・ナッシー宛 一八五二年六月一六日（水）付…………*1918*
760　レティシャ・ホイールライト宛 一八五二年六月二三日（水）付？……………………………*1921*
761　マーガレット・ウラー宛 一八五二年六月二三日（水）付……*1923*
762　エレン・ナッシー宛 一八五二年七月一日（木）付……………*1925*
763　エレン・ナッシー宛 一八五二年七月二六日（月）付…………*1928*
764　ウィリアム・スミス・ウィリアムズ宛 一八五二年七月二八日（水）付……………………………*1930*
765　エレン・ナッシー宛 一八五二年八月三日（火）付……………*1932*
766　エレン・ナッシー宛 一八五二年八月一二日（木）付…………*1933*
767　ジョージ・スミス宛 一八五二年八月一九日（木）付…………*1935*
768　エレン・ナッシー宛 一八五二年八月二五日（水）付…………*1938*
769　マーガレット・ウラー宛 一八五二年九月二日（木）付………*1941*
770　エレン・ナッシー宛 一八五二年九月九日（木）付……………*1943*
771　エレン・ナッシー宛 一八五二年九月二四日（金）付？………*1946*
772　エレン・ナッシー宛 一八五二年一〇月五日（火）付…………*1949*
773　エレン・ナッシー宛 一八五二年一〇月九日（土）付…………*1951*
774　エレン・ナッシー宛 一八五二年一〇月一一日（月）付？……*1952*
775　マーガレット・ウラー宛 一八五二年一〇月二一日（木）付…*1953*
776　ウィリアム・スミス・ウィリアムズ宛 一八五二年一〇月二六日（火）付…………………………*1956*
777　エレン・ナッシー宛 一八五二年一〇月二六日（火）付？……*1957*
778　ジョージ・スミス宛 一八五二年一〇月三〇日（土）付………*1959*
779　エレン・ナッシー宛 一八五二年一〇月三一日（日）付………*1962*
780　ジョージ・スミス宛 一八五二年一一月三日（水）付…………*1965*
781　エレン・ナッシー宛 一八五二年一一月五日（金）付？………*1968*
782　ウィリアム・スミス・ウィリアムズ宛 一八五二年一一月六日（土）付……………………………*1969*
783　ジョージ・スミス宛 一八五二年一一月一〇日（水）付………*1972*
784　エレン・ナッシー宛 一八五二年一一月一五日（月）付？……*1975*
785　ジョージ・スミス宛 一八五二年一一月二〇日（土）付………*1976*
786　エレン・ナッシー宛 一八五二年一一月二二日（月）付………*1979*
787　ジョージ・スミス宛 一八五二年一一月二三日（火）付………*1981*
788　ミセス・エリザベス・スミス宛 一八五二年一一月二五日（木）付……………………………*1982*
789　ジョージ・スミス宛 一八五二年一二月一日（水）付…………*1984*
790　ジョージ・スミス宛 一八五二年一二月六日（月）付…………*1985*
791　マーガレット・ウラー宛 一八五二年一二月七日（火）付……*1988*
792　エレン・ナッシー宛 一八五二年一二月九日（木）付？………*1991*
793　ミセス・エリザベス・スミス宛 一八五二年一二月一〇日（金）付……………………………*1993*
794　エレン・ナッシー宛 一八五二年一二月一五日（水）付………*1994*
795　エレン・ナッシー宛 一八五二年一二月一八日（土）付………*1998*
796　ウィリアム・スミス・ウィリアムズ宛 一八五二年一二月二三日（木）付？…………………………*2001*
797　ミセス・エリザベス・スミス宛 一八五二年一二月三〇日（木）付……………………………*2002*

一八五三年 …… *2005*
798　エレン・ナッシー宛 一八五三年一月二日（日）付 …… *2005*
799　エレン・ナッシー宛 一八五三年一月一一日（火）付 …… *2008*
800　エリザベス・ギャスケル宛 一八五三年一月一二日（水）付 …… *2011*
801　エレン・ナッシー宛 一八五三年一月一九日（水）付 …… *2014*
802　ハリエット・マーティノウ宛 一八五三年一月二一日（金）付 …… *2018*
803　マーガレット・ウラー宛 一八五三年一月二七日（木）付 …… *2019*
804　エレン・ナッシー宛 一八五三年一月二八日（金）付 …… *2023*
805　マーサ・ブラウン宛 一八五三年一月二日（金）付 …… *2026*
806　エリザベス・ギャスケル宛？ 一八五三年一月下旬付？ …… *2027*
807　エリザベス・ギャスケル宛 一八五三年一月下旬付？ …… *2028*
808　エリザベス・ギャスケル宛 一八五三年一月下旬付？ …… *2029*
809　ハリエット・マーティノウ宛 一八五三年二月付？ …… *2031*
810　ジョージ・スミス宛 一八五三年二月七日（月）付 …… *2032*
811　マーガレット・ウラー宛 一八五三年二月一一日（金）付 …… *2035*
812　エレン・ナッシー宛 一八五三年二月一五日（火）付 …… *2037*
813　ジョージ・スミス宛 一八五三年二月一六日（水）付 …… *2039*
814　エレン・ナッシー宛 一八五三年二月一六日（水）付、一七日（木）付？ …… *2041*
815　エレン・ナッシー宛 一八五三年二月二一日（月）付？ …… *2043*
816　エリザベス・ギャスケル宛 一八五三年二月二四日（木）付 …… *2044*
817　ジョージ・スミス宛 一八五三年二月二六日（土）付 …… *2047*
818　エレン・ナッシー宛 一八五三年三月四日（金）付 …… *2049*
819　ウィリアム・スミス・ウィリアムズ宛 一八五三年三月七日（月）付 …… *2052*
820　ウィリアム・スミス・ウィリアムズ宛 一八五三年三月九日（水）付 …… *2054*
821　エレン・ナッシー宛 一八五三年三月一〇日（木）付 …… *2058*
822　エレン・ナッシー宛 一八五三年三月一六日（水）付？ …… *2061*
823　エレン・ナッシー宛 一八五三年三月二二日（火）付 …… *2062*
824　ウィリアム・スミス・ウィリアムズ宛 一八五三年三月二三日（水）付 …… *2065*
825　ジョージ・スミス宛 一八五三年三月二六日（土）付 …… *2068*
826　エレン・ナッシー宛 一八五三年三月二九日（水）付？ …… *2074*
827　ウィリアム・スミス・ウィリアムズ宛 一八五三年三月二九日（水）付 …… *2077*
828　ウィリアム・ムア・ウラー博士宛 一八五三年三月三一日（金）付 …… *2077*
829　エレン・ナッシー宛 一八五三年四月六日（水）付 …… *2079*
830　ウィリアム・スミス・ウィリアムズ宛 一八五三年四月八日（金）付 …… *2083*
831　マーガレット・ウラー宛 一八五三年四月一三日（水）付 …… *2088*
832　エリザベス・ギャスケル宛 一八五三年四月一四日（木）付 …… *2091*
833　エレン・ナッシー宛 一八五三年四月一八日（月）付 …… *2093*
834　エレン・ナッシー宛 一八五三年四月二二日（金）付？ …… *2095*
835　エレン・ナッシー宛 一八五三年四月二六日（火）付？ …… *2096*
836　エリザベス・ギャスケル宛 一八五三年四月付 …… *2097*
837　エレン・ナッシー宛 一八五三年五月五日（木）付？ …… *2098*
838　エレン・ナッシー宛 一八五三年五月一一日（水）付？ …… *2099*
839　ジョージ・スミス宛 一八五三年五月一三日（金）付 …… *2100*
840　エレン・ナッシー宛 一八五三年五月一六日（月）付 …… *2101*

841 エレン・ナッシー宛 一八五三年五月一九日（木）付…………*2103*
842 エレン・ナッシー宛 一八五三年五月二七日（金）付…………*2105*
843 ウィリアム・スミス・ウィリアムズ宛 一八五三年五月二八日（土）付…………*2109*
844 ミセス・ルーシー・ホランド宛 一八五三年五月二八日（土）付…………*2111*
845 エリザベス・ギャスケル宛 一八五三年六月一日（水）付……*2113*
846 エレン・ナッシー宛 一八五三年六月四日（土）付？…………*2115*
847 ジョージ・スミス宛 一八五三年六月一二日（日）付…………*2116*
848 エレン・ナッシー宛 一八五三年六月一三日（月）付？………*2117*
849 エレン・ナッシー宛 一八五三年六月一六日（木）付…………*2118*
850 エリザベス・ギャスケル宛 一八五三年六月一八日（土）付…*2120*
851 エレン・ナッシー宛 一八五三年六月一八日（土）付？………*2122*
852 エレン・ナッシー宛 一八五三年六月二〇日（月）付…………*2123*
853 メアリ・ホウムズ宛 一八五三年六月二一日（火）付…………*2125*
854 エレン・ナッシー宛 一八五三年六月二三日（木）付…………*2127*
855 ジョージ・スミス宛 一八五三年七月三日（日）付…………*2128*
856 エリザベス・ギャスケル宛 一八五三年七月九日（土）付……*2131*
857 ジョージ・スミス宛 一八五三年七月一四日（木）付…………*2134*
858 『クリスチャン・リメンブランサー』宛 一八五三年七月一八日（月）付…………*2137*
859 マーガレット・ウラー宛 一八五三年八月三〇日（火）付……*2141*
860 エリザベス・ギャスケル宛 一八五三年八月三一日（水）付…*2145*
861 マーガレット・ウラー宛 一八五三年九月八日（木）付………*2147*
862 エリザベス・ギャスケル宛 一八五三年九月一六日（金）付…*2148*
863 フランシス・ベノック宛 一八五三年九月一九日（月）付……*2149*
864 エリザベス・ギャスケル宛 一八五三年九月二五日（日）付…*2150*
865 フランシス・ベノック宛 一八五三年九月二九日（木）付……*2151*
866 マーガレット・ウラー宛 一八五三年一〇月一八日（火）付…*2153*
867 エリザベス・ギャスケル宛 一八五三年一一月一五日（火）付…………*2156*
868 エミリ・シェーン宛 一八五三年一一月二一日（月）付………*2159*
869 ミセス・エリザベス・スミス宛 一八五三年一一月二一日（月）付…………*2161*
870 エミリ・シェーン宛 一八五三年一一月二四日（木）付………*2162*
871 エリザベス・ギャスケル宛 一八五三年一一月二五日（金）付…………*2163*
872 ウィリアム・スミス・ウィリアムズ宛 一八五三年一二月六日（火）付…………*2164*
873 ジョージ・スミス宛 一八五三年一二月一〇日（土）付………*2166*
874 マーガレット・ウラー宛 一八五三年一二月一二日（月）付…*2167*
875 エリザベス・ギャスケル宛 一八五三年一二月二七日（火）付…………*2169*
一八五四年…………*2173*
876 エリザベス・ギャスケル宛 一八五四年一月上旬付…………*2173*
877 フランシス・ベノック宛 一八五四年一月二七日（金）付……*2176*
878 シドニー・ドウベル宛 一八五四年二月三日（金）付…………*2178*
879 ヘンリ・ガース宛 一八五四年二月二二日（水）付…………*2182*
880 エレン・ナッシー宛 一八五四年三月一日（水）付…………*2183*
881 エレン・ナッシー宛 一八五四年三月七日（火）付…………*2184*
882 レティシャ・ホイールライト宛 一八五四年三月八日（水）付…………*2186*

883　ヘンリ・ガース宛 一八五四年三月一七日（金）付……………2189
884　トマス・コートリー・ニュービー宛 一八五四年三月一八日（土）付………………………………2191
885　エレン・ナッシー宛 一八五四年三月二二日（水）付？………2192
886　エレン・ナッシー宛 一八五四年三月二八日（火）付…………2194
887　エレン・ナッシー宛 一八五四年四月一日（土）付……………2196
888　エリザベス・ギャスケル宛 一八五四年四月三日（月）付……2197
889　エレン・ナッシー宛 一八五四年四月一一日（火）付…………2199
890　フランシス・ベノック宛 一八五四年四月一一日（火）付……2202
891　マーガレット・ウラー宛 一八五四年四月一二日（水）付……2203
892　ジェイムズ・アレグザンダー・シンプソン宛 一八五四年四月一三日（木）付………………2206
893　エレン・ナッシー宛 一八五四年四月一五日（土）付…………2207
894　ジョージ・スミス宛 一八五四年四月一八日（火）付…………2209
895　エリザベス・ギャスケル宛 一八五四年四月一八日（火）付？………………………………2211
896　ジョージ・スミス宛 一八五四年四月二五日（火）付…………2213
897　エリザベス・ギャスケル宛 一八五四年四月二六日（水）付…2216
898　ミセス・セアラ・アン・グラント宛 一八五四年四月二七日（木）付………………………………2218
899　エレン・ナッシー宛 一八五四年四月二八日（金）付…………2219
900　エリザベス・ギャスケル宛 一八五四年四月二九日（土）付？………………………………2221
901　ミセス・アン・スコット宛 一八五四年五月二日（火）付……2222
902　エレン・ナッシー宛 一八五四年五月六日（土）付……………2223
903　エレン・ナッシー宛 一八五四年五月一四日（日）付…………2224
904　エレン・ナッシー宛 一八五四年五月二一日（日）付…………2226
905　チャールズ・カー宛 一八五四年五月二二日（月）付…………2229
906　エレン・ナッシー宛 一八五四年五月二七日（土）付…………2231
907　エリザベス・ギャスケル宛 一八五四年六月初旬付？………2233
908　エレン・ナッシー宛 一八五四年六月七日（水）付……………2235
909　エレン・ナッシー宛 一八五四年六月一一日（日）付…………2237
910　エレン・ナッシー宛 一八五四年六月一六日（金）付…………2239
911　マーガレット・ウラー宛 一八五四年六月一六日（金）付……2242
912　エレン・ナッシー宛 一八五四年六月二九日（木）付…………2245
913　マーガレット・ウラー宛 一八五四年七月一〇日（月）付……2247
914　キャサリン・ウラー宛 一八五四年七月一八日（火）付………2251
915　キャサリン・ウィンクワース宛 一八五四年七月二七日（木）付 ……………………………………2254
916　マーサ・ブラウン宛 一八五四年七月二八日（金）付…………2258
917　エレン・ナッシー宛 一八五四年七月二八日（金）付？………2259
918　エレン・ナッシー宛 一八五四年八月九日（水）付……………2261
919　ウィリアム・カートマン師宛 一八五四年八月二〇日（日）付…2264
920　マーガレット・ウラー宛 一八五四年八月二二日（火）付……2265
921　エレン・ナッシー宛 一八五四年八月二九日（火）付…………2268
922　エレン・ナッシー宛 一八五四年九月七日（木）付……………2269
923　エレン・ナッシー宛 一八五四年九月一四日（木）付…………2271
924　マーガレット・ウラー宛 一八五四年九月一九日（火）付……2272
925　エリザベス・ギャスケル宛 一八五四年九月三〇日（土）付…2275
926　エレン・ナッシー宛 一八五四年一〇月一一日（水）付………2278

927　エレン・ナッシー宛 一八五四年一〇月二〇日（金）付？……2281
928　エレン・ナッシー宛 一八五四年一〇月三一日（火）付………2284
929　エレン・ナッシー宛 一八五四年一一月七日（火）付…………2286
930　エレン・ナッシー宛 一八五四年一一月一四日（火）付………2289
931　マーガレット・ウラー宛 一八五四年一一月一五日（水）付…2292
932　エレン・ナッシー宛 一八五四年一一月二一日（火）付………2295
933　エレン・ナッシー宛 一八五四年一一月二九日（水）付………2297
934　マーガレット・ウラー宛 一八五四年一二月六日（水）付……2299
935　エレン・ナッシー宛 一八五四年一二月七日（木）付…………2301
936　アミーリア・テイラー宛 一八五四年一二月上旬付？ ………2303
937　アミーリア・テイラー宛 一八五四年一二月中旬付？ ………2306
938　アミーリア・テイラー宛 一八五四年一二月下旬付 …………2308
939　エレン・ナッシー宛 一八五四年一二月二六日（火）付………2310
940　ミセス・アン・クラパム宛 一八五四年一二月二八日（木）付？ ……………………………………2313
941　エイモス・インガム医師宛 一八五四年一二月付あるいは一八五五年一月二日（火）付？……2315
一八五五年 ………………………………2317
942　サー・ジェイムズ・ケイ＝シャトルワース宛 一八五五年一月五日（金）付……………………2317
943　エレン・ナッシー宛 一八五五年一月一九日（金）付…………2319
944　アミーリア・テイラー宛 一八五五年一月二一日（日）付？…2322
945　レティシャ・ホイールライト宛 一八五五年二月一五日（木）付 ……………………………………2324
946　エレン・ナッシー宛 一八五五年二月二一日（水）付、あるいはそれ以降 …………………………2325
947　アミーリア・テイラー宛 一八五五年二月下旬付？ …………2327
948　アミーリア・テイラー宛 一八五五年三月上旬付？ …………2328
949　エレン・ナッシー宛 一八五五年三月上旬付？ ………………2330
アペンディクス …………………………2331
I　ロウ・ヘッド・ジャーナル ………2331
II　スミス・エルダー社ブック・リスト 一八五〇年三月一八日 ………2361
III　ある女性の才能と気質に関する骨相鑑定書 ……………………………2367
＊年譜 ……………………………………2375
＊あとがき（訳者）………………………2395
＊週日別書簡数、および頻度 …………… 6
＊宛名別書簡番号 ……………………… 1

シャーロット・ブロンテ 全詩集

彩流社
全2巻
2014年9月
（ヴィクター・A.ノイフェルト編,
中岡洋訳）

※上・下巻でページが連続している。

上

〔2014年9月1日〕刊

＊謝辞 …… 6
＊省略符号一覧 …… 8
＊原稿所蔵箇所一覧 …… 11
＊シャーロット・ブロンテの未発表詩作品を収めている出版本 …… 14
＊序文 …… 19
　＊テクスト …… 22
　＊シャーロットの詩人としての経歴 …… 45
　＊テクストのレイアウト …… 62
詩作品 …… 65
　1 （ああ いつになったら ぼくらのすばらしい国土は自由（フリー）になるのか） …… 66
　2 （この光の妖精の国には） …… 67
　3 （見よ われらが頼もしき隊長たちがやって来る） …… 70
　4 「居酒屋の内部 ヤング・スールト著」 …… 71
　5 「グラス・タウン U T著 グラス・タウン」 …… 75
　6 「サハラ砂漠で 美しい銅像と その傍らにワインがなみなみと灌がれている貴重な黄金の壷を見て」 …… 79
　7 「魔神国を去るに際して古代ブリトン人が歌う歌 U T著」 …… 81
　8 「魔神の園を見て U T著」 …… 84
　9 「おまえの旅籠（はたご）で見出されて」 …… 87
　10 「万国の塔に呼びかけて」 …… 89
　11 「日の入り」 …… 91
　12 「日の出」 …… 93
　13 「グレート・グラス・タウン湾のうえで」 …… 95
　14 「本誌譲渡に際してある弁護士によって語られた詩行」 …… 98
　15 「同じとき退屈さに飽き飽きした人による詩行」 …… 100
　16 「スペインにおける収穫」 …… 103
　17 （楽しいイングランド 栄光の国よ） …… 104
　18 （わたしは みどりの森を さまよっていた） …… 107
　19 「教会墓地 わたしの わたしの ある詩」 …… 108
　20 「グラス・タウンの知識階級のために催された晩餐会の席でものす 晩餐会には現代のすべての偉人たち すなわち陸軍軍人 海軍軍人 詩人 画家 建築家 政治家 小説家 ロマンス作家らが出席した」 …… 112
　21 「イングランド北部のある高い山の頂きにてものす」 …… 116
　22 「哀れな囚われ人 マリー著」 …… 120
　23 （大学が嫌になった ぼくは家に帰りたい） …… 122
　24 「冬 短詩 C.ブロンテ著」 …… 124
　25 「喜び 短詩」 …… 127
　26 「韻文 ロード・チャールズ・ウェルズリー著」 …… 131
　27 （ああ ありがたや 穏やかに昇る朝日よ） …… 132
　28 「まぼろし 短詩」 …… 134
　29 （ああ 今夜 アーサーはどこへ行ったのだろう） …… 139
　30 （森へ 荒れ野へ） …… 140
　31 （誇らかに太陽は 休息するため） …… 142
　32 「断章」 …… 145
　33 （いま美しく 金色の太陽は照りわたる） …… 146
　34 「夕べの散歩 変則詩 ドゥアロウ侯爵2世著」 …… 148
　35 「ミス・ヒュームの夢」 …… 164
　36 （銀（しろがね）の月よ おまえは 真夜中の空に） …… 169
　37 （わたしはおまえのやさしい呼び声に従う） …… 171
　38 （島の人々の劇4巻） …… 172

39 「コーカサス山脈の河 アラグァ河によせる詩行 D著」……………… *172*
40 「朝 ドゥアロウ侯爵著」………… *175*
41 （ああ 空の霊たちがそこにいて）……………………………… *179*
42 「歌 ロード・ウェルズリー著」… *181*
43 （死神がやって来ました わたしは彼の力を感じます）……………… *188*
44 「万国の塔の武器庫のなかに 三箇所／その痕跡を誰も消すことができなかった／はっきりとした血の跡が付いた／古代の短剣を見て／ドゥアロウ侯爵著」……………… *189*
45 「旅人の瞑想 ドゥアロウ侯爵」… *192*
46 （急いでワインの盃を持って来て）……………………………… *196*
47 「終刊の辞」……………………… *199*
48 （ぼくはあなたのことを想う 月影が）……………………………… *200*
49 （長い間 わたしは気遣わしい耳を欹てていた）……………………… *202*
50 「ヤング・マン・ノーティーの冒険」……………………………… *204*
51 「菫 シャーロット著」…………… *207*
52 「ド・ライル画―のポートレートを見てものした詩行」……………… *220*
53 「晩禱」…………………………… *223*
54 「朝禱」…………………………… *226*
55 「頂戴したいと頼まれていたぼくのポートレートといっしょに贈るレディ・ゼノビア・エルリントンに呼びかける詩行 ドゥアロウ侯爵著」……………………………… *230*
56 「無視された天才の運命についての瞑想」…………………………… *233*
57 「セレナード」…………………… *238*
58 （貝殻のなかに隠された真珠（パール）は）…………………………… *241*
59 （いまは夕暮れ あの豊かな太陽の光は 織り込まれた迫持型の）…… *242*
60 （いま 俄雨の最後の滴が落ちて）……………………………… *254*
61 （よく聞け ああ！ 死すべき定めの人間よ 蒼白い月影の下）……… *257*
62 「断章」…………………………… *260*
63 （喇叭（トランペット）は鳴り響いたその声は南の平原から）…………… *270*
64 「1831年12月25日」……………… *275*
65 「婚礼」…………………………… *279*
66 （彼は行ってしまった 壮麗さはすっかり山から消え去った）……… *285*
67 「パトモス島の聖ヨハネ」………… *287*
68 「有名なビューイックについての詩行」……………………………… *291*
69 （殺害された王室の最後の末裔よ）……………………………… *297*
70 （おお ハイル湖よ！ おまえの波はバビロンの流れのようだ）…… *301*
71 （ジュスティーンよ おまえのもの言わぬ墓のうえで 夕べの露が泣いている）…………………………… *302*
72 （燦めく大理石の麗しき像が立ち並ぶ）…………………………… *305*
73 （全能の神よ 瀕死の叫び声を鎮め給え）…………………………… *308*
74 （悩みを払いのけよう）………… *311*
75 （イーマラはでかいもうもう咆えまくる牛）………………………… *312*
76 「スイス移民の帰国」…………… *313*
77 「セレナード」…………………… *315*
78 （おお 風よ 大洋のうえを）…… *317*
79 （彼の父親の館のなかで 嘆きの声を響かせよ）…………………… *320*
80 （夜はしんしんと静かに降りてきた）……………………………… *322*
81 （おお！ 誰が霊の住む塔のまわりに立ちこめる）………………… *325*
82 「赤十字の騎士」………………… *327*
83 「ヨーク・ヴィラの庭園の泉の畔で書かれた詩行」………………… *331*
84 （暗い荒海の岸辺を）…………… *333*
85 （暗いのは死者たちの住まう館）……………………………… *335*
86 （悲しみの響きは それぞれ 夏の空のうえに）……………………… *336*
87 「獅子王（クウル・ド・リオン）リチャードとブロンデル」…………… *348*
88 （月はおもむろに夕暮れの薄闇のなかを昇りはじめ）……………… *358*
89 （いかなる文字で）……………… *363*
90 （古代神話の神々は 薄闇と嵐のなかに起ち上がる）………………… *364*
91 （わたしの姫君（レディ）は 燦めく館を満たす）………………………… *367*

92 （微風（ゼファー）の軽やかな翼は咲き誇る薔薇の花園じゅうを）…… 369
93 （一日は終わった あの幽霊のように朧な太陽の）…… 370
94 「ダリウス・コドマヌスの死」…… 377
95 「ヘンリー・パーシーの運命についての詩連」…… 390
96 （おお おまえ自身の息子が おまえのもっとも気高い生まれの息子が）…… 407
97 「アングリア人のための国民的頌」…… 411
98 （死神の河波は）…… 415
99 「サウル」…… 417
100 （地下聖堂 身廊 内陣を通り過ぎ）…… 421
101 「双子万歳！」…… 429
102 （信仰のために死んでゆく殉教者を嘆け）…… 433
103 （ジェフリー わたしの雉鳩よ さようなら）…… 437
104 「想い出」…… 438
105 （朝はまだ爽やかさに包まれていた）…… 440
106 （わたしたちは子どものころ織り物を）…… 443
107 （さあ お出で ぼくはひとり 一日の騒々しい騒めきは）…… 455
108 （わたしはよく憶えている ずっと昔）…… 456
109 （すべては変化だ！ 夜 晝）…… 481
110 「手負いの牝鹿」…… 482
111 「理性」…… 484
112 （もう一度だけ もう一度だけ）…… 487
113 （わたしは自由な手と 愉しい心をもっている）…… 506
114 （細道は 夏の真夜中 馨しい匂いだった）…… 508
115 （チャペルは建って 道を見守っていた）…… 509
116 （そしてあなたが私の許を去って行ったとき そのとき私はどんな思いを抱いたか）…… 512
117 （胸のうちを覗き込んで 何が見えるか言ってごらん）…… 545
118 （さあ 一日の骨折り仕事は終わった うまくいった）…… 546
119 （敵陣への突撃は）…… 572
120 （尾長鴨（レディー・バード）よ！ 尾長鴨よ！ 飛んでお帰り）…… 573
121 (a) （わたしは母の顔を探して）…… 585
121 (b) 「シャーロット・ブロンテ 1837年1月17日」…… 587
122 (a) （そしてほとんどの者は感じなかった 復讐の鋼を）…… 588
122 (b) （わたしは子ども時代についてもうこれ以上は語れない）…… 590
123 （夢は 夢 だ）…… 591
124 （看護婦は 金持ちは眠っていると 思った）…… 592
125 （1846年詩集所収の「ピラトの妻の夢」第7〜12行の初期草稿）…… 592
126 （ほら 見てごらん 妻よ 雲は雪がいっぱいだ）…… 593
127 （1846年詩集所収の「フランセス」第213〜27行の初期草稿）…… 596
128 （夜 寝ついて 眠るとき）…… 596
129 （開き窓のそばの木々は 露に濡れ）…… 600
130 （彼は眠ることができなかった！ 戦場の臥所は）…… 603
131、132 （1846年詩集所収の、1837年5月12日、および15日付、「教師の独り言」の初期草稿）…… 605
133 （この金の指輪は真珠を鏤めて）…… 605
134 （1846年詩集所収の、1837年5月29日付「背教」の初期草稿）…… 613
135 （わたしの孤独に付ものの あの落ち着きのない眼に）…… 613
136 （いまはこのような時刻ではない）…… 615
137 （またしても わたしは独りぼっち するといつも）…… 617
138 （西国の夢よ！ 荒野は荒れていた）…… 619
139 （1846年詩集所収、1837年5月14日付「詩連」のより早い初期草稿）…… 622
140 （これがわたしのお墓ですか この粗末な石が）…… 622

141 （1846年詩集所収の、1837年6月付「手紙」の初期草稿）………… 627
142 （1846年詩集所収の、1837年6月付「形身の品々」の初期草稿2編）………… 627
143 （どうしてわたしたちは「希望の星」がほほ笑むのを止めてしまった）………… 627
144 （この世のいかなる竪琴も わたしの想いに似た）………… 630
145 （彼女はその日の夕べ 独りきりだった―そして）………… 631
146 （1846年詩集所収の、1837年7月11日付「予感」の初期草稿）………… 634
147 （わたしは子どものころ 人生がわたしのために門を開いてくれる日）………… 634
148 （ああ ぼくが いまあなたのまわりに輝く）………… 636
149 （1846年詩集所収の「悔悟」の初期草稿）………… 637
150 （いまは追憶にすぎない）………… 637
151 「あるキリスト教徒の死によせる詩連」………… 640
152 （いま慰めを求めてこちらにふり向いてはいけない）………… 641
153 「わたしの」………… 643
154 （されど お眠りください わが殿さま そして わかってください）………… 648
155 (a) （ずっと ずっと 昔―苦痛の重みが）………… 649
155 (b) （わたしはもうこれ以上は求めない―というのは 大地の与えられるすべてが）………… 649
155 (c) （真夜中が この広々とした圓天井型の 大広間に）………… 649
155 (d) （丘のうえ 森のうえに―夕暮れの鐘は）………… 650
156 （彼女は たった一人で佇みながら 広いテラスのうえ）………… 651
157 （1846年詩集所収の「妻の意志」の初期草稿）………… 652
158 (a) （人生をとおしてこれまでわたしの道は）………… 652
158 (b) （ロウウッドの声がひそひそ話す）………… 653
159 （そして彼女は円柱の立ち並ぶ大広間から）………… 655
160 （1846年詩集所収の「冬の蓄え」の初期草稿）………… 656
161 （1846年詩集所収の「夕べの慰め」の初期草稿）………… 656
162 （聖なるセント・キプロスよ！ あなたの潮路は）………… 656
163 「ああ！ ぼくのことは放っておいてくれ」………… 657
164 （1846年詩集所収の、1838年1月29日付「別れ」の初期草稿）………… 663
165 （侵略者の噂はザモーナじゅうに流れた）………… 663
166 「包圍された町」………… 665
167 「ガゼムバでの閲兵式―1838年7月7日」………… 667
168 （いまは晝寝の気だるい時間）………… 672
169 （フィディーナの大聖堂の下に）………… 675
170 （どうしてあなたは佇んでいるのですか そしてどうしてあなたはさまよっているのですか）………… 677
171 （おまえの母さんは乳搾り場 おまえの父さんは畑に出て）………… 678
172 （控えの間は黙して 静まり）………… 679
173 （そしてその想いとともに 訪れたのは）………… 680
174 （1846年詩集所収の、1839年3月26日付「人生」の初期草稿）………… 683
175 （いつもあるとはかぎらないのが）………… 683
176 （麗しき乙女よ そなたの運命はさらによきもの）………… 685
177 （あなたのオリヴァーにはローラン）………… 686
178 （1846年詩集所収の、1841年12月12日付「情熱」の初期草稿）………… 689
179 （項垂（うなだ）れる茎に 美しい花が）………… 689
180 （最初 わたしのほうが注目し）………… 692
181 （1846年詩集所収の、「ギルバート」第2部、第3部の初期草稿）………… 697
182 （「『教授』所収の「わたしは 最初 厳しい注目を注いだ」の初期草稿）………… 698

183(a)　(1週間前 長月(ながつき)が死んで 神無月(かみなづき)の月が始まった)……698
183(b)　(わたしの両親は今朝早く遠くの町へ出かけて行った)……700
184　(早々と深い睡眠(まどろみ)に包まれて)……701
185　「ギルバート」……704
I　(庭)……704
II　(居間)……711
III　(帰宅)……722
186　「好み」……728
187　「宣教師」……732
188　「森」……740
189　「ピラトの妻の夢」……749
190　「フランセス」……759
191　「教師の独り言」……774
192　「背教」……779
193　「詩連(スタンザズ)」……784
194　「手紙」……787
195　「形身の品々(メメントウウズ)」……792
196　「予感」……807
197　「悔恨」……812
198　「妻の決意」……814
199　「冬の蓄え」……818
200　「夕べの慰め」……821
201　「別れ」……824
202　「人生」……826
203　「情熱」……828
204　「ハワース クリスマス・デイ」……831
205　(わたしは 最初 厳しい注目を注いだ)……832
206　(わたしはいま引き返しさえすればよかった)……841
207　(家は静かだった一部屋は静かだった)……842
208　(足はひりひり 手足はだるい)……843
209　(かつて胸が感じたいちばん真実な愛は)……845
210　(彼はわたしの心の悲しみを見わたしの魂の苦しみを発見した)……848
211　「〔1848年〕12月23日」……851
212　「〔1848年〕12月24日」……851
213　「1849年6月21日」……854
＊タイトル・第一行一覧(詩作品)……857
＊タイトル・第一行一覧(翻訳詩)……878

下

2014年9月1日刊

アペンディクス A　翻訳詩……887
214　「ヴォルテール作『アンリアード』第1巻 フランス語から翻訳」……888
215　「孤児」……912
216　「ナポレオン」……917
217　「渦潮に潜った男」……921
218　「ハプスブルグ伯爵」……931
219　「スコットランドの山男の挽歌」……938
220　「乙女の嘆き」……940
221　「アルプスの狩人」……941
222　「トッゲンブルグの騎士」……944
223　「インド人の死を悼む葬儀の歌」……948
224　「剣士」……951
アペンディクス B　紛失した詩作品……953
アペンディクス C　作者が特定できない作品項目……957
アペンディクス D　グラス・タウン／アングリア人名地名解説……969
＊詩作品註解……993
＊シャーロット・ブロンテ、生涯と作品(芦澤久江)……1209
＊シャーロット・ブロンテ年譜……1259
＊訳者あとがき(中岡洋)……1421
＊詩番号 タイトル・第一行索引……1

ジャン・パウル中短編集

九州大学出版会
全2巻
2005年9月～2007年4月

第1巻（恒吉法海訳）
2005年9月5日刊

『ビエンロートのフィーベル』の著者
　フィーベルの生涯 ………… 1
カンパンの谷あるいは魂の不死について並びに教理問答の十戒の下の木版画の説明 ………… 209
　＊前置き ………… 211
　カンパンの谷 ………… 215
　教理問答の十戒の下の木版画の説明‥ 273
ジャン・パウルの手紙とこれから先の履歴 ………… 355
推定伝記 ………… 453
＊訳注 ………… 509
＊解題 ………… 535
＊あとがき ………… 551

第2巻（恒吉法海, 嶋﨑順子, 藤瀬久美子訳）
2007年4月25日刊

カッツェンベルガー博士の湯治旅―改訂小品の抜粋と共に（恒吉法海, 嶋﨑純子訳） ………… 1
　第一小巻 ………… 3
　小品
　　一　一八〇〇年の元旦に早朝説教師ダーヒアによって太陽の即位式の開始前と式典の間に行われた忠誠表明の説教 ………… 60
　　二　ヘーベルのアレマンの詩について ………… 67
　　三　原ドイツ的洗礼名の薦め ………… 70
　　四　シェーラウ侯の今は亡きやんごとなき胃に捧げられたフェンク博士の弔辞 ………… 75
　　五　死後の死について、あるいは誕生日 ………… 83
　第二小巻 ………… 97
　小品
　　一　眠り込むためのテクニック（『エレガントな世界のための新聞』から） ………… 161
　　二　左耳が聞こえないという幸福‥ 175
　　三　破壊 ある幻視 ………… 181
　第三小巻 ………… 191
　小品
　　一　ルターの記念碑のためのムズルスの要望 ………… 231
　　二　シャルロット・コルデについて―七月十七日の半談話 ………… 253
　　三　ポリュメーター［多韻律詩］‥‥ 280
ジャン・パウル作、巨大女神像の頭蓋の下での伝記の楽しみ―一つの精霊物語（恒吉法海訳） ………… 287
　諷刺的付録 諷刺的付録への序言あるいは被告人ジャン・パウルに対する、彼の諷刺、論考、脱線に関する、原告、読者の件での略式手続きの裁判文書からの抜粋 ………… 365
　第一の付録 オーバーゼースのサラダ教会堂開基祭あるいは他人の虚栄心と自らの謙虚さ ………… 379
自伝（藤瀬久美子訳） ………… 423
＊訳注 ………… 491
＊解題 ………… 511
＊あとがき ………… 539

シュティフター・コレクション
松籟社
全4巻
2006年5月〜2008年12月

第1巻　石さまざま 上（高木久雄, 林昭, 田口義弘, 松岡幸司, 青木三陽訳）
2006年5月31日刊

＊序文（青木三陽訳）………… 9
＊はじめに（松岡幸司訳）………… 17
花崗岩（林昭訳）………… 21
石灰石（高木久雄訳）………… 63
電気石（田口義弘訳）………… 139
＊シュティフター―その生涯と作品（松岡幸司）………… 195

第2巻　石さまざま 下（田口義弘, 松岡幸司, 青木三陽訳）
2006年5月31日刊

水晶（田口義弘訳）………… 9
白雲母（青木三陽訳）………… 81
石乳（松岡幸司訳）………… 159
＊『石さまざま』について（林昭）………… 193

第3巻　森ゆく人（松村国隆訳）
2008年5月31日刊

森ゆく人 ………… 9
わたしの生命／自伝的断片 ………… 131
＊訳注 ………… 140
＊訳者覚書 ………… 142

第4巻　書き込みのある樅の木（磯崎康太郎編訳）
2008年12月24日刊

高い森 ………… 7
書き込みのある樅の木 ………… 145
最後の一ペニヒ ………… 205
クリスマス ………… 213
＊訳注 ………… 226
＊森の鼓動―シュティフター・コレクション第四巻について（磯崎康太郎）………… 237

シュトルム全集

村松書館
全10巻
1984年9月～2003年4月
（柴田斎訳）

※出版者廃業のため、1～3, 7～8巻で中絶

第1巻　詩・メルヒェン

1995年10月5日刊

詩 …… 7
『詩集』第一部から …… 9
十月の歌 …… 10
遠く離れて …… 12
クリスマスの歌 …… 14
夏の真昼どき …… 16
町 …… 18
海辺 …… 20
森の中 …… 22
エリーザベト …… 24
竪琴ひきの娘の歌 …… 26
小夜啼鳥 …… 27
民謡風に …… 29
レギーネ …… 32
緑の葉 …… 33
白い薔薇 …… 34
ローゼ …… 38
またしても！ …… 39
その時はきたけれど …… 40
晩になると …… 42
僕は感じる、人生が流れてゆくのを …… 43
ヒヤシンス …… 45
君は口には出さないけれど …… 47
たそがれどき …… 49
女の手 …… 50
時は流れて …… 51
やさしく君を呼んではみたが …… 52
君は眠っている …… 54
兄と妹 …… 55
月の光 …… 61
ルーツィエ …… 63
死んだ女(ひと)に …… 65
異国の女(ひと) …… 68
恋愛訓 …… 69
少女 …… 70
ああ、心地よい無為のひととき …… 71
愛の腕に抱かれたことのある人は …… 72
僕にだけはやさしく、そして愛らしく …… 73
僕の両目をつむらせて …… 74
批評 …… 75
朝に …… 76
夜に …… 77
子供たち …… 78
秋に …… 80
おお、死者たちに誠実であれ …… 82
不快なときに …… 85
たとえそれが大きな苦しみであっても …… 86
猫のこと …… 87
深い溜息 …… 90
朝早く …… 91
湿地にて …… 92
森へゆく道―断片 …… 93
春の夜 …… 96
懐疑 …… 99
二月 …… 100
三月 …… 101
四月 …… 102
五月 …… 103
七月 …… 104
八月 …… 105
庭で …… 106
おいで、いっしょに遊ぼう …… 107
秋 …… 108
樅の木の陰で …… 111
復活祭 …… 112
一八五〇年秋に …… 115
海辺の墓 …… 118
あるエピローグ …… 122
一八五一年一月一日 …… 124
死神の合図 …… 125
クリスマスイブ …… 130
別れ …… 132
息子たちに …… 135
十字架像 …… 137
ゼーゲベルクにて …… 138

なぐさめ …… 141
君はまだ覚えているだろうか …… 142
君がそうさせてくれたのだ …… 144
誕生日に …… 145
眠れないままに …… 146
みずうみ …… 147
サンタクロース …… 148
婚礼前夜の花嫁に …… 151
末っ子に …… 153
最期のきざし …… 154
みなし子 …… 155
道に迷って …… 156
老人の格言 …… 158
失ったもの …… 160
夜のささやき …… 162
荒野をゆくと …… 163
アグネス・プレラーに …… 164
『詩集』第二部と『拾遺詩集』から … 165
ミルテ …… 166
なでしこ …… 167
乞食の恋 …… 168
四行詩 …… 169
竪琴ひきの娘 …… 171
たそがれどき …… 173
疑い …… 174
最後の宿り …… 175
かもめと僕の心 …… 177
消えてゆく！ …… 178
出会い …… 179
秋の午後 …… 180
メルヒェン …… 182
白雪姫 …… 185
力持のハンス …… 207
だだっ子ヘーヴェルマン—子供のためのメルヒェン …… 221
ヒンツェルマイアー—思索的物語 …… 229
雨姫 …… 273
ブーレマンの家 …… 321
ツィプリアーヌスの鏡 …… 355
＊解題 …… 395

第2巻　小説 1
1984年9月25日刊

マルテと時計 …… 5
広間にて …… 17
みずうみ …… 29
忘れ咲き …… 79
緑の葉 …… 87
陽を浴びて …… 111
アンゲーリカ …… 133
林檎が熟れると …… 167
ある農場の話 …… 175
遅咲きの薔薇 …… 225
広場の向こう …… 243
ヴェローニカ …… 281
館の女 …… 303
＊解題 …… 375

第3巻　小説 2
1994年9月5日刊

学生時代 …… 5
樅の木の下で …… 99
市井を離れて …… 139
海の彼方から …… 185
聖ユルゲン養老院 …… 253
画家エッデ・ブルンケン …… 315
島へ渡る …… 363
＊解題 …… 405

第7巻　小説 6
1997年6月20日刊

父と子 …… 5
隠しごと …… 109
グリースフース年代記 …… 207
＊解題 …… 347

第8巻　小説 7
2003年4月10日刊

マルクスのこと …… 5
ヨーン・リーヴ …… 67
ハーデルスレフフース異聞 …… 161
桶屋の親方ダニエル・バッシュ …… 269
＊解題 …… 355

シュトルム名作集

三元社（発売）
全6巻
2009年5月～2013年2月
（日本シュトルム協会編訳）

第1巻

2009年5月20日刊

＊シュトルム文学への招待（田中宏幸）…… 5
マルテと彼女の時計（田中まり訳）…… 11
広間にて（小畠泰訳）…… 19
みずうみ（加藤丈雄訳）…… 29
アンゲリカ（加藤丈雄訳）…… 65
広場のほとり（小畠泰訳）…… 91
ヴェローニカ（田中まり訳）…… 119
ブーレマンの館（髙木文夫訳）…… 135
雨姫さま（永井千鶴子訳）…… 157
聖ユルゲンにて（渡邉芳子訳）…… 187
レーナ・ヴィース（田中まり訳）…… 231
荒地の村（松井勲訳）…… 243
人形つかいのポーレ（野原章雄訳）…… 275
静かな音楽家（田中宏幸訳）…… 327
水に沈む（深見茂訳）…… 361
＊訳者紹介 …… 436

第2巻

2009年10月30日刊

オーク屋敷（三浦淳訳）…… 5
市参事会員の息子たち（永井千鶴子訳）…… 45
キルヒ父子（須賀洋一訳）…… 87
ドッペルゲンガー（中島邦雄訳）…… 155
告白（加沼毅一訳）…… 219
白馬の騎手（宮内芳明訳）…… 269
＊解説・年譜・散文作品リスト …… 383
＊解説 シュトルム文学と故郷フーズム（松井勲）…… 384
＊シュトルム年譜（野原章雄）…… 391
＊シュトルム散文作品リスト（小畠泰）…… 407
＊あとがき 日本シュトルム協会について（田中宏幸）…… 419
＊訳者紹介 …… 422

第3巻

2011年2月10日刊

面影（田中宏幸訳）…… 5
小さなヘーヴェルマン―子供のメルヒェン（野原章雄訳）…… 11
みどりの木の葉（汐見薫訳）…… 17
陽を浴びて（小畠泰訳）…… 33
林檎の熟すとき（汐見薫訳）…… 49
遅咲きの薔薇（汐見薫訳）…… 57
館にて（加藤丈雄訳）…… 71
大学時代（須賀洋一訳）…… 123
もみの木の下で（永井千鶴子訳）…… 185
海の彼方より（永井千鶴子訳）…… 211
ツィプリアーヌスの鏡（野原章雄訳）…… 253
御雇い医術師–帰郷（深見茂訳）…… 279
島（ハリヒ）の旅（田中宏幸訳）…… 299
三色すみれ（青木美智子訳）…… 327
従弟クリスティアンの家で（田中まり訳）…… 361
プシューヒェ（小畠泰訳）…… 391
管財人カルステン（中村修訳）…… 427
＊あとがき（田中宏幸）…… 497
＊訳者紹介 …… 500

第4巻

2011年8月10日刊

レナーテ（松井勲訳）…… 5
森水喜遊館（小畠泰訳）…… 65
ビール醸造業者の家で（髙木文夫訳）…… 125
顧問官（松井勲訳）…… 157
沈黙（加沼毅一訳）…… 203
ヨーン・リーヴ（三浦淳訳）…… 261
ハーデルスレフフース砦の婚礼（深見茂訳）…… 321
桶屋のバッシュ（田中宏幸訳）…… 391
＊解説 シュトルム文学と社会批判―日本「市民」シュトルムを読む（深見茂）…… 447
＊訳者紹介 …… 458

第5巻

2012年1月30日刊

ヒンツェルマイアー―考えさせられる
　物語（野原章雄訳） ……… 5
炉辺にて（髙木文夫訳） ……… 35
豪農の館（須賀洋一訳） ……… 63
片辺（かたほとり）にて（中村修訳） ……… 97
ある画業（加藤丈雄訳） ……… 133
古の二人の甘党（田中宏幸訳） ……… 171
今とむかし（加沼毅一訳） ……… 179
森蔭荘物語（深見茂訳） ……… 211
左隣の家で（松井勲訳） ……… 265
子供たちと猫について、そして子供た
　ちがウサギのニーネを埋葬したこと
　（野原章雄訳） ……… 297
グリースフース年代記（三浦淳訳） ……… 307
むかし王女と王子あり（田中まり訳） ……… 401
＊シュトルム小説散文邦訳作品リスト
　（小畠泰） ……… 441
＊あとがき（田中宏幸） ……… 477
＊訳者紹介 ……… 479

第6巻

2013年2月10日刊

詩集（加藤丈雄訳） ……… 11
　第一部 ……… 15
　　十月の歌 ……… 17
　　かなたにて ……… 18
　　クリスマスキャロル ……… 20
　　夏の真昼 ……… 21
　　街 ……… 22
　　海辺 ……… 23
　　森の中 ……… 24
　　エリーザベト ……… 25
　　竪琴弾きの娘の歌 ……… 26
　　小夜鳴鳥（ナイチンゲール） ……… 27
　　民謡ふうに ……… 28
　　レギーネ ……… 30
　　緑のひと葉 ……… 31
　　白い薔薇 ……… 31
　　運命（さだめ） ……… 33
　　また、ふたたび！ ……… 34
　　時は告げられた ……… 35
　　夜に（なぜ、アラセイトウは夜） ……… 36
　　痛いほど感じているよ、人生は流
　　　れていくと ……… 37
　　ヒアシンス ……… 38
言葉にしないけれど ……… 39
たそがれどき（ソファーに君） ……… 40
女の手 ……… 40
時は過ぎ ……… 41
やさしく君に呼びかけてみても ……… 42
君は眠っている ……… 44
〈ひとつの墓が物語るのは数多く
　の場所〉 ……… 44
兄いもうとの血 ……… 45
月の光 ……… 48
ルーツィエ ……… 49
死せる女（ひと）に ……… 51
よそから来た娘 ……… 52
定理 ……… 53
小さな娘（こ） ……… 54
ああ、甘やかな無為のひととき ……… 55
愛の腕に抱（いだ）かれし者 ……… 56
さあ、ひそやかにやさしく、そし
　てあいらしく ……… 56
僕の両目をふさいでおくれ ……… 57
批判 ……… 58
朝に ……… 59
夜に（一日が終わった！） ……… 60
こどもたち ……… 61
秋に ……… 62
おやすみやす ……… 63
おお、死せる者たちを思い続けよ ……… 64
悪いときに ……… 65
たとえそれが大きな苦しみであっ
　たにせよ ……… 66
暫定政権 ……… 66
国家年鑑より ……… 68
よろしゅうおあがり ……… 70
猫たちのこと ……… 71
天使・結婚 ……… 73
深いため息 ……… 75
あけがたに ……… 76
海辺の沃野から ……… 77
役所の机 ……… 78
嵐の夜 ……… 78
森の道―断片 ……… 80
ある春の夜 ……… 82
疑念 ……… 84
二月 ……… 84
三月 ……… 85
四月 ……… 86

五月 …… 86
七月 …… 88
八月—告示 …… 89
庭で …… 89
おいで、さあ遊ぼう …… 90
秋 …… 91
樅の林の向こうに …… 93
夜明け前 …… 94
命名するに際し—ある鑑定書 …… 95
妖精(モルガーネ) …… 97
復活祭(イースター) …… 99
みやげ話をしたあとで …… 101
一八五〇年秋に …… 102
海辺の墓 …… 104
あるエピローグ …… 107
一八五一年一月一日 …… 109
死のしるしのもとに …… 109
クリスマス・イブ(見知らぬ街を) …… 113
別れ …… 115
我が息子たちに …… 117
十字架像 …… 119
ゼーゲベルクにて—断章 …… 120
なぐさめ …… 122
覚えているかい …… 123
それは君だった …… 124
誕生日に …… 125
眠れずに …… 126
庭の精 …… 127
イメンゼー …… 130
『緑のひと葉』 …… 131
余儀なき前口上 …… 132
従者ループレヒト …… 135
結婚前夜祭(ポルターアーベント)の花嫁に捧ぐ …… 137
花 …… 138
僕の末っ子 …… 139
ある小夜曲(セレナーデ) …… 140
貴族のご令嬢、ため息をついて …… 140
死にゆく人 …… 141
ならず者 …… 145
格言 …… 146
シュレースヴィヒの墓 …… 147
一八六四年 …… 150
答え …… 151
ある種の人間がいる …… 152
お役人 …… 153
〈僕らはまたラッパを吹き鳴らし〉 …… 154
終わりの始まり …… 155
深い影 …… 156
孤児(みなしご) …… 161
ゆきくれて …… 162
老齢の格言 …… 163
おんなたち・三行詩(リトルネル) …… 164
最愛のものを葬るのだ! …… 165
うしなわれ …… 166
夜のささやき …… 167
クラウス・グロートに …… 168
荒れ野をこえて …… 169
抒情詩の形式 …… 170
入ってはいけない …… 172
アグネス・プレラーに …… 174
新・バイオリンの歌(1〜10) …… 175
メルヘン …… 184
ブレーマンの館で …… 186
樅の王さま …… 189
白雪姫—メルヘン劇 …… 191
第二部　若書きの詩 …… 201
神さまの子供たち …… 203
梟 …… 204
澄んだ瞳の女の子 …… 205
友たちへ …… 207
銀梅花(ミルテ) …… 208
なでしこ …… 208
貴婦人へのお勧め …… 209
小夜曲(セレナーデ) …… 210
銀婚式によせて—お祝いの行列(パレード)より …… 211
物乞いの恋 …… 214
四行詩 …… 215
竪琴(ハープ)弾きの少女 …… 216
クリスマス・イブ(明るく照らされた窓に近づいて) …… 217
幼い恋 …… 219
夕ぐれどき(隣の部屋に僕と君は座っていた) …… 221
質問 …… 222
算数の授業 …… 222
最後の宿り …… 223
わかれ …… 225
角灯(ラテルネ)とともに …… 226

詩集 拾遺 …… 229
エマへ …… 231
ある美しい夏の夕べに …… 232
〈もうすぐ終わる。僕らの人生という夢が〉…… 233
人生 …… 234
愛の痛み …… 235
〔コンスタンツェの誕生日に〕…… 237
ねえ、しっかりしているかい君は… 238
赤い薔薇 …… 239
神秘（ミステリウム）…… 240
メールヒェン …… 243
熊の子ハンス（野原章雄訳）…… 245
随想集 …… 255
昔（いにしえ）のフーズム市民対悪魔・刑吏たちの記録（深見茂訳）…… 257
初期散文 …… 287
セレステ 空想物語（三浦淳訳）…… 289
樽の中の小話（田中まり訳）…… 293
構想と断片 …… 303
ジルト島物語（深見茂訳）…… 305
死刑執行の鐘（松井勲訳）…… 310
評論・序文から …… 321
テーオドール・フォンターネ（三浦淳訳）…… 323
クラウス・グロート『クヴィックボルン』第二部（高木文夫訳）…… 336
演奏会批評二編（田中宏幸訳）…… 340
一　フーズム週刊新聞 一八七一年一月十七日付 …… 340
二　フーズム週刊新聞 一八七一年五月十日付 …… 341
公表されなかった序文（一八八一年）（田中宏幸訳）…… 342
自伝的散文など …… 345
幼年時代の想い出（加沼毅一訳）…… 347
ムミー家のこと（永井千鶴子訳）…… 368
フェルディナント・レーゼの思い出（田中宏幸訳）…… 374
メーリケの思い出（小畠泰訳）…… 381
日記より …… 401
学生時代（永井千鶴子訳）…… 403
＊あとがき（田中宏幸）…… 414
＊『詩集』（第一部・第二部、および拾遺作品）索引 …… 422
＊シュトルム名作集作品（I〜VI巻）総索引 …… 425
＊訳者紹介 …… 426

ジョルジュ・サンド セレクション

藤原書店
全9巻, 別巻1巻
2004年10月～
（M.ペロー, 持田明子, 大野一道責任編集）

※刊行中

第1巻　モープラ―男を変えた至上の愛（小倉和子訳）
2005年7月30日刊

モープラ―男を変えた至上の愛 …………… *3*
＊訳者解説（小倉和子）…………………… *491*

第2巻　スピリディオン―物欲の世界から精神性の世界へ（大野一道訳・解説）
2004年10月30日刊

スピリディオン―物欲の世界から精神性の世界へ ……………………………… *3*
＊本書を完成するまでの経緯（いきさつ）‥ *5*
＊訳者解説（大野一道）…………………… *315*

第3巻　歌姫コンシュエロ―愛と冒険の旅 上（持田明子, 大野一道監訳, 持田明子, 大野一道, 原好男訳）
2008年5月30日刊

歌姫コンシュエロ―愛と冒険の旅 上 …… *7*
＊地図―コンシュエロの旅 ……………… *737*

第4巻　歌姫コンシュエロ―愛と冒険の旅 下（持田明子, 大野一道監訳, 持田明子, 大野一道, 原好男, 山辺雅彦訳）
2008年6月30日刊

歌姫コンシュエロ―愛と冒険の旅 下 … *737*
＊監訳者あとがき（持田明子）…………*1340*

第5巻　ジャンヌ―無垢の魂をもつ野の少女（持田明子訳・解説）
2006年6月30日刊

ジャンヌ―無垢の魂をもつ野の少女 …… *3*
＊作品解題（ジョルジュ・サンド）…. *421*
＊訳者解説（持田明子）…………………… *424*

第6巻　魔の沼―ほか（持田明子訳）
2005年1月30日刊

魔の沼 …………………………………………… *5*
〈付録〉1 田舎の結婚式 ………………… *143*
〈付録〉2 衣装渡し ………………………… *153*
〈付録〉3 婚礼 ……………………………… *164*
〈付録〉4 キャベツ ………………………… *174*
マルシュ地方とベリー地方の片隅―ブサック城のタピスリー ……………… *187*
ベリー地方の風俗と風習 ……………… *201*
＊訳者解説（持田明子）…………………… *219*

第7巻　黒い町（石井啓子訳）
2006年2月28日刊

黒い町 …………………………………………… *3*
＊訳者解説（石井啓子）…………………… *261*

第8巻　ちいさな愛の物語（小椋順子訳）
2005年4月30日刊

ピクトルデュの城 ………………………… *5*
女王コアックス …………………………… *115*
バラ色の雲 ………………………………… *151*
勇気の翼 …………………………………… *197*
巨岩イエウス ……………………………… *303*
ものを言う樫の木 ………………………… *357*
犬と神聖な花 ……………………………… *401*
花のささやき ……………………………… *455*
埃の妖精 …………………………………… *471*
牡蠣の精 …………………………………… *489*
＊訳者解説（小椋順子）…………………… *503*

第9巻　書簡集1812–1876（持田明子, 大野一道編・監訳・解説）
2013年7月30日刊

＊序―サンド書簡の意味（持田明子）…… *1*
I　ノアン―青春時代 1812–1821 ………… *23*

モーリス・デュパン夫人宛［ノアン、一八一二年］……25
エミリ・ド・ヴィスム宛［ノアン、一八二〇年一〇月］……26
エミリ・ド・ヴィスム宛［ノアン、一八二一年一月］……29
アポロニ・ド・ブリュージュ宛［ノアン、一八二一年春］……30
エミリ・ド・ヴィスム宛 ノアン、［一八二一年］九月一七日……31
モーリス・デュパン夫人宛 ノアン、一八二一年一一月一八日……32
II　結婚生活の幸せと幻滅 1823–1831……39
カジミール・デュドヴァン宛［パリ］水曜夜、［一八二三年七月二九日］……41
モーリス・デュパン夫人宛 バニェール、一八二五年八月二八日……43
カジミール・デュドヴァン宛［ギユリ］、一八二五年一一月［一五日］……48
ジュール・ブコワラン宛［ノアン、一八三〇年］七月三一日、夜一一時……50
シャルル・ムール宛［ノアン、一八三〇年九月一七日］……54
ジュール・ブコワラン宛［ノアン、一八三〇年一二月一日］水曜日［あるいは三日、金曜日］……59
カジミール・デュドヴァン宛［パリ、一八三一年一月八日］……62
カジミール・デュドヴァン宛［パリ、一八三一年一月一五日］……63
モーリス・デュパン夫人宛［パリ、一八三一年］一月二一日……66
ジュール・ブコワラン宛［パリ、一八三一年三月四日］……67
ジュール・ブコワラン宛［パリ、一八三一年三月七日］……69
モーリス・デュドヴァン宛［パリ、一八三一年七月一六日］……70
カジミール・デュドヴァン宛［パリ、一八三一年七月二〇日］……72
III　パリ―〈ジョルジュ・サンド〉の誕生 1832–1833……73
イアサント・ド・ラトゥシュ宛［パリ、一八三二年四月七日］……75
オノレ・ド・バルザック宛［パリ、一八三二年五月一七日あるいは一八日］……75
シャルル・デュヴェルネ宛［パリ、一八三二年五月二一日］……76
サント＝ブーヴ宛［パリ、一八三三年三月一〇日］……80
プロスペール・メリメ宛［パリ、一八三三年三月二八日］……82
フランソワ・ビュロ宛［パリ、一八三三年三月…］……83
フランソワ・ビュロ宛［パリ、一八三三年五月二九日］水曜日……84
エティエンヌ・ピヴェール・ド・セナンクール宛［パリ、一八三三年六月二〇？　日］……84
アルフレッド・ド・ミュッセ宛［パリ、一八三三年六月二四日］……85
ダヴィド・ダンジェ宛［パリ、一八三三年七月六日以降］……86
マリ・ドルヴァル宛［パリ、一八三三年七月一八日］……87
フランソワ＝ルネ・ド・シャトーブリアン宛［パリ、一八三三年八月一四日頃］……89
モーリス・デュパン夫人宛［パリ、一八三三年一二月一二日］木曜日……90
IV　ヴェネツィアの恋 1834……91
ピエトロ・パジェッロ宛［ヴェネツィア、一八三四年二月五？　日］……93
ピエトロ・パジェッロ宛［ヴェネツィア、一八三四年二月？　日］……94
アルフレッド・ド・ミュッセ宛［ヴェネツィア、一八三四年三月二七？　日］……97
アルフレッド・ド・ミュッセ宛［ヴェネツィア、一八三四年］四月一五日［・一七日］……98
アルフレッド・ド・ミュッセ宛［ヴェネツィア、一八三四年五月二四日］……103
アルフレッド・ド・ミュッセ宛［ノアン、一八三四年九月七日頃］……107
V　芸術家たちの輪 1834–1837……111
サント＝ブーヴ宛 ノアン、［一八三四年］九月二四日……113
フランツ・リスト宛［パリ、一八三四年一一月七日］……114
サント＝ブーヴ宛［パリ、一八三四年一一月二五日］……115

ハインリヒ・ハイネ宛［パリ、一八三五年一月初］…… 116
ハインリヒ・ハイネ宛［パリ、一八三五年一月五日あるいは一二日］月曜日 …… 116
フランツ・リスト宛［パリ、一八三五年一月一八日］日曜日 …… 117
マルスリーヌ・デボルド＝ヴァルモール宛［パリ、一八三五年二月中旬まで］…… 118
フランツ・リスト宛［ノアン、一八三五年］四月二一日 …… 119
マリ・ダグー伯爵夫人宛［パリ、一八三五年九月末］…… 121
フェリシテ・ド・ラムネー宛［ノアン、一八三五年一二月二七日］…… 124
マリ・ダグー伯爵夫人宛［ブールジュ、一八三六年二月二六日（？）］…… 126
パリのサン＝シモン派のグループ宛［パリ、一八三六年四月二日］…… 129
ジャコモ・マイヤーベーア宛［パリ、一八三六年四月］…… 132
マリ・ダグー伯爵夫人宛［ラ・シャトル、一八三六年七月一〇日］…… 133
フランツ・リスト宛［ノアン、一八三七年二月一七日］…… 141
フェリシテ・ド・ラムネー宛 局留め ラ・シャトル［一八三七年二月二八日］…… 143
ミシェル・ド・ブールジュ宛［ノアン、一八三七年五月一日］…… 147
アダム・ミツキエヴィッチ宛［ノアン、一八三七年五月末］…… 147
ギュスターヴ・パペ宛［フォンテーヌブロー、一八三七年八月二四日］…… 150
ジャコモ・マイヤーベーア宛［ノアン、一八三七年一一月中旬］…… 151
エクトール・ベルリオーズ宛［ノアン、一八三七年一一月中旬］…… 152
VI ショパンとともに 1838–1847 …… 155
フレデリク・ショパン宛［パリ、一八三八年四月末］…… 157
ウジェーヌ・ドラクロワ宛［パリ、一八三八年五月一二日頃］…… 158
ヴォイチェフ・グジマーワ宛［ノアン、一八三八年五月末］…… 159
ハインリヒ・ハイネ宛［パリ、一八三八年八月二二日頃］…… 167
ウジェーヌ・ドラクロワ宛［パリ、一八三八年九月七？ 日］…… 167
アンナ・チャルトリスカ妃宛［パリ、一八三八年一〇月一七日］…… 169
クリスティーヌ・ビュロ宛［パルマ、一八三八年一一月］一二日月曜日［一四日水曜日］…… 169
［参考］ショパンからパリのユリアン・フォンタナ宛 パルマ、一八三八年一一月一五日 …… 172
シャルロット・マルリアニ宛［バルデモサ、一八三八年一二月二八日］…… 173
シャルロット・マルリアニ宛 バルデモサ、一八三九年一月二二日 …… 174
シャルロット・マルリアニ宛［バルセロナ、一八三九年二月一五日］… 176
カミーユ・プレイエル宛［マルセイユ、一八三九年四月二日］…… 178
ヴォイチェフ・グジマーワ宛［マルセイユ、一八三九年四月一三日］… 179
ドミニク・アングル宛［マルセイユ、一八三九年五月三日］…… 181
フランソワ・コヴィエール博士宛［アルル、一八三九年五月二三日］‥ 182
カミーユ・プレイエル宛［ノアン、一八三九年六月一〇日］…… 183
オノレ・ド・バルザック宛［ノアン、一八三九年七月二日頃］…… 184
フレデリク・ショパン、モーリス・デュドヴァン、ソランジュ・デュドヴァン宛［カンブレー、一八四〇年八月一三日］…… 186
アグリコル・ペルディギエ宛［パリ、一八四〇年八月二〇日］…… 187
アルフレッド・ド・ミュッセ宛［パリ、一八四〇年八月三〇日］…… 190
モーリス・デュドヴァン宛［パリ、一八四〇年九月二〇日］…… 191
アグリコル・ペルディギエ宛［パリ、一八四一年一月六日］…… 192
マリ・ド・ロジエール宛［パリ、一八四一年二月（？）］…… 193

マリ・ド・ロジエール宛［パリ、一八四一年四月一九日］…… 197
フェリシテ・ド・ラムネー宛［パリ、一八四一年五月一〇日］…… 195
フェリシテ・ド・ラムネー宛［パリ、一八四一年六月一一日あるいは一二日］…… 198
ウジェーヌ・ドラクロワ宛［ノアン、一八四一年八月二三？ 日］…… 199
ポリーヌ・ヴィアルド宛［ノアン、一八四一年九月初旬］…… 200
フランソワ・ビュロ宛［ノアン、一八四一年九月一五日］…… 204
アルフォンス・ド・ラマルティーヌ宛［パリ、一八四一年一二月半ば］…… 207
シャルル・デュヴェルネ宛［パリ、一八四一年一二月二七日］…… 212
サント＝ブーヴ宛［パリ、一八四二年一月二〇？ 日］…… 222
オノレ・ド・バルザック宛［パリ、一八四二年二月］…… 223
アダム・ミツキエヴィッチ宛［パリ、一八四二年四月三日］…… 224
オノレ・ド・バルザック宛［パリ、一八四二年四月一一日（？）］…… 225
シャルル・ポンシ宛［ノアン、一八四二年六月二三日］…… 226
マリ・ド・ロジエール宛［ノアン、一八四二年七月二一日］…… 233
オノレ・ド・バルザック宛［ノアン、一八四二年七月二四日］…… 233
アンリエット・ド・ラ・ビゴティエール宛［パリ、一八四二年一二月末］…… 235
シャルル・ポンシ宛［パリ、一八四三年］一月二一日…… 240
アルフォンス・ド・ラマルティーヌ宛［パリ、一八四三年一月二九日］…… 246
アダム・ミツキエヴィッチ宛［パリ、一八四三年三月末］…… 248
ウジェーヌ・シュー宛［パリ、一八四三年四月二〇日頃］…… 250
アダム・ミツキエヴィッチ宛［パリ、一八四三年五月五日］…… 252
ハインリヒ・ハイネ宛［パリ、一八四三年五月一〇日頃］…… 254
モーリス・デュドヴァン＝サンド宛［ノアン、一八四三年六月六日］…… 254
ポリーヌ・ヴィアルド宛［ノアン、一八四三年六月八日］…… 256
ピエール・ルルー宛［ノアン、一八四三年六月一五日以降］…… 257
ポリーヌ・ヴィアルド宛［ノアン、一八四三年六月一六日］…… 261
ピエール・ボカージュ宛［ノアン、一八四三年七月二〇日頃］…… 262
ヴォイチェフ・グジマーワ宛［ノアン、一八四三年一一月一八日］…… 263
シャルル・ポンシ宛［ノアン、一八四三年一一月二五日］…… 265
モーリス・デュドヴァン、フレデリク・ショパン宛［ノアン、一八四三年一一月二七日］…… 267
シャルル・デュヴェルネ宛［ノアン、一八四三年一一月二九日］…… 269
ウジェーヌ・シュー宛［パリ、一八四三年一二月］…… 271
シャルル・ポンシ宛［パリ］、一八四三年一二月二三日…… 272
ポリーヌ・ロラン宛［パリ、一八四四年一月三〇日］…… 275
オギュスト・フランショム宛［パリ、一八四四年五月二六日］…… 276
ユスティーナ・ショパン宛［パリ、一八四四年五月二九日］…… 277
フレデリク・ショパン宛［ノアン、一八四四年六月…］…… 278
ルイ・ナポレオン・ボナパルト公宛［ノアン、一八四四年一一月二六日］…… 278
ルイ・ブラン宛［パリ、一八四四年末（？）］…… 282
ルイ・ブラン宛［パリ、一八四五？年二月二〇日］…… 283
ベッティーナ・フォン・アルニム宛［パリ、一八四五年三月一八日］…… 284
ジュール・ミシュレ宛［パリ、一八四五年四月三〇日］…… 286
パリ大司教アフル猊下宛［ノアン、一八四五年九月一日］…… 288
フレデリク・ショパン宛［ノアン、一八四五年九月二〇日］土曜夜午前零時…… 292

マリ・ド・ロジェール宛［ノアン、一八四五年］一〇月一五日 …… 293
ピエール＝ジュール・エッツェル宛［ノアン、一八四五年］一一月一五日 …… 294
ルネ・ヴァレ・ド・ヴィルヌーヴ宛［ノアン、一八四五年一一月一八日あるいは一九日］…… 296
ルドヴィカ・イェドジェイェヴィチ宛［パリ、一八四六年三月］…… 299
テオドール・ルソー宛 ノアン、一八四七年五月七日 …… 300
ヴォイチェフ・グジマーワ宛［ノアン、一八四七年五月一二日］…… 302
エマニュエル・アラゴ宛［一八］四七年七月一八日に書き始め、二六日に書き終える …… 304
フレデリク・ショパン宛［ノアン、一八四七年七月二八日］水曜日 …… 309
ピエール＝ジュール・エッツェル宛［ノアン、一八四七年一〇月一七日］…… 310
ルイ・ブラン宛 ノアン、［一八］四七年一〇月三〇日 …… 312
VII 政治の季節 1847–1850 …… 315
ポリーヌ・ヴィアルド宛 ノアン、［一八］四七年一一月九日火曜日 …… 317
［参考］ポリーヌ・ヴィアルドの返事 ドレスデン、［一八四七年］一一月一九日 …… 319
ピエール＝ジュール・エッツェル宛［ノアン、一八四七年一二月二〇日］月曜日 …… 320
ミハイル・バクーニン宛［ノアン、一八四八年一月一日］…… 321
文芸家協会会長宛［ノアン、一八四八年二月一五日］…… 322
ルネ・ヴァレ・ド・ヴィルヌーヴ宛 パリ、土曜日夜［一八四八年三月四日］…… 323
オギュスティーヌ・ブロー宛 パリ、一八四八年三月五日 …… 324
フレデリク・ジレール宛 ノアン、［一八四八年］三月八日 …… 325
シャルル・ポンシ宛 ノアン、［一八四八年］三月八日 …… 326
モーリス・デュドヴァン宛［パリ、一八四八年三月二三日］…… 328
中央委員会諸氏宛［パリ、一八四八年四月中旬］…… 330
テオフィル・トレ宛［ノアン、一八四八年五月二八日］…… 338
リチャード・モンクトン＝ミルヌ宛 ノアン、［一八］四八年六月九日 …… 342
ジュゼッペ・マッツィーニ宛［ノアン、一八四八年］六月一五日 …… 345
オギュスティーヌ・ド・ベルトルディ宛［ノアン、一八四八年］六月二九日 …… 352
ピエール＝ジュール・エッツェル宛［ノアン、一八四八年七月四日］…… 352
ミハイル・バクーニン宛［ノアン、一八四八年七月二〇日］…… 353
カール・マルクス宛［ラ・シャトル、一八四八年七月二〇日］…… 354
ジェローム＝ピエール・ジラン宛 ノアン、一八四八年七月二二日 …… 355
ルネ・ヴァレ・ド・ヴィルヌーヴ宛 ノアン、［一八］四八年九月六日 …… 358
ジュゼッペ・マッツィーニ宛 ノアン、一八四八年九月三〇日 …… 359
アルマン・バルベス宛 ノアン、一八四八年一二月八日 …… 361
アルマン・バルベス宛［ノアン、一八四九年三月一四日］…… 363
ウジェーヌ・シュー宛［ノアン、一八四九年三月一六日］…… 365
テオフィル・トレ宛［ノアン、一八四九年三月二九日］…… 369
ルイ・ブラン宛［パリ、一八四九年四月五日］…… 370
ルネ・ヴァレ・ド・ヴィルヌーヴ宛［ノアン、一八四九年五月二二日］…… 375
フェリシテ・ド・ラムネー宛 ノアン、［一八四九年］八月一六日 …… 377
ルドヴィカ・イェドジェイェヴィチ宛 ノアン、［一八四九年］九月一日 …… 377
ピエール＝ジュール・エッツェル宛［ノアン］、一八四九年一一月五日 …… 378
エマニュエル・アラゴ宛［ノアン、一八五〇年一月一二日］…… 379
ピエール・ボカージュ宛［ノアン］、一八五〇年六月一一日 …… 380

アドルフ・ヴァイヤール宛［ノアン、一八五〇年一二月一一日］………… 383
VIII 安らぎの地ノアン 1851–1865…… 387
エミール・オーカント宛［ノアン、一八］五一年三月一六日…………… 389
エドガール・キネ宛［ノアン、一八五一年三月二三日］…………………… 390
ジュール・ミシュレ宛［ノアン、一八五一年三月二三日］………………… 391
ジャン＝マリ・ダルゴー宛［ノアン、一八五一年四月一〇日］…………… 391
アレクサンドル・デュマ・ペール宛［ノアン、一八五一年六月一二日］‥ 394
アレクサンドル・デュマ・フィス宛［ノアン、一八五一年一〇月七日］‥ 395
シャルル・グノー宛［ノアン、一八五一年一〇月二四日］………………… 398
マルタン・ナド宛［パリ、一八五一年一一月二三日］……………………… 399
シャルル・グノー宛［ノアン、一八五二年一月一〇日］…………………… 400
エリザベス・バレット＝ブラウニング宛［パリ、一八五二年二月一二日］……………………………………… 402
エリザベス・バレット＝ブラウニング宛［パリ、一八五二年二？ 月二九日］……………………………………… 403
ルイ・ナポレオン・ボナパルト公宛［ノアン、一八五二年五月一八日］‥ 403
ソランジュ・クレザンジェ宛［ノアン、一八五二年九月二一日］……… 406
ジャン＝バティスト・クレザンジェ宛［ノアン、一八五二年一一月二一日］……………………………………… 408
アレクサンドル・デュマ・ペール宛［ノアン、一八五二年一一月二三日］……………………………………… 410
エミール・ド・ジラルダン宛［ノアン、一八五二年一二月九日］……… 411
ルイ・ブッフェ宛［ノアン、一八五三年一月一五日］……………………… 413
ナポレオン公ジェローム宛［ノアン、一八五三年二月八日］…………… 414
エヴリーヌ・ド・バルザック宛［パリ、一八五三年一一月二四日］…… 415
シャルル・ボードレール宛［ノアン、一八五五年八月一六日］………… 416
フランツ・リスト宛［パリ、一八五五年九月二〇日］……………………… 417
テオフィル・ゴーティエ宛［パリ、一八五五年一二月一六日］………… 417
エミール・ド・ジラルダン宛［ノアン、一八五六年六月八日］………… 419
ウジェーヌ・ドラクロワ宛［ノアン、一八五七年四月二〇日］………… 420
ヴィクトル・ユゴー宛［ノアン、一八五七年五月二四日］……………… 422
ウジェニー皇后宛［ノアン、一八五七年一二月九日］……………………… 424
ソランジュ・クレザンジェ宛［ノアン、一八五八年八月一八日］……… 426
マクシム・デュ・カン宛［ノアン、一八五九年四月五日］……………… 429
テオフィル・ゴーティエ宛［ノアン、一八五九年五月一二日］………… 430
ウジェーヌ・フロマンタン宛［ノアン、一八五九年七月二二日］……… 432
ヴィクトル・ユゴー宛［ノアン、一八五九年八月二八日］……………… 433
エドモン／ジュール・ド・ゴンクール宛［ノアン、一八六〇年二月二八日］……………………………………… 434
サント＝ブーヴ宛［ノアン、一八六〇年九月一四日］……………………… 436
ジュール・ミシュレ宛 ノアン、一八六一年二月一四日 ………………… 438
ウジェーヌ・ドラクロワ宛［パリ、一八六二年四月四日］……………… 439
マリ・ダグー伯爵夫人宛［ノアン、一八六二年一〇月二三日］………… 440
アレクサンドル・デュマ・フィス宛［ノアン、一八六三年一月一日］…… 441
ギュスターヴ・フロベール宛［ノアン、一八六三年一月二八日］……… 442
サント＝ブーヴ宛［ノアン、一八六三年六月八日］………………………… 443
ギュスターヴ・ドレ宛［ノアン、一八六三年一二月三一日］…………… 444
テオフィル・ゴーティエ宛［パリ、一八六四年一月二〇日］…………… 445
フェリクス・ナダール宛［ノアン、一八六四年三月二四日］…………… 446

ピエール＝ポール・ダルシ博士宛 セーヌ＝エ＝オワーズ県パレゾ、［一八六五年七月二日］…… 447
ジュール・ヴェルヌ宛［パレゾ、一八六五年七月二五日］…… 448
IX 友情の季節 1866–1876 …… 451
アルマン・バルベス宛［ノアン、一八六六年一月一一日］…… 453
ウジェーヌ・フロマンタン宛［ノアン、一八六六年一月一二日］…… 453
ヴィクトル・ユゴー宛［ノアン、一八六六年一月一二日］…… 454
モーリス・サンド宛［パリ、一八六六年二月二六日］月曜日夜…… 454
ハンス・アンデルセン宛［ノアン、一八六六年六月一六日］…… 455
［参考］ピエール＝ジュール・エッツェル宛［パリ、一八六六年四月一二日］…… 456
ギヨーム・ギゾー宛 ノアン、一八六八年七月一二日 …… 456
エドモン／ジュール・ド・ゴンクール宛 ノアン、［一八］六九年一月一日 …… 458
ヤン・フス祭プラハ準備委員会宛［ノアン、一八六九年九月四日］…… 458
ヴィクトル・ユゴー宛 パリ、一八七〇年二月二日 …… 459
サラ・ベルナール宛［ノアン、一八七〇年五月一一日］…… 461
ギュスターヴ・フロベール宛［ノアン、一八七〇年八月七日］…… 462
アレクサンドル・デュマ・フィス宛［ノアン、一八七一年］四月二二日…… 463
ブラジル国皇帝ペドロ・デ・アルカンタラ陛下宛［ノアン、一八七二年一月六日］…… 464
イポリット・テーヌ宛［ノアン、一八七二年四月五日］…… 466
ギュスターヴ・フロベール宛 ノアン、［一八］七二年一二月八日 …… 469
エミール・リトレ宛［ノアン、一八七三年一月八日］…… 472
［参考］リトレの返書［ヴェルサイユ、一八七三年一月一五日］…… 473
イワン・ツルゲーネフ宛［ノアン、一八七四年一一月一九日］…… 473
アンリ・アミク宛［ノアン、一八七四年一一月二六日］…… 474
ナポレオン公ジェローム宛［ノアン、一八七四年一二月二八日］…… 475
イワン・ツルゲーネフ宛［ノアン、一八七四年一二月二八日］…… 476
アントワーヌ・シピヨン・デュ・ルール宛 ノアン、一八七五年一月四日 …… 476
アレクサンドル・デュマ・フィス宛［ノアン、一八七五年二月一五日］…… 477
イワン・ツルゲーネフ宛［ノアン、一八七五年四月一日］…… 478
アンリ・アミク宛［ノアン、一八七五年五月一日］…… 479
アレクサンドル・デュマ・フィス宛［パリ、一八七五年六月二日］水曜日 …… 479
マリ・ダグー伯爵夫人宛［ノアン、一八七五年六月一八日］…… 480
［フランソワ・コペ宛］［ノアン、一八七五年一二月二五日］…… 481
ギュスターヴ・フロベール宛［ノアン、一八七六年一月一二、一五日］…… 481
アルフォンス・ドーデ宛［ノアン、一八七六年四月一日］…… 487
アナトール・フランス宛［ノアン、一八七六年四月二六日］…… 488
エミール・オージエ宛［ノアン、一八七六年五月三日］…… 489
マルグリット・テュイリエ宛［ノアン、一八七六年五月二八日］…… 490
アンリ・ファーヴル博士宛［ノアン、一八七六年五月二八日］…… 490
オスカール・カザマジュ宛［ノアン、一八七六年五月三〇日］…… 491
＊編者あとがき（持田明子, 大野一道）…… 494
＊ジョルジュ・サンド年譜（1804–1876）（持田明子作成）…… 498
＊〈資料〉サンドの主な文通相手…… 517
＊家系図 …… 518
＊人名索引 …… 524

新編
真ク・リトル・リトル神話大系
国書刊行会
全7巻
2007年9月～2009年8月

※全10巻の旧版を再構成

第1巻
2007年9月20日刊

廃都（H.P.ラヴクラフト著, 波津博明訳）…… 7
妖魔の爪（S.グリーン著, 那智史郎訳）…… 31
怪魔の森（F.B.ロング著, 波津博明訳）…… 43
俘囚の塚（Z.ビショップ著, 渡辺健一郎訳）…… 99
電気処刑器（A.デ・カストロ著, 高木国寿訳）…… 165
夜歩く石像（F.B.ロング著, 根本政信訳）…… 199
＊解題（那智史郎）…… 319
＊〈真クリ〉とその時代（東雅夫）…… 335

第2巻
2007年11月20日刊

納骨堂綺談（A.ダーレス, M.スコラー著, 渋谷比佐子訳）…… 7
魔道師の挽歌（C.A.スミス著, 小林勇次訳）…… 35
足のない男（D.ワンドレイ著, 亀井勝行訳）…… 65
脳を喰う怪物（F.B.ロング著, 渡辺健一郎訳）…… 87
羅睺星魔洞（A.ダーレス, M.スコラー著, 江口之隆訳）…… 109
奈落より吹く風（A.ダーレス著, 黒瀬隆功訳）…… 141
屍衣の花嫁（D.ワンドレイ著, 佐藤嗣二訳）…… 165
暗恨（R.F.シーライト著, 白糸利忠訳）…… 177
彼方よりの挑戦（C.L.ムーア, A.メリット, H.P.ラヴクラフト, R.E.ハワード, F.B.ロング著, 浅間健訳）…… 191
妖蛆の秘密（R.ブロック著, 松村三生訳）…… 219
顔のない神（R.ブロック著, 片岡しのぶ訳）…… 237
嘲嗤う屍食鬼（R.ブロック著, 加藤幹也訳）…… 265
探綺書房（H.ハッセ著, 渡辺健一郎訳）…… 287
＊解題（那智史郎）…… 329
＊宇宙、浪漫／悪夢。（鋼屋ジン）…… 343

第3巻
2008年1月20日刊

セイレムの怪異（H.カットナー著, 高木国寿訳）…… 7
墓地に潜む恐怖（H.ヒールド著, 渡辺健一郎訳）…… 43
暗黒の接吻（R.ブロック, H.カットナー著, 真島光訳）…… 67
セベックの秘密（R.ブロック著, 木花開那訳）…… 99
メデューサの呪い（Z.ビショップ著, 那智史郎訳）…… 133
触手（H.カットナー著, 小林勇次訳）…… 197
ハイドラ（H.カットナー著, 加藤遍里訳）…… 229
幽遠の彼方に（A.ダーレス著, 渋谷比佐子訳）…… 257
＊解題（那智史郎）…… 303
＊ローカルな魅力（菊地秀行）…… 315

第4巻
2008年5月20日刊

月に跳ぶ人（R.A.W.ローンズ著, 福岡洋一訳）…… 7
深淵の王者（C.H.トンプソン著, 高木国寿訳）…… 63
爬虫類館の相続人（H.P.ラヴクラフト, A.ダーレス著, 那智史郎訳）…… 145
開かずの部屋（H.P.ラヴクラフト, A.ダーレス著, 波津博明訳）…… 179
第七の呪文（J.P.ブレナン著, 小林勇次訳）…… 239
妖虫（R.キャンベル著, 山中清子訳）…… 251
異次元通信機（R.キャンベル著, 岩井孝訳）…… 291

暗黒星の陥穽（R.キャンベル著, 福岡洋一訳）…… *315*
ポーの末裔（H.P.ラヴクラフト, A.ダーレス著, 福岡洋一訳）…… *341*
魔界へのかけ橋（H.P.ラヴクラフト, A.ダーレス著, 片岡しのぶ訳）…… *389*
＊解題（那智史郎）…… *425*
＊永劫と暗黒の狭間へと奈落落ち～あまり信じてはいけない〈ク・リトル・リトル神話〉の歴史と背景（朱鷺田祐介）…… *443*

第5巻
2008年8月20日刊

深海の罠（B.ラムレイ著, 山本明訳）…… *7*
大いなる帰還（B.ラムレイ著, 片岡しのぶ訳）…… *23*
ク・リトル・リトルの恐怖（D.A.ウォルハイム著, 渡辺健一郎訳）…… *49*
妖蛆（ようしゅ）の館（G.マイヤース著, 小林勇次訳）…… *63*
闇に潜む顎（あぎと）（R.E.ハワード著, 山本明訳）…… *79*
窖（あな）（R.ジョーンズ著, 黒瀬隆功訳）…… *113*
墳墓の主（L.カーター著, 佐藤嗣二訳）…… *135*
シャッガイ（L.カーター著, 佐藤嗣二訳）…… *155*
黒の詩人（R.E.ハワード, A.ダーレス著, 佐藤嗣二訳）…… *165*
インズマスの彫像（H.P.ラヴクラフト, A.ダーレス著, 茅律子訳）…… *201*
盗まれた眼（B.ラムレイ著, 那智史郎訳）…… *223*
続・深海の罠（B.ラムレイ著, 那智史郎訳）…… *271*
呪術師（パパロイ）の指環（D.J.ウォルシュ著, 渡辺健一郎訳）…… *285*
＊解題（那智史郎）…… *305*
＊ラヴクラフトのひ孫たち（黒史郎, 山下昇平）…… *319*

第6巻（R.キャンベル編）
2009年1月20日刊

序（R.キャンベル著, 福岡洋一訳）…… *9*
クラウチ・エンドの怪（S.キング著, 福岡洋一訳）…… *15*
不知火（A.A.アタナジオ著, 堀内静子訳）…… *69*
木乃伊（ミイラ）の手（B.ラムレイ著, 長部奈美訳）…… *139*
暗黒の復活（F.B.ロング著, 遠藤勘也訳）…… *189*
シャフト・ナンバー247（B.コッパー著, 永井広克訳）…… *213*
＊解題（那智史郎）…… *259*
＊邪神たちが、パタリロにおちょくられる日まで／魔夜峰央〔述〕, 黒史郎〔インビュアー〕…… *271*

第7巻（R.キャンベル編）
2009年8月20日刊

角笛をもつ影（T.E.D.クライン著, 福岡洋一訳）…… *7*
アルソフォカスの書（H.P.ラヴクラフト, M.S.ワーネス著, 高橋三恵訳）…… *85*
蠢く密林（D.ドレイク著, 遠藤勘也訳）…… *103*
パイン・デューンズの顔（R.キャンベル著, 高橋三恵訳）…… *147*
＊作家紹介 …… *201*
＊解題（那智史郎）…… *207*
＊Cthulhu Mythos 夜明け前／夜明けて後（朝松健）…… *227*

世界古典文学全集

筑摩書房
全50巻（54冊）
1964年3月～2004年5月

※他巻は第I期に収録

第17巻　老子 荘子

2004年5月30日刊

老子（福永光司訳）…… 3
　上篇（道経）…… 5
　下篇（徳経）…… 44
荘子（福永光司, 興膳宏訳）…… 91
　内篇 …… 93
　　逍遙遊篇第一 …… 93
　　斉物論篇第二 …… 102
　　養生主篇第三 …… 119
　　人間世篇第四 …… 123
　　徳充符篇第五 …… 139
　　大宗師篇第六 …… 150
　　応帝王篇第七 …… 168
　外篇 …… 176
　　駢拇篇第八 …… 176
　　馬蹄篇第九 …… 182
　　胠篋篇第十 …… 186
　　在宥篇第十一 …… 193
　　天地篇第十二 …… 207
　　天道篇第十三 …… 228
　　天運篇第十四 …… 242
　　刻意篇第十五 …… 258
　　繕性篇第十六 …… 262
　　秋水篇第十七 …… 266
　　至楽篇第十八 …… 282
　　達生篇第十九 …… 291
　　山木篇第二十 …… 307
　　田子方篇第二十一 …… 322
　　知北遊篇第二十二 …… 337
　雑篇 …… 357
　　庚桑楚篇第二十三 …… 357
　　徐無鬼篇第二十四 …… 373
　　則陽篇第二十五 …… 396
　　外物篇第二十六 …… 414
　　寓言篇第二十七 …… 425
　　譲王篇第二十八 …… 432
　　盗跖篇第二十九 …… 450
　　説剣篇第三十 …… 467
　　漁父篇第三十一 …… 473
　　列禦寇篇第三十二 …… 482
　　天下篇第三十三 …… 494
＊『老子』解説（福永光司）…… 513
＊『荘子』解説（福永光司）…… 523
＊文学として読む『荘子』（興膳宏）…… 538
＊あとがき（興膳宏）…… 552
＊索引 …… 1

24 C　三国志 III

1989年4月20日刊

三国志 III（小南一郎訳）…… 5
　呉書 …… 7
＊『三国志注』を上る表 …… 387
＊解説（今鷹真）…… 389
　＊年表 …… 397
　＊三国官制職表 …… 412
　＊裴松之注引用書目 …… 427
　＊『三国志』I・II訂正表 …… 439
　＊人名索引 …… 1
　＊地図（小南一郎）…… 巻末

30 A　韓愈 I（清水茂訳）

1986年6月5日刊

韓昌黎文集 第十一巻 …… 9
韓昌黎文集 第十二巻 …… 37
韓昌黎文集 第十三巻 …… 63
韓昌黎文集 第十四巻 …… 91
韓昌黎文集 第十五巻 …… 129
韓昌黎文集 第十六巻 …… 145
韓昌黎文集 第十七巻 …… 175
韓昌黎文集 第十八巻 …… 199
韓昌黎文集 第十九巻 …… 219
韓昌黎文集 第二十巻 …… 245
韓昌黎文集 第二十一巻 …… 265
韓昌黎文集 第二十二巻 …… 295
韓昌黎文集 第二十三巻 …… 319

30 B　韓愈 II（清水茂訳）

1987年10月25日刊

韓昌黎文集 第二十四巻 …………………… *9*
韓昌黎文集 第二十五巻 …………………… *25*
韓昌黎文集 第二十六巻 …………………… *47*
韓昌黎文集 第二十七巻 …………………… *65*
韓昌黎文集 第二十八巻 …………………… *81*
韓昌黎文集 第二十九巻 …………………… *95*
韓昌黎文集 第三十巻 ……………………… *109*
韓昌黎文集 第三十一巻 …………………… *131*
韓昌黎文集 第三十二巻 …………………… *147*
韓昌黎文集 第三十三巻 …………………… *167*
韓昌黎文集 第三十四巻 …………………… *181*
韓昌黎文集 第三十五巻 …………………… *197*
韓昌黎文集 第三十六巻 …………………… *205*
韓昌黎文集 第三十七巻 …………………… *217*
韓昌黎文集 第三十八巻 …………………… *241*
韓昌黎文集 第三十九巻 …………………… *259*
韓昌黎文集 第四十巻 ……………………… *289*
＊解説（清水茂）…………………………… *317*
　＊年譜 …………………………………… *327*
　＊唐百官表 ……………………………… *338*
　＊索引 …………………………………… *1*
　＊地図 …………………………………… 巻末

世界探偵小説全集

国書刊行会
全45巻
1994年12月〜2007年11月

第1巻　薔薇荘にて（A.E.W.メイスン著, 富塚由美訳）
1995年5月10日刊

薔薇荘にて ……………………………… *7*
＊解説（塚田よしと）…………………… *291*

第2巻　第二の銃声（アントニイ・バークリー著, 西崎憲訳）
1994年11月25日刊

＊A.D.ピーターズにて …………………… *7*
第二の銃声 ……………………………… *11*
＊解説（真田啓介）……………………… *333*

第3巻　Xに対する逮捕状（フィリップ・マクドナルド著, 好野理恵訳）
1994年12月20日刊

Xに対する逮捕状 ………………………… *5*
＊フィリップ・マクドナルド―幻の本格作家の変身（加瀬義雄）…………… *397*

第4巻　一角獣殺人事件（カーター・ディクスン著, 田中潤司訳）
1995年11月20日刊

一角獣殺人事件 ………………………… *7*
＊解説（森英俊）………………………… *305*

第5巻　愛は血を流して横たわる（エドマンド・クリスピン著, 滝口達也訳）
1995年4月10日刊

愛は血を流して横たわる ……………… *9*
＊訳者あとがき ………………………… *305*
＊解説（小林晋）………………………… *307*

第6巻　英国風の殺人（シリル・ヘアー著，佐藤弓生訳）
1995年1月25日刊

英国風の殺人 …… 7
＊解説（小林晋） …… 247

第7巻　見えない凶器（ジョン・ロード著，駒月雅子訳）
1996年6月20日刊

見えない凶器 …… 7
＊ジョン・ロード、巨匠の復権（加瀬義雄） …… 283
＊ジョン・ロード著作リスト …… i

第8巻　ロープとリングの事件（レオ・ブルース著，小林晋訳）
1995年3月10日刊

ロープとリングの事件 …… 5
＊解説（真田啓介） …… 287

第9巻　天井の足跡（クレイトン・ロースン著，北見尚子訳）
1995年8月25日刊

天井の足跡 …… 9
＊解説（森英俊） …… 349

第10巻　眠りをむさぼりすぎた男（クレイグ・ライス著，森英俊訳）
1995年6月20日刊

眠りをむさぼりすぎた男 …… 5
＊クレイグ・ライス―その光と影（久坂恭） …… 271

第11巻　死が二人をわかつまで（ジョン・ディクスン・カー著，仁賀克雄訳）
1996年9月20日刊

死が二人をわかつまで …… 5
＊カー中期の傑作『死が二人をわかつまで』（橘かおる） …… 273

第12巻　地下室の殺人（アントニイ・バークリー著，佐藤弓生訳）
1998年7月25日刊

地下室の殺人 …… 7
＊解説 ロジャー・シェリンガム、想像力の華麗な勝利（真田啓介） …… 279

第13巻　推定相続人（ヘンリー・ウエイド著，岡照雄訳）
1999年3月20日刊

推定相続人 …… 9
＊孤高の大家、ヘンリー・ウエイド（加瀬義雄） …… 291

第14巻　編集室の床に落ちた顔（キャメロン・マケイブ著，熊井ひろ美訳）
1999年4月20日刊

編集室の床に落ちた顔 …… 9
＊弁明 …… 364
＊引用一覧 …… 364
＊早すぎた問題作（小林晋） …… 369

第15巻　カリブ諸島の手がかり（T.S.ストリブリング著，倉阪鬼一郎訳）
1997年5月20日刊

亡命者たち …… 9
カパイシアンの長官 …… 59
アントゥンの指紋 …… 167
クリケット …… 225
ベナレスへの道 …… 303
＊異彩を放つ超本格派ストリブリング（真田啓介） …… 347

第16巻　ハムレット復讐せよ（マルクス・イネス著，滝口達也訳）
1997年6月20日刊

ハムレット復讐せよ …… 7
＊解説（谷口年史） …… 397

第17巻　ランプリイ家の殺人（ナイオ・マーシュ著，浅羽莢子訳）

1996年10月15日刊

ランプリイ家の殺人 …… 11
＊訳者あとがき（浅羽莢子）…… 407
＊著作リスト …… 412

第18巻　ジョン・ブラウンの死体（E.C.R.ロラック著, 桐藤ゆき子訳）
1997年2月20日刊

ジョン・ブラウンの死体 …… 7
＊E.C.R.ロラック—三冊に二冊は面白い女流作家（森英俊）…… 269

第19巻　甘い毒（ルーパート・ペニー著, 好野理恵訳）
1997年1月20日刊

甘い毒 …… 7
＊解説（小林晋）…… 317

第20巻　薪小屋の秘密（アントニイ・ギルバート著, 高田朔訳）
1997年10月20日刊

薪小屋の秘密 …… 5
＊アントニイ・ギルバートの初期代表作（小林晋）…… 327

第21巻　空のオベリスト（C.デイリー・キング著, 富塚由美訳）
1997年12月5日刊

空のオベリスト …… 7
＊アメリカ三十年代本格と〈フェアプレー精神〉（浜田知明）…… 303

第22巻　チベットから来た男（クライド・B.クレイスン著, 門倉洸太郎訳）
1997年8月20日刊

＊編集者のノート …… 6
＊参考文献 …… 7
チベットから来た男 …… 15
＊解説（塚田よしと）…… 329

第23巻　おしゃべり雀の殺人（ダーウィン・L.ティーレット著, 工藤政司訳）
1999年8月5日刊

おしゃべり雀の殺人 …… 7
＊解説（森英俊）…… 309

第24巻　赤い右手（ジョエル・タウンズリー・ロジャーズ著, 夏来健次訳）
1997年4月25日刊

赤い右手 …… 5
＊探偵小説におけるコペルニクス的転回（小林晋）…… 259

第25巻　悪魔を呼び起こせ（デレック・スミス著, 森英俊訳）
1999年11月10日刊

悪魔を呼び起こせ …… 5
＊解説〈鬼〉と呼び起こす密室物の傑作（真田啓介）…… 319

第26巻　九人と死で十人だ（カーター・ディクスン著, 駒月雅子訳）
1999年12月5日刊

九人と死で十人だ …… 9
＊ジョン・ディクスン・カー論 魂のふるさとへの亡命（千街晶之）…… 293
＊『九人と死で十人だ』について（Y）…… 305

第27巻　サイロの死体（ロナルド・A.ノックス著, 澄木柚訳）
2000年7月25日刊

サイロの死体 …… 13
＊解説 神経の鎮めとしてのパズル（真田啓介）…… 261

第28巻　ソルトマーシュの殺人（グラディス・ミッチェル著, 宮脇孝雄訳）
2002年7月25日刊

ソルトマーシュの殺人 …… 7
＊訳者あとがき …… 317

第29巻　白鳥の歌（エドマンド・クリスピン著, 滝口達也訳）
2000年5月20日刊

白鳥の歌 …………………………………… 7
＊オペラの後で（渡辺千裕）……………… 265

第30巻　救いの死（ミルワード・ケネディ著, 横山啓明訳）
2000年10月5日刊

＊アントニイ・バークリー殿 ……………… 5
救いの死 ……………………………………… 11
＊解説 探偵の研究（真田啓介）………… 277

第31巻　ジャンピング・ジェニイ（アントニイ・バークリー著, 狩野一郎訳）
2001年7月20日刊

＊ロジャー・シェリンガムについて …… 7
ジャンピング・ジェニイ ………………… 15
＊バークリーと犯罪実話（若島正）…… 321
＊訳者あとがき …………………………… 333
＊バークリー著作リスト ………………… 347

第32巻　自殺じゃない！（シリル・ヘアー著, 富塚由美訳）
2000年3月30日刊

自殺じゃない！ …………………………… 9
＊解説 シリル・ヘアー—リーガル本格の孤峰（佳多山大地）………………… 281

第33巻　真実の問題（C.W.グラフトン著, 高田朔訳）
2001年1月20日刊

真実の問題 ………………………………… 9
＊解説（小林晋）………………………… 401

第34巻　警察官よ汝を守れ（ヘンリー・ウエイド著, 鈴木絵美訳）
2001年5月10日刊

警察官よ汝を守れ ………………………… 9
＊安定した実力者（貫井徳郎）………… 329
＊ヘンリー・ウエイド著作リスト …… 339

第35巻　国会議事堂の死体（スタンリー・ハイランド著, 小林晋訳）
2000年1月20日刊

国会議事堂の死体 ………………………… 9
＊訳者あとがき …………………………… 407

第36巻　レイトン・コートの謎（アントニイ・バークリー著, 巴妙子訳）
2002年9月20日刊

レイトン・コートの謎 …………………… 9
＊レイトン・コートの方へ（羽柴壮一）‥ 315

第37巻　塩沢地の霧（ヘンリー・ウエイド著, 駒月雅子著）
2003年2月20日刊

塩沢地の霧 ………………………………… 9
＊ヘンリー・ウエイド（小林晋）……… 339
＊ヘンリー・ウエイド著作リスト …… 356

第38巻　ストップ・プレス（マイクル・イネス著, 富塚由美訳）
2005年9月30日刊

ストップ・プレス ………………………… 7
＊探偵小説を書いた男（若島正）……… 531
＊『ストップ・プレス』について（F）‥ 539

第39巻　大聖堂は大騒ぎ（エドマンド・クリスピン著, 滝口達也訳）
2004年5月20日刊

大聖堂は大騒ぎ …………………………… 9
＊解説 クリスピン問答（真田啓介）…… 309

第40巻　屍衣の流行（マージェリー・アリンガム著, 小林晋訳）
2006年9月25日刊

屍衣の流行 ………………………………… 7
＊解説 アリンガム問答（羊頭狗肉篇）（小林晋）………………………………… 389

＊著作リスト …………………………… 405

第41巻 道化の死（ナイオ・マーシュ著, 清野泉訳）
2007年11月20日刊

道化の死 ……………………………………… 11
＊才人の到達点（小池啓介）……………… 365
＊ナイオ・マーシュ著作リスト ……… 378

第42巻 テンプラー家の惨劇（ハリントン・ヘクスト著, 高田朔訳）
2003年5月20日刊

テンプラー家の惨劇 ……………………… 7
＊解説 フィルポッツ問答（真田啓介）… 297

第43巻 魔王の足跡（ノーマン・ベロウ著, 武藤崇恵訳）
2006年1月20日刊

魔王の足跡 …………………………………… 7
＊不可能を加速させる密室派（森英俊）
………………………………………… 355

第44巻 割れたひづめ（ヘレン・マクロイ著, 好野理恵訳）
2002年11月15日刊

割れたひづめ ………………………………… 7
＊ヘレン・マクロイ―作家と作品（加瀬義雄）…………………………………… 295
＊ヘレン・マクロイ著作リスト ……… 323

第45巻 魔法人形（マックス・アフォード著, 霜島義明訳）
2003年8月25日刊

魔法人形 ……………………………………… 9
＊解説 マックス・アフォードについて（森英俊）……………………………… 329

世界文学全集
河出書房新社
全30巻
2007年11月～2011年3月
（池澤夏樹個人編集）

1–1 オン・ザ・ロード（ジャック・ケルアック著, 青山南訳）
2007年11月30日刊

オン・ザ・ロード ………………………… 5
＊解説（青山南）………………………… 431
＊ジャック・ケルアック年譜／主要著作リスト（青山南）……………………… i

1–2 楽園への道（マリオ・バルガス＝リョサ著, 田村さと子訳）
2008年1月30日刊

楽園への道 ………………………………… 3
＊解説（田村さと子）…………………… 487
＊マリオ・バルガス＝リョサ年譜／主要著作リスト（田村さと子）………… i

1–3 存在の耐えられない軽さ（ミラン・クンデラ著, 西永良成訳）
2008年2月29日刊

存在の耐えられない軽さ ………………… 3
＊解説（西永良成）……………………… 365
＊ミラン・クンデラ年譜／主要著作リスト（西永良成）……………………… i

1–4 太平洋の防波堤／愛人（ラマン）／悲しみよこんにちは（マルグリット・デュラス, フランソワーズ・サガン著, 田中倫郎, 清水徹, 朝吹登水子訳）
2008年3月30日刊

太平洋の防波堤（マルグリット・デュラス著, 田中倫郎訳）………………… 3
愛人（ラマン）（マルグリット・デュラス著, 清水徹訳）………………………… 339

悲しみよこんにちは（フランソワーズ・サガン著，朝吹登水子訳）……453
＊『太平洋の防波堤』解説（田中倫郎）‥577
＊『愛人（ラマン）』解説（清水徹）……587
＊『悲しみよこんにちは』解説（朝吹登水子）……594
＊マルグリット・デュラス年譜／主要著作リスト（田中倫郎）……i
＊フランソワーズ・サガン年譜／主要著作リスト（朝吹登水子）……xiv

1–5　巨匠とマルガリータ（ミハイル・ブルガーコフ著，水野忠夫訳）
2008年4月30日刊

巨匠とマルガリータ……5
＊解説（水野忠夫）……589
＊ミハイル・ブルガーコフ年譜／主要著作リスト（水野忠夫）……i

1–6　暗夜／戦争の悲しみ（残雪，バオ・ニン著，近藤直子，井川一久訳）
2008年8月30日刊

暗夜（残雪著，近藤直子訳）……3
　阿梅（アーメイ）、ある太陽の日の愁い……5
　わたしのあの世界でのこと―友へ……13
　帰り道……21
　痕（ヘン）……33
　不思議な木の家……107
　世外の桃源……117
　暗夜……129
戦争の悲しみ（バオ・ニン著，井川一久訳）……175
＊解説……501
　＊『暗夜』解説（近藤直子）……504
　＊『戦争の悲しみ』解説（井川一久）‥516
＊残雪年譜／主要著作リスト（近藤直子）……i
＊バオ・ニン年譜／主要著作リスト（井川一久）……viii

1–7　ハワーズ・エンド（E.M.フォースター著，吉田健一訳）
2008年5月30日刊

ハワーズ・エンド……3
＊解説（池澤夏樹）……485
＊E.M.フォースター年譜／主要著作リスト（越朋彦）……i

1–8　アフリカの日々／やし酒飲み（イサク・ディネセン，エイモス・チュツオーラ著，横山貞子，土屋哲訳）
2008年6月30日刊

アフリカの日々（イサク・ディネセン著，横山貞子訳）……5
やし酒飲み（エイモス・チュツオーラ著，土屋哲訳）……417
＊解説……533
　＊『アフリカの日々』解説（横山貞子）……534
　＊『やし酒飲み』解説（管啓次郎）……546
＊イサク・ディネセン年譜／主要著作リスト（横山貞子）……i
＊エイモス・チュツオーラ年譜／主要著作リスト（管啓次郎）……vi

1–9　アブサロム、アブサロム！（ウィリアム・フォークナー著，篠田一士訳）
2008年7月30日刊

アブサロム、アブサロム！……3
＊解説（池澤夏樹）……447
＊ウィリアム・フォークナー年譜／主要著作リスト（諏訪部浩一）……i

1–10　アデン、アラビア／名誉の戦場（ポール・ニザン，ジャン・ルオー著，小野正嗣，北代美和子訳）
2008年11月30日刊

アデン、アラビア（ポール・ニザン著，小野正嗣訳）……3
名誉の戦場（ジャン・ルオー著，北代美和子訳）……133
＊解説……297
　＊『アデン、アラビア』解説（澤田直）……298
　＊『名誉の戦場』解説（北代美和子）‥310

＊ポール・ニザン年譜／主要著作リスト（小野正嗣）……i
＊ジャン・ルオー年譜／主要著作リスト（北代美和子）……iv

1–11　鉄の時代（J.M.クッツェー著，くぼたのぞみ訳）
2008年9月30日刊

鉄の時代……3
＊解説（くぼたのぞみ）……239
＊J.M.クッツェー年譜／主要著作リスト（くぼたのぞみ）……i

1–12　アルトゥーロの島／モンテ・フェルモの丘の家（エルサ・モランテ，ナタリア・ギンズブルグ著，中山エツコ，須賀敦子訳）
2008年10月30日刊

アルトゥーロの島（エルサ・モランテ著，中山エツコ訳）……3
モンテ・フェルモの丘の家（ナタリア・ギンズブルグ著，須賀敦子訳）……357
＊解説（中山エツコ）……547
＊エルサ・モランテ年譜／主要著作リスト（中山エツコ）……i
＊ナタリア・ギンズブルグ年譜／主要著作リスト（中山エツコ）……vii

2–01　灯台へ／サルガッソーの広い海（ヴァージニア・ウルフ，ジーン・リース著，鴻巣友季子，小沢瑞穂訳）
2009年1月30日刊

灯台へ（ヴァージニア・ウルフ著，鴻巣友季子訳）……3
サルガッソーの広い海（ジーン・リース著，小沢瑞穂訳）……269
＊解説……443
　＊『灯台へ』解説（鴻巣友季子）……444
　＊『サルガッソーの広い海』解説（池澤夏樹）……468
＊ヴァージニア・ウルフ年譜／主要著作リスト（鴻巣友季子）……i
＊ジーン・リース年譜／主要著作リスト（小林英里）……viii

2–02　失踪者／カッサンドラ（フランツ・カフカ，クリスタ・ヴォルフ著，池内紀，中込啓子訳）
2009年2月28日刊

失踪者（フランツ・カフカ著，池内紀訳）……3
カッサンドラ（クリスタ・ヴォルフ著，中込啓子訳）……329
＊解説……535
　＊『失踪者』解説（池内紀）……536
　＊『カッサンドラ』解説（中込啓子）……546
＊フランツ・カフカ年譜／主要著作リスト（池内紀）……i
＊クリスタ・ヴォルフ年譜／主要著作リスト（中込啓子）……Vii

2–03　マイトレイ／軽蔑（ミルチャ・エリアーデ，アルベルト・モラヴィア著，住谷春也，大久保昭男訳）
2009年5月30日刊

マイトレイ（ミルチャ・エリアーデ著，住谷春也訳）……3
軽蔑（アルベルト・モラヴィア著，大久保昭男訳）……203
＊解説……501
　＊『マイトレイ』解説（住谷春也）……454
　＊『軽蔑』解説（大久保昭男）……463
＊ミルチャ・エリアーデ年譜／主要著作リスト（住谷春也）……i
＊アルベルト・モラヴィア年譜／主要著作リスト（大久保昭男）……Viii

2–04　アメリカの鳥（メアリー・マッカーシー著，中野恵津子訳）
2009年8月30日刊

アメリカの鳥……3
＊解説（池澤夏樹）……431
＊メアリー・マッカーシー年譜／主要著作リスト（中野恵津子）……i

2–05　クーデタ（ジョン・アップダイク著，池澤夏樹訳）
2009年7月30日刊

クーデタ …………………………………… 3
＊解説（池澤夏樹）…………………………… 355
＊ジョン・アップダイク年譜／主要著作リスト（森慎一郎）………………………… i

2–06　庭、灰／見えない都市（ダニロ・キシュ，イタロ・カルヴィーノ著，山崎佳代子，米川良夫訳）
2009年9月30日刊

庭、灰（ダニロ・キシュ著，山崎佳代子訳）…………………………………………… 5
見えない都市（イタロ・カルヴィーノ著，米川良夫訳）…………………………… 175
＊解説 ……………………………………… 341
　＊『庭、灰』解説（山崎佳代子）……… 342
　＊『見えない都市』解説―「見えない都市」のゆくえ（和田忠彦）……… 360
＊ダニロ・キシュ年譜／主要著作リスト（山崎佳代子）…………………………… i
＊イタロ・カルヴィーノ年譜／主要著作リスト（和田忠彦）……………………… vi

2–07　精霊たちの家（イサベル・アジェンデ著，木村榮一訳）
2009年3月30日刊

精霊たちの家 ………………………………… 7
＊解説（木村榮一）………………………… 571
＊イサベル・アジェンデ年譜／主要著作リスト（木村榮一）………………………… i

2–08　パタゴニア／老いぼれグリンゴ（ブルース・チャトウィン，カルロス・フエンテス著，芹沢真理子，安藤哲行訳）
2009年6月30日刊

パタゴニア（ブルース・チャトウィン著，芹沢真理子訳）………………………… 3
老いぼれグリンゴ（カルロス・フエンテス著，安藤哲行訳）……………………… 309
＊解説 ……………………………………… 525
　＊『パタゴニア』解説（池澤夏樹）…… 526
　＊『老いぼれグリンゴ』解説（安藤哲行）…………………………………… 542
＊ブルース・チャトウィン年譜／主要著作リスト（越朋彦）………………………… i
＊カルロス・フエンテス年譜／主要著作リスト（安藤哲行）……………………… Vii

2–09　フライデーあるいは太平洋の冥界／黄金探索者（ミシェル・トゥルニエ，J.M.G.ル・クレジオ著，榊原晃三，中地義和訳）
2009年4月30日刊

フライデーあるいは太平洋の冥界（ミシェル・トゥルニエ著，榊原晃三訳）…… 3
黄金探索者（J.M.G.ル・クレジオ著，中地義和訳）……………………………… 205
＊解説 ……………………………………… 483
　＊『フライデーあるいは太平洋の冥界』解説―二重写本に描かれたふたり（堀江敏幸）…………………… 484
　＊『黄金探索者』解説（中地義和）…… 499
＊ミシェル・トゥルニエ年譜／主要著作リスト（堀江敏幸）………………………… i
＊J.M.G.ル・クレジオ年譜／主要著作リスト（中地義和）………………………… v

2–10　賜物（ウラジーミル・ナボコフ著，沼野充義訳）
2010年4月30日刊

賜物 ………………………………………… 3
＊英語版への序文（ウラジーミル・ナボコフ）…………………………………… 581
＊解説（沼野充義）………………………… 585
＊ウラジーミル・ナボコフ年譜／主要著作リスト（小西昌隆，メドロック麻弥）………………………………………… i

2–11　ヴァインランド（トマス・ピンチョン著，佐藤良明訳）
2009年12月30日刊

ヴァインランド …………………………… 5
＊解説（佐藤良明）………………………… 481

＊トマス・ピンチョン年譜／主要著作リスト（佐藤良明）……i

2–12　ブリキの太鼓（ギュンター・グラス著, 池内紀訳）

2010年5月30日刊

ブリキの太鼓……5
＊解説（池内紀）……603
＊ギュンター・グラス年譜／主要著作リスト（池内紀）……i

3–01　わたしは英国王に給仕した（ボフミル・フラバル著, 阿部賢一訳）

2010年10月30日刊

わたしは英国王に給仕した……3
＊著者あとがき……238
＊解説（阿部賢一）……240
＊ボフミル・フラバル年譜／主要著作リスト（阿部賢一）……i

3–02　黒檀（リシャルト・カプシチンスキ著, 工藤幸雄, 阿部優子, 武井摩利訳）

2010年8月30日刊

黒檀……3
＊『黒檀』関連地図……4
始まり、衝突、一九五八年のガーナ（ガーナ編）……8
クマシへの道（ガーナ編）……21
氏族（クラン）の構造（ガーナ編）……33
ぼくは、白人だ（タンガニイカ編）……47
コブラの心臓（タンガニイカ／ウガンダ編）……58
氷の山のなかで（ウガンダ編）……68
ドクター・ドイル（タンガニイカ編）……78
ザンジバル（ケニア／タンガニイカ／ザンジバル編）……89
クーデター解析（ナイジェリア編）……121
ぼくの横町、一九六七年（ナイジェリア編）……131
サリム（モーリタニア編）……142
ラリベラ、一九七五年（エチオピア編）……153
アミン（ウガンダ編）……165
待ち伏せ（アンブッシュ）（ウガンダ編）……176
祭日がやってくる（ウガンダ編）……185
ルワンダ講義（ルワンダ編）……195
夜の黒き結晶（ブラック・クリスタル）（ウガンダ編）……216
あの人たちは、いまどこに？（エチオピア／スーダン編）……226
井戸（ソマリア編）……238
アプダローワロ村の一日（セネガル編）……248
闇の中で立ち上がる（エチオピア編）……257
冷たき地獄（リベリア編）……274
物憂い川（カメルーン編）……306
マダム・デュフ、バマコに帰る（セネガル／マリ編）……317
塩と金（きん）（マリ編）……328
見よ、主は速い雲を駆って（ナイジェリア編）……338
オニチャの大穴（ナイジェリア編）……350
エリトリアの風景（エリトリア編）……360
木蔭にてアフリカを顧みる……368
＊解説（阿部優子）……381
＊リシャルト・カプシチンスキ年譜／主要著作リスト（阿部優子）……i

3–03　ロード・ジム（ジョゼフ・コンラッド著, 柴田元幸訳）

2011年3月30日刊

ロード・ジム……3
＊解説（柴田元幸）……451
＊『ロード・ジム』関連地図……470
＊ジョゼフ・コンラッド年譜／主要著作リスト（高畑悠介）……i

3–04　苦海浄土（石牟礼道子著）

2011年1月30日刊

苦海浄土……5
第1部　苦海浄土……7
第2部　神々の村……195
第3部　天の魚……453
＊生死（しょうじ）の奥から—世界文学全集版あとがきにかえて（石牟礼道子）……754

＊解説―不知火海の古代と近代（池澤夏樹）……… 757
＊石牟礼道子年譜／主要著作リスト ……… i
＊『苦海浄土』関連地図 ……… 巻末

3–05 短篇コレクション I

2010年7月30日刊

南部高速道路（フリオ・コルタサル著, 木村榮一訳）……… 5
波との生活（オクタビオ・パス著, 野谷文昭訳）……… 39
白痴が先（バーナード・マラマッド著, 柴田元幸訳）……… 49
タルパ（フアン・ルルフォ著, 杉山晃訳）……… 67
色、戒（張愛玲著, 垂水千恵訳）……… 83
肉の家（ユースフ・イドリース著, 奴田原睦明訳）……… 121
小さな黒い箱（P.K.ディック著, 浅倉久志訳）……… 133
呪(まじな)い卵（チヌア・アチェベ著, 管啓次郎訳）……… 179
朴達(パクタリ)の裁判（金達寿著）……… 189
夜の海の旅（ジョン・バース著, 志村正雄訳）……… 281
ジョーカー最大の勝利（ドナルド・バーセルミ著, 志村正雄訳）……… 299
レシタティフ–叙唱（トニ・モリスン著, 篠森ゆりこ訳）……… 313
サン・フランシスコYMCA讃歌（リチャード・ブローティガン著, 藤本和子訳）……… 345
ラムレの証言（ガッサーン・カナファーニー著, 岡真理訳）……… 351
冬の犬（アリステア・マクラウド著, 中野恵津子訳）……… 361
ささやかだけれど、役にたつこと（レイモンド・カーヴァー著, 村上春樹訳）……… 385
ダンシング・ガールズ（マーガレット・アトウッド著, 岸本佐知子訳）……… 423
母（高行健著, 飯塚容訳）……… 449
猫の首を刎ねる（ガーダ・アル＝サンマーン著, 岡真理訳）……… 467
面影と連れて(うむかじとぅちりてぃ)（目取真俊著）……… 495

3–06 短篇コレクション II

2010年11月30日刊

おしゃべりな家の精（アレクサンドル・グリーン著, 岩本和久訳）……… 5
リゲーア（ジュゼッペ・トマージ・ディ・ランペドゥーサ著, 小林惺訳）……… 15
ギンプルのてんねん（イツホク・バシェヴィス著, 西成彦訳）……… 55
トロイの馬（レーモン・クノー著, 塩塚秀一郎訳）……… 77
ねずみ（ヴィトルド・ゴンブローヴィチ著, 工藤幸雄訳）……… 93
鯨（ポール・ガデンヌ著, 堀江敏幸訳）……… 113
自殺（チェーザレ・パヴェーゼ著, 河島英昭訳）……… 139
X町での一夜（ハインリヒ・ベル著, 松永美穂訳）……… 165
あずまや（ロジェ・グルニエ著, 山田稔訳）……… 181
犬（フリードリヒ・デュレンマット著, 岩淵達治訳）……… 197
同時に（インゲボルク・バッハマン著, 大羅志保子訳）……… 209
ローズは泣いた（ウィリアム・トレヴァー著, 中野恵津子訳）……… 257
略奪結婚、あるいはエンドゥール人の謎（ファジル・イスカンデル著, 安岡治子訳）……… 275
希望の海、復讐の帆（J.G.バラード著, 浅倉久志訳）……… 331
そり返った断崖（A.S.バイアット著, 池田栄一訳）……… 359
芝居小屋（アントニオ・タブッキ著, 須賀敦子訳）……… 401
無料のラジオ（サルマン・ルシュディ著, 寺門泰彦訳）……… 419
日の暮れた村（カズオ・イシグロ著, 柴田元幸訳）……… 435
ランサローテ（ミシェル・ウエルベック著, 野崎歓訳）……… 455

ゼーバルト・コレクション

白水社
全7巻
2005年10月～2014年4月
（鈴木仁子訳）

移民たち—四つの長い物語

2005年10月10日刊

ドクター・ヘンリー・セルウィン …… 5
パウル・ベライター …… 29
アンブロース・アーデルヴァルト …… 71
マックス・アウラッハ …… 159
＊解説 蝶のように舞うペシミスム（堀江敏幸）…… 259
＊訳者あとがき …… 266

目眩まし

2005年12月10日刊

ベールあるいは愛の面妖なことども …… 5
異国へ（アレステロ）…… 29
ドクター・Kのリーヴァ湯治旅 …… 113
帰郷（イル・リトルノ・イン・パトリア）…… 137
＊解説 言葉の織物（池内紀）…… 211
＊訳者あとがき …… 221

土星の環—イギリス行脚

2007年8月10日刊

土星の環—イギリス行脚 …… 1
＊解説 この世にとうとう慣れることができなかった人たちのための（柴田元幸）…… 277
＊訳者あとがき …… 286

空襲と文学

2008年10月10日刊

＊はじめに …… 5
空襲と文学—チューリヒ大学講義より …… 9
悪魔と紺碧の深海のあいだ—作家アルフレート・アンデルシュ …… 97
夜鳥の眼で—ジャン・アメリーについて …… 131
苛まれた心—ペーター・ヴァイスの作品における想起と残酷 …… 153
＊解説 破壊に抗する博物誌的な記述（細見和之）…… 173
＊訳者あとがき …… 182
＊原注 …… i

カンポ・サント

2011年4月10日刊

散文 …… 7
アジャクシオ短訪 …… 9
聖苑（カンポ・サント）…… 19
海上のアルプス …… 34
かつての学舎の庭（ラ・クール・ドゥ・ランシエンヌ・エコール）…… 44
エッセイ …… 47
異質・統合・危機—ペーター・ハントケの戯曲『カスパー』…… 49
歴史と博物誌のあいだ—壊滅の文学的描写について …… 61
哀悼の構築—ギュンター・グラスとヴォルフガング・ヒルデスハイマー …… 89
小兎の子、ちい兎—詩人エルンスト・ヘルベックのトーテム動物 …… 115
スイス経由、女郎屋へ—カフカの旅日記によせて …… 124
夢のテクスチュア—ナボコフについての短い覚書 …… 129
映画館の中のカフカ …… 137
Scomber scombrus または大西洋鯖—ヤン・ペーター・トリップの絵画によせて …… 152
赤茶色の毛皮のなぞ—ブルース・チャトウィンへの接近 …… 157
楽興の時（モメンツ・ムジコー）…… 164
復元のこころみ …… 179
ドイツ・アカデミー入会の辞 …… 187
＊編者あとがき（スヴェン・マイヤー）…… 189
＊解説、あるいは架空の対話（池澤夏樹）…… 193
＊訳者あとがき …… 201
＊出典 …… x
＊原注 …… i

アウステルリッツ 改訳

2012年7月5日刊

［改訳］アウステルリッツ …………………… 1
＊解説 異言語のメランコリー（多和田葉子） …………………………………… 283
＊訳者あとがき …………………………… 291
＊改訳版 訳者あとがき ………………… 298

鄙の宿―ゴットフリート・ケラー、ヨーハン・ペーター・ヘーベル、ローベルト・ヴァルザー他について

2014年4月10日刊

＊まえがき ………………………………… 5
天に彗星がいる―“ライン地方の家の友”に敬意を込めて ……………………… 9
この湖が大西洋であってくれたら（ジョレ・ヴリュ・ク・ス・ラック・ユ・テテ・ロセアン）―サン・ピエール島を訪ねて ……… 39
なにを悲しむのか私にもわからない―メーリケ追想 ……………………………… 65
死は近づき時は過ぎ去る―ゴットフリート・ケラーについての覚え書 …… 85
孤独な散歩者（ル・プロムヌール・ソリテール）―ローベルト・ヴァルザーを心に刻むために ……………………………… 115
昼と夜のように―ヤン・ペーター・トリップの絵画について ………………… 153
＊解説 「鄙の宿」から見える風景（松永美穂） ………………………………… 173
＊訳者あとがき …………………………… 180

ゾラ・セレクション

藤原書店
全11巻, 別巻1巻
2002年11月～
（宮下志朗, 小倉孝誠責任編集）

※刊行中

第1巻 初期名作集―テレーズ・ラカン、引き立て役ほか（宮下志朗編訳）

2004年9月20日刊

テレーズ・ラカン ……………………………… 5
引き立て役 …………………………………… 291
広告の犠牲者 ………………………………… 307
ある恋愛結婚 ………………………………… 319
辻馬車 ………………………………………… 327
猫たちの天国 ………………………………… 333
コクヴィル村の酒盛り ……………………… 343
オリヴィエ・ベカーユの死 ………………… 393
＊訳者解説（宮下志朗） …………………… 433

第2巻 パリの胃袋（朝比奈弘治訳）

2003年3月30日刊

パリの胃袋 …………………………………… 5
＊訳者解説（朝比奈弘治） ………………… 435

第3巻 ムーレ神父のあやまち（清水正和, 倉智恒夫訳）

2003年10月30日刊

ムーレ神父のあやまち ……………………… 5
＊訳者解説（倉智恒夫） …………………… 475

第4巻 愛の一ページ（石井啓子訳）

2003年9月30日刊

愛の一ページ ………………………………… 7
＊訳者解説（石井啓子） …………………… 545
＊巻末付録 ルーゴン＝マッカール家の系図 ………………………………………… 巻末

第5巻 ボヌール・デ・ダム百貨店―デパートの誕生（吉田典子訳）

2004年2月28日刊

ボヌール・デ・ダム百貨店―デパートの誕生 …… 4
＊訳者解説（吉田典子） …… 635

第6巻 獣人―愛と殺人の鉄道物語（寺田光徳訳）

2004年11月30日刊

獣人―愛と殺人の鉄道物語 …… 5
＊訳者解説（寺田光徳） …… 511

第7巻 金（野村正人訳）

2003年11月30日刊

金 …… 5
＊訳者解説（野村正人） …… 553

第8巻 文学評論集（佐藤正年編訳）

2007年3月30日刊

第一部 評論・時評 …… 7
　現実感覚 …… 8
　個性的な表現 …… 17
　演劇における自然主義 …… 25
　若者たちへの手紙 …… 75
　文学における金銭 …… 125
　描写論 …… 172
　淫らな文学 …… 180
　文学における道徳性について …… 190
　小説家の権利 …… 236
第二部 作家論・作品論 …… 251
　エドモン・ド・ゴンクール氏およびジュール・ド・ゴンクール氏による共著『ジェルミニー・ラセルトゥー』 …… 252
　作家ギュスターヴ・フロベール …… 269
　バルザック（抄） …… 309
　スタンダール …… 357
＊訳者解説（佐藤正年） …… 415

第9巻 美術評論集（三浦篤編訳）

2010年7月30日刊

I 初期の批評 …… 7
　プルードンとクールベ 一八六五年七月二十六日／八月三十一日 …… 8
　ギュスターヴ・ドレ 一八六五年十二月十四日 …… 27
　芸術家としてのH・テーヌ氏 一八六六年二月十五日 …… 38
II マネの擁護 …… 67
　わがサロン 一八六六年 …… 68
　エドゥアール・マネ―伝記批評研究 一八六七年一月一日 …… 126
　シャン＝ド＝マルスにおけるわが国の画家たち 一八六七年七月一日 … 169
　わがサロン 一八六八年 …… 186
III アカデミズムと印象派 …… 235
　パリ便り 一八七四年のサロン …… 236
　パリ便り―パリの絵画展覧会 一八七五年のサロン 一八七五年六月 …… 243
　パリ便り―五月の二つの美術展 一八七六年六月 …… 284
　パリ・ノート 一八七七年四月十九日‥ 332
　パリ便り――一八七八年の絵画展のフランス派 一八七八年七月 …… 338
IV 絵画における自然主義 …… 384
　パリ便り―文学・芸術消息 一八七九年のサロン 一八七九年七月 …… 382
　サロンにおける自然主義 一八八〇年六月十八～二十二日 …… 394
V 闘いの後で …… 435
　エドゥアール・マネの作品展・序文 一八八四年 …… 436
　マルスラン・デブータンの版画展・序文 一八八九年七月三十日 …… 448
　絵画 一八九六年五月二日 …… 453
＊訳者解説（三浦篤） …… 415
＊造形芸術家解説（三浦篤, 藤原貞朗）‥ 513

第10巻 時代を読む―1870–1900（小倉孝誠, 菅野賢治編訳）

2002年11月30日刊

第1部 社会・文化・風俗 …… 7
　女性 …… 9
　　いかにして娼婦は生まれるか …… 10
　　ブルジョワジーと不倫 …… 20
　　上流階級の女性 …… 30
　　貴族の女性たち …… 39

教育 …… 49
非宗教的な教育 …… 50
フランスの学校と学校生活 …… 55
ジャーナリズム …… 65
フランスの新聞・雑誌 …… 66
訣別の辞 …… 91
ジャーナリズムの功罪 …… 104
文学 …… 111
共和国と文学 …… 112
著者と出版人 …… 125
宗教 …… 137
ルルドの奇蹟と政治 …… 138
科学とカトリシズム …… 144
パリ …… 153
オスマン時代のパリの浄化 …… 154
ロンシャンの競馬 …… 161
パリの廃墟をめぐる散策 …… 167
パリ、一八七五年六月 …… 173
風俗と社会 …… 183
万国博覧会の開幕 …… 184
離婚と文学 …… 201
動物への愛 …… 211
人口の減少 …… 221
第二部　ユダヤ人問題とドレフュス事件 …… 231
ユダヤ人のために …… 233
共和国大統領フェリックス・フォール氏への手紙 …… 246
陪審団への宣言 …… 282
正義 …… 300
アルフレッド・ドレフュス夫人への手紙 …… 319
*〈訳者解説1〉時代を見るまなざし―ジャーナリスト、ゾラ（小倉孝誠） …… 337
*〈訳者解説2〉終わりなきゾラ裁判（菅野賢治） …… 372

第11巻　書簡集（小倉孝誠編訳）
2012年4月30日刊

1　青春時代 一八五八–六〇年（十八–二十歳） …… 13
ポール・セザンヌ宛 パリ、一八五八年六月十四日 …… 15
ジャン＝バティスタン・バイ宛［パリ、一八五九年三月九日］ …… 19
ジャン＝バティスタン・バイ宛［パリ］一八五九年十二月二十九日 …… 21
ポール・セザンヌ宛 パリ、一八五九年十二月三十日 …… 23
ジャン＝バティスタン・バイ宛 パリ、［一八六〇年］一月十四日 …… 26
ポール・セザンヌ宛 パリ、一八六〇年二月九日 …… 28
ジャン＝バティスタン・バイ宛 パリ、一八六〇年二月十四日 …… 30
ポール・セザンヌ宛 パリ、一八六〇年四月十六日 …… 35
ポール・セザンヌ宛［パリ］一八六〇年四月二十六日、午前七時 …… 40
ジャン＝バティスタン・バイ宛 パリ、一八六〇年六月二日 …… 45
ポール・セザンヌ宛 パリ、一八六〇年六月二十五日 …… 52
ポール・セザンヌ宛 パリ、一八六〇年七月 …… 53
ポール・セザンヌ宛 パリ、一八六〇年八月一日 …… 58
ヴィクトル・ユゴー宛［パリ］、一八六〇年九月八日 …… 64
2　作家としての出発 一八六一–六九年（二十一–二十九歳） …… 67
ルイ・アシェット宛 パリ、一八六二年五月二十日 …… 69
アントニー・ヴァラブレーグ宛 パリ、一八六四年四月二十一日 …… 71
イポリット・テーヌ宛 パリ、一八六五年一月十三日 …… 74
アントニー・ヴァラブレーグ宛 パリ、一八六五年二月六日 …… 76
エドモンおよびジュール・ド・ゴンクール宛 パリ、一八六五年十二月七日 …… 78
アントニー・ヴァラブレーグ宛 パリ、一八六六年一月八日 …… 79
アントニー・ヴァラブレーグ宛［パリ、一八六六年二月］ …… 82
アルセーヌ・ウーセ宛 パリ、一八六七年二月十二日 …… 84
レオポル・アルノー宛 パリ、一八六七年二月二十七日 …… 85
アルベール・ラクロワ宛 パリ、一八六七年五月八日 …… 87

エドゥアール・マネ宛 パリ、一八六八年四月七日 …… 89
サント＝ブーヴ宛 パリ、一八六八年七月十三日 …… 91
アルベール・ラクロワ宛 パリ、一八六八年十一月十四日 …… 93
エドモンおよびジュール・ド・ゴンクール宛 パリ、一八六九年一月九日 …… 94
ジュール・ミシュレ宛［パリ］一八六九年一月二十六日 …… 95
3 『ルーゴン＝マッカール叢書』の始動 一八七〇–七六年（三十–三十六歳）…… 97
ルイ・ユルバック宛 パリ、一八七〇年五月二十七日 …… 99
エドモン・ド・ゴンクール宛 パリ、一八七〇年六月二十七日 …… 100
アレクサンドル・グレ＝ビゾワン宛 マルセイユ、一八七〇年十二月七日 …… 101
アレクサンドリーヌおよびエミリー・ゾラ宛 ボルドー、一八七〇年十二月十八日 …… 102
ポール・アレクシ宛 ボルドー、一八七一年二月十七日 …… 105
ポール・セザンヌ宛 パリ、一八七一年七月四日 …… 108
ルイ・ユルバック宛 パリ、一八七一年十一月六日 …… 110
イヴァン・ツルゲーネフ宛 パリ、一八七四年六月二十九日 …… 114
エドゥアール・ベリアール宛 パリ、一八七五年四月五日 …… 115
マリウス・トパン宛 サン＝トーバン、一八七五年八月二十七日 …… 117
ミハイール・スタシュレービチ宛 サン＝トーバン、一八七五年九月三日 …… 119
ジョルジュ・シャルパンティエ宛 サン＝トーバン、一八七五年九月二十九日 …… 120
ポール・アレクシ宛 パリ、一八七五年十月二十日 …… 121
ピョートル・ボボリィーキン宛［パリ、一八七六年二月初旬］…… 123
アルベール・ミヨー宛 ピリアック、一八七六年九月三日 …… 125
アルベール・ミヨー宛 パリ、一八七六年九月九日 …… 126
ジョリス＝カルル・ユイスマンス宛 パリ、一八七六年十二月十三日 …… 129
ポール・ブールジェ宛［パリ］一八七六年十二月二十四日 …… 130
4 人気作家の誕生 一八七七–八〇年（三十七–四十歳）…… 131
イヴ・ギュイヨ宛［パリ］一八七七年二月十日 …… 133
オーギュスト・デュモン宛 パリ、一八七七年三月十六日 …… 139
ジョリス＝カルル・ユイスマンス宛 レスタック、一八七七年八月三日 …… 141
レオン・エニック宛 レスタック、一八七七年九月二日 …… 144
ギュスターヴ・フローベル宛 レスタック、一八七七年九月十七日 …… 146
イヴ・ギュイヨ宛［パリ、一八七八年一月初旬］…… 148
ポール・ブールジェ宛 メダン、一八七八年七月二十二日 …… 150
ギュスターヴ・フローベル宛 メダン、一八七八年八月九日 …… 151
エドモン・ド・ゴンクール宛 メダン、一八七八年十月十四日 …… 154
ギュスターヴ・フローベル宛 メダン、一八七八年十一月三十日 …… 155
ギュスターヴ・フローベル宛 パリ、一八七九年一月二十二日 …… 157
ギュスターヴ・リヴェ宛 パリ、一八七九年二月十二日 …… 159
アンリ・シャブリヤ宛［パリ、一八七九年四月十四日］…… 160
ルイ・ド・フールコー宛 メダン、一八七九年五月十一日 …… 161
マルグリット・シャルパンティエ宛 メダン、一八七九年十一月二十二日 …… 162
アンリ・セアール宛 メダン、一八七九年十二月十三日 …… 164
ギュスターヴ・フローベル宛 メダン、一八七九年十二月十四日 …… 166
アンリ・セアール宛 メダン、一八七九年十二月十八日 …… 167

アンリ・セアール宛［メダン］一八八〇年一月一日 …… 168
ジャック・ヴァン・サンテン・コルフ宛 パリ、一八八〇年三月十日 …… 169
ギー・ド・モーパッサン宛 メダン、一八八〇年五月二十四日 …… 170
フランシス・マニャール宛 メダン、一八八〇年九月十六日 …… 171
『人間喜劇』紙の編集者諸氏宛 メダン、［一八八〇年］十一月一日 …… 172
5 試練と懐胎の時代 一八八一–八四年（四十一–四十四歳） …… 175
アンリ・セアール宛 メダン、一八八一年五月二十七日 …… 177
アンリ・セアール宛 グラン＝カン、一八八一年八月二十四日 …… 178
エリー・ド・シオン宛［メダン、一八八一年十月二十二日］…… 179
ポール・アレクシ宛 メダン、一八八一年十二月一日 …… 180
ジョリス＝カルル・ユイスマンス宛 メダン、一八八二年一月二十七日 …… 182
エリー・ド・シオン宛 メダン、一八八二年一月二十九日 …… 183
エリー・ド・シオン宛 メダン、一八八二年二月二十一日 …… 189
フランツ・ジュルダン宛 メダン、一八八二年五月十八日 …… 191
ルイ・デプレ宛 メダン、一八八二年九月四日 …… 192
フランク・ターナー宛 メダン、一八八二年十月十日 …… 194
ルイ・デプレ宛 メダン、一八八二年十一月六日 …… 196
ジュゼッペ・ジャコーザ宛 メダン、一八八二年十二月二十八日 …… 197
フーゴー・ヴィットマン宛 パリ、一八八三年三月二十二日 …… 198
ジョリス＝カルル・ユイスマンス宛 メダン、一八八三年五月十日 …… 199
宛先不明 メダン、一八八三年［九月］二十六日 …… 200
ポール・ブールジェ宛 メダン、一八八三年十一月二十五日 …… 201
エドモン・ド・ゴンクール宛 パリ、一八八三年十二月十四日 …… 202
ルイ・デプレ宛 パリ、一八八四年二月九日 …… 202
エドゥアール・ロッド宛 パリ、一八八四年三月十六日 …… 204
アブラアム・ドレフュス宛［パリ、一八八四年三月末］…… 205
ジョヴァンニ・ヴェルガ宛 メダン、一八八四年四月十六日 …… 206
ジョルジュ・ルナール宛 メダン、一八八四年五月十日 …… 206
アルフォンス・ドーデ宛 メダン、一八八四年五月二十日 …… 208
ジョリス＝カルル・ユイスマンス宛 メダン、一八八四年五月二十日 …… 209
ジョルジュ・エコゥト宛 メダン、一八八四年八月一日 …… 211
ダマーズ・ジュオーとジャン・シゴー宛［メダン、一八八四年十一月半ば］…… 212
アンリ・エスコフィエ宛 メダン、一八八四年十二月十八日 …… 214
6 『ジェルミナール』とその波紋 一八八五–八八年（四十五–四十八歳） …… 217
ジョルジュ・モントルグイユ宛 パリ、一八八五年三月八日 …… 219
ジュール・ルメートル宛 パリ、一八八五年三月十四日 …… 219
アンリ・セアール宛 パリ、一八八五年三月二十二日 …… 221
フランシス・マニャール宛［パリ、一八八五年四月四日］…… 224
シャルル・シャンショル宛 パリ、一八八五年六月六日 …… 226
ジャック・ヴァン・サンテン・コルフ宛 メダン、一八八五年七月六日 …… 226
アルフォンス・ドーデ宛 メダン、一八八五年七月二十五日 …… 227
アンリ・セアール宛 モン＝ドール、一八八五年八月二十三日 …… 229
アルベール・サヴィーヌ宛 メダン、一八八五年十月十五日 …… 231
ロレダン・ラルシュ宛 メダン、一八八五年十一月八日 …… 234
ダヴィッド・ドートレーム宛［メダン、一八八五年十二月十一日頃］…… 235
フランソワ・モンス宛 メダン、一八八六年二月十四日 …… 236

ジャック・ヴァン・サンテン・コルフ宛 メダン、一八八六年二月十四日 …… *238*
アンリ・セアール宛 シャトーダン、一八八六年五月六日 …… *239*
ジャック・ヴァン・サンテン・コルフ宛 メダン、一八八六年五月二十七日 …… *240*
エドゥアール・ロックロワ宛 メダン、一八八六年十二月二十四日 …… *241*
L–P・ラフォレ宛［パリ、一八八七年二月二十五日頃］…… *241*
ヘンリーヴィゼテリー宛 パリ、一八八七年三月二十四日 …… *243*
ジャック・ヴァン・サンテン・コルフ宛 メダン、一八八七年七月七日 …… *244*
アンリ・バウエール宛 メダン、一八八七年八月十九日 …… *246*
オクターヴ・ミルボー宛 ロワイヤン、一八八七年九月二十三日 …… *247*
エドモン・ド・ゴンクール宛 パリ、一八八七年十月十三日 …… *248*
エドモン・ルペルティエ宛 パリ、一八八七年十一月二十七日 …… *249*
アルフォンス・ドーデ宛 パリ、一八八七年十二月十八日 …… *250*
ジャック・ヴァン・サンテン・コルフ宛 メダン、一八八八年一月二十二日 …… *250*
アンリ・フーキエ宛 パリ、一八八八年二月十一日 …… *251*
ジャック・ヴァン・サンテン・コルフ宛 パリ、一八八八年三月五日 …… *252*
L–P・ラフォレ宛［パリ、一八八八年四月二十七日以降］…… *254*
ジャック・ヴァン・サンテン・コルフ宛 メダン、一八八八年五月二十五日 …… *255*
エドモン・ド・ゴンクール宛 メダン、一八八八年七月三十日 …… *257*
エドモン・ド・ゴンクール宛 メダン、一八八八年八月八日 …… *258*
ジャック・ヴァン・サンテン・コルフ宛 パリ、一八八八年十一月十六日 …… *259*

7 『ルーゴン＝マッカール叢書』の完結 一八八九–九三年（四十九–五十三歳）…… *261*
ジャック・ヴァン・サンテン・コルフ宛 パリ、一八八九年三月六日 …… *263*
ジャック・ヴァン・サンテン・コルフ宛 メダン、一八八九年六月六日 …… *264*
ジャック・ヴァン・サンテン・コルフ宛 メダン、一八八九年六月二十二日 …… *266*
クロード・モネ宛 メダン、一八八九年七月二十三日 …… *267*
ジョルジュ・シャルパンティエ宛 メダン、一八八九年七月二十七日 …… *268*
ジャック・ヴァン・サンテン・コルフ宛 パリ、一八八九年十月六日 …… *270*
ジュール・ルメートル宛 パリ、一八九〇年三月九日 …… *272*
エルネスト・ルナン宛 パリ、一八九〇年四月五日 …… *273*
ジャック・ヴァン・サンテン・コルフ宛 メダン、一八九〇年七月九日 …… *274*
ジャック・ヴァン・サンテン・コルフ宛 メダン、一八九〇年十二月十二日 …… *276*
ジャック・ヴァン・サンテン・コルフ宛 パリ、一八九一年三月六日 …… *278*
レオンス・ルヴロー宛 パリ、一八九一年五月二十八日 …… *279*
ウジェーヌ・プベル宛［パリ、一八九一年五月三十日］…… *280*
フランツ・ジュルダン宛 メダン、一八九一年七月一日 …… *280*
オーギュスト・ロダン宛［メダン］一八九一年八月十四日 …… *281*
ジャック・ヴァン・サンテン・コルフ宛 メダン、一八九一年九月四日 …… *282*
エリ・アルペリーヌ＝カミンスキー宛［パリ、一八九一年十一月四日］…… *283*
ジャック・ヴァン・サンテン・コルフ宛 パリ、一八九二年一月二十六日 …… *286*
ピエール・ロティ宛 パリ、一八九二年四月九日 …… *288*
ジャック・ヴァン・サンテン・コルフ宛 メダン、一八九二年六月八日 …… *289*

ウジェーヌ＝メルキオール・ド・ヴォギュエ宛 メダン、一八九二年七月十八日 …… *291*

ヴィクトル・シモン宛［パリ、一八九二年十月十八日以前］…… *292*

ジャック・ヴァン・サンテン・コルフ宛 パリ、一八九三年一月二十五日 …… *292*

ジャック・ヴァン・サンテン・コルフ宛 パリ、一八九三年二月二十二日 …… *295*

フェリックス・アルビネ宛 メダン、一八九三年六月二十四日 …… *297*

ジャック・ヴァン・サンテン・コルフ宛 メダン、一八九三年七月二十日 …… *298*

ジャンヌ・ロズロ宛［メダン］一八九三年七月二十九日 …… *299*

ドゥニーズ・ロズロ宛［メダン］一八九三年十二月三十一日 …… *300*

8 『三都市』の季節 一八九四–九七年（五十四–五十七歳）…… *303*

ジャック・ヴァン・サンテン・コルフ宛 パリ、一八九四年三月九日 …… *305*

ジャンヌ・ロズロ宛［パリ、一八九四年七月十三日金曜日］…… *307*

アルチュール・メイエール宛 メダン、一八九四年九月二十八日 …… *310*

エドモン・ド・ゴンクール宛 ローマ、一八九四年十一月十五日 …… *311*

オーギュスト・ロダン宛 ヴェネツィア、一八九四年十二月八日 …… *312*

ジョルジュ・サン＝ポール宛 メダン、一八九五年六月二十五日 …… *313*

ジャック・ヴァン・サンテン・コルフ宛 メダン、一八九五年十月十二日 …… *316*

アレクサンドリーヌ・ゾラ宛 パリ、土曜日の夜、一八九五年十一月十六日 …… *317*

アンドリアン・ユアール宛 パリ、一八九六年一月十四日 …… *320*

エドモン・ド・ゴンクール宛 パリ、［一八九六年］二月十八日 …… *321*

エドゥアール・トゥルーズ宛 メダン、一八九六年五月十九日 …… *322*

モーリス・バレス宛 メダン、一八九六年六月八日 …… *323*

エドゥアール・トゥルーズ宛 パリ、一八九六九年十月十五日 …… *324*

ウジェーヌ・セメノフ宛 パリ、一八九六年十一月二十七日 …… *326*

アーネスト・ヴィゼテリー宛［パリ］一八九六年十二月十一日 …… *327*

エティエンヌ・タルディフ宛 パリ、一八九七年一月二十二日 …… *327*

ルイ・ド・フールコー宛［パリ、一八九七年二月二十一日頃］…… *328*

ジュール・ユレ宛 メダン、一八九七年八月十四日 …… *331*

オーギュスト・シュレール＝ケストネール宛 パリ、一八九七年十一月二十日 …… *332*

9 ドレフュス事件の中のゾラ 一八九八–九九年（五十八–五十九歳）…… *333*

フェルナン・ラボリ宛 メダン、一八九八年四月九日 …… *335*

オーギュスト・デルペッシュ宛 パリ、一八九八年五月二十九日 …… *336*

ジャン＝バティスト・ビヨ宛［パリ］一八九八年六月十六日 …… *337*

フェルナン・ラボリ宛 メダン、一八九八年七月十四日 …… *338*

アンリ・ブリッソン宛［メダン、一八九八年七月十六日以前］…… *340*

ジャンヌ・ロズロ宛 パリ、月曜日の夜［一八九八年七月十八日］…… *350*

フェルナン・ラボリ宛 ロンドン、一八九八年七月十九日 …… *351*

アレクサンドリーヌ・ゾラ宛［ウェイブリッジ］土曜日の夜、一八九八年八月六日 …… *352*

アレクサンドリーヌ・ゾラ宛［ウェイブリッジ］一八九八年八月十一日 …… *353*

オクターヴ・ミルボー宛［ウェイブリッジ］一八九八年八月十九日 …… *356*

フェルナン・ラボリ宛［アドレストーン］一八九八年九月八日、木曜日 …… *357*

フェルナン・デムーラン宛［アドレストーン］一八九八年九月二十一日、水曜日 …… *359*

フェルナン・ラボリ宛［アッパー・ノーウッド］一八九八年十月三十日、日曜日 …… 360
ジョゼフ・レナック宛［アッパー・ノーウッド］一八九八年十月三十日、日曜日 …… 361
ジャンヌ・ロズロ宛［アッパー・ノーウッド］一八九八年十二月一日、木曜日 …… 363
フェルナン・ラボリ宛［アッパー・ノーウッド］一八九八年十二月十五日、木曜日 …… 365
ジョゼフ・レナック宛［アッパー・ノーウッド］一八九九年一月六日、金曜日 …… 367
フェルナン・ラボリ宛［アッパー・ノーウッド］一八九九年二月一日、水曜日 …… 368
ポール・アレクシ宛［アッパー・ノーウッド］一八九九年三月十二日、日曜日 …… 370
フェルナン・ラボリ宛［アッパー・ノーウッド］一八九九年三月十四日、火曜日 …… 371
テオドール・デュレ宛［アッパー・ノーウッド］一八九九年三月二十六日、日曜日 …… 373
ジョゼフ・レナック宛［アッパー・ノーウッド］一八九九年四月十八日、火曜日 …… 374
ドゥニーズ・ロズロ宛［アッパー・ノーウッド］一八九九年五月十一日、木曜日 …… 376
オクターヴ・ミルボー宛［アッパー・ノーウッド］一八九九年六月一日、木曜日 …… 376
アドリエンヌ・ネラ宛 パリ、一八九九年六月十四日 …… 378
アルフレッド・ドレフュス宛 パリ、一八九九年七月六日 …… 379
フェルナン・ラボリ宛［メダン、一八九九年八月十四日］…… 381
フェルナン・ラボリ宛 メダン、一八九九年八月十六日 …… 382
フェルナン・ラボリ宛 メダン、一八九九年八月三十一日 …… 383
アレクサンドリーヌ・ゾラ宛［パリ、一八九九年十月］…… 384
オクターヴ・ミルボー宛 パリ、一八九九年十一月二十九日 …… 384
10 ユートピア文学に向けて 一九〇〇–〇二年（六十〇–六十二歳）…… 387
A.ローヴェンスタイン宛 パリ、一九〇〇年三月二十二日 …… 389
A.ローヴェンスタイン宛 パリ、一九〇〇年四月九日 …… 390
モーリス・ル・ブロン宛［パリ］一九〇〇年十二月一日 …… 391
ポールおよびヴィクトル・マグリット宛［パリ、一九〇一年三月一日以前］…… 393
ポール・ブリュラとアシル・セブロン宛［パリ、一九〇一年三月三十日以前］…… 393
エレーヌ・ヴァラブレーグ宛 パリ、一九〇一年五月五日 …… 394
ジャック・マリタン宛［パリ、一九〇一年五月六日以前］…… 395
アルフレッド・ドレフュス宛 パリ、一九〇一年五月八日 …… 396
ウジェーヌ・フルニエール宛 パリ、一九〇一年五月八日 …… 397
アーネスト・ヴィゼテリー宛 パリ、一九〇一年五月八日 …… 398
ジャン・ジョレス宛 パリ、一九〇一年五月十五日 …… 398
モーリス・ル・ブロン宛 パリ、一九〇一年五月二十二日 …… 399
ジョン・ラビュスキエール宛 パリ、一九〇一年六月五日 …… 400
フェルディナン・シャスタネ宛 パリ、一九〇一年十一月二十七日 …… 401
アンドレ・アンドワーヌ宛 パリ、一九〇二年二月二十四日 …… 402
エルネスト・ヴォーガン宛 パリ、一九〇二年五月［十三日］…… 403
アルフレッド・ブリュノ宛 メダン、一九〇二年七月二日 …… 404
アルフレッド・ブリュノ宛 メダン、一九〇二年八月八日 …… 406
アンリ・ドゥリノ宛 ヴェルヌイユ、一九〇二年八月十八日 …… 409

＊訳者解説「書簡集をいかに読むか」（小倉孝誠）…… 411
＊ゾラ略年譜（一八四〇–一九〇二）（小倉孝誠作成）…… 431
＊書名索引 …… 441
＊人名索引 …… 448

台湾郷土文学選集

研文出版
全5巻
2014年6月～2014年12月

第1巻　永遠のルピナス—魯冰花（鍾肇政著, 中島利郎訳）

2014年6月18日刊

＊「台湾郷土文学選集」について（澤井律之, 中島利郎）…… 1
＊「台湾郷土文学選集」序 …… 3
永遠のルピナス—魯冰花 …… 7
＊解説（中島利郎）…… 189

第2巻　怒濤（鍾肇政著, 澤井律之訳）

2014年9月10日刊

＊「台湾郷土文学選集」について（澤井律之, 中島利郎）…… 1
＊「台湾郷土文学選集・怒濤」序 …… 3
怒濤 …… 7
＊解説（澤井律之）…… 283

第3巻　たばこ小屋・故郷—鍾理和中短篇集（鍾理和著, 野間信幸訳）

2014年12月20日刊

＊「台湾郷土文学選集」について（澤井律之, 中島利郎）…… 1
＊たばこ小屋・故郷—鍾理和中短篇小説選（野間信幸訳）
同姓結婚 …… 5
野茫茫—立民の墓前で …… 19
竹頭庄—「故郷」一 …… 29
山火事—「故郷」二 …… 45
阿煌おじさん—「故郷」三 …… 59
義兄と山歌—「故郷」四 …… 71
たばこ小屋 …… 85
雨 …… 97
＊解説（野間信幸）…… 181

第4巻　シラヤ族の末裔・潘銀花—葉石濤短篇集（葉石濤著, 中島利郎訳）

2014年12月18日刊

＊「台湾郷土文学選集」について（澤井律之, 中島利郎） …… 1
＊シラヤ族の末裔・潘銀花—葉石濤短篇集（中島利郎訳） …… 5
シラヤ族の末裔 …… 7
野菊の花 …… 31
黎明の別れ …… 47
潘銀花の五番目の男 …… 61
潘銀花と義姉妹たち …… 77
獄中記 …… 93
ある医者の物語 …… 131
葫蘆巷の春夢 …… 155
壁 …… 175
福祐宮焼香記 …… 185
林からの手紙 付録一 …… 205
春怨—我が師に 付録二 …… 215
米機敗走—辻小説 付録三 …… 225
＊解説（中島利郎） …… 229

第5巻　曠野にひとり—李喬短篇集（李喬著, 三木直大, 明田川聡士訳）
2014年11月10日刊

＊「台湾郷土文学選集」について（澤井律之, 中島利郎） …… 1
＊虚構と真実—日本語訳短篇集序文（李喬著, 三木直大訳） …… 3
＊曠野にひとり—李喬短篇集
曠野にひとり（明田川聡士訳） …… 9
蕃仔林（ファンネーリム）の物語（明田川聡士訳） …… 19
人間のボール（三木直大訳） …… 37
ジャック・ホー（明田川聡士訳） …… 59
昨日のヒル（三木直大訳） …… 77
皇民梅本一夫（明田川聡士訳） …… 105
父さんの新しい布団（三木直大訳） …… 125
慈悲の剣—李白を化度（けど）す（三木直大訳） …… 151
「死産児」と私（三木直大訳） …… 175
家へ帰る方法（明田川聡士訳） …… 199
＊解説（三木直大, 明田川聡士） …… 219

台湾原住民文学選

草風館
全10巻
2002年12月～
（下村作次郎ほか編）

※刊行中

第1巻　名前を返せ—モーナノン／トパス・タナピマ集（モーナノン, トパス・タナピマ著, 下村作次郎編訳・解説）
2002年12月10日刊

＊モーナノン集 …… 5
僕らの名前を返せ（モーナノン著） …… 7
鐘が鳴るとき—受難の山地の幼い妓女姉妹に（モーナノン著） …… 10
もしもあなたが山地人なら（モーナノン著） …… 12
燃やせ（モーナノン著） …… 14
山地人（モーナノン著） …… 31
帰っておいでよ、サウミ（モーナノン著） …… 33
遭遇（モーナノン著） …… 38
白い盲人杖の歌（モーナノン著） …… 42
百歩蛇は死んだ（モーナノン著） …… 44
＊トパス・タナピマ集 …… 47
トパス・タナピマ（トパス・タナピマ著） …… 49
最後の猟人（トパス・タナピマ著） …… 78
小人族（トパス・タナピマ著） …… 107
マナン、わかったよ（トパス・タナピマ著） …… 124
ひぐらし（トパス・タナピマ著） …… 139
懺悔の死（トパス・タナピマ著） …… 160
サリトンの娘（トパス・タナピマ著） …… 192
ウーリー婆の末日（トパス・タナピマ著） …… 216
ぬぐいされない記憶（トパス・タナピマ著） …… 231
名前をさがす（トパス・タナピマ著） …… 243
恋人と娼婦（トパス・タナピマ著） …… 256
救世主がやってきた（トパス・タナピマ著） …… 278

怒りと卑屈（トパス・タナピマ著）…… 293
＊解説 台湾原住民文学とはなにか（下村作次郎）…… 304

第2巻　故郷に生きる―リカラッ・アウー／シャマン・ラポガン集（リカラッ・アウー, シャマン・ラポガン著, 魚住悦子編訳・解説）

2003年3月20日刊

＊リカラッ・アウー集 …… 5
誰がこの衣装を着るのだろうか（リカラッ・アウー著）…… 7
歌が好きなアミの少女（リカラッ・アウー著）…… 10
軍人村の母（リカラッ・アウー著）…… 14
白い微笑（リカラッ・アウー著）…… 20
離婚したい耳（リカラッ・アウー著）…… 23
祖霊に忘れられた子ども（リカラッ・アウー著）…… 27
情深く義に厚い、あるパイワン姉妹（リカラッ・アウー著）…… 34
色あせた刺青（リカラッ・アウー著）…… 40
傷口（リカラッ・アウー著）…… 46
姑と野菜畑（リカラッ・アウー著）…… 54
故郷を出た少年（リカラッ・アウー著）…… 59
父と七夕（リカラッ・アウー著）…… 63
あの時代（リカラッ・アウー著）…… 66
赤い唇のヴヴ（リカラッ・アウー著）…… 74
ムリダン（リカラッ・アウー著）…… 97
永遠の恋人（リカラッ・アウー著）…… 100
医者をもとめて（リカラッ・アウー著）…… 109
山の子と魚（リカラッ・アウー著）…… 117
オンドリ実験（リカラッ・アウー著）…… 122
誕生（リカラッ・アウー著）…… 130
忘れられた怒り（リカラッ・アウー著）…… 135
大安渓岸の夜（リカラッ・アウー著）…… 140
ウェイハイ、病院に行く（リカラッ・アウー著）…… 143
さよなら、巫婆（リカラッ・アウー著）…… 148
＊シャマン・ラポガン集 …… 155
黒い胸びれ（シャマン・ラポガン著）…… 157
＊解説 部落に生きる原住民作家たち（魚住悦子）…… 322

第3巻　永遠の山地―ワリス・ノカン集（ワリス・ノカン著, 中村ふじゑほか訳）

2003年11月9日刊

山は学校 …… 7
　みどりの葉っぱは木の耳（内山加代訳）…… 8
　ずる休み（内山加代訳）…… 9
　雨の中の紅い花（内山加代訳）…… 11
　旅へ（内山加代訳）…… 12
　欠落感―知的障害をもつ子のために（内山加代訳）…… 13
　汕尾の子どもの下校（内山加代訳）…… 15
　山は学校―原住民の子どもたちへ（内山加代訳）…… 17
　母（内山加代訳）…… 22
　縄（内山加代訳）…… 24
　詩集（内山加代訳）…… 25
　線路（内山加代訳）…… 26
　黙思録（内山加代訳）…… 28
　三代（中村ふじゑ訳）…… 32
　最後の日本軍夫（中村ふじゑ訳）…… 33
　終戦（中村ふじゑ訳）…… 34
　烏来にて（中村ふじゑ訳）…… 35
　大同にて（中村ふじゑ訳）…… 37
　庚午霧社行（中村ふじゑ訳）…… 40
　八雅鞍部を行く（中村ふじゑ訳）…… 44
　山霧（中村ふじゑ訳）…… 47
　霧社（一八九二～一九三一）（中村ふじゑ訳）…… 50
永遠の山地 …… 59
　大安渓（ルリン・ベイノー）―原住民が通る祖先の道は、蕃刀でも断ち切れない（中古苑生訳）…… 60
　隘勇線（中古苑生訳）…… 63
　山への招待（中古苑生訳）…… 69
　山の洗礼（中村ふじゑ訳）…… 78
　猟人（三宅清子訳）…… 83
　老狩人が死んで（新井リンダかおり訳）…… 91
　サングラスをかけたムササビ（中古苑生訳）…… 93
　火をつけるヤギ（中古苑生訳）…… 98
永遠の部落 …… 107
　外省人の父（中古苑生訳）…… 108

一九九六年一月一日の命名（新井リンダかおり訳）……115
奪われた一日（新井リンダかおり訳）……117
故郷はどこ？（中村ふじゑ訳）……120
竹筒飯と地方記者（新井リンダかおり訳）……126
石碑に涙無し（新井リンダかおり訳）……129
ウルガの恋（新井リンダかおり訳）……131
夢の顔（新井リンダかおり訳）……133
虹の橋（中村ふじゑ訳）……137
受難の歴史……151
汚名を背負って（中村ふじゑ訳）……152
白の追憶（中村ふじゑ訳）……159
「白色」追憶録（中村ふじゑ訳）……166
ロシン・ワタン（中村ふじゑ訳）……179
荒野の呼び声……209
家は国家公園のなか（中村ふじゑ, 山本芳美訳）……210
神話の殿堂（山本芳美訳）……225
延々十年、故郷へ帰る道（中村ふじゑ訳）……236
目覚めへの路（中村ふじゑ訳）……252
太陽イナの故郷をめぐって（山本芳美訳）……264
途方に暮れる？（中古苑生訳）……285
＊解説 ワリス・ノカンが綴る近現代史（小林岳二）……305

第4巻　海よ山よ―十一民族作品集（柳本通彦, 松本さち子, 野島本泰訳）
2004年3月12日刊

母の歴史、歴史の母<プユマ>（孫大川著, 柳本通彦訳）……5
ホレマレ<タイヤル>（ワリス・ロカン著, 柳本通彦訳）……14
パンノキ<アミ>（アタウ・バラフ著, 柳本通彦訳）……20
リヴォクの日記<アミ>（ロゲ・リヴォク著, 柳本通彦訳）……37
出草（しゅっそう）<タイヤル>（ユパス・ナウキヒ著, 松本さち子訳）……41
花痕<タロコ>（蔡金智著, 柳本通彦訳）……67
どうしてケタガランなのか？<平埔族・シラヤ>（楊南郡著, 柳本通彦訳）……87
タイヤル人の七家湾渓（チージャーワンシー）<タイヤル>（マサオ・アキ著, 松本さち子訳）……96
雲豹の伝人<ルカイ>（アウヴィニ・カドリスガン著, 柳本通彦訳）……104
生の祭<ブヌン>（ホスルマン・ヴァヴァ著, 松本さち子訳）……115
大地の歌<ブヌン>（ブクン・イシマハサン・イシリトアン著, 野島本泰訳）……152
ムササビ大学<パイワン>（サキヌ著, 柳本通彦訳）……159
薑路（ジンジャー・ロード）<プユマ>（バタイ著, 松本さち子訳）……176
プリンセス<タイヤル>（リムイ・アキ著, 松本さち子訳）……204
紅点<パイワン>（ヴァツク著, 柳本通彦訳）……230
霧の夜<ブヌン>（ネコッ・ソクルマン著, 柳本通彦訳）……239
聖地へ<サイシャット>（イティ・ダオス著, 松本さち子訳）……273
親愛なるアキイ、どうか怒らないでください<ツオウ>（パイツ・ムクナナ著, 松本さち子訳）……304
マカラン<タオ>（シナン・シュムクン著, 柳本通彦訳）……319
＊解説 木霊する生命の歌（柳本通彦）……325

第5巻　神々の物語―神話・伝説・昔話集
（紙村徹編編訳・解説）
2006年8月1日刊

第一部　創世記―人類・部族そして部落の始まり……11
（1）　アタヤル族、タロコ族の部族創生神話……13
（2）　アミ族の創生神話……46
（3）　プユマ族の創生神話……71
（4）　ツォウ族の部族創生神話……80
（5）　ブヌン族の部族創生神話……86
（6）　ルカイ族の創生神話……96
（7）　パイワン族の創生神話……109
（8）　タオ（ヤミ）族の創生神話……125
第二部　創世記外伝……129

第一章　大洪水とその後 …… 131
第二章　太陽を伐つ、月を伐つ …… 165
（1）　射日神話—始原に一つだけの巨大過ぎる太陽 …… 165
（2）　射日神話—始原に二つの太陽 …… 171
（3）　射日と射月の神話—始原に二つの太陽と二つの月 …… 185
（4）　射月神話 …… 187
第三章　脱皮型死の起原神話およびその類話 …… 190
第四章　楽園喪失 …… 195
第五章　源郷からの移動、そして開村伝説 …… 198
（1）　源郷からの移動 …… 198
（2）　開村伝説 …… 207
第六章　栽培植物の起源 …… 213
（1）　異界からの栽培植物の贈与 …… 213
（2）　異界からの栽培植物の盗み …… 219
（3）　鳥獣から教えられた栽培植物 …… 226
（4）　死体から栽培植物が化生 …… 228
（5）　穀霊逃亡 …… 228
（6）　栽培植物の呪的創造 …… 230
第三部　異郷訪問譚 …… 233
（1）　風によって孕む女人国 …… 235
（2）　女人島からの生還 …… 242
（3）　湯気吸いの女人国 …… 248
（4）　地底の国訪問 …… 255
第四部　異人・もののけ・妖怪 …… 263
第一章　巨根の男のエロスと悲劇 …… 265
第二章　ワギナに歯の生えた女とその類話 …… 276
（1）　ワギナに歯の生えた美女 …… 276
（2）　ワギナのない美女の話その他 …… 288
第三章　首だけ人間と首なし人間 …… 296
第四章　巨人と小人 …… 300
（1）　小人伝説 …… 300
（2）　パスタアイ祭の始まり …… 302
（3）　ブヌン族の小人の話 …… 307
（4）　小人族スグジュルの話 …… 310
（5）　巨人伝説 …… 314
第五章　邪視 …… 321
第六章　異類婚 …… 329
（1）　蛇婿入り …… 329
（2）　蛙婿入り …… 342
（3）　蚯蚓婿入り …… 345
（4）　その他の異類婚 …… 349
第五部　英雄列伝 …… 369
（1）　アタヤル族 …… 371
（2）　アミ族 …… 376
（3）　ツォウ族 …… 391
（4）　パイワン族 …… 393
第六部　頭目家列伝 …… 395
（1）　パイワン族 …… 397
（2）　ルカイ族 …… 426
第七部　世話物 …… 428
（1）　パイワン族 …… 431
（2）　プユマ族 …… 446
（3）　ルカイ族 …… 448
（4）　アミ族 …… 454
＊解説 地層としての神話的世界（紙村徹） …… 460
＊参考付図
＊第1図　台湾北部（アタヤル、タロコ、サイシャット、クヴァラン） …… 491
＊第2図　台湾中部（ブヌン、ツォウ、アミ、サオ、クヴァラン） …… 492
＊第3図　台湾南部（パイワン、ルカイ、プユマ、タオ） …… 493

第6巻　晴乞い祭り—散文・短編小説集

（下村作次郎, 孫大川, 土田滋, ワリス・ノカン編）

2008年6月15日刊

晴乞い祭り<ブヌン>（ホスルマン・ヴァヴァ著, 松本さち子訳） …… 5
フ、ブヌン<ブヌン>（ホスルマン・ヴァヴァ著, 松本さち子訳） …… 33
旋風酋長<パイワン>（陳英雄著, 中村平訳） …… 44
サーチンのヤギの角<プユマ>（バタイ著, 松本さち子訳） …… 55
ビリンのキマメ畑<プユマ>（バタイ著, 松本さち子訳） …… 106
母の粟畑<プユマ>（バタイ著, 松本さち子訳） …… 120
山地眷村<プユマ>（バタイ著, 松本さち子訳） …… 130

懐湘<タイヤル>(リムイ・アキ著, 松本さち子訳) …… 153
山野の笛の音<タイヤル>(リムイ・アキ著, 松本さち子訳) …… 171
八人の男が添い寝<タイヤル>(リムイ・アキ著, 松本さち子訳) …… 177
挽歌<アミ>(林俊明著, 中古苑生訳) …… 181
フーガの練習<アミ>(甘昭文著, 中古苑生訳) …… 195
雪山の民<タイヤル>(李永松著, 山本由紀子訳) …… 201
衝突<ブヌン>(ネコッ・ソクルマン著, 柳本通彦訳) …… 256
一九九九年五月七日人生のカーブ<ブヌン>(ネコッ・ソクルマン著, 柳本通彦訳) …… 275
親父と土地<ブヌン>(ネコッ・ソクルマン著, 柳本通彦訳) …… 288
下駄<ツォウ>(パイツ・ムクナナ著, 松本さち子訳) …… 295
炎の中の顔<ツォウ>(パイツ・ムクナナ著, 松本さち子訳) …… 304
歴史を生きる—原住民の過去・現在そして未来<プユマ>(孫大川著, 安場淳訳) …… 312
最後の黄昏のときを共に歩み終えるまで<プユマ>(孫大川著, 安場淳訳) …… 329
高砂義勇隊だった私の叔父たち<プユマ>(孫大川著, 安場淳訳) …… 345
精米所の敷居<プユマ>(孫大川著, 安場淳訳) …… 350
二度と無に帰することのない国語<プユマ>(孫大川著, 安場淳訳) …… 353
風の人<パイワン>(サキヌ著, 柳本通彦訳) …… 357
回遊<タロコ>(アビョン著, 魚住悦子訳) …… 368
雨染み<サイシャット>(イティ・タオス著, 松本さち子訳) …… 378
＊編者後記(下村作次郎) …… 408

第7巻　海人・猟人—シャマン・ラポガン集／アオヴィニ・カドゥスガヌ集(魚住悦子, 下村作次郎編訳)
2009年4月25日刊

＊日本の読者へ—海と山からのメッセージ …… 1
＊序文一 海浪心語(波のことば)(シャマン・ラポガン著, 魚住悦子訳) …… 1
＊序文二 親愛なる日本の読者の友へ(アオヴィニ・カドゥスガヌ著, 下村作次郎訳) …… 4
シャマン・ラポガン集 …… 13
海人(シャマン・ラポガン著, 魚住悦子訳) …… 15
漁夫の誕生(シャマン・ラポガン著, 魚住悦子訳) …… 55
アオヴィニ・カドゥスガヌ集 …… 103
野のユリの歌(アオヴィニ・カドゥスガヌ著, 下村作次郎訳) …… 105
＊解説 海人・猟人の文学 …… 287
＊シャマン・ラポガンと海に生きる人々(魚住悦子) …… 288
＊アワ文化と狩猟生活—『野のユリの歌』礼賛(下村作次郎) …… 295

第8巻　原住民族文化・文学評論集 1(下村作次郎他編訳・解説)
2006年11月1日刊

原住民の文化・歴史と心の世界の描写—試論原住民文学の可能性(孫大川著, 下村作次郎訳) …… 15
山海世界(孫大川著, 下村作次郎訳) …… 51
原住民文学の苦境—黄昏あるいは黎明(孫大川著, 下村作次郎訳) …… 56
ペンでうたう—台湾原住民文学誕生の背景と現況、そして展望(孫大川著, 下村作次郎訳) …… 80
原住民文学の発展過程におけるいくたびかの転換—日本統治時代から現在までの観察(浦忠成著, 魚住悦子訳) …… 117
なにが原住民族文学か(浦忠成著, 魚住悦子訳) …… 149
台湾原住民文学の脱植民—台湾原住民文学および社会の初歩的観察(ワリス・ノカン著, 山本由紀子訳) …… 189
台湾原住民文学から生態文化を再考する(ワリス・ノカン著, 山本由紀子訳) …… 217

現代台湾原住民族文学の新しい視野（ワリス・ノカン著, 小林岳士訳）…… *239*
原住民文学創作における民族アイデンティティ―わたしの文学創作の歴程（リカラッ・アウー著, 魚住悦子訳）‥ *263*
ロマンチックな帰郷人―シャマン・ラポガン（董恕明著, 魚住悦子訳）…… *286*
＊解説 台湾原住民文学をめぐる原住民族知識人の言説（下村作次郎著）…… *323*

第9巻　原住民族文化・文学評論集 2（下村作次郎他編訳・解説）
2007年6月15日刊

序（孫大川著, 下村作次郎訳）…… *1*
原住民に母語で詩を書かせよう―モーナノンの詩作をめぐる随想（楊渡著, 魚住悦子訳）…… *9*
族群(エスニック・グループ)のエクリチュールと国民／国家―原住民文学について（彭小妍著, 橋本恭子訳）…… *17*
文学の原住民と原住民の文学―「他者」から「主体」へ（陳昭瑛著, 松本さち子訳）…… *43*
パイランの森に住む文字の猟人―台湾原住民の漢文による記述の試読（傅大為著, 松尾直太訳）…… *77*
山海の世界―台湾原住民文学について（杜国清著, 下村作次郎訳）…… *118*
アイデンティティと記憶―アウーの創作から探る原住民女性の著作（楊翠著, 魚住悦子訳）…… *147*
アイデンティティの戦闘位置―ワリス・ノカンの場合を例として（魏貽君著, 下村作次郎訳）…… *193*
迷霧を払って祖先の魂を取り戻せ―台湾原住民文学問題初探（彭瑞金著, 井手勇訳）…… *242*
「漢」夜いまだ懼るるべからず、なんぞ炬を持ちて遊ばざらんや―原住民の新文化論述（廖咸浩著, 山本由紀子訳）…… *261*
言語、生命経験、文学創作―試論・アウヴィニの『雲豹の伝人』から『野百合の歌』までの心の歴程（王應棠著, 下村作次郎訳）…… *292*
原住民は文学「創作」を必要としているか（邱貴芬著, 魚住悦子訳）…… *319*
出版される台湾原住民―台湾原住民図書発展歴程の初歩的な検討（一九四五年–二〇〇四年）（陳雨嵐著, 石丸雅邦訳）…… *333*
台湾オーストロネシア諸語の分布と民族移動（李壬癸著, 多田恵訳）…… *367*
＊台湾原住民族文化文学年表 山海文化雑誌社・林宜妙編（下村作次郎編訳）‥ *398*
＊解説 「他者」は台湾原住民文学をいかに読むか（下村作次郎）…… *399*

台湾セクシュアル・マイノリティ文学

作品社
全4巻
2008年12月～2009年3月
(黄英哲, 白水紀子, 垂水千恵編)

第1巻　長篇小説 邱妙津『ある鰐の手記』
(邱妙津著, 垂水千恵訳)
2008年12月30日刊

ある鰐の手記 …………………………………… *5*
＊解説(垂水千恵) ………………………… *267*
＊「台湾セクシュアル・マイノリティ文学シリーズ」(全四巻)刊行の趣旨(黄英哲, 白水紀子, 垂水千恵) ……… *285*

第2巻　中・短編集 紀大偉作品集『膜』(ほか全四篇)
(紀大偉著, 白水紀子訳)
2008年12月30日刊

膜 ……………………………………………… *9*
赤い薔薇が咲くとき ……………………… *187*
儀式 ………………………………………… *233*
朝食 ………………………………………… *275*
＊解説(白水紀子) ………………………… *281*
＊「台湾セクシュアル・マイノリティ文学シリーズ」(全四巻)刊行の趣旨(黄英哲, 白水紀子, 垂水千恵) ……… *297*

第3巻　小説集『新郎新“夫”』(ほか全六篇)
(許佑生, 呉継文, 阮慶岳, 曹麗娟, 洪凌, 陳雪著, 白水紀子編, 池上貞子, 佐藤普美子, 三木直大, 赤松美和子, 櫻庭ゆみ子, 白水紀子訳)
2009年3月30日刊

新郎新“夫”(許佑生著, 池上貞子訳) ……… *7*
天河撩乱―薔薇は復活の過去形(呉継文著, 佐藤普美子訳) ………………… *123*
ハノイのハンサムボーイ(阮慶岳著, 三木直大訳) ………………………… *153*
童女の舞(曹麗娟著, 赤松美和子訳) ….. *177*
受難(洪凌著, 櫻庭ゆみ子訳) …………… *213*
天使が失くした翼をさがして(陳雪著, 白水紀子訳) ……………………………… *243*
＊解説(白水紀子) ………………………… *279*
＊「台湾セクシュアル・マイノリティ文学シリーズ」(全四巻)刊行の趣旨(黄英哲, 白水紀子, 垂水千恵) ……… *297*

第4巻　クィア／酷児評論集『父なる中国、母(クィア)なる台湾?』(ほか全七篇)
(朱偉誠, 張小虹, 劉亮雅, 廖勇超, 張志維, 紀大偉, 洪凌著, 垂水千恵編, 山口守, 三木直大, 垂水千恵, 和泉司, 池上貞子, 西端彩, 久下景子, 須藤瑞代訳)
2009年3月30日刊

父なる中国、母(クィア)なる台湾?―同志白先勇のファミリー・ロマンスと国家想像(朱偉誠著, 山口守訳) ……… *7*
クィア・ファミリー・ロマンス―『河』の欲望シーンをめぐって(張小虹著, 三木直大訳) ……………………………… *37*
愛欲、ジェンダー及びエクリチュール―邱妙津のレズビアン小説(劉亮雅著, 和泉司訳, 垂水千恵監修) ………… *71*
アイデンティティを求め、幻想を横断する―『荒人手記』における(同性愛欲望の)トラウマ空間とアイデンティティ・ポリティックスとの対話(廖勇超著, 池上貞子訳) ……………… *113*
「仮声借題」から「仮身借体」へ―紀大偉のクィアSF小説(張志維著, 西端彩訳) ……………………………………… *167*
台湾小説中の男性同性愛の性と放逐(紀大偉著, 久下景子訳) ……………… *209*
蕾絲(レズ)と鞭子(ビアン)の交歓―現代台湾小説から読み解くレズビアンの欲望(洪凌著, 須藤瑞代訳) …………… *249*
＊解説(垂水千恵) ………………………… *285*
＊「台湾セクシュアル・マイノリティ文学シリーズ」(全四巻)刊行の趣旨(黄英哲, 白水紀子, 垂水千恵) ……… *307*

台湾熱帯文学
人文書院
全4巻
2010年11月～2011年9月

第1巻　吉陵鎮ものがたり（李永平著, 池上貞子, 及川茜訳）
2010年11月10日刊

＊「台湾熱帯文学」シリーズ刊行に寄せて（荒井茂夫, 松浦恒雄, 高嘉謙, 黄英哲）……1
吉陵鎮（きつりょうちん）ものがたり……7
＊マレーシア華人の文化郷愁と原郷の追求―『吉陵鎮ものがたり』解説（黄英哲）……293

第2巻　象の群れ（張貴興著, 松浦恒雄訳）
2010年12月10日刊

＊「台湾熱帯文学」シリーズ刊行に寄せて（荒井茂夫, 松浦恒雄, 高嘉謙, 黄英哲）……1
象の群れ……7
＊張貴興と密林の地図―『象の群れ』解説（高嘉謙）……241
＊あとがき（松浦恒雄）……247

第3巻　夢と豚と黎明―黄錦樹作品集（黄錦樹著, 大東和重, 羽田朝子, 浜田麻矢, 森美千代訳）
2011年9月15日刊

＊「台湾熱帯文学」シリーズ刊行に寄せて（荒井茂夫, 松浦恒雄, 高嘉謙, 黄英哲）……1
I　帰郷……13
火と土（大東和重訳）……15
旧家の火（大東和重訳）……37
夢と豚と黎明（大東和重訳）……63
第四人称（羽田朝子訳）……81
II　記憶……109
雨の降る街（羽田朝子訳）……111
花ざかりの森（森美千代訳）……127
錯誤（大東和重訳）……147
蛙（森美千代訳）……159
南方に死す（大東和重訳）……161
III　華人……181
魚の骨（羽田朝子訳）……183
中国行きのスローボート（森美千代訳）……205
刻まれた背中（濱田麻矢訳）……229
雄鶏（濱田麻矢訳）……269
IV　国民……277
天国の裏門（森美千代訳）……279
我らがアブドラ（森美千代訳）……297
猿の尻、火、そして危険物（濱田麻矢訳）……313
アッラーの御意志（濱田麻矢訳）……337
＊解説 黄錦樹の華語コンプレックス（松浦恒雄）……363

第4巻　白蟻の夢魔―短編小説集（荒井茂夫, 今泉秀人, 豊田周子, 西村正男訳）
2011年9月15日刊

＊「台湾熱帯文学」シリーズ刊行に寄せて（荒井茂夫, 松浦恒雄, 高嘉謙, 黄英哲）……5
白蟻の夢魔（むま）（黎紫書著, 荒井茂夫訳）……15
山の厄神（黎紫書著, 荒井茂夫訳）……37
北の辺地（黎紫書著, 荒井茂夫訳）……59
清教徒（温祥英著, 今泉秀人訳）……81
街で最も高い建物（陳政欣著, 西村正男訳）……101
掘立小屋のインド人（商晩筠著, 西村正男訳）……117
七色花水（商晩筠著, 西村正男訳）……153
小ぬか雨やまず（小黒著, 今泉秀人訳）……167
ブリーディングハート（梁放著, 荒井茂夫訳）……191
マラアタ（梁放著, 荒井茂夫訳）……201
煙霧の彼方一 トタン屋根の上の月（梁放著, 荒井茂夫訳）……217
煙霧の彼方二 垣根に繋る朝顔の花（梁放著, 荒井茂夫訳）……227
この海はるかに（潘雨桐著, 今泉秀人訳）……247

二人の女の恋の歌（李天葆著, 豊田周子訳）…… 277
隠れ身の術（龔萬輝著, 豊田周子訳）…… 291
豚伝奇（曾翎龍著, 豊田周子訳）…… 307
思い出してはならない（賀淑芳著, 豊田周子訳）…… 325
一九五七年の独立（ムルデカ）（張錦忠著, 今泉秀人訳）…… 335
＊解説 馬華文学を鑑賞するにあたって（荒井茂夫）…… 343

ダーク・ファンタジー・コレクション

論創社
全10巻
2006年8月～2009年2月

第1巻　人間狩り（フィリップ・K.ディック著, 仁賀克雄訳）

2006年8月25日刊

パパふたり …… 3
ハンギング・ストレンジャー …… 25
爬行動物 …… 51
よいカモ …… 67
おせっかいやき …… 93
ナニー …… 113
偽者 …… 143
火星探査班 …… 169
サーヴィス訪問 …… 191
展示品 …… 223
人間狩り …… 249
＊解説（仁賀克雄）…… 331

第2巻　不思議の森のアリス（リチャード・マシスン著, 仁賀克雄訳）

2006年8月25日刊

男と女から生まれて …… 3
血の末裔 …… 11
こおろぎ …… 27
生命体 …… 41
機械仕掛けの神 …… 95
濡れた藁 …… 109
二万フィートの悪夢 …… 121
服は人を作る …… 149
生存テスト …… 157
狙われた獲物 …… 187
奇妙な子供 …… 207
賑やかな葬儀 …… 223
一杯の水 …… 237
生き残りの手本 …… 247
不思議の森のアリス …… 255
不法侵入 …… 273

＊解説（仁賀克雄）…… 339

第3巻　タイムマシンの殺人（アントニー・バウチャー著, 白須清美訳）
2006年10月25日刊

先駆者 …… 3
噛む …… 9
タイムマシンの殺人 …… 29
悪魔の陥穽 …… 75
わが家の秘密 …… 129
もうひとつの就任式 …… 141
火星の預言者 …… 165
書評家を殺せ …… 189
人間消失 …… 207
スナルバグ …… 237
星の花嫁 …… 263
たぐいなき人狼 …… 269
＊解説（仁賀克雄）…… 354

第4巻　グランダンの怪奇事件簿（シーバリー・クイン著, 熊井ひろ美訳）
2007年1月20日刊

ゴルフリンクの恐怖 …… 7
死人の手 …… 45
ウバスティの子どもたち …… 67
ウォーバーグ・タンタヴァルの悪戯 …… 115
死体を操る者 …… 163
ポルターガイスト …… 197
サン・ボノの狼 …… 233
眠れぬ魂 …… 283
銀の伯爵夫人 …… 337
フィップス家の悲運 …… 381
＊解説（仁賀克雄）…… 427

第5巻　漆黒の霊魂（オーガスト・ダーレス編, 三浦玲子訳）
2007年3月20日刊

影へのキス（ロバート・ブロック著）…… 5
帰ってきて、ベンおじさん！（ジョゼフ・ペイン・ブレナン著）…… 37
ハイストリートの教会（ラムゼイ・キャンベル著）…… 51
ハーグレイヴの前小口（メアリ・エリザベス・カウンセルマン著）…… 71
ミス・エスパーソン（スティーヴン・グレンドン著）…… 97
ミドル小島に棲むものは（ウィリアム・ホープ・ホジスン著）…… 117
灰色の神が通る（ロバート・E.ハワード著）…… 137
カーバー・ハウスの怪（カール・ジャコビ著）…… 187
映画に出たかった男（ジョン・ジェイクス著）…… 211
思い出（デイヴィッド・H.ケラー著）…… 223
魔女の谷（H.P.ラヴクラフト, オーガスト・ダーレス著）…… 231
理想のタイプ（フランク・メイス著）…… 255
窯（ジョン・メトカーフ著）…… 269
緑の花瓶（デニス・ロイド著）…… 285
ゼリューシャ（M.P.シール著）…… 301
動物たち（H.ラッセル・ウェイクフィールド著）…… 319
カー・シー（ジョージ・ウェッツェル著）…… 343
＊解説（仁賀克雄）…… 356

第6巻　最期の言葉（ヘンリー・スレッサー著, 森沢くみ子訳）
2007年5月20日刊

被害者は誰だ …… 3
大佐の家 …… 15
最期の言葉 …… 25
ある一日 …… 31
恐喝者 …… 43
唯一の方法 …… 61
七年遅れの死 …… 71
診断 …… 83
偉大な男の死 …… 89
拝啓、ミセス・フェンウィック …… 99
チェンジ …… 119
私の秘密 …… 139
身代わり …… 163
年寄りはしぶとい …… 175
目撃者の選択 …… 209
ルースの悩み …… 225
ダム通りの家 …… 247

ルビイ・マーチンスンと大いなる棺桶犯罪計画 …… 267
ルビイ・マーチンスンの変装 …… 291
ルビイ・マーチンスンの大いなる毛皮泥棒 …… 313
ルビイ・マーチンスン、ノミ屋になる …… 337
＊解説（仁賀克雄）…… 361

第7巻　残酷な童話（チャールズ・ボウモント著, 仁賀克雄訳）

2007年10月15日刊

残酷な童話 …… 3
消えゆくアメリカ人 …… 35
名誉の問題 …… 53
フェア・レディ …… 77
ただの土 …… 87
自宅参観日 …… 105
夢列車 …… 127
ダーク・ミュージック …… 143
お得意先 …… 167
昨夜は雨 …… 185
変態者 …… 201
子守唄 …… 217
人を殺そうとする者は …… 233
飢え …… 261
マドンナの涙 …… 285
地獄のブイヤベース …… 303
ブラック・カントリー …… 315
犬の毛 …… 353
＊解説（仁賀克雄）…… 378

第8巻　終わらない悪夢（ハーバート・ヴァン・サール編, 金井美子訳）

2008年4月30日刊

終わらない悪夢（ロマン・ガリ著）…… 3
皮コレクター（M.S.ウォデル著）…… 19
レンズの中の迷宮（ベイジル・コパー著）…… 35
誕生パーティー（ジョン・バーク著）…… 69
許されざる者（セプチマス・デール著）…… 89
人形使い（アドービ・ジェイムズ著）…… 101
蝿のいない日（ジョン・レノン著）…… 117
心臓移植（ロン・ホームズ著）…… 123
美しい色（ウイリアム・サンソム著）…… 131
緑の想い（ジョン・コリア著）…… 141
冷たい手を重ねて（ジョン・D.キーフォーバー著）…… 167
私の小さなぼうや（エイブラハム・リドリー著）…… 197
うなる鞭（H.A.マンフッド著）…… 211
入院患者（リチャード・デイヴィス著）…… 233
悪魔の舌への帰還（ウォルター・ウィンウォード著）…… 255
パッツの死（セプチマス・デール著）…… 279
暗闇に続く道（アドービ・ジェイムズ著）…… 295
死の人形（ヴィヴィアン・メイク著）…… 321
私を愛して（M.S.ウォデル著）…… 355
基地（リチャード・スタップリイ著）…… 371
＊解説（仁賀克雄）…… 395

第9巻　シャンブロウ（C.L.ムーア著, 仁賀克雄訳）

2008年7月15日刊

シャンブロウ …… 3
黒い渇望 …… 47
緋色の夢 …… 101
神々の遺灰 …… 137
ジュリ—異次元の女王 …… 175
暗黒の妖精 …… 221
冷たい灰色の神 …… 245
イヴァラ—炎の美女 …… 285
失われた楽園 …… 329
生命の樹 …… 363
スターストーンの探索 …… 403
狼女 …… 449
短調の歌 …… 485
＊解説（仁賀克雄）…… 489

第10巻　髑髏（フィリップ・K.ディック著, 仁賀克雄訳）

2009年2月25日刊

髑髏 …… 3
奇妙なエデン …… 39
火星人襲来 …… 63
消耗品 …… 81
トニーとかぶと虫 …… 93
矮人の王 …… 115

造物主 …………………………………………… 149
根気のよい蛙 …………………………………… 185
植民地 …………………………………………… 205
生活必需品 ……………………………………… 241
ウォー・ヴェテラン …………………………… 261
＊解説（仁賀克雄）……………………………… 335

ダニエル・キイス文庫

早川書房
全16巻
1999年10月～2014年9月

※1～13巻は第III期に収録

第14巻　アルジャーノン、チャーリイ、そして私（小尾芙佐訳）

2005年11月15日刊

アルジャーノン、チャーリイ、そして私‥ 9
＊私の「もし…だったらどうなるか？」がじっさいに起こったこと ………… 305
＊謝辞（ダニエル・キイス）……………… 314

第15巻　タッチ（秋津知子訳）

2010年4月15日刊

タッチ ……………………………………… 7
＊作者あとがき …………………………… 403
＊解説 ……………………………………… 423
＊ダニエル・キイス著作リスト ……… 427

第16巻　預言（駒月雅子訳）

2014年9月25日刊

＊日本の読者の皆さんへ ………………… 7
＊序文 ……………………………………… 19
預言 ………………………………………… 19
＊あとがき―実際の出来事 ……………… 623
＊訳者あとがき …………………………… 627
＊ダニエル・キイス著作リスト ……… 631

ちくま文学の森

筑摩書房
全10巻
2010年9月～2011年5月
（安野光雅, 森毅, 井上ひさし, 池内紀編）

※全16巻の旧版を文庫版全10巻に再編

第1巻　美しい恋の物語

2010年9月10日刊

初恋（島崎藤村著）…… 8
燃ゆる頬（堀辰雄著）…… 11
初恋（尾崎翠著）…… 29
柳の木の下で（アンデルセン著, 大畑末吉訳）…… 41
ラテン語学校生（ヘッセ著, 高橋健二訳）…… 73
隣の嫁（伊藤左千夫著）…… 129
未亡人（モーパッサン著, 青柳瑞穂訳）…… 175
エミリーの薔薇（フォークナー著, 龍口直太郎訳）…… 187
ポルトガル文（リルケ著, 水野忠敏訳）…… 213
肖像画（A.ハックスリー著, 太田稔訳）…… 267
藤十郎（とうじゅうろう）の恋（菊池寛著）…… 295
ほれぐすり（スタンダール著, 桑原武夫訳）…… 325
ことづけ（バルザック著, 水野亮訳）…… 357
なよたけ（加藤道夫著）…… 383
＊ホテル・ヴェリエール—解説にかえて（安野光雅）…… 524
＊この本の表記・テクストについて …巻末

第2巻　心洗われる話

2010年9月10日刊

少年の日（佐藤春夫著）…… 8
蜜柑（芥川龍之介著）…… 11
碁石を呑だ八っちゃん（有島武郎著）…… 19
ファーブルとデュルイ（ルグロ著, 平野威馬雄訳）…… 35
最後の一葉（O.ヘンリー著, 大津栄一郎訳）…… 55
芝浜（桂三木助演, 飯島友治編）…… 69
貧（ひん）の意地（太宰治著）…… 103
聖水授与者（モーパッサン著, 河盛好蔵訳）…… 119
聖母の曲芸師（A.フランス著, 堀口大學訳）…… 129
盲目のジェロニモとその兄（シュニッツラー著, 山本有三訳）…… 141
獅子の皮（モーム著, 田中西二郎訳）…… 193
闇の絵巻（梶井基次郎著）…… 243
三つ星の頃（野尻抱影著）…… 253
島守（中勘助著）…… 265
母を恋うる記（谷崎潤一郎著）…… 303
二十六夜（宮沢賢治著）…… 339
洟をたらした神（吉野せい著）…… 373
たけくらべ（樋口一葉著）…… 385
瞼の母（長谷川伸著）…… 439
土佐源氏（宮本常一著）…… 487
＊花はさかりに月はくまなきをのみ見るものかは—解説にかえて（安野光雅）…… 516
＊この本の表記・テクストについて …巻末

第3巻　変身ものがたり

2010年10月10日刊

死なない蛸（萩原朔太郎著）…… 8
風博士（坂口安吾著）…… 11
オノレ・シュブラックの失踪（アポリネール著, 川口篤訳）…… 23
壁抜け男（エーメ著, 中村真一郎訳）…… 33
鼻（ゴーゴリ著, 平井肇訳）…… 51
のっぺらぼう（子母澤寛著）…… 99
夢応（むおう）の鯉魚（りぎょ）（上田秋成著, 石川淳訳）…… 105
魚服記（太宰治著）…… 117
こうのとりになったカリフ（ハウフ著, 高橋健二訳）…… 131
妖精族のむすめ（ダンセイニ著, 荒俣宏訳）…… 151
山月記（中島敦著）…… 179
高野聖（泉鏡花著）…… 193
死霊の恋（ゴーチエ著, 田辺貞之助訳）…… 273
マルセイユのまぼろし（コクトー著, 清水徹訳）…… 329
秘密（谷崎潤一郎著）…… 345

人間椅子(江戸川乱歩著) ………………… 373
化粧(川端康成著) ………………………… 403
お化けの世界(坪田譲治著) …………… 409
猫町(萩原朔太郎著) …………………… 449
夢十夜(夏目漱石著) …………………… 469
東京日記(抄)(内田百閒著) …………… 505
*鞍馬天狗と丹下左善—解説にかえて(池内紀) ………………………………… 528
*この本の表記・テクストについて …巻末

第4巻　おかしい話

2010年11月10日刊

おかし男の歌(長谷川四郎著) ……………… 8
太陽の中の女(ボンテンペルリ著, 岩崎純孝訳) ………………………………… 11
死んでいる時間(エーメ著, 江口清訳) …・23
粉屋の話(チョーサー著, 西脇順三郎訳) ………………………………………… 51
結婚申込み(チェーホフ著, 米川正夫訳) ………………………………………… 81
勉強記(坂口安吾著) …………………… 113
ニコ狆(ちん)先生(織田作之助著) ……… 147
いなか、の、じけん(抄)(夢野久作著) ………………………………………… 163
あたま山(やま)(八代目林家正蔵演, 飯島友治編) ……………………………… 179
大力物語(菊池寛著) …………………… 191
怪盗と名探偵(抄)(カミ著, 吉村正一郎訳) ……………………………………… 207
ゾッとしたくて旅に出た若者の話(グリム著, 池内紀訳) ………………… 223
運命(ヘルタイ著, 徳永康元訳) ……… 247
海草と郭公(かっこう)時計(T.F.ポイス著, 龍口直太郎訳) …………………… 261
奇跡をおこせる男(H.G.ウェルズ著, 阿部知二訳) ……………………………… 285
幸福の塩化物(ピチグリッリ著, 五十嵐仁訳) …………………………………… 325
美食倶楽部(谷崎潤一郎著) …………… 373
ラガド大学参観記(牧野信一著) ……… 435
本当の話(抄)(ルキアノス著, 呉茂一訳) ………………………………………… 459
*形容詞「をかし」について—岡新助講師の最後の講義 解説にかえて(井上ひさし) ………………………………… 510
*この本の表記・テクストについて …巻末

第5巻　思いがけない話

2010年12月10日刊

夜までは(室生犀星著) ………………… 8
改心(O.ヘンリー著, 大津栄一郎訳) …… 11
くびかざり(モーパッサン著, 杉捷夫訳) ………………………………………… 27
嫉妬(F.ブウテ著, 堀口大學訳) ………… 47
外套(ゴーゴリ著, 平井肇訳) …………… 71
煙草の害について(チェーホフ著, 米川正夫訳) ………………………………… 131
バケツと綱(T.F.ポイス著, 龍口直太郎訳) ……………………………………… 143
エスコリエ夫人の異常な冒険(P.ルイス著, 小松清訳) ……………………… 159
蛇含草(じゃがんそう)(桂三木助演, 飯島友治編) ……………………………… 177
あけたままの窓(サキ著, 中西秀男訳) ‥ 195
魔術(芥川龍之介著) …………………… 203
押絵(おしえ)と旅する男(江戸川乱歩著) ………………………………………… 221
アムステルダムの水夫(アポリネール著, 堀口大學訳) ……………………… 255
人間と蛇(ビアス著, 西川正身訳) …… 267
親切な恋人(A.アレー著, 山田稔訳) …… 283
頭蓋骨に描かれた絵(ボンテンペルリ著, 下位英一訳) ……………………… 289
仇討三態(菊池寛著) …………………… 307
湖畔(久生十蘭著) ……………………… 341
砂男(ホフマン著, 種村季弘訳) ……… 389
雪たたき(幸田露伴著) ………………… 453
*物語について—解説にかえて(森毅) ………………………………………… 514
*この本の表記・テクストについて …巻末

第6巻　恐ろしい話

2011年1月10日刊

「出エジプト記」より—文語訳「旧約聖書」………………………………………… 8
詩人のナプキン(アポリネール著, 堀口大學訳) ………………………………… 11
バッソンピエール元帥の回想記から(ホフマンスタール著, 大山定一訳) …・21

蠅（ピランデルロ著, 山口清訳）…… 41
爪（アイリッシュ著, 阿部主計訳）…… 59
信号手（ディケンズ著, 小池滋訳）…… 77
「お前が犯人だ」（ポー著, 丸谷才一訳）…… 103
盗賊の花むこ（グリム著, 池内紀訳）…… 129
ロカルノの女乞食（クライスト著, 種村季弘訳）…… 139
緑の物怪（もののけ）（ネルヴァル著, 渡辺一夫訳）…… 147
竈（かまど）の中の顔（田中貢太郎著）…… 161
剣を鍛える話（魯迅著, 竹内好訳）…… 183
断頭台の秘密（ヴィリエ・ド・リラダン著, 渡辺一夫訳）…… 215
剃刀（かみそり）（志賀直哉著）…… 237
三浦右衛門（みうらうえもん）の最後（菊池寛著）…… 253
利根の渡（わたし）（岡本綺堂著）…… 267
死後の恋（夢野久作著）…… 287
網膜脈視症（もうまくみゃくししょう）（木々高太郎著）…… 321
罪のあがない（サキ著, 中西秀男訳）…… 353
ひも（モーパッサン著, 杉捷夫訳）…… 365
マウントドレイゴ卿の死（モーム著, 田中西二郎訳）…… 381
ごくつぶし（ミルボー著, 河盛好蔵訳）…… 429
貧家の子女がその両親並びに祖国にとっての重荷となることを防止し、かつ社会に対して有用ならしめんとする方法についての私案（スウィフト著, 深町弘三訳）…… 439
ひかりごけ（武田泰淳著）…… 455
＊なぜ怖がりたがるのか？—解説にかえて（池内紀）…… 525
＊この本の表記・テクストについて …巻末

第7巻　悪いやつの物語

2011年2月10日刊

囈語（げいご）（山村暮鳥著）…… 8
昼日中（森銑三著）…… 13
老賊譚（ろうぞくたん）（森銑三著）…… 19
鼠小僧次郎吉（芥川龍之介著）…… 27
女賊お君（長谷川伸著）…… 55
金庫破りと放火犯の話（チャペック著, 栗栖茜訳）…… 69
盗まれた白象（マーク・トウェイン著, 龍口直太郎訳）…… 85
夏の愉（たの）しみ（A.アレー著, 山田稔訳）…… 131
コーラス・ガール（チェーホフ著, 米川正夫訳・編）…… 141
異本「アメリカの悲劇」（J.コリア著, 中西秀男訳）…… 155
二壜（ふたびん）のソース（ダンセイニ著, 宇野利泰訳）…… 171
酒樽（さかだる）—アルフォンス・タベルニエに（モーパッサン著, 杉捷夫訳）…… 209
殺し屋（ヘミングウェイ著, 鮎川信夫訳）…… 223
中世に於ける一殺人常習者の遺せる哲学的日記の抜萃（三島由紀夫著）…… 247
光る道（檀一雄著）…… 263
桜の森の満開の下（坂口安吾著）…… 293
女強盗（菊池寛著）…… 329
ナイチンゲールとばら（ワイルド著, 守屋陽一訳）…… 341
カチカチ山（太宰治著）…… 355
手紙（モーム著, 田中西二郎訳）…… 389
或る調書の一節—対話（谷崎潤一郎著）…… 457
停車場で（小泉八雲著, 平井呈一訳）…… 481
＊文学強盗の最後の仕事—解説にかえて（井上ひさし）…… 492
＊この本の表記・テクストについて …巻末

第8巻　怠けものの話

2011年3月10日刊

蟬（堀口大學著）…… 8
警官と讃美歌（O.ヘンリー著, 大津栄一郎訳）…… 9
正直な泥棒（ドストエフスキー著, 小沼文彦訳）…… 23
孔乙己（コンイーチー）（魯迅著, 竹内好訳）…… 65
ジュール叔父（モーパッサン著, 青柳瑞穂訳）…… 75
チョーカイさん（モルナール著, 徳永康元訳）…… 93
ビドウェル氏の私生活（サーバー著, 鳴海四郎訳）…… 107
リップ・ヴァン・ウィンクル（W.アーヴィング著, 斎藤光訳）…… 117

スカブラの話(上野英信著) …… 151
懶惰(らんだ)の賦(ふ)(ケッセル著, 堀口大學訳) …… 169
ものぐさ病(P.モーラン著, 堀口大學訳) …… 199
不精の代参(桂米朝演) …… 205
貧乏(幸田露伴著) …… 221
変装狂(金子光晴著) …… 241
幇間(ほうかん)(谷崎潤一郎著) …… 249
井月(せいげつ)(石川淳著) …… 275
よじょう(山本周五郎著) …… 299
懶惰(らんだ)の歌留多(かるた)(太宰治著) …… 349
ぐうたら戦記(坂口安吾著) …… 375
大凶の籤(くじ)(武田麟太郎著) …… 397
坐っている(富士正晴著) …… 427
屋根裏の法学士(宇野浩二著) …… 449
老妓抄(ろうぎしょう)(岡本かの子著) …… 467
*怠惰について—解説にかえて(森毅) …… 499
*この本の表記・テクストについて …巻末

第9巻　賭けと人生

2011年4月10日刊

全生涯(リンゲルナッツ著, 板倉鞆音訳) ‥ 8
賭博者(とばくしゃ)(モルナール著, 徳永康元訳) …… 11
ナイフ(カターエフ著, 小野協一訳) …… 19
その名も高きキャラヴェラス郡の跳び蛙(マーク・トウェイン著, 野崎孝訳) …… 39
富久(とみきゅう)(桂文楽演, 安藤鶴夫聞書) …… 55
紋三郎(もんざぶろう)の秀(ひで)(子母澤寛著) …… 77
かけ(チェーホフ著, 原卓也訳) …… 95
混成賭博クラブでのめぐり会い—シャペーロン博士に(アポリネール著, 窪田般弥訳) …… 111
アフリカでの私(ボンテンペルリ著, 柏熊達生訳) …… 119
黒い手帳(久生十蘭著) …… 133
スペードの女王(プーシキン著, 神西清訳) …… 167
木馬を駆(か)る少年(D.H.ロレンス著, 矢野浩三郎訳) …… 217
五万ドル(ヘミングウェイ著, 鮎川信夫訳) …… 249
塩百姓(しおびゃくしょう)(獅子文六著) …… 299
闘鶏(今東光著) …… 315
死人に口なし(シュニッツラー著, 岩淵達治訳) …… 397
もう一度(ゴールズワージー著, 増谷外世嗣訳) …… 433
哲人パーカー・アダスン(ビアス著, 西川正身訳) …… 449
最後の一句(森鷗外著) …… 465
喪神(そうしん)(五味康祐著) …… 485
入れ札(ふだ)(菊池寛著) …… 507
*賭けについて—解説にかえて(森毅) …… 528
*この本の表記・テクストについて …巻末

第10巻　とっておきの話

2011年5月10日刊

ミラボー橋(アポリネール著, 堀口大學訳) …… 8
立札(たてふだ)(豊島与志雄著) …… 11
名人伝(中島敦著) …… 33
幻談(げんだん)(幸田露伴著) …… 47
Kの昇天(梶井基次郎著) …… 79
月の距離(カルヴィーノ著, 米川良夫訳) …… 93
山彦(やまびこ)(マーク・トウェイン著, 龍口直太郎訳) …… 121
アラビア人占星術師のはなし(W.アーヴィング著, 江間章子訳) …… 137
山(さ)ン本(もと)五郎左衛門只今(ただいま)退散仕(つかまつ)る(稲垣足穂著) … 171
榎(えのき)物語(永井荷風著) …… 233
ひょっとこ(芥川龍之介著) …… 251
わたし舟(斎藤緑雨著) …… 265
にごりえ(樋口一葉著) …… 271
わら椅子直しの女(モーパッサン著, 杉捷夫訳) …… 309
ある女の日記(小泉八雲著, 平井呈一訳) …… 325
イグアノドンの唄(中谷宇吉郎著) …… 365
村芝居(魯迅著, 竹内好訳) …… 387
羽鳥千尋(はとりちひろ)(森鷗外著) …… 407
赤西蠣太(あかにしかきた)(志賀直哉著) … 433

唐薯武士(からいもざむらい)(海音寺潮五郎著) …… *459*
鶴(長谷川四郎著) …… *481*
＊「空想犯」の顚末と弁明―解説にかえて(安野光雅) …… *526*
＊この本の表記・テクストについて …巻末

中国現代文学選集
トランスビュー
全6巻
2010年11月
(東アジア文学フォーラム日本委員会編)

〔第1巻〕 イリーナの帽子(鉄凝著, 飯塚容訳)
2010年11月25日刊

イリーナの帽子 …… *1*

〔第2巻〕 犬について、三篇(莫言著, 立松昇一訳)
2010年11月25日刊

1 犬への追悼文 …… *2*
2 犬への不当なあつかい …… *17*
3 犬についての興趣を添える話 …… *25*
＊訳註 …… *28*

〔第3巻〕 賀家堡・塀を作る(石舒清著, 水野衛子訳)
2010年11月25日刊

賀家堡 …… *1*
塀を作る …… *12*

〔第4巻〕 喜怒哀楽(金勲著, 時松史子訳)
2010年11月25日刊

喜怒哀楽 …… *1*

〔第5巻〕 西湖詩篇(盧文麗著, 佐藤普美子訳)
2010年11月25日刊

三譚印月(サンタンインユエ) …… *2*
慕才亭(ムーツァイティン) …… *6*
柳浪聞鶯(リィウランウェンイン) …… *10*
龍井問茶(ロンジンウェンチャー) …… *14*

〔第6巻〕　エマーソンの夜（蘇徳著, 桑島道夫訳）
2010年11月25日刊

エマーソンの夜 …… *1*

解説　我らが隣人の日常（島田雅彦著）
2010年11月25日刊

＊我らが隣人の日常 …… *1*

中国古典小説選

明治書院
全12巻
2005年11月～2009年10月
（竹田晃, 黒田真美子編）

第1巻（漢・魏）　穆天子伝・漢武故事・神異経・山海経―他（竹田晃, 梶村永, 高芝麻子, 山崎藍著）
2007年7月25日刊

＊序言（編者） …… *i*
＊参考地図 …… *xii*
＊漢・魏時代の文言小説 …… *2*
蜀王本紀（しょくおうほんぎ） …… *13*
列仙伝（れっせんでん）（抄） …… *35*
山海経（せんがいきょう）（抄） …… *51*
穆天子伝（ぼくてんしでん） …… *69*
燕丹子（えんたんし） …… *149*
西京雑記（せいけいざっき）（抄） …… *181*
神異経（しんいきょう）（抄） …… *215*
海内十洲記（かいだいじっしゅうき）（抄） …… *265*
洞冥記（どうめいき）（抄） …… *289*
趙飛燕外伝（ちょうひえんがいでん） …… *313*
漢武故事（かんぶこじ）（抄） …… *341*
＊人名解説 …… *423*
＊漢・魏時代の度量衡の単位一覧 …… *426*

第2巻（六朝 1）　捜神記・幽明録・異苑―他（佐野誠子著）
2006年11月25日刊
※実際には作品の中の小話が九つの分類のもとに収録・解説されている。

＊序言（編者） …… *i*
＊六朝志怪について …… *2*
怪異 …… *19*
妖怪 …… *68*
鬼神 …… *113*
神霊 …… *171*
禽獣 …… *218*
博物 …… *263*
伝説 …… *309*

神仙 …………………………………… 356
仏教 …………………………………… 401
異苑(いえん)(劉敬叔撰)
異林(いりん)(陸氏撰)
繋観世音応験記(けいかんぜおんおうけんき)(陸杲撰)
玄中記(げんちゅうき)(郭氏撰)
五行記(ごぎょうき)(蕭吉撰)
雑鬼神志怪(ざつきしんしかい)
志怪(しかい)(曹毘撰)
志怪(孔氏撰著)
拾遺記(しゅういき)(王嘉撰)
集異記(しゅういき)(郭季産撰)
述異記(じゅついき)(祖沖之撰)
述異記(任昉撰)
小説(殷芸撰)
甄異伝(しんいでん)(戴祚撰)
神異記(しんいき)(王浮撰)
神仙伝(しんせんでん)(葛洪撰)
旌異記(せいいき)(侯白撰)
斉諧記(せいかいき)(東陽無疑撰)
宣験記(せんけんき)(劉義慶撰)
捜神記(そうじんき)(干宝撰)
捜神後記(そうじんこうき)(陶潜撰)
続異記(ぞくいき)
続観世音応験記(ぞくかんぜおんおうけんき)(張演撰)
続斉諧記(ぞくせいかいき)(呉均撰)
博物志(はくぶつし)(張華撰)
冥祥記(めいしょうき)(王琰撰)
幽明録(ゆうめいろく)(劉義慶撰)
霊鬼志(れいきし)(荀氏撰)
列異伝(れついでん)(曹丕撰)
録異伝(ろくいでん)

第3巻(六朝 2) 世説新語(竹田晃著)

2006年3月25日刊

*序言(編者) …………………………… i
世設新語(せせつしんご)(選釈)(劉義慶著) ‥ 1
*『世説新語』人名解説 ……………… 385
*『世説新語』関係官職解説 ………… 427
*『世説新語』関連年表 ……………… 434
*『世説新語』関係地図—東晋末形勢図 …………………………………… 439

第4巻(唐代 1) 古鏡記・補江総白猿伝・遊仙窟(成瀬哲生著)

2005年11月25日刊

*序言(編者) …………………………… i
古鏡記(こきょうき)(王度著) ………… 1
補江総白猿伝(はくえんでん) ……………… 55
遊仙窟(ゆうせんくつ)(張文成著) ………… 81

第5巻(唐代 2) 枕中記・李娃伝・鶯鶯伝—他(黒田真美子著)

2006年6月25日刊

*序言(編者) …………………………… i
離魂記(りこんき)(陳玄祐撰) …………… 2
枕中記(ちんちゅうき)(沈既済撰) ……… 10
任氏伝(じんしでん)(沈既済撰) ……… 26
柳毅伝(りゅうきでん)(李朝威撰) ……… 59
李章武伝(りしょうぶでん)(李景亮撰) …… 103
霍小玉伝(かくしょうぎょくでん)(蒋防撰) … 125
南柯太守伝(なんかたいしゅでん)(李公佐撰) …………………………………… 159
謝小娥伝(しゃしょうがでん)(李公佐撰) …. 195
李娃伝(りあでん)(白行簡撰) ………… 212
三夢記(さんむき)(白行簡撰) ………… 252
東城老父伝(とうじょうろうふでん)(陳鴻祖撰) …………………………………… 263
鶯鶯伝(おうおうでん)(元稹撰) ……… 284
無双伝(むそうでん)(薛調撰) ………… 325
虬髯客伝(きゅうぜんかくでん)(杜光庭撰(?)) ………………………………… 352
陳義郎(ちんぎろう)(温庭筠撰) ……… 378
王諸(おうしょ)(温庭筠撰) …………… 389
華州参軍(かしゅうさんぐん)(温庭筠撰) …. 400
紅綫伝(こうせんでん)(袁郊撰) ……… 416
崑崙奴(こんろんど)(裴鉶撰) ………… 436
聶隠娘(じょういんじょう)(裴鉶撰) …… 452
歩飛烟(ほひえん)(皇甫枚撰) ………… 470
*唐代伝奇について …………………… 498
*唐長安城図 …………………………… 524

第6巻(唐代 3) 広異記・玄怪録・宣室志—他(溝部良恵著)

2008年1月11日刊

*序言(編者) …………………………… i

冥報記（めいほうき）（抄）（唐臨編）…… 2
紀聞（きぶん）（抄）（牛粛著）…… 32
霊怪集（れいかいしゅう）（抄）（張薦著）…… 82
広異記（こういき）（抄）（戴孚著）…… 94
通幽記（つうゆうき）（抄）（陳劭著）…… 143
集異記（しゅういき）（抄）（薛用弱著）…… 165
玄怪録（げんかいろく）（抄）（牛僧孺著）…… 181
河東記（かとうき）（抄）…… 206
原化記（げんかき）（抄）（皇甫氏撰）…… 239
博異志（はくいし）（抄）（鄭還古撰）…… 246
纂異記（さんいき）（抄）（李玫著）…… 270
続玄怪録（ぞくげんかいろく）（抄）（李復言著）…… 287
酉陽雑俎（ゆうようざっそ）（抄）（段成式著）…… 340
独異志（どくいし）（抄）（李元著）…… 348
宣室志（せんしつし）（抄）（張読著）…… 354
伝奇（でんき）（抄）（裴鉶著）…… 389
三水小牘（さんすいしょうとく）（抄）（皇甫枚撰）…… 410
＊唐代伝奇について …… 422

第7巻（宋代）　緑珠伝・楊太真外伝・夷堅志一他（竹田晃, 檜垣馨二著）
2007年3月25日刊

＊口絵 …… 巻頭
＊序言（編者）…… *i*
＊宋代の文言小説 …… 2
緑珠伝（りょくしゅでん）（楽史作）…… 9
楊太真外伝（ようたいしんがいでん）（楽史作）…… 39
李師師外伝（りししがいでん）…… 141
夷堅志（いけんし）（洪邁撰）…… 179

第8巻（明代）　剪灯新話（瞿佑原著, 竹田晃, 小塚由博, 仙石知子著）
2008年4月10日刊

＊口絵 …… 巻頭
＊序言（編者）…… *i*
＊明代中国参考地図 …… *xii*
剪灯新話（せんとうしんわ）…… 1
　＊解説 …… 2
　竜宮に招かれた男（水宮慶会録）…… 8
　三山の仙界（三山福地志）…… 30
　華亭で出会った旧友（華亭逢故人記）…… 50
　鳳凰の金かんざしの縁（金鳳釵記）…… 62
　聯芳楼の恋歌（聯芳楼記）…… 81
　夢の中の地獄めぐり（令狐生冥夢録）…… 100
　天台山の別天地（天台訪隠録）…… 116
　聚景園の美女（滕穆酔遊聚景園記）…… 138
　牡丹灯籠（牡丹灯記）…… 161
　渭塘の奇縁（渭塘奇遇記）…… 183
　富貴出世の神（富貴発跡司志）…… 204
　古廟の大蛇（永州野廟記）…… 219
　申陽洞の大猿（申陽洞記）…… 232
　妓女愛卿の物語（愛卿伝）…… 249
　翠翠の物語（翠翠伝）…… 274
　竜王堂の賓客（竜堂霊会録）…… 306
　化け物にされてからあの世で冤罪を晴らした男（太虚司法伝）…… 337
　冥土の重職を得た男（修文舎人伝）…… 353
　織女の頼み事（鑑湖夜泛記）…… 367
　緑衣の佳人（緑衣人伝）…… 386

第9巻（清代 1）　聊斎志異 1（蒲松齢原著, 黒田真美子著）
2009年4月10日刊

＊口絵 …… 巻頭
＊序言（編者）…… *i*
＊清代中国参考地図 …… *xi*
＊山東省地図 …… *xii*
聊斎志異（1）
　＊例言 …… 2
　聊斎自誌（りょうさいじし）…… 6
　瞳人語（瞳人語らふ）…… 14
　画壁 …… 24
　偸桃（桃を偸む）…… 34
　労山道士（労山の道士）…… 44
　蛇人（じゃじん）…… 56
　狐嫁女（こかじょ）…… 67
　嬌娜（きょうだ）…… 79
　王成（おうせい）…… 105
　画皮（がひ）…… 128
　嬰寧（えいねい）…… 146
　聶小倩（じょうしょうせん）…… 185
　紅玉（こうぎょく）…… 214
　連瑣（れんさ）…… 239
　雷曹（らいそう）…… 264
　羅刹海市（羅刹の海市）…… 280

田七郎（でんしちろう）……317
武技（ぶぎ）……341
酒虫（しゅちゅう）……349
緑衣女（緑衣の女）……354
雲翠仙（うんすいせん）……363
顔氏（がんし）……385
小謝（しょうしゃ）……399
菱角（りょうかく）……429
粉蝶（ふんちょう）……317
丐仙（かいせん）……336
＊解説―蒲松齢とその時代（黒田真美子）……357
＊付録
＊官職・官署及び科挙関連語彙解説……396
＊科挙試験段階図……400

第10巻（清代 2） 聊斎志異 2（蒲松齢原著, 竹田晃, 黒田真美子著）

2009年10月10日刊

＊口絵……巻頭
＊序言（編者）……*i*
＊清代中国参考地図……*xii*
＊山東省地図……*xiii*
聊斎志異（2）
＊例言……2
郭秀才（かくしゅうさい）……6
橘樹（きつじゅ）……14
青娥（せいが）……20
聴鏡（ちょうきょう）……54
鬼津（きしん）……59
僧術（そうじゅつ）……62
禄数（ろくすう）……69
鬼妻（きさい）……72
医術……78
夏雪（かせつ）……87
化男（男に化す）……93
周克昌（しゅうこくしょう）……95
姚安（ようあん）……103
采薇翁（さいびおう）……110
愛奴（あいど）……118
薬僧（やくそう）……143
紅毛氈（こうもうせん）……147
天宮（てんきゅう）……149
瑞雲（ずいうん）……167
申子（しんし）……180
恒娘（こうじょう）……194
黄英（こうえい）……210
書痴（しょち）……236
竹青（ちくせい）……254
香玉（こうぎょく）……271
二班（にはん）……299
褚遂良（ちょすいりょう）……308

第11巻（清代 3） 閲微草堂筆記・子不語・続子不語（紀昀, 袁枚原著, 黒田真美子, 福田素子著）

2008年7月10日刊

＊口絵……巻頭
＊序言（編者）……*i*
＊清代中国参考地図……*xiv*
閲微草堂筆記（えつびそうどうひっき）（紀昀著）……1
子不語（しふご）（袁枚著）……179
続子不語（ぞくしふご）（袁枚著）……357
＊解説……397
＊付録
＊官職・官署関連語彙解説……436
＊科挙関連語彙解説……439
＊袁枚系図……442
＊紀昀系図……443
＊清朝政治機構概略図……444
＊科挙試験段階図……445
＊紫禁城図……446
＊北京地図（1）（2）……447

第12巻（歴代笑話） 笑林・笑賛・笑府―他（大木康著）

2008年11月10日刊

＊口絵……巻頭
＊序言（編者）……*i*
＊明代中国参考地図……*xvii*
笑林（しょうりん）（邯鄲淳撰）……1
啓顔録（けいがんろく）（侯白撰）……43
東坡居士艾子雑説（とうばこじがいしざっせつ）（蘇軾撰）……75
新編酔翁談録・嘲戯綺語（しんぺんすいおうだんろくちょうぎきご）（羅燁撰）……108
権子（けんし）（耿定向撰）……121
雪濤諧史（せっとうかいし）（江盈科撰）……139

笑賛(しょうさん)(趙南星撰) ………………… 170
三台万用正宗・笑謔門(さんだいばんようせいそうしょうぎゃくもん)(余象斗撰) ……… 195
笑府(しょうふ)(馮夢龍撰) …………………… 207

中世英国ロマンス集

篠崎書林
全4巻
1983年2月〜2001年1月
(中世英国ロマンス研究会訳)

〔第1巻〕
1983年2月25日刊

＊はしがき(中世英国ロマンス研究会) … iii
ホーン王 ………………………………………… 1
デンマーク人ハヴロック …………………… 51
アセルストン ………………………………… 137
ガメリン ……………………………………… 167
＊解説(松原良治) …………………………… 222
＊参考文献 …………………………………… 230

第2巻
1986年10月15日刊

＊はしがき(中世英国ロマンス研究会) … iii
デガレ卿 ……………………………………… 1
オーフェオ卿 ………………………………… 39
ローンファル卿(トマス・チェスター著) ……………………………………… 65
トゥールーズ伯爵 ………………………… 107
エマレ ………………………………………… 151
フレーヌの詩(マリー・ド・フランス著) ……………………………………… 189
ゴウサー卿 ………………………………… 209
＊参考文献 ………………………………… 239

第3巻
1993年5月15日刊

＊はしがき(中世英国ロマンス研究会) … iii
イーガーとグライム(金山崇訳) …………… 1
身分の低い楯持ち(三浦常司訳) ………… 51
フローリスとブランチフルール(西村秀夫訳) ………………………………… 93
クレジェス卿(田尻雅士訳) ……………… 131
シシリーのロバート(吉岡治郎訳) ……… 155
エドワード王と羊飼い(水谷洋一訳) …… 173
オクタヴィアン(松原良治訳) …………… 213

イサンブラス卿（齊藤俊雄訳）………… 277
アマダス卿（今井光規訳）………………… 311
＊参考文献 ……………………………… 239
＊中世英国ロマンス研究会会員 ……… 巻末

第4巻

2001年1月31日刊

＊はしがき（中世英国ロマンス研究会）… iii
ローマの善女フロレンス（三浦常司, 田尻雅士訳）……………………………… 1
トライアムア卿（吉岡治郎, 西村秀夫訳）………………………………………… 83
ターズの王（水谷洋一, 金山崇訳）……… 145
アミスとアミルーン（齊藤俊雄, 今井光規訳）……………………………………… 187
＊参考文献 ……………………………… 271
＊『中世英国ロマンス集』収録作品一覧 …………………………………… 巻末
＊中世英国ロマンス研究会会員 ……… 巻末

D.H.ロレンス全詩集

彩流社
全1巻
2011年1月
（青木晴男, 大平章, 小田島恒志, 戸田仁, 橋本清一編訳）

D.H.ロレンス全詩集—完全版

2011年1月25日刊

＊序論 D.H.ロレンス—仮面をつけない詩人（ヴィヴィアン・デ・ソーラー・ピントー, 大平章訳）…………………… 27
＊テキストに関する編集者の注（大平章訳）……………………………… 48
I　押韻詩集（大平章, 加藤英治訳）……… 51
荒れ果てた共有地 ……………………… 52
疲れ果てて ……………………………… 53
大学の窓から …………………………… 54
幼いころの不協和音 …………………… 54
サクランボどろぼう …………………… 55
夢にとまどい …………………………… 55
復活 ……………………………………… 56
童貞 ……………………………………… 57
書斎 ……………………………………… 58
たそがれ ………………………………… 59
農場の恋 ………………………………… 60
ジプシー ………………………………… 62
炭坑夫の妻 ……………………………… 62
おてんば娘 ……………………………… 63
夜のどろぼう …………………………… 64
母親の独り言 …………………………… 64
夕暮れの小さな町 ……………………… 66
ボートの中で …………………………… 66
最後の時間 ……………………………… 67
朝の平坦な南西の郊外 ………………… 68
最良の学校 ……………………………… 68
古い夢と生まれ出る夢—古い夢 ……… 69
霞む日の郊外 …………………………… 70
平日の夜の礼拝 ………………………… 71
死んだ男 ………………………………… 72
町からの手紙—三月の灰色の朝に …… 73
町からの手紙—ハタンキョウ ………… 74
婚礼の朝 ………………………………… 75

D.H.ロレンス全詩集

すみれ …… 76
稲妻 …… 78
もう一度故郷で休暇が終るころ …… 79
はだしで走る赤ん坊 …… 81
もう嘆いてはいけない …… 81
近衛兵 …… 82
知っている …… 83
思い出の痛み …… 83
白い花 …… 84
コロー …… 84
ミケランジェロ …… 85
戦前の夜のハイドパーク …… 86
夜のピカデリーサーカス …… 86
オペラがすんで …… 87
朝の仕事 …… 88
変貌 …… 88
苦痛ののちに眠る赤ん坊 …… 89
午後の終わりの授業 …… 89
郊外の学校 …… 90
雪の日の学校 …… 91
ほんとうなのかしら …… 92
冬物語 …… 99
復帰 …… 100
懇願 …… 100
燃えるユリ …… 101
赤い月の出 …… 102
アヤメの匂い …… 104
見とおし …… 105
予言者 …… 106
しつけ …… 106
懲罰者 …… 108
からかい …… 109
秘儀 …… 110
拒絶 …… 111
愛の冷気 …… 112
宙吊り …… 113
終わりのない不安 …… 114
終わり …… 114
花嫁 …… 114
聖母 …… 115
窓辺 …… 116
思い出させる人 …… 116
酔いどれて …… 118
悲しみ …… 119
嘆きの秋 …… 120
遺してくれたもの …… 121
静寂 …… 122
傾聴 …… 122
消えない悲しみ …… 123
ミリアムへの最後の言葉 …… 123
ヤンダ …… 124
スイレンと霜 …… 125
丘陵地のイチイ …… 125
死者への誓い …… 126
手持ち無沙汰 …… 127
忘却 …… 127
燃える春 …… 128
行楽列車 …… 128
解放 …… 129
この頭のよい女たち …… 130
もう一人のオフィーリアの物語 …… 131
列車内でのキス …… 132
拒まれて …… 133
何日も過ぎて …… 134
キンギョソウ …… 134
来たれ、春よ、来たれ、悲しみよ …… 137
いいなずけの手 …… 139
恋歌 …… 140
二倍に …… 141
タランテラ …… 141
オークの木陰で …… 142
兄妹 …… 143
死の影 …… 144
バードケージウォーク …… 145
苦悩と恥辱の中で …… 145
死の誘惑 …… 146
灰色の夕暮れ …… 146
火明かりと夕暮れ …… 147
青さ …… 147
弔鐘 …… 148
空けられた杯 …… 149
夜更けに …… 151
一晩たって …… 152
大通りの冬 …… 153
夕暮れのパーラメントヒル …… 153
戦前の夜のエンバンクメント—施し …… 154
戦前の夜のエンバンクメント—はみ出し者たち …… 155
病気 …… 157
教会で …… 158
ピアノ …… 158
北イングランド …… 159

愛の嵐 …… 160
通りすがりにヘレンを訪ねて …… 160
二〇年前 …… 162
手紙を読んでいる …… 162
七つの封印 …… 163
二人の妻 …… 164
戦闘の騒音 …… 168
前線にて …… 168
一九一六年の平和の実相 …… 169
ナルキッソス …… 170
列車のイギリス兵たち …… 171
行進しながら …… 172
没落 …… 173
襲来 …… 173
冬凪 …… 174
爆撃 …… 175
良心的兵役拒否者のロンドー …… 175
葬送歌 …… 176
帰路に …… 177
亡霊たち …… 178
一九一七年の町 …… 179
水の上のパン …… 180
戦時中に生まれた赤ん坊 …… 180
追憶 …… 181
古い夢と新しい夢—新しい夢 …… 182
その日に …… 185
秋の日差し …… 185
秋の歌の日 …… 186
不愉快な忠告 …… 187
動揺 …… 187
II 無韻詩集 …… 191
(1) 『どうだ、僕たちは生き抜いたぞ』(橋本清訳) …… 192
〈序言〉 …… 192
〈解題〉 …… 192
月の出 …… 192
哀歌 …… 192
空虚 …… 193
当世風の殉教者 …… 193
ドン・ファアン …… 195
海 …… 195
プリアポス讃歌 …… 196
我儘な女のバラッド …… 198
ヘネフにて …… 201
初めての朝 …… 202
おおそうだ—僕という男はいなくなってしまえばよいものを— …… 202
彼女は振り返る …… 203
バルコニーで …… 205
聖体祝日 …… 206
闇の中で …… 207
肢体切断 …… 209
屈辱 …… 210
若い妻 …… 211
緑色 …… 212
河の薔薇 …… 212
グロアル・ドゥ・ディジョン …… 213
朝の食卓の薔薇 …… 214
僕は薔薇のようだ …… 214
全世界の薔薇 …… 214
麦を刈る若人 …… 215
すっかり見捨てられて …… 216
見捨てられて寄る辺なく …… 216
麦畑の蛍 …… 216
夕暮れの女鹿 …… 217
愛されない男の歌 …… 218
罪人たち …… 218
悲惨 …… 219
山中の出会い …… 220
永遠の花—亡き母に寄せて …… 221
イタリアの日曜日の午後 …… 223
冬の夜明け …… 224
不幸な始まり …… 225
なぜ彼女は泣くのか …… 225
故人を偲ぶ日 …… 227
万霊節 …… 227
貴婦人妻 …… 228
メダルの両面 …… 229
愚か者たち …… 231
一二月の夜 …… 231
大晦日 …… 232
新年の夜 …… 232
ヴァレンタインの夜 …… 233
誕生の夜 …… 233
夜、罠にかかった兎 …… 234
楽園復帰 …… 235
目覚め …… 237
春の朝 …… 237
婚姻 …… 238
歴史 …… 241
愛された男の歌 …… 242

生き抜いた男の歌 …… 242
一人の女からすべての女へ …… 243
人々 …… 244
街燈 …… 245
「彼女は僕にこうも囁いた …… 246
新天地 …… 248
楽園 …… 252
宣言書 …… 253
秋雨 …… 258
霜の花 …… 259
春を待ち焦がれて …… 260
(2) 『鳥と獣と花』 …… 264
〈果実〉(戸田仁訳) …… 264
石榴 …… 264
桃 …… 265
西洋花梨(かりん)とナナカマドの実 …… 266
無花果 …… 268
葡萄 …… 270
反逆者 …… 272
たそがれの国 …… 274
安らぎ …… 277
〈木々〉(戸田仁訳) …… 278
糸杉 …… 278
裸の無花果の木 …… 281
裸のアーモンドの木 …… 282
熱帯ふう …… 283
南国の夜 …… 284
〈花々〉(戸田仁訳) …… 284
アーモンドの花 …… 285
紫色のアネモネ …… 288
シチリアのシクラメン …… 290
ハイビスカスとサルビアの花 …… 292
〈福音書作家の獣たち〉(戸田仁訳) …… 298
聖マタイ …… 298
聖マルコ …… 301
聖ルカ …… 303
聖ヨハネ …… 305
〈生き物〉(大平章訳) …… 307
蚊 …… 308
魚 …… 310
コウモリ …… 315
人間とコウモリ …… 317
〈爬虫類〉(戸田仁訳) …… 322
蛇 …… 323
子亀 …… 325
亀の甲羅 …… 327
亀の家族関係 …… 329
雄亀と雌亀 …… 330
亀の色事 …… 334
亀の叫び …… 335
〈鳥〉(戸田仁訳) …… 337
雄の七面鳥 …… 338
蜂鳥 …… 341
ニュー・メキシコの鷲 …… 341
青カケス …… 343
〈動物〉(原良子訳) …… 344
ロバ …… 345
雄ヤギ …… 348
雌ヤギ …… 351
象 …… 353
カンガルー …… 358
ビブルズ …… 360
アメリカライオン …… 366
赤オオカミ …… 368
〈精霊〉(原良子訳) …… 370
ニュー・メキシコの男たち …… 371
タオスの秋 …… 372
西に呼ばれる精霊 …… 373
アメリカの鷲 …… 376
III 『三色すみれ』(青木晴男, 市川仁訳) …… 379
我々の一日は終わった …… 380
黄昏の中で耳傾けよ …… 380
サーカスの象 …… 380
のっそり歩く象たち …… 380
ドラム缶の上で …… 381
芸当をする二頭の象 …… 381
黄昏どき …… 381
カップ …… 381
ボウル …… 382
あなた …… 382
日が暮れてから …… 382
手放すか、持ちこたえるか …… 382
運命 …… 384
ブルジョアとは何と下品なのだろう …… 384
どちらにしても虫けらだ …… 385
自然な顔色 …… 386
オックスフォード訛り …… 387
真の民主主義 …… 387
優れているということ …… 388

白鳥 …… 388
レダ …… 389
我らに神々を与えよ …… 389
それは不思議ではないだろうか …… 391
螺旋状の炎 …… 391
死者に死者を埋葬させよ …… 392
いつ汝は民衆に教えるのか …… 394
生計 …… 395
私が映画を見に行った時 …… 395
私がサーカスを見に行った時 …… 395
高貴なイギリス人 …… 397
人間が作ったもの …… 398
鉄によって作られたもの …… 399
新しい家、新しい服 …… 399
人間が作るもの何でも …… 399
我々は伝達者 …… 399
我々が所有しているのは命だけ …… 400
人間になろう …… 400
仕事 …… 401
どうして …… 401
彼って何 …… 402
おお、革命を起こせ …… 403
月の記憶 …… 403
私の中に雨がある …… 403
欲望は海に下る …… 404
海、海 …… 404
海辺の一一月 …… 404
古い歌 …… 405
良い夫は妻を不幸にする …… 405
闘え、おお、若人よ …… 405
女性たちは闘士を愛人に欲しがる …… 406
君たちが闘うか、さもなくば死ぬかだ …… 407
してはならないこと …… 407
復活した主 …… 408
秘密の泉 …… 410
注意せよ、おお、若者たちよ …… 410
猥褻 …… 411
セックスは罪ではない …… 412
象は番うのが遅い …… 413
セックスと信頼 …… 413
ガゼルの子 …… 414
小さな魚 …… 414
蚊は知っている …… 414
自己憐憫 …… 414
新月 …… 414
しぶき …… 415
海草 …… 415
私の敵 …… 415
タッチ …… 415
我に触るな …… 416
純潔 …… 416
語り合おう、笑い合おう …… 417
触れ合いが訪れる …… 417
セックスを放っておけ …… 418
愛の錯乱 …… 418
降りて来い、傲慢な精神よ …… 419
自我の牢獄 …… 420
嫉妬 …… 421
自我に囚われた女たち …… 421
貞節 …… 421
深く知れ、汝自身をもっと深く知れ …… 422
私が求めるすべて …… 423
宇宙は流れている …… 424
根底 …… 424
原初的情念 …… 425
逃避 …… 426
我々の悪の根源 …… 427
恥ずべき行列 …… 427
人生に喜びなし …… 428
囚われの野生のものたち …… 428
哀れな若者 …… 429
出口なし …… 429
金の狂気 …… 430
金を殺せ …… 431
人間は邪悪ではない …… 431
ノッチンガムの新しい大学 …… 431
私が小説の中にいる …… 432
いいえ、ロレンスさん …… 432
燻製のニシン …… 433
我々の道徳的時代 …… 433
私の卑猥な本 …… 434
小さな堅物 …… 435
若者と彼らの道徳的守護神 …… 436
私がシェイクスピアを読む時 …… 436
地の塩 …… 437
新鮮な水 …… 437
平和と戦争 …… 437
たくさんのマンション …… 438
栄光 …… 438
悲しみ …… 438
アッティラ …… 438

君は何のために闘うのか …… 439
選択 …… 439
財産 …… 440
貧乏 …… 440
高貴 …… 440
富 …… 440
忍耐 …… 441
比較 …… 441
吐き気 …… 441
死んでいる人々 …… 442
頭脳的感情 …… 442
ウェルズの描くような未来 …… 442
私に関する限り、女性たちへ …… 442
空虚 …… 443
年配の不満のある女たち …… 443
老人たち …… 443
老人たちの恨み …… 444
美しい老齢 …… 444
勇気 …… 445
欲望は死んだ …… 445
熟した果実が落ちるとき …… 445
エレメンタル …… 446
火 …… 446
女を知ることができたらなあ …… 447
話 …… 447
愛の努力 …… 447
耐えられない …… 448
男は一つの地点に達する …… 448
キリギリスはお荷物である …… 448
もうたくさんだ …… 448
悲劇 …… 448
結局、悲劇は終った …… 449
無 …… 449
ディエス＝イラエ …… 450
ディエス＝イラ …… 451
それを止めろ …… 451
我らの時代の死 …… 451
新しい言葉 …… 452
私の中の太陽 …… 453
静かに …… 453
ついに …… 453
ネメシス …… 454
楽観主義者 …… 454
第三のもの …… 454
正気の宇宙 …… 455
社会に対する恐怖が諸悪の根源である …… 455
神 …… 455
正気と狂気 …… 455
正気の革命 …… 456
いつもこの支払い …… 456
かわいそうな若者たち …… 457
時代遅れのゲーム …… 457
勝利 …… 457
戦闘的スピリット …… 458
賃金 …… 459
若い父親たち …… 460
愚か者によって語られたお話 …… 460
生きていること …… 460
自己防衛 …… 461
男 …… 462
トカゲ …… 462
相対性 …… 462
宇宙 …… 462
太陽の男たち …… 463
太陽の女たち …… 463
民主主義 …… 464
太陽の貴族 …… 464
良心 …… 464
中産階級 …… 465
不道徳性 …… 465
検閲官 …… 465
人間の像 …… 466
不道徳な人間 …… 466
臆病者 …… 466
考える― …… 467
クジャク …… 467
つまらなく見える人々 …… 467
売春婦 …… 467
現代の罪人 …… 468
大事なこと …… 468
運命と若い世代 …… 470
私については、私は愛国者だ …… 471
イングランドのバラ …… 471
一九二九年のイングランド …… 472
自由についてのいつもの話 …… 472
新しいほうき …… 472
警察は探っている …… 472
今それが起こった …… 473
精力的な女性 …… 474
影に恋する …… 474

女性に威圧されて …… 474
ヴィーナス火山 …… 475
彼女は何を求めているのか …… 475
すばらしい精神的な女性 …… 475
かわいそうな小娘 …… 476
どうかしたの …… 476
それはよくない …… 477
私を見ないでくれ …… 477
ビンの中の船 …… 478
汝自身を知り、自分が死すべきものであることを知りなさい …… 479
収入のない男は何なのか …… 480
選挙の投票依頼 …… 481
論争 …… 482
自分の地位を見つける …… 483
上ってゆく …… 484
クラリンダへ …… 485
謎 …… 486
出世 …… 486
彼は出世する …… 487
いちばん悲しい日 …… 488
名声 …… 490
もうけっこうだ …… 491
ヘンリエット …… 491
精力 …… 492
自己憐憫のウィリー …… 493
おそらく …… 493
立ち上がれ …… 494
信頼 …… 495
悪魔の裁き …… 496
悪魔となれ …… 497
IV 『いらくさ』(平野ゆかり訳) …… 499
薔薇はキャベツではない …… 500
通りで出会った男 …… 500
ブリタニアの赤ちゃん …… 501
政権交代 …… 502
英国の労働者と政府 …… 503
クライドサイド派 …… 503
婦人参政権(フラッパー・ヴォート) …… 504
学校で習った歌 …… 504
1 ネプチューンと自由の戯れ …… 504
2 わが祖国 …… 505
3 英国の少年 …… 506
一万三千人の人々 …… 508
純潔な英国 …… 509
スポンジをください …… 510
猫 …… 511
ロンドン・マーキュリー …… 511
わたしのかわいい批評家たち …… 511
無能なお父さん …… 511
質問 …… 512
編集室 …… 512
大新聞の編集者から部下へ …… 512
現代の祈り …… 513
大衆の叫び …… 513
彼らは何をしてくれたか …… 514
人民 …… 515
工場都市 …… 515
草の葉、草の花 …… 516
見事な民主主義 …… 516
V 『続・三色すみれ』(麻生えりか訳) …… 517
イメージを作る愛 …… 518
人々 …… 518
欲望 …… 518
ある友人に …… 519
感情的な友人 …… 519
後年の文通 …… 519
エゴイストたち …… 520
キメラ …… 520
究極の現実 …… 520
スフィンクス …… 520
親しい人 …… 521
とうとうつかんだ本物の愛 …… 521
アンドラーチ―ザクロの花 …… 522
僕は何でもする …… 522
人生という闘い …… 522
人間が多すぎる …… 523
人間の心 …… 523
道徳的な衣服 …… 523
ふるまい …… 524
敵対的な太陽 …… 524
カトリック教会 …… 525
プロテスタント教会 …… 525
孤独 …… 525
根なし草 …… 525
孤独の喜び …… 526
拒否された友情 …… 526
未来の関係 …… 526
未来の宗教 …… 526
未来の状態 …… 527
未来の戦争 …… 527
時代の徴候 …… 527

イニシエーション …… 527
不幸な人間たち …… 527
充実した人生 …… 528
気にする人々 …… 528
無存在 …… 528
全知 …… 528
救済 …… 528
年老いた大天使 …… 529
ルシファー …… 529
神のひき臼 …… 529
大衆 …… 529
落ち葉 …… 529
違い …… 530
生の息吹 …… 530
復讐は我のもの …… 530
天体の変化 …… 531
運命 …… 531
自由な意思 …… 531
スペインの路面電車にて …… 532
スペイン人の特権 …… 532
スペインの銀行にて …… 532
スペイン人の妻 …… 533
画家の妻 …… 533
現代人の問題 …… 533
支配的な女 …… 534
男たちと女たち …… 534
科学的な医者 …… 534
治癒 …… 534
ともに …… 535
神と精霊 …… 535
謙虚 …… 535
ふさわしい自尊心 …… 535
謙虚の行商人 …… 535
敬愛 …… 536
絶対的な畏敬 …… 536
信念 …… 536
鐘の音 …… 536
機械の勝利 …… 537
フォルテ・デイ・マルミ …… 538
海水浴者たち …… 539
誠実さを語ること …… 539
信念を語ること …… 539
我は聖なる群集を愛す …… 539
退屈、倦怠、憂うつ …… 540
破壊的なヴィクトリア朝人 …… 541
荒波は何と言っているか …… 541
ようこそ死よ …… 541
邪悪な悪魔の粉砕機 …… 541
我らは共に死ぬ …… 542
彼らはあなたに何をしたのでしょう …… 543
人は何をすべきか …… 544
都会の生活 …… 545
一三枚の絵 …… 545
アウトダフェ …… 546
見せびらかし …… 547
薔薇とキャベツ …… 547
深い溝 …… 547
十字架 …… 548
同胞 …… 550
神の目 …… 550
救済すべき魂 …… 551
ほとんどの人間が死ぬ時 …… 551
深入りするな …… 551
衝動 …… 551
神々のような人間たち …… 552
人間と機械 …… 553
大衆と上流階級 …… 553
テーバイトを我らに …… 553
わきへ寄れ、さあ、人間の息子よ …… 554
えんえんと …… 554
ああ、すばらしい機械よ …… 555
それでも僕は君に言う—互いを愛せよと …… 555
汝の隣人を愛せよ …… 556
汝自身のように …… 556
孤独でさびしく、心細い—ああ …… 557
庭の木々 …… 557
シュヴァルツバルトの嵐 …… 558
革命というもの …… 558
ロボットの感情 …… 559
ロボット民主主義 …… 559
真の民主主義 …… 559
崇拝 …… 559
階級 …… 560
民主主義とは仕えることである …… 560
偽りの民主主義と真の民主主義 …… 560
仕えること …… 561
神々とは何ものか …… 561
神々よ、神々よ …… 561
神々の名を呼べ …… 562
神々はいない …… 562
北の食べ物 …… 563

ホイットマンへの反論 …… 563
イエスへの反論 …… 563
最も深遠なる官能性 …… 563
真実の感覚 …… 563
満足 …… 564
正義の震え …… 564
嘘 …… 564
毒 …… 564
戒律 …… 564
感情の嘘 …… 565
笑い …… 564
応接間 …… 565
セイヨウバラ …… 565
冷血 …… 565
日没 …… 565
楽団に耳を傾けよ …… 566
人間の顔 …… 566
肖像画 …… 566
家具 …… 567
学校で歌う子供たち …… 567
続けなさい …… 567
競争と闘い …… 567
救うべきものは何もない …… 568
去勢 …… 568
イギリス人の誠意 …… 568
イギリス人はとても親切だ …… 569
丘 …… 570
観光客 …… 570
探究者 …… 570
愛の探究 …… 570
真実の探求 …… 571
愛についての嘘 …… 571
旅は終わった …… 571
老人 …… 571
死 …… 572
ブルジョアとボルシェビキ …… 572
金持ちと貧乏 …… 572
臆病と無礼 …… 573
テニソン卿とメルチェット卿 …… 573
邪悪の選択 …… 573
非情な保守主義者たち …… 574
ソロモンの赤ん坊 …… 574
財産問題 …… 574
解決手段 …… 574
聖ジョージとドラゴン …… 574
半ば盲目の人々 …… 575
危機にある少数派 …… 575
もし君が人ならば …… 575
未知の地 …… 576
降下 …… 576
最良のものだけが重要なのだ …… 577
ピノに …… 577
イギリス国民への放送 …… 578
慎重になりすぎることはない …… 579
幸運な小イギリス人 …… 579
労働者 …… 579
きらめき …… 580
あらゆる神々 …… 580
その時 …… 580
ゲーテと装い …… 581
神々のような人間たち …… 581
思考 …… 582
〔神々〕 …… 582
それでよいのだ …… 582
うぬぼれ …… 582
人間はホモ・サピエンス以上だ …… 583
自意識の強い人々 …… 583
二つの生き方と死に方 …… 583
そのように生きさせてほしい …… 585
死の喜び …… 585
人類には剪定が必要だ …… 586
自己犠牲 …… 586
血を流すこと …… 587
いけにえの古い意味 …… 587
自己犠牲 …… 588
〔トマス・アープ〕 …… 588
「わいせつ、下品、おぞましい」(僕の絵に対する警察の記述) …… 588
〔ミスター・スクワイヤー〕 …… 589
光あれかし …… 589
神が生まれた …… 590
白い馬 …… 591
花々と人間 …… 591
祈り …… 592
VI 『最後詩集』(小田島恒志訳) …… 593
ギリシャ人がやってくる …… 594
アルゴ船の英雄たち …… 594
世界の真ん中 …… 594
英雄たちは深紅色に浸っているから …… 595
創造主デミウルゴス …… 596
創造の仕事 …… 596

赤いゼラニウムと神聖なるモクセイソウ …… 597
肉体のない神 …… 597
神の肉体 …… 598
虹 …… 598
マキシマス …… 598
ツロの男 …… 599
海に愛はないと言う …… 600
くじらは泣かない …… 600
月への祈り …… 601
蝶 …… 602
バヴァリアりんどう …… 603
ルシファー …… 603
命の息 …… 604
沈黙 …… 604
神の手 …… 605
平和 …… 605
深淵の不死 …… 606
人間だけが …… 606
帰還の帰還 …… 607
禁欲(ストイック) …… 608
都会では …… 608
主の祈り …… 609
海の超自然力(マナ) …… 610
塩 …… 610
四つのもの …… 610
境界石 …… 611
塩をこぼす …… 611
用心して歩け …… 611
神秘的 …… 612
アナクサゴラス …… 613
キスと恐ろしい闘争 …… 613
悪魔(サタン)が落ちた時 …… 614
扉 …… 615
悪に家はない …… 615
では、悪とは何か …… 616
悪しき世界観 …… 617
さすらう宇宙 …… 617
死は悪ではなく、悪は機械だ …… 617
闘争 …… 618
この前の戦争 …… 618
殺人 …… 619
殺人兵器 …… 619
離脱 …… 619
死の船 …… 620
難しい死 …… 623
万霊節 …… 624
家のない死者たち …… 624
不幸な死者たちに気をつけろ …… 625
忘れる …… 626
すべてを知る …… 626
礼拝所 …… 626
神殿 …… 626
影 …… 627
万霊節の後 …… 628
死の歌 …… 628
終わり、始まり …… 628
眠り …… 629
眠りと目覚め …… 629
疲れ …… 629
変化 …… 630
不死鳥 …… 630
VII 『未収録の詩』 …… 631
(1) 未収録の詩(中澤はるみ訳) …… 633
吐責 …… 633
いたずらっ子の風 …… 633
血だらけの拍車をつけた若き兵士 …… 633
ミュリエルよ …… 636
彼方にて …… 637
肉体の復活 …… 638
エリーニュエス …… 640
わが神、わが神、なぜ私を見棄てたのですか …… 642
復活 …… 644
労働部隊 …… 646
来ない知らせ …… 648
(断片) …… 649
I 最後の最後に …… 649
II 教会区牧師の息子 …… 649
III 真夏の教練 …… 649
IV サロニカにいる母の息子 …… 650
V 負傷者 …… 650
VI 乙女の祈り …… 650
VII ワゴンを引く男 …… 651
VIII ため息 …… 651
IX 偉大な男の娘 …… 651
X 少年と兵隊 …… 652
XI ピエタ …… 652
XII 灰色の看護婦 …… 652
XIII 灰色の看護婦の連禱 …… 652
XIV 不実な兵士へのメッセージ …… 653

XV 東に舞う埃 …… 653
XVI カイロの女の子 …… 653
XVII ユダヤ女と副議長 …… 653
XVIII ツェッペリンがやってくる …… 654
XIX 軍需品 …… 654
XX 農場労働者 …… 655
XXI 哀悼 …… 655
XXII メソポタミア …… 655
XXIII 物語 …… 655
XXIV 異国の日没 …… 655
XXV トルコの庭園にて働く囚人—庭園からの訴え …… 656
XXVI トルコの庭園にて働く囚人—ハーレムからの返答 …… 656
XXVII 少女と兵士のスイング・ソング …… 656
XXVIII 雨の中で働く囚人たち …… 656
XXIX アフリカの井戸 …… 657
XXX 蛾でもさびでもなく …… 657
仏教僧に捧ぐ …… 657
彼の空想のお話 …… 658
平べったい足の歌 …… 658
裏切り者たち …… 659
手を差し伸べて …… 660
そっと、静かに …… 662
人生の変化 …… 663
僕は心配などしない …… 667
君は憧れているか …… 668
アメリカ人たちよ …… 669
ニュー・メキシコの鷲 …… 675
炎 …… 678
(2) 未収録の詩—『羽毛の蛇』からの詩編（田部井世志子訳） …… 680
I 〔ケツアルコアトルの再来〕 …… 680
II 〔主（しゅ）なる明けの明星〕 …… 681
III 〔誰かが門から入ろうとしている〕 …… 682
IV 〔私の名はイエス〕 …… 682
V 〔ケツアルコアトルがメキシコを見下す〕 …… 683
VI 〔ケツアルコアトルがメキシコで見たもの〕 …… 686
VII 〔ラ・クカラーチャの曲に寄せる歌〕 …… 690
VIII 〔イエスの別れの言葉〕 …… 690
IX 〔ドン・ラモンの歌〕 …… 692
X 〔「明けの明星」の息子〕 …… 692
XI 〔生けるケツアルコアトル〕 …… 694
XII 〔ようこそケツアルコアトルのもとへ〕 …… 695
XIII 〔真昼の詩〕 …… 696
XIV 〔夜明けの詩〕 …… 696
XV 〔日没の詩〕 …… 696
XVI 〔筋金入りの抵抗する気質〕 …… 697
XVII 〔ウチロポチトリの第一の歌〕 …… 697
XVIII 〔ウチロポチトリの第二の歌〕 …… 698
XIX 〔ウチロポチトリの第三の歌〕 …… 699
XX 〔灰色の犬の歌〕 …… 700
XXI 〔「生命（いのち）の主」は「死の支配者」〕 …… 700
XXII 〔ウチロポチトリは死の黒い刃（やいば）を差し出す〕 …… 701
XXIII 〔ウチロポチトリの監視〕 …… 702
XXIV 〔死者の歌〕 …… 702
XXV 〔マリンチの緑のろうそくのように〕 …… 703
XXVI 〔我が道は汝の道にあらず〕 …… 703
(3) 未収録の詩（田部井世志子訳） …… 705
一月の地中海 …… 705
ロッキー山脈の向こうに …… 706
古びた果樹園 …… 707
虹 …… 709
(4) 未収録の詩—『三色すみれ』補遺（田部井世志子訳） …… 711
「無」への賛歌 …… 711
八月の休日 …… 712
海水浴リゾート …… 714
若者は物質的なものに対してあさましくない …… 715
若者は公平であることを望む …… 716
紳士 …… 717
バラ …… 718
若者は貪欲ではない …… 718
中産階級の子どもたち …… 719
汝自身を知れ …… 719

夜 ………… 721
愛 ………… 721
だから言ったでしょう ………… 721
道徳 ………… 723
不道徳 ………… 724
検閲官 ………… 724
生命(いのち)と人間の意識 ………… 724
潜在的な願望 ………… 725
それにもかかわらず ………… 725
逃避としての愛 ………… 725
何をすべきか ………… 726
結集する時 ………… 726
今日(こんにち) ………… 727
大自然 ………… 727
神々 ………… 727
リトル・ボーイ・ブリリアント ………… 728
彼女の声が聞こえた ………… 729
何が問題なのか ………… 730
金銭 ………… 730
性は機能を果たさない ………… 731
愛より深遠なもの ………… 731
猥談は健全でありうる ………… 732
クリスティーンという名の陽気なかわい子ちゃんがいた ………… 733
D.H.ロレンス風に ………… 733
VIII　詩集の序論・序文・補遺 ………… 735
『三色すみれ』の序論(大平章訳) ………… 736
『最後詩集』と『続・三色すみれ』の序論(リチャード・オールディントン著, 大平章訳) ………… 741
「現在の詩(『新詩集』〔一九一八年〕のアメリカ版の序論)」の序文(大平章訳) ………… 748
「前書き」(『三色すみれ』)(大平章訳) ………… 753
『全詩集』(Collected Poems〔1928〕)(大平章訳) ………… 754
補遺I—『全詩集』の前書き(大平章訳) ………… 757
補遺II(大平章訳) ………… 762
(補遺)センノウ ………… 762
(補遺)テマリカンボク ………… 762
補遺III(小田島恒志訳) ………… 764
(補遺)暗闇の栄光 ………… 764
(補遺)バヴァリアりんどう ………… 765
(補遺)死の船 ………… 765
(補遺)死の船 ………… 769
(補遺)死の歌 ………… 769
＊編訳者後書き(大平章) ………… 771

D.H.ロレンス短篇全集

大阪教育図書
全5巻
2003年1月～2006年1月
（西村孝次ほか監訳）

第1巻

2003年1月10日刊

＊前奏曲（鉄村春生）…… i
前奏曲（鉄村春生訳）…… 1
ステンドグラスのかけら（鉄村春生訳）…… 17
白い靴下（鉄村春生訳）…… 33
バラ園の影（鉄村春生訳）…… 69
亀の勉強（鉄村春生訳）…… 88
レスフォードの兎（鉄村春生訳）…… 96
乾し草小屋の恋（西村孝次訳）…… 106
がちょう市（戸田仁訳）…… 160
菊の香り（上村哲彦訳）…… 175
当世風の恋人（戸田仁訳）…… 202
汚点（上村哲彦訳）…… 235
現代風な魔女（上村哲彦訳）…… 243
古いアダム（戸田仁訳）…… 268
牧師の娘たち（西村孝次訳）…… 292
二番が最高（上村哲彦訳）…… 361
＊作品解説（鉄村春生）…… 373
＊D.H.ロレンス年譜 第一巻（一八八五～一九一一）…… 390
＊各巻収録予定作品 …… 393
＊翻訳者紹介 …… 395

第2巻

2003年11月28日刊

春の陰影（西村孝次訳）…… 1
家庭の坑夫（戸田仁訳）…… 23
病んだ坑夫（戸田仁訳）…… 31
女房のたくらみ（上村哲彦訳）…… 41
ストライキ手当て（上村哲彦訳）…… 50
洗礼式（上村哲彦訳）…… 63
デリラとバーカムショー氏（戸田仁訳）…… 75
ある日（上村哲彦訳）…… 88
プロシア士官（岩田昇訳）…… 102
苦労の種（戸田仁訳）…… 131
新しいエバと古いアダム（戸田仁訳）…… 158
桜草の道（西村孝次訳）…… 192
浮き世の憂い（上村哲彦訳）…… 211
イギリス、わがイギリス（鉄村春生訳）…… 242
指ぬき（戸田仁訳）…… 286
馬仲買の娘（鉄村春生訳）…… 302
サムソンとデリラ（戸田仁訳）…… 326
盲目の男（上村哲彦訳）…… 349
切符拝見（岩田昇訳）…… 376
＊作品解説（鉄村春生）…… 395
＊D.H.ロレンス年譜 第二巻（一九一一～一九一八）…… 425
＊収録作品（第一巻・第二巻）と収録予定作品（第三巻～第五巻）…… 429
＊翻訳者紹介 …… 431

第3巻（鉄村春生, 上村哲彦, 戸田仁監訳）

2005年9月20日刊

狐（鉄村春生訳）…… 1
冬の孔雀（戸田仁訳）…… 102
ファニーとアニー（諸戸樹一訳）…… 124
モンキーナッツ（上村哲彦訳）…… 146
ぼくに触れたのはあなた（増口充訳）…… 166
大尉の人形（鈴木俊次訳）…… 195
てんとう虫（清水伊津代訳）…… 301
＊作品解説（鉄村春生）…… 407
＊D.H.ロレンス年譜 第三巻（一九一八～一九二三）…… 452
＊収録作品（第一巻・第二巻・第三巻・第四巻）と収録予定作品（第五巻）…… 455
＊翻訳者紹介 …… 457

第4巻（西村孝次, 鉄村春生, 上村哲彦, 戸田仁監訳）

2005年2月25日刊

ジミーと思いつめた女（上村哲彦訳）…… 1
最後の笑い（戸田仁訳）…… 37
国境線（橋本清一訳）…… 62
上音（戸田仁訳）…… 87
馬に乗って去った女（倉田雅美訳）…… 107
王女さま（川邊武芳訳）…… 150
ほほ笑み（平野ゆかり訳）…… 203
太陽（加藤英治訳）…… 210

喜ばしき幽霊たち（大平章訳）…………… 242
木馬の勝者（鉄村春生訳）………………… 307
二羽の青い鳥（石川慎一郎訳）…………… 331
鳥を愛した男（青木晴男訳）……………… 353
＊作品解説（鉄村春生）…………………… 387
＊D.H.ロレンス年譜 第四巻（一九二四～一九二六）……………………………… 451
＊収録作品（第一巻・第二巻・第四巻）と収録予定作品（第三巻・第五巻）…. 453
＊翻訳者紹介 ……………………………… 455

第5巻（鉄村春生, 上村哲彦, 戸田仁監訳）
2006年1月23日刊

処女とジプシー（木村公一訳）……………… 1
愛のもつれ（中澤はるみ訳）……………… 113
愛らしい夫人（鉄村春生訳）……………… 133
死んだ男（岩田昇訳）……………………… 161
まっぴら御免（戸田仁訳）………………… 224
物（森田由美子訳）………………………… 253
ロードンの屋根（武藤浩史訳）…………… 268
母と娘（田部井世志子訳）………………… 283
青いモカシン靴（小田島恒志訳）………… 319
付録 ………………………………………… 342
　アドルフ（上村哲彦訳）………………… 342
　レックス（麻生えりか訳）……………… 354
＊作品解説（鉄村春生）…………………… 367
＊D.H.ロレンス年譜 第五巻（一九二六～一九三〇）……………………………… 429
＊収録作品（第一巻～第五巻）…………… 433
＊翻訳者紹介 ……………………………… 435
＊終刊の辞（戸田仁）……………………… 439

ディック短篇傑作選

早川書房
全6巻
2011年4月～2014年11月
（ハヤカワ文庫SF）
（大森望編）

アジャストメント
2011年4月25日刊

アジャストメント（浅倉久志訳）…………… 7
ルーグ（大森望訳）………………………… 57
ウーブ身重く横たわる（大森望訳）……… 69
にせもの（大森望訳）……………………… 91
くずれてしまえ（浅倉久志訳）………… 125
消耗員（浅倉久志訳）…………………… 163
おお！ ブローベルとなりて（浅倉久志訳）…………………………………… 177
ぶざまなオルフェウス（浅倉久志訳）…. 217
父祖の信仰（浅倉久志訳）……………… 249
電気蟻（浅倉久志訳）…………………… 315
凍った旅（浅倉久志訳）………………… 355
さよなら、ヴィンセント（大森望訳）…. 393
人間とアンドロイドと機械（浅倉久志訳）…………………………………… 403
＊編者あとがき ………………………… 449

トータル・リコール
2012年7月15日刊

トータル・リコール（深町眞理子訳）……. 7
出口はどこかへの入口（浅倉久志訳）…… 57
地球防衛軍（浅倉久志訳）………………… 99
訪問者（浅倉久志訳）…………………… 147
世界をわが手に（大森望訳）…………… 181
ミスター・スペースシップ（大森望訳）.. 219
非O（大森望訳）………………………… 279
フード・メーカー（大森望訳）………… 301
吊されたよそ者（大森望訳）…………… 333
マイノリティ・リポート（浅倉久志訳）.. 363
＊編者あとがき ………………………… 439

変数人間
2013年11月15日刊

パーキー・パットの日々（浅倉久志訳）…… *7*
CM地獄（浅倉久志訳）……………………… *61*
不屈の蛙（浅倉久志訳）……………………… *93*
あんな目はごめんだ（浅倉久志訳）……… *115*
猫と宇宙船（大森望訳）…………………… *125*
スパイはだれだ（浅倉久志訳）…………… *133*
不適応者（浅倉久志訳）…………………… *167*
超能力世界（浅倉久志訳）………………… *203*
ペイチェック（浅倉久志訳）……………… *283*
変数人間（浅倉久志訳）…………………… *357*
＊編者あとがき …………………………… *491*

小さな黒い箱

2014年7月15日刊

小さな黒い箱（浅倉久志訳）………………… *7*
輪廻の車（浅倉久志訳）……………………… *65*
ラウタヴァーラ事件（大森望訳）………… *105*
待機員（大森望訳）………………………… *127*
ラグランド・パークをどうする？（大森望訳）…………………………………… *167*
聖なる争い（浅倉久志訳）………………… *217*
運のないゲーム（浅倉久志訳）…………… *269*
傍観者（浅倉久志訳）……………………… *317*
ジェイムズ・P・クロウ（浅倉久志訳）‥ *351*
水蜘蛛計画（浅倉久志訳）………………… *389*
時間飛行士へのささやかな贈物（浅倉久志訳）…………………………………… *457*
＊編者あとがき …………………………… *505*

変種第二号

2014年3月15日刊

たそがれの朝食（浅倉久志訳）……………… *7*
ゴールデン・マン（若島正訳）…………… *43*
安定社会（浅倉久志訳）…………………… *105*
戦利船（大森望訳）………………………… *131*
火星潜入（浅倉久志訳）…………………… *177*
歴戦の勇士（浅倉久志訳）………………… *219*
奉仕するもの（浅倉久志訳）……………… *309*
ジョンの世界（浅倉久志訳）……………… *335*
変種第二号（若島正訳）…………………… *403*
＊編者あとがき …………………………… *497*

人間以前

2014年11月15日刊

地図にない町（大森望訳）………………… *7*
妖精の王（浅倉久志訳）…………………… *33*
この卑しい地上に（浅倉久志訳）………… *75*
欠陥ビーバー（浅倉久志訳）……………… *121*
不法侵入者（大森望訳）…………………… *161*
宇宙の死者（浅倉久志訳）………………… *185*
父さんもどき（大森望訳）………………… *297*
新世代（浅倉久志訳）……………………… *325*
ナニー（浅倉久志訳）……………………… *363*
フォスター、おまえはもう死んでるぞ（若島正訳）……………………………… *399*
人間以前（若島正訳）……………………… *441*
シビュラの目（浅倉久志訳）……………… *497*
＊編者あとがき …………………………… *519*

ディラン・トマス全詩集

青土社
全1巻
2005年11月
(松田幸雄訳)

ディラン・トマス全詩集

2005年11月31日刊

＊序詩のための覚書 …… 11
序詩 …… 12
『十八篇の詩』 …… 19
　夏の少年たち …… 20
　薄明かりの錠 …… 25
　心臓の天候の過程 …… 28
　ぼくがノックし …… 30
　緑の導火線を通して花を駆りたてる力 …… 34
　ぼくの英雄 …… 36
　かつておまえの顔の潮が …… 38
　愛の摩擦 …… 40
　去勢者の夢 …… 44
　ことに十月の風が …… 48
　走る墓のように …… 51
　愛が発熱してから …… 55
　初めに …… 59
　太陽の照らぬところに光が射す …… 62
　ぼくは眠りの仲間になり …… 65
　ぼくの発生の夢 …… 68
　ぼくの世界はピラミッド …… 71
　すべてすべてすべてのものを …… 76
『二十五篇の詩』 …… 79
　錯綜するイメージ …… 80
　わたしがちぎるこのパン …… 88
　化身の悪魔 …… 90
　今日と、この昆虫と …… 92
　ゼロの精子 …… 94
　神々が雲を踏み鳴らしていると …… 98
　この春ここで …… 100
　あなたはぼくの父にならないのか …… 102
　嘆息のなかから …… 105
　郭公の月のこの古い刻々 …… 108
　時があったか …… 110
　さあ …… 111
　なぜ東風は凍えさせ …… 114
　ある悲しみの前 …… 116
　僕(しもべ)たる太陽 …… 119
　塔のなかの耳 …… 122
　光を育み …… 125
　書類にサインした手 …… 128
　手提げランプの灯が照らせば …… 130
　ぼくは立ち去って …… 132
　骨付き肉 …… 134
　時間という嘆きの盗人 …… 137
　死は支配することなかるべし …… 139
　ぼくの新参者 …… 141
　黄昏の明かりに祭壇のごとく …… 145
『愛の地図』 …… 155
　飼鳥が焼けた針金で …… 156
　喧嘩して不在の間に …… 158
　田園の五感 …… 163
　ぼくらは砂浜に横たわり …… 165
　罪びとたちの塵の舌もつ鐘 …… 167
　ぼくに作ってくれ、仮面と壁を …… 170
　尖塔が首に伸ばす …… 171
　葬式のあと …… 172
　言葉の彩り …… 175
　この怒り …… 176
　ぼくの動物 …… 178
　墓石は彼女の死んだ時のことを語った …… 181
　言葉の仕事が一つもなくて …… 184
　落ちようとしている一人の聖徒 …… 186
　「もしもぼくの頭が毛の根を傷つけるなら」 …… 190
　二十四年 …… 193
『死と入口』 …… 195
　祈りの会話 …… 196
　ロンドンの子供の焼死に哀悼を拒める詩 …… 198
　十月の詩 …… 200
　真実のこちら側 …… 205
　きみ以外の人たちに …… 208
　精神病院の恋 …… 210
　ある死にとって不幸にも …… 212
　公園のせむし …… 216
　彼女の横たわっている頭のなかへ …… 219
　死と入口 …… 224
　冬の物語 …… 227
　結婚記念日に …… 236

救世主 …… 238
ある処女の結婚 …… 241
僕流の芸やすねた技巧で …… 243
焼夷弾空襲の後の儀式 …… 245
まだ世に出ない昔のこと …… 251
ぼくが目覚めたとき …… 255
明け方の空襲で殺された者のなかに百歳の男がいた …… 257
しずかに横たわり、やすらかに眠りなさい …… 259
幻と祈り …… 261
脚長の餌の唄 …… 275
神聖な春 …… 291
ファーン・ヒル …… 293
『田舎の眠りのなかで』 …… 297
田舎の眠り …… 298
サー・ジョンの丘の上 …… 306
誕生日の詩 …… 310
あの良き夜のなかへ …… 317
嘆き節 …… 319
白い巨人の腿のなか …… 323
補遺 …… 329
紙と付木 …… 330
悲歌（I） …… 332
悲歌（II） …… 336
＊訳注 …… 339
＊ディラン・トマス略年譜 …… 425
＊解説 …… 431
＊訳者あとがき（松田幸雄） …… 441

デュレンマット戯曲集

鳥影社・ロゴス企画
全3巻
2012年10月～2015年6月

第1巻（山本佳樹, 葉柳和則, 増本浩子, 香月恵里, 木村英二訳）
2012年10月25日刊

聖書に曰く（山本佳樹訳） …… 5
盲人（葉柳和則訳） …… 153
ロムルス大帝―四幕からなる史実に基づかない歴史的喜劇（増本浩子訳） …… 265
ミシシッピ氏の結婚―二部構成の喜劇（香月恵里訳） …… 393
天使がバビロンにやって来た―三幕の断片的喜劇（木村英二訳） …… 507
＊訳注 …… 631
＊訳者解題 …… 641
＊『聖書に曰く』（山本佳樹） …… 641
＊『盲人』（葉柳和則） …… 646
＊『ロムルス大帝』（増本浩子） …… 651
＊『ミシシッピ氏の結婚』（香月恵里） …… 656
＊『天使がバビロンにやって来た』（木村英二） …… 660
＊訳者あとがき（増本浩子, 山本佳樹） …… 664

第2巻（市川明, 増本浩子, 山本佳樹, 木村英二訳）
2013年10月5日刊

老貴婦人の訪問（市川明訳） …… 5
フランク五世（増本浩子訳） …… 153
物理学者たち（山本佳樹訳） …… 303
ヘラクレスとアウゲイアスの牛舎（山本佳樹訳） …… 403
流星（木村英二訳） …… 535
＊訳注 …… 644
＊訳者解題 …… 655
＊老貴婦人の訪問（市川明） …… 655
＊フランク五世（増本浩子） …… 662
＊物理学者たち（山本佳樹） …… 666

＊ヘラクレスとアウゲイアスの牛舎（山本佳樹） …… 671
＊流星（木村英二） …… 676
＊訳者あとがき（山本佳樹） …… 681

第3巻（葉柳和則, 増本浩子, 香月恵里, 市川明訳）
2015年6月15日刊

ある惑星のポートレート（葉柳和則訳） …… 5
加担者（増本浩子訳） …… 135
猶予（香月恵里訳） …… 241
アハテルロー（市川明訳） …… 393
＊訳注 …… 549
＊訳者解題 …… 557
＊ある惑星のポートレート（葉柳和則） …… 557
＊加担者（増本浩子） …… 562
＊猶予（香月恵里） …… 567
＊アハテルロー（市川明） …… 572
＊デュレンマットの演劇論（増本浩子） …… 580
＊デュレンマットとギリシア演劇（北條瞳） …… 588
＊デュレンマットとブレヒト（木村英二） …… 595
＊フリッシュとデュレンマットの時代（葉柳和則） …… 603
＊チューリヒ劇場と劇作家たち（市川明） …… 613
＊デュレンマットと映画（山本佳樹） …… 625
＊フリードリヒ・デュレンマット年譜（香月恵里） …… 634
＊訳者あとがき（増本浩子） …… 660

ドイツ現代戯曲選30

論創社
全30巻
2005年12月～2008年5月

第1巻　火の顔（マリウス・フォン・マイエンブルク著, 新野守広訳）
2005年12月20日刊

火の顔 …… 7
＊訳者解題 成熟なき時代の若き劇作家（新野守広） …… 119

第2巻　ブレーメンの自由―ゲーシェ・ゴットフリート夫人 ある市民悲劇（ライナー・ヴェルナー・ファスビンダー著, 渋谷哲也訳）
2005年12月20日刊

ブレーメンの自由―ゲーシェ・ゴットフリート夫人 ある市民悲劇 …… 7
＊訳者解題 もっとも「反動的」な前衛作家（渋谷哲也） …… 73

第3巻　ねずみ狩り（ペーター・トゥリーニ著, 寺尾格訳）
2005年12月20日刊

ねずみ狩り …… 7
＊訳者解題 「ラディカル・モラリスト」の現実（寺尾格） …… 67

第4巻　エレクトロニック・シティ―おれたちの生き方（ファルク・リヒター著, 内藤洋子訳）
2006年2月20日刊

エレクトロニック・シティ―おれたちの生き方 …… 7
＊訳者解題 グローバル化の中で失速する人間たち（内藤洋子） …… 87

第5巻　私、フォイアーバッハ（タンクレート・ドルスト著, 高橋文子訳）

2006年2月20日刊

私、フォイアーバッハ …… 7
＊訳者解題 見られていない不安（高橋文子）…… 95

第6巻　女たち。戦争。悦楽の劇（トーマス・ブラッシュ著, 四ツ谷亮子訳）
2006年2月20日刊

女たち。戦争。悦楽の劇 …… 7
＊訳者解題 戦火の〈真実〉とは？（四ツ谷亮子）…… 83

第7巻　ノルウェイ.トゥデイ（イーゴル・バウアージーマ著, 萩原健訳）
2006年3月20日刊

ノルウェイ.トゥデイ …… 7
＊訳注 …… 139
＊訳者解題 nor／way／to／day（萩原健）…… 143

第8巻　私たちは眠らない（カトリン・レグラ著, 植松なつみ訳）
2006年3月20日刊

私たちは眠らない …… 7
＊訳者解題 不安な時代を描くカトリン・レグラ（植松なつみ）…… 103

第9巻　汝、気にすることなかれ—シューベルトの歌曲にちなむ死の小三部作（エルフリーデ・イェリネク著, 谷川道子訳）
2006年3月20日刊

汝、気にすることなかれ—シューベルトの歌曲にちなむ死の小三部作 …… 7
第一部　魔王 …… 8
第二部　死と乙女 …… 43
第三部　さすらい人 …… 62
＊訳注 …… 114
＊作者あとがき …… 123
＊訳注 …… 132
＊訳者解題 それでも気になる「死の三部作」（谷川道子）…… 133

第10巻　餌食としての都市（ルネ・ポレシュ著, 新野守広訳）
2006年4月10日刊

餌食としての都市 …… 7
＊訳者解題 ネオリベラリズムなんか、クソくらえ！（新野守広）…… 77

第11巻　ニーチェ 三部作（アイナー・シュレーフ著, 平田栄一朗訳）
2006年4月10日刊

ニーチェ 三部作 …… 7
＊訳者解題 アイナー・シュレーフ—ニーチェに憑かれた鬼才（平田栄一朗）…… 113

第12巻　愛するとき死ぬとき（フリッツ・カーター著, 浅井晶子訳）
2006年4月10日刊

愛するとき死ぬとき—ペーテル・ゴダール映画 “time stands still” のモティーフからの自由創作 …… 7
＊訳者解題 劇作家のふたつの顔（浅井晶子）…… 99

第13巻　私たちがたがいをなにも知らなかった時（ペーター・ハントケ著, 鈴木仁子訳）
2006年5月15日刊

私たちがたがいをなにも知らなかった時 …… 7
＊解題 広場の叙事詩—そしてハントケの軌跡（池田信雄）…… 63

第14巻　衝動—三幕の民衆劇（フランツ・クサーファー・クレッツ著, 三輪玲子訳）
2006年5月15日刊

衝動—三幕の民衆劇 …… 7
＊訳者解題 不敵な笑いで社会を斬る（三輪玲子）…… 127

第15巻　自由の国のイフィゲーニエ（フォルカー・ブラウン著, 中島裕昭訳）

2006年6月15日刊

自由の国のイフィゲーニエ ……………… 7
＊訳者解題 作者ブラウンと『自由の国のイフィゲーニエ』について（中島裕昭）…………………………………… 47

第16巻 文学盲者たち（マティアス・チョッケ著, 高橋文子訳）
2006年6月15日刊

文学盲者たち ……………………………… 7
＊訳者解題 中途半端な人々（高橋文子）…………………………………… 165

第17巻 指令―ある革命への追憶（ハイナー・ミュラー著, 谷川道子訳）
2006年7月15日刊

指令―ある革命への追憶 ………………… 7
＊訳者解題〈指令〉はどこから来て、どこに行くのだろうか（谷川道子）……… 63

第18巻 前と後（ローラント・シンメルプフェニヒ著, 大塚直訳）
2006年7月15日刊

前と後 ……………………………………… 7
＊訳者解題 スクリーン上の〈平面性の美学〉（大塚直）……………………… 141

第19巻 公園（ボート・シュトラウス著, 寺尾格訳）
2006年8月15日刊

公園 ………………………………………… 7
＊訳者解題 愛という欲望の喪失―ボート・シュトラウスの「乗り越えがたい近さ」（寺尾格）…………………… 223

第20巻 長靴と靴下（ヘルベルト・アハターンブッシュ著, 高橋文子訳）
2006年8月15日刊

長靴と靴下 ………………………………… 7
＊訳者解題 ユートピア、バイエルン（高橋文子）……………………………… 85

第21巻 タトゥー（デーア・ローアー著, 三輪玲子訳）
2006年9月25日刊

タトゥー …………………………………… 7
＊訳者解題 叶わぬ願いとしてのユートピア（三輪玲子）……………………… 167

第22巻 バルコニーの情景（ジョン・フォン・デュッフェル著, 平田栄一朗訳）
2006年9月25日刊

バルコニーの情景 ………………………… 7
＊訳者解題 ストイックな挑発者―ジョン・フォン・デュッフェル（平田栄一朗）…………………………………… 159

第23巻 ジェフ・クーンズ（ライナルト・ゲッツ著, 初見基訳）
2006年11月15日刊

ジェフ・クーンズ ………………………… 7
＊訳者解題 空疎さのなかの〈光あれ〉（初見基）……………………………… 243

第24巻 魅惑的なアルトゥール・シュニッツラー氏の劇作による魅惑的な輪舞（ヴェルナー・シュヴァーブ著, 寺尾格訳）
2006年10月25日刊

魅惑的なアルトゥール・シュニッツラー氏の劇作による魅惑的な輪舞 …… 7
＊訳者解題 シュヴァーブの破壊的でグロテスクな「笑い」（寺尾格）………… 79

第25巻 ゴミ、都市そして死（ライナー・ヴェルナー・ファスビンダー著, 渋谷哲也訳）
2006年12月31日刊

ゴミ、都市そして死 ……………………… 7
＊訳者解題 戦後ドイツの死神は輪唱で歌う（渋谷哲也）………………………… 89

第26巻 ゴルトベルク変奏曲（ジョージ・タボーリ著, 新野守広訳）

2006年12月31日刊

ゴルトベルク変奏曲 …………………………… *7*
＊訳者解題 ホロコーストの地に生きるユダヤ人（新野守広）…………………… *141*

第27巻 終合唱（ボート・シュトラウス著，初見基訳）
2007年3月10日刊

終合唱 ………………………………………… *7*
＊訳者解題 森へ―ボート・シュトラウス「終合唱」へのいくつかの観点（初見基）……………………………… *129*

第28巻 レストハウス、あるいは女はみんなこうしたもの―喜劇（エルフリーデ・イェリネク著，谷川道子訳）
2007年6月1日刊

レストハウス、あるいは女はみんなこうしたもの―喜劇 ………………………… *7*
＊訳者解題 女はみんなこうしたもの？（谷川道子）……………………………… *137*

第29巻 座長ブルスコン（トーマス・ベルンハルト著，池田信雄訳）
2008年5月25日刊

座長ブルスコン ……………………………… *7*
＊訳者解題 孤独の果ての笑い（池田信雄）……………………………………… *243*

第30巻 ヘルデンプラッツ（トーマス・ベルンハルト著，池田信雄訳）
2008年5月25日刊

ヘルデンプラッツ …………………………… *7*
＊訳者解題 消し去られた風景（池田信雄）……………………………………… *233*

ドイツ・ナチズム文学集成
柏書房
全13巻
2001年9月～

※既刊1巻

第1巻 ドイツの運命（池田浩士編訳）
2001年9月30日刊

ミヒャエル―日記が語るあるドイツ的運命（ヨーゼフ・ゲッベルス著）………… *9*
ホルスト・ヴェッセル―あるドイツ的運命（ハンス・ハインツ・エーヴェルス著）………………………………………… *173*
＊訳註 ……………………………………… *445*
＊編訳者解説（池田浩士）………………… *465*

ドイル傑作集
東京創元社
全5巻
2004年7月～2011年12月
（創元推理文庫）
（北原尚彦, 西崎憲編）

第1巻　まだらの紐
2004年7月23日刊

王冠のダイヤモンド―シャーロック・ホームズとの一夜（北原尚彦訳）……… 9
まだらの紐―シャーロック・ホームズの冒険（北原尚彦訳）……… 33
競技場バザー（北原尚彦訳）……… 173
ワトスンの推理法修業（北原尚彦訳）……… 179
消えた臨時列車（北原尚彦訳）……… 183
時計だらけの男（北原尚彦訳）……… 213
田園の恐怖（霜島義明訳）……… 243
ジェレミー伯父の家（霜島義明訳）……… 267
附録 ……… 327
シャーロック・ホームズのプロット（北原尚彦訳）……… 328
シャーロック・ホームズの真相（北原尚彦訳）……… 332
＊解説（北原尚彦）……… 341

第2巻　北極星号の船長
2004年12月10日刊

大空の恐怖（西崎憲訳）……… 9
北極星号の船長（西崎憲訳）……… 39
樽工場の怪（西崎憲訳）……… 75
青の洞窟の恐怖（北原尚彦訳）……… 97
革の漏斗（西崎憲訳）……… 127
銀の斧（駒月雅子訳）……… 147
ヴェールの向こう（西崎憲訳）……… 169
深き淵より（西崎憲訳）……… 179
いかにしてそれは起こったか（西崎憲訳）……… 199
火あそび（白須清美訳）……… 209
ジョン・バリントン・カウルズ（白須清美訳）……… 239
寄生体（白須清美訳）……… 275
＊ドイルと怪奇小説（西崎憲）……… 339

第3巻　クルンバーの謎
2007年5月11日刊

競売ナンバー二四九（白須清美訳）……… 9
トトの指輪（白須清美訳）……… 61
血の石の秘儀（西崎憲訳）……… 87
茶色い手（西崎憲訳）……… 103
クルンバーの謎（北原尚彦訳）……… 135
＊コナン・ドイルと東洋（北原尚彦）……… 327

第4巻　陸の海賊
2008年4月11日刊

クロックスリーの王者（富塚由美訳）……… 9
バリモア公の失脚（西崎憲訳）……… 87
ブローカスの暴れん坊（富塚由美訳）……… 115
ファルコンブリッジ公―リングの伝説（富塚由美訳）……… 139
狐の王（西崎憲訳）……… 181
スペディグの魔球（北原尚彦訳）……… 207
准将の結婚（西崎憲訳）……… 243
シャーキー船長行状記（今本渉訳）……… 263
セント・キット島総督、本国へ帰還す（今本渉訳）……… 264
シャーキー対スティーヴン・クラドック（今本渉訳）……… 287
コブリー・バンクス、シャーキー船長を葬る（今本渉訳）……… 310
陸の海賊―事多き一刻（西崎憲訳）……… 333
＊多面体としてのドイル（西崎憲）……… 359

第5巻　ラッフルズ・ホーの奇蹟
2011年12月22日刊

ラッフルズ・ホーの奇蹟（北原尚彦訳）……… 9
体外遊離実験（北原尚彦訳）……… 153
ロスアミゴスの大失策（北原尚彦訳）……… 177
ブラウン・ペリコード発動機（北原尚彦訳）……… 195
昇降機（北原尚彦訳）……… 209
シニョール・ランベルトの引退（富塚由美訳）……… 235
新発見の地下墓地（西崎憲訳）……… 253
危険！―ジョン・シリアス艦長の航海記録より（駒月雅子訳）……… 281

＊コナン・ドイルと科学ロマンス（北原尚彦）…………325

トニ・モリスン・セレクション

早川書房
全5巻
2009年7月～2010年6月
（ハヤカワepi文庫）

ソロモンの歌（金田眞澄訳）
2009年7月15日刊

ソロモンの歌…………7
＊訳者あとがき…………637
＊トニ・モリスン 年譜…………645

スーラ（大社淑子訳）
2009年8月15日刊

スーラ…………7
＊訳者あとがき…………257
＊文庫版訳者あとがき…………269
＊トニ・モリスン 年譜…………273

ビラヴド（吉田廸子訳）
2009年12月15日刊

ビラヴド…………5
＊訳者あとがき…………555
＊追記（吉田廸子）…………565
＊トニ・モリスン 年譜…………569

ジャズ（大社淑子訳）
2010年2月15日刊

ジャズ…………7
＊訳者あとがき…………319
＊文庫版訳者あとがき…………330
＊トニ・モリスン 年譜…………333

パラダイス（大社淑子訳）
2010年6月25日刊

パラダイス…………9
　ルビー…………11
　メイヴィス…………41
　グレイス…………97

セネカ …… 147
デイヴァイン …… 259
パトリシア …… 339
コンソラータ …… 405
ローン …… 493
セイヴ＝マリー …… 541
＊九家族家系図 …… 588
＊訳者あとがき …… 591
＊トニ・モリスン 年譜 …… 603

ドブロリューボフ著作選集

鳥影社・ロゴス企画部
全18巻, 別巻1巻
1996年3月～2009年7月
（横田三郎訳）

※1～3巻は青山社刊の再刊

第1巻
2006年3月9日刊

ロシア文学における民衆性関与の程度について …… 3
ロシア平民の性格描写のための諸特徴 …… 87
＊訳者あとがき …… 221

第2巻
2006年3月9日刊

二人の伯爵 …… 3
摩訶不思議（ナポリの歴史より） …… 43
トリノから …… 167
＊訳者あとがき …… 225

第3巻
2006年3月9日刊

伯爵カミッロ・ベンゾー・カヴールの生涯と死 …… 3
神父アレッサンドロ・ガヴァッチーとその説教 …… 93
政治 …… 147
田舎からの手紙 …… 187
＊訳者あとがき …… 202

第4巻
1996年3月10日刊

国内評論 …… 5
県の記録 …… 79
意図の良さと行動性 …… 129
人々の糧を絶つ試み …… 175
チェンスキーの求婚、もしくは唯物論と観念論 …… 217
＊訳者あとがき …… 243

第5巻
1998年9月10日刊

ジェレプツォーフ氏のでっち上げたロシア文明 …… *5*
人民の行動 …… *141*
＊訳者あとがき …… *217*

第6巻
1999年6月10日刊

昨年の文学上の些事 …… *5*
ロシアの聖職者の状況に関する外国での議論 …… *121*
学校（1） …… *167*
学校 …… *183*
有益書普及協会の出版物 …… *189*
＊訳者あとがき …… *205*

第7巻
2000年7月15日刊

ピョートル大帝治世の初期／第一論文 …… *5*
ピョートル大帝治世の初期／第二論文 …… *51*
ピョートル大帝治世の初期／第三にして、最後の論文 …… *112*
＊訳者あとがき …… *211*

第8巻
2001年3月20日刊

《汽笛》予備編～第3号―文学の、雑誌の、そして、その他の覚書集 …… *5*
《汽笛》予備編 …… *7*
《汽笛》第1号 …… *68*
《汽笛》第2号 …… *134*
《汽笛》第3号 …… *188*
＊訳者あとがき …… *259*

第9巻
2001年11月20日刊

《汽笛》第4号～補足 …… *5*
《汽笛》第4号 …… *7*
《汽笛》第5号 …… *111*
《汽笛》第6号 …… *150*
《汽笛》第7号 …… *222*
《汽笛》第8号 …… *226*
《汽笛》への補足 …… *264*
＊訳者あとがき …… *315*

第10巻
2002年9月10日刊

《火花》 …… *5*
《ロシア語愛好家たちの話し相手》 …… *23*
〈前の論文に関するア・ガラーホフ氏の非難への回答〉 …… *187*
ロシア文学史における興味深い一節 …… *205*
＊訳者あとがき …… *241*

第11巻
2003年6月20日刊

エカチェリーナ時代のロシアの諷刺文学 …… *5*
ドブロリューボフの日記 その1 …… *175*
　覚書 …… *181*
　〈一八五二年の日記〉 …… *197*
＊訳者あとがき …… *243*

第12巻
2004年2月15日刊

ドブロリューボフの日記 その2 …… *5*
　覚書 …… *7*
　〈一八五三年の日記〉 …… *13*
　心の探求 …… *13*
　復活祭を迎える …… *37*
　〈一八五四年の日記〉 …… *43*
　〈一八五五年の日記〉 …… *46*
　ロシアの文学と生活の隠された秘事 …… *50*
　〈一八五六年の日記〉 …… *67*
　〈一八五七年の日記〉 …… *131*
＊訳者あとがき …… *233*

第13巻
2004年8月31日刊

ドブロリューボフの日記 その3 …… *5*
　〈一八五七年の日記（続き）〉 …… *7*
　〈一八五九年の日記〉 …… *43*
日記的な性格の手記 …… *51*
　クラシックな愚行の編年誌 …… *53*
　注目すべき金言 …… *58*

備忘録（PRO MEMORIA）……60
〈一八五三年のメモ用紙〉……62
スチェパーン・イシードロヴィチ・レーベデフの講義に関する覚書と考察……64
文学的覚書……108
検閲……114
ドブロリューボフの手紙 その1……119
一八四八～一八五三年の手紙（手紙一～一四）……121
＊訳者あとがき……231

第14巻

2005年1月20日刊

ドブロリューボフの手紙 その2……5
一八五三年の手紙（続き。手紙一五～二九）……7
一八五四年の手紙（手紙三〇～五四）…89
＊訳者あとがき……223

第15巻

2005年6月15日刊

ドブロリューボフの手紙 その3……5
一八五四年の手紙（続き。手紙五五～六九）……7
一八五五年の手紙（手紙七〇～八八）…68
一八五六年の手紙（手紙八九～一〇四。続く）……144
＊訳者あとがき……237

第16巻

2005年10月20日刊

ドブロリューボフの手紙 その4……5
一八五六年の手紙（続き。手紙一〇五～一一三）……7
一八五七年の手紙（手紙一一四～一三四）……31
一八五八年の手紙（手紙一三五～一六五）……106
一八五九年の手紙（手紙一六六～一七一。続く）……219
＊訳者あとがき……239

第17巻

2006年6月25日刊

ドブロリューボフの手紙 その5……5
一八五九年の手紙（続き。手紙一七二～二一七）……7
一八六〇年の手紙（手紙二一八～二五一。続く）……137
＊訳者あとがき……237

第18巻

2006年11月20日刊

ドブロリューボフの手紙 その6……5
一八六〇年の手紙（続き。手紙二五二～二六〇）……7
一八六一年の手紙（手紙二六一～二九四）……54
公式書簡と事務的書類……143
ドブロリューボフに関するチェルヌィシェーフスキーの回想……171
＊訳者あとがき……225

別巻　同時代人たちの回想の中のドブロリューボフ

2009年7月10日刊

＊同時代人たちの回想の中のドブロリューボフ……5
＊ベ・イー・スチボールスキー……7
＊エム・イー・シェマノーフスキー…47
＊ア・ヤー・ゴロヴァチョーヴァ - パナーエヴァ……121
＊訳者あとがき……197

トーベ・ヤンソン・コレクション

筑摩書房
全8巻
1995年10月～1998年5月
（冨原真弓訳）

第1巻　軽い手荷物の旅

1995年10月5日刊

往復書簡 …… 7
夏の子ども …… 19
八十歳の誕生日 …… 47
見知らぬ街 …… 65
思い出を借りる女 …… 77
軽い手荷物の旅 …… 95
エデンの園 …… 115
ショッピング …… 161
森 …… 175
体育教師の死 …… 183
鷗 …… 205
植物園 …… 221
＊訳者あとがき …… 241

第2巻　誠実な詐欺師

1995年12月20日刊

誠実な詐欺師 …… 7
＊訳者あとがき（冨原眞弓） …… 177

第3巻　クララからの手紙

1996年6月25日刊

クララからの手紙 …… 7
ルゥベルト …… 19
八月に …… 25
睡蓮の沼 …… 33
汽車の旅 …… 43
パーティ・ゲーム …… 55
海賊ラム …… 67
夏について …… 77
絵 …… 87
事前警告について …… 107
エンメリーナ …… 113
カリン、わが友 …… 137
リヴィエラへの旅 …… 155
＊訳者あとがき …… 177

第4巻　石の原野

1996年11月5日刊

作家のメモ …… 7
若き日の友情 …… 17
石の原野 …… 41
＊訳者あとがき …… 123

第5巻　人形の家

1997年2月25日刊

猿 …… 7
人形の家 …… 15
時間の感覚 …… 35
機関車 …… 47
ハワイ、ヒロからの手紙 …… 77
新しき土地の記憶 …… 101
連載漫画家 …… 121
ホワイト・レディ …… 147
自然の中の芸術 …… 165
主役 …… 177
花の子ども …… 191
大いなる旅 …… 203
＊訳者あとがき …… 221

第6巻　太陽の街

1997年9月1日刊

太陽の街 …… 5
＊訳者あとがき …… 213

第7巻　フェアプレイ

1997年12月20日刊

フェアプレイ …… 5
　掛けかえる …… 7
　ビデオマニア …… 12
　狩人の発想について …… 19
　猫の魚 …… 25
　あるとき、六月に …… 30
　霧 …… 41
　キリング・ジョージ …… 46
　コニカとの旅 …… 54

B級ウェスタン …… 60
大都市フェニックスで …… 64
ウラディスラウ …… 75
花火 …… 84
共同墓地について …… 89
ヨンナの生徒 …… 93
ヴィクトリア …… 99
星について …… 107
手紙 …… 113
＊訳者あとがき …… 119

第8巻　聴く女
1998年5月5日刊

聴く女 …… 7
砂を降ろす …… 21
子どもを招く …… 26
眠る男 …… 37
黒と白―エドワード・ゴーリーに捧ぐ …… 47
偶像への手紙 …… 61
愛の物語 …… 73
第二の男 …… 83
春について …… 93
静かな部屋 …… 99
嵐 …… 107
灰色の繻子（サテン） …… 115
序章への提案 …… 123
狼 …… 129
雨 …… 143
発破 …… 149
ルキオの友だち …… 161
リス …… 171
＊訳者あとがき …… 195

Thomas Pynchon Complete Collection

新潮社
全12巻
2010年6月～2014年9月

〔1959–64年〕　スロー・ラーナー（佐藤良明訳）
2010年12月20日刊

イントロダクション …… 7
スモール・レイン …… 37
ロウ・ランド …… 73
エントロピー …… 103
アンダー・ザ・ローズ …… 129
シークレット・インテグレーション …… 183
＊解説―恐るべき学習者（佐藤良明） …… 253
＊『スロー・ラーナー』訳註（佐藤良明） …… I

〔1963年〕　V. 上（小山太一, 佐藤良明訳）
2011年3月30日刊

V.［上］ …… 7

〔1963年〕　V. 下（小山太一, 佐藤良明訳）
2011年3月30日刊

V.［下］ …… 7
＊解説（佐藤良明） …… 383

〔1966年〕　競売ナンバー49の叫び（佐藤良明訳）
2011年7月30日刊

競売ナンバー49の叫び …… 5
＊49の手引き（佐藤良明） …… 231
＊依拠した先行研究 …… 298

〔1973年〕　重力の虹 上（佐藤良明訳）
2014年9月30日刊

重力の虹［上］ …… 7

〔1973年〕　重力の虹 下（佐藤良明訳）

2014年9月30日刊

重力の虹［下］………………………………… 5
＊解説―『重力の虹』とその時代（佐藤良明）………………………………………… 701
＊人物・事項索引 ……………………… VIII
＊主なキャラクター ……………………………I

〔1990年〕 ヴァインランド（佐藤良明訳）
2011年10月30日刊

ヴァインランド ……………………………… 5
＊ヴァインランド案内（佐藤良明）……… 553
＊訳者あとがき ………………………… 620

〔1997年〕 メイスン＆ディクスン 上（柴田元幸訳）
2010年6月30日刊

メイスン＆ディクスン［上］……………… 7

〔1997年〕 メイスン＆ディクスン 下（柴田元幸訳）
2010年6月30日刊

メイスン＆ディクスン［下］……………… 5

〔2006年〕 逆光 上（木原善彦訳）
2010年9月30日刊

逆光［上］…………………………………… 7

〔2006年〕 逆光 下（木原善彦訳）
2010年9月30日刊

逆光［下］…………………………………… 5

〔2009年〕 LAヴァイス（栩木玲子, 佐藤良明訳）
2012年4月25日刊

LAヴァイス ………………………………… 5
＊解説（栩木玲子, 佐藤良明）…………… 505
＊訳者あとがき ………………………… 542

トーマス・マン日記

紀伊国屋書店
全10巻
1985年12月～2016年3月

1918–1921（森川俊夫, 伊藤暢章, 洲崎惠三, 前田良三共訳）
2016年3月24日刊

＊編者序文（ペーター・ド・メンデルスゾーン）……………………………………… vii
一九一八年 ……………………………………… 1
一九一九年 …………………………………… 159
一九二〇年 …………………………………… 443
一九二一年 …………………………………… 609
補遺 …………………………………………… 713
＊あとがき（森川俊夫）……………………… 721
＊索引 ………………………………………… 828

1933–1934（岩田行一ほか訳）
1985年12月20日刊

一九三三年 ……………………………………… 1
一九三四年 …………………………………… 297
＊あとがき（浜川祥枝）……………………… 627
＊索引 ………………………………………… 708

1935–1936（森川俊夫訳）
1988年8月31日刊

＊編者序文（ペーター・ド・メンデルスゾーン）……………………………………… vii
一九三五年 ……………………………………… 1
一九三六年 …………………………………… 343
＊あとがき（森川俊夫）……………………… 621
＊索引 ………………………………………… 746

1937–1939（森川俊夫訳）
2000年2月9日刊

＊編者序文（ペーター・ド・メンデルスゾーン）……………………………………… vii
一九三七年 ……………………………………… 1
一九三八年 …………………………………… 267
一九三九年 …………………………………… 545

補遺 …… *801*
＊あとがき（森川俊夫）…… *845*
＊索引 …… *972*

1940–1943（森川俊夫, 横塚祥隆共訳）
1995年11月30日刊

＊編者序文（ペーター・ド・メンデルスゾーン）…… *vii*
一九四〇年 …… *1*
一九四一年 …… *319*
一九四二年 …… *577*
一九四三年 …… *813*
補遺 …… *1045*
＊あとがき（森川俊夫）…… *1109*
＊索引 …… *1274*

1944–1946（森川俊夫, 佐藤正樹, 田中暁訳）
2002年5月31日刊

＊編者序文 …… *vii*
一九四四年 …… *1*
一九四五年 …… *349*
一九四六年 …… *693*
補遺 …… *745*
＊あとがき（森川俊夫）…… *791*
＊索引 …… *912*

1946–1948（森川俊夫, 洲崎恵三訳）
2003年12月28日刊

＊編者序文（インゲ・イエンス）…… *vii*
一九四六年 …… *1*
一九四七年 …… *203*
一九四八年 …… *461*
補遺 …… *761*
＊あとがき（森川俊夫）…… *845*
＊索引 …… *980*

1949–1950（森川俊夫, 佐藤正樹共訳）
2004年10月30日刊

＊編者序文（ペーター・ド・メンデルスゾーン）…… *vii*
一九四九年 …… *1*
一九五〇年 …… *295*
補遺 …… *577*
＊あとがき（森川俊夫）…… *637*
＊索引 …… *752*

1951–1952（森川俊夫訳）
2008年8月29日刊

＊編者序文 …… *vii*
一九五一年 …… *1*
一九五二年 …… *335*
諸記録 …… *651*
＊あとがき（森川俊夫）…… *735*
＊索引 …… *844*

1953–1955（森川俊夫, 洲崎恵三共訳）
2014年5月12日刊

＊編者序文 …… *vii*
一九五三年 …… *1*
一九五四年 …… *301*
一九五五年 …… *565*
諸記録 …… *689*
＊あとがき（森川俊夫）…… *779*
＊索引 …… *910*

トロイア叢書
国文社
全5巻
2001年12月～2011年11月

第1巻　ディクテュスとダーレスのトロイア戦争物語―『トロイア戦争日誌』と『トロイア滅亡の歴史物語』（ディクテュス, ダーレス著, 岡三郎訳・解説）
2001年12月10日刊

トロイア戦争日誌（クレタのディクテュス著）……7
トロイア滅亡の歴史物語（ヒストリア）（フリュギア人ダーレス著）……149
＊訳注……197
＊解説 トロイア戦争物語とヨーロッパ文学 1―系譜の概観とディクテュスとダーレスの位置について……209
＊訳者あとがき（岡三郎）……239
＊人名索引……I

第2巻　トロイア滅亡史（グイド・デッレ・コロンネ著, 岡三郎訳・解説）
2003年3月31日刊

トロイア滅亡史……7
＊訳注……423
＊解説 トロイア戦争物語とヨーロッパ文学 2―十三世紀グイドの意味について……441
＊訳者あとがき（岡三郎）……461
＊人名索引……I

第3巻　フィローストラト（ジョヴァンニ・ボッカッチョ著, 岡三郎訳・解説）
2004年1月15日刊

フィローストラト……5
＊解説 トロイア戦争物語とヨーロッパ文学 3―ボッカッチョの『フィローストラト』の寄与……423
＊訳者あとがき（岡三郎）……459

第4巻　トロイルス（ジェフリー・チョーサー著, 岡三郎訳・解説）
2005年12月15日刊

トロイルス……5
＊解説 トロイア戦争物語とヨーロッパ文学 4―チョーサーの『トロイルス』の寄与……569
＊訳者あとがき（岡三郎）……581

第5巻　阿刀田高『新トロイア物語』を読む（岡三郎著）
2011年11月20日刊

阿刀田高『新トロイア物語』を読む……7
＊あとがき……322

ナサニエル・ホーソーン 短編全集

南雲堂
全3巻
1994年10月～2015年10月
（国重純二訳）

第1巻

1994年10月25日刊

三つの丘に囲まれて …… 9
或る老婆の話 …… 16
尖塔からの眺め …… 28
幽霊に取り憑かれたインチキ医者―運河船上での話 …… 36
死者の妻たち …… 52
ぼくの親戚モーリノー少佐 …… 61
ロジャー・マルヴィンの埋葬 …… 87
優しき少年 …… 114
七人の風来坊 …… 157
カンタベリー巡礼 …… 181
断念された作品からの抜粋 …… 196
　故郷にて …… 196
　霧の中の逃亡 …… 200
　旅の道連れ …… 203
　村の劇場 …… 210
ヒギンボタム氏の災難 …… 216
憑かれた心 …… 232
アリス・ドーンの訴え …… 238
村の伯父貴―空想的思い出 …… 255
アニーちゃんのお散歩 …… 271
白髪の戦士 …… 282
ナイアガラ行 …… 293
古い新聞 …… 302
若いグッドマン・ブラウン …… 335
ウェイクフィールド …… 355
野望に燃える客人 …… 368
町のお喋りポンプ …… 380
白衣の老嬢 …… 389
泉の幻影 …… 404
原稿に潜む悪魔 …… 412
記憶からのスケッチ …… 423
＊人と生涯（一） …… 443
＊訳者解説 …… 457
＊あとがき（國重純二） …… 497

第2巻

1999年10月25日刊

婚礼の弔鐘 …… 9
メリー・マウントの五月柱 …… 21
牧師さんの黒いヴェール―寓話 …… 37
古いタイコンデロガ―過去の絵巻 …… 57
気象予報官訪問 …… 64
ムッシュー・デュ・ミロワール …… 71
ミセス・ブルフロッグ …… 86
日曜日に家にいて …… 96
鉄石の人―道話 …… 105
デイヴィッド・スワン―ある白日夢 …… 116
大紅玉―ホワイト山脈の謎 …… 126
空想の見世物箱―教訓物語 …… 146
予言の肖像画 …… 154
ハイデガー博士の実験 …… 174
ある鐘の伝記 …… 188
ある孤独な男の日記より …… 197
エドワード・フェインの蕾のローズ …… 216
橋番人の一日―束の間の人生のスケッチ …… 227
シルフ・エサリッジ …… 235
ピーター・ゴールドスウェイトの宝 …… 246
エンディコットと赤い十字 …… 274
夜のスケッチ―傘をさして …… 284
シェーカー教徒の結婚式 …… 293
海辺の足跡 …… 301
<時の翁>の肖像画 …… 315
雪の片々 …… 326
三つの運命―お伽噺 …… 333
鑿で彫る …… 345
総督官邸に伝わる物語 …… 359
　一　ハウの仮装舞踏会 …… 359
　二　エドワード・ランドルフの肖像画 …… 377
　三　レディ・エレアノアのマント …… 393
　四　オールド・エスター・ダッドリー …… 414
行く年来る年 …… 429
リリーの探求―道話 …… 439
ジョン・イングルフィールドの感謝祭 …… 449
骨董通の収集品 …… 457

＊人と生涯（二） …… 483
＊訳者解説 …… 509
＊あとがき（國重純二） …… 567

第3巻

2015年10月15日刊

※訳者死去のため、未訳だった3編のみ訳者が異なる。

りんご売りの老人 …… 7
古い指輪 …… 16
空想の殿堂 …… 35
新しいアダムとイヴ …… 51
痣 …… 76
利己主義、もしくは胸中の蛇—未完に終わった「心の寓話」より …… 101
人生の行列（柴田元幸訳） …… 119
天国鉄道 …… 136
蕾と小鳥の声 …… 159
可愛いダッファダンデリィ …… 171
火を崇める …… 181
クリスマスの宴—未完に終わった「心の寓話」より …… 192
善人の奇跡 …… 218
情報局 …… 225
地球全燔祭 …… 243
美の芸術家 …… 270
ドラウンの木像 …… 305
選りすぐりの人々 …… 322
自筆書簡集 …… 341
ラパチーニの娘—オーベピーヌの作品より …… 362
P–氏の便り …… 405
大通り（佐藤良明訳） …… 428
イーサン・ブランド—完成に至らざる伝奇物語からの一章 …… 465
人面の大岩 …… 487
雪人形—子供の奇跡 …… 513
フェザートップ—教訓化された伝説（柴田元幸訳） …… 536
＊人と生涯（三）（高尾直知） …… 563
＊訳者解説（高尾直知） …… 595
＊あとがき（佐藤良明） …… 643

ナボコフ全短篇

作品社

全1巻

2011年8月

（秋草俊一郎, 諫早勇一, 貝沢哉, 加藤光也, 杉本一直, 沼野充義, 毛利公美, 若島正訳）

※『ナボコフ短篇全集』を改訳・増補

ナボコフ全短篇

2011年8月10日刊

＊序（ドミトリイ・ナボコフ著, 若島正訳） …… 7
森の精（沼野充義訳） …… 15
言葉（秋草俊一郎訳） …… 20
ロシア語、話します（沼野充義訳） …… 24
響き（沼野充義訳） …… 35
神々（沼野充義訳） …… 50
翼の一撃（沼野充義訳） …… 60
復讐（毛利公美訳） …… 85
恩恵（毛利公美訳） …… 93
港（毛利公美訳） …… 100
偶然（沼野充義訳） …… 108
じゃがいもエルフ（貝澤哉訳） …… 119
ある日没の細部（毛利公美訳） …… 146
ナターシャ（沼野充義訳） …… 154
ラ・ヴェネツィアーナ（毛利公美訳） …… 168
雷雨（毛利公美訳） …… 200
ドラゴン（加藤光也訳） …… 204
バッハマン（加藤光也訳） …… 211
クリスマス（加藤光也訳） …… 221
ロシアに届かなかった手紙（加藤光也訳） …… 229
復活祭の雨（秋草俊一郎訳） …… 234
けんか（加藤光也訳） …… 242
チョールブの帰還（加藤光也訳） …… 249
ベルリン案内（加藤光也訳） …… 259
剃刀（諫早勇一訳） …… 266
おとぎ話（諫早勇一訳） …… 271
恐怖（諫早勇一訳） …… 286
乗客（諫早勇一訳） …… 293
呼び鈴（諫早勇一訳） …… 300

クリスマス物語（貝澤哉訳）……………… 313
名誉の問題（諫早勇一訳）………………… 320
オーレリアン（貝澤哉訳）………………… 350
悪い日（貝澤哉訳）………………………… 365
忙しい男（若島正訳）……………………… 377
未踏の地（若島正訳）……………………… 389
再会（若島正訳）…………………………… 398
アカザ（沼野充義訳）……………………… 408
音楽（沼野充義訳）………………………… 418
完璧（沼野充義訳）………………………… 425
さっそうたる男（貝澤哉訳）……………… 438
海軍省の尖塔（貝澤哉訳）………………… 451
レオナルド（貝澤哉訳）…………………… 465
環（沼野充義訳）…………………………… 478
告知（毛利公美訳）………………………… 491
ロシア美人（沼野充義訳）………………… 498
シガーエフを追悼して（沼野充義訳）…… 504
動かぬ煙（毛利公美訳）…………………… 513
スカウト（毛利公美訳）…………………… 519
人生の一断面（貝澤哉訳）………………… 525
マドモワゼル・O（諫早勇一訳）………… 535
フィアルタの春（沼野充義訳）…………… 552
雲、城、湖（諫早勇一訳）………………… 576
独裁者殺し（諫早勇一訳）………………… 585
リーク（諫早勇一訳）……………………… 610
博物館への訪問（若島正訳）……………… 632
ヴァシーリイ・シシコフ（杉本一直訳）… 643
孤独な王（杉本一直訳）…………………… 651
北の果ての国（杉本一直訳）……………… 679
アシスタント・プロデューサー（加藤光也訳）……………………………………… 711
「かつてアレッポで…」（加藤光也訳）…… 729
忘れられた詩人（加藤光也訳）…………… 740
時間と引潮（若島正訳）…………………… 753
団欒図、一九四五年（加藤光也訳）……… 761
暗号と象徴（若島正訳）…………………… 774
初恋（若島正訳）…………………………… 781
ランス（若島正訳）………………………… 790
重ねた唇（若島正訳）……………………… 803
怪物双生児の生涯の数場面（若島正訳）……………………………………… 819
ヴェイン姉妹（若島正訳）………………… 828
＊注釈 ……………………………………… 844
＊補遺（若島正訳）………………………… 865
＊書誌（毛利公美編）……………………… 869
＊解説（諫早勇一）………………………… 873

20世紀イギリス小説個性派セレクション

新人物往来社
全5巻
2010年3月～2012年9月
（横山茂雄, 佐々木徹責任編集）

第1巻　ヴィクトリア朝の寝椅子（マーガニータ・ラスキ著, 横山茂雄訳）
2010年3月25日刊

ヴィクトリア朝の寝椅子 …………………… 1
＊訳者解説 ……………………………… 151

第2巻　フォーチュン氏の楽園（シルヴィア・タウンゼンド・ウォーナー著, 中和彩子訳）
2010年7月29日刊

フォーチュン氏の楽園 ……………………… 5
＊序（一九七八年版）（シルヴィア・タウンゼンド・ウォーナー）…………… 225
＊訳者解説 ……………………………… 229

第3巻　ズリイカ・ドブソン（マックス・ビアボーム著, 佐々木徹訳）
2010年10月22日刊

ズリイカ・ドブソン ………………………… 3
＊訳者解説 ……………………………… 368

第4巻　孤独の部屋（パトリック・ハミルトン著, 北川依子訳）
2011年4月17日刊

孤独の部屋 …………………………………… 1
＊訳者解説 ……………………………… 377

第5巻　卑しい肉体（イーヴリン・ウォー著, 大久保譲訳）
2012年9月15日刊

卑しい肉体 …………………………………… 3
＊訳者解説 ……………………………… 336

20世紀英国モダニズム小説集成

風濤社
全3巻
2014年1月～2014年12月

なついた羚羊(かましし)(バーバラ・ピム著, 井伊順彦訳・解説)

2014年1月31日刊

なついた羚羊(かましし) …… 5
＊訳者解説(井伊順彦) …… 354

自分の同類を愛した男―英国モダニズム短篇集(井伊順彦編・解説, 井伊順彦, 今村楯夫他訳)

2014年2月28日刊

ミス・ウィンチェルシーの心(H.G.ウェルズ著, 堀祐子訳) …… 7
エイドリアン(サキ著, 奈須麻里子訳) …… 39
捜す(サキ著, 辻谷実貴子訳) …… 46
フィルボイド・スタッジ―ネズミの恩返しのお話(サキ著, 奈須麻里子訳) …… 56
遠き日の出来事(ジョン・ゴールズワージー著, 今村楯夫訳) …… 63
人類学講座(R.オースティン・フリーマン著, 藤沢透訳) …… 72
謎の訪問者(R.オースティン・フリーマン著, 井伊順彦訳) …… 103
主としての店主について(G.K.チェスタトン著, 藤沢透訳) …… 135
クラリベル(アーノルド・ベネット著, 浦辺千鶴訳) …… 144
自分の同類を愛した男(ヴァージニア・ウルフ著, 井伊順彦訳) …… 170
遺産(ヴァージニア・ウルフ著, 井伊順彦訳) …… 180
まとめてみれば(ヴァージニア・ウルフ著, 井伊順彦訳) …… 194
朝の殺人(ドロシー・L.セイヤーズ著, 中勢津子訳) …… 202
一人だけ多すぎる(ドロシー・L.セイヤーズ著, 中勢津子訳) …… 221
家屋敷にご用心(マージェリー・アリンガム著, 中勢津子訳) …… 241
＊編者解説(井伊順彦) …… 270

世を騒がす嘘つき男―英国モダニズム短篇集 2(井伊順彦編・解説, 井伊順彦, 今村楯夫他訳)

2014年12月25日刊

赤いカーネーション(バロネス・オルツィ著, 肥留川尚子訳) …… 7
和解の供物(サキ著, 渡辺育子訳) …… 29
人間動物園(サキ著, 辻谷実貴子訳) …… 38
運命の女神(サキ著, 辻谷実貴子訳) …… 46
世を騒がす嘘つき男―ある戦時下の物語(フォード・マドックス・フォード著, 肥留川尚子訳) …… 56
フレンチプードル(パーシー・ウィンダム・ルイス著, 今村楯夫訳) …… 68
パリの審判(レナード・メリック著, 井伊順彦訳) …… 81
ある無政府主義者の宗旨替え(G.K.チェスタトン著, 井伊順彦訳) …… 97
フルサークル(ジョン・バカン著, 渡辺育子訳) …… 111
書店(オルダス・ハクスリー著, 井伊順彦訳) …… 138
ともにいて、遠く離れて(ヴァージニア・ウルフ著, 井伊順彦訳) …… 148
不思議な宝石箱(R.オースティン・フリーマン著, 西川直子訳) …… 160
ミスター・オディ(ヒュー・ウォルポール著, 奈須麻里子訳) …… 195
ビターアーモンド―モンタギュー・エッグの物語(ドロシー・L.セイヤーズ著, 中勢津子訳) …… 223
デイジー・ベル(グラディス・ミッチェル著, 渡辺育子訳) …… 246
＊編者解説(井伊順彦) …… 270

ニーチェ全詩集
人文書院
全1巻
2011年5月
(秋山英夫, 富岡近雄訳)

※1968年刊の新装版

ニーチェ全詩集
2011年5月30日刊

初期の詩(一八五九年–一八六四年)(富岡近雄訳) …… 3
プフォルタ …… 5
ザーレック …… 7
便り …… 9
さようなら …… 10
離別 …… 12
クリスマス …… 14
帰郷 …… 15
故郷なく …… 17
五月の歌 …… 19
郷愁 …… 21
はるかなる彼方に …… 23
いばら姫 …… 25
おばあさん …… 27
故郷を失って …… 28
友への手紙 …… 30
帰途 …… 32
ドイツ人の歌の喜び …… 33
秋 …… 35
「高みへ立ちのぼれ、谷へは真逆さまに！」 …… 36
あなたはお呼びになられた—主よ、ぼくはまいります …… 39
ルードヴィヒ十五世 …… 41
獄中にあって …… 43
サン・ジュスト …… 45
歌謡 …… 46
一 (ぼくの心は 海のように…) …… 46
二 (ぼくの窓をそっと…) …… 47
三 (暗く青い夜の空をつき破り…) …… 48
四 (ひそやかな時間のなかで…) …… 49
失礼とは存じますが申しあげます …… 50
漂泊(さすらい)よ おお漂泊よ！ …… 51
若い女漁師 …… 53
年老いたマジャール人 …… 55
十月十八日に捧ぐ …… 57
絶望 …… 60
最初の別離 …… 61
帰郷 …… 63
第二の別離 …… 72
想い出 …… 74
あっちへ—こっちへ …… 75
水に流して忘れる …… 76
不実の愛 …… 76
十字架のキリスト像を前にして …… 78
今と昔 …… 84
五十年後に …… 87
ベートーヴェンの死 …… 95
ゲッセマネとゴルゴタ …… 103
シェークスピア …… 107
夜想曲 …… 112
知られざる神に …… 116
青年期の詩(一八六九年–一八七七年)(富岡近雄訳) …… 119
ホメロス講演のために …… 121
憂愁によす …… 122
夜の嵐のあとで …… 125
漂泊者 …… 127
氷河のほとりで …… 129
秋 …… 133
自著献呈の辞(一八七八年–一八八四年)(富岡近雄訳) …… 137
題辞I …… 139
題辞II …… 139
題辞III …… 140
題辞IV …… 141
献呈の辞 …… 142
一 リヒャルト・ヴァーグナーに捧ぐ …… 142
二 ルイーゼ・O夫人に捧ぐ …… 143
三 マルヴィーダ・フォン・マイゼンブーク女史に捧ぐ …… 144
断章(アフォリズム)三七六番から …… 144
友人たちのあいだで—ある終曲 …… 145
一 (たがいに沈黙していることは…) …… 145
二 (謝罪することはない！…) …… 146

『たのしい知識』のために（富岡近雄訳）…… 149
題辞（私は私自身の家に住み…）…… 150
「嘲弄、奸智、そして復讐」ドイツ詩における序章（一八八一年–一八八二年）…… 151
招待 …… 151
ぼくの幸福 …… 152
物おじしたもうな …… 152
対話 …… 153
徳操ある人びとへ …… 154
処世術 …… 154
我とともに行け―汝とともに行け …… 155
第三の脱皮にさいして …… 155
ぼくの薔薇たち …… 156
侮蔑者 …… 157
諺にいわく …… 158
ある啓蒙主義者によせて …… 158
舞踏者のために …… 159
勇気のある男 …… 159
錆 …… 160
上方へ …… 160
人非人（ひとでなし）の金言 …… 161
心の狭い人びと …… 161
不本意な誘惑者 …… 162
よく考えるために …… 162
自惚れにたいして …… 162
男と女 …… 163
解釈 …… 163
ペシミストたちの薬 …… 164
願い …… 164
ぼくの非人情 …… 165
放浪者 …… 166
初心者への慰め …… 167
星のエゴイズム …… 168
もっとも身近な者 …… 168
変装した聖者 …… 169
奴隷 …… 169
孤独者 …… 170
セネカとその一味の者ども …… 171
氷 …… 172
少年むけ読物 …… 172
慎重 …… 173
信心ぶかい男が言う …… 173
夏に …… 174
嫉妬も抱かず …… 175
ヘラクレイトス主義 …… 176
あまりにも瀟洒なる紳士たちの教養‥ 176
勧告 …… 177
ものごとに徹する男 …… 177
永遠に …… 178
疲れた者たちの判断 …… 179
没落 …… 179
掟に抗して …… 180
賢者は言う …… 180
頭脳を失った …… 181
信心ぶかい願い …… 182
足で字を書く …… 182
『人間的な、あまりにも人間的な』―一冊の書 …… 183
私の読者に …… 183
写真主義の画家 …… 184
詩人の虚栄 …… 185
気むずかしい趣味 …… 185
曲がった鼻 …… 186
ペンが引っかかる …… 186
高人 …… 187
懐疑論者のいわく …… 188
この人を見よ …… 189
星のモラル …… 189
プリンツ・フォーゲルフライの歌（一八八二年–一八八四年）…… 191
題詩「聖なる一月（ヤヌアリウス）」にそえて …… 191
ゲーテに捧ぐ …… 192
詩人の自覚 …… 193
南国にて …… 196
信心深いベッパ …… 198
神秘的な小舟 …… 200
恋の告白 …… 202
テオクリトス風の山羊番の歌 …… 203
「これらの優柔不断の人びと」…… 206
絶望のピエロ …… 207
治癒法としての詩―あるいは病める詩人のみずからを慰める方法 …… 208
「私の幸福」よ！ …… 210
新しい海を求めて …… 213
シルス・マリーア …… 214
ミストラールによせて …… 215
箴言詩（一八八二年–一八八六年）（秋山英夫訳）…… 221
リートと警句 …… 223

気をつけろ、毒だぞ！ …… 224
新約聖書 …… 224
寝巻を見ながら …… 225
ローマのためいき …… 225
「生粋のドイツ人」 …… 226
せむしの背はいよいよ曲がり… …… 226
スピノザに …… 227
アルトゥール・ショーペンハウアー …… 228
リヒャルト・ヴァーグナーに …… 228
パルジファル音楽 …… 229
ダーウィンの弟子らに …… 231
隠者は語る …… 232
謎としての忠告 …… 232
エピクテートスの格言 …… 233
いつか多くを告知せねばならぬ者は… …… 233
処生訓 …… 234
どんなに美しい肉体も—ヴェールにすぎぬ… …… 235
謎 …… 235
世界は静止しない… …… 236
好きもの同士 …… 236
ここに金貨がころがって …… 237
ディオゲネスの樽から …… 237
ティモーンは言う …… 238
いつわりの友らに …… 238
女性についての七つの格言 …… 239
言葉 …… 240
ヨリック君、元気をだせ！… …… 242
いまは昔—たしか、それは救い主の第一年— …… 243
南国の音楽 …… 244
楽園から …… 245
誇り高いひとの不満 …… 245
強者 …… 246
決心 …… 246
すべて永遠にふきでる泉は… …… 247
結びの句 …… 247
後期の詩（一八八二年–一八八八年）（富岡近雄訳） …… 249
友情に捧げて …… 251
理想によせて …… 253
スタリエーノの墓地 …… 254
つつましく愛らしい少女 …… 255
「かわいい天使」と呼ばれる小さな帆舟 …… 256
少女の歌 …… 259
絶望的 …… 261
『放浪者とその影』——冊の書 …… 263
「たのしい知識」 …… 264
新コロンブス …… 265
三つの断章 …… 266
一　（幸福（しあわせ）よ おお幸福よ…） …… 266
二　（野をこえて はるか…） …… 267
三　（日は 鳴り沈み…） …… 267
同情の行き帰り …… 268
一　孤独 …… 268
二　反歌 …… 270
ヴェネツィア …… 270
平穏無事な男 …… 271
ハーフィスに捧ぐ …… 272
秋の樹 …… 273
松と稲妻 …… 274
もっとも孤独なる者 …… 275
敵たちの中で …… 276
高い山の中から …… 278
ツァラトゥストラの歌（一八八三年–一八八五年）（秋山英夫訳） …… 285
夜の歌 …… 287
踊りの歌 …… 291
墓の歌 …… 295
もう一つの踊りの歌 …… 303
酔歌 …… 307
七つの封印（あるいは、「然り」と「アーメン」の歌） …… 308
ディオニュソス頌歌（一八八四年–一八八八年）（秋山英夫訳） …… 317
道化にすぎぬ！　詩人にすぎぬ！ …… 319
砂漠の娘たちのあいだで …… 325
最後の意志 …… 338
猛禽のあいだで …… 340
焰の合図 …… 346
日は沈む …… 348
一　（おまえが渇えているのも…） …… 348
二　（私の生の日よ！…） …… 350
三　（金色（こんじき）の晴れやかさよ…） …… 351
アリアドネの歎き …… 352
名声と永遠 …… 360

一　（なんと長いあいだおまえは…）…… 360
二　（世間一般が支払に使う…）…… 362
三　（静かに！　―偉大なものに…）…… 364
四　（存在の最高の星座よ！…）…… 365
もっとも富める者の貧しさについて…… 367
ディオニュソス頌歌の断篇（一八八二年–一八八八年）（秋山英夫訳）…… 377
＊あとがき（秋山英夫）…… 435
＊解説（白取春彦）…… 445
＊総目次 …… 457

ニール・サイモン戯曲集

早川書房
全6巻
1984年10月～2008年4月

※1～3巻は第I期に収録

第4巻（鳴海四郎, 酒井洋子訳）
1988年8月31日刊

思い出のブライトン・ビーチ（鳴海四郎訳）…… 3
ビロクシー・ブルース（鳴海四郎訳）…… 135
ブロードウェイ・バウンド（酒井洋子訳）…… 255
ニール・サイモンとその作品（4）（酒井洋子）…… 385

第5巻（酒井洋子訳）
1993年7月31日刊

＊序文―あとの祭りの芸術 …… 3
噂―ファルス …… 19
ヨンカーズ物語 …… 147
ジェイクの女たち …… 261
ニール・サイモンとその作品（5）（酒井洋子）…… 383

第6巻（酒井洋子訳）
2008年4月25日刊

23階の笑い …… 3
ロンドン・スイート …… 125
求婚―プロポーザルズ …… 221
ニール・サイモンとその作品（6）…… 337

ノヴァーリス作品集

筑摩書房
全3巻
2006年1月～2007年3月
（ちくま文庫）
（今泉文子訳）

第1巻

2006年1月10日刊

- サイスの弟子たち …… 11
  - 『サイスの弟子たち』補遺 …… 84
- 花粉 …… 93
- 対話・独白 …… 159
  - 対話 その一 …… 161
  - 対話 その二 …… 170
  - 対話［その三］…… 173
  - 対話［その四］…… 176
  - 対話［その五］…… 178
  - 対話［その六］…… 182
  - 独白 …… 187
- 断章と研究 一七九八年 …… 191
  - 来るべき哲学のための断章［1］…… 193
  - 来るべき哲学のための断章［2］…… 208
  - 詩について …… 209
  - 批判的詩論 …… 218
  - さまざまな断章 …… 222
  - 断章、あるいは思考課題 …… 267
  - 逸話 …… 271
  - さまざまな断章 …… 274
  - ［テプリッツ断章］…… 302
  - ［テプリッツ断章の補遺］…… 322
  - ［ゲーテ論］…… 334
  - ［さまざまな断章］…… 340
  - ［造形芸術研究］…… 347
- フライベルグ自然科学研究 …… 353
  - ［化学ノート］（一七九八年六月二十二日）…… 355
  - 数学ノート（一七九八年六月二十三日）…… 357
  - ［大きな自然学研究ノート］…… 360
  - 自然学的断章 …… 369
  - ［シェリング『世界霊』研究］…… 379
  - ［ムルハルト数学研究］…… 380
  - 数学的断章 …… 383
  - ［ティーデマン『思弁哲学の精神』研究］…… 387
  - ［ヴェルナー研究］…… 390
  - 普遍算術 …… 396
  - ［ド・ラランドの天文学とさまざまな研究］…… 397
  - 一般自然学—あるいは代数学的自然学 …… 400
  - ［医学・自然科学研究］…… 407
- ＊解題 …… 409
  - ＊サイスの弟子たち …… 409
  - ＊花粉 …… 415
  - ＊対話・独白 …… 420
  - ＊断章と研究 一七九八年 …… 424
  - ＊フライベルグ自然科学研究 …… 433
- ＊あとがき（今泉文子）…… 440

第2巻

2006年5月10日刊

- 青い花〔ハインリヒ・フォン・オフターディンゲン〕…… 9
- 青い花 補遺 …… 293
  - 一　［長編小説の下準備］…… 295
  - 二　〔クリングゾールのメルヒェンのための草案〕…… 300
  - 三　［一八〇〇年の研究ノートから］…… 304
  - 四　［ベルリン草稿］…… 306
  - 五　第二部冒頭のための構想 …… 323
  - 六　［『死者たちの歌』］［初稿］…… 327
  - 七　季節の結婚 …… 338
  - 八　書簡より …… 340
    - カロリーナ・シュレーゲル宛 …… 340
    - イェーナ在、ルートヴィヒ・ティーク宛 …… 343
    - イェーナ在、フリードリヒ・シュレーゲル宛 …… 346
    - イェーナ在、ルートヴィヒ・ティーク宛 …… 348
    - イェーナ在、フリードリヒ・シュレーゲル宛 …… 349
    - ルートヴィヒ・ティーク宛 …… 350
- ＊注 …… 352
- 『青い花』解説 …… 382

＊ノヴァーリス（フリードリヒ・フォン・ハルデンベルク）略伝……407

第3巻
2007年3月10日刊

夜の讃歌……7
聖歌……39
キリスト教世界、またはヨーロッパ—断章（一七九九年記す）……87
信仰と愛……125
花……127
信仰と愛、または王と王妃……132
［政治的アフォリズム］……162
一般草稿—百科全書学のための資料集（一七九八–九九年）……175
断章と研究一七九九–一八〇〇年……299
［1］（一七九九年六月–十二月）……301
［2］（一七九九年八月–一八〇〇年二月）……328
［3］（一七九九年末–一八〇〇年四月）……331
［4］（一八〇〇年初夏–十月）……344
［拾遺］……363
日記……367
〔ゾフィー死後の日記〕［一七九七年四月十八日–七月六日］……369
［一八〇〇年四月十五日–九月六日ヴァイセンフェルス］……383
高次の生き方の修業時代—心情陶冶の研究［一八〇〇年十月八日–十六日 ヴァイセンフェルス–ジーベンアイヒェン］……390
＊解題……397
＊あとがき（今泉文子）……419

ハイネ散文作品集
松籟社
全6巻
1989年7月～2008年9月
（木庭宏責任編集）

※1～5巻は第II期に収録

第6巻　フランスの芸術事情
2008年9月5日刊

＊ハイネの音楽論（青柳いづみこ）……3
フランスの画家たち—パリの絵画展・一八三一年（木庭宏訳）……13
A.シェファー……16
オラース・ヴェルネ……23
ドラクロア……27
ドカン……31
レソール……37
シュネッツ……38
L.ロベール……39
ドラロッシュ……47
補足 一八三三年……66
断篇……81
訳注……83
フランスの舞台芸術について—アウグスト・レーヴァルトへの手紙（一八三七年五月、パリのさる近村にて）（木庭宏訳）……95
手紙一……97
手紙二……105
手紙三……112
手紙四……119
手紙五……123
手紙六……131
手紙七……141
手紙八……147
手紙九……153
手紙一〇……169
断篇……179
手紙四関係……179
手紙七関係……183
手紙一〇関係……187
訳注……190

＊作品解題 …… *198*
＊解説 …… *214*
＊編者あとがき（木庭宏） …… *220*
＊『ハイネ散文作品集』総目次 …… *228*
＊第6巻 人名索引 …… 巻末

パヴェーゼ文学集成

岩波書店
全6巻
2008年9月～2010年1月
（河島英昭訳）

第1巻　鶏が鳴くまえに―長篇集

2008年9月9日刊

流刑 …… *1*
丘の中の家 …… *137*
＊解説『鶏が鳴くまえに』（一九四八年刊）（河島英昭） …… *335*
＊地図 …… *393*

第2巻　美しい夏―長篇集

2010年1月14日刊

美しい夏 …… *1*
丘の上の悪魔 …… *119*
孤独な女たちと …… *305*
＊解説『美しい夏』（一九四九年刊）（河島英昭） …… *489*
＊地図 …… *531*

第3巻　月と篝火―長篇集

2008年12月9日刊

故郷 …… *1*
月と篝火 …… *137*
＊解説『故郷』（一九四一年刊）『月と篝火』（一九五〇年刊）（河島英昭） …… *315*
＊地図 …… *345*

第4巻　青春の絆―長篇集

2009年3月10日刊

浜辺 …… *1*
炎（ビアンカ・ガルーフィ共作） …… *93*
青春の絆 …… *187*
＊解説『浜辺』（一九四二年刊）『炎』（一九五九年刊）『青春の絆』（一九四七年刊）（河島英昭） …… *405*
＊地図 …… *435*

第5巻　八月の休暇―短篇集

2009年6月10日刊

祭の夜 …… 1
流刑地 …… 3
新婚旅行 …… 22
侵入者 …… 42
三人の娘 …… 55
祭の夜 …… 73
友だち …… 110
ならずもの …… 130
自殺 …… 175
丘の中の別荘 …… 198
麦畑 …… 215
八月の休暇 …… 233
海 …… 237
名前 …… 238
八月の終わり …… 242
玉蜀黍畑 …… 246
ラ・ランガ …… 249
廃れた仕事 …… 253
不眠症 …… 257
隠者 …… 261
革のジャケット …… 276
初恋 …… 289
海 …… 318
都会 …… 345
死者たちの草原 …… 346
構内で見る夢 …… 350
ある確証 …… 354
目覚め …… 358
時間 …… 362
平日のプール …… 366
夏 …… 369
天命 …… 372
都会 …… 384
家々 …… 399
祭の日々 …… 410
葡萄畑 …… 423
神話、象徴、その他について …… 424
忘我の状態 …… 432
青年期 …… 439
葡萄畑 …… 444
仕事の病 …… 447
ヌーディズム …… 450
川の対話 …… 461
秘められた物語 …… 469
＊解説『祭の夜』（一九五三年刊）『八月の休暇』（一九四六年刊）（河島英昭） …… 495
＊地図 …… 527

第6巻　詩と神話―詩文集

2009年9月10日刊

詩集 働き疲れて …… 1
祖先 …… 9
南の海（一九三〇） …… 10
祖先（一九三一） …… 17
風景一（一九三三） …… 20
故郷を失った人びと（一九三三） …… 23
大山羊神（おおやぎがみ）（一九三三） …… 25
風景二（一九三三） …… 28
寡婦の息子（一九三九） …… 30
真夏の夜の月（一九三五） …… 33
かつていた人びと（一九三三） …… 35
風景三（一九三四） …… 37
夜（一九三八） …… 39
その後 …… 41
出会い（一九三二） …… 42
孤独癖（一九三三） …… 44
黙示（一九三七） …… 46
朝（一九四〇） …… 48
夏（一九四〇） …… 50
夜想曲（一九四〇） …… 52
苦しみ（一九三三） …… 54
風景七（一九四〇） …… 56
情熱の女たち（一九三五） …… 58
灼けつく土地（一九三五） …… 60
寛容（一九三五・十一） …… 63
田舎の娼婦（一九三七） …… 65
デオーラの思い（一九三二） …… 68
二本のタバコ（一九三三） …… 71
その後（一九三四） …… 73
田舎の町 …… 77
時は流れて（一九三四） …… 78
わからない人たち（一九三三） …… 81
建てかけの家（一九三三） …… 84
田舎の町（一九三三） …… 88
先祖返り（一九三四） …… 91
恋の冒険（一九三五） …… 94
古代の文明（一九三五） …… 96
ユリシーズ（一九三五） …… 98

規律（一九三四） …… 100
風景五（一九三四） …… 102
無規律（一九三三） …… 104
作者の肖像（一九三四） …… 106
九月のグラッパ（一九三四） …… 109
踊り（一九三三） …… 111
父性（一九三三） …… 113
アトランティック・オイル（一九三三） …… 115
砂取り人夫の日暮れ（一九三三） …… 118
馬車引き（一九三九） …… 121
働き疲れて（一九三四） …… 123
母性 …… 125
季節（一九三三） …… 126
夜の楽しみ（一九三三） …… 129
悲しい晩餐（一九三四） …… 131
風景四（一九三四） …… 134
思い出（一九三五・十一） …… 136
声（一九三八） …… 138
母性（一九三四） …… 140
船頭の妻（一九三八） …… 142
酔いどれの老婆（一九三七） …… 145
風景八（一九四〇） …… 147
緑のたきぎ …… 149
外へ（一九三四） …… 150
紙の吸い手たち（一九三二） …… 153
世代（一九三四） …… 157
反乱（一九三四） …… 159
緑のたきぎ（一九三四） …… 161
ポッジョ・レアーレ（一九三五） …… 164
政治犯の言葉（一九三五・十） …… 166
父性 …… 169
地中海の民（一九三四） …… 170
風景六（一九三五） …… 173
神話（一九三五・十） …… 175
屋上の楽園（一九四〇） …… 177
単純（一九三五・十二） …… 179
本能（一九三六・二） …… 181
父性（一九三五・十二） …… 183
北の星（一九三六・一） …… 185
付記 …… 187
詩人という仕事（一九三四） …… 189
まだ書かれていない一連の詩について（一九四〇） …… 202
異神との対話 …… 209
〔序言〕 …… 213
雲 …… 215
怪物 …… 223
盲 …… 231
牝馬 …… 239
花 …… 247
野性 …… 255
波の泡 …… 265
母親 …… 275
二人 …… 283
道 …… 291
岩山 …… 299
慰めえぬもの …… 307
狼人間 …… 315
客人 …… 323
篝火 …… 331
島 …… 339
湖 …… 347
魔女 …… 355
牡牛 …… 365
血族 …… 373
アルゴー船の者たち …… 383
葡萄畑 …… 393
人間 …… 401
秘教 …… 407
洪水 …… 415
美神 …… 423
神々 …… 433
作者ノート …… 439
＊解説―『働き疲れて』（一九四三年刊）『異神との対話』（一九四七年刊）（河島英昭） …… 457
＊地図 …… 526

パステルナーク全抒情詩集
未知谷
全1巻
2011年10月
(工藤正広訳・解説)

パステルナーク全抒情詩集

2011年10月5日刊

初期 1912–1914あるいは処女詩集から …… 5
〈二月だ インクをとって泣け!〉…… 6
〈焼炉の青銅色の灰みたいに……〉…… 6
〈きょうは奴の憂愁を……〉…… 7
〈詩の竪琴の迷宮へ〉…… 7
夢 …… 8
〈ぼくは成長した……〉…… 9
〈きょうみんなはコートを着て出かける〉…… 9
〈きのう子供になって……〉…… 10
発着駅 …… 10
ヴェネツィア …… 11
冬 …… 12
酒宴の日々 …… 13
〈夜明け前の広場のとどろき鳴り響く〉…… 14
冬夜 …… 14
補選『雲の中の双生児』初出篇から …… 16
森の言葉 …… 16
〈夜明け前の広場の〉…… 16
〈囚われのセルビア女のように〉…… 17
〈蠟燭の灯りがどんなに力んでも……〉…… 18
双子座 …… 18
発着駅(ヴァリアント)…… 19
*註 …… 21
バリエール越え 1914–1916 …… 23
中庭 …… 24
悪夢 …… 25
ありうることだ …… 26
プレスニャの一〇周年(断章)…… 27
ペテルブルグ …… 29
〈銃弾を次の銃弾で……〉…… 29
〈波はひしめく……〉…… 30
〈青銅の騎士の……〉…… 30
〈髪のような雨雲が……〉…… 31
〈雪解けになって店々から〉…… 32
冬の空 …… 33
たましい …… 33
〈ひととはちがう 毎週毎週じゃない〉…… 34
解き放たれた声 …… 34
吹雪 …… 35
1 〈この場末……〉…… 35
2 〈扉にはぜんぶ十字印……〉…… 35
ウラルはじめて …… 36
河の流氷 …… 37
〈ぼくは生きること その目的を……〉…… 38
春 …… 38
1 〈おびただしい蕾……〉…… 38
2 〈春だ! 今日は……〉…… 39
3 〈きみたちにはただ泥濘……〉…… 39
イワカ …… 40
雨つばめ …… 41
しあわせ …… 42
こだま …… 42
三つのヴァリアント …… 43
1 〈まる一日が……〉…… 43
2 〈庭々は人里離れた……〉…… 43
3 〈裸になった雨雲……〉…… 44
七月の雷雨 …… 44
雨のあと …… 45
即興曲 …… 46
バラード …… 47
風車小屋たち …… 51
汽船で …… 53
物語詩から(二つの断章)…… 54
1 〈ぼくもまた愛していた……〉…… 54
2 〈ぼくは眠っていた……〉…… 56
マールブルグ …… 57
*註 …… 61
わが妹人生 1917年夏 …… 63
デーモンの鎮魂に捧げて …… 65
鳥たちの歌うときではないのか …… 66
この詩について …… 66
憂愁 …… 67
〈わが妹人生は〉…… 67
泣く園生は …… 68
鏡 …… 69
少女 …… 70
〈鳥たちの歌うときではないのかと〉…… 71

雨 …… 72
草原（ステーピ）の書 …… 73
このことすべての前まで冬だった …… 73
迷信ゆえに …… 74
触るな …… 74
〈きみはこの役を〉 …… 75
バラショーフ …… 75
まねるひとたち …… 76
見本 …… 77
愛するひとのための気晴し …… 79
〈馨（かぐわ）しい小枝ひとつを〉 …… 79
櫂を休めて …… 79
春の雨は …… 80
民警の呼子 …… 81
夏に星たちは …… 81
英語のレッスン …… 82
哲学の勉強 …… 84
詩の定義 …… 84
魂の定義 …… 84
地の病い …… 85
創造の定義 …… 86
われらの雷雨 …… 86
代理の女（ひと） …… 88
彼女がふさぎこまないための手紙の中の唄 …… 90
雀ケ丘 …… 90
Mein Liebchen, was willst du noch mehr? …… 91
ラスパート …… 92
ロマノフカ …… 94
草原（ステーピ） …… 94
息苦しい夜 …… 95
さらに息苦しい夜明け …… 96
たましいを訣れさす試み …… 98
ムチカープ …… 98
ムチカープの喫茶店のハエ …… 98
〈その出むかえは奇異〉 …… 100
〈たましいをきみと訣れさす〉 …… 101
戻り …… 102
〈なんと睡気を〉 …… 102
わが家にて …… 105
エレーナに …… 107
エレーナに …… 107
彼らにあっての如くに …… 108
夏は …… 109
永遠に一瞬の夕立ち …… 110
あとがき …… 111
〈恋人よ〉 …… 111
〈さあ 言葉たちを〉 …… 112
あった …… 113
〈愛すること〉 …… 114
あとがき …… 116
終焉 …… 117
〈すべては現なのか〉 …… 117
＊註 …… 119
主題と変奏 1916–1922 …… 121
五つの物語 …… 122
インスピレーション …… 122
出逢い …… 123
マルガレーテ …… 124
メフィストフェレス …… 125
シェイクスピア …… 126
主題と変奏 …… 128
主題 …… 128
変奏 …… 129
1 オリジナル …… 129
2 模倣 …… 130
3 〈星たちはめぐった〉 …… 131
4 〈雲 星たち そして〉 …… 132
5 〈彼はジプシー風の色彩を〉 …… 133
6 〈日没の時間は草原で〉 …… 133
病中 …… 135
1 〈病人はみまもっている〉 …… 135
2 〈星たちのひかりを浴びた〉 …… 135
3 〈ひょっとしてそうかも〉 …… 136
4 病人のジャケット …… 137
5 クレムリンは一九一八年の…… …… 138
6 一九一九年の一月 …… 139
7 〈黄昏になるとぼくには〉 …… 140
決裂 …… 142
1 〈おお 嘘つきの名人になった〉 …… 142
2 〈おお 恥辱よ きみはぼくの〉 …… 142
3 〈ぼくはきみからすべての……〉 …… 143
4 〈ぼくを障害せよ〉 …… 143
5 〈波濤のような〉 …… 143
6 〈幻滅したの きみは …… 144
7 〈ぼくの友よ やさしい友よ〉 …… 144
8 〈ぼくの机はそんなに広くない〉 …… 145

9 〈震動するピアノは昏から〉 146
ぼくは忘れることができた 147
1 中傷者に 147
2 ぼくは忘却しえたのか？ 148
3 〈そのようにして始める〉 149
4 〈ぼくらは少数〉 149
5 〈部屋のろうそくの火を〉 150
ニェスクーシヌイ公園 151
1 ニェスクーシヌイ 151
2 〈ありあまるほどに〉 151
3 ハシバミの木 152
4 森で 152
5 スパースコエ 153
6 新鮮であれ 154
7 冬の朝（五つの詩） 155
1 〈大気はしろっぽい襞ひだ〉 155
2 〈分別を失ったように〉 156
3 〈何が不快なのかぼくには〉 156
4 〈さあ 気合をいれて〉 157
5 〈閑話休題 ところで女性読者よ〉 157
8 春（五つの詩） 158
1 〈春よ ぼくは通りで偶然〉 158
2 〈通風口は小窓に〉 158
3 〈大気は降りしきる小雨に〉 159
4 〈目を閉じよ ひっそりとした〉 160
5 〈鳥たちはさえずり〉 160
9 夏の夜の夢（五つの詩） 161
〈はげしい口論だ〉 161
〈午前のあいだじゅう〉 161
〈雪崩の斜め鈎を〉 162
〈ライラック色した光沢の〉 163
〈飲んで 書け〉 163
10 詩よ 164
11 二通の手紙 165
〈愛するひとよ 大至急です〉 165
〈数日前 一瞬のうちに〉 166
12 秋（五つの詩） 166
〈あの日々から公園の〉 166
〈バルコニーへ出るドア硝子が〉 167
〈しかし彼らもまた色褪せる〉 167
〈春はただ単に〉 168
〈ここを謎の不思議な爪が〉 169
＊註 170
第二誕生 1930–1931 171
I 172
波 172
II 182
バラード〈配車センターの……〉 182
バラード〈別荘では眠っている〉 183
夏 184
詩人の死 186
III 188
〈この先いつか〉 188
〈興奮しないで〉 189
〈窓 譜面台 そして〉 190
〈ときとして人を愛することは〉 191
〈あいかわらず雪また雪〉 191
〈死人のような薄闇〉 192
〈女たちのスカーフ 色とりどりの〉 193
〈愛するひとよ〉 194
〈わが艶なる美女よ〉 194
IV 196
〈種子をつけた綿毛になって〉 196
〈夕暮のほかには〉 197
〈あなたはここにいる〉 198
〈またふたたびショパンは〉 198
V 201
〈日は暮れかけていた〉 201
〈いまわれわれはカフカースを〉 202
VI 204
〈おお あのときわたしが〉 204
〈いつの時代にも〉 204
〈わたしの詩よ 走れ 走れ〉 205
〈非難が静まる〉 206
VII 210
〈四月三十日 春の日は〉 210
〈百年も昔となれば〉 211
〈氷塊となみだの春は〉 212
＊詩の注のためのメモ 215
早朝列車で 1936–1944 223
芸術家 224
1 〈わたしの性にあうのは〉 224
2 〈在りし日々……〉 225
3 〈住む家は慎ましいが しかし〉 227
4 〈彼は立ち上がる 幾世紀〉 227
夭折した人に 229
夏のノートから—チフリスの友人たちに 231

1 〈クリミアやリヴィエラに〉…… 231
2 〈火夫が甲板へ上がって〉…… 232
3 〈すべてことごとく〉…… 232
4 〈眠りからさめて起きると〉…… 235
5 〈過去からわれわれの〉…… 234
6 〈わたしはチフリスが〉…… 235
7 〈わたしは汚い中庭を〉…… 235
8 〈自由な微風ながれる〉…… 236
9 〈夕べより黒々と〉…… 237
10 〈黙ることのない機知の〉…… 238
11 〈モミの木の倒木〉…… 239
12 〈グルジアでは衣装も〉…… 240
ペレデルキノ …… 241
夏の日 …… 241
松林 …… 242
かりそめの不安 …… 244
初冷え …… 245
樹氷 …… 245
都市 …… 247
魔物のワルツ …… 248
涙のワルツ …… 249
早朝列車で …… 250
ふたたび春 …… 252
ツグミ …… 253
戦争についての詩篇 …… 255
恐ろしいお伽話 …… 255
一人住まい …… 256
前哨部隊 …… 257
勇敢 …… 258
古い公園 …… 259
冬が近づく …… 261
マリーナ・ツヴェターエヴァの…… …… 262
残照 序 …… 264
1 〈時はわれわれを〉…… 264
2 〈軍から帰還する〉…… 264
3 〈と 突然彼の車が〉…… 265
4 〈彼は考える〉…… 265
残照 1章 …… 265
1 〈むかしの作家は〉…… 265
2 〈すべてが声高で〉…… 266
3 〈彼の半身はうちふるえて〉…… 267
4 〈ああ これはカーチャのわがままだ〉…… 267
5 〈眠らせてくれ〉…… 268
6 〈ヴァロージャ〉…… 269
或る工兵の死 …… 270
追撃 …… 273
斥候兵 …… 274
果てしない広がり …… 277
河口地方 …… 278
甦ったフレスコ画 …… 279
勝利者 …… 280
春 …… 281
＊註 …… 283
晴れよう時 1956–1959 …… 287
〈すべてにおいてわたしは……〉…… 289
〈有名であることは醜い〉…… 290
たましひ …… 291
イヴ …… 292
呼び名なく …… 293
転換 …… 294
森の春 …… 294
七月 …… 295
茸とり …… 296
静けさ …… 297
干草の山 …… 298
菩提樹の並木道 …… 299
晴れよう時 …… 300
穀物 …… 301
秋の森 …… 302
初霜 …… 303
夜の風 …… 304
黄金秋 …… 304
悪天候 …… 305
草と石と …… 306
夜 …… 307
風 …… 309
道 …… 312
病院で …… 313
音楽 …… 314
中断のあとで …… 316
初雪 …… 316
雪が降る …… 317
雪の上の足跡 …… 318
吹雪のあとで …… 319
バッカス祭 …… 320
まがり角の向かふ …… 327
すべてが的中した …… 328
耕された畑 …… 329
旅行 …… 330
幼年時代の女たち …… 331

雷雨のあと …… 332
冬の祝祭の日々 …… 333
ノーベル賞 …… 334
神のつくりなす世界 …… 335
またとない日々 …… 336
＊註 …… 337
＊解説 …… 339
＊年譜 …… 417
＊あとがき（工藤正廣） …… 423
＊索引 …… 433
＊詳細目次 …… 438

パトリック・ブロンテ
著作全集
彩流社
全1巻
2013年1月
（中岡洋編訳）

パトリック・ブロンテ著作全集

2013年1月31日刊

＊まえがき …… 1
『草屋詩集』1811年 …… 9
広告 …… 11
健康回復の旅を続けているJB師への書簡 …… 15
幸福な草屋に住まう者たち …… 26
虹 …… 42
冬の夜の瞑想 …… 51
誕生日を迎えたレディに贈る詩節 …… 66
アイルランドの茅屋(ぼうおく) …… 71
J.ギルピン師に 『天路歴程』改訂版によせて …… 84
草屋の乙女 …… 89
蜘蛛と蠅 …… 97
若い聖職者への書簡 …… 101
骨折り働く貧しい人々への書簡 …… 108
草屋に住まう人の讃美歌 …… 115
『田園吟遊詩人』記述的論文集 1813年 …… 121
広告 …… 123
安息日の鐘 …… 125
カークストール・アビー ロマンティックな物語の断章 …… 134
即興詩 聖職者の友人の家で その留守の間にものす …… 143
詩行 誕生日を迎えたあるレイディにことよせて …… 147
悲歌 …… 154
内省 月光によって …… 158
冬 …… 162
田園の幸福 …… 166
嘆きと救い …… 169
クリスチャンの暇(いとま)乞い …… 175
エリンの竪琴弾き …… 179

『森の草屋 あるいは金持ちに、幸福になる技』2つの版 1813年、1818年 …… 187
散文物語 …… 189
草屋に住まう敬虔なる人の安息日 …… 210
夜毎の叛逆者 あるいはウィリアム・バウアーの回心の事情 韻文物語 …… 217
墓碑銘 …… 228
ウィリアム・バウアーについて …… 231
『キラーニーの乙女 あるいはアルビオンとフローラ』1818年—現代の物語
宗教と政治について通り一遍の意見 …… 233
まえがき …… 235
キラーニーの乙女 …… 238
折々の詩 …… 321
奥さまに宛てたツイードの手紙 1811年6月11日 …… 322
ハレー彗星 1835年10月20日 …… 326
ミス・トマスへ 1837年7月28日 …… 332
バプテスト派牧師マイルズ・オディー師碑文 1841年3月 …… 334
サンデー・スクール生徒のための讃美歌 1849年12月18日 …… 336
『異常現象』1824年 …… 339
若き読者へ …… 340
異常現象など …… 342
『地震に関連してハワース教会で説かれた説教』1824年 …… 353
読者への広告 …… 355
説教 …… 356
『時の徴』1835年 …… 367
『洗礼のもっともよき時期と方法に関する小論』1836年 …… 383
ハワースの住民に対する真面目なお願い …… 401
結びの数言 …… 404
『故文学修士ウィリアム・ウェイトマン師のための弔いの説教』1842年 …… 407
説教 …… 408
*パトリック・ブロンテ年譜 …… 419
*パトリック・ブロンテ、生涯と作品(芦澤久江) …… 453
*あとがき(中岡洋) …… 475

新編
バベルの図書館
国書刊行会
全6巻
2012年8月～2013年7月
(ホルヘ・ルイス・ボルヘス編纂・序文)

※全30巻の旧版を合本して全6巻に再編

第1巻 アメリカ編(酒本雅之, 竹村和子, 富士川義之, 井上謙治, 大津栄一郎, 林節雄訳)
2012年8月23日刊

ナサニエル・ホーソーン(酒本雅之, 竹村和子訳) …… 11
*序文(ホルヘ・ルイス・ボルヘス) …… 15
ウェイクフィールド …… 19
人面の大岩 …… 31
地球の大燔祭 …… 55
ヒギンボタム氏の災難 …… 79
牧師の黒いベール …… 95
エドガー・アラン・ポー(富士川義之訳) …… 113
*序文(ホルヘ・ルイス・ボルヘス) …… 117
盗まれた手紙 …… 121
壜のなかの手記 …… 147
ヴァルドマル氏の病症の真相 …… 161
群集の人 …… 174
落し穴と振子 …… 187
ジャック・ロンドン(井上謙治訳) …… 209
*序文(ホルヘ・ルイス・ボルヘス) …… 213
マプヒの家 …… 217
生命の掟 …… 245
恥っかき …… 254
死の同心円 …… 270
影と光 …… 288
ヘンリー・ジェイムズ(大津栄一郎, 林節雄訳) …… 309
*序文(ホルヘ・ルイス・ボルヘス) …… 313
私的生活 …… 317
オウエン・ウィングレイヴの悲劇 …… 369
友だちの友だち …… 422
ノースモア卿夫妻の転落 …… 464

ハーマン・メルヴィル（酒本雅之訳） …… 491
　＊序文（ホルヘ・ルイス・ボルヘス） …… 495
　代書人バートルビー …… 499

第2巻　イギリス編 1（小野寺健, 矢川澄子, 小野協一, 中西秀男, 富士川義之, 土岐恒二, 土岐知子訳）
2012年10月23日刊

H.G.ウェルズ（小野寺健訳） …… 11
　＊序文（ホルヘ・ルイス・ボルヘス） …… 15
　白壁の緑の扉 …… 18
　プラットナー先生綺譚 …… 41
　亡きエルヴシャム氏の物語 …… 64
　水晶の卵 …… 86
　魔法屋 …… 106
オスカー・ワイルド（矢川澄子, 小野協一訳） …… 121
　＊序文（ホルヘ・ルイス・ボルヘス） …… 125
　アーサー・サヴィル卿の犯罪 …… 129
　カンタヴィルの幽霊 …… 174
　幸せの王子 …… 211
　ナイチンゲールと薔薇 …… 224
　わがままな大男 …… 233
サキ（中西秀男訳） …… 239
　＊序文（ホルヘ・ルイス・ボルヘス） …… 243
　無口になったアン夫人 …… 247
　お話の上手な男 …… 252
　納戸部屋 …… 260
　ゲイブリエル–アーネスト …… 268
　トーバモリー …… 277
　名画の額ぶち …… 288
　非安静療法 …… 292
　やすらぎの里モーズル・バートン …… 302
　ウズラの餌 …… 311
　あけたままの窓 …… 320
　スレドニ・ヴァシュター …… 325
　邪魔立てするもの …… 332
G.K.チェスタトン（富士川義之訳） …… 341
　＊序文（ホルヘ・ルイス・ボルヘス） …… 345
　三人の黙示録の騎士 …… 349
　奇妙な足音 …… 372
　イズレイル・ガウの名誉 …… 399
　アポロンの眼 …… 421
　イルシュ博士の決闘 …… 444
ラドヤード・キプリング（土岐恒二, 土岐知子訳） …… 467
　＊序文（ホルヘ・ルイス・ボルヘス） …… 471
　祈願の御堂 …… 475
　サーヒブの戦争 …… 504
　塹壕のマドンナ …… 533
　アラーの目 …… 558
　園丁 …… 590

第3巻　イギリス編 2（高松雄一, 高松禎子, 原葵, 南条竹則, 宮川雅, 私市保彦訳）
2013年3月15日刊

ロバート・ルイス・スティーヴンソン（高松雄一, 高松禎子訳） …… 11
　＊序文（ホルヘ・ルイス・ボルヘス） …… 15
　声たちの島 …… 19
　壜の小鬼 …… 44
　マーカイム …… 82
　ねじれ首のジャネット …… 104
ダンセイニ卿（原葵訳） …… 119
　＊序文（ホルヘ・ルイス・ボルヘス） …… 123
　潮が満ち引きする場所で …… 127
　剣と偶像 …… 134
　カルカッソーネ …… 142
　ヤン川の舟唄 …… 158
　野原 …… 179
　乞食の群れ …… 184
　不幸交換商会 …… 189
　旅籠の一夜 …… 194
アーサー・マッケン（南條竹則訳） …… 217
　＊序文（ホルヘ・ルイス・ボルヘス） …… 221
　黒い石印のはなし …… 226
　白い粉薬のはなし …… 273
　輝く金字塔 …… 296
チャールズ・ハワード・ヒントン（宮川雅訳） …… 327
　＊序文（ホルヘ・ルイス・ボルヘス） …… 331
　第四の次元とは何か …… 335
　平面世界 …… 364
　ペルシアの王 …… 395
ウィリアム・ベックフォード（私市保彦訳） …… 491
　＊序文（ホルヘ・ルイス・ボルヘス） …… 495
　ヴァテック …… 499

第4巻　フランス編（川口顕弘, 釜山健, 井上輝夫, 田辺保, 渡辺一夫, 平岡昇訳）
2012年12月25日刊

ヴォルテール（川口顕弘訳）……11
　＊序文（ホルヘ・ルイス・ボルヘス）……15
　メムノン—または人間の知恵……19
　慰められた二人……28
　スカルマンタドの旅行譚—本人直筆の手記……32
　ミクロメガス—哲学的物語……43
　白と黒……71
　バビロンの王女……91
ヴィリエ・ド・リラダン（釜山健, 井上輝夫訳）……183
　＊序文（ホルヘ・ルイス・ボルヘス）……187
　希望……191
　ツェ・イ・ラの冒険……199
　賭金……209
　王妃イザボー……218
　最後の宴の客……227
　暗い話、語り手はなおも暗くて……258
　ヴェラ……270
レオン・ブロワ（田辺保訳）……283
　＊序文（ホルヘ・ルイス・ボルヘス）……287
　煎じ薬……291
　うちの年寄り……298
　プルール氏の信仰……307
　ロンジュモーの囚人たち……320
　陳腐な思いつき……328
　ある歯医者へのおそろしい罰……338
　あんたの欲しいことはなんでも……346
　最後に焼くもの……354
　殉教者の女……362
　白目になって……371
　だれも完全ではない……377
　カインのもっともすばらしい見つけもの……383
ジャック・カゾット（渡辺一夫, 平岡昇訳）……393
　＊序文（ホルヘ・ルイス・ボルヘス）……397
　悪魔の恋……401

第5巻　ドイツ・イタリア・スペイン・ロシア編（池内紀, 川端香男里, 望月哲男, 金沢美知子, 種村季弘, 河島英昭, 桑名一博, 菅愛子訳）
2013年5月24日刊

フランツ・カフカ（池内紀訳）……11
　＊序文（ホルヘ・ルイス・ボルヘス）……15
　禿鷹……20
　断食芸人……22
　最初の悩み……34
　雑種……38
　町の紋章……41
　プロメテウス……43
　よくある混乱……45
　ジャッカルとアラビア人……47
　十一人の息子……54
　ある学会報告……60
　万里の長城……73
ロシア短篇集……87
　＊序文（ホルヘ・ルイス・ボルヘス）……91
　鰐—ある異常な出来事、或いはアーケード街の椿事（ドストエフスキー著, 望月哲男訳）……95
　ラザロ（アンドレーエフ著, 金沢美知子訳）……148
　イヴァン・イリイチの死（トルストイ著, 川端香男里訳）……174
グスタフ・マイリンク（種村季弘訳）……255
　＊序文（ホルヘ・ルイス・ボルヘス）……259
　J・H・オーベライト、時間—蛭を訪ねる……263
　ナペルス枢機卿……276
　月の四兄弟……292
ジョヴァンニ・パピーニ（河島英昭訳）……315
　＊序文（ホルヘ・ルイス・ボルヘス）……319
　泉水のなかの二つの顔……323
　完全に馬鹿げた物語……333
　精神の死……342
　〈病める紳士〉の最後の訪問……362
　もはやいまのままのわたしではいたくない……371
　きみは誰なのか？……377
　魂を乞う者……390
　身代わりの自殺……398
　逃げてゆく鏡……407

返済されなかった一日 …… 415
ペドロ・アントニオ・デ・アラルコン …… 427
＊序文（ホルヘ・ルイス・ボルヘス）（桑名一博, 菅愛子訳） …… 431
死神の友達―幻想物語 …… 435
背の高い女―怪談 …… 527

第6巻　ラテンアメリカ・中国・アラビア編（内田吉彦, 井上輝夫, 由良君美, 中野美代子, 牛島信明, 鼓直訳）
2013年7月25日刊

アルゼンチン短篇集（内田吉彦訳） …… 13
＊序文（ホルヘ・ルイス・ボルヘス） …… 17
イスール（ルゴーネス著） …… 21
烏賊はおのれの墨を選ぶ（ビオイ＝カサレス著） …… 33
運命の神さまはどじなお方（カンセーラ, ルサレータ著） …… 52
占拠された家（コルタサル著） …… 73
駅馬車（ムヒカ＝ライネス著） …… 81
物（オカンポ著） …… 88
チェスの師匠（ペルツァー著） …… 92
わが身にほんとうに起こったこと（ペイロウ著） …… 95
選ばれし人（バスケス著） …… 105
千夜一夜物語 ガラン版（ガラン編, 井上輝夫訳） …… 113
＊序文（ホルヘ・ルイス・ボルヘス） …… 117
盲人ババ・アブダラの物語 …… 120
アラジンの奇跡のランプ …… 132
千夜一夜物語 バートン版（バートン編, 由良君美訳） …… 267
＊序文（ホルヘ・ルイス・ボルヘス） …… 271
ユダヤ人の医者の物語 …… 279
蛇の女王 …… 293
蒲松齢（中野美代子訳） …… 409
＊序文（ホルヘ・ルイス・ボルヘス） …… 413
聊斎志異（蒲松齢著）
氏神試験 …… 416
老僧再生 …… 420
孝子入冥 …… 423
幻術道士 …… 433
魔術街道 …… 436
暗黒地獄 …… 439
金貨迅流 …… 446
狐仙女房 …… 447
虎妖宴遊 …… 451
猛虎贖罪 …… 456
狼虎夢占 …… 459
人虎報仇 …… 465
人皮女装 …… 469
生首交換 …… 477
紅楼夢（曹雪芹著）
夢のなかのドッペルゲンゲル …… 489
鏡のなかの雲雨 …… 493
レオポルド・ルゴーネス（牛島信明訳） …… 497
＊序文（ホルヘ・ルイス・ボルヘス） …… 501
イスール …… 506
火の雨 …… 519
塩の像 …… 534
アブデラの馬 …… 543
説明し難い現象 …… 553
フランチェスカ …… 565
ジュリエット祖母さん …… 578
ホルヘ・ルイス・ボルヘス（鼓直訳） …… 587
＊序文 …… 591
一九八三年八月二十五日 …… 593
パラケルススの薔薇 …… 601
青い虎 …… 607
疲れた男のユートピア …… 620
等身大のボルヘス（ホルヘ・ルイス・ボルヘス述, マリア・エステル・バスケスインタヴュアー） …… 629

全巻購読者特典　バベルの図書館を読む
2013年9月15日刊

＊チェスタトン 一味違うミステリー（富士川義之著） …… 13
＊サキ 孤高の星サキ（中西秀男著） …… 17
＊ホーソーン 短編から長編へ（竹村和子著） …… 21
＊カフカ ふたたび、野心家カフカ（池内紀著） …… 25
＊ジャック・ロンドン ロンドンと短編小説（井上謙治著） …… 29
＊オスカー・ワイルド 野蛮人の庭（矢川澄子著） …… 33
＊ヴォルテール ヴォルテール江戸っ子説（川口顕弘著） …… 37

＊H.G.ウェルズ ウェルズとフォースターのもうひとつの王国（小野寺健著）…… 41
＊メルヴィル メルヴィルと壁（酒本雅之著）…… 45
＊蒲松齢 虎を呼び出す力（中野美代子著）…… 49
＊E.A.ポー ポーの魅力（富士川義之著）…… 53
＊マイリンク 道化服を着たマイリンク（種村季弘著）…… 57
＊レオン・ブロワ 荒野に呼ばわる者の声（田辺保著）…… 61
＊ヘンリー・ジェイムズ 生身の巨匠ヘンリー・ジェイムズ（大津栄一郎著）…… 65
＊千夜一夜物語バートン版 千夜一夜・ガラン、そしてバートン（由良君美著）…… 69
＊ロシア短篇集 ロシアの世紀末（川端香男里著）…… 73
＊スティーヴンソン 二つのスティーヴンソン論（高松雄一著）…… 77
＊ルゴーネス ルゴーネスとアルゼンチン（立林良一著）…… 81
＊カゾット カゾットとマルチニスム（田中義廣著）…… 85
＊アルゼンチン短篇集 ボルヘスと幻想文学（内田吉彦著）…… 89
＊アーサー・マッケン 儀式（アーサー・マッケン作, 南條竹則訳）…… 93
＊J.L.ボルヘス エンマの二重の復讐（鼓直著）…… 97
＊ベックフォード 闇の曼陀羅―枠物語としての「ヴァテック」（私市保彦著）…… 101
＊千夜一夜物語ガラン版 中東の風景―「豪奢」について（井上輝夫著）…… 105
＊ヒントン ヒントン―人と作品（宮川雅著）…… 109
＊ダンセイニ卿 エルフランドの黄昏―ダンセイニの原風景（原葵著）…… 113
＊キプリング キプリングの隠し味（土岐恒二著）…… 117
＊アラルコン アラルコンをめぐって（桑名一博著）…… 121
＊ヴィリエ・ド・リラダン ヴィリエ・ド・リラダンの生国サン＝ブリユー（釜山健著）…… 125
＊パピーニ 見出された物語（河島英昭著）…… 131
＊図書館落成のことば（日本分館附図書館員）…… 135
＊「バベルの図書館」全訳者略歴 …… 139

バルザック愛の葛藤・夢魔小説選集

水声社
全5巻
2015年10月～2017年5月

第1巻　偽りの愛人（私市保彦, 加藤尚宏, 澤田肇, 博多かおる訳）

2015年10月30日刊

ソーの舞踏会（私市保彦訳）………………… *9*
二重の家庭（澤田肇訳）……………………… *93*
偽りの愛人（加藤尚宏訳）………………… *197*
捨てられた女（博多かおる訳）…………… *279*
＊愛の裏切りと悲哀（私市保彦）………… *337*
＊訳者について ………………………… *353*

第2巻　二人の若妻の手記（加藤尚宏, 芳川泰久訳）

2016年3月10日刊

二人の若妻の手記（芳川泰久訳）…………… *9*
女性研究（加藤尚宏訳）…………………… *337*
＊書かずに書く―あるいは歴史のまたぎ方について（芳川泰久）……………… *355*
＊訳者について ………………………… *367*

第3巻　マラーナの女たち（私市保彦, 加藤尚宏, 大下祥枝, 奥田恭士, 東辰之介訳）

2016年6月10日刊

オノリーヌ（加藤尚宏訳）…………………… *9*
シャベール大佐（大下祥枝訳）…………… *123*
マラーナの女たち（私市保彦訳）………… *227*
フィルミアーニ夫人（奥田恭士訳）……… *319*
徴募兵（東辰之介訳）……………………… *355*
＊愛のきずなと深淵（私市保彦）………… *379*
＊訳者について ………………………… *395*

第4巻　老嬢（私市保彦, 片桐祐訳）

2017年5月20日刊

老嬢（私市保彦訳）…………………………… *9*
ボエームの王（片桐祐訳）………………… *201*
コルネリュス卿（私市保彦訳）…………… *255*
二つの夢（私市保彦訳）…………………… *341*
＊鞘当てをする男たちと夢魔に憑かれた男たちと（私市保彦）………………… *367*

第5巻　三十女（芳川泰久, 佐野栄一訳）

2015年12月25日刊

三十女（芳川泰久訳）………………………… *9*
家庭の平和（佐野栄一訳）………………… *275*
＊物語の雑種交配（芳川泰久）…………… *333*
＊訳者について ………………………… *341*

バルザック芸術／狂気小説選集

水声社
全4巻
2010年6月～2010年12月
（私市保彦, 加藤尚宏, 芳川泰久責任編集）

第1巻（絵画と狂気篇）　知られざる傑作 他（私市保彦, 芳川泰久, 澤田肇, 片桐祐, 奥田恭士, 佐野栄一訳）

2010年6月10日刊

鞠打つ猫の店（澤田肇訳）…… 9
財布（片桐祐訳）…… 107
知られざる傑作（芳川泰久訳）…… 157
ピエール・グラスー（私市保彦訳）…… 201
海辺の悲劇（奥田恭士訳）…… 239
柘榴屋敷（佐野栄一訳）…… 273
＊画家の群像と情念に侵された風景（私市保彦）…… 313
＊訳者について …… 331

第2巻（音楽と狂気篇）　ガンバラ 他（私市保彦, 加藤尚宏, 博多かおる, 大下祥枝訳）

2010年8月30日刊

ガンバラ（博多かおる訳）…… 9
マッシミラ・ドーニ（加藤尚宏訳）…… 99
ファチーノ・カーネ（私市保彦訳）…… 231
アデュー（大下祥枝訳）…… 257
＊狂気の絶対と現実感覚とを隔てる微妙な「差」（加藤尚宏）…… 325
＊訳者について …… 333

第3巻（文学と狂気篇）　田舎のミューズ 他（加藤尚宏, 芳川泰久訳）

2010年10月30日刊

田舎のミューズ（加藤尚宏訳）…… 9
ド・カディニャン公妃の秘密（芳川泰久訳）…… 287
＊言語の使用価値を超えて―〈女性＝作家〉の誕生（芳川泰久）…… 375
＊訳者について …… 389

第4巻（科学と狂気篇）　絶対の探求 他（私市保彦訳）

2010年12月30日刊

絶対の探求 …… 9
赤い宿屋 …… 307
＊観念に憑依されて（私市保彦）…… 371
＊訳者について …… 389

バルザック幻想・怪奇小説選集

水声社
全5巻
2007年4月～2007年10月
（私市保彦，加藤尚宏責任編集）

第1巻　百歳の人—魔術師（私市保彦訳）

2007年4月20日刊

百歳の人—魔術師 …… 9
＊『百歳の人』と「呪われた放浪者」（私市保彦） …… 381

第2巻　アネットと罪人（私市保彦監訳，沢田肇，片桐祐訳）

2007年5月10日刊

アネットと罪人 …… 9
＊「仮面」と「予知夢」（私市保彦） …… 449

第3巻　呪われた子—他（私市保彦，加藤尚宏，芳川泰久，澤田肇，片桐祐，奥田恭士訳）

2007年7月10日刊

サラジーヌ（芳川泰久訳） …… 11
エル・ベルドゥゴ（澤田肇訳） …… 59
不老長寿の薬（私市保彦訳） …… 75
フランドルのキリスト（加藤尚宏訳） …… 109
砂漠の情熱（片桐祐訳） …… 137
神と和解したメルモス（奥田恭士訳） …… 159
続女性研究（加藤尚宏訳） …… 223
呪われた子（私市保彦訳） …… 305
＊〈父親殺し〉と〈ミスティック〉（芳川泰久） …… 431

第4巻　ユルシュール・ミルエ（加藤尚宏訳）

2007年6月10日刊

ユルシュール・ミルエ …… 9
＊『ユルシュール・ミルエ』とメスメリズム（加藤尚宏） …… 339

第5巻　動物寓話集—他（私市保彦，大下祥枝訳）

2007年10月10日刊

動物寓話集（私市保彦訳） …… 9
　イギリス牝猫の恋の悩み …… 11
　栄光を目指す動物たちのためのロバの手引き …… 41
　最良の政体をもとめるパリ雀の旅 …… 73
　アフリカライオンのパリ旅行とその結末 …… 115
　才知ある人々に模範として贈る二匹の虫の恋 …… 149
魔王の喜劇（大下祥枝訳） …… 201
廃兵院のドーム（大下祥枝訳） …… 265
＊諷刺と諧謔と（私市保彦，大下祥枝） …… 273
　＊「動物寓話集」について（私市保彦） …… 273
　＊「魔王の喜劇」と「廃兵院のドーム」について（大下祥枝） …… 283

バルザック・コレクション
筑摩書房
全3巻
2014年4月～2014年6月
（ちくま文庫）

ソーの舞踏会（柏木隆雄訳）
2014年4月10日刊

ソーの舞踏会 …… 7
夫婦財産契約 …… 93
禁治産 …… 301
＊注 …… 412
＊解説（柏木隆雄）…… 449

オノリーヌ（大矢タカヤス訳）
2014年5月10日刊

オノリーヌ …… 7
二重の家庭 …… 141
捨てられた女 …… 255
＊結婚制度に苦しむ女たちの代弁者、バルザック …… 328
＊解題 …… 343

暗黒事件（柏木隆雄訳）
2014年6月10日刊

暗黒事件 …… 5
序文（一八四三年版）…… 364
＊注 …… 393
＊解説（柏木隆雄）…… 419

ハンス・カロッサ全詩集
早稲田出版
全1巻
2011年2月
（エファ・カンプマン＝カロッサ編注，
碓井信二訳）

ハンス・カロッサ全詩集—生前の発表作品及び遺稿の詩
2011年2月13日刊

1940年までの詩編 …… 5
（岸辺の森に）…… 6
帰路 …… 9
（夜ごとの目覚め）…… 12
星影の唄 …… 14
（月あわく）…… 16
経験 …… 17
胡蝶に寄す …… 23
春 …… 25
（脆い氷塊が）…… 27
わがベンチに座す見知らぬ女 …… 28
盲人（めしい）…… 31
水中の天 …… 35
岸辺の精霊と胡蝶 …… 39
自然に寄す …… 43
雷雲の上 …… 54
太陽賛歌 …… 56
目覚めまぎわの眺め …… 63
出会い …… 65
両親の庭にて …… 67
眺め …… 69
朝日の中の老樹 …… 72
（記者が行く）…… 74
バルバラの祝日 …… 75
灰色の時 …… 79
夢想（トロイメライ）…… 81
一人の子に …… 83
不安な夜の後に …… 85
地霊 …… 87
冬の森 …… 93
病人 …… 94
（如何なればとて）…… 99

死の賛歌 …… 101
ニュンフェンブルク …… 109
ある死者に寄す …… 113
至福なる確信 …… 115
霧 …… 117
（夕暮れはしだいに濃いく）…… 119
朝ゆかば …… 121
受胎 …… 137
挨拶 …… 139
神秘の星（ステラミスティカ）…… 143
情熱 …… 162
悦楽の波を重ねて …… 169
愛の神秘 …… 173
秘儀 …… 178
（日輪は地の果てに）…… 184
（山頂は到るに難く）…… 186
舟行（ふなゆ）き …… 189
聖者の手の上の小さな町 …… 193
祖妣 …… 207
ヴィア・アッピア …… 213
秘めやかな風光 …… 217
休息 …… 219
（薔薇は今いずこ？）…… 221
ドブロウラニーの娘 …… 223
避難 …… 230
生の賛歌 …… 234
（寂寥（せきりょう）のきわまる峪）…… 245
（そうだ僕らは）…… 246
（人の在りようは）…… 248
（世界よ おお）…… 250
猫に寄す …… 251
ある星の歌える …… 254
（おお 時を忘れよ）…… 256
（その昔はこの家の子）…… 259
古い泉 …… 262
終曲 …… 264
世に在る日 …… 266
復元 …… 269
（時代の敵は）…… 272
未だ生まれ来ぬ子に …… 274
間伐なる星—1940年から1945年までの
詩編 …… 285
（薄暗く棚引く雲間に）…… 286
鉄路の土堤沿いの古い家で …… 287
三月の初め …… 290
鳥のバラード …… 292
ある古風な墓碑銘に寄せる歌詞 …… 293
間伐の上なる星 …… 299
守護霊 …… 301
庭仕事の日 …… 304
雲と花 …… 306
夢から覚めて …… 308
異質の世界 …… 311
幼き読者 …… 313
女囚と老人 …… 320
光の探究者の霊が ある夢幻劇の中で
語る …… 323
死の風に吹かれて …… 331
全額の弁済 …… 334
西洋哀歌 …… 339
死者 …… 357
1945年から1956年までの詩編 …… 367
（聖なる山よ）…… 368
（幾日もかけて）…… 369
荒地 …… 370
百日草の生長 …… 373
早春の庭の日 …… 376
1945年から1965年までの詩編 …… 379
ヘレーネ …… 380
昏明の中 …… 384
ある大いなる者へ …… 386
日の出 1 …… 387
日の出 2 …… 389
太陽への遁走 …… 392
六月 …… 395
マリーアと石像 …… 396
夢 …… 407
1896年から1956年までの拾遺集 …… 413
1896年 …… 414
挽歌 …… 416
親愛にして忘れがたき友ヨーゼフ・
ヘルトゥルを追悼して …… 420
（友よもし 君が）…… 423
エピゴーネンの悩み …… 426
（行かしめよ 僕の道！）…… 435
些事 1 …… 438
宵 …… 439
小さな駅舎で …… 441
何時？ …… 447
後悔 …… 449
解放の時 …… 453
われ憧るる …… 456

妹に …… 457
(昔は天使さまが) …… 458
別離 …… 460
(無尽の雑念を) …… 462
(アルプスの暗い岩壁を) …… 463
(腰の曲がった) …… 463
(小さい手が) …… 464
(死の轟きは) …… 465
断章 …… 470
(暮れなずむ) …… 472
(最も深く) …… 473
(私は信ず) …… 475
(白い尖塔のある) …… 476
(世に在る日とは) …… 480
慰霊祭 …… 482
二人の旅人 …… 485
(偽物の葡萄酒) …… 487
(薪を火にくべよ) …… 489
詩への献辞 …… 491
(歪んだ楊(やなぎ)の根方に) …… 493
(森林はあらゆる国で) …… 495
ある老詩人が冬の日々を夢想する …… 495
(ひたすらに慎みたきは) …… 507
(守護霊よ) …… 507
(派手に装う) …… 515
(死は私を) …… 517
(穏やかな雲間に) …… 518
結界にて …… 520
高麗うぐいす …… 533
(最後まで残るは) …… 535
(本気かね) …… 535
＊付録 …… 541
＊編集に当たって …… 542
＊文献目録 …… 544
＊人名録 …… 548
＊後期 …… 564
＊詩題及び冒頭句の目次 …… 568
＊訳者後記 …… 571

P.G.ウッドハウス選集

文芸春秋
全4巻
2005年5月～2008年12月
(岩永正勝, 小山太一編訳)

第1巻 ジーヴズの事件簿

2005年5月30日刊

＊序文(トニー・リング) …… 5
ジーヴズの初仕事 …… 9
ジーヴズの春 …… 41
ロヴィルの怪事件 …… 67
ジーヴズとグロソップ一家 …… 93
ジーヴズと駆け出し俳優 …… 133
同志ビンゴ …… 161
トゥイング騒動記 …… 189
クロードとユースタスの出帆遅延 …… 263
ビンゴと今度の娘 …… 291
バーティ君の変心 …… 319
ジーヴズと白鳥の湖 …… 343
ジーヴズと降誕祭気分 …… 375
特別収録作品 ガッシー救出作戦 …… 403
＊文豪たちのウッドハウス讃 …… 431
＊P.G.ウッドハウス頌(イーヴリン・ウォー) …… 433
＊P.G.ウツドハウス(吉田健一) …… 448
＊収録作品解題 …… 453
＊訳者付言 …… 458

第2巻 エムズワース卿の受難録

2005年12月15日刊

＊序文—ブランディングズ城を求めて(N.T.P.マーフィ) …… 5
南瓜が人質 …… 15
伯爵と父親の責務 …… 45
豚、よォほほほほーいー! …… 73
ガートルードのお相手 …… 103
あくなき挑戦者 …… 131
伯爵とガールフレンド …… 159
ブランディングズ城を襲う無法の嵐 …… 187
セールスマンの誕生 …… 257
伯爵救出作戦 …… 277

フレディの航海日記 …… 299
特別収録作品 天翔けるフレッド叔父さん … 385
＊巻末付録 P.G.ウッドハウスとミステリ
　＊探偵小説とウッドハウス（真田啓介）…… 413
　＊文体の問題、あるいはホームズとモダンガール（A.B.コックス）…… 433
＊収録作品解題 …… 441
＊訳者付言 …… 446

第3巻　マリナー氏の冒険譚

2007年7月30日刊

＊序文（P.G.ウッドハウス）…… 5
ジョージの真相 …… 11
にゅるにょろ …… 33
お母様はお喜び …… 63
アンブローズの回り道 …… 99
人生の一断面 …… 127
マリナー印バック–U–アッポ …… 149
主教（ビショップ）の一手 …… 175
仮装パーティの夜 …… 201
アーチボルド式求愛法 …… 229
マリナー一族の掟 …… 255
アーチボルドと無産階級 …… 279
オレンジ一個分のジュース …… 305
スタア誕生 …… 329
ジョージとアルフレッド …… 355
ストリキニーネ・イン・ザ・スープ …… 377
特別収録作品 もつれあった心 …… 405
＊巻末付録 アメリカとウッドハウス
　＊フランシス・ベイコンと「手直し屋」（P.G.ウッドハウス）…… 435
　＊ピンクの水着を着た娘（P.G.ウッドハウス）…… 450
＊収録作品解題 …… 460
＊訳者付言 …… 468

第4巻　ユークリッジの商売道

2008年12月15日刊

＊序文（ロバート・マクラム）…… 5
ユークリッジの犬学校 …… 11
ユークリッジの傷害同盟 …… 37
バトリング・ビルソンのデビュー …… 63
ドーラ・メイソン救援作戦 …… 95
バトリング・ビルソン再登場 …… 123
男の約束 …… 151
婚礼の鐘は鳴らず …… 179
ルーニー・クートの見えざる手 …… 213
バトリング・ビルソンの退場 …… 245
ユークリッジ虎口を脱す …… 271
メイベル危機一髪 …… 299
きんぽうげ記念日（バターカップ・デイ）…… 327
ユークリッジと義理義理叔父さん …… 357
ユークリッジの成功物語 …… 383
特別収録作品 六話シリーズ『ツイてる男より』第二話
　晴天から霹靂 …… 413
＊巻末付録 ユークリッジと三人のモデル（N.T.P.マーフィー）…… 431
＊収録作品解題 …… 449

百年文庫
ポプラ社
全100巻
2010年10月～2011年10月

第1巻 憧（太宰治, ラディゲ, 久坂葉子著, 堀口大学訳）
2010年10月12日刊

女生徒（太宰治著）……5
ドニイズ（ラディゲ著, 堀口大學訳）……85
幾度目かの最期（久坂葉子著）……113
＊人と作品……194

第2巻 絆（海音寺潮五郎, コナン・ドイル, 山本周五郎著, 延原謙訳）
2010年10月12日刊

善助と万助（海音寺潮五郎著）……5
五十年後（コナン・ドイル著, 延原謙訳）……39
山椿（山本周五郎著）……101
＊人と作品……150

第3巻 畳（林芙美子, 獅子文六, 山川方夫著）
2010年10月12日刊

馬乃文章（林芙美子著）……5
ある結婚式（獅子文六著）……35
軍国歌謡集（山川方夫著）……51
＊人と作品……166

第4巻 秋（志賀直哉, 正岡容, 里見弴著）
2010年10月12日刊

流行感冒（志賀直哉著）……5
置土産（正岡容著）……49
秋日和（里見弴著）……97
＊人と作品……166

第5巻 音（幸田文, 川口松太郎, 高浜虚子著）
2010年10月12日刊

台所のおと（幸田文著）……5
深川の鈴（川口松太郎著）……75
斑鳩物語（高浜虚子著）……128
＊人と作品……160

第6巻 心（ドストエフスキー, 芥川龍之介, プレヴォー著, 小沼文彦, 森鷗外訳）
2010年10月12日刊

正直な泥棒（ドストエフスキー著, 小沼文彦訳）……5
秋（芥川龍之介著）……69
田舎（プレヴォー著, 森鷗外訳）……101
＊人と作品……148

第7巻 闇（コンラッド, 大岡昇平, フロベール著, 田中昌太郎, 太田浩一訳）
2010年10月12日刊

進歩の前哨基地（コンラッド著, 田中昌太郎訳）……5
暗号手（大岡昇平著）……71
聖ジュリアン伝（フロベール著, 太田浩一訳）……105
＊人と作品……176

第8巻 罪（ツヴァイク, 魯迅, トルストイ著, 西義之, 竹内好, 工藤精一郎訳5）
2010年10月12日刊

第三の鳩の物語（ツヴァイク著, 西義之訳）……5
小さな出来事（魯迅著, 竹内好訳）……17
神父セルギイ（トルストイ著, 工藤精一郎訳）……25
＊人と作品……154

第9巻 夜（カポーティ, 吉行淳之介, アンダスン著, 浅尾敦則, 橋本福夫訳）
2010年10月12日刊

夜の樹（カポーティ著, 浅尾敦則訳）……5
曲った背中（吉行淳之介著）……41
悲しいホルン吹きたち（アンダスン著, 橋本福夫訳）……67
＊人と作品……150

第10巻　季（円地文子, 島村利正, 井上靖著）
2010年10月12日刊

白梅の女（円地文子著）……5
仙酔島（島村利正著）……67
玉碗記（井上靖著）……97
＊人と作品……146

第11巻　穴（カフカ, 長谷川四郎, ゴーリキイ著, 山下肇, 山下万里, 木村彰一訳）
2010年10月12日刊

断食芸人（カフカ著, 山下肇, 山下万里訳）……5
鶴（長谷川四郎著）……33
二十六人とひとり（ゴーリキイ著, 木村彰一訳）……101
＊人と作品……148

第12巻　釣（井伏鱒二, 幸田露伴, 上林暁著）
2010年10月12日刊

白毛（しらが）（井伏鱒二著）……5
幻談（幸田露伴著）……35
二閑人交游図（上林暁著）……81
＊人と作品……162

第13巻　響（ヴァーグナー, ホフマン, ダウスン著, 高木卓, 池内紀, 南条竹則訳）
2010年10月12日刊

ベートーヴェンまいり（ヴァーグナー著, 高木卓訳）……5
クレスペル顧問官（ホフマン著, 池内紀訳）……69
エゴイストの回想（ダウスン著, 南條竹則訳）……129
＊人と作品……180

第14巻　本（島木健作, ユザンヌ, 佐藤春夫著, 生田耕作訳）
2010年10月12日刊

煙（島木健作著）……5
シジスモンの遺産（ユザンヌ著, 生田耕作訳）……47
帰去来（佐藤春夫著）……93
＊人と作品……140

第15巻　庭（梅崎春生, スタインベック, 岡本かの子著, 伊藤義生訳）
2010年10月12日刊

庭の眺め（梅崎春生著）……5
白いウズラ（スタインベック著, 伊藤義生訳）……25
金魚撩乱（岡本かの子著）……63
＊人と作品……160

第16巻　妖（坂口安吾, 檀一雄, 谷崎潤一郎著）
2010年10月12日刊

夜長姫と耳男（坂口安吾著）……5
光る道（檀一雄著）……89
秘密（谷崎潤一郎著）……131
＊人と作品……172

第17巻　異（江戸川乱歩, ビアス, ポー著, 西川正身, 江戸川乱歩訳）
2010年10月12日刊

人でなしの恋（江戸川乱歩著）……5
人間と蛇（ビアス著, 西川正身訳）……57
ウィリアム・ウィルスン（ポー著, 江戸川乱歩訳）……79
＊人と作品……132

第18巻　森（モンゴメリー, ジョルジュ・サンド, タゴール著, 掛川恭子, 小椋順子, 野間宏訳）
2010年10月12日刊

ロイド老嬢（モンゴメリー著, 掛川恭子訳）……6
花のささやき（ジョルジュ・サンド著, 小椋順子訳）……115
カブリワラ（タゴール著, 野間宏訳）……139
＊人と作品……166

第19巻　里（小山清, 藤原審爾, 広津柳浪著）
2010年10月12日刊

朴歯の下駄（小山清著）……5
罪な女（藤原審爾著）……33
今戸心中（広津柳浪著）……77
＊人と作品……192

第20巻　掟（戸川幸夫, ジャック・ロンドン, バルザック著, 滝川元男, 水野亮訳）
2010年10月12日刊

爪王（戸川幸夫著）……5
焚火（ジャック・ロンドン著, 瀧川元男訳）……67
海辺の悲劇（バルザック著, 水野亮訳）……109
＊人と作品……166

第21巻　命（シュトルム, オー・ヘンリ, ヴァッサーマン著, 関泰祐, 小沼丹, 山崎恒裕訳）
2010年10月12日刊

レナ・ヴィース（シュトルム著, 関泰祐訳）……5
最後の一葉（オー・ヘンリ著, 小沼丹訳）……29
お守り（ヴァッサーマン著, 山崎恒裕訳）……49
＊人と作品……128

第22巻　涯（ギャスケル, パヴェーゼ, 中山義秀著, 松岡光治, 河島英昭訳）
2010年10月12日刊

異父兄弟（ギャスケル著, 松岡光治訳）……5
流刑地（パヴェーゼ著, 河島英昭訳）……45
碑（中山義秀著）……83
＊人と作品……178

第23巻　鍵（H.G.ウェルズ, シュニッツラー, ホーフマンスタール著, 阿部知二, 山本有三, 富士川英郎訳）
2010年10月12日刊

塀についたドア（H.G.ウェルズ著, 阿部知二訳）……5
わかれ（シュニッツラー著, 山本有三訳）……63
第六七二夜の物語（ホーフマンスタール著, 富士川英郎訳）……113
＊人と作品……160

第24巻　川（織田作之助, 日影丈吉, 室生犀星著）
2010年10月12日刊

蛍（織田作之助著）……5
吉備津の釜（日影丈吉著）……35
津の国人（室生犀星著）……75
＊人と作品……174

第25巻　雪（加能作次郎, 耕治人, 由起しげ子著）
2010年10月12日刊

母（加能作次郎著）……5
東北の女（耕治人著）……31
女中ッ子（由起しげ子著）……103
＊人と作品……176

第26巻　窓（遠藤周作, ピランデルロ, 神西清著, 内山寛訳）
2010年10月12日刊

シラノ・ド・ベルジュラック（遠藤周作著）……5
よその家のあかり／訪問（ピランデルロ著, 内山寛訳）……43
よその家のあかり……44
訪問……72
恢復期（神西清著）……89
＊人と作品……134

第27巻　店（石坂洋次郎, 椎名麟三, 和田芳恵著）
2010年10月12日刊

婦人靴（石坂洋次郎著）……5
黄昏の回想（椎名麟三著）……61
雪女（和田芳恵著）……103

＊人と作品 …… *138*

第28巻　岸（中勘助, 寺田寅彦, 永井荷風著）
2010年10月12日刊

島守（中勘助著） …… *5*
団栗／まじょりか皿／浅草紙（寺田寅彦著） …… *59*
団栗 …… *60*
まじょりか皿 …… *71*
浅草紙 …… *82*
雨瀟瀟（永井荷風著） …… *93*
＊人と作品 …… *150*

第29巻　湖（フィッツジェラルド, 木々高太郎, 小沼丹著, 佐伯泰樹訳）
2010年10月12日刊

冬の夢（フィッツジェラルド著, 佐伯泰樹訳） …… *5*
新月（木々高太郎著） …… *79*
白孔雀のいるホテル（小沼丹著） …… *119*
＊人と作品 …… *198*

第30巻　影（ロレンス, 内田百閒, 永井龍男著, 河野一郎訳）
2010年10月12日刊

菊の香り（ロレンス著, 河野一郎訳） …… *5*
とおぼえ（内田百閒著） …… *69*
冬の日（永井龍男著） …… *97*
＊人と作品 …… *136*

第31巻　灯（夏目漱石, ラフカディオ・ハーン, 正岡子規著, 平井呈一訳）
2010年10月12日刊

琴のそら音（夏目漱石著） …… *5*
きみ子（ラフカディオ・ハーン著, 平井呈一訳） …… *67*
飯待つ間／病／熊手と提灯／ラムプの影（正岡子規著） …… *103*
飯待つ間 …… *104*
病 …… *108*
熊手と提灯 …… *118*
ラムプの影 …… *127*
＊人と作品 …… *134*

第32巻　黒（ホーソーン, 夢野久作, サド著, 坂下昇, 澁澤龍彦訳）
2010年10月12日刊

牧師の黒のベール（ホーソーン著, 坂下昇訳） …… *5*
けむりを吐かぬ煙突（夢野久作著） …… *47*
ファクスランジュ（サド著, 澁澤龍彦訳） …… *89*
＊人と作品 …… *172*

第33巻　月（ルナアル, リルケ, プラトーノフ著, 岸田国士, 森鷗外, 原卓也訳）
2010年10月12日刊

フィリップ一家の家風（ルナアル著, 岸田国士訳） …… *5*
老人（リルケ著, 森鷗外訳） …… *83*
帰還（プラトーノフ著, 原卓也訳） …… *91*
＊人と作品 …… *166*

第34巻　恋（伊藤左千夫, 江見水蔭, 吉川英治著）
2010年10月12日刊

隣の嫁（伊藤左千夫著） …… *5*
炭焼の煙（江見水蔭著） …… *75*
春の雁（吉川英治著） …… *123*
＊人と作品 …… *164*

第35巻　灰（中島敦, 石川淳, 島尾敏雄著）
2010年10月12日刊

かめれおん日記（中島敦著） …… *5*
明月珠（石川淳著） …… *63*
アスファルトと蜘蛛の子ら（島尾敏雄著） …… *105*
＊人と作品 …… *142*

第36巻　賭（スティーヴンスン, エインズワース, マーク・トウェイン著, 池央耿, 佐藤良明, 三浦朱門訳）
2010年10月12日刊

マークハイム（スティーヴンスン著, 池央耿訳） …… 5
メアリ・スチュークリ（エインズワース著, 佐藤良明訳） …… 53
百万ポンド紙幣（マーク・トウェイン著, 三浦朱門訳） …… 91
＊人と作品 …… 150

第37巻　駅（ヨーゼフ・ロート, 戸板康二, プーシキン著, 渡辺健, 神西清訳）
2010年10月12日刊

駅長ファルメライアー（ヨーゼフ・ロート著, 渡辺健訳） …… 5
グリーン車の子供（戸板康二著） …… 69
駅長（プーシキン著, 神西清訳） …… 109
＊人と作品 …… 144

第38巻　日（尾崎一雄, 高見順, ラム著, 山内義雄訳）
2010年10月12日刊

華燭の日／痩せた雄鶏（尾崎一雄著） …… 5
華燭の日 …… 6
痩せた雄鶏 …… 34
草のいのちを（高見順著） …… 87
年金生活者／古陶器（ラム著, 山内義雄訳） …… 125
年金生活者 …… 126
古陶器 …… 147
＊人と作品 …… 164

第39巻　幻（川端康成, ヴァージニア・ウルフ, 尾崎翠著, 西崎憲訳）
2010年10月12日刊

白い満月（川端康成著） …… 5
壁の染み（ヴァージニア・ウルフ著, 西崎憲訳） …… 85
途上にて（尾崎翠著） …… 109
＊人と作品 …… 144

第40巻　瞳（ラニアン, チェーホフ, モーパッサン著, 加島祥造, 池田健太郎, 青柳瑞穂訳）
2010年10月12日刊

ブロードウェイの天使（ラニアン著, 加島祥造訳） …… 5
子供たち（チェーホフ著, 池田健太郎訳） …… 49
悲恋（モーパッサン著, 青柳瑞穂訳） …… 67
＊人と作品 …… 130

第41巻　女（芝木好子, 西条八十, 平林たい子著）
2010年10月12日刊

洲崎パラダイス（芝木好子著） …… 5
黒縮緬の女（西條八十著） …… 81
行く雲（平林たい子著） …… 105
＊人と作品 …… 134

第42巻　夢（ポルガー, 三島由紀夫, ヘミングウェイ著, 池内紀, 高見浩訳）
2010年10月12日刊

すみれの君（ポルガー著, 池内紀訳） …… 5
雨のなかの噴水（三島由紀夫著） …… 25
フランシス・マカンバーの短い幸福な生涯（ヘミングウェイ著, 高見浩訳） …… 45
＊人と作品 …… 146

第43巻　家（フィリップ, 坪田譲治, シュティフター著, 山田稔, 藤村宏訳）
2010年10月12日刊

帰宅／小さな弟／いちばん罪深い者／ふたりの乞食／強情な娘／老人の死（フィリップ著, 山田稔訳） …… 5
帰宅 …… 6
小さな弟 …… 20
いちばん罪深い者 …… 30
ふたりの乞食 …… 44
強情な娘 …… 53
老人の死 …… 64
甚七南画風景（坪田譲治著） …… 73
みかげ石（シュティフター著, 藤村宏訳） …… 115
＊人と作品 …… 192

第44巻　汝（吉屋信子, 山本有三, 石川達三著）

2010年10月12日刊

もう一人の私（吉屋信子著）…… *5*
チョコレート（山本有三著）…… *39*
自由詩人（石川達三著）…… *79*
　＊人と作品 …… *152*

第45巻　地（ヴェルガ, キロガ, 武田泰淳著, 河島英昭, 田中志保子訳）
2010年10月12日刊

羊飼イエーリ（ヴェルガ著, 河島英昭訳）…… *5*
流されて（キロガ著, 田中志保子訳）…… *89*
動物（武田泰淳著）…… *99*
　＊人と作品 …… *144*

第46巻　宵（樋口一葉, 国木田独歩, 森鷗外著）
2010年10月12日刊

十三夜（樋口一葉著）…… *5*
置土産（国木田独歩著）…… *59*
うたかたの記（森鷗外著）…… *89*
　＊人と作品 …… *150*

第47巻　群（オーウェル, 武田麟太郎, モーム著, 高畠文夫, 河野一郎訳）
2010年10月12日刊

象を射つ（オーウェル著, 高畠文夫訳）…… *5*
日本三文オペラ（武田麟太郎著）…… *31*
マッキントッシュ（モーム著, 河野一郎訳）…… *79*
　＊人と作品 …… *178*

第48巻　波（菊池寛, 八木義徳, シェンキェヴィチ著, 吉上昭三訳）
2010年10月12日刊

俊寛（菊池寛著）…… *5*
劉廣福（リュウカンフウ）（八木義徳著）…… *53*
燈台守（シェンキェヴィチ著, 吉上昭三訳）…… *113*
　＊人と作品 …… *159*

第49巻　膳（矢田津世子, 藤沢桓夫, 上司小剣著）
2010年10月12日刊

茶粥の記／万年青（矢田津世子著）…… *5*
　茶粥の記 …… *6*
　万年青 …… *47*
茶人（藤沢桓夫著）…… *69*
鱧の皮（上司小剣著）…… *91*
　＊人と作品 …… *138*

第50巻　都（ギッシング, H.S.ホワイトヘッド, ウォートン著, 小池滋, 荒俣宏, 大津栄一郎訳）
2010年10月12日刊

くすり指（ギッシング著, 小池滋訳）…… *5*
お茶の葉（H.S.ホワイトヘッド著, 荒俣宏訳）…… *51*
ローマ熱（ウォートン著, 大津栄一郎訳）…… *95*
　＊人と作品 …… *140*

第51巻　星（アンデルセン, ビョルンソン, ラーゲルレーヴ著, 高橋健二, 山室静, イシガオサム訳）
2010年11月10日刊

ひとり者のナイトキャップ（アンデルセン著, 高橋健二訳）…… *5*
父親（ビョルンソン著, 山室静訳）…… *43*
ともしび（ラーゲルレーヴ著, イシガオサム訳）…… *53*
　＊人と作品 …… *136*

第52巻　婚（久米正雄, ジョイス, ラードナー著, 安藤一郎, 加島祥造訳）
2010年11月10日刊

求婚者の話（久米正雄著）…… *5*
下宿屋（ジョイス著, 安藤一郎訳）…… *41*
アリバイ・アイク（ラードナー著, 加島祥造訳）…… *69*
　＊人と作品 …… *130*

第53巻　街（谷譲次, 子母沢寛, 富士正晴著）
2010年11月10日刊

感傷の靴（谷譲次著）…… 5
チコのはなし（子母沢寛著）…… 25
一夜の宿・恋の傍杖（富士正晴著）…… 57
＊人と作品 …… 150

第54巻　巡（ノヴァーリス, ベッケル, ゴーチエ著, 高橋英夫, 高橋正武, 田辺貞之助訳）
2010年11月10日刊

アトランティス物語（ノヴァーリス著, 高橋英夫訳）…… 5
枯葉（ベッケル著, 高橋正武訳）…… 51
ポンペイ夜話（ゴーチエ著, 田辺貞之助訳）…… 65
＊人と作品 …… 138

第55巻　空（北原武夫, ジョージ・ムーア, 藤枝静男著, 高松雄一訳）
2010年12月10日刊

聖家族（北原武夫著）…… 5
懐郷（ジョージ・ムーア著, 高松雄一訳）…… 85
悲しいだけ（藤枝静男著）…… 119
＊人と作品 …… 144

第56巻　祈（久生十蘭, チャペック, アルツィバーシェフ著, 石川達夫, 森鷗外訳）
2010年12月10日刊

春雪（久生十蘭著）…… 5
城の人々（チャペック著, 石川達夫訳）…… 43
死（アルツィバーシェフ著, 森鷗外訳）…… 99
＊人と作品 …… 150

第57巻　城（ムシル, A.フランス, ゲーテ著, 川村二郎, 内藤濯, 小牧健夫訳）
2010年12月10日刊

ポルトガルの女（ムシル著, 川村二郎訳）…… 5
ユダヤの太守（A.フランス著, 内藤濯訳）…… 63
ノヴェレ（ゲーテ著, 小牧健夫訳）…… 99
＊人と作品 …… 160

第58巻　顔（ディケンズ, ボードレール, メリメ著, 小池滋, 内田善孝, 杉捷夫訳）
2010年12月10日刊

追いつめられて（ディケンズ著, 小池滋訳）…… 5
気前のよい賭け事師（ボードレール著, 内田善孝訳）…… 73
イールのヴィーナス（メリメ著, 杉捷夫訳）…… 83
＊人と作品 …… 174

第59巻　客（吉田健一, 牧野信一, 小島信夫著）
2011年1月13日刊

海坊主（吉田健一著）…… 5
天狗洞食客記（牧野信一著）…… 19
馬（小島信夫著）…… 73
＊人と作品 …… 158

第60巻　肌（丹羽文雄, 舟橋聖一, 古山高麗雄著）
2011年1月13日刊

交叉点（丹羽文雄著）…… 5
ツンバ売りのお鈴（舟橋聖一著）…… 83
金色の鼻（古山高麗雄著）…… 121
＊人と作品 …… 174

第61巻　俤（水上滝太郎, ネルヴァル, 鈴木三重吉著, 稲生永訳）
2011年1月13日刊

山の手の子（水上滝太郎著）…… 5
オクタヴィ（ネルヴァル著, 稲生永訳）…… 51
千鳥（鈴木三重吉著）…… 75
＊人と作品 …… 138

第62巻　嘘（宮沢賢治, 与謝野晶子, エロシェンコ著, 高杉一郎訳）

2011年1月13日刊

革トランク／ガドルフの百合（宮沢賢治著）……5
　革トランク……6
　ガドルフの百合……17
嘘／狐の子供（与謝野晶子著）……33
　嘘……34
　狐の子供……42
ある孤独な魂／せまい檻／沼のほとり／魚の悲しみ（エロシェンコ著, 高杉一郎訳）……51
　ある孤独な魂―モスクワ第一盲学校の思い出……52
　せまい檻……84
　沼のほとり……122
　魚の悲しみ……135
　＊人と作品……160

第63巻　巴（ゾラ, 深尾須磨子, ミュッセ著, 宮下志朗, 佐藤実枝訳）

2011年2月10日刊

引き立て役（ゾラ著, 宮下志朗訳）……5
さぼてんの花（深尾須磨子著）……31
ミミ・パンソン（ミュッセ著, 佐藤実枝訳）……67
　＊人と作品……148

第64巻　劇（クライスト, リラダン, フーフ著, 中田美喜, 渡辺一夫, 辻理訳）

2011年2月10日刊

拾い子（クライスト著, 中田美喜訳）……5
断頭台の秘密（リラダン著, 渡辺一夫訳）……49
歌手（フーフ著, 辻理訳）……81
　＊人と作品……166

第65巻　宿（尾崎士郎, 長田幹彦, 近松秋江著）

2011年2月10日刊

鳴沢先生（尾崎士郎著）……5
零落（長田幹彦著）……31
惜春の賦（近松秋江著）……121
　＊人と作品……180

第66巻　崖（ドライサー, ノディエ, ガルシン著, 河野一郎, 篠田知和基, 神西清訳）

2011年2月10日刊

亡き妻フィービー（ドライサー著, 河野一郎訳）……5
青靴下のジャン＝フランソワ（ノディエ著, 篠田知和基訳）……49
紅い花―イヴァン・セルゲーヴィチ・トゥルゲーネフの記念に（ガルシン著, 神西清訳）……85
　＊人と作品……132

第67巻　花（森茉莉, 片山廣子, 城夏子著）

2011年3月10日刊

薔薇くい姫（森茉莉著）……5
ばらの花五つ（片山廣子著）……83
つらつら椿（城夏子著）……91
　＊人と作品……138

第68巻　白（梶井基次郎, 中谷孝雄, 北條民雄著）

2011年3月10日刊

冬の蠅（梶井基次郎著）……5
春の絵巻（中谷孝雄著）……33
いのちの初夜（北條民雄著）……75
　＊人と作品……146

第69巻　水（伊藤整, 横光利一, 福永武彦著）

2011年3月10日刊

生物祭（伊藤整著）……5
春は馬車に乗って（横光利一著）……29
廃市（福永武彦著）……63
　＊人と作品……146

第70巻　野（ツルゲーネフ, ドーデー, シラー著, 佐々木彰, 桜田佐, 浜田正秀訳）

2011年3月10日刊

ベージンの野（ツルゲーネフ著，佐々木彰訳）……5
星（ドーデー著，桜田佐訳）……65
誇りを汚された犯罪者（シラー著，浜田正秀訳）……79
＊人と作品……134

第71巻　娘（ハイゼ，W.アーヴィング，スタンダール著，関泰祐，吉田甲子太郎，桑原武夫訳）
2011年4月12日刊

片意地娘（ハイゼ著，関泰祐訳）……5
幽霊花婿（W.アーヴィング著，吉田甲子太郎訳）……61
ほれぐすり（スタンダール著，桑原武夫訳）……101
＊人と作品……148

第72巻　蕾（小川国夫，竜胆寺雄，プルースト著，鈴木道彦訳）
2011年4月12日刊

心臓（小川国夫著）……5
蟹（竜胆寺雄著）……37
乙女の告白（プルースト著，鈴木道彦訳）……117
＊人と作品……154

第73巻　子（壺井栄，二葉亭四迷，葉山嘉樹著）
2011年4月12日刊

大根の葉（壺井栄著）……5
出産（二葉亭四迷著）……83
子を護る（葉山嘉樹著）……95
＊人と作品……144

第74巻　船（近藤啓太郎，徳田秋声，野上弥生子著）
2011年4月12日刊

赤いパンツ（近藤啓太郎著）……5
夜航船（徳田秋声著）……39
海神丸（野上弥生子著）……65
＊人と作品……178

第75巻　鏡（マンスフィールド，野溝七生子，ヘッセ著，浅尾敦則，高橋健二訳）
2011年5月13日刊

見知らぬ人（マンスフィールド著，浅尾敦則訳）……5
ヌマ叔母さん（野溝七生子著）……43
アヤメ（ヘッセ著，高橋健二訳）……93
＊人と作品……138

第76巻　壁（カミュ，安部公房，サヴィニオ著，大久保敏彦，竹山博英訳）
2011年5月13日刊

ヨナ（カミュ著，大久保敏彦訳）……5
魔法のチョーク（安部公房著）……71
「人生」という名の家（サヴィニオ著，竹山博英訳）……101
＊人と作品……142

第77巻　青（堀辰雄，ウンセット，デレッダ著，尾崎義，大久保昭男訳）
2011年5月13日刊

麦藁帽子（堀辰雄著）……5
少女（ウンセット著，尾崎義訳）……53
コロンバ（デレッダ著，大久保昭男訳）……83
＊人と作品……144

第78巻　贖（有島武郎，島崎藤村，ジッド著，若林真訳）
2011年5月13日刊

骨（有島武郎著）……5
藁草履（島崎藤村著）……49
放蕩息子の帰宅（ジッド著，若林真訳）……111
＊人と作品……162

第79巻　隣（小林多喜二，十和田操，宮本百合子著）
2011年6月10日刊

駄菓子屋（小林多喜二著）……5
判任官の子（十和田操著）……23
三月の第四日曜（宮本百合子著）……101
＊人と作品……170

第80巻 冥(メルヴィル, トラークル, H.ジェイムズ著, 杉浦銀策, 中村朝子, 大津栄一郎訳)
2011年6月10日刊

バイオリン弾き(メルヴィル著, 杉浦銀策訳) …… *5*
夢の国(トラークル著, 中村朝子訳) …… *29*
にぎやかな街角(H.ジェイムズ著, 大津栄一郎訳) …… *41*
＊人と作品 …… *142*

第81巻 夕(鷹野つぎ, 中里恒子, 正宗白鳥著)
2011年6月10日刊

悲しき配分(鷹野つぎ著) …… *5*
家の中(中里恒子著) …… *35*
入江のほとり(正宗白鳥著) …… *73*
＊人と作品 …… *148*

第82巻 惚(斎藤緑雨, 田村俊子, 尾崎紅葉著)
2011年6月10日刊

油地獄(斎藤緑雨著) …… *5*
春の晩(田村俊子著) …… *93*
恋山賤(尾崎紅葉著) …… *137*
＊人と作品 …… *156*

第83巻 村(黒島伝治, 葛西善蔵, 杉浦明平著)
2011年7月11日刊

電報／豚群(黒島伝治著) …… *5*
電報 …… *6*
豚群 …… *28*
馬糞石(葛西善蔵著) …… *53*
泥芝居(杉浦明平著) …… *83*
＊人と作品 …… *142*

第84巻 幽(ワイルド, サキ, ウォルポール著, 小野協一, 浅尾敦則, 平井呈一訳)
2011年7月11日刊

カンタヴィルの幽霊(ワイルド著, 小野協一訳) …… *5*
ガブリエル・アーネスト(サキ著, 浅尾敦則訳) …… *83*
ラント夫人(ウォルポール著, 平井呈一訳) …… *103*
＊人と作品 …… *148*

第85巻 紅(若杉鳥子, 素木しづ, 大田洋子著)
2011年7月11日刊

帰郷(若杉鳥子著) …… *5*
三十三の死(素木しづ著) …… *29*
残醜点々(大田洋子著) …… *69*
＊人と作品 …… *146*

第86巻 灼(ヴィーヒェルト, キプリング, 原民喜著, 鈴木仁子, 橋本槙矩訳)
2011年7月11日刊

母(ヴィーヒェルト著, 鈴木仁子訳) …… *5*
メアリ・ポストゲイト(キプリング著, 橋本槙矩訳) …… *47*
夏の花(原民喜著) …… *87*
＊人と作品 …… *124*

第87巻 風(徳冨蘆花, 宮本常一, 若山牧水著)
2011年8月4日刊

漁師の娘(徳冨蘆花著) …… *5*
土佐源氏(宮本常一著) …… *37*
みなかみ紀行(若山牧水著) …… *79*
＊人と作品 …… *172*

第88巻 逃(田村泰次郎, ゴーゴリ, ハーディ著, 横田瑞穂, 井出弘之訳)
2011年8月4日刊

男鹿(田村泰次郎著) …… *5*
幌馬車(ゴーゴリ著, 横田瑞穂訳) …… *69*
三人の見知らぬ客(ハーディ著, 井出弘之訳) …… *111*
＊人と作品 …… *174*

第89巻　昏（北條誠, 久保田万太郎, 佐多稲子著）
2011年8月4日刊

舞扇（北條誠著）…… 5
きのうの今日（久保田万太郎著）…… 69
レストラン洛陽（佐多稲子著）…… 85
＊人と作品 …… 150

第90巻　怪（五味康祐, 岡本綺堂, 泉鏡花著）
2011年8月4日刊

喪神（五味康祐著）…… 5
兜（岡本綺堂著）…… 37
眉かくしの霊（泉鏡花著）…… 71
＊人と作品 …… 150

第91巻　朴（木山捷平, 新美南吉, 中村地平著）
2011年9月12日刊

耳かき抄（木山捷平著）…… 5
嘘（新美南吉著）…… 37
南方郵信（中村地平著）…… 81
＊人と作品 …… 144

第92巻　泪（深沢七郎, 島尾ミホ, 色川武大著）
2011年9月12日刊

おくま嘘歌（深沢七郎著）…… 5
洗骨（島尾ミホ著）…… 27
連笑（色川武大著）…… 39
＊人と作品 …… 150

第93巻　転（コリンズ, アラルコン, リール著, 中島賢二, 会田由, 山崎恒裕訳）
2011年9月12日刊

黒い小屋（コリンズ著）…… 5
割符帳（アラルコン著）…… 57
神様、お慈悲を！（リール著）…… 79
＊人と作品 …… 140

第94巻　銀（堀田善衞, 小山いと子, 川崎長太郎著）
2011年9月12日刊

鶴のいた庭（堀田善衞著）…… 5
石段（小山いと子著）…… 43
兄の立場（川崎長太郎著）…… 83
＊人と作品 …… 132

第95巻　架（火野葦平, ルゴーネス, 吉村昭著, 牛島信明訳）
2011年10月7日刊

伝説（火野葦平著）…… 5
火の雨（ルゴーネス著, 牛島信明訳）…… 31
少女架刑（吉村昭著）…… 63
＊人と作品 …… 158

第96巻　純（武者小路実篤, 高村光太郎, 宇野千代著）
2011年10月7日刊

馬鹿一（武者小路実篤著）…… 5
山の雪（高村光太郎著）…… 39
八重山の雪（宇野千代著）…… 51
＊人と作品 …… 144

第97巻　惜（宇野浩二, 松永延造, 洲之内徹著）
2011年10月7日刊

枯木のある風景（宇野浩二著）…… 5
ラ氏の笛（松永延造著）…… 59
赤まんま忌（洲之内徹著）…… 89
＊人と作品 …… 130

第98巻　雲（トーマス・マン, ローデンバック, ヤコブセン著, 野田倬, 高橋洋一, 山室静訳）
2011年10月7日刊

幸福への意志（トーマス・マン著, 野田倬訳）…… 5
肖像の一生（ローデンバック著, 高橋洋一訳）…… 51

フェーンス夫人（ヤコブセン著, 山室静訳）…… *93*
＊人と作品 …… *144*

第99巻　道（今東光, 北村透谷, 田宮虎彦著）
2011年10月7日刊

清貧の賦（今東光著）…… *5*
星夜（北村透谷著）…… *65*
霧の中（田宮虎彦著）…… *77*
＊人と作品 …… *142*

第100巻　朝（田山花袋, 李孝石, 伊藤永之介著, 長璋吉訳）
2011年10月7日刊

朝（田山花袋著）…… *5*
そばの花咲く頃（李孝石著, 長璋吉訳）…… *39*
鶯（伊藤永之介著）…… *63*
＊人と作品 …… *136*

ピランデッロ戯曲集
新水社
全2巻
2000年2月～2000年4月
（白澤定雄訳）

第1巻
2000年2月15日刊

（あなたがそう思うならば）そのとおり …… *5*
考えろ、ジャコミーノ！ …… *125*
リオラ …… *231*
大甕 …… *335*
狂人の帽子 …… *381*
＊解説 …… *467*

第2巻
2000年4月30日刊

作者を探す六人の登場人物 …… *5*
エンリーコ四世 …… *159*
今宵は即興で演じます …… *295*
＊解説 …… *445*
＊ルイージ・ピランデッロ年譜 …… *455*
＊あとがき（白澤定雄）…… *471*

プラムディヤ選集
めこん
全9巻
1983年5月～
（押川典昭訳）

※刊行中

第1巻　ゲリラの家族
1983年5月25日刊

ゲリラの家族 …… *1*
＊訳註 …… *317*
＊訳者あとがき …… *321*

第2巻　人間の大地 上
1986年1月30日刊

人間の大地（上） …… *1*
＊訳註 …… *316*

第3巻　人間の大地 下
1986年1月30日刊

人間の大地（下） …… *1*
＊訳註 …… *327*
＊あとがき …… *329*

第4巻　すべての民族の子 上
1988年5月20日刊

すべての民族の子（上） …… *1*
＊訳註 …… *333*

第5巻　すべての民族の子 下
1988年6月20日刊

すべての民族の子（下） …… *1*
＊訳註 …… *306*
＊あとがき …… *309*

第6巻　足跡（そくせき）
1998年12月10日刊

足跡 …… *1*
＊訳註 …… *774*
＊あとがき …… *785*

第7巻　ガラスの家
2007年8月15日刊

足跡 …… *1*
＊訳註 …… *697*
＊訳者あとがき …… *711*

ブランウェル・ブロンテ 全詩集

彩流社
全2巻
2013年9月
（ヴィクター・A.ノイフェルト編, 中岡洋訳）

※上・下巻でページが連続している。

上

〔2013年9月10日〕刊

＊謝辞 …… 6
＊省略符号一覧 …… 8
＊引用文献省略符号 …… 15
＊原稿所蔵箇所一覧 …… 18
＊ブランウェル・ブロンテによる未発表詩作品を収めている出版物 …… 20
＊序文 …… 23
　＊テクスト …… 26
　＊テクストのレイアウト …… 40
　＊ブランウェルの詩的経歴 …… 42
詩作品 …… 67
　1 （ああ アメリカが） …… 68
　2 「魔神挽歌」 …… 68
　3 （法案はとうとうとうとう通ちゃった） …… 71
　4 （もしあなたが日差し照る泉の畔で暮らしているのなら） …… 71
　5 （ある日 ぼくが散歩に出かけると） …… 73
　6 （気高い心のフランス人は 魔神が好きでない） …… 74
　7 （ああ いつになったら ぼくらのすばらしい国土は自由になるのか） …… 76
　8 （自然 あるいは芸術において 透明なブランデーの酒瓶よりも） …… 78
　9 「居酒屋（ポット・ハウス）の内部 ヤング・スールト作」 …… 79
　10 「グラス・タウン U・T作」 …… 83
　11 「サハラ砂漠で 美しい影像と その傍らにワインがなみなみと潅（っ）がれて置かれている貴重な金色の壷を見て」 …… 87
　12 「魔神国を去るに際して 古代ブリトン人が歌う U・T作」 …… 89
　13 「魔神の園を見て U・T著」 …… 92
　14 「巴旦杏（アモン）の木の樵 詩 作詞家 ヤング・スールト作」 …… 95
　15 「廃墟コルダイ・デュ訪問」 …… 108
　16 「大魔神バニーに捧げる頌」 …… 112
　17 「バビロンの塔の廃墟を見て」 …… 114
　18 「ナポレオンに捧げる頌」 …… 118
　19 「神のお告げヤング・スールト・T・R作」 …… 123
　20 「魔神への呼びかけ」 …… 125
　21 「難破した男の嘆き」 …… 129
　22 「歌 1」 …… 131
　23 「歌 2」 …… 133
　24 「戦争について魔神への呼びかけ」 …… 135
　25 「おまえの旅籠で見出されて」 …… 137
　26 「万国の塔に呼びかけて」 …… 139
　27 「グレート・グラス・タウン湾のうえで」 …… 140
　28 「このマガジンの譲渡に際してある弁護士によって語られた詩行」 …… 143
　29 「同じ時の退屈さに嫌気がさした人による詩行」 …… 145
　30 「スペインにおける収穫」 …… 148
　31 PBB「ローザンヌ 劇詩 ヤング・スールト著」 …… 150
　32 （ある日の夕暮れ 暗くなりかけた小道を通って） …… 174
　33 （しかしいま夜が黝（くろ）ずんだ翼で） …… 175
　34 …… 175
　35 「カラクタクス」 …… 177
　36 「復讐」 …… 212
　37 （おお 焔の髪毛をうち震わせ） …… 235
　38 「オリンピック競技会で歌われた12英傑を称える頌」 …… 236
　39 「レジャイナの運命」 …… 238
　40 「大アフリカ競技大会祝典の頌」 …… 252
　41 「北極星に捧げる頌」 …… 262
　42 「現在の危機に当てはまる歌 詩人ヤング・スールト作」 …… 266

ブランウェル・ブロンテ全詩集

43 「セレナード」…… 269
44 （どうして 麗しい乙女よ そなたは）…… 271
45 （おまえの勝ち誇った歌を）…… 273
46 （信仰は われわれの視界の向こうにある）…… 273
47 （ふり返ると ぼくの人生が見える）…… 275
48 「テルモピュライ 第1巻」…… 277
49 （そしてこれがギリシャ これが私の歌う土地なのか）…… 291
50(a) （いま 暮れゆく日の美(うま)し時刻(とき)が）…… 292
50(b) （そうだ いま ギリシャ全土は 暗く深い）…… 293
51 （ようこそ ようこそ 力強い王さま）…… 295
52 （玉座は打ち震わされるものだ）…… 296
53 （彼はこれを着て倒れていた）…… 297
54 「悲惨 第一場」…… 297
55 （夏の太陽の日差しが）…… 336
56 （ゆたかな香りの匂いたつそよ風が）…… 338
57 （わが大昔の大海に乗り出す わが大昔の大船は）…… 339
58 （想い出よ なんとおまえの魔法の指は）…… 344
59 （ああ ぼくらの悩みはすべて この真昼間の風が）…… 346
60 （静かに きらきらと 黄昏に光り）…… 347
61 （忘れられた者よ！ いつのことだか どのようにしてだか ぼくは知らない）…… 364
62 （荒々しく波打つ海を見よ）…… 365
63 （このように生きて このように死んだ 彼女はもういない 彼女のうえに）…… 375
64 （おい コック・ロビンのために格調正しい韻文(うた)を歌おう）…… 376
65 （それから逃亡者は 空高く聳える高みを攀じ登り）…… 378
66 （そうだ！ もう一度眼を上げよう）…… 379
67 （ただ一人 彼女は古いホールを歩いていた）…… 392
68 「ヴェリノのまぼろし」…… 404
69 「詩篇第137篇」…… 408
70 「歌」…… 412
71 「流浪者號(ザ・ローヴァー)」…… 414
72 「オーガスタ」…… 418
73 「鳴り響け 音高き喇叭(トランペット)よ」…… 422
74 「アングリア讃歌」…… 425
75 「アングリアの歓迎」…… 428
76 「ノーサンガーランドの名前」…… 431
77 「朝」…… 434
78 「詩行」…… 437
79 「大西洋上の1時間の瞑想」…… 438
80 「テルモピュライ」…… 455
81 「歌」…… 459
82 「懐疑者の讃美歌」…… 461
83 「歌」（きみは逝ってしまったが ぼくはここにいる）…… 463
84 「歌」…… 464
85 「詩行」…… 466
86 「詩歌の精神(こころ)」…… 468
87 「アングリア戦闘の歌」…… 470
88 「戦闘前夜」…… 475
89 「ルシフェル」…… 479
90 「詩行」…… 483
91 「パーシーの瞑想」…… 486
92 「メアリ女王の陵」…… 496
93 「メアリの祈り」…… 500
94 （いま―ほんの一刻(ひととき)でいいから ぼくを留まらせておくれ）…… 502
95 （宮殿のホールは なんとエデンの園のように 思われることか）…… 504
96 （さあ 飲んで 楽しもう）…… 530
97 （ぐるぐる回れ ぐるぐる回れ ぐるぐる回れ 愉快な男(お)の子たち）…… 530
98 「勝ち誇る死神」…… 531
99 （きみが瞳もて甘(うま)し酒酌みてよ）…… 534
100 （千人を平伏させた）…… 534
101 （いつもこうだった子どもの時から）…… 536
102 （夏の日は幸せに沈んで行く）…… 537
103 （真夜中の静寂(しじま)にわびしく）…… 538

104 （はるかに離（さか）り 蔭と光のなか 半ば顕われ出で）…… 555
105 （天の下 大地について 小さな空間を）…… 556
106 （ああ 光線（ひかり）をほとんど引っ込められてしまった御身よ）…… 560
107 「メルボーン内閣について」…… 563
108 （人間はあまりにもしばしば考える）…… 564
109 （はるか天上に 戦争の嵐のなかで）…… 566
110 （広い世界に鳴りわたる）…… 566
111 「ロバート・バーンズ」…… 571
112 （荒涼たる大地—冬の空—）…… 572
113 「1841年12月19日 ラデンデン教会にて PBB」…… 578
114 （他人を知ろうとしない人）…… 580
115 （はじめて昔の時間がぼくと握手して）…… 582
116 （黄昏刻に 家族全員が並んで座り）…… 582
117 「ソネット I ランシアの絵を見て—羊飼いの喪主 黄昏刻主人の墓に伽をする犬」…… 585
118 「ソネット II 心労によって生じる非情について」…… 587
119 「アフガン戦争」…… 588
120 「ソネット III 安らかな死と苦しい日々について」…… 592
121 「キャロラインの祈り 子どもから大人への変化について」…… 593
122 「歌」…… 595
123 「快楽主義者（エピキュリアン）の歌」…… 597
124 「キャロラインについて」…… 599
125（a） 「アザレル あるいは破滅の前夜」…… 601
125（b） 「メトセラの墓のうえに垂れるノアの警告」…… 625
126 「サー・ヘンリ・タンストール」…… 629
127 「肉体に対する精神の勝利」…… 657
128 「ソープ・グリーン」…… 671
129 （グラフトンの丘の向こうに 碧い天がうららかにほほ笑み）…… 673
130 （ぼくは きのう ぼくのために）…… 675
131 「移民」…… 677
132 （長い一日の後 名も知らぬ木々の）…… 679
133 〈哀れな喪主よ—眠るがよい〉…… 680
134 （静々と うらうらと 陽は西に傾き）…… 684
135 （われわれの力強き創り主の玉座の御前に）…… 702
136 「真の休息」…… 705
137 「リディア・ギズボーン」…… 708
138 「ペンメンマウア」…… 710
139 （寓話の場面や空想の姿）…… 714
140 「インド軍の大砲の餌」…… 715
141 「地上の父親から墓のなかのわが子への手紙」…… 718
142 （いちばん大切なページはどこか言ってごらん）…… 722
143 「リディア・ギズボーン」…… 724
144 「ソネット」…… 725
145 （人生が幸福だと思ってはいけない）…… 727
146 （おまえの魂は飛び去って）…… 727
147 「モーリー・ホール ランカシャー—リー」…… 728
148 （バベルの流れの畔 イスラエルの民は ずっと昔）…… 733
149 「フアン・フェルナンデス諸島」…… 736
150 「パーシー・ホール」…… 744
151 （まるで臨終の場面に心を傷めたかのように その日は）…… 751
152（a） （いちばん穏やかな海の底にごつごつした巌を見出すなら）…… 752
152（b） （ほほ笑むことしかできない人々のように ほほ笑んだのは誰）…… 752
152（c） （彼は言った「どうしてだかほとんどわからないけど）…… 753
153 （この世でのぼくらの希望は完全に潰えてしまったらしい）…… 755
154 「すべての終わり」…… 756
155 （聖人ホイールハウスがはるか頭上から）…… 762
156 〔補遺〕（やさしく話してやっておくれ）…… 766
＊第一行・タイトル一覧（詩作品）…… 769
＊第一行・タイトル一覧（翻訳詩）…… 787

ブランウェル・ブロンテ全詩集

下

2013年9月10日刊

アペンディクス A　翻訳詩 …… *797*

「クィンテュス・ホラティウス・フラックス」歌章 第1巻 …… *798*

第一の歌章　「マエケーナースに捧ぐ」 …… *798*

第二の歌章　「オーガスタス・カエサルに捧ぐ」 …… *800*

第三の歌章　「ウェルギリウスをアテナイに運びし船によせて」 …… *805*

第四の歌章　「セスティウスに捧ぐ」 …… *808*

第五の歌章　「ピュルラーに捧ぐ」 …… *810*

第六の歌章　「アグリッパに捧ぐ」 …… *811*

第七の歌章　「ミューナティウス・プランクスに捧ぐ」 …… *813*

第八の歌章　「リューディアに捧ぐ」 …… *815*

第九の歌章　「タリアルコスに捧ぐ」 …… *817*

第十の歌章　「メルクリウスに捧ぐ」 …… *819*

第一一の頌　「レウコノエーに捧ぐ」 …… *821*

第一二の歌章　「アウグストゥスに捧ぐ」 …… *822*

第一三の歌章　「リューディアに捧ぐ」 …… *826*

第一四の歌章　「ローマの状態(ありさま)によせて」 …… *828*

第一五の歌章　「ネーレウスの預言によせて」 …… *829*

第一六の歌章　(美しい娘よ) …… *833*

第一七の歌章　「テュンダリスに捧ぐ」 …… *835*

第一八の歌章　「クィンティリウス・ウァルスに捧ぐ」 …… *837*

第一九の歌章　「グリュケラーについて」 …… *838*

第二十の歌章　「マエケーナースに捧ぐ」 …… *840*

第二一の歌章　「アポローンとディアーナに捧ぐ」 …… *841*

第二二の歌章　「アリスティウス・フスクス」 …… *842*

第二三の歌章　「クロエーに捧ぐ」 …… *844*

第二四の歌章　「クィンティリウス・ウァルスの死を悼んで」 …… *845*

第二五の歌章　「リューディアに捧ぐ」 …… *847*

第二六の歌章　「アエリウス・ラミアを讃えて」 …… *848*

第二七の歌章　「彼の友人たちに捧ぐ」 …… *849*

第二八の歌章　「アルキュータースの霊 水夫(かこ)に」 …… *852*

第二九の歌章　「イッキウスに捧ぐ」 …… *854*

第三十の歌章　「ウェヌスに捧ぐ」 …… *856*

第三一の歌章　「アポローンに捧ぐ」 …… *857*

第三二の歌章　「彼の竪琴(リラ)によせて」 …… *859*

第三三の歌章　「アルビウス・ティブルスに捧ぐ」 …… *860*

第三四の歌章　(わが神よ 一刻(ひととき)ごとに 御身を崇めるのを怠り) …… *862*

第三五の歌章　「フォルトゥーナに捧ぐ」 …… *863*

第三六の歌章　「ヌミダの帰還」 …… *865*

第三七の歌章　「クレオパトラの死について」 …… *867*

第三八の歌章　「彼の召使に捧ぐ」 …… *869*

アペンディクス B　紛失した詩作品 …… *873*

アペンディクス C　作者が特定できない作品項目 …… *877*

アペンディクス D　グラス・タウン／アングリア人名地名解説 …… *915*

＊詩作品註解 …… *933*

＊ブランウェル・ブロンテ、生涯と作品(芦澤久江) …… *1311*

＊ブランウェル・ブロンテ年譜 …… *1345*

＊訳者あとがき(中岡洋) …… *1371*

＊第一行・タイトル一覧(詩作品) …… *1375*

＊第一行・タイトル一覧(翻訳詩) …… *1393*

ブルガーコフ戯曲集

東洋書店
全2巻
2014年8月
(日露演劇会議叢書)

第1巻 ゾーヤ・ペーリツのアパート/赤紫の島(秋月準也, 大森雅子訳)

2014年8月10日刊

*序―知らざることの自覚(村井健) …… 3
ゾーヤ・ペーリツのアパート(秋月準也訳) …… 7
　*注 …… 160
　*解題(秋月準也) …… 162
赤紫の島(大森雅子訳) …… 179
　*注 …… 330
　*解題(大森雅子) …… 333

第2巻 アダムとイヴ/至福(大森雅子, 佐藤貴之訳)

2014年8月10日刊

アダムとイヴ(大森雅子訳) …… 5
　*注 …… 124
　*解題(大森雅子) …… 125
至福―レイン技師の夢(佐藤貴之訳) …… 147
　*注 …… 232
　*解題(佐藤貴之) …… 234
*あとがき ブルガーコフ―演劇の巨匠(村田真一) …… 253

プルースト全集

筑摩書房
全18巻, 別巻1巻
1984年9月～1999年4月

※本巻全18巻は第II期に収録

別巻 プルースト研究/年譜

1999年4月25日刊

*II 回想と証言 …… 5
　*散歩(レーナルド・アーン著, 吉田城訳) …… 6
　*スワンの数年前のこと(ジョルジュ・ド・ローリス著, 岩崎力訳) …… 8
　*転換(リュシアン・ドーデ著, 岩崎力訳) …… 12
　*読者に(マリー・ノードリンガー著, 岩崎力訳) …… 16
　*マルセル・プルースト(ジャック・リヴィエール著, 岩崎力訳) …… 21
　*停止した時間―『ムッシュー・プルースト』より(セレスト・アルバレ著, 三輪秀彦訳) …… 23
*II 同時代の批評 …… 29
　*原稿審査報告(ジャック・マドレーヌ著, 横山裕人訳) …… 30
　*『スワンの家のほうへ』(アンリ・ゲオン著, 横山裕人訳) …… 37
　*マルセル・プルースト(ジャック・プーランジェ著, 牛場暁夫訳) …… 42
　*『楽しみと日々』を読み返して(アンドレ・ジッド著, 横山裕人訳) …… 48
　*プルーストにおける時間・距離・形―プルースト研究へのひとつの貢献として(ホセ・オルテガ・イ・ガセー著, 岩崎力訳) …… 52
　*マルセル・プルースト(エルンスト・ローベルト・クルツィウス著, 圓子修平訳) …… 61
　*プルーストのイメージについて(ヴァルター・ベンヤミン著, 久保哲司訳) …… 76
　*大聖堂の教え(ジャン・コクトー著, 牛場暁夫訳) …… 86

＊プルーストの美学にかんする覚書（ラモン・フェルナンデス著, 徳田陽彦訳）……89
＊『見出された時』（バンジャマン・クレミユ著, 牛場暁夫訳）……96
＊プルースト（サミュエル・ベケット著, 楜澤雅子訳）……102
＊III 思想的アプローチ……110
＊プルーストにおける他者（エマニュエル・レヴィナス著, 合田正人訳）……112
＊プルースト（ジョルジュ・バタイユ著, 山本功訳）……118
＊プルーストの経験（モーリス・ブランショ著, 粟津則雄訳）……132
＊狂気の現存と機能、クモ―『プルーストとシーニュ』より（ジル・ドゥルーズ著, 湯沢英彦訳）……140
＊血まみれの窖―『プルーストの想像の諸径路』より（ジョアン・テレサ・ロザスコ著, 川中子弘訳）……150
＊「アッシリアふうの横顔」―隠された反ユダヤ主義（ドレフュス事件におけるリベラル派）（アントワーヌ・コンパニョン著, 吉川一義訳）……163
＊IV 美術・文学・音楽……187
＊親和力 フェルメールとプルースト（ルネ・ユイグ著, 保苅瑞穂訳）……188
＊終着駅としてのプルースト（ジュリアン・グラック著, 湯沢英彦訳）……203
＊セヴィニェ夫人のドストエフスキー的側面―『プルースト 小説の哲学』より（ヴァンサン・デコンブ著, 斉木眞一訳）……213
＊マルセル・プルーストの音楽世界（ジャン＝イヴ・タディエ著, 原潮巳訳）……226
＊V 語りと構造……239
＊プルーストと四人の人物の二重の《私》――世界創造の小説と、精神的冒険の真実の物語（ルイ・マルタン＝ショフィエ著, 鈴木道彦訳）……240
＊プルーストの登場人物たちの愛読書―『形態と意味作用』より（ジャン・ルーセ著, 徳田陽彦訳）……258
＊プルースト的空間（ジョルジュ・プーレ著, 小副川明, 山路昭訳）……270
＊『ゲルマントの方』の構造についての覚書（ミシェル・レーモン著, 吉田城訳）……278
＊物語のディスクール―頻度―『フィギュールIII』より（ジェラール・ジュネット著, 和泉涼一, 花輪光訳訳）……300
＊VI エクリチュールと感覚……327
＊マルセル・プルーストの文体―遅延要素―『文体研究』より（レオ・シュピッツァー著, 萬沢正美, 吉川一義訳）……328
＊プルーストと名前（ロラン・バルト著, 花輪光訳）……346
＊エクリチュールと性（フィリップ・ルジューヌ著, 川中子弘訳）……358
＊プルーストにおける換喩（ジェラール・ジュネット著, 矢橋透訳）……370
＊プルーストと感覚世界（ジャン＝ピエール・リシャール著, 吉田城訳）……391
＊VII 草稿からテクストへ……405
＊マルセル・プルーストの謎めいた隠喩（フィリップ・コルブ著, 石木隆治訳）……406
＊『失われた時を求めて』冒頭部の三つの先行テクストをめぐって―『サント＝ブーヴに反論する』の諸問題への新たなアプローチ（クローディーヌ・ケマール著, 和田章男訳）……418
＊『囚われの女』におけるパリの物売りの声と氷菓の欲望（ジャン・ミイ著, 中野知律訳）……446
＊プルースト年譜（吉田城）……467
＊解説……501
＊作家の生命（岩崎力）……502

ブレヒト戯曲全集

未来社
全8巻, 別巻1巻
1998年12月～2001年1月
(岩淵達治訳)

第1巻
1998年3月10日刊

パール …… 5
夜うつ太鼓(喜劇) …… 97
都会のジャングル …… 167
イングランドのエドワード2世の生涯―マーロウによるベルトルト・ブレヒトの年代史劇 …… 251
＊第1巻作品解題 …… 335

第2巻
1998年5月30日刊

男は男だ(喜劇) …… 5
三文オペラ …… 117
マハゴニー市の興亡 …… 249
小市民七つの大罪 …… 341
＊第2巻作品解題 …… 363

第3巻
1998年9月10日刊

屠場の聖ヨハンナ(戯曲) …… 5
母(おふくろ)―トヴェーリ出身の革命的女性ペラゲヤ・ヴラーソワの生涯(マクシム・ゴーリキーの小説に拠る) …… 171
まる頭ととんがり頭(残酷なメルヘン)―またの名富める者と富める者は手を組む …… 267
＊第3巻作品解題 …… 443

第4巻
1998年12月10日刊

第三帝国の恐怖と悲惨(二十四場) …… 5
カラールのおかみさんの鉄砲 …… 157
　[付録]『カラールのおかみさんの鉄砲』のプロローグ …… 197
　[付録]『カラールのおかみさんの鉄砲』のエピローグ …… 200
ガリレイの生涯(戯曲) …… 203
　『ガリレイの生涯』の覚え書 …… 341
　　まえがき …… 341
　　新時代の粉飾しない実像(アメリカ版への序文) …… 343
　　〔アメリカにおける上演の背景〕 …… 344
　　ガリレイを賞賛するか弾劾するか? …… 345
　　『ガリレイの生涯』は悲劇ではない …… 346
　　教会の描き方 …… 346
　　(『ガリレイの生涯』のまえがきの草案) …… 347
ルクルスの審問 …… 361
　オペラ「ルクルスの審問」の注 …… 405
　　石碑を運び込む …… 406
　　審問 …… 408
＊第4巻作品解題 …… 415

第5巻
1999年3月10日刊

肝っ玉おっ母とその子供たち―三十年戦争の年代記 …… 5
ゼチュアンの善人 …… 121
プンティラ旦那と下男のマッティ …… 257
＊第5巻作品解題 …… 379

第6巻
1999年6月15日刊

アルトゥロ・ウイの興隆―それは抑えることもできた …… 5
シモーヌ・マシャールの幻覚 …… 115
第二次大戦のシュヴェイク …… 199
ダンゼン …… 307
鉄はいくらか …… 333
＊第6巻作品解題 …… 361

第7巻
1999年9月10日刊

コーカサスの白墨の輪[一九五四年版] …… 5

コミューンの日々 …………………………… 141
トゥランドットの姫 一名 三百代言の
学者会議 ………………………………………… 265
［補遺］……………………………………… 353
＊第7巻作品解題 …………………………… 365

第8巻

1999年11月30日刊

［小市民の］結婚式…………………………… 5
乞食一名死んだ犬 ……………………………49
悪魔祓い ………………………………………61
闇の光明 ………………………………………83
魚獲り ………………………………………… 109
リンドバーグたちの飛行 …………………… 137
了解についてのバーデン教育劇 ………… 169
イエスマン ノーマン ……………………… 203
処置 …………………………………………… 227
例外と原則 ………………………………… 271
ホラティ人とクリアティ人 ……………… 305
パン屋 ………………………………………… 349
＊第8巻作品解題 …………………………… 399

別巻

2001年1月30日刊

ソポクレスのアンティーゴネ―ヘル
ダーリンの翻訳を底本にした舞台改作‥ 5
家庭教師―ヤーコプ・ミヒャエル・ラ
インホルト・レンツ作（改作）…………53
コリオラーヌス …………………………… 147
太鼓とらっぱ（鳴物入り）―ファーカー
の喜劇「募兵将校」のベルリーナー・
アンサンブルの上演用改作 ………… 227
［補足］…………………………………… 342
＊別巻作品解題 ………………………… 343

ブロンテ姉妹エッセイ全集

彩流社
全1巻
2016年5月
（スー・ロノフ編, 中岡洋, 芦沢久江訳）

ブロンテ姉妹エッセイ全集―ベルジャン・エッセイズ

2016年5月30日刊

＊挿画リスト ………………………………… 8
＊まえがき ……………………………………10
＊謝辞 …………………………………………19
＊序文 …………………………………………21
＊シャーロット・ブロンテとエミリ・
ブロンテのベルギー体験年譜 ………… 102
＊編集方法 ………………………………… 116
一八四二年のエッセイ …………………… 121
エッセイ1 インド人寡婦の生け贄
（シャーロット・ブロンテ著）……… 122
＊コメント ……………………………… 129
エッセイ2 病気の若い娘（シャー
ロット・ブロンテ著）………………… 136
貧しい娘（シャーロット・ブロンテ
著）……………………………………… 140
＊コメント ……………………………… 144
エッセイ3 野営の晩禱（シャーロッ
ト・ブロンテ著）……………………… 151
船上の晩禱（シャーロット・ブロン
テ著）…………………………………… 157
＊コメント ……………………………… 160
エッセイ4 巣（シャーロット・ブロ
ンテ著）………………………………… 168
＊コメント ……………………………… 175
エッセイ5 神の無限性（シャーロッ
ト・ブロンテ著）……………………… 181
＊コメント ……………………………… 185
エッセイ6 猫（エミリ・J.ブロンテ
著）……………………………………… 191
猫の言い訳（シャーロット・ブロン
テ著）…………………………………… 194
二匹の犬（シャーロット・ブロンテ
著）……………………………………… 194
＊コメント ……………………………… 198

エッセイ7　ウーデナルドの包囲（エミリ・ブロンテ著）…… 203
エッセイ8　ウーデナルドの包囲（シャーロット・ブロンテ著）…… 206
　＊コメント …… 210
エッセイ9　アン・アスキュー 模擬文（シャーロット・ブロンテ著）…… 216
　ユードリュス（シャトーブリアン著, シャーロット・ブロンテ書き取り）…… 224
　＊コメント …… 228
エッセイ10　ポートレート、ヘイスティングズ戦闘前夜のハロルド王（エミリ・J.ブロンテ著）…… 235
エッセイ10–2　ポートレート、ヘイスティングズ戦闘前夜のハロルド王（エミリ・J.ブロンテ著）…… 239
エッセイ10–3　ポートレート、ヘイスティングズ戦闘前夜のハロルド王（エミリ・ブロンテ著）…… 246
　壇上のミラボー（ヴィクトル・ユーゴー著, シャーロット・ブロンテ書き取り）…… 248
　＊コメント …… 253
エッセイ11　ポートレート 隠修士ピエール（シャーロット・ブロンテ著）…… 262
　模擬文 ポートレート 隠修士ピエール（シャーロット・ブロンテ著）…… 274
　十字軍によるエルサレム奪還（ジョセフ＝フランソワ・ミーショウ著, シャーロット・ブロンテ書き取り）…… 281
　＊コメント …… 283
エッセイ12　手紙（マダム）（エミリ・ブロンテ著）…… 291
エッセイ13　手紙 聖職者への招待状（シャーロット・ブロンテ著）…… 294
　＊コメント …… 297
エッセイ14　手紙（わたしの親愛なるママ）（エミリ・ブロンテ著）…… 300
　＊コメント …… 304
エッセイ15　孝心（エミリ・J.ブロンテ著）…… 307
　＊コメント …… 310
エッセイ16　手紙 弟から兄へ（エミリ・J.ブロンテ著）…… 316
　＊コメント …… 324
エッセイ17　蝶（エミリ・J.ブロンテ著）…… 330
エッセイ18　毛虫（シャーロット・ブロンテ著）…… 334
　＊コメント …… 339
エッセイ19　人生の目的（シャーロット・ブロンテ著）…… 352
　＊コメント …… 356
エッセイ20　人間の正義（シャーロット・ブロンテ著）…… 362
　＊コメント …… 372
エッセイ21　死神の宮殿（Ch.ブロンテ著）…… 378
エッセイ22　死神の宮殿（エミリ・J.ブロンテ著）…… 389
　＊コメント …… 394
一八四三年のエッセイ …… 405
エッセイ23　文体についてのエッセイ 落葉（Ch.ブロンテ著）…… 406
　落葉（ミルヴォワ著, シャーロット・ブロンテ書き取り）…… 418
　＊コメント …… 423
エッセイ24　手紙（わたしの親愛なジェイン）（シャーロット・ブロンテ著）…… 432
　＊コメント …… 440
エッセイ25　ナポレオンの死（Ch.ブロンテ著）…… 446
　ナポレオンの死について〔エジェのヴァージョン〕（Ch.ブロンテ著）…… 475
　＊コメント …… 482
エッセイ26　モーセの死（Ch.ブロンテ著）…… 495
　〔モーセの死についてのノート〕…… 511
　＊コメント …… 514
エッセイ27　詩歌によって救われたアテネ（Ch.ブロンテ著）…… 523
　＊コメント …… 555
エッセイ28　貧乏絵描きから大領主への手紙（シャーロット・ブロンテ著）…… 565
　＊コメント …… 575
＊アペンディクス …… 580

＊原稿所蔵リスト …………………… 580
＊エッセイ原語タイトル ……………… 587
＊書誌 ………………………………… 590
＊譯者あとがき ……………………… 601
＊索引 ………………………………… i
＊［附録］フランス語テキスト …………… 1

ヘルマン・ヘッセ
エッセイ全集
臨川書店
全8巻
2009年1月〜2012年1月
（日本ヘルマン・ヘッセ友の会・研究会
編・訳）

第1巻 省察 1（折々の日記1・夢の記録）
2009年1月30日刊

省察1（折々の日記1／夢の記録）………… 1
折々の日記1（島途健一訳）
手記 一八九九年三月十四日〜一九〇二年十一月 ……………………… 3
カルプ日記［一九〇一年三月］……… 10
ヴェネツィア・ノート ……………… 15
ラグーンのスケッチ ………………… 27
ウルム、ミュンヒェン、ダルムシュタットへの旅 ………………… 31
フィッツナウ ………………………… 34
イタリア旅行 一九〇三年 …………… 40
アッペンツェル、一九〇六年十月 … 60
ブルーノの記（一九〇七年七月〜一九〇八年七月）…………………… 63
岩山で ある「自然児」の覚え書き … 69
一九〇七年〜一九一四年のメモから ………………………………… 78
日記の覚え書き 一九一四年八月一日より ……………………………… 85
日記の一葉 一九一四年 …………… 138
一九一七年・一九一八年の覚え書きから ………………………… 140
孤独の克服 ……………………… 140
愛国主義 ………………………… 140
冷笑と気取り …………………… 140
夢の記録（小澤幸夫訳）
一九一七年・一九一八年の精神分析の夢日記 ……………………… 142
＊解説（島途健一, 小澤幸夫）………… 309
＊人物紹介 …………………………… i

第2巻 省察 2（折々の日記2・自伝と回顧）

2009年4月30日刊

省察2

折々の日記2 …… *1*
日記の断片（信岡資生訳） …… *3*
内省（信岡資生訳） …… *10*
日記一九二〇年～一九二一年（病気の後で）（信岡資生訳） …… *15*
一九二一年五月十八日から六月二十六日までのチューリヒのメモ帳から（信岡資生訳） …… *44*
一九二一年六月のメモ帳から（信岡資生訳） …… *47*
あるサイン帳への書きこみ（一九二三年頃）（信岡資生訳） …… *48*
テュービンゲンへの旅 一九二九年（信岡資生訳） …… *49*
心の中で相克する協奏曲（信岡資生訳） …… *55*
チューリヒ／カルプ／ウンターライヒェンバハ／ウルム／一九三一年四月（信岡資生訳） …… *56*
一九三二年七月二十八日から八月三日までの覚え書き（信岡資生訳） …… *58*
一九三三年七月／八月の日記（信岡資生訳） …… *60*
一九三四年の覚え書き（田中裕訳） …… *75*
バート・アイルゼン、エッケンヴァイラー、テュービンゲン、ハイターバハへの旅 一九三六年八月／九月（田中裕訳） …… *76*
一九三七年三月の日記メモ（田中裕訳） …… *85*
一九四〇年三月の夢日記（田中裕訳） …… *89*
チューリヒ近郊のバーデン、一九四〇年四月末（鍵谷優介訳） …… *103*
メモ書きから（一九四〇年三月）（鍵谷優介訳） …… *105*
孫のジーモンとクリスティーネについて、一九四四年（鍵谷優介訳） …… *107*
リギ日記（一九四五年八月）（鍵谷優介訳） …… *109*
山の放牧地での体験（鍵谷優介訳） …… *120*
一九五五年の日記の断片（鍵谷優介訳） …… *122*
自伝と回顧 …… *131*
私のホロスコープ（川端明子訳） …… *133*
自伝の寄稿（川端明子訳） …… *138*
履歴データ（川端明子訳） …… *140*
自伝の依頼に対して―手紙（川端明子訳） …… *142*
伝記の覚え書き（川端明子訳） …… *145*
魔術師（田中裕訳） …… *152*
略伝（田中裕訳） …… *177*
私の国籍について―ナチスの報道キャンペーンを契機として（田中裕訳） …… *195*
自伝スケッチ（田中裕訳） …… *200*
履歴（田中裕訳） …… *202*
私の母（田中裕訳） …… *205*
少年時代（田中裕訳） …… *207*
故郷（田中裕訳） …… *211*
バーゼルの思い出（田中裕訳） …… *213*
私の学校時代から（田中裕訳） …… *218*
引越し（田中裕訳） …… *229*
隠れ家（かくれが）（田中裕訳） …… *233*
我がまま（田中裕訳） …… *238*
勤め帰りに見た夢（渡辺勝訳） …… *244*
さまざまな空想（渡辺勝訳） …… *248*
アレマンを愛する（渡辺勝訳） …… *254*
筏下り（渡辺勝訳） …… *259*
仕事の夜（渡辺勝訳） …… *263*
第二の故郷（渡辺勝訳） …… *268*
精神的なインドと中国に対する私の関係（渡辺勝訳） …… *270*
私の信仰（渡辺勝訳） …… *272*
新しい家に移るに当たって（渡辺勝訳） …… *276*
神学断想（渡辺勝訳） …… *295*
二つの八月体験（渡辺勝訳） …… *308*
バーデンでのある湯治手記（渡辺勝訳） …… *313*
モンタニョーラ四十年（渡辺勝訳） …… *325*
モンタニョーラ名誉市民の授与に対する謝辞（渡辺勝訳） …… *327*
＊解説（田中裕） …… *329*
＊人物紹介 …… *i*

第3巻 省察 3（自作を語る・友らに宛てて）

2009年7月30日刊

省察3
自作を語る（里村和秋訳） …… 1
作者による自身の選集への序文 …… 3
『真夜中の彼方一時間』（一八九九年）について—一九四一年の序文の結びに …… 8
『ヘルマン・ラウシャー』（一九〇一年）について …… 9
青春時代の二つの詩との再会 …… 10
『ペーター・カーメンツィント』（一九〇四年）について—今年度のフランス高等教育教員資格試験のテーマに関するフランスの大学生たちへの挨拶 …… 12
『車輪の下』（一九〇六年）について …… 15
物語集『此の世』（一九〇七年）について …… 16
一九三〇年の改訂版のための書誌的な補遺 …… 17
物語集『隣人』（一九〇八年）について …… 18
詩集『途中にて』（一九一一年／一九一五年）の新版について …… 20
『ツァラトゥストラの再来』（一九一九年）について—一九一九年二月に匿名で出版された政治的パンフレットの書評用献本を郵送する際に添えられた送り状 …… 21
『ヴィーヴォース・ヴォコー』より …… 23
『デーミアン』について（一九一九年） …… 27
物語『夢の家』（一九一四年）について …… 29
序文 …… 29
紹介文 …… 30
『シンクレアの備忘録』（一九二三年）について …… 31
序文 …… 31
一九六二年の新版への序文 …… 31
『クリングゾルの最後の夏』（一九二〇年）について—クリングゾルの夏の回想 …… 33
『シッダールタ』（一九二二年）について—『シッダールタ』のペルシアの読者に宛てて …… 37
『ピクトールの変身』（一九二二年）について …… 38
『ピクトールの変身』（一九二二年）のファクシミリ版の初版について …… 39
『十二の詩』（一九一九年–一九六一年）について …… 40
『湯治客』（一九二四年／二五年）について—バーデン湯治客の辛口批評、あるいはバーデンでの湯治療養手記 …… 41
『湯治客』と『ニュルンベルクへの旅』について …… 42
新詩集『夜の慰め』（一九二九年）について …… 44
『私たちの父の思い出について』（一九三〇年）の単行本のためのあとがき …… 45
『内面への道』（一九三一年）について …… 48
『荒野の狼』関連文書 …… 50
あとがき（一九四一年） …… 50
荒野の狼へのまえがき …… 51
危機—日記の断片 …… 54
私の友人たちへのあとがき …… 89
ある落伍者の日記から …… 91
自殺者 …… 103
壁の向こう側 …… 105
荒野の狼の人生における出来事 …… 112
『東方への旅』（一九三二年）について—共同体の探求 新たな物語『東方への旅』についての注釈 …… 116
選集『警告』（一九三三年）について …… 118
物語集『小さな世界』（一九三三年）について …… 120
書誌的な補遺 …… 120
ヘルマン・ヘッセの十三の連作詩集『一九三三年の夏』について …… 122
物語集『空想の本』（一九三五年）について …… 123
物語集『ノヴァーリス』（一九〇〇年頃）について …… 124

『ささやかな考察』(一九四一年)について …… 126
『ささやかな考察』(一九四二年)について …… 127
『全詩集』(一九四二年)について …… 128
『ガラス玉遊戯』(一九四三年)について …… 130
断編『ベルトルト』について …… 135
『世界文学文庫』(一九二九年)について …… 136
小説『やすらぎの家』(一九〇九年)について …… 137
省察『対立』(一九二八年)について …… 139
詩集、物語集、画集『長い年月から』(一九四九年)について …… 140
テーマ版『ゲルバースアウ』への序文 …… 141
楓の木陰 …… 143
『書簡集』(一九五一年)について …… 149
省察『老年について』の成立事情について …… 150
『青年時代の二つの物語』(一九五六年)について …… 152
私家版『禅』(一九六一年)について …… 153
友らに宛てて …… 155
アデーレへの手紙(伊藤寛訳) …… 157
手紙に代えて(伊藤寛訳) …… 167
依頼の手紙に対する返事(伊藤寛訳) …… 170
日本の若い同僚に(伊藤寛訳) …… 172
削除された言葉(伊藤寛訳) …… 177
若い芸術家に(伊藤寛訳) …… 182
机に向かっている時間(伊藤寛訳) …… 187
シュヴァーベンの友人たちへの回状—一九五〇年 夏(伊藤寛訳) … 193
友人たちへの手紙から—三冊の本について(伊藤寛訳) …… 197
過去との巡り合い(伊藤寛訳) …… 201
さまざまな郵便物(伊藤寛訳) …… 208
祖父のこと(伊藤寛訳) …… 215
四月の手紙(伊藤寛訳) …… 224
誕生日—回状(伊藤寛訳) …… 231
エンガディーンの体験(清水威能子訳) …… 235
過去を呼び返す(清水威能子訳) …… 257
復活祭の覚え書き(清水威能子訳) …… 275
陰と陽—ある学生の手紙とそれに対する返事(清水威能子訳) …… 284
ジルス・マリーアからの回状(清水威能子訳) …… 288
クリスマスの贈り物—ある回想(清水威能子訳) …… 302
読者と文学作品(田中洋訳) …… 309
インドの細密画(田中洋訳) …… 312
友への知らせ(田中洋訳) …… 316
夏の手紙(田中洋訳) …… 321
ある音楽家へ(田中洋訳) …… 329
圜悟禅師の碧巌録(田中洋訳) …… 336
翻訳者であり仲介者であるヴィルヘルム・グンデルトに宛てた手紙 …… 336
ヨーゼフ・クネヒトよりカルロ・フェロモンテへ(田中洋訳) …… 341
五月の手紙(田中洋訳) …… 348
＊解説(里村和秋) …… 355
＊人物紹介 …… i

第4巻　追憶(忘れ得ぬ人々)・随想 1 (1899–1904)

2009年10月30日刊

追憶(忘れ得ぬ人々) …… 1
アルベルト・ランゲン(高橋修訳) …… 3
オイゲン・ジーゲル(高橋修訳) …… 7
父への追悼(高橋修訳) …… 13
クリスティアン・ヴァーグナーの死に(高橋修訳) …… 24
コンラート・ハウスマンの思い出(高橋修訳) …… 27
ハウスマン兄弟生誕百年に当たってのコンラート・ハウスマン家への挨拶(高橋修訳) …… 31
『ジンプリチシムス』の思い出(高橋修訳) …… 32
フーゴ・バルへの追悼の辞(一九二七年九月十六日、埋葬の日に記す)(高橋修訳) …… 35
詩人と私たちの時代(R.M.リルケ)(高橋修訳) …… 37

アニー・ボードマーの追悼展覧会に（高橋修訳）……39
ヴィルヘルム・ラーベ訪問（高橋修訳）……41
S.フィッシャーの思い出（高橋修訳）……50
ハンスの思い出（渡辺勝訳）……53
エルンスト・モルゲンターラー（高橋修訳）……97
オトマール・シェック（高橋修訳）……116
オトマール・シェックの思い出（シェックの五十歳の誕生日に記す）（高橋修訳）……118
クラーセン氏（高橋修訳）……130
フランツ・シャルのための回想記（高橋修訳）……150
　タッソー初恋の物語を読んだ時……150
　老年……151
　彼からの最後の便り……151
クリストフ・シュレンプへの弔辞（高橋修訳）……153
画家と作家（エルンスト・モルゲンターラー）（高橋修訳）……163
若きアルフォンス・パケの思い出（高橋修訳）……169
ロマン・ロランについて―パリ放送のロラン記念祭のために（高橋修訳）……170
級友マルティン（高橋修訳）……171
アデーレのための回想記（渡辺勝訳）……184
アンドレ・ジッドの思い出（高橋修訳）……192
弔辞（パリ放送のアンドレ・ジッド記念式典のために）（高橋修訳）……198
秋の体験―オットー・ハルトマンのための回想記（高橋修訳）……201
オットー・ハルトマンへの最後の挨拶―モンタニョーラ、一九五二年九月二十九日（渡辺勝訳）……212
マルラ追悼（高橋修訳）……213
エルンスト・ペンツォルトのための回想記（高橋修訳）……221
トーマス・マンへの惜別の辞―ジルス・マーリア、一九五五年八月十三日（高橋修訳）……222
黒き王―ゲオルク・ラインハルトのための回想記（高橋修訳）……223
葬送行進曲（一人の青春の友のための回想記）（高橋修訳）……229
マルティン・ブーバーの八十歳の誕生日に（高橋修訳）……237
我が友ペーター（高橋修訳）……239
医者に関するいくつかの思い出（高橋修訳）……245
　ローゼンガルトの家……245
　ある村医者を訪ねて……248
　本物の医者……250
　祖父ヘッセ……254
準備運動―必ず始めに息を出し切って！（高橋修訳）……259
随想I（一八九九 - 一九〇四）（高橋修訳）……261
　小さな喜び……263
　眠れない夜……268
　取材記者……273
　眼科病院にて……278
　無為の術―芸術家的な健康法の一章……280
　旅について……287
　マロニエの木立……297
　夕べになると……302
　ボーデン湖畔の九月の朝……309
　青いかなた……315
　秋の夜……317
　雲……322
　窓の外で……326
　年の終わりに……332
＊解説（高橋修）……337
＊人物紹介……i

第5巻　随想 2（1905–1924）
2012年1月30日刊

随想 II（一九〇五–一九二四）……1
　冬の輝き（山本洋一訳）……3
　ゴットハルト峠にて（山本洋一訳）……7
　ワインの研究（山本洋一訳）……13
　夏に向かって（山本洋一訳）……18
　草刈り死神（山本洋一訳）……21
　ラインの芸術家祭り（山本洋一訳）……26
　散策日和（山本洋一訳）……28
　徒歩旅行（夏の旅I、II、III）（山本洋一訳）……32
　秋の始まり（山本洋一訳）……50

謝肉祭（山本洋一訳）…… 54
グラウビュンデンの冬の日々（山本洋一訳）…… 60
原生林（山本洋一訳）…… 65
真昼の幽霊（山本洋一訳）…… 69
旅のひとこま（山本洋一訳）…… 74
　出発（山本洋一訳）…… 74
　アッペンツェルにて（山本洋一訳）…… 76
　農民たちにまじって（山本洋一訳）…… 79
　エーベンアルプ（山本洋一訳）…… 81
　村の夕べ（山本洋一訳）…… 83
　ファドゥーツ（山本洋一訳）…… 85
菩提樹の花（山本洋一訳）…… 90
ウンブリアの小さな町（モンテファルコ）（山本洋一訳）…… 94
グッビオ（山本洋一訳）…… 98
クリスマスに（山本洋一訳）…… 104
庭で（山本洋一訳）…… 109
自然の楽しみについて（山本洋一訳）…… 114
本を読むことと本を所有すること（山本洋一訳）…… 119
プロムナードコンサート（山本洋一訳）…… 122
バーデナウでの湯治生活（山本洋一訳）…… 129
旅への思い（山本洋一訳）…… 134
空の散歩（山本洋一訳）…… 139
冬の手紙（山本洋一訳）…… 145
読書について（山本洋一訳）…… 150
夏の手紙（山本洋一訳）…… 155
ウンターゼー（山本洋一訳）…… 160
冬の小旅行（山本洋一訳）…… 164
バルコニーの女（山本洋一訳）…… 169
旅の一日（島途健一訳）…… 175
コモ湖畔の散歩（島途健一訳）…… 183
ベルガモ（島途健一訳）…… 187
サン・ヴィジーリオ（島途健一訳）…… 193
飛行機体験記（島途健一訳）…… 197
中国人（島途健一訳）…… 205
禁煙車室の女（島途健一訳）…… 209
夜の顔（島途健一訳）…… 216
古い音楽（島途健一訳）…… 218
ベルンからウィーンへ（島途健一訳）…… 223
音楽（田中裕訳）…… 226
カーニヴァルの歴史など（田中裕訳）…… 232
アジアの思い出（田中裕訳）…… 236
ベルン高地の山小屋の前で（田中裕訳）…… 240
マウルブロンの回廊の噴泉（田中裕訳）…… 244
ある俗物に宛てた手紙―チューリヒのMさんへ（田中裕訳）…… 248
内面の豊かさ（田中裕訳）…… 254
魂について（田中裕訳）…… 257
インドの思い出（画家ハンス・シュトゥルツェネガーの絵について）（田中裕訳）…… 267
マルティンの日記から（橋本裕明訳）…… 273
思索（橋本裕明訳）…… 278
書斎の秋の夕べ（橋本裕明訳）…… 280
南方の夏の日（橋本裕明訳）…… 284
南方からの冬の手紙（橋本裕明訳）…… 287
意味のないものの意味（橋本裕明訳）…… 292
小さな道（橋本裕明訳）…… 297
春の散歩（橋本裕明訳）…… 300
テッシーンの教会と礼拝堂（橋本裕明訳）…… 302
テッシーンの夏の夕べ（橋本裕明訳）…… 306
浜辺（橋本裕明訳）…… 310
旅のメモ紙（橋本裕明訳）…… 315
インドからの訪問（橋本裕明訳）…… 318
マドンナ・ドンジェロ（橋本裕明訳）…… 323
失くしたポケットナイフ（橋本裕明訳）…… 329
テッシーンの聖母祭（橋本裕明訳）…… 334
＊解説（山本洋一）…… 339

第6巻　随想 3（1925–1956）
2011年11月30日刊

随想 III（一九二五–一九五六））…… 1
　旅便り（新宮潔訳）…… 3
　町への遠征（新宮潔訳）…… 8
　日がな一日ぶらぶらと（新宮潔訳）…… 13
　休むにしかぬ考え（新宮潔訳）…… 17
　夕べの雲（新宮潔訳）…… 22
　絵を描くことについて（新宮潔訳）…… 28

中国的なこと（新宮潔訳）…… 33
夏の終り（新宮潔訳）…… 35
秋—自然と文学（新宮潔訳）…… 40
新たな意味づけを模索する現代の試み（新宮潔訳）…… 44
トランクの荷造り（新宮潔訳）…… 50
三月に町で（新宮潔訳）…… 55
タイプライター（新宮潔訳）…… 59
田舎に帰る（新宮潔訳）…… 65
ニーナとの再会（高橋修訳）…… 71
栗の森の五月（青島雅夫訳）…… 76
ぶらり旅の点描（新宮潔訳）…… 81
夏の鉄道旅行（新宮潔訳）…… 86
水彩画を描く（里村和秋訳）…… 96
老木を悼む（鈴木直行訳）…… 101
クリスマス前のショーウィンドー（新宮潔訳）…… 106
クリスマスの後に（新宮潔訳）…… 112
静かな晩（新宮潔訳）…… 117
冬休み（鈴木直行訳）…… 122
空の旅（鈴木直行訳）…… 127
昔ヴュルツブルクで（鈴木直行訳）…… 132
恋人への手紙（鈴木直行訳）…… 137
絵を描く喜び、絵を描く苦労（鈴木直行訳）…… 142
雨に降り籠められた春（吉田卓訳）…… 147
名手の演奏会（吉田卓訳）…… 152
好対照（吉田卓訳）…… 159
晩夏の花々（吉田卓訳）…… 165
隣人マーリオ（吉田卓訳）…… 170
室内散策（吉田卓訳）…… 175
秋になると（吉田卓訳）…… 181
雨に降り籠められた日曜日（吉田卓訳）…… 187
ある女性詩人への手紙（吉田卓訳）…… 191
カール・ブッセの思い出（吉田卓訳）…… 197
水泳競技への寄り道（吉田卓訳）…… 199
ベッドでの読み物（吉田卓訳）…… 204
ミュンヒェンでの絵画鑑賞（吉田卓訳）…… 210
人相学研究（吉田卓訳）…… 216
　インテリの男性（吉田卓訳）…… 216
　薄気味悪い男（吉田卓訳）…… 217
　ブロンドの姉妹（吉田卓訳）…… 219
花火（吉田卓訳）…… 220
夏と秋の間（吉田卓訳）…… 226
テッシーンの秋の日（吉田卓訳）…… 232
夢（吉田卓訳）…… 238
モーツァルトのオペラ（吉田卓訳）…… 242
蝶について（本田陽太郎訳）…… 244
鉄道の車内に飾られた写真（本田陽太郎訳）…… 252
盗まれたトランク（本田陽太郎訳）…… 255
壁掛について（本田陽太郎訳）…… 263
桃の木（本田陽太郎訳）…… 266
文学的日常（本田陽太郎訳）…… 269
ある風景の描写（本田陽太郎訳）…… 274
夢の贈り物（本田陽太郎訳）…… 285
秘密（本田陽太郎訳）…… 290
シューマンの音楽を聴いて（本田陽太郎訳）…… 303
演奏会の休憩時間（本田陽太郎訳）…… 304
ある女性歌手に宛てた投函しなかった手紙（本田陽太郎訳）…… 312
夢の劇場（本田陽太郎訳）…… 320
幸福（本田陽太郎訳）…… 327
クリスマスと子供の物語ふたつ（本田陽太郎訳）…… 337
美の持続（本田陽太郎訳）…… 345
老年について（本田陽太郎訳）…… 346
昔ながらの問い—手紙と返事（本田陽太郎訳）…… 349
＊解説（新宮潔, 鈴木直行, 田中裕, 本田陽太郎, 吉田卓）…… 353

第7巻　文芸批評

2010年7月30日刊

文芸批評 …… 1
　新ロマン主義（六浦英文訳）…… 3
　ロマンチック—あるおしゃべり（六浦英文訳）…… 5
　ロマン主義と新ロマン主義（六浦英文訳）…… 9
　本との付き合い（六浦英文訳）…… 18
　　読書について …… 18
　　本 …… 32
　文筆家について（六浦英文訳）…… 38
　若い詩人—多くの人びとに宛てた一通の手紙（六浦英文訳）…… 43
　ドイツの小説家（六浦英文訳）…… 47
　言語（六浦英文訳）…… 75

「文学における表現主義」について（六浦英文訳）……81
芸術家と精神分析（六浦英文訳）……88
詩について（六浦英文訳）……94
本の選別（六浦英文訳）……99
最近のドイツ文学（六浦英文訳）……102
読書について（六浦英文訳）……106
ドストエフスキーの『白痴』論考（春山清純訳）……113
カラマーゾフの兄弟、あるいはヨーロッパの没落—ドストエフスキーを読みながら思い付いたこと（春山清純訳）……121
ジャン・パウルについて（春山清純訳）……138
インドの芸術と文学に関する講演のためのキーワード（春山清純訳）……149
エキゾチックな芸術（春山清純訳）……153
モンタニョーラのボドーニ印刷所（春山清純訳）……156
『ヴィルヘルム・マイスターの修業時代』（春山清純訳）……160
ブレンターノの作品（春山清純訳）……181
ゲーテとベッティーナ（春山清純訳）……183
ヘルダーリンについて（春山清純訳）……192
ドストエフスキーについて（春山清純訳）……196
バルザック—その没後七十五周年に寄せて（春山清純訳）……200
ノヴァーリス—その生と死の記録（春山清純訳）……203
ヘルダーリン—その生の記録（春山清純訳）……206
ロマン主義選集序文草稿（春山清純訳）……209
ロマン主義の精神（春山清純訳）……211
詩人の信条告白（春山清純訳）……218
世界文学文庫（松井勲訳）……220
詩と批評をテーマとする覚書—良い批評家と悪い批評家について（松井勲訳）……249
若い詩人への手紙（松井勲訳）……263
本の魔力（松井勲訳）……267
ゲーテへの感謝（松井勲訳）……276
ある長篇小説を読んで（松井勲訳）……284
愛読書（松井勲訳）……289
著者から校正係へ（松井勲訳）……293
感謝の辞と道徳的考察（松井勲訳）……299
ノーベル賞授賞式の祝宴に寄せる言葉（松井勲訳）……302
若い天才—十八歳の青年への返事（松井勲訳）……304
愛誦詩（松井勲訳）……308
「パン」という言葉について（松井勲訳）……318
ドイツ出版業平和賞の授与に対する謝辞（松井勲訳）……321
カフカ解釈（松井勲訳）……325
言葉（松井勲訳）……328
書くことと書かれたもの（松井勲訳）……330
＊解説（松井勲）……339

第8巻　時代批評

2010年11月30日刊

時代批評……1
　第一次世界大戦……3
　　おお友よ、その調べにあらず！（伊藤貴雄訳）……4
　　芸術家が戦士たちに語る（伊藤貴雄訳）……10
　　『新プロイセン新聞』（ベルリン）に（伊藤貴雄訳）……11
　　　＊（関連文書）一九一五年二月十二日付『新プロイセン新聞』（ベルリン）より（伊藤貴雄訳）……11
　　皇帝に（伊藤貴雄訳）……13
　　『勝利に向かって』（従軍兵士のための名文選）への序文（伊藤貴雄訳）……14
　　戦時の読み物—ある負傷兵への公開書簡（伊藤貴雄訳）……18
　　ドイツにおける個人志向（伊藤貴雄訳）……24
　　ふたたびドイツで（伊藤貴雄訳）……30
　　ベルンからの手紙（伊藤貴雄訳）……37
　　『クンストヴァルト（芸術の番人）』編集部に（伊藤貴雄訳）……43
　　わが身のこと（伊藤貴雄訳）……46

ベルント・リーへの公開書簡（伊藤貴雄訳）……49
＊（関連文書）十二月十七日付『フランクフルト新聞』におけるベルント・リーの回答（伊藤貴雄訳）……54
ベルント・リーの返事に対して（伊藤貴雄訳）……57
平和主義者たちに（伊藤貴雄訳）……59
平和主義者たちに宛てて（伊藤貴雄訳）……65
戦場への手紙（伊藤貴雄訳）……67
『ドイツ人戦争捕虜のための日曜便り』の序文（伊藤貴雄訳）……72
戦争捕虜のための読み物―私たちの戦争捕虜文庫の後援者と寄付者にささぐ（伊藤貴雄訳）……74
平和主義者たちについて―アドルフ・ザーガー博士の公開書簡への回答（伊藤貴雄訳）……81
捕虜救援の新しい一章―ダヴォースからの報告（伊藤貴雄訳）……87
ベルン・ドイツ人戦争捕虜図書センター―フランスにいる捕虜のための読み物（茅野嘉司郎訳）……94
捕虜のための本（茅野嘉司郎訳）……98
親愛なる、裕福なお方へ！（茅野嘉司郎訳）……99
二通の子どもの手紙（茅野嘉司郎訳）……104
援助を！（茅野嘉司郎訳）……105
ベルンからの挨拶（茅野嘉司郎訳）……107
ある国務大臣へ（茅野嘉司郎訳）……111
『ドイツ人抑留者新聞』の第五〇号に寄せて（茅野嘉司郎訳）……116
クリスマスに（茅野嘉司郎訳）……118
クリスマス（茅野嘉司郎訳）……120
平和になるだろうか？（茅野嘉司郎訳）……124
名親へのお誘い（茅野嘉司郎訳）……129
夜明け（茅野嘉司郎訳）……134
私の立場（茅野嘉司郎訳）……135
戦争と平和（茅野嘉司郎訳）……136
世界史（茅野嘉司郎訳）……140
愛の道（竹岡健一訳）……145
戦争と詩人（竹岡健一訳）……150
ドイツ公使館へ（竹岡健一訳）……152
ツァラトゥストラの再来（竹岡健一訳）……155
＊（関連文書）……182
ある若いドイツ人への手紙（竹岡健一訳）……184
汝殺すなかれ（竹岡健一訳）……189
捕虜の皆様へのご挨拶（竹岡健一訳）……193
一九二〇年代（竹岡健一訳）……195
雑誌『ヴィーヴォース・ヴォコー』の第二の四半期に向けて……196
憎悪の手紙……201
中国のものの見方……208
世界の若者たちへの挨拶……211
スイス総務省に宛てて……212
＊（関連文書）……213
一九三〇年代（竹岡健一訳）……215
息子ハイナーへ……216
ベルリンのプロイセン芸術アカデミーとの往復書簡……220
一九三〇年十一月一七日 オスカー・レルケのヘッセ宛書簡より……220
一九三〇年十一月一九日 ヴィルヘルム・シェーファーのヘッセ宛書簡より……220
一九三〇年十一月 ルートヴィヒスハーフェンのヴィルヘルム・シェーファー宛書簡より……222
一九三〇年十二月 ベルリンのオスカー・レルケ宛書簡より……225
一九三一年二月 ライプツィヒの『新文学』より……226
一九三一年二月二十日 ミュンヒェンのトーマス・マン宛書簡より……226
再度プロイセン・アカデミーについて―トーマス・マンとの往復書簡……229
ある共産主義者への手紙の草案……233
ある共産主義者への手紙I……237
ある共産主義者への手紙II……242
ロマン・ロランの和平提案のドイツ語版に関する往復書簡……253

一九三二年一月十五日 ヴィルヌーヴのロマン・ロラン宛書簡より …… 253
一九三二年一月十五日 チューリヒのロートアプフェル出版者宛書簡より …… 253
ロマン・ロランのヘルマン・ヘッセ宛書簡 …… 255
一九三二年一月二十二日 ヴィルヌーヴのロマン・ロラン宛書簡より …… 258
ライプツィヒのフィリップ・レクラム出版社へ …… 260
ライプツィヒの雑誌『新文学』編集部へ …… 262
＊（関連文書）『新文学』編集部の見解 …… 263
一九三六年一月 カルプのエルンスト・ラインヴァルト宛書簡より …… 264
戦いは…簡単に人格を害してしまいます …… 268
亡命者の鏡に映るドイツ文学―エードゥアルト・コローディ …… 270
声明 …… 271
クラウス・マンとの往復書簡 …… 273
一九三六年一月末 アムステルダムのクラウス・マン宛書簡より …… 273
一九三六年一月二十七日 クラウス・マンのヘッセ宛書簡より …… 273
一九三六年一月末 アムステルダムのクラウス・マン宛書簡より …… 275
ハンブルクの『ドイツ民族性』編集部へ …… 279
トーマス・マンとの往復書簡 …… 282
一九三六年二月五日 キュスナハトのトーマス・マン宛書簡より …… 282
一九三六年二月十三日 キュスナハトのトーマス・マン宛書簡より …… 284
『新チューリヒ新聞』との往復書簡 …… 285
エードゥアルト・コローディからヘルマン・ヘッセへ …… 285
ヘルマン・ヘッセからエードゥアルト・コローディへ …… 288
芸術と政党―息子ハイナーへ …… 294
第二次世界大戦（竹岡健一訳） …… 297
ペーター・ズーアカンプの拘留と救出―ヘルマン・カザック …… 298
戦後時代（竹岡健一訳） …… 305
一九四六年の始めに送る挨拶 …… 306
スイス作家協会に対する態度表明の草稿 …… 311
自伝的断片 …… 313
ドイツへの手紙―ルイーゼ・リンザーへの公開書簡 …… 315
『戦争と平和』の再版への序文 …… 326
ドイツからの中傷の手紙への返事 …… 330
正当化の試み―パレスチナに関する二通の書簡 …… 332
＊（関連文書） …… 336
ヘルマン・ヘッセのある手紙 …… 338
ドイツからの手紙への返事 …… 340
「平和運動家」への回答 …… 344
世界の暴力的政治、戦争、および悪について―ドイツ人兵士としてスターリングラードを体験したある平和愛好者への手紙 …… 346
生の危機に対する母親の拒否―ヘルマン・ヘッセの手紙 …… 349
日本の私の読者へ …… 350
反ユダヤ主義についてひと言 …… 352
極東へのまなざし …… 354
＊解説（竹岡健一） …… 357

ヘルマン・ヘッセ全集

臨川書店
全16巻
2005年4月〜2007年12月
(日本ヘルマン・ヘッセ友の会・研究会編・訳)

第1巻　青春時代の作品 1

2005年8月30日刊

青春時代の作品 I …… 1
　二人の兄弟(高橋修訳) …… 3
　小さな歌たち―オイゲーニエ・コルプに 一八九二年(高橋修訳) …… 5
　　献辞 …… 5
　　四月 …… 6
　　慰め …… 8
　　恋 …… 9
　　昔の仲間たち …… 10
　　愉しき夜の後の酒豪 …… 11
　　秋の夕べ …… 12
　　アルバムに向かって …… 13
　　昔の歌 …… 13
　　秋 …… 16
　愛の喜びと愛の悩み―愛しき姉アデーレに 一八九二年(高橋修訳) …… 17
　凍てついた春I―愛する兄、カール・イーゼンベルクに 一八九二／九三年(高橋修訳) …… 28
　凍てついた春II―楽師のラインへの旅(高橋修訳) …… 45
　人生の行路―四つの劇的な情景からなる夢 一八九四年(高橋修訳) …… 61
　見知らぬ土地(山本洋一訳) …… 86
　ハンネスとダッデ―ある神学生の物語、トロカイオス詩形につづる 一八九五年(山本洋一訳) …… 89
　人生の歌(愛する母へ)――一八九六年(山本洋一訳) …… 97
　　献呈の詩 …… 97
　　満たされぬ人生 …… 97
　　わが芸術に寄せて …… 99
　　きみもなのか?(ある友へ) …… 99
　　夏祭 …… 100
　　私の誇り …… 101
　　理想 …… 102
　　人生と夢 …… 103
　　愛の歌 …… 103
　　十月に …… 104
　　デンマークの詩人 イェンス・ペーター・ヤコブセンに寄せて …… 104
　　ショパンに寄せて …… 105
　　リトルネルD …… 106
　　友人たちへ …… 107
　　詩人であること― …… 107
　　終りに …… 108
　　《ヘルマンから父親へ 一八九七年六月十四日にあたって》―ノート末尾に、ヘッセの母親が手書きで追記 …… 109
　アデーレに―五編の詩 一八九六年(山本洋一訳) …… 110
　　ショパンの夕べ…への思い出 …… 110
　　蛾 …… 111
　　昔の調べ …… 112
　　野生のケシ …… 113
　　ツバメ―結婚式に寄せたヘルマンのあいさつ …… 113
　おしゃべりの夕べ―愛しい母に 一八九七年十月十八日(五十五歳の誕生日に)(高橋修訳) …… 116
　　献辞 …… 116
　　I　もう夜も遅い …… 117
　　II　ヤコブセン …… 118
　　III　ショパン …… 119
　　IV　グスタフ・ファルケ …… 120
　　V　私が愛するもの(詩) …… 122
　　VI　リヒャルト・シャウカル(『私の庭たち』孤独な詩。R.シャウカル著。ベルリン、一八九七年) …… 123
　　VII　愛すること(断章的に) …… 125
　　VIII　フロイデンシュタット 一八九六年 …… 126
　　IX　僕の日々のメモから(個人的なこと) …… 126
　　X　習作『巡礼』からの断章 …… 128
　　XI　赤葉のブナ …… 132
　　XII　ある穏やかな七月の日のこと… …… 133

XIII　モーリス・メーテルリンク‥ 134
XIV　夕べ……………………………… 137
XV　真夜中の彼方一時間………… 137
XVI　C.F.マイヤー………………… 138
XII　村の夕べ……………………… 140
追伸 ………………………………… 141
一八九八年六月十四日、父の五十一歳の誕生日に（高橋修訳）………… 143
一葉の日記 ………………………… 143
私の夢の本から …………………… 144
ディレッタント …………………… 148
ある絵の前で ……………………… 150
逃げ行く青春 ……………………… 150
マリーア 一つの小詩集 ………… 151
花束 ………………………………… 153
サラサーテ ………………………… 154
詩人の歌 …………………………… 154
私の部屋（頭痛と退屈のため他のことができないので執筆 一八九八年六月一日）………………………… 156
夜曲（日記）………………………… 157
サラサーテ（山本洋一訳）……………… 159
最初期の散文作品（高橋修訳）……… 162
イェンス・ペーター・ヤコブセン‥ 162
ショパン …………………………… 163
ショパンのワルツ ………………… 163
愛すること ………………………… 164
『巡礼』という表題の草案から…… 164
ディレッタント …………………… 167
ノクターン ………………………… 169
真夜中の彼方一時間（高橋修訳）……… 171
序（一九四一年の新版のために）…… 171
島の夢 ……………………………… 174
エリーゼのためのアルバムの一枚‥ 191
熱病の女神 ………………………… 192
新しき生が始まる ………………… 196
王の祭 ……………………………… 198
沈黙者との対話 …………………… 212
ゲルトルート夫人に ……………… 216
夜曲 ………………………………… 220
麦畑の夢 …………………………… 223
ヘルマン・ラウシャーの遺稿詩文集 ヘルマン・ヘッセ編集（高橋修訳）
………………………………………… 225
序文（一九三三年の新版のために）
………………………………………… 225
一九〇七年版の序文 ……………… 225
初版の序文（一九〇〇年末）……… 227
私の子ども時代 …………………… 229
十一月の夜―テュービンゲンの思い出 ……………………………… 248
麗しのルールーに捧げる花冠―E.T.A.ホフマンの思い出に捧げる、青春時代の一体験 ………… 260
眠れない夜 ………………………… 297
一九〇〇年の日記 ………………… 318
麗しのルールーに捧げる花冠―遺稿より（山本洋一訳）………………… 340
夜曲―あるいはバーゼル在住のルドルフ・ヴァッカーナーゲル＝ブルクハルト博士夫妻への打ち解けて詩的な書簡（山本洋一訳）………… 342
騎士タンホイザーによる聖母マリアへの四つの歌 夜曲への補稿として …………………………………… 358
＊解説（高橋修, 山本洋一）……………… 363
＊初出一覧 ……………………………………… i

第2巻　青春時代の作品 2

2007年2月28日刊

青春時代の作品 II…………………………… 1
詩人たち（高橋修訳）……………………… 3
今日はバラがとても強く香る（高橋修訳）…………………………………… 14
青い死（高橋修訳）…………………………… 23
上部イタリアの情景描写（高橋修訳）… 27
死の勝利 ……………………………… 27
飾り文字 ……………………………… 30
アネモネ ……………………………… 33
D.スコッピオ・デル・カッロ ……… 36
ボーボリ庭園 ………………………… 38
ラファエロ …………………………… 41
フィエーゾレ ………………………… 43
ヴェネツィアの運河にて …………… 47
ヴェネツィアの旅日記 ……………… 51
ヴェネツィア／抒情詩日記 ………… 68
潟 ……………………………………… 76
ジャスミンの香り（高橋修訳）…………… 81
六月の夜（橋村良孝訳）…………………… 84
詩人―憧れの書（高橋修訳）……………… 93
孤独な人々（序として）………………… 93

詩人 …… 94
エリーザベトへの手紙（一九〇一年秋）（高橋修訳） …… 144
三つのデッサン（高橋修訳） …… 154
アポロウスバシロチョウ―フィーアヴァルトシュテッテ湖畔の徒歩旅行の一日 …… 154
雲 …… 155
夕べの色彩 …… 157
ヴァルテッリーナの赤ワイン（高橋修訳） …… 160
未来の国（高橋修訳） …… 164
市庁舎 …… 166
夏の牧歌 …… 192
ユーリウス・アプデレッグの一度目と二度目の子ども時代（高橋修訳） …… 213
肖像（高橋修訳） …… 240
クヴォールムの物語（高橋修訳） …… 242
クレーヴェのキーリアン・シュヴェンクシューデル氏への手紙 …… 242
〔ニクラウス・クヴォールム〕 …… 243
四つのスケッチ（高橋修訳） …… 253
マドンナ …… 253
修道士 …… 254
修道士たち …… 255
山の湖 …… 255
ボッカッチョ―ムニョーネ谷の散歩を追想し、敬愛を込めてマリーア夫人に捧げる（高橋修訳） …… 257
アッシジのフランチェスコ（高橋修訳） …… 284
＊解説（高橋修） …… 319
＊初出一覧 …… i

第3巻　ペーター・カーメンツィント／物語集 1（1900–1903）

2006年10月30日刊

ペーター・カーメンツィント（春山清純訳） …… 1
物語集I（一九〇〇～一九〇三） …… 143
エルヴィーン（松井勲訳） …… 145
ノヴァーリスある愛書家の記録から（松井勲訳） …… 165
氷の上のナイト（松井勲訳） …… 187
少年時代の体験（松井勲訳） …… 191
行商人（松井勲訳） …… 196
少年の悪戯（松井勲訳） …… 201
グリンデルヴァルト（松井勲訳） …… 206
稀少品（松井勲訳） …… 215
陽気なフィレンツェ人（松井勲訳） …… 218
ビリヤードの話（松井勲訳） …… 225
ヴェンケンホーフ 夢幻的青春文学（松井勲訳） …… 231
ペーター・バスティアンの青春（田中裕訳） …… 234
狼（橋村良孝訳） …… 266
ハンス・アムシュタイン（松井勲訳） …… 270
物語作者（松井勲訳） …… 286
カール・オイゲン・アイゼライン（松井勲訳） …… 302
幼年時代から（松井勲訳） …… 330
大理石材工場（松井勲訳） …… 348
＊解説（春山清純, 松井勲） …… 377
＊初出一覧 …… i

第4巻　車輪の下／物語集　2（1904–1905）

2005年4月30日刊

車輪の下（伊藤貴雄訳） …… 1
物語集II（一九〇四～一九〇五） …… 165
昔の〈太陽〉で（茅野嘉司郎訳） …… 167
ガリバルディ（茅野嘉司郎訳） …… 207
機械工場から（茅野嘉司郎訳） …… 220
ソル・アクア（水姉さん）（茅野嘉司郎訳） …… 227
夜想曲 変ホ長調（山川智子訳） …… 239
ラテン語学校生（茅野嘉司郎訳） …… 242
アントン・シーフェルバインの東インドへの心ならざる旅―十七世紀の偽作（茅野嘉司郎訳） …… 274
機械工職人（茅野嘉司郎訳） …… 287
乾草月（吉岡美佐緒訳） …… 293
ある年老いた独り者の思い出から（茅野嘉司郎訳） …… 330
私の母 …… 330
会話 …… 338
夢 …… 338
ズィーベンベルクで …… 341
都市計画家（茅野嘉司郎訳） …… 345

ある発明家（茅野嘉司郎訳）…… 351
ムワムバの思い出（山川智子訳）…… 356
初めてのアバンチュール（田中裕訳）…… 360
＊解説（伊藤貴雄, 茅野嘉司郎）…… 367
＊初出一覧 …… i

第5巻　物語集 3（1906–1907）

2006年12月30日刊

物語集III（一九〇六～一九〇七）…… 1
愛の犠牲（田中裕訳）…… 3
恋愛（田中裕訳）…… 9
ある青年の手紙（田中裕訳）…… 14
別れを告げる（磯弘治訳）…… 19
ソナタ（磯弘治訳）…… 25
ヴァルター・ケンプ（田中裕訳）…… 32
カサノヴァの改心（田中裕訳）…… 70
画家ブラーム（田中裕訳）…… 97
秋の徒歩旅行（田中裕訳）…… 104
小さな町で（岡田朝雄訳）…… 135
ハンス・ディーアラムの見習期間―夏の牧歌（岡田朝雄訳）…… 162
美しきかな青春（岡田朝雄訳）…… 194
ある文通（田中裕訳）…… 234
古い時代について（信岡資生訳）…… 246
ベルトルト―未完の長編小説（信岡資生訳）…… 251
友人たち（田中裕訳）…… 296
＊解説（田中裕）…… 365
＊初出一覧 …… i

第6巻　物語集 4（1908–1911）

2006年2月28日刊

物語集IV（一九〇八～一九一一）…… 1
別れ（竹岡健一訳）…… 3
技術の驚異（竹岡健一訳）…… 8
ある詩人の文通から（竹岡健一訳）…… 16
タエディウム・ウィタエ（生の倦怠）（岡田朝雄訳）…… 27
婚約（竹岡健一訳）…… 52
ツィーグラーという名の男（竹岡健一訳）…… 71
帰郷（橋本裕明訳）…… 77
やすらぎの家―サナトリウムに住むある男の手記（竹岡健一訳）…… 112
ラディデル（竹岡健一訳）…… 128
ヴェリスビューエル（竹岡健一訳）…… 172
都市（岡田朝雄訳）…… 183
クネルゲ博士の最期（竹岡健一訳）…… 189
エーミール・コルプ（重竹芳江訳）…… 196
神父マティーアス（橋本裕明訳）…… 225
百年前の旅の一日―牧歌（重竹芳江訳）…… 253
世界改良家（竹岡健一訳）…… 274
湖の夜（竹岡健一訳）…… 306
クジャクヤママユ（岡田朝雄訳）…… 313
＊解説（竹岡健一訳）…… 323
＊初出一覧 …… i

第7巻　ゲルトルート／インドから／物語集 5（1912–1913）

2006年6月30日刊

ゲルトルート（三浦安子訳）…… 1
インドから（宇野将史訳）…… 179
夜のスエズ運河 …… 181
ニコバル諸島 …… 183
アジアの夜 …… 188
ドライブ …… 192
目の保養 …… 195
道化役 …… 200
建築 …… 201
シンガポールの夢 …… 203
海を渡る …… 209
ペライアン …… 211
クラブ …… 215
夜、デッキの上で …… 217
森の夜 …… 220
パーレムバング …… 224
水上のおとぎ話 …… 227
パーレムバングの墓場 …… 230
マラス …… 232
インドの蝶 …… 236
キャンディの散歩 …… 242
キャンディの日記帳から …… 246
ピドルタラガラ …… 249
アジアの旅行者たち …… 252
帰還 …… 253
物語集V（1912–1913）…… 261

美しい夢（伊藤寛訳） …… *263*
ローベルト・アギオン（松岡幸司訳） …… *268*
いいなずけ（吉田卓訳） …… *300*
朗読の夕べ（伊藤寛訳） …… *310*
大旋風（岡田朝雄訳） …… *319*
プレッセルのあずまやで―昔のテュービンゲンの物語（伊藤寛訳） …… *338*
＊解説（島途健一） …… *371*
＊初出一覧 …… *i*

第8巻　ロスハルデ／クヌルプ／放浪／物語集 6（1914–1918）

2005年12月30日刊

ロスハルデ（鈴木直行訳） …… *1*
クヌルプ（新宮潔訳） …… *155*
早春 …… *157*
クヌルプについて思い出 …… *192*
最期 …… *209*
遺稿断片 …… *239*
ある夕べの会話 …… *239*
クルヌプの最期 …… *245*
放浪（松岡幸司訳） …… *255*
農家 …… *255*
田舎の墓地 …… *259*
峠 …… *260*
夜の道行き …… *261*
村 …… *262*
見捨てられた寂しさ …… *264*
橋 …… *265*
輝かしい世界 …… *266*
牧師館 …… *267*
農家 …… *270*
雨 …… *271*
木 …… *272*
画家の喜び …… *274*
雨天 …… *275*
礼拝堂 …… *277*
無常 …… *279*
真昼の休息 …… *280*
死に向かう旅人 …… *281*
湖、木、山 …… *282*
色彩の魔術 …… *284*
曇り空 …… *284*
赤い家 …… *287*
夕べに …… *288*
物語集6（1914–1918） …… *291*
森人（伊藤寛訳） …… *293*
ヨーハン・シュヴェルトレの絵本（断編）（伊藤寛訳） …… *300*
夢の家（断片） …… *306*
戦争があと二年続いたら（伊藤寛訳） …… *334*
画家（伊藤寛訳） …… *342*
戦争があと五年続いたら（伊藤寛訳） …… *347*
読書狂（伊藤寛訳） …… *350*
＊解説（鈴木直行） …… *357*
＊初出一覧 …… *i*

第9巻　メールヒェン／物語集7（1919–1936）

2005年6月30日刊

メールヒェン …… *1*
小人（田中裕訳） …… *3*
影絵芝居（田中裕訳） …… *24*
謎につつまれた山（田中裕訳） …… *30*
詩人（川端明子訳） …… *38*
笛の夢（川端明子訳） …… *44*
アウグストゥス（田中裕訳） …… *51*
神々についての夢（田中裕訳） …… *72*
別な星の不思議な報せ（田中裕訳） …… *76*
ファルドゥム（田中裕訳） …… *92*
苦しい道（岡田朝雄訳） …… *110*
イーリス（岡田朝雄訳） …… *117*
夢から夢へ（田中裕訳） …… *137*
ヨーロッパ人（重竹芳江訳） …… *149*
籐椅子の話（田中裕訳） …… *157*
国家（田中裕訳） …… *161*
売られた土地（断片）（岡田朝雄訳） …… *166*
友人たちに（田中裕訳） …… *169*
魔術師の幼年時代（田中裕訳） …… *171*
ピクトールの変身（岡田朝雄訳） …… *188*
幽王―古い中国の物語（田中裕訳） …… *194*
鳥（岡田朝雄訳） …… *200*
物語集VII（一九一九～一九三六） …… *219*
暖炉との対話（橋本裕明訳） …… *221*
内と外（橋本裕明訳） …… *224*
つらい終り（断片）（橋本裕明訳） …… *237*
マリオの人生の日々（橋本裕明訳） …… *242*

字を書くコップ（橋本裕明訳）…… *246*
悲劇的（橋本裕明訳）…… *251*
夕方に詩人が見たもの（岡田朝雄訳）…… *262*
南国のリゾートタウン（岡田朝雄訳）…… *268*
レンボルト あるいは ある大酒飲みの一日（断片）（橋本裕明訳）…… *273*
夢から覚めて（橋本裕明訳）…… *279*
マッサゲタイ族のもとで（橋本裕明訳）…… *292*
荒野の狼について（橋本裕明訳）…… *297*
ファウスト博士のところでの晩（橋本裕明訳）…… *304*
シュヴァーベンのパロディ（橋本裕明訳）…… *309*
エトムント（橋本裕明訳）…… *314*
パロディー風の掌編（橋本裕明訳）…… *319*
コント（フォーゲル氏による実写の話）…… *319*
眠れぬ夜に …… *320*
同時代人エードゥアルトの時代に即した時代の享受（ヘッセ自身による添書）…… *321*
こうした最後の旅（断片）（橋本裕明訳）…… *324*
＊解説（田中裕, 橋本裕明）…… *327*
＊初出一覧 …… *i*

第10巻　デーミアン／戯曲の試み

2005年10月30日刊

デーミアン―エーミール・シンクレアの青春の物語（小澤幸夫訳）…… *1*
戯曲の試み …… *145*
ハンスとヘートヴィヒ（吉田卓訳）…… *147*
放り出された亭主―五幕の喜歌劇（吉田卓訳）…… *182*
ビアンカ―三幕のオペラ（六浦英文訳）…… *224*
駆け落ち―四幕の抒情的オペラ（六浦英文訳）…… *248*
ロメオ―四幕のオペラ（六浦英文訳）…… *275*
帰郷―同時代を扱った戯曲（断片）（六浦英文訳）…… *320*
新しがりやたちについての対話（六浦英文訳）…… *342*
＊解説（小澤幸夫, 吉田卓, 六浦英文）…… *357*
＊初出一覧 …… *i*

第11巻　子どもの心／クラインとワーグナー／クリングゾルの最後の夏／伝説・寓話・たとえ話

2006年4月30日刊

子どもの心（山本洋一訳）…… *1*
クラインとワーグナー（山本洋一訳）…… *41*
クリングゾルの最後の夏（山本洋一訳）…… *137*
伝説・寓話・たとえ話 …… *199*
スコットランドのマーガレット（図越良平訳）…… *201*
十二世紀のある絞首刑の話（図越良平訳）…… *204*
アントーニオ修道士の死（図越良平訳）…… *216*
飛んだ男（図越良平訳）…… *224*
ハンネス（図越良平訳）…… *228*
恋の哀しみ（図越良平訳）…… *234*
恋に陥った若者（図越良平訳）…… *241*
インドの王様の伝説（図越良平訳）…… *246*
海男―ある古い年代記による（図越良平訳）…… *250*
テーベの三つの伝説（図越良平訳）…… *256*
野の悪魔 …… *256*
甘いパン …… *262*
二人の罪びと …… *262*
ダニエルと子供（図越良平訳）…… *278*
死刑執行（橋村良孝訳）…… *286*
クレムナの包囲（図越良平訳）…… *288*
逮捕（図越良平訳）…… *298*
冷遇（図越良平訳）…… *305*
三本の菩提樹（図越良平訳）…… *312*
アッシジの聖フランチェスコの幼年時代（図越良平訳）…… *316*
ヤーコプ・ベーメの召命―アブラハム・フォン・フランケンベルクの書の要約（図越良平訳）…… *326*
盲人たちの寓話―ヴォルテールによる（図越良平訳）…… *329*
跳躍（断章）（図越良平訳）…… *331*

中国のたとえ話（図越良平訳）…… 335
祖詠（図越良平訳）…… 336
中国の伝説—モン・シエについてこんなことが伝わっている（図越良平訳）…… 337
＊解説（山本洋一, 図越良平）…… 339
＊初出一覧 …… i

第12巻　シッダールタ／湯治客／ニュルンベルクへの旅／物語集 8（1948–1955）

2007年12月30日刊

シッダールタ（岡田朝雄訳）…… 1
下準備と別形草稿 …… 125
仏陀との対話—「ガウタマ」の章のために …… 125
デーヴァダッタ …… 126
この聖者伝説の破棄された結末 …… 131
湯治客—バーデンでの湯治療養手記（山口勝訳）…… 133
ニュルンベルクへの旅（田中裕訳）…… 241
物語集VIII（一九四八～一九五五）…… 391
ノーマル国からの便り—未完の草稿（高橋修訳）…… 303
乞食（島途健一訳）…… 315
中断された授業時間（山本洋一訳）…… 336
コクマルガラス（竹岡健一訳）…… 353
小さな煙突掃除屋さん（岡田朝雄訳）…… 360
あるマウルブロン神学校生（竹岡健一訳）…… 366
＊解説（山本洋一）…… 371
＊初出一覧 …… i

第13巻　荒野の狼／東方への旅

2006年8月30日刊

荒野の狼（里村和秋訳）…… 1
東方への旅（三宅博子訳）…… 225
＊解説（里村和秋）…… 291
＊初出一覧 …… i

第14巻　ナルツィスとゴルトムント／牧歌

2007年8月30日刊

ナルツィスとゴルトムント（青島雅夫訳）…… 1
牧歌 …… 291
庭でのひととき（岡田朝雄訳）…… 293
身体の麻痺した少年—少年時代の思い出（竹岡健一訳）…… 313
＊解説（青島雅夫）…… 325
＊初出一覧 …… i

第15巻　ガラス玉遊戯

2007年6月30日刊

ガラス玉遊戯—マギスター・ルーディ（遊戯名人）、ヨーゼフ・クネヒトの伝記の試みならびにクネヒトの遺稿（渡辺勝訳）…… 1
＊解説（渡辺勝）…… 531
＊初出一覧 …… i

第16巻　全詩集

2007年4月30日刊

＊この詩集を手にする友に …… 3
一八九五年～一八九八年 …… 5
ロマン的な歌 …… 5
美に寄せて …… 5
メロディー …… 6
遅すぎて …… 6
王子 …… 6
ショパン …… 7
芝居 …… 9
病気 …… 9
赤い葉のブナ …… 11
赤いリボン …… 11
答え …… 12
告白 …… 12
僕は星だ …… 13
沼 …… 13
僕らの城 …… 14
サラサーテ …… 15
なのに明日は …… 15
ガボット …… 16
村の夕暮れ …… 16
真夜中の彼方一時間 …… 16
君を愛するから …… 17

君の歩みゆくことを僕は知っている …… 17
死んだ女性(ひと)に …… 18
エレアノール …… 18
亀裂 …… 19
ヴィラリィラ …… 20
スフィンクス …… 20
駅の風景 …… 21
死の国 …… 22
明日、僕は死んでいる …… 22
あわれな人々 …… 23
去りゆく青春 …… 23
忠告 …… 23
暗い日 …… 24
道路掃除夫 …… 24
王の子 …… 25
夢が僕の扉をたたく …… 25
夏のしずけさ …… 26
おいで …… 27
不安 …… 28
屋根裏部屋 …… 29
「我は足を置きぬ…」 …… 29
ゲルトルート夫人 …… 30
初夏の夜 …… 30
アラセイトウとモクセイソウ …… 31
たわむれに …… 31
マリーア …… 32
別の世界 …… 33
一八九九年〜一九〇二年 …… 35
肖像 …… 35
二つの谷から …… 35
春 …… 35
詩歌帳に添えて …… 36
夜想曲 …… 36
美しいルールのための道化の歌—聞くにうれしきもの …… 37
記念の日 …… 37
バイオリン弾き …… 37
I　ストラディヴァリウス …… 37
II　弱音器をつけて …… 38
III　僕のバイオリンに …… 38
IV　どんな物音も …… 39
V　芸術に寄す …… 39
VI　僕にはもう何も… …… 40
八月 …… 40
僕の陽気な恋人 …… 40
ヒルザウの上手(かみて)に …… 41
イタリアの夜 …… 42
黄昏(たそがれ)の青 …… 42
愛に疲れて …… 43
僕の母の庭に立つ …… 43
静かな森 …… 43
どうしてなのか …… 44
ルールー …… 44
再会 …… 45
死神の夜行 …… 45
軽やかな雲 …… 45
野の彼方(かなた)に …… 46
早朝のとき …… 46
白樺 …… 46
辻音楽師 …… 47
美に寄せて …… 47
緋色のバラ …… 47
今日ではなく …… 48
呪い …… 48
稲妻 …… 49
ある友に …… 49
折りにふれて …… 50
インスピレーション …… 50
吹かれゆく葉 …… 51
雲におおわれた夜 …… 51
大酒飲み …… 52
追憶 …… 53
黒い騎士 …… 53
華麗なるワルツ …… 54
眺める人 …… 54
静かな屋敷 …… 55
エリーザベト …… 55
夜のさなかに …… 56
悪い日 …… 57
君はいぶかしく思うだろう …… 57
僕は女性たちを愛する …… 57
それでも僕の心は望む …… 58
僕の親しい夢 …… 58
パドヴァ …… 58
お願い …… 59
取り消し …… 59
非難 …… 59
夜 …… 60
僕の愛 …… 60
北国で …… 60
シュヴァルツヴァルト …… 61

転機 …… 61
ザンクト・ゴットハルト峠の彼方に …… 62
ヴェニスのサン・ステファノ教会の回廊 …… 62
ラヴェンナ …… 62
オデュッセウス—リヴォルノ郊外にて …… 63
アルプスを越えて …… 64
祭り …… 64
時は過ぎゆく、そして死は近い …… 65
あの時 …… 66
祈り …… 66
ヴェニスのゴンドラの語らい …… 67
流離人(さすらいびと)の宿 …… 72
愛をなくして …… 73
居酒屋からの帰り道 …… 73
神殿 …… 74
君もそれを知っているか …… 74
消えゆく響き …… 74
サン・クレメンテの糸杉 …… 75
僕の恋人に …… 75
けれども …… 76
哲学 …… 76
これが僕の苦しみ …… 77
ワインの慰め …… 77
波のように …… 79
見知らぬ町 …… 79
ピアッツェッタ …… 80
フィエーゾレ …… 81
立ち聞きされた夜の語らい …… 81
巡礼 …… 83
僕の人生はまだ実現していない …… 83
比喩 …… 84
帰郷 …… 85
冒険者 …… 85
深夜の路上で …… 86
聖母マリアに寄せる歌 …… 86
道を見失った人々 …… 87
変わり者 …… 88
巡礼 …… 88
オーデンヴァルトの夜 …… 88
夢 …… 89
闇に歩く者 …… 89
そして夜ごとに同じ夢 …… 89
レディ・ローザ …… 90
船人(ふなびと)の祈り—アドリア海 …… 90
孤独な夜 …… 90
伝説 …… 91
こう幾たびも …… 91
ある仲間に …… 91
庭のバイオリン …… 92
遍歴手職人の宿 …… 93
夜の安宿で …… 93
老いた放浪者 …… 94
高山の冬 …… 94
I 登山 …… 94
II 山の精霊 …… 95
III グリンデルヴァルト …… 95
IV 橇すべり …… 96
スペッツィアで …… 96
リヴォルノの港 …… 96
ジョルジョーネ …… 97
キオッジャ …… 97
一番暗い時 …… 98
僕は偽った …… 98
僕の母に …… 98
夜のさすらい …… 99
歌 …… 99
僕はただ …… 100
手紙 …… 100
清らかな喜び …… 101
星の明るい夜 …… 101
白い雲 …… 101
一九〇三年〜一九一〇年 …… 103
嵐にたわむ穂 …… 103
ボニファツィオの肖像 …… 103
春の旅 …… 105
決意 …… 105
夜のさすらいの途上で …… 106
真昼の海 …… 107
美しい今日 …… 108
ゴンドラ …… 108
ワインとともに …… 108
夏の夕べ …… 109
橋の夕暮れ …… 109
春の夜 …… 110
恢復 …… 110
夜に …… 110
幾たびとなく …… 111
ロレンツォの歌 …… 111
ヴェニスへの到着 …… 112
高山の夕暮れ …… 113

忠誠の誓い …… 113
霧の中 …… 113
夕べの語らい …… 114
ゴンドラの舟歌 …… 114
母の夢 …… 115
目的に向かって …… 115
夕べの雲 …… 115
しずしずと、ゴンドラのゆくように…… 116
早春 …… 117
二月の夕べ …… 117
苦悩の中で …… 117
春 …… 118
詩人 …… 118
やわらかな草原 …… 119
さすらい …… 119
春 …… 119
目覚め …… 120
憂鬱 …… 120
春の子供 …… 121
夢 …… 121
雨の夜 …… 122
風景 …… 122
夜 …… 123
エリーザベト …… 123
諦念 …… 124
六月の風の吹く日 …… 125
朝 …… 125
湖の夕暮れ …… 126
格言 …… 126
愛の歌 …… 126
砂丘で …… 127
草に寝て …… 127
ボートの夜 …… 128
村の墓地 …… 128
遅すぎて …… 128
夜の情感 …… 129
夏の夜 …… 129
蚊の群れ …… 130
七月の子供 …… 130
夜のさすらい …… 130
夏のさすらい …… 131
それを忘れるな …… 131
仕事を終えて …… 132
朝 …… 132
詩人 …… 133
夏の終わり …… 134
九月 …… 134
九月の真昼 …… 135
ヴェニス …… 135
秋の始まり …… 136
幸福 …… 136
夜 …… 137
彼方に …… 137
夜の山々 …… 137
慰め …… 138
秋の木 …… 138
散歩 …… 139
途上にて …… 139
雲 …… 140
山の夜 …… 140
十月 …… 141
別離 …… 141
ひとり …… 142
僕らは生き続ける …… 142
眠れぬ夜 …… 142
夜の行進の途上で …… 143
決意 …… 143
一九一一年～一九一八年 …… 145
旅の歌 …… 145
アジア旅行から …… 145
　アフリカの沖合いで …… 145
　紅海の夕べ …… 146
　セイロンへの到着 …… 146
　船室の夜 …… 147
　原始林の河 …… 147
　慰めなく …… 148
　シンガポールの中国の夜祭り …… 148
　スマトラへの途上で …… 149
　夜の時 …… 149
　原始林の嵐 …… 150
　中国の歌姫に …… 150
　コロンボを前にして …… 151
　原始林からの別れ …… 151
　世界漫遊家 …… 152
不幸の時 …… 152
さすらいの道で …… 153
僕は暗い夜を好むけれど …… 153
クリスマスの季節に …… 153
運命 …… 154
眠れぬ夜 …… 154
夏の夜 …… 153
ひとりきりで …… 156

陽気な人々に …… 156
美 …… 157
花咲く枝 …… 157
九月の哀歌 …… 158
スキーの休息 …… 158
宴(うたげ)からの帰り …… 158
結びつき …… 159
恋人への道 …… 159
詩人 …… 160
少年の五月の歌 …… 160
愛 …… 161
交響曲 …… 161
ヘルダーリンに寄せる頌歌 …… 162
雨の日々 …… 162
毎日の夕べに …… 163
秋の日 …… 163
子供の時 …… 164
インスピレーション …… 164
草に寝て …… 164
何と日々の… …… 165
田舎の墓地 …… 165
芸術家 …… 166
旅の技法 …… 166
蝶々 …… 167
エジプト彫刻のコレクションで …… 167
夜のさすらい …… 168
憂鬱に寄す …… 169
リンドウの花 …… 169
君なしで …… 170
アルプスの峠 …… 170
最初の花 …… 171
宴(うたげ)の後 …… 171
青春の庭 …… 171
追放された者 …… 172
夜にさすらう …… 172
美しい人 …… 173
転機 …… 173
黄昏(たそがれ)の白いバラ …… 173
うめきゆく風のように …… 174
孤独な者が神に寄せる …… 174
我が弟に …… 176
死滅 …… 176
良い時 …… 177
クレモナへの到着 …… 177
変転 …… 178
どちらも同じこと …… 179
多くの聖人に護られて …… 180
異国の街をそぞろ歩いて …… 180
若者 …… 181
就寝のとき …… 181
春の日 …… 182
炎 …… 182
頑なな人々 …… 182
休みなく …… 183
おごそかな夕べの音楽 …… 183
　アレグロ …… 183
　アンダンテ …… 183
　アダージョ …… 184
体験 …… 184
夜に友を思う …… 185
ヴァガヴァッド・ギータ …… 186
平和 …… 187
秋の日 …… 187
一九一四年十一月 …… 188
詩人 …… 188
戦場での死 …… 189
子供たちに …… 189
少女が故郷で歌う …… 190
戦場で逝った友に …… 191
死んでゆく兵士 …… 191
新しい体験 …… 194
山での一日 …… 194
南国 …… 195
困難なときにある友へ …… 196
運命の日々 …… 196
『画家ノルテン』を再読して …… 197
花と木と鳥 …… 197
ロカルノの春 …… 198
雨 …… 198
失われた響き …… 198
満開の花 …… 199
衝撃 …… 199
黙想 …… 200
孤独な夕べ …… 200
戦時休暇の最後に …… 201
おお、燃えている世界よ …… 201
夜 …… 202
戦争の四年目の年に …… 203
母の思い出 …… 203
夕べのさすらい …… 204
老いゆくなかで …… 204
花もまた …… 205

喪失 …… 205
ナデシコ …… 206
孤独への道 …… 206
コンサート …… 207
宣言 …… 207
内面への道 …… 207
書物 …… 208
雨の季節 …… 208
アルチェーニョの郊外で …… 209
夕べになれば …… 209
夜半(よわ)の目覚め …… 210
夏の夜 …… 211
帰還 …… 211
兄弟なる死 …… 212
しばしば人生は …… 212
世界は我々の夢 …… 213
少年時代から …… 213
戦争の五年目の秋の夕べ …… 214
夜の不安 …… 215
一九一九年～一九二八年 …… 216
無常 …… 216
酒宴の後の真夜中の帰途 …… 216
秋の森でクリングゾルが痛飲する …… 217
歓喜 …… 217
秋 …… 218
ある女性に …… 218
晩秋のさすらい …… 219
十一月 …… 220
死という死を残りなく …… 220
葡萄酒に溺れる蝶 …… 220
老いゆくこと …… 221
初めての雪 …… 221
森の居酒屋での酒宴 …… 222
クリングゾルよりエーディトへ …… 222
雪 …… 223
画家の詩 …… 223
色彩の魔術 …… 223
画家が菜園を描く …… 223
嵐の襲来 …… 224
画家の喜び …… 225
家と野原と生垣 …… 225
画家が谷間の工場を描く …… 226
葡萄の丘と湖と山 …… 226
イタリアを望む …… 227
切りつめられた樫 …… 227
冬の日 …… 228
二月の湖の谷 …… 228
女友達への葉書 …… 228
苦悶 …… 29
幾たびとなく …… 229
南国の夏 …… 229
別離に際して …… 230
絶望からの目覚め …… 230
夜の道 …… 231
愛の歌 …… 231
熱に浮かされた病人 …… 232
帰郷 …… 232
病人 …… 232
三月 …… 233
愛の歌 …… 234
雪原のさすらい人 …… 234
愛の歌 …… 235
クリングゾルより「影」へ …… 235
愛の奇蹟 …… 235
病気 …… 236
祈り …… 236
人生のなかばで …… 237
おまえの夢 …… 239
恋する者 …… 239
姉に—重い病の中で …… 240
愛する人に …… 240
機械との戦い …… 241
詩人の末路 …… 242
どこかに …… 242
老いの日のクリスマス …… 242
巡礼 …… 243
ある少女に …… 244
謎を秘める女 …… 244
病床の詩 …… 245
ホテルで病む …… 245
口笛 …… 245
教訓 …… 246
苦痛の灼熱 …… 246
静かな日 …… 247
待ち望まれた葉書 …… 247
あるセンチメンタルなご婦人に …… 248
眠い日 …… 248
死神の釣り …… 249
訪問客 …… 249
ある編集部からの手紙 …… 250
日々の知らせ …… 251
苦痛 …… 251

痛風 …… 251
恢復のきざし …… 252
花束に寄す …… 253
情欲 …… 253
一九二九年～一九四一年 …… 254
一九二九年夏の詩 …… 254
夏の夜の吊りランプ …… 254
早くやってきた秋 …… 254
テッシーンの森の居酒屋の前での夏の夕べ …… 254
八月の終わり …… 255
クリングゾルの夏の思い出 …… 256
詩人とその時代 …… 256
いとわしい夢 …… 257
村の夕暮れ …… 257
アベルの死の歌 …… 258
イエスと貧しき人々 …… 259
失望した者 …… 259
しおれゆくバラ …… 260
青い蝶 …… 260
夏の夕べ …… 260
九月 …… 261
親愛なる苦痛 …… 261
言葉 …… 262
つのりゆく老い …… 262
病気の芸術家 …… 263
ニノンのために …… 263
私はそういう人々を知っている …… 264
幼児(おさなご)の死に寄せて …… 264
ある友人の訃報に接して …… 265
聖金曜日 …… 265
新しい家への入居に際して …… 266
春のことば …… 266
老い …… 266
東方への旅 …… 267
青春の姿に …… 267
ある肖像画に …… 268
晩夏 …… 268
誕生日の前日または半誕生日に …… 268
一九三三年夏の詩 …… 269
嵐の後の花 …… 269
夕べの家なみ …… 269
暑い昼 …… 269
夏の盛り …… 270
夜の雨 …… 270
夏の絶頂 …… 271
嵐の前の瞬間 …… 271
古い庭園 …… 272
回想 …… 272
晩夏の蝶 …… 273
みせかけの嵐 …… 273
老いた夏 …… 274
しおれた葉 …… 274
省察 …… 275
苦痛 …… 276
ある詩集にささげる言葉 …… 276
三声の音楽 …… 277
花の一生 …… 278
嘆き …… 278
妥協 …… 279
それでも私たちはひそかに思い焦がれる …… 279
文字 …… 279
バッハのトッカータに …… 280
昔の哲学者の書を読んで …… 281
夢 …… 281
奉仕 …… 284
シャボン玉 …… 285
『対異教徒大全』を読んで …… 285
ガラス玉遊戯 …… 286
埋葬の後に …… 286
ヴィーザー伯に …… 289
オルガンの調べ …… 290
回想 …… 294
中国風に …… 297
テッシーンの古い庭園で …… 298
庭園を望む広間 …… 298
湖のある谷間への眺め …… 298
赤いあずまや …… 299
最後のガラス玉遊戯者 …… 300
十二月の朝のひととき …… 300
南風(フェーン)の夜 …… 301
『魔笛』への入場券を手にして …… 301
夜の想い …… 302
日記から …… 303
戦争の時代 …… 304
老人 …… 304
愛国者 …… 304
戦士 …… 305
若者 …… 305
子供たち …… 306
無為のひとときの想い …… 307

フルートの調べ …… 308
晩夏 …… 308
救世主 …… 309
段階 …… 309
ある墓で …… 310
古い別荘での夏の真昼 …… 310
病気の夜 …… 311
散文 …… 312
弟子の報告 …… 313
私の最も早い時期の本との再会に …… 313
一九四四年～一九六二年 …… 315
さようなら、世界という女性（ひと）よ …… 315
『乾草月』と『美るわしきかな青春』を再読して …… 315
ブレームガルテンの城で …… 316
一九四四年十月 …… 316
遅い試練 …… 317
耳をすませて …… 317
悲しみ …… 318
追憶 …… 318
平和に向かって―バーゼル放送局の終戦記念祭のために …… 319
夜に目覚めて …… 320
スケッチ …… 320
砂に書かれたもの …… 321
秋の香り …… 322
灰色の冬の日 …… 322
三月の太陽 …… 323
車でユリウス峠を越える …… 323
冬のあずまや …… 324
六月の嵐 …… 325
早朝の光 …… 325
秋の雨 …… 326
嘆きと慰め …… 326
弔辞―一九五六年五月二十八日親しい友H.C.ボドマーの死せる日に …… 327
晩秋のさすらい人（びと） …… 328
老人と手 …… 329
夢 …… 330
日本の森の谷間に風化してゆく大昔の仏像 …… 330
朝のひととき …… 331
小さな少年 …… 331
疲れた夕べ …… 332
立てられた指 …… 332
禅寺の若い見習い …… 333
レイ・ナイル―スルレイを望むエンガディーンの森の小さな暗い湖 …… 334
ルイ・ステール …… 334
幾千年もの昔に …… 336
四月の夜に記す …… 336
小さな歌 …… 337
折れた枝のきしみ …… 337
遺稿から …… 339
神学校の生活について …… 340
〔おお、アポロとともに〕 …… 341
ギムナジウムについて―「監禁室」 …… 342
〔僕もまた〕 …… 343
〔人生〕 …… 343
〔さようなら、両親の古い家よ〕 …… 343
〔それを信じろというのか〕 …… 344
〔ふたりの少年〕 …… 345
秋 …… 345
埋葬の前に …… 348
目覚め …… 349
夢の中で …… 349
青春の日々から …… 350
「人間は自由に創られ、自由である」（シラー） …… 351
わずかのあいだ …… 351
結局は …… 351
二重の愛 …… 352
美しい死 …… 352
光 …… 353
嵐の夜 …… 353
ゲーテ …… 354
プラーテン …… 354
ハイネ …… 354
色とりどりの葉 …… 355
親愛なる友よ …… 355
老人の歌 …… 360
南国で …… 360
『ファウスト』を初めて読んだとき …… 361
メニスクスに …… 361
マクーシャ―ある追放された者の歌 …… 362
やあ兄弟、呑兵衛（のんべえ）よ …… 363
夜の孤独―ロマン的な叙事的抒情詩シェッフェル風に自由に …… 364
〔花は言葉もなく〕 …… 365
秋雨（あきさめ） …… 365
文芸に寄す …… 366

マドンナ …… 366
あれはもう夕べの鐘なのか …… 367
十字架のイエス …… 368
ジャスミン …… 368
夜の歌 …… 369
〔僕の心はおまえたちに挨拶する〕…… 370
今日ほど彼女を愛したことはない …… 370
〔今日は憂鬱な暗い日だった〕…… 371
赤い花 …… 371
〔たとえそれが死をもたらすにしても〕…… 372
ささげもの …… 372
〔おやすみ、恋人よ〕…… 373
〔春の花ひとつ〕…… 373
〔鳥だったなら〕…… 373
新しい春 …… 374
〔君のために摘んだスミレ〕…… 374
〔覚えているかい〕…… 375
〔僕の恋人の瞳は〕…… 375
僕の歌 …… 376
年を取れば …… 377
〔リヒャルト・デーメルに〕…… 377
孤独の中で …… 378
古いメロディーに …… 379
僕は焦がれている …… 380
月の夜 …… 380
僕の貝殻 …… 381
幸福な人々に …… 381
僕のミューズ …… 382
ケシの花 …… 382
最初の否定 …… 382
〔僕の郷愁〕…… 383
〔あらゆる旅路に〕…… 383
〔僕は良く知っている〕…… 384
子供の日 …… 385
ストゥラディヴァリウス …… 385
ロココ …… 386
罪 …… 386
バーゼルの旧市街からの挨拶 …… 387
ルールーの歌 …… 388
〔両親に〕…… 389
〔君の姿が夢に訪れるとき〕…… 389
僕に歌を歌えと… …… 390
三重奏 …… 390
古い庭 …… 390
「プチ・セナクル」に …… 391
〔ノヴァーリス〕…… 392
樫の木の下で …… 392
バーゼルの詩 …… 393
　到着 …… 393
　真夜中の彼方二時間 …… 393
　聖マルガレーテン墓地 …… 394
　大聖堂の塔の上で …… 395
　大市の焼き菓子 …… 395
　鍛冶屋組合 …… 396
　ブルン小路(こうじ)二番地 …… 396
　プファルツ …… 397
　小さな牧場(まきば) …… 398
　人生は束の間の夢 …… 398
　ヴェットシュタイン橋の龍 …… 399
　聖クリショーナ教会 …… 399
　ホルバインホールで …… 400
陽気な抒情詩人によるヴァッカーナーゲル博士の奥方のための「特別の詩」…… 400
子供時代の場所を再訪して …… 401
黄色や赤の眺めに …… 402
僕の人差し指に …… 402
青い奇蹟 …… 403
アダージョ …… 405
エレアノール …… 407
道化 …… 407
我が友人たちへ …… 408
アルバムへの新年のことば …… 409
欲深い美女 …… 410
ふたりの自分 …… 410
星に向かって …… 412
秋 …… 414
ああ、君は知っている …… 414
森の縁で …… 415
エリーザベト教会の墓地に …… 415
君は自殺を考えたことはなかったか…… 416
ユーリアの庭 …… 416
大鎌を持つ男 …… 417
運の悪い男 …… 417
おお、荒々しい夜よ …… 418
君はなぜそう笑う …… 418
ダルムシュタット …… 418
報告 …… 419
ラグーン …… 419
ヴェニス …… 420
ラヴェンナ …… 420

「フィレンツェの芸術に学べ」…… 421
こんなにも美しいものがある …… 421
夜よ、おまえは淡い銀色の …… 422
君はなお何を望むのか …… 422
様々な香り …… 422
　ヒヤシンスの香りは …… 422
　ナデシコの香りは …… 422
　スミレの香りは …… 423
　モクセイの香りは …… 423
　スイセンの香りは …… 423
　バラの香りは …… 423
　ヘリオトロープの香りは …… 424
完成 …… 424
死の思い …… 424
バーゼルのための玉突きの新しい黄金のABC …… 425
牝牛 …… 428
トスカナの春 …… 428
大道芸人の歌 …… 429
星々の彼方に …… 429
ヴェニスのサン・マルコ広場の鐘楼 …… 429
ジーナ …… 431
ジーナ・サリストリに …… 431
追憶 …… 432
孤独 …… 432
ヴァルデマの修道院 …… 432
レオナルド・ダ・ヴィンチの死 …… 433
〔ひとみに深い輝きをたたえるおまえ〕…… 434
僕は君と別れなければならぬ …… 435
悪い時 …… 435
嵐 …… 435
不満をいだく人に …… 436
霧 …… 436
夕べのつどい …… 436
スイスの春 …… 437
森の友―シュヴァーベンのある象徴主義者の詩 …… 437
黄色いバラ …… 438
　黄色いバラ―パウル・シェーアバルト …… 438
　黄色いバラ―ルドルフ・アレクサンダー・シュレーダー …… 439
　黄色いバラ―リヒァルト・デーメル …… 439
　黄色いバラ―シュテファン・ゲオルゲ …… 440
　黄色いバラ―ライナー・マリーア・リルケ …… 440
クリスマスの夕べ …… 440
蝶々 …… 441
冬の登山 …… 441
夜の臥所（ふしど）…… 442
僕の人生は何だったのか …… 442
〔街路の歌〕…… 443
　手職人の徒弟 …… 443
　手職人の徒弟の出発 …… 443
　手職人の徒弟の歌 …… 444
　五月の日曜日 …… 444
　宿なし娘 …… 445
　旅の途上で …… 445
　贅沢三昧 …… 446
　街道の歌 …… 446
十字軍 …… 447
憂鬱―ヴェニスの墓の島で …… 448
アレッツォの男 …… 449
アッシジのフランチェスコの太陽の歌―古いイタリア語からの翻訳 …… 450
白樺 …… 452
秋 …… 452
〔夏の盛りが過ぎれば〕…… 452
僕の初恋に …… 453
新しい愛 …… 453
昇りくる月 …… 453
月ごとの格言 …… 454
マックス・ブーヘラーに …… 456
灰の水曜日の朝 …… 456
〔静かなひととき〕…… 457
愛の歌 …… 457
私の新しい家 …… 458
春 …… 458
〔夜が窓から冷たい息を吹きかける〕…… 459
夏の終わり …… 459
南国で …… 459
ヴェニス …… 460
記念日 …… 461
鏡 …… 462
春 …… 462
月明かりのもとで …… 463
一枚の絵に …… 463
海の夢 …… 464

ひと夏のあいだ …… *464*
夕べ …… *465*
ヴェニスのゴンドラ …… *465*
のがれようもなく …… *465*
老いたふたり …… *466*
初老の紳士 …… *466*
飛行機の旅 …… *466*
炉辺（ろばた）で子どもたちと …… *467*
晩秋 …… *467*
ある詩人に …… *468*
かつて …… *468*
回廊で …… *469*
救世主の誕生日 …… *469*
一九一四年冬 …… *470*
〔十年という時は長い〕 …… *470*
戦死した人々に …… *470*
ヒルデの隠処（かくれが）で …… *471*
重苦しい時 …… *471*
再会 …… *472*
イローナ・ドゥリゴのために …… *472*
夏の夜 …… *473*
孤独 …… *473*
悲しむ人々 …… *474*
時代省察 …… *474*
警察署で …… *475*
〔外の野原を〕 …… *476*
テッシーンの冬 …… *476*
別離 …… *476*
アルバムへのことば …… *477*
山々は溶け合い …… *477*
〔ルートに〕 …… *477*
二月 …… *478*
冬の夜 …… *478*
四月の夕べ …… *478*
子供の日の原始林 …… *479*
寒い春に恋人に寄せる歌 …… *479*
〔ルートに〕 …… *479*
世俗に還った預言者 …… *480*
〔老いた狼〕 …… *480*
古典主義者のバラード―ベルリン・アカデミー会員への選出を受けて …… *481*
荒野の狼が「進歩」なる概念を考察する …… *482*
〔この世ではなく〕 …… *482*
パルムシュトレーム …… *482*
死 …… *484*
五十歳の男 …… *484*
花 …… *485*
遠い谷 …… *485*
気のいい男 …… *486*
ある文学者への丁重な手紙 …… *486*
ファルファラに …… *486*
拒絶 …… *487*
〔プラトンをぶっとばせ〕 …… *487*
マックス・ヘルマン（ナイセ）のために …… *488*
秋の遠足 …… *488*
断片―断片として伝わる宋王朝時代の中国の詩「黒い王の伝説集」から …… *489*
〔太陽の輝きと、嵐と〕 …… *490*
マックス・ヴァスマーの六十歳の誕生日に …… *490*
カデンツァに関する一文 …… *491*
〔ある程度の限界はあるにせよ〕 …… *492*
夕べの夢想 …… *493*
〔はるかな子供時代に〕 …… *493*
私たちは私たちの道をゆく …… *494*
アトリエの老いた画家 …… *494*
カデナッツォのライオンへの賛歌 …… *494*
老いすぎた作家の肖像 …… *495*
〔かくも多く〕 …… *496*
〔心理学〕 …… *496*
友人たちへの回答 …… *496*
別れの挨拶 …… *497*
折れた枝のきしみ（第一稿） …… *497*
〔君はかくも多くの道を歩みきた〕 …… *498*
〔アルバム帳の詩、戯れの詩手紙に書かれた詩、折々の詩〕 …… *498*
　〔地球は丸い〕 …… *498*
　〔こよなく美しい五月〕 …… *499*
　シュヴァルツヴァルトの三月 …… *499*
　女性に関する極めて（普遍）平凡的事例 …… *502*
　トルゲルの夢 …… *502*
　〔人間とは何と奇妙なもの〕 …… *503*
　〔ツァイスの望遠鏡で見た世界は〕 …… *503*
　〔コンラート・ハウスマンへ、詩の便り〕 …… *503*
　近頃ひとりの客を失ったことに際しての庭師の辞 …… *504*
　〔サイン帳と来訪者記名帳〕 …… *504*

〔フォルクマール・アンドレーエのために〕…… 504
〔ヴェニスからの葉書〕…… 505
〔演奏会を聞きに行くことは〕…… 505
〔あれはかつて私の家だった〕…… 505
〔新年に際して〕―コンラート・ハウスマンへの挨拶 …… 505
感謝 …… 506
五週間の湯治の後に …… 506
〔バーデンのヴェレーナホーフでの温泉療養〕…… 506
〔ユーリア・ラウビ＝ホーネッガーに〕…… 506
神聖な誓い …… 507
〔とある学識豊かな博士が語っている〕…… 507
フリッツ・ロイトホルトに寄せる旧友の新年の歌 …… 508
〔今日あたふたと…〕…… 508
家での最初の誕生日に …… 508
老いた痛風術名人について …… 509
〔死神の歌う子守歌に〕…… 509
庭師の夢 …… 509
鳥の歌 …… 510
夢の情景 …… 510
理想の夫 …… 510
ライオンの嘆き …… 511
死霊の合唱 …… 511
私は取り、おまえは取り、云々 …… 512
推測 …… 512
ハイル・ヒトラーと言うかわりにドイツでは時折り次の詩句も歌う …… 512
〔猫のために〕…… 513
〔デカダンス〕…… 513
〔ただひとりの神だけでも命じてほしい〕…… 513
ブレームガルテン …… 513
昔と今 …… 514
長い夜、短い昼―ゲーテの遺稿から …… 514
ブレームガルテンの城を訪ねて …… 514
〔ニノンのために〕…… 515
〔首がなければ〕 …… 515
コルベスに関する考察―グリム童話「コルベスさん」に …… 515
〔提案〕…… 516
〔傘〕…… 516
〔人生〕…… 516
一九四八年の誕生日を祝ってくれた友人たちへの挨拶と感謝 …… 517
老人が語る …… 517
自分をなすこと …… 517
巡礼の歌―鳥によって歌われる …… 517
〔報復〕…… 517
〔結婚の幸福〕…… 518
〔ゴジュウカラ〕…… 518
〔区別〕…… 518
ニノンの夕べの読書―「鳥の覚書」から …… 518
慰めのことば …… 518
〔青春は逃げ去った〕…… 519
〔厚いつらの皮〕…… 519
〔借用〕…… 519
…の薬剤師ヨハン、ヴァレンティン、オットカルのシュヴァルベ三兄弟について …… 519
罪人、裁判人、詩人 …… 519
〔この風は〕…… 520
〔私の批評家たちに〕…… 520
クリスティアン・ヴェルニケの新しい版への切なる願い …… 520
〔ニノンのために〕…… 520
〔酒をつぎ〕…… 520
＊解説（島途健一）…… 523
＊タイトル索引 …… i

ベンヤミン・コレクション

筑摩書房
全7巻
1995年6月～2014年7月
（ちくま学芸文庫）
（浅井健二郎編訳）

※1～3巻は第II期に収録

第4巻　批評の瞬間（土合文夫，久保哲司，岡本和子訳）

2007年3月10日刊

I …… 11
　雑誌『新しい天使』の予告（浅井健二郎訳）…… 12
II …… 25
　バルザック（浅井健二郎訳）…… 26
　シュティフター（浅井健二郎訳）…… 28
　シェイクスピア『お気に召すまま』（浅井健二郎訳）…… 33
　モリエール『気で病む男』（浅井健二郎訳）…… 38
　ショー『ウォレン夫人の職業』（浅井健二郎訳）…… 41
　パウル・シェーアバルト『レザベンディオ』（土合文夫訳）…… 46
　ゴットフリート・ケラー―その校訂版全集〔J.フレンケル／C.ヘルプリング編、一九二六–四九年〕に敬意を表して（浅井健二郎訳）…… 50
　ヨーハン・ペーター・ヘーベル〈III〉（久保哲司訳）…… 77
　新たな賛美者からヘーベルを守る（久保哲司訳）…… 90
　〔フォンターネの『マルク・ブランデンブルク紀行』〕（岡本和子訳）…… 99
　E.T.A.ホフマンとオスカル・パニッツァ（岡本和子訳）…… 119
　クリストフ・マルティン・ヴィーラント―その生誕二百年記念の日にあたって（岡本和子訳）…… 134
　『初期ロマン派の危機の時代―シュレーゲル・サークルの人びとの手紙』（ヨーゼフ・ケルナー編、一九三六–三七年）（岡本和子訳）…… 161
III …… 169
　ボードレールにおける第二帝政期のパリ（久保哲司訳）…… 170
IV …… 336
　フーゴ・フォン・ホーフマンスタール『塔 五幕の悲劇』（〔初稿〕一九二五年）（浅井健二郎訳）…… 338
　フーゴ・フォン・ホーフマンスタールの『塔』（第二稿、一九二七年）―ミュンヒェンとハンブルクにおける初演（一九二八年）を機に（浅井健二郎訳）…… 348
　ホーフマンスタール没後一周年に因んで（浅井健二郎訳）…… 355
　フランツ・ヘッセル『密やかなるベルリン』（一九二七年）（浅井健二郎訳）…… 360
　遊歩者の回帰（浅井健二郎訳）…… 366
　カール・ヴォルフスケールの六十歳の誕生日に因んで―ある思い出（岡本和子訳）…… 378
　〔シュテファン・ゲオルゲについて〕（浅井健二郎訳）…… 384
　シュテファン・ゲオルゲ回顧―ある新しいゲオルゲ研究について（浅井健二郎訳）…… 390
　紳士の道徳（浅井健二郎訳）…… 404
　フランツ・カフカ『万里の長城の建設に際して』（浅井健二郎訳）…… 409
　〔カフカについての手紙〕（一九三八年六月一二日付、ゲールハルト・ショーレム宛）（浅井健二郎訳）…… 426
　神学的批評―ヴィリー・ハース『時代の形姿たち』（浅井健二郎訳）…… 441
V …… 449
　三文オペラ（浅井健二郎訳）…… 450
　ブレヒトの詩への註釈（浅井健二郎訳）…… 454
　　〔序論〕註釈という形式について…… 454
　　〔I〕　『家庭用説教集』について…… 456
　　〔II〕　『都市住民のための読本』〔一九二六年頃成立、『試み II』一九三〇年、に収録〕について…… 484

〔III〕　『習作集』〔一九三六–三九年頃成立、『試み XI』一九五一年、に収録〕について …… 496
〔IV〕　『スヴェンボル詩集』について …… 500
VI …… 521
平和商品（浅井健二郎訳） …… 522
第三の自由―ヘルマン・ケステンの長篇小説『放埒な人間』（一九二九年）について（浅井健二郎訳） …… 536
〈実用抒情詩〉だって？　しかしこんな風にではなく！（岡本和子訳） …… 542
ひとりのアウトサイダーが注意を引き付ける―S.クラカウアー『サラリーマン』（一九三〇年）について（浅井健二郎訳） …… 546
S・クラカウアー『サラリーマン―最新のドイツから』（一九三〇年）（浅井健二郎訳） …… 559
ドイツ・ファシズムの理論―エルンスト・ユンガー編の論集『戦争と戦士』（一九三〇年）について（岡本和子訳） …… 565
現代のジャコバン党員―ヴェルナー・ヘーゲマン『石のベルリン―世界最大の賃貸アパート都市の歴史』（一九三〇年）について（浅井健二郎訳） …… 589
左翼メランコリー―エーリヒ・ケストナーの新しい詩集について（岡本和子訳） …… 601
物語作者としてのオスカル・マリーア・グラーフ（岡本和子訳） …… 611
行動主義の誤謬―クルト・ヒラーのエッセイ集『明るみのなかへの跳躍』（岡本和子訳） …… 616
ドイツの失業者たちの年代記―アンナ・ゼーガースの長篇小説『救出』〔一九三七年〕について（岡本和子訳） …… 622
ドルフ・シュテルンベルガー『パノラマあるいは十九世紀の光景』（一九三八年）（浅井健二郎訳） …… 640
〔シェーアバルトについて〕（土合文夫訳） …… 656
＊解説（浅井健二郎） …… 661

第5巻　思考のスペクトル（土合文夫, 久保哲司, 岡本和子訳）
2010年12月10日刊

I …… 11
破壊的性格（浅井健二郎訳） …… 12
II …… 17
いばら姫（浅井健二郎訳） …… 18
現代の宗教性についての対話（浅井健二郎訳） …… 26
学生の生活（浅井健二郎訳） …… 67
古代の人間の幸福（浅井健二郎訳） …… 91
ソクラテス（浅井健二郎訳） …… 97
中世について（浅井健二郎訳） …… 103
絵画芸術とグラフィック芸術（浅井健二郎訳） …… 107
絵画芸術について、あるいはツァイヒェンとマール（浅井健二郎訳） …… 109
III …… 118
〔言語について〕〔一九一六年七月一七日付、マルティン・ブーバー宛て書簡（抜粋）〕（浅井健二郎訳） …… 120
パウル・ハンカマー著『十六世紀および十七世紀における言語、その概念と解釈―この時代の文学史上の区分について』（一九二七年）〔書評〕（浅井健二郎訳） …… 125
アーニャ・メンデルスゾーン／ゲオルク・メンデルスゾーン著『筆跡のなかの人間』（一九二八–三〇年）〔書評〕（浅井健二郎訳） …… 130
古い筆跡学と新しい筆跡学〔ラジオ講演の一部抜粋と推定される〕（浅井健二郎訳） …… 138
類比性と親縁性（浅井健二郎訳） …… 142
類似しているものの理論（浅井健二郎訳） …… 148
補遺 …… 158
言語社会学の諸問題―集約報告（岡本和子訳） …… 159
IV …… 207
文学史と文芸学（浅井健二郎訳） …… 208
厳密なる学問―『芸術学研究叢書』第一巻（一九三一年）について〔第二稿〕（浅井健二郎訳） …… 221

名著に抗して―マックス・コメレル『ドイツ古典主義における指導者としての詩人』について（久保哲司訳） …… 231
浸された魔法の杖―マックス・コメレル『ジャン・パウル』について（久保哲司訳） …… 250
特権的思考―テオドール・ヘッカーの『ウェルギリウス―西洋の父』（一九三一年）について〔書評〕（浅井健二郎訳） …… 268
キルケゴール―哲学的観念論の終焉〔アドルノ『キルケゴール』書評〕（浅井健二郎訳） …… 282
ヨーハン・ヤーコプ・バッハオーフェン（土合文夫訳） …… 287
V …… 315
フョードル・グラトコーフ『セメント』（オルガ・ハルペルン訳、一九二七年）〔書評〕（浅井健二郎訳） …… 316
ロシアにおける新しい文学（浅井健二郎訳） …… 321
叙事演劇とは何か〔初稿〕―ブレヒト論のための予備作業（浅井健二郎訳） …… 335
叙事演劇でのひとつの家庭劇―ブレヒトの『母』初演〔一九三二年一月〕について（浅井健二郎訳） …… 361
演劇とラジオ放送―それぞれがなす教育的な仕事の相互チェックのために（浅井健二郎訳） …… 369
「プロレタリアート」を口にしてはならない国―ブレヒトの一幕物八本の初演について（浅井健二郎訳） …… 376
生産者としての〈作者〉―パリ・ファシズム研究所におけるスピーチ（一九三四年四月二十七日）（岡本和子訳） …… 385
VI …… 421
夢のキッチュ（久保哲司訳） …… 422
アンドレ・ジッドとドイツ―文豪との対話（久保哲司訳） …… 428
フランスにおける新擬古典主義―コクトー『オルペウス』のベルリン初演について（浅井健二郎訳） …… 437
アルベール氏との晩（久保哲司訳） …… 444
オイディプス、あるいは理性的神話（浅井健二郎訳） …… 454
パリ書簡〈I〉―アンドレ・ジッドとその新たな敵（久保哲司訳） …… 465
フランス作家の現在の社会的立場について（久保哲司訳） …… 490
VII …… 541
ロシア映画芸術の現状について（久保哲司訳） …… 542
オスカル・A.H.シュミッツへの応答（久保哲司訳） …… 549
＊〔参考〕映画『ポチョムキン』と傾向芸術（オスカル・A.H.シュミッツ著，久保哲司訳） …… 558
花についての新刊（久保哲司訳） …… 566
チャップリン回顧（久保哲司訳） …… 572
パリ書簡〈II〉―絵画と写真（久保哲司訳） …… 578
＊解説（浅井健二郎） …… 601

第6巻　断片の力（久保哲司，岡本和子，安徳万貴子訳）
2012年9月10日刊

＊凡例 …… 10
〔アフォリズム集〕（浅井健二郎訳） …… 12
〔ケンタウロス〕（浅井健二郎訳） …… 16
〈青春〉の形而上学（浅井健二郎訳） …… 19
対話 …… 20
日記 …… 31
舞踏会 …… 48
ソネット集（浅井健二郎訳） …… 53
〔I〕 …… 54
〔II〕 …… 114
〔III〕 …… 125
〔IV〕 …… 141
一九二二年一月六日に寄せて …… 141
もの思いに沈んで …… 143
移ろいゆく定め（フエアゲングニス） …… 144
先のソネットたちにもうひとつ新しいものを …… 145
夜のソネット …… 146
呼び醒まし …… 147
〔〈心象〉風小品集〕（浅井健二郎訳） …… 149
夜に―シューマンの曲を聴きながら思い浮かべたこと（浅井健二郎訳） …… 150
〔二つの夢〕（浅井健二郎訳） …… 152

成功への道十三カ条(浅井健二郎訳) …… 514
美しい恐怖(浅井健二郎訳) …… 163
短い影〔I〕(浅井健二郎訳) …… 164
　プラトニック・ラヴ …… 164
　一度は数のうちならず …… 166
　貧しい者はいつも指をくわえて見ていなければならない …… 167
　あまりにも近すぎて …… 168
　プランは口外するなかれ …… 169
　自分の強さを何で知るか …… 171
　占い師の予言を信じることについて …… 172
　短い影 …… 175
食べる(浅井健二郎訳) …… 176
　新鮮な無花果 …… 176
　コーヒークリーム …… 179
　ファレルノ・ワインと棒鱈 …… 180
　ボルシチ …… 184
　カプリ島の正餐(プランゾ・カプレーセ) …… 185
　桑の実のオムレツ …… 188
推理小説を旅の友に(浅井健二郎訳) …… 190
正体を明かされた復活祭のうさぎ、あるいは隠し方入門(岡本和子訳) …… 195
発掘と追想(岡本和子訳) …… 199
夢(岡本和子訳) …… 200
イビサ連作(岡本和子訳) …… 202
　礼儀 …… 202
　思いとどまれという助言はするな …… 205
　貴重なもののための空間 …… 206
　最初の夢 …… 207
　成功の風配図 …… 208
　習熟 …… 212
　一番大事なものを忘れるな …… 213
　慣れと注意深さ …… 214
　山を下る …… 216
マルセイユのハシッシュ(浅井健二郎訳) …… 218
日の照りつけるなかを(浅井健二郎訳) …… 234
夢を見ている男の自画像(浅井健二郎訳) …… 242
　孫 …… 242
　視霊者 …… 244
　内情に通じている男 …… 245
　口の堅い男 …… 247
　年代記作者 …… 249
短い影〔II〕(浅井健二郎訳) …… 250
　秘密の符号 …… 250
　カサノーヴァのひと言 …… 250
　木と言語 …… 251
　賭事 …… 252
　遠方と形象イメージ …… 254
　痕跡を残さずに住む …… 255
心象〔思考像〕(浅井健二郎訳) …… 257
　ある老人の死について …… 257
　巧みな書き手 …… 258
　夢 …… 259
　物語と治癒 …… 260
　夢 …… 261
　「新しい共同体」 …… 263
　8の字形のパン、羽根ペン、間、嘆き、腕白者 …… 265
もう一度(安徳万貴子訳) …… 267
ささやかな工芸–品(安徳万貴子訳) …… 268
　長篇小説を読む …… 269
　物語る技術 …… 270
　完成のあと …… 273
一度は数のうちならず(安徳万貴子訳) …… 274
〔物語/お話集〕 …… 277
　ひそかな出来事—私の母の誕生日の折りに語った話(浅井健二郎訳) …… 278
　〔ある大きな古い町に…〕(浅井健二郎訳) …… 281
　シラーとゲーテ—門外漢の一幻想(浅井健二郎訳) …… 284
　夕べのパーン(浅井健二郎訳) …… 292
　風景のなかのヒポコンデリー患者(浅井健二郎訳) …… 295
　女帝の朝(浅井健二郎訳) …… 299
　飛行士(浅井健二郎訳) …… 301
　父の死(浅井健二郎訳) …… 303
　セイレーン(浅井健二郎訳) …… 308
　《土のちりに、この移ろいやすいものに、書き込まれて》短篇(浅井健二郎訳) …… 313
　D…y宮殿(安徳万貴子訳) …… 326

ミスロヴィッツ–ブラウンシュヴァイク–マルセイユ—あるハシッシュ酔いの物語（安徳万貴子訳）……… *333*
マスコット号の航海（安徳万貴子訳）……… *350*
ハンカチーフ（安徳万貴子訳）……… *356*
旅の宵（安徳万貴子訳）……… *365*
サボテンの生垣（安徳万貴子訳）……… *371*
第二の〈わたし〉—よく考えてみるための大晦日物語（安徳万貴子訳）……… *383*
孤独のなかから生まれてきたお話（浅井健二郎訳）……… *387*
壁 ……… *387*
パイプ ……… *390*
明かり ……… *391*
四つの小話（浅井健二郎訳）……… *392*
警告 ……… *393*
感謝 ……… *395*
一分とたがわずに（浅井健二郎訳）……… *397*
山車行列(コルソ)の上方での会話—ニース謝肉祭(カーニヴァル)余情（浅井健二郎訳）……… *402*
幸運な手—賭博についての楽しいお喋り（浅井健二郎訳）……… *418*
ラステッリが物語る（浅井健二郎訳）……… *431*
ベルリン年代記〔追想記断片〕（岡本和子訳）……… *437*
〔『パサージュ論』初期覚書集〕……… *555*
パサージュ（久保哲司訳）……… *556*
パリのパサージュ〈I〉（久保哲司訳）……… *561*
〔パリのパサージュ〕〈II〉（久保哲司訳）……… *657*
＊解説（浅井健二郎）……… *688*

第7巻　〈私〉記から超〈私〉記へ（土合文夫, 久保哲司, 内村博信, 岡本和子訳）
2014年7月10日刊

＊凡例 ……… *12*
1　〈私〉の位置 ……… *13*
詩人（浅井健二郎訳）……… *14*
グリルパルツァーの『サッポー』について、「作者は〈ゲーテの牛で耕した〉のだ」と言うことができるか？〔高校卒業論文〕（浅井健二郎訳）……… *16*
フローレンス・クリスティアン・ラング宛ての手紙、一九二三年十月二十四日付け〔抜粋〕（浅井健二郎訳）……… *27*
フローレンス・クリスティアン・ラング宛ての手紙、一九二三年十一月十八日付け（浅井健二郎訳）……… *29*
マックス・リーヒナー宛ての手紙、一九三一年三月七日付け（浅井健二郎訳）……… *36*
II　〈私〉記〔1〕……… *43*
履歴書（1）〔一九一二年〕（浅井健二郎訳）……… *44*
ヴァルター・ベンヤミン『ドイツ・ロマン主義における芸術批評の概念』（一九二〇年）〔自著（博士論文）紹介〕（浅井健二郎訳）……… *47*
履歴書（2）〔一九二五年〕（浅井健二郎訳）……… *50*
履歴書（3）〔おそらく一九二八年初頭〕（浅井健二郎訳）……… *52*
履歴書（4）〔おそらく一九二八年初頭〕（浅井健二郎訳）……… *56*
税務署とのちょっとした手紙のやりとり〔一九三一年〕（浅井健二郎訳）……… *58*
〔別れの手紙と遺書——一九三二年七月二十七日、ニースのホテルにて〕……… *62*
別れの手紙（1）フランツ・ヘッセル宛て（浅井健二郎訳）……… *62*
別れの手紙（2）ユーラ・ラートーコーン宛て（浅井健二郎訳）……… *63*
別れの手紙（3）エルンスト・シェーン宛て（浅井健二郎訳）……… *64*
別れの手紙（4）エーゴン・ヴィッシング宛て（浅井健二郎訳）……… *64*
私の遺書（浅井健二郎訳）……… *70*
アゲシラウス・サンタンデル〔初稿〕〔一九三三年〕（浅井健二郎訳）……… *74*
履歴書（5）〔一九三四年〕（浅井健二郎訳）……… *77*
自画像のための素材〔一九三四年頃〕（浅井健二郎訳）……… *82*
履歴書（6）〔おそらく一九三八年〕（土合文夫訳）……… *83*
履歴書（7）〔一九三九年末もしくは一九四〇年初頭〕（土合文夫訳）……… *89*
III　〈私〉記〔2〕……… *95*

聖霊降臨祭の休みに出かけたハウビンダからの旅〔一九〇六年〕（土合文夫訳）…… *96*
一九一一年夏の旅（土合文夫訳）…… *101*
ロワール旅日記〔一九二七年〕（土合文夫訳）…… *118*
〔日記〕一九三一年五月–六月（浅井健二郎訳）…… *126*
一九三一年八月七日から死の日までの日記（浅井健二郎訳）…… *167*
スペイン 一九三二年（岡本和子訳）…… *177*
スヴェンボルでの覚書、一九三四年夏（内村博信訳）…… *211*
一九三八年の日記（内村博信訳）…… *228*
〔ブレヒトについての覚書〕（内村博信訳）…… *242*
＊〈付〉ベンヤミン自殺の知らせを受けてブレヒトが書いた詩三題〔いずれも一九四一年に成立〕（内村博信訳）…… *244*
＊ヒトラーからの逃亡途上で自殺したヴァルター・ベンヤミンに（浅井健二郎訳）…… *244*
＊亡命者W・Bの自殺（浅井健二郎訳.）…… *244*
＊喪失者リスト（浅井健二郎訳）…… *245*
一九三九年十月十一／十二日の夢（土合文夫訳）…… *247*
IV 対話篇 …… *251*
愛についての対話（浅井健二郎訳）…… *252*
虹—ファンタジーについての対話（浅井健二郎訳）…… *260*
〈付〉三人の宗教探求者たち（浅井健二郎訳）…… *278*
V 学校改革・教育 …… *285*
生徒たちへのリリー・ブラウンの声明（浅井健二郎訳）…… *286*
学校改革—ひとつの文化運動（浅井健二郎訳）…… *290*
ロマン主義—学校の若者たちへの、なされなかった演説（浅井健二郎訳）…… *297*
〈付〉ロマン主義—ある他者の意見（浅井健二郎訳）…… *308*
ロマン主義—「不浄な者」の返答（浅井健二郎訳）…… *311*
道徳の授業（浅井健二郎訳）…… *313*
「経験」（浅井健二郎訳）…… *325*
〈青春〉は沈黙していた（浅井健二郎訳）…… *330*
グスタフ・ヴィネケン博士（ミュンヒェン）への公開書簡（浅井健二郎訳）…… *334*
新しい青年たちの宗教的立場（浅井健二郎訳）…… *351*
〔グスタフ・ヴィネケンへの絶縁状—ベルリン、一九一五年三月九日付け〕（浅井健二郎訳）…… *355*
『昔の忘れられた児童本』（久保哲司訳）…… *359*
おもちゃの文化史（久保哲司訳）…… *374*
おもちゃと遊び—記念碑的著作への欄外注（久保哲司訳）…… *381*
プロレタリア児童劇のプログラム（岡本和子訳）…… *389*
コミュニズムの教育学〔書評〕（岡本和子訳）…… *400*
ヒヒロイヒラオホラ—ある初等学習本について〔書評〕（岡本和子訳）…… *406*
植民地教育学〔書評〕（岡本和子訳）…… *417*
初等教育の新しい芽—遊びで覚える初等学習本についてさらに一言〔書評〕（岡本和子訳）…… *421*
イヴェルドンのペスタロッチ—ある模範的な研究書について〔書評〕（岡本和子訳）…… *428*
VI 超〈私〉記〔1〕…… *435*
〔媒質〕（浅井健二郎訳）…… *436*
詩人のなかの商人〔書評〕（浅井健二郎訳）…… *437*
三人のフランス人（久保哲司訳）…… *442*
ラ・ボエシー通りの月夜（土合文夫訳）…… *447*
ベルリンのブラガリア（岡本和子訳.）…… *451*
アンナ・メイ・ウォンとの対話—旧西区の中国趣味（岡本和子訳）…… *454*
精神病者たちの本—私のコレクションから（浅井健二郎訳）…… *460*
ジャコモ・レオパルディ『考察』（独語訳リヒャルト・ペーテルス、「序文」テオドール・レッシング、一九二八年）〔書評〕（浅井健二郎訳）…… *469*

翻訳された作品の批評に関する根本的な手紙のやりとり（浅井健二郎訳）……………………… 474
食べ物の年の市―ベルリン食物展のためのエピローグ（岡本和子訳）…… 481
バラージュとの対話についてのメモ（土合文夫訳）……………………… 492
カントについての知られざる逸話（浅井健二郎訳）……………………… 494
I　知られざる逸話 ……………………… 495
カントが自分の考えを手短かに述べるお話 ……………………… 495
比喩が役に立つかどうかカントが試してみるお話 ……………… 495
カントが結婚から、ほかには何もなかったにせよ、それでもしゃれた言い回しをひとつ手に入れた、ということを示している報告 ……………………… 496
カントは婦人に対して慇懃ではないというお話 ……………… 496
〈引用には二種類のものが存在する、すなわち、引用符付きのものと、ひとが引用符を付けるものが〉ということを示すお話 ……………………… 497
これを知らなければ『判断力批判』を理解することができない、というお話 ……………… 497
いくつかの新しい言葉を伴っているお話 ……………………… 498
カントが数人の将校の要求をはねつけるお話 ……………………… 499
カントの、ではなく、カントについての、でしかない三段論法‥ 500
II　恋愛助言者としてのカント …… 500
一七九一年八月にカントは次の手紙を受け取った ……………… 503
この手紙に、カントは一七九二年春に返事を書いた ………… 505
非科学的精神主義者たちによる照らし出し―ハンス・リープシュテック『われわれの時代の光に照らしてみるさまざまな秘学』（一九三二年）について〔書評〕（浅井健二郎訳）……………………… 509
われわれの時代の回想録〔書評〕（浅井健二郎訳）……………………… 517
VII　超〈私〉記〔2〕……………………… 525
宗教としての資本主義（内村博信訳）……………………… 526
W.I.レーニン『マクシム・ゴーリキー宛ての書簡一九〇八―一九一三年』（序論および注釈L.カーメネフ、一九二四年）〔書評〕（浅井健二郎訳）‥ 532
独裁制に賛成―ジョルジュ・ヴァロワへのインタヴュー（浅井健二郎訳）……………………… 536
女性は政治生活に参加すべきか？―反対派：女流作家コレット（浅井健二郎訳）……………………… 545
ダーウィニズムの危機？―レッシング大学〔ベルリンのダーレムにあった〕におけるエドガー・ダケー教授のある講演について（浅井健二郎訳）……………………… 554
ドイツのある自由な研究所（久保哲司訳）……………………… 560
社会研究所（久保哲司訳）……………… 574
この研究所に対する私の関係（久保哲司訳）……………………… 575
「歴史の概念について」〔一九四〇年成立〕の異稿断片集〔抄〕（浅井健二郎訳）……………………… 578
〈付〉ドイツ文化のなかのユダヤ人たち（久保哲司訳）……………………… 613
＊解説（浅井健二郎）……………………… 642

ヘンリー・ミラー・コレクション

第1期
水声社
全10巻, 別巻1巻
2004年1月〜2010年6月
(飛田茂雄, 本田康典, 松田憲次郎編)

第1巻　北回帰線 (本田康典訳)

2004年1月20日刊

北回帰線 ………………………………… *9*
＊解説 (本田康典) ……………………… *315*
＊付録 主要登場人物とモデル ………… *330*

第2巻　南回帰線 (松田憲次郎訳)

2004年3月15日刊

南回帰線 ………………………………… *9*
＊解説 (松田憲次郎) …………………… *369*
＊『南回帰線』関連略年譜 …………… *385*

第3巻　黒い春 (山崎勉訳)

2004年5月15日刊

黒い春 …………………………………… *9*
　第十四地区 ……………………………… *15*
　春の三日目か四日目 …………………… *33*
　ある土曜の午後 ………………………… *45*
　天使は私の透かしなのだ! …………… *65*
　仕立屋 …………………………………… *87*
　ジャバウォール・クロンスタット …… *137*
　夜の世界へ… …………………………… *157*
　中国をさまよう ………………………… *189*
　バーレスク ……………………………… *217*
　巨大都市躁病患者 ……………………… *237*
＊解説 (山崎勉) ………………………… *245*

第4巻　クリシーの静かな日々 (小林美智代, 田澤晴海, 飛田茂雄訳)

2004年5月15日刊

マドモアゼル・クロード (小林美智代訳) ‥ *9*
マックス (田澤晴海訳) ………………… *23*
クリシーの静かな日々 (小林美智代訳) … *65*
マリニャンのマーラ (小林美智代訳) …. *121*
ブルックリンでの家族再会 (飛田茂雄訳) ……………………………………… *155*
梯子の下の微笑 (小林美智代訳) ……… *197*
初恋 (小林美智代訳) …………………… *229*
＊短編作家としてのヘンリー・ミラー (小林美智代) ………………………… *237*
＊「マックス」について―『ニューヨーク往復書簡』との関連およびユダヤ人問題をめぐって (田澤晴海) …. *247*

第5巻　マルーシの巨像 (金澤智訳)

2004年8月20日刊

マルーシの巨像 …………………………… *9*
＊解説 (金澤智) ………………………… *237*

第6巻　セクサス (井上健訳)

2010年2月20日刊

セクサス ………………………………… *9*
＊解説―「薔薇色の十字架刑」三部作について (本田康典) …………………… *573*

第7巻　プレクサス (武舎るみ訳)

2010年2月20日刊

プレクサス ……………………………… *9*
＊解説 (武舎るみ) ……………………… *641*
＊注 ………………………………………… *650*

第8巻　ネクサス (田澤晴海訳)

2010年6月30日刊

ネクサス ………………………………… *9*
＊解説―『ネクサス』における『死せる魂』と『アーサー王物語』の主題 (田澤晴海) …………………………… *443*

第9巻　迷宮の作家たち (木村公一訳)

2006年11月30日刊

バルザックとその分身 ………………… *9*
暗殺者の時代 …………………………… *49*
ライダー・ハガード …………………… *147*
D.H.ロレンス …………………………… *171*

ヘンリー・デイヴィッド・ソロー …… 259
ウォルト・ホイットマン …………… 271
ストーリーテラー、アンダーソン …… 279
＊解説（本田康典）………………… 289
＊訳者あとがき …………………… 301

第10巻 殺人者を殺せ（飛田茂雄, 金沢智訳）

2008年12月25日刊

性の世界（菅原聖喜訳）……………… 9
書くことをめぐる省察（金澤智訳）……… 81
わいせつと反射の法則（飛田茂雄訳）…… 93
ハムレット書簡 一九三六年五月七日（金澤智訳）………………… 111
星に憑かれた人（エートル・エトワリーク）（金澤智訳）………………… 121
ハチドリのごとく静止せよ（菅原聖喜訳）………………… 143
殺人者を殺せ（飛田茂雄訳）………… 159
＊解説（金澤智著）………………… 247

別巻 この世で一番幸せな男—ヘンリー・ミラーの生涯と作品（メアリー・V.ディアボーン著, 室岡博訳）

2004年1月25日刊

※「別巻」表記は出版者ウェブページより

＊この世で一番幸せな男—ヘンリー・ミラーの生涯と作品 ……………… 1
＊書誌 ……………………………… 439
　＊精選書誌一覧 ………………… 440
　＊書籍 …………………………… 440
　＊パンフレット、小冊子、その他 …… 446
＊謝辞 ……………………………… 449
＊訳者あとがき …………………… 453
＊索引 ……………………………… 478

ボウエン・コレクション

国書刊行会

全3巻

2008年2月～2009年1月

（太田良子訳）

エヴァ・トラウト

2008年2月20日刊

エヴァ・トラウト—移りゆく風景 ……… 5
＊エリザベス・ボウエン年譜 ……… 431
＊作品解題 ………………………… 437
＊訳者あとがき …………………… 447

リトル・ガールズ

2008年8月20日刊

リトル・ガールズ ………………… 5
＊エリザベス・ボウエン年譜 ……… 405
＊作品解題 ………………………… 411
＊訳者あとがき …………………… 423

愛の世界

2009年1月20日刊

愛の世界 …………………………… 9
＊エリザベス・ボウエン年譜 ……… 251
＊作品解題 ………………………… 257
＊訳者あとがき …………………… 283

ポー怪奇幻想集

―ヴィジュアル・ストーリー
原書房
全2巻
2014年9月
（金原瑞人訳, ダビッド・ガルシア・フォレス画）

第1巻　赤の怪奇

2014年9月30日刊

＊まえがき（ダビッド・ガルシア・フォレス）……6
告げ口心臓……11
楕円形の肖像画……27
アナベル・リー……37
赤死病の仮面……51
＊スケッチブック（ダビッド・ガルシア・フォレス）……69
＊ポー生涯と作品……83
＊解題……86
＊訳者あとがき……90

第2巻　黒の恐怖

2014年9月30日刊

ひょこ蛙……9
鴉……43
黒猫……63
＊スケッチブック（ダビッド・ガルシア・フォレス）……91
＊解題……98

ポケットマスターピース

集英社
全13巻
2015年10月～2016年12月
（集英社文庫ヘリテージシリーズ）

第1巻　カフカ（カフカ著, 多和田葉子編）

2015年10月25日刊

変身（かわりみ）（多和田葉子訳）……7
祈る男との会話（多和田葉子訳）……79
酔っぱらった男との会話（多和田葉子訳）……91
火夫（川島隆訳）……99
流刑地にて（竹峰義和訳）……145
ジャッカルとアラブ人（川島隆訳）……191
お父さんは心配なんだよ（多和田葉子訳）……201
雑種（竹峰義和訳）……205
こま（竹峰義和訳）……211
巣穴（由比俊行訳）……215
歌姫ヨゼフィーネ、あるいは鼠族（由比俊行訳）……277
訴訟（川島隆訳）……311
公文書選（川島隆訳）……609
　［一九〇九年次報告書より］木材加工機械の事故防止策……611
　［一九一四年次報告書より］採石業における事故防止……623
書簡選（川島隆訳）……665
　オスカー・ポラック（プラハ？）宛て〔プラハ、一九〇二年八月二十四日（日）またはそれ以前〕……667
　パウル・キッシュ（ミュンヘン）宛て［絵ハガキ］〔プラハ、一九〇二年十一月五日（水）〕……671
　パウル・キッシュ（プラハ）宛て［絵ハガキ］〔ドレスデン近郊、一九〇三年八月二十三日（日）〕……672
　オスカー・ポラック（ツディレツ近郊オーバーシュトゥデネツ城）宛て〔プラハ、一九〇四年一月二十七日（水）〕……672

マックス・ブロート（プラハ）宛て〔プラハ、一九〇四年八月二十八日（日）〕…… 675
マックス・ブロート（プラハ）宛て〔プラハ、一九一二年八月十四日（水）〕…… 677
フェリーツェ・バウアー（ベルリン）宛て［労災保険局用箋］〔プラハ、一九一二年九月二十日（金）〕…… 678
労災保険局オイゲン・プフォール（プラハ）宛て［名刺］〔プラハ、一九一二年九月二十三日（月）〕…… 680
フェリーツェ・バウアー（ベルリン）宛て〔プラハ、一九一二年十一月一日（金）〕…… 681
フェリーツェ・バウアー（ベルリン）宛て〔プラハ、一九一二年十一月十一日（月）〕…… 686
フェリーツェ・バウアー（ベルリン）宛て〔プラハ、一九一二年十一月十六日（土）〕…… 688
フェリーツェ・バウアー（ベルリン）宛て〔プラハ、一九一二年十一月十七日（日）〕…… 691
フェリーツェ・バウアー（ベルリン）宛て〔プラハ、一九一二年十一月十七／十八日（日／月）〕…… 694
フェリーツェ・バウアー（ベルリン）宛て［電報］〔プラハ、一九一二年十一月十八日（月）〕…… 696
フェリーツェ・バウアー（ベルリン）宛て〔プラハ、一九一二年十一月十九日（火）〕…… 696
フェリーツェ・バウアー（ベルリン）宛て［労災保険局用箋］〔プラハ、一九一二年十一月二十日（木）〕…… 698
オットラ・カフカ（プラハ）宛て［絵ハガキ］〔ドレスデン、一九一三年三月二十五日（火）〕…… 702
オットラ・カフカ（プラハ）宛て［絵ハガキ二枚］〔リーヴァ、一九一三年九月二十四日（水）〕…… 703
グレーテ・ブロッホ（ウィーン）宛て〔プラハ、一九一四年四月十四日（火）〕…… 703
グレーテ・ブロッホ（ウィーン）宛て〔プラハ、一九一四年五月十六日（土）〕…… 706
グレーテ・ブロッホ（ウィーン）宛て〔プラハ、一九一四年五月二十四日（日）〕…… 709
オットラ・カフカ（プラハ）宛て〔ヴェルカーセ、一九一四年七月二十一日（火）〕…… 713
オットラ・カフカ（プラハ）宛て〔カールスバート、一九一六年五月十三日（土）〕…… 714
オットラ・カフカ（プラハ）宛て〔マリーエンバート、一九一六年五月十五日（月）〕…… 714
オットラ・カフカ（プラハ）宛て〔プラハ、一九一六年十二月八日（金）～一九一七年四月中旬〕…… 716
オットラ・カフカ（ツューラウ）宛て〔プラハ、一九一七年八月二十九日（水）〕…… 717
ミレナ・ポラック（ウィーン）宛て〔メラーノ＝ウンターマイス、ペンション・オットブルク、一九二〇年四月末頃〕…… 720
ミレナ・ポラック（ウィーン）宛て〔メラーノ、一九二〇年六月十二日（土）〕…… 721
ミレナ・ポラック（ウィーン）宛て〔プラハ、一九二〇年九月十八／十九／二十日（土／日／月）〕…… 724
ミレナ・ポラック（ウィーン）宛て〔プラハ、一九二二年三月末〕…… 727
＊「書簡選」訳注 …… 731
＊解説（多和田葉子）…… 743
＊作品解題（川島隆）…… 756
＊カフカ 著作目録（川島隆）…… 780
＊カフカ 主要文献案内（川島隆）…… 787
＊カフカ 年譜（川島隆）…… 798

第2巻　ゲーテ（ゲーテ著, 大宮勘一郎編）

2015年10月25日刊

若きヴェルターの悩み（大宮勘一郎訳）…… 7
親和力 第2部（松井尚興訳）…… 201
ファウスト 第2部 抄（粂川麻里生訳）…… 423
＊解説（大宮勘一郎）…… 733

＊作品解題（大宮勘一郎, 松井尚興, 粂川麻里生）…… 745
＊ゲーテ 著作目録（久山雄甫）…… 771
＊ゲーテ 主要文献案内（久山雄甫）…… 784
＊ゲーテ 年譜（久山雄甫）…… 799

第3巻　バルザック（バルザック著, 野崎歓編）

2015年12月25日刊

ゴリオ爺さん（博多かおる訳）…… 7
幻滅 抄（野崎歓訳）…… 411
浮（う）かれ女（め）盛衰記 第4部―ヴォートラン最後の変身（田中未来訳）…… 477
＊解説（野崎歓）…… 719
＊作品解題（博多かおる）…… 733
＊バルザック 著作目録（博多かおる）…… 754
＊バルザック 主要文献案内（博多かおる）…… 764
＊バルザック 年譜（博多かおる）…… 777

第4巻　トルストイ（トルストイ著, 加賀乙彦編）

2016年1月25日刊

戦争と平和―ダイジェストと抄訳（加賀乙彦ダイジェスト）…… 9
五月のセヴァストーポリ（乗松亨平訳）…… 307
吹雪（乗松亨平訳）…… 373
イワンのばか（覚張シルビア訳）…… 421
セルギー神父（覚張シルビア訳）…… 469
ハジ・ムラート（中村唯史訳）…… 545
舞踏会の後で―物語（中村唯史訳）…… 743
壺のアリョーシャ（覚張シルビア訳）…… 763
＊解説（加賀乙彦）…… 775
＊作品解題（乗松亨平）…… 786
＊トルストイ 著作・文献案内（乗松亨平, 覚張シルビア, 中村唯史）…… 809
＊トルストイ 年譜（覚張シルビア）…… 817

第5巻　ディケンズ（ディケンズ著, 辻原登編）

2016年2月25日刊

デイヴィッド・コッパフィールド 抄（猪熊恵子訳）…… 7
骨董屋 抄（猪熊恵子訳）…… 259
我らが共通の友 抄（猪熊恵子訳）…… 475
＊解説（辻原登）…… 781
＊作品解題（猪熊恵子）…… 800
＊ディケンズ 著作目録（猪熊恵子）…… 815
＊ディケンズ 主要文献案内（猪熊恵子）…… 822
＊ディケンズ 年譜（猪熊恵子）…… 830

第6巻　マーク・トウェイン（マーク・トウェイン著, 柴田元幸編）

2016年3月25日刊

トム・ソーヤーの冒険（柴田元幸訳）…… 9
ハックルベリー・フィンの冒険 抄（柴田元幸訳）…… 319
阿呆たれウィルソン（中垣恒太郎訳）…… 421
赤毛布（あかゲット）外遊記 抄（柴田元幸訳）…… 645
西部道中七難八苦 抄（柴田元幸訳）…… 665
ミシシッピ川の暮らし 抄（柴田元幸訳）…… 673
戦争の祈り（柴田元幸訳）…… 681
＊解説（柴田元幸）…… 689
＊作品解題（中垣恒太郎）…… 704
＊マーク・トウェイン 著作目録（中垣恒太郎）…… 728
＊マーク・トウェイン 主要文献案内（中垣恒太郎）…… 738
＊マーク・トウェイン 年譜（中垣恒太郎）…… 752

第7巻　フローベール（フローベール著, 堀江敏幸編）

2016年4月25日刊

十一月（笠間直穂子訳）…… 7
ボヴァリー夫人 抄（菅野昭正訳）…… 127
サランボー 抄（笠間直穂子訳）…… 373
ブヴァールとペキュシェ 抄（菅谷憲興訳）…… 547
書簡選（山崎敦訳）…… 721
『十一月』…… 723

書簡1　反 - 散文、反 - 理性、反 - 真理 エルネスト・シュヴァリエ宛〔一八三七年六月二十四日〕… 723
書簡2　世界をあざけり笑う エルネスト・シュヴァリエ宛〔一八三八年九月十三日付〕…………… 724
書簡3　良俗の紊乱者 エルネスト・シュヴァリエ宛〔一八三九年二月二十四日付〕…………………… 725
書簡4　黄昏の感覚 エルネスト・シュヴァリエ宛〔一八四一年九月二十一日〕……………………… 725
書簡5　感傷と恋心のごった煮(ラタトゥイユ) グルゴー＝デュガゾン宛〔一八四二年一月二十二日付〕…. 726
書簡6　幻滅 アルフレッド・ル・ポワトヴァン宛〔一八四五年四月二日付〕………………………… 727
書簡7　人生の完全な予感 マクシム・デュ・カン宛〔一八四六年四月七日〕………………………… 728
書簡8　自伝と虚構 ルイーズ・コレ宛〔一八四六年八月十五日〕… 728
書簡9　ふたつの自我 ルイーズ・コレ宛〔一八四六年八月三十一日〕…………………………………… 729
書簡10　青春を締めくくる小説 ルイーズ・コレ宛〔一八四六年十二月二日〕………………………… 730
書簡11　文体組織 ルイーズ・コレ宛〔一八五三年十月二十八日〕… 730
『ボヴァリー夫人』…………………… 731
書簡12　バルザックの死 ルイ・ブイエ宛〔一八五〇年十一月十四日〕………………………………… 731
書簡13　何についてでもない書物(リーヴル・シュール・リアン)／事物の絶対的な見方としての文体 ルイーズ・コレ宛〔一八五二年一月十六日〕………………………… 732
書簡14　人間＝ペン ルイーズ・コレ宛〔一八五二年一月三十一日〕……………………………………… 733
書簡15　複雑な機構(メカニック) ルイーズ・コレ宛〔一八五二年四月十五日〕………………………… 734
書簡16　散文は昨日生まれた。 ルイーズ・コレ宛〔一八五二年四月二十四日〕……………………… 734
書簡17　極限に達した喜劇(コミック) ルイーズ・コレ宛〔一八五二年五月八日〕……………………… 736
書簡18　散文の理想 ルイーズ・コレ宛〔一八五二年六月十三日〕… 737
書簡19　散文としての小説 ルイーズ・コレ宛〔一八五二年七月二十二日〕…………………………… 737
書簡20　〈芸術〉は芸術家になんのかかわりもない。 ルイーズ・コレ宛〔一八五二年七月二十六日〕……………………………… 738
書簡21　書くことの不可能性 ルイーズ・コレ宛〔一八五三年四月十日〕……………………………… 739
書簡22　主題の通俗性 ルイーズ・コレ宛〔一八五三年七月十二日〕……………………………… 740
書簡23　文学創造と心理 ルイーズ・コレ宛〔一八五三年八月十四日〕……………………………… 740
書簡24　自然のように人に夢見させる芸術 ルイーズ・コレ宛〔一八五三年八月二十六日〕………… 741
書簡25　交響楽の効果 ルイーズ・コレ宛〔一八五三年十月十二日〕……………………………… 742
書簡26　書くことの悦楽 ルイーズ・コレ宛〔一八五三年十二月二十三日〕………………………… 743
書簡27　非人称性(アンペルソナリテ) ルロワイエ・ド・シャントピー嬢宛〔一八五七年三月十八日〕… 744
『サランボー』…………………… 745
書簡28　真の、ゆえに詩的な東方(オリエンテ) ルイーズ・コレ宛〔一八五三年三月二十七日〕…… 745
書簡29　現代世界からの脱出 ルロワイエ・ド・シャントピー嬢宛〔一八五七年三月十八日〕……… 748
書簡30　刑苦としての文学 シャルル・ドスモワ宛〔一八五七年七月二十二日〕……………………… 748

書簡31　うわべではなく魂 エルネスト・フェドー宛〔一八五七年七月二十六日（？）〕……………… *749*
書簡32　濃厚かつ迅速 エルネスト・フェドー宛〔一八五七年十一月二十四日（？）〕……………… *750*
書簡33　純粋芸術 ルロワイエ・ド・シャントピー嬢宛〔一八五八年一月二十三日付〕…………… *750*
アルジェリア・チュニジア旅行手帳：芸術への祈り〔一八五八年六月十二日—十三日〕…………… *751*
書簡34　歴史感覚(サンス・イストリック) ルロワイエ・ド・シャントピー嬢宛〔一八五九年二月十八日付〕……………………………… *752*
書簡35　現代生活への嫌悪 エルネスト・フェドー宛〔一八五九年十一月二十九日〕………………… *753*
書簡36　だれもかれもうんざりさせる男色家にして食人種 エルネスト・フェドー宛〔一八六一年八月十七日〕……………………… *753*
書簡37　古代人の憂鬱(メランコリー)・黒い穴 エドマ・ロジェ・デ・ジュネット宛〔一八六一年（？）〕……………………………… *754*
書簡38　挿絵の拒否 エルネスト・デュプラン宛〔一八六二年六月十二日〕……………………………… *755*
書簡39　サント＝ブーヴに反駁する サント＝ブーヴ宛〔一八六二年十二月二十三日—二十四日〕… *756*
書簡40　輪廻転生 ジョルジュ・サンド宛〔一八六六年九月二十九日〕……………………………… *758*
『ブヴァールとペキュシェ』………… *759*
書簡41　少年ギュスターヴと愚言(ベティーズ) エルネスト・シュヴァリエ宛〔一八三一年一月一日以前〕……………………………… *759*
書簡42　無限としてのブルジョワ アルフレッド・ル・ポワトヴァン宛〔一八四五年九月十六日〕… *759*
書簡43　紋切型辞典I ルイ・ブイエ宛〔一八五〇年九月四日付〕… *760*
書簡44　揺るぎなき愚の遺跡(モニュメント) 叔父パラン宛〔一八五〇年十月六日付〕………………… *760*
書簡45　紋切型辞典II ルイーズ・コレ宛〔一八五二年十二月十六日〕……………………………… *761*
書簡46　結論の愚かさ ルロワイエ・ド・シャントピー嬢宛〔一八五七年五月十八日〕…………… *764*
書簡47　笑劇(ファルス)風の批評的百科事典 エドマ・ロジェ・デ・ジュネット宛〔一八七二年八月十九日〕……………………………… *765*
書簡48　大真面目で恐るべきもの イワン・ツルゲーネフ宛〔一八七四年七月二十九日付〕………… *766*
書簡49　見せ掛けの筋立て(アクション) エドマ・ロジェ・デ・ジュネット宛〔一八七五年四月十五日（？）〕……………………………… *766*
書簡50　壁としての書物 ジョルジュ・サンド宛〔一八七六年四月三日〕……………………………… *767*
書簡51　思想の喜劇(コミック) エドマ・ロジェ・デ・ジュネット宛〔一八七七年四月二日〕………… *768*
書簡52　人間の〈愚かさ(ベティーズ)〉の百科事典 ラウル＝デュヴァル宛〔一八七九年二月十三日〕……………………………… *768*
書簡53　第二巻の構想 エドマ・ロジェ・デ・ジュネット宛〔一八七九年四月七日〕……………… *769*
書簡54　科学における方法の欠如／近代思想の総点検 ガートルード・テナント宛〔一八七九年十二月十六日〕……………………… *770*
書簡55　夥しい資料 エドマ・ロジェ・デ・ジュネット宛〔一八八〇年一月二十五日〕…………… *770*
＊「書簡選」訳注 ……………………… *772*
＊解説（堀江敏幸）……………………… *775*
＊作品解題（菅谷憲興）………………… *792*
＊フローベール 著作目録（菅谷憲興）… *816*
＊フローベール 主要文献案内（菅谷憲興）……………………………………… *822*
＊フローベール 年譜（菅谷憲興）……… *834*

第8巻　スティーヴンソン（スティーヴンソン著, 辻原登編）
2016年5月25日刊

ジーキル博士とハイド氏（大久保譲訳）…… 9
自殺クラブ（大久保譲訳）…… 105
嘘の顚末（大久保譲訳）…… 207
ある古謡（中和彩子訳）…… 293
死体泥棒（吉野由起訳）…… 351
メリー・メン（中和彩子訳）…… 385
声の島（中和彩子訳）…… 461
ファレサーの浜（中和彩子訳）…… 493
寓話 抄（大久保譲訳）…… 605
驢馬との旅（中和彩子訳）…… 619
＊解説（辻原登）…… 757
＊作品解題（大久保譲, 中和彩子, 吉野由起）…… 773
＊スティーヴンソン 著作目録（中和彩子）…… 789
＊スティーヴンソン 主要文献案内（大久保譲）…… 798
＊スティーヴンソン 年譜（吉野由起）…… 811

第9巻　E.A.ポー（E.A.ポー著, 鴻巣友季子, 桜庭一樹編）
2016年6月25日刊

詩選集 …… 9
　大鴉（中里友香訳）…… 11
　アナベル・リイ（日夏耿之介訳）…… 19
　黄金郷（くがねのさと）（日夏耿之介訳）…… 22
モルグ街の殺人（丸谷才一訳）…… 25
マリー・ロジェの謎―『モルグ街の殺人』の続編（丸谷才一訳）…… 77
盗まれた手紙（丸谷才一訳）…… 151
黄金虫（丸谷才一訳）…… 183
お前が犯人だ！（You are the woman）―ある人のエドガーへの告白（桜庭一樹翻案）…… 243
メルツェルさんのチェス人形―エドガーによる“物理的からくり（モーダスオペランディ）”の考察（桜庭一樹翻案）…… 271
アッシャー家の崩壊（鴻巣友季子訳）…… 299
黒猫（鴻巣友季子訳）…… 331
早まった埋葬（鴻巣友季子訳）…… 349
ウィリアム・ウィルソン（鴻巣友季子訳）…… 373
アモンティリャードの酒樽（鴻巣友季子訳）…… 407
告げ口心臓（中里友香訳）…… 421
影―ある寓話（池末陽子訳）…… 433
鐘楼の悪魔（池末陽子訳）…… 439
鋸山奇譚（のこぎりやまきたん）（池末陽子訳）…… 455
燈台（鴻巣友季子訳）…… 473
アーサー・ゴードン・ピムの冒険（巽孝之訳）…… 479
＊解説（鴻巣友季子）…… 747
＊作品解題（池末陽子）…… 766
＊E.A.ポー 著作目録（池末陽子）…… 787
＊E.A.ポー 主要文献案内（池末陽子）…… 800
＊E.A.ポー 年譜（池末陽子, 森本光）…… 817

第10巻　ドストエフスキー（ドストエフスキー著, 沼野充義編）
2016年7月25日刊

白夜（奈倉有里訳）…… 9
未成年 縮約版（奈倉有里訳）…… 95
ステパンチコヴォ村とその住民たち 抄（高橋知之訳）…… 359
四大長篇読みどころ …… 555
　＊解説（沼野充義）…… 556
　罪と罰 第4部第4章（小泉猛訳）…… 575
　白痴 第4編第11章（高橋知之訳）…… 610
　悪霊の刊行されなかった章「チホンのもとで」（番場俊訳）…… 637
　カラマーゾフの兄弟 第2部第5編4章 反逆（江川卓訳）…… 693
書簡でたどるドストエフスキーの生活（高橋知之編訳）…… 719
　＊「書簡でたどるドストエフスキーの生活」訳注 …… 776
＊解説（沼野充義）…… 779
＊作品解題（高橋知之, 奈倉有里, 番場俊）…… 800
＊ドストエフスキー 著作目録／主要文献案内（高橋知之）…… 824
＊ドストエフスキー 年譜（高橋知之）…… 841

第11巻　ルイス・キャロル（ルイス・キャロル著，鴻巣友季子編）
2016年8月25日刊

不思議の国のアリス（芦田川祐子訳）…… *9*
鏡の国のアリス（芦田川祐子訳）…… *141*
子ども部屋のアリス（芦田川祐子訳）…… *299*
シルヴィーとブルーノ 抄（芦田川祐子訳）…… *331*
シルヴィーとブルーノ 完結篇 抄（芦田川祐子訳）…… *541*
驚異的写真術（芦田川祐子訳）…… *749*
運命の杖（芦田川祐子訳）…… *757*
＊解説（鴻巣友季子）…… *779*
＊作品解題（芦田川祐子）…… *786*
＊ルイス・キャロル 著作目録（村瀬真奈）…… *796*
＊ルイス・キャロル 主要文献案内（芦田川祐子）…… *804*
＊ルイス・キャロル 年譜（村瀬真奈）…… *806*

第12巻　ブロンテ姉妹（桜庭一樹編）
2016年11月25日刊

詩選集（エミリ・ブロンテ著，田代尚路訳）…… *9*
　信念と失意 …… *11*
　星 …… *16*
　追憶 …… *20*
　囚人（断章）…… *23*
　白昼夢 …… *28*
　老克己主義者 …… *34*
　詩連 …… *36*
ジェイン・エア 抄（シャーロット・ブロンテ著，侘美真理訳）…… *43*
アグネス・グレイ（アン・ブロンテ著，侘美真理訳）…… *371*
＊解説（桜庭一樹）…… *697*
＊作品解題（田代尚路，侘美真理）…… *706*
＊ブロンテ姉妹 著作目録（皆本智美）…… *734*
＊ブロンテ姉妹 主要文献案内（皆本智美）…… *743*
＊ブロンテ姉妹 年譜（平田佳子）…… *763*

第13巻　セルバンテス（ミゲル・デ・セルバンテス・サアベドラ著，野谷文昭編）
2016年12月25日刊

ドン・キホーテ 抄（野谷文昭訳）…… *9*
美しいヒターノの娘―『模範小説集』より（吉田彩子訳）…… *403*
ビードロ学士―『模範小説集』より（吉田彩子訳）…… *521*
嫉妬深いエストレマドゥーラ男―『模範小説集』より（吉田彩子訳）…… *567*
＊解説（野谷文昭）…… *627*
＊作品解題（三倉康博，吉田彩子）…… *648*
＊セルバンテス 著作目録（三倉康博）…… *683*
＊セルバンテス 主要文献案内（三倉康博）…… *688*
＊セルバンテス 年譜（三倉康博）…… *699*

ホセ・マルティ選集

日本経済評論社
全3巻
1998年12月〜2005年2月

第1巻　交響する文学（牛島信明ほか訳）

1998年12月10日刊

第1章　詩は飛翔する …… 3
イスマエーリョ（牛島信明訳） …… 5
小さな王子さま …… 6
醒めた夢 …… 8
芳しい夢 …… 9
わたしの騎士 …… 10
悪戯ずきな詩神 …… 11
わたしの小さな王様 …… 17
生ける羽飾り …… 19
魂の息子 …… 20
放浪の愛 …… 22
わたしの肩に …… 25
獰猛な虻 …… 26
白い雛鳩 …… 31
肥沃な谷 …… 33
わたしの食事係 …… 34
新たな薔薇 …… 35
素朴な詩（井尻直志訳） …… 36
第2章　祖国イスパノアメリカ …… 71
祖国と自由（インディオのドラマ）（大楠栄三訳） …… 73
ルシーア・ヘレス（井尻直志訳） …… 100
第3章　アメリカの子供たちに—『黄金時代』（花方寿行，柳原孝敦訳） …… 131
『黄金時代』を読む子供たちへ …… 133
三人の英雄 …… 136
ホメロスの『イーリアス』 …… 144
編集後記（一） …… 157
二人の王子 …… 160
いたずらネネ …… 163
インディアスの遺跡 …… 169
編集後記（二） …… 181
パリの万国博 …… 182
ラス・カサス神父 …… 203
ばら色のお靴 …… 215
編集後記（三） …… 225
安南人の土地の散歩 …… 227
黒いお人形 …… 241
象の物語 …… 250
機械のギャラリー …… 259
編集後記（四） …… 261
第4章　先駆者たる詩人たち …… 265
オスカー・ワイルド（大楠栄三訳） …… 267
ナイアガラの詩（青木康征訳） …… 282
詩人ウォルト・ホイットマン（牛島信明訳） …… 305
第5章　人間についての哲学 …… 325
「パリ雑感」（大楠栄三訳） …… 327
ゴヤ（牛島信明訳） …… 336
エマソン（佐藤邦彦訳） …… 346
ダーウィン死す（佐藤邦彦訳） …… 365
フラメンコの喧噪のなかで（佐藤邦彦訳） …… 380
ヘンリー・ウォード・ビーチャー（佐藤邦彦訳） …… 391
エジソン（佐藤邦彦訳） …… 407
第6章　愛する人への手紙 …… 417
母親に（牛島信明訳） …… 419
ゴンサーロ・デ・ケサーダへの書簡（青木康征訳） …… 421
息子に（牛島信明訳） …… 432
マリーア・マンティーリャに（牛島信明訳） …… 433
＊解説（牛島信明） …… 443
＊索引 …… 454

第2巻　飛翔する思想（青木康征，柳沼孝一郎訳）

2005年2月20日刊

第1章　自由と正義を求めて（青木康征訳） …… 3
キューバの政治犯収容所 …… 5
キューバ革命を前にした共和制スペイン …… 55
第2章　「われらのアメリカ」への巡礼 …… 71
論壇（青木康征訳） …… 73
賽は投げられた（青木康征，柳沼孝一郎訳） …… 78
状況（青木康征訳） …… 83
外国人（青木康征訳） …… 88

ファウスト・テオドーロ・アルドゥレイ宛の書簡（青木康征訳）…… 94
第3章　希望の光 …… 97
グアテマラ（青木康征, 柳沼孝一郎訳）…… 99
新しい法典（青木康征訳）…… 176
第4章　怪物の体内で（青木康征訳）…… 185
合衆国の印象 …… 187
カール・マルクス死す（部分）…… 194
新聞売りの少年 …… 198
壮絶なドラマ …… 203
ニューヨークのカトリック教会の分裂 …… 242
第5章　第二の独立宣言を …… 261
合衆国の実像（青木康征訳）…… 263
米墨通商条約（青木康征, 柳沼孝一郎訳）…… 269
米国のなかのメキシコ（青木康征, 柳沼孝一郎訳）…… 277
ワシントン国際会議（青木康征訳）…… 291
母なるアメリカ（青木康征訳）…… 318
われらのアメリカ（青木康征訳）…… 333
アメリカ大陸通貨会議（青木康征訳）…… 347
原始時代のアメリカ大陸の人間と芸術（青木康征訳）…… 363
ホンジュラスと外国人たち（青木康征訳）…… 369
第6章　英雄たちとともに（青木康征訳）…… 373
サン・マルティン …… 375
シモン・ボリーバルを偲んで …… 391
十月十日を迎えて …… 406
＊解説（青木康征）…… 419
＊索引 …… 429

第3巻　共生する革命（後藤政子ほか訳）
1999年6月30日刊

第1章　革命はすべての人々のために …… 3
ステック・ホール講演（青木康征訳）…… 5
マクシモ・ゴメス将軍へ（後藤政子訳）…… 43
キューバの名誉のために（後藤政子訳）…… 53
すべての人々とともに、そしてすべての人々のために（後藤政子訳）…… 61
新しい松（後藤政子訳）…… 77
エンリーケ・コリャーソ宛公開書簡（後藤雄介訳）…… 84
キューバ革命党の基礎（基本綱領）（後藤政子訳）…… 93
キューバ革命党秘密規約（後藤雄介訳）…… 96
われわれの理念（後藤政子訳）…… 100
第2章　独立を！ …… 111
自治主義と独立（後藤政子訳）…… 113
連盟（リガ）の月曜日（後藤雄介訳）…… 116
キューバ革命党宣言 四月十日（後藤政子訳）…… 122
選出された役職者（後藤雄介訳）…… 128
キューバ革命党キーウェスト評議会加盟協会会長へ（後藤雄介訳）…… 133
併合という解決策（後藤政子訳）…… 142
第3章　人種を超えて …… 149
戦争（後藤政子訳）…… 151
ニューヨーク評議会議長へ（後藤雄介訳）…… 156
マクシモ・ゴメスへの手紙（後藤政子訳）…… 161
私は祖国を与えにやってきた！（後藤政子訳）…… 167
私の人種（後藤政子訳）…… 178
第4章　自由への情熱（後藤政子訳）…… 183
革命党からキューバへ …… 185
恐慌とキューバ革命党 …… 205
根源へ …… 210
ゴメス将軍 …… 215
アントニオ・マセオ …… 224
十一月二十七日 …… 230
革命 …… 234
成長する …… 243
キューバ革命党三年目 …… 250
「エル・ディアリオ・デ・ラ・マリーナ」紙へ …… 258
第5章　出立 …… 273
モンテクリスティ宣言（後藤政子訳）…… 275
フェデリコ・エンリーケス・イ・カルバハールへ（遺書）（後藤政子訳）…… 286
司令官各位への通達（後藤雄介訳）…… 290
解放軍司令官および将校各位（後藤雄介訳）…… 293

「ニューヨーク・ヘラルド」紙編集長へ（後藤政子訳）…… *305*
マヌエル・メルカードへ（後藤政子訳）…… *319*
野戦日誌（柳沼孝一郎訳）…… *325*
＊解説―ホセ・マルティ選集全三巻の刊行にあたって（後藤政子）…… *383*
＊ホセ・マルティ関連年表（後藤政子作成）…… *410*
＊索引 …… *417*

ボルヘス・コレクション

国書刊行会
全7巻
2000年10月～

※刊行中

論議（牛島信明訳）
2000年10月23日刊

序文 …… *11*
ガウチョ詩 …… *13*
現実の最後から二番目のヴァージョン …… *64*
読者の錯誤の倫理 …… *72*
もうひとりのホイットマン …… *80*
カバラの擁護 …… *88*
異端思想家バシレイデスの擁護 …… *96*
現実の措定 …… *105*
フィルム …… *117*
語りの技法と魔術 …… *125*
ポール・グルーサック …… *142*
地獄の継続期間 …… *147*
　追記 …… *155*
ホメーロスの翻訳 …… *157*
アキレスと亀の果てしなき競争 …… *170*
ウォルト・ホイットマンに関する覚え書 …… *181*
亀の変容 …… *195*
『ブヴァールとペキュシェ』の弁護 …… *208*
フロベールと彼の模範的な宿命 …… *218*
アルゼンチン作家と伝統 …… *227*
ノート …… *243*
　H.G.ウェルズとたとえ話(パラボラ)―『クローケン・プレイヤー』『生まれた星』…… *243*
　エドワード・カスナ・ジェームズ・ニューマン『数学想像力』（サイモン＆シュスター、一九四〇年）…… *246*
　ジェラルド・ハード『苦痛、セックス、時間』（キャッセル）…… *248*
　ギルバード・ウォーターハウス『ドイツ文学小史』（マスウェン、ロンドン、一九四三年）…… *253*

レスリー・D.ウェザーヘッド『死後』（ザ・エプワース・プレス、ロンドン、一九四二年）…… 256
M.デイヴィドソン『自由意志論争』（ウォッツ、ロンドン、一九四三年）…… 259
吹き替えについて …… 263
変身したジキル博士とエドワード・ハイド氏 …… 266
われわれの不可能性 …… 269
＊訳註 …… 275
＊ボルヘスのユーモア―訳者あとがきにかえて（牛島信明）…… 297

ボルヘスのイギリス文学講義（中村健二訳）

2001年1月23日刊

序 …… 9
1　アングロサクソン時代 …… 11
2　一四世紀 …… 21
3　演劇 …… 33
4　一七世紀 …… 49
5　一八世紀 …… 61
6　ロマン主義運動 …… 73
7　一九世紀／散文 …… 85
8　一九世紀／詩 …… 101
9　一九世紀末 …… 117
10　われわれの世紀 …… 131
＊小書誌 …… 151
＊ボルヘスと英文学（中村健二）…… 153
＊訳者あとがき …… 181
＊人名・書名索引 …… i

無限の言語―初期評論集（旦敬介訳）

2001年3月13日刊

ジョイスの『ユリシーズ』…… 9
サー・トマス・ブラウン …… 18
ケベードの欠点と偉大 …… 30
隠喩点検 …… 41
その起点 …… 41
民衆詩における隠喩の不在 …… 44
隠喩の分類整理 …… 48
ブエノス・アイレス …… 57
人格＝私性（パーソナリティ）の空虚 …… 63
意図の概要 …… 63
針路 …… 64
バークリーの岐路 …… 79
表現主義について …… 93
わが待望の規模 …… 102
無限の言語 …… 112
天使の歴史 …… 121
文学的信仰告白 …… 129
単語探究 …… 140
幸福を書くこと …… 162
誇飾主義（クルテラニスモ）…… 173
文学の悦楽 …… 186
タンゴの出自 …… 196
セルバンテスの小説家的行動 …… 209
アルゼンチン人の言語 …… 217
＊ボルヘスにおけるクリオージョ意識（旦敬介）…… 241

ボルヘスの「神曲」講義（竹村文彦訳）

2001年5月23日刊

序章 …… 9
第四歌の高貴な城 …… 23
ウゴリーノをめぐる贋の問題 …… 37
オデュッセウスの最後の旅 …… 49
慈悲深い死刑執行人 …… 61
ダンテとアングロ・サクソン人の幻視者たち …… 71
「煉獄篇」第一歌一三行 …… 85
スィーモルグと鷲 …… 93
夢の中の出会い …… 105
ベアトリーチェの最後の微笑 …… 117
＊訳註 …… 129
＊ボルヘスの中のダンテ―訳者解説（竹村文彦）…… 165

ボルヘスの北アメリカ文学講義（柴田元幸訳）

2001年7月19日刊

著者まえがき …… 9
1　起源 …… 11
2　フランクリン、クーパー、歴史家たち …… 25
3　ホーソーンとポー …… 39
4　超絶主義 …… 51

5　ホイットマンとハーマン・メルヴィル …… 65
6　西部 …… 77
7　十九世紀の三詩人 …… 87
8　物語作者たち …… 97
9　国外流浪者たち …… 113
10　詩人たち …… 135
11　小説 …… 147
12　演劇 …… 157
13　探偵小説、サイエンス・フィクション・極西部 …… 169
14　インディアンの口誦詩 …… 185
＊略年表 …… 191
＊訳者あとがき …… 195
＊人名・書名索引 …… i

序文つき序文集（牛島信明, 内田兆史, 久野量一訳）
2001年9月25日刊

序文集の序文 …… 9
アルマフエルテの散文と詩 …… 15
イラリオ・アスカスビ『パウリーノ・ルセーロ／アニセート・エル・ガージョ／サントス・ベーガ』 …… 28
アドルフォ・ビオイ＝カサーレス『モレルの発明』 …… 39
レイ・ブラッドベリ『火星年代記』 …… 45
エスタニスラーオ・デル・カンポ『ファウスト』 …… 51
トマス・カーライル『衣服哲学』 …… 61
トマス・カーライル『英雄と英雄崇拝』
ラルフ・ウォルドー・エマソン『代表的偉人論』 …… 64
カリエゴの詩 …… 75
ミゲル・デ・セルバンテス『模範小説集』 …… 81
ウィルキー・コリンズ『月長石』 …… 89
サンティアゴ・ダボーベ『死とその衣裳』 …… 93
マセドニオ・フェルナンデス …… 99
ガウチョ …… 117
アルベルト・ヘルチュノフ『ドン・キホーテへの回帰』 …… 125
エドワード・ギボン『ローマ帝国衰亡史と自叙伝』 …… 130
ロベルト・ゴデル『火の誕生』 …… 143
カルロス・M.グリュンベルク『ユダヤ人の仕事』 …… 148
フランシス・ブレット・ハート『カリフォルニア物語』 …… 158
ペドロ・エンリケス＝ウレーニャ『批評作品』 …… 163
ホセ・エルナンデス『マルティン・フィエロ』 …… 171
ヘンリー・ジェイムズ『ノースモア卿夫妻の転落』 …… 194
フランツ・カフカ『変身』 …… 199
ノラ・ランヘ『午後の街路』 …… 205
ルイス・キャロル『全集』 …… 209
『お尋ね者』（エル・マトレーロ） …… 216
ハーマン・メルヴィル『バートルビー』 …… 224
フランシスコ・デ・ケベード『散文と詩』 …… 229
アッティリオ・ロッシ『ブエノスアイレス墨描』 …… 245
ドミンゴ・F.サルミエント『地方回想』 …… 249
ドミンゴ・F.サルミエント『ファクンド』 …… 259
マルセル・シュウォブ『少年十字軍』 …… 270
ウィリアム・シェイクスピア『マクベス』 …… 274
ウィリアム・シャンド『沸騰』 …… 285
オラフ・ステイプルドン『スターメイカー』 …… 291
エマヌエル・スウェーデンボリ『神秘学論集』 …… 295
ポール・ヴァレリー『海辺の墓地』 …… 314
マリア・エステル・バスケス『死のさまざまな名前』 …… 323
ウォルト・ホイットマン『草の葉』 …… 328
＊訳註 …… 339
＊ボルヘスと序文（内田兆史） …… 359
＊訳者あとがき（牛島信明） …… 368
＊邦訳書誌 …… xvii
＊文人名索引 …… i

マラルメ全集

筑摩書房
全5巻, 別冊3巻
1989年2月～2010年5月

第1巻　詩・イジチュール(松室三郎, 菅野昭正, 渡辺守章, 安藤元雄, 清水徹, 竹内信夫訳)

2010年5月15日刊

ステファヌ・マラルメ詩集 …… 3
挨拶(松室三郎訳) …… 4
不遇の魔(松室三郎訳) …… 6
あらわれ(松室三郎訳) …… 12
あだな願い(松室三郎訳) …… 14
懲らされ道化(松室三郎訳) …… 16
窓(松室三郎訳) …… 18
花々(松室三郎訳) …… 22
陽春(松室三郎訳) …… 24
苦悩(松室三郎訳) …… 26
〔この苦(にが)い休止状態に倦(うん)じて…〕(松室三郎訳) …… 28
鐘つき男(松室三郎訳) …… 30
夏の悲しみ(松室三郎訳) …… 32
青空(松室三郎訳) …… 34
海の微風(松室三郎訳) …… 38
ためいき(松室三郎訳) …… 40
施しもの(菅野昭正訳) …… 42
詩の贈りもの(松室三郎訳) …… 45
エロディアード 舞台(菅野昭正訳) …… 47
半獣神の午後─田園詩(渡辺守章訳) …… 62
〔欲望の極み 西の果てで その全てが解かれ…〕(松室三郎訳) …… 71
聖女(松室三郎訳) …… 73
葬の乾杯(松室三郎訳) …… 75
続誦(プローズ)(菅野昭正訳) …… 79
扇 マラルメ夫人の(菅野昭正訳) …… 84
別の扇 マラルメ嬢の(菅野昭正訳) …… 86
記念帖の一葉(菅野昭正訳) …… 88
ベルギーの詩友たちの追想(菅野昭正訳) …… 90
下世話の唄(安藤元雄訳) …… 92
I (靴直し) …… 92
II (匂い草を売る女) …… 94
短信(渡辺守章訳) …… 96
小曲 I(菅野昭正訳) …… 98
小曲 II(菅野昭正訳) …… 100
ソネ篇 …… 103
〔闇が 宿命の法則により…〕(松室三郎訳) …… 104
〔けがれなく、生気にみちて、美しい今日…〕(松室三郎訳) …… 106
〔打ち勝って逃れた 美しい自死…〕(安藤元雄訳) …… 108
〔その純(きよ)らかな爪が 高々と 縞瑪瑙(オニックス)をかかげて…〕(松室三郎訳) …… 110
エドガー・ポーの墓(松室三郎訳) …… 112
シャルル・ボードレールの墓(菅野昭正訳) …… 114
墓(菅野昭正訳) …… 116
頌(渡辺守章訳) …… 118
頌(渡辺守章訳) …… 120
〔ひたむきに船を進める唯一筋の念願に…〕(松室三郎訳) …… 122
I 〔この夕べ、誇らしい自負心のすべては…〕(松室三郎訳) …… 124
II 〔ギヤマンの 尻のゆたかな円味(まろみ)から ひと跳びにはね上がって…〕(松室三郎訳) …… 126
III 〔窓掛のレースは いつしか消えて…〕(松室三郎訳) …… 128
〔時の香りを漂わす どんな絹地も…〕(安藤元雄訳) …… 130
〔君の物語に踏み込むには…〕(安藤元雄訳) …… 132
〔密雲の低く圧しかぶさるあたりに…〕(清水徹訳) …… 134
〔パフォスの名の上に わが古書は閉じられ…〕(松室三郎訳) …… 136
書誌 …… 138
拾遺詩篇 …… 143
〔悪霊に突き動かされた黒人女が…〕(安藤元雄訳) …… 144
〔眼覚めにその跡は…〕(ロンデル I)(菅野昭正訳) …… 146
〔夫人よ、溢れすぎる熱情なくて然も思いに燃え…〕(菅野昭正訳) …… 148
〔言(こと)の葉(は)なき唇もて…〕(ロンデル II)(菅野昭正訳) …… 150

下世話の唄—路上の人物さまざま（安藤元雄訳）……152
I ニンニクと玉葱を売る男……152
II 道路工夫……153
III 新聞の呼び売り……153
IV 石切職人の妻……154
V 古着を売る女……155
VI ガラス売り……155
小曲（戦士）（菅野昭正訳）……157
〔魂のすべてを凝縮させて…〕（安藤元雄訳）……159
ソネット—一八七七年十一月二日（菅野昭正訳）……161
〔ああ遠くて斯くも慕わしく…〕（菅野昭正訳）……163
扇 メリー・ローランの（菅野昭正訳）……165
『エロディアード』をめぐる試み（菅野昭正訳）……167
古序曲……168
エロディアードの婚礼—聖史劇……174
＊書誌……187
イジチュール—あるいはエルベーノンの狂気（渡辺守章訳）……189
アナトールの墓（竹内信夫訳）……243
概念との結婚（竹内信夫訳）……265
賽の一振り（清水徹訳）……i
＊詩篇『賽の一振り』に関する所見……iii
詩篇 賽の一振り 断じてそれが 廃滅せしめぬ 偶然……vii
＊ステファヌ・マラルメ詩集 訳者分担一覧

第1巻 別冊 解題・註解（松室三郎, 菅野昭正, 渡辺守章, 安藤元雄, 清水徹, 竹内信夫）
2010年5月15日刊

＊凡例……i
＊ステファヌ・マラルメ詩集（菅野昭正）……3
＊挨拶（松室三郎）……11
＊不遇の魔（松室三郎）……12
＊あらわれ（松室三郎）……19
＊あだな願い（松室三郎）……24
＊懲らされ道化（松室三郎）……31
＊窓（松室三郎）……37
＊花々（松室三郎）……40
＊陽春（松室三郎）……41
＊苦悩（松室三郎）……43
＊〔この苦(にがい)い休止状態に倦(うん)じて…〕（松室三郎）……44
＊鐘つき男（松室三郎）……48
＊夏の悲しみ（松室三郎）……49
＊青空（松室三郎）……50
＊海の微風（松室三郎）……54
＊ためいき（松室三郎）……59
＊施しもの（菅野昭正）……61
＊詩の贈りもの（松室三郎）……71
＊エロディアード 舞台（菅野昭正）……79
＊半獣神の午後（渡辺守章）……106
＊〔欲望の極み 西の果てで その全てが解かれ…〕（松室三郎訳, 清水徹註解）……163
＊聖女（松室三郎）……164
＊葬の乾杯（松室三郎）……169
＊続誦（プローズ）（菅野昭正）……183
＊扇 マラルメ夫人の（菅野昭正）……200
＊別の扇 マラルメ嬢の（菅野昭正）……204
＊記念帖の一葉（菅野昭正）……210
＊ベルギーの詩友たちの追想（菅野昭正）……213
＊下世話の唄（安藤元雄）……218
＊短信（渡辺守章）……220
＊小曲 I（菅野昭正）……221
＊小曲 II（菅野昭正）……225
＊ソネ篇（松室三郎）……230
＊〔闇が 宿命の法則により…〕（松室三郎）……231
＊〔けがれなく、生気にみちて、美しい今日…〕（松室三郎）……235
＊〔打ち勝って逃れた 美しい自死…〕（安藤元雄）……241
＊〔その純(きよ)らかな爪が 高々と 縞瑪瑙(オニックス)をかかげて…〕（松室三郎）……242
＊エドガー・ポーの墓（松室三郎訳, 清水徹註解）……250
＊シャルル・ボードレールの墓（菅野昭正）……252
＊墓（菅野昭正）……262
＊頌（渡辺守章）……269
＊頌（渡辺守章）……279
＊〔ひたむきに船を進める唯一筋の念願に…〕（松室三郎）……280

*I 〔この夕べ、誇らしい自負心のすべては…〕(松室三郎) …… 286
*II 〔ギヤマンの 尻のゆたかな円味(まろみ)から ひと跳びにはね上がって…〕(松室三郎) …… 290
*III 〔窓掛のレースは いつしか消えて…〕(松室三郎) …… 292
*〔時の香りを漂わす どんな絹地も…〕(安藤元雄) …… 295
*〔君の物語に踏み込むには…〕(安藤元雄) …… 295
*〔密雲の低く圧しかぶさるあたりに…〕(清水徹) …… 296
*〔パフォスの名の上に わが古書は閉じられ…〕(松室三郎) …… 297
*書誌(松室三郎, 清水徹) …… 302
*拾遺詩篇 …… 307
*〔悪霊に突き動かされた黒人女が…〕(安藤元雄) …… 307
*〔眼覚めにその跡は…〕(ロンデル I)(菅野昭正) …… 307
*〔夫人よ、溢れすぎる熱情なくて然も思いに燃え…〕(菅野昭正) …… 309
*〔言(こと)の葉(は)なき唇もて…〕(ロンデル II)(菅野昭正) …… 314
*下世話の唄―路上の人物さまざま(安藤元雄) …… 316
*小曲(戦士)(菅野昭正) …… 316
*〔魂のすべてを凝縮させて…〕(安藤元雄) …… 321
*ソネット――八七七年十一月二日(菅野昭正) …… 322
*〔ああ遠くて斯くも慕わしく…〕(菅野昭正) …… 327
*扇 メリー・ローランの(菅野昭正) …… 329
*『エロディアード』をめぐる試み …… 333
*古序曲(菅野昭正) …… 333
*エロディアードの婚礼(菅野昭正) …… 349
*イジチュール(渡辺守章) …… 397
*アナトールの墓(草稿)(竹内信夫) …… 497
*概念との結婚(手稿)(竹内信夫) …… 608
*賽の一振り(清水徹) …… 625
*「詩篇『賽の一振り』に関する所見」訳注 …… 654
*『賽の一振り』註解 …… 655
*マラルメ年譜(川瀬武夫編) …… 671

第2巻 ディヴァガシオン―他

1989年2月25日刊

I …… 3
ディヴァガシオン …… 5
〔はしがき〕(松室三郎訳) …… 7
逸話、或いは詩篇(松室三郎訳) …… 9
未来の現象 …… 11
秋の歎き …… 13
冬のおののき …… 15
類推の魔 …… 18
哀れな蒼白い少年 …… 21
パイプ …… 24
見世物中断 …… 26
微かな記憶 …… 30
小屋掛芝居長広舌 …… 32
白い睡蓮 …… 40
聖職者 …… 46
栄光 …… 49
葛藤 …… 52
鍾愛の書 …… 63
かつて、一冊のボードレールの余白に(阿部良雄訳) …… 65
『ヴァテック』要約のための断章(高橋康也訳) …… 67
小さな円形肖像と全身像いくつか …… 69
ヴィリエ・ド・リラダン(菅野昭正訳) …… 71
ヴェルレーヌ(渋沢孝輔訳) …… 81
アルチュール・ランボー―ハリソン・ローズ氏への手紙(渋沢孝輔訳) …… 84
ローラン・タイヤード(渋沢孝輔訳) …… 95
ベックフォード(高橋康也訳) …… 97
テニソン―対岸より見たる(高橋康也訳) …… 109
テオドール・ド・バンヴィル(渋沢孝輔訳) …… 115
エドガー・ポー(松室三郎訳) …… 121
ホイスラー(阿部良雄訳) …… 122
エドゥアール・マネ(阿部良雄訳) …… 124
ベルト・モリゾ(阿部良雄訳) …… 126

リヒャルト・ワーグナー―フランス詩人の夢想（渡辺守章訳）…… 135
芝居鉛筆書き（渡辺守章訳）…… 147
芝居鉛筆書き …… 149
ハムレット …… 159
バレエ …… 165
もうひとつの舞踏論 バレエにおける背景―最近の事例に基づいて …… 172
〔唯一人、滑らかに魔術師の如く…〕…… 176
黙劇（ミミック）…… 179
風俗劇、あるいは近代作家たち …… 181
挿入句 …… 197
舞台（いた）と紙葉（ページ）…… 202
祝祭 …… 212
詩の危機（松室三郎訳）…… 223
書物はといえば（松室三郎訳）…… 243
限定された行動 …… 245
陳列 …… 253
書物、精神の楽器 …… 263
文芸の中にある神秘（松室三郎訳）…… 271
聖務・典礼（渡辺守章訳）…… 283
聖なる楽しみ …… 285
カトリシズム …… 290
同題 …… 298
重大雑報 …… 303
金（豊崎光一訳）…… 305
糾弾（清水徹訳）…… 307
禁域（清水徹訳）…… 309
魔術（豊崎光一訳）…… 315
牧歌（豊崎光一訳）…… 318
孤独（豊崎光一訳）…… 325
対決（豊崎光一訳）…… 331
宮廷（豊崎光一訳）…… 337
擁護救済（豊崎光一訳）…… 344
書誌（松室三郎訳）…… 351
II …… 361
文学的交響曲―テオフィール・ゴーティエ／シャルル・ボードレール／テオドール・ド・バンヴィル（阿部良雄訳）…… 363
『ヴァテック』序文（高橋康也訳）…… 369
ヴィリエ・ド・リラダン（菅野昭正訳）…… 391
マラルメ訳『エドガー・ポー詩集』〔訳者による〕評釈（松室三郎訳）…… 437
弔〔モーパッサン追悼〕（宮原信訳）…… 472
ディヴァガシオンその二―祭式（渡辺守章訳）…… 476
『マクベス』における魔女たちの贋の登場（渡辺守章訳）…… 486
ルネ・ギル著『語論』のための緒言（松室三郎訳）…… 494
音楽と文芸（清水徹訳）…… 497
有益な遠出 …… 499
音楽と文芸 …… 513

第2巻 別冊 解題・註解
1989年2月25日刊

＊凡例 …… i
＊I …… 3
＊ディヴァガシオン（松室三郎）…… 3
＊〔はしがき〕（松室三郎）…… 10
＊逸話、或いは詩篇（松室三郎）…… 16
＊未来の現象 …… 17
＊秋の歎き …… 18
＊冬のおののき …… 20
＊類推の魔 …… 21
＊哀れな蒼白い少年 …… 22
＊パイプ …… 23
＊見世物中断 …… 24
＊微かな記憶 …… 25
＊小屋掛芝居長広舌 …… 27
＊白い睡蓮 …… 28
＊聖職者 …… 30
＊栄光 …… 31
＊葛藤 …… 32
＊散文詩掲載・収録一覧 …… 34
＊鍾愛の書（菅野昭正）…… 36
＊かつて、一冊のボードレールの余白に（阿部良雄）…… 36
＊『ヴァテック』要約のための断章（高橋康也）…… 37
＊小さな円形肖像と全身像いくつか（菅野昭正）…… 38
＊ヴィリエ・ド・リラダン（菅野昭正）…… 40
＊ヴェルレーヌ（渋沢孝輔）…… 47

＊アルチュール・ランボー―ハリソン・ローズ氏への手紙（渋沢孝輔）……47
＊ローラン・タイヤード（渋沢孝輔）……48
＊ベックフォード（高橋康也）……48
＊テニソン―対岸より見たる（高橋康也）……49
＊テオドール・ド・バンヴィル（渋沢孝輔）……50
＊エドガー・ポー（松室三郎）……50
＊ホイスラー（阿部良雄）……51
＊エドゥアール・マネ（阿部良雄）……51
＊ベルト・モリゾ（阿部良雄）……51
＊リヒャルト・ワーグナー――フランス詩人の夢想（渡辺守章）……53
＊芝居鉛筆書き（渡辺守章）……63
＊芝居鉛筆書き……64
＊ハムレット……77
＊バレエ……85
＊もうひとつの舞踏論 バレエにおける背景―最近の事例に基づいて……94
＊〔唯一人、滑らかに魔術師の如く…〕……101
＊黙劇（ミミック）……103
＊風俗劇、あるいは近代作家たち……110
＊挿入句……137
＊舞台（いた）と紙葉（ページ）……146
＊祝祭……158
＊詩の危機（松室三郎）……173
＊書物はといえば（松室三郎）……190
＊限定された行動……190
＊陳列……192
＊書物、精神の楽器……193
＊文芸の中にある神秘（松室三郎）……196
＊聖務・典礼（渡辺守章）……198
＊聖なる楽しみ……200
＊カトリシズム……203
＊同題……215
＊重大雑報（清水徹）……220
＊金（豊崎光一）……224
＊糾弾（清水徹）……228
＊禁域（清水徹）……228
＊魔術（豊崎光一）……228
＊牧歌（豊崎光一）……232
＊孤独（豊崎光一）……233
＊対決（豊崎光一）……234
＊宮廷（豊崎光一）……235
＊擁護救済（豊崎光一）……237
＊書誌（松室三郎）……239
＊「書誌」解題の追記……243
＊II……247
＊文学的交響曲（阿部良雄）……247
＊『ヴァテック』序文（高橋康也）……248
＊ヴィリエ・ド・リラダン（菅野昭正）……252
＊マラルメ訳『エドガー・ポー詩集』〔訳者による〕評釈（松室三郎）……289
＊弔〔モーパッサン追悼〕（宮原信）……302
＊ディヴァガシオンその二―祭式（渡辺守章）……303
＊『マクベス』における魔女たちの贋の登場（渡辺守章）……306
＊ルネ・ギル著『語論』のための緒言（松室三郎）……309
＊音楽と文芸（清水徹）……316
＊有益な遠出……326
＊音楽と文芸……327

第3巻　言語・書物・最新流行
1998年3月25日刊

I　最新流行（清水徹, 與謝野文子, 渡辺守章訳）……3
第一号……5
第二号……42
第三号……60
第四号……77
第五号……97
第六号……113
第七号……124
第八号……142
II　言語に関するノート（竹内信夫訳）……163
〔ディプティック I〕……165
〔ディプティック II〕……168
III　英単語（高橋康也訳）……179
IV　英作文（高橋康也訳）……209
「序文」……211

暗記すべき英語慣用文・千編（『英作文』正解編）—序文 …… 214
V 古代の神々—ジョージ・W.コックス及び現代科学の諸著作によるリセ、寄宿舎、諸学校の生徒及び一般人のための挿絵入りの新しい神話学（竹内信夫訳） …… 217
VI インド説話集（兼子正勝, 川瀬武夫訳） …… 281
魔法の肖像画 …… 283
偽りの老女 …… 299
生ける死者 …… 308
ナラとダマヤンティー …… 322
VII イギリス童謡選集（高橋康也訳） …… 343
VIII 自叙伝—ヴェルレーヌへの手紙（松室三郎訳） …… 381
IX 散文さまざま …… 391
時評 …… 393
美術（阿部良雄訳） …… 393
ロンドン国際博覧会についての三通の手紙（付属フランス館） …… 393
第一の手紙 …… 393
第二の手紙 …… 398
第三の、最後の手紙 …… 403
ロンドンの博覧会—第二期 …… 410
アンリ・ルニョーの一周忌記念 …… 419
一八七四年のための絵画審査委員会とマネ氏 …… 420
印象派の画家たちとエドゥアール・マネ …… 427
13 芸術のゴシップ …… 447
31 ［美術のゴシップ］ …… 448
32 ［美術のゴシップ］ …… 449
文芸（井原鉄雄, 川瀬武夫, 宮原信, 渡辺守章訳） …… 450
レオン・ディエルクスの詩作品 …… 450
スウィンバーンの悲劇『エレクテウス』 …… 459
4 （芝居のゴシップ） …… 463
10 芝居のゴシップ …… 464
14 芝居のゴシップ …… 464
18 芝居のゴシップ …… 466
27 ［芝居のゴシップ］ …… 467
28 ［芝居のゴシップ］ …… 467
16 文学のゴシップ …… 468
19 ［文学のゴシップ］ …… 469
29 ［文学のゴシップ］ …… 470
30 ［文学のゴシップ］ …… 470
乾杯の辞、序文、その他（井原鉄雄, 渋沢孝輔訳） …… 472
ジャン・モレアスへの乾杯の辞 …… 472
ルコント・ド・リールの名における乾杯の辞 …… 472
エミール・ヴェラーレンへの乾杯の辞 …… 473
『黄昏の血』序文 …… 474
アメリカの大学生 …… 475
ギュスターヴ・カーンへの乾杯の辞 …… 477
ヴェルレーヌ一周忌にあたっての挨拶 …… 478
ポール・ヴェルレーヌのための書簡体序文 …… 479
若い友人たちへの乾杯の辞 …… 480
レオポルド・ドーファン著『青と灰色の葡萄』のための緒言 …… 481
前向上 …… 482
カチュール・マンデスへの祝辞 …… 484
ジョルジェット・ルブラン夫人について …… 487
アンケート回答、インタヴュー記事（井原鉄雄, 川瀬武夫, 清水徹, 立仙順郎訳） …… 488
I …… 488
文学の進展について—ジュール・ユレのアンケート …… 488
II …… 496
〔詩の定義〕 …… 496
〔自由詩句と詩人たち〕 …… 497
〔演劇について〕 …… 499
演劇について（ヴィクトリア・ピカ宛） …… 500
〔『アクセル』をめぐる論争〕 …… 500
III …… 502
ヴォルテールについて …… 502
マルスリーヌ・デボルド・ヴァルモールについて …… 503
ポーについて …… 504
〔テニソン—ステファヌ・マラルメ氏宅にて〕 …… 505
ロバート＝ルイス・スティーヴンソンについて …… 509

モーパッサンについて …… 511
〔ヴェルレーヌを語る〕 …… 511
ヴェルレーヌについてのアンケート …… 514
ヴェルレーヌについて …… 515
〔コメディー＝フランセーズにベルギー人〕 …… 516
トルストイについて(「ゴーロワ」紙編集主幹殿) …… 518
〔芸術の役割—トルストイに答える〕 …… 519
IV …… 520
〔拘束と自由〕 …… 520
〔アナーキスト—陸軍省の職員逮捕〕 …… 521
デプラース伯爵の著書について …… 522
美と実用品について …… 523
スカンディナヴィア文学について …… 525
〔優れた知性人における夢〕 …… 525
〔アルザス＝ロレーヌと今日の精神状況〕 …… 526
二十歳のころの理想について …… 527
V …… 528
春について …… 528
〔タバコ是か非か〕 …… 529
〔動物と文学者たち〕 …… 530
〔われらが友である猫〕 …… 534
筆蹟学について …… 534
自転車に跨った女性の服装について …… 535
〔自転車と作家たち〕 …… 535
〔芸術家たちの村住まい—セーヌのほとり〕 …… 536
山高帽について …… 538
挿絵本について …… 539
〔詩人たちのために！—旅行給費についての小アンケート〕 …… 540
X　折りふしの詩句(安藤元雄, 菅野昭正, 與謝野文子訳) …… 541
郵便つれづれ …… 543
扇 …… 560
《牧神の午後》の献辞さまざま …… 563
写真 …… 567
新年のフルーツゼリーの贈り物 …… 569
別の年賀 …… 571
復活祭の卵 …… 575
聖人の日(フエート)や誕生日 …… 577
アルバム …… 579
献辞・書き入れ・そのほか …… 581
献辞・書き入れ …… 581
オンフルールの小石の上に …… 589
カルヴァドスの林檎酒の瓶に …… 589
ロンデル …… 590
《独立評論》(ラ・ルヴユ・アンデパンダント)誌の事務所開きへの招待状 …… 591
ヴァルヴァン劇場 一八八一年–一八八二年 …… 593
XI　少年・青年時代の詩と散文 …… 597
少年・青年時代の詩(田中淳一訳) …… 599
最初の聖体拝領のためのカンタータ …… 599
ある母の祈り …… 601
アラーの怒り！ …… 608
レダ—古代風田園恋愛詩 …… 612
別れの言葉—断章 …… 616
彼女の墓穴は掘られている！… …… 617
彼女の墓穴は閉ざされている！… …… 623
昨日・今日・明日 …… 630
死者たちの鐘 …… 631
雲 …… 632
すべては過ぎゆく！… …… 634
返詩—エスピナスに …… 635
与えよ！… …… 637
悔悛—ソネ …… 638
一冊のアルバムの序として …… 639
一篇の詩に答えて …… 640
死者への礼儀 …… 641
小さな金髪の洗濯女に …… 644
ある背徳詩人に …… 649
蕩児 …… 652
神秘ノ翳り(愚者たちの頌歌) …… 654
令嬢たちの広場—あるいは槍騎兵の不参あるいは先見の明の勝利(エマニュエル・デ・ゼッサール共作) …… 654
あるパリの詩人に反駁する—エマニュエル・デ・ゼッサールに …… 661
冬の陽 …… 662
(お肉がちょうど頃合いに焼けていたから…) …… 663
希望の城 …… 664
少年期の散文(竹内信夫訳) …… 666

守護天使 …… 666

黄金の盃 …… 668

三羽のこうのとりの昔話 …… 670

青年期の散文（阿部良雄, 兼子正勝訳）…… 689

『パリ詩篇』（「パピヨン」誌）…… 689

『ミラノ女とオーストリア男』―三幕の散文劇、レオン・マルク氏作 …… 693

『パリ詩篇』（「セノネ」紙）…… 696

芸術の異端―万人のための芸術 …… 700

第3巻 別冊 解題・註解

1998年3月25日刊

＊凡例 …… *i*

＊I　最新流行 …… 3

＊『最新流行』あるいは〈祝祭の譜面〉へ（渡辺守章）…… 3

＊『最新流行』夢の構築、宣伝の夢（與謝野文子）…… 32

＊第一号（清水徹, 與謝野文子, 渡辺守章）…… 50

＊第二号（清水徹, 與謝野文子, 渡辺守章）…… 66

＊第三号（清水徹, 與謝野文子, 渡辺守章）…… 75

＊第四号（清水徹, 與謝野文子, 渡辺守章）…… 80

＊第五号（清水徹, 與謝野文子, 渡辺守章）…… 88

＊第六号（清水徹, 與謝野文子, 渡辺守章）…… 92

＊第七号（清水徹, 與謝野文子, 渡辺守章）…… 95

＊第八号（清水徹, 與謝野文子, 渡辺守章）…… 101

＊II　言語に関するノート（竹内信夫）…… 107

＊III　英単語（高橋康也）…… 117

＊IV　英作文（高橋康也）…… 118

＊V　古代の神々（竹内信夫）…… 119

＊VI　インド説話集（兼子正勝）…… 171

＊魔法の肖像画（川瀬武夫）…… 181

＊偽りの老女（兼子正勝）…… 188

＊生ける死者（川瀬武夫）…… 190

＊ナラとダマヤンティー（兼子正勝）…… 197

＊VII　イギリス童謡選集（高橋康也）…… 205

＊VIII　自叙伝―ヴェルレーヌへの手紙（松室三郎）…… 206

＊IX　散文さまざま（川瀬武夫）…… 213

＊時評（阿部良雄）…… 219

＊美術（阿部良雄）…… 219

＊ロンドン国際博覧会についての三通の手紙（付属フランス館）（阿部良雄）…… 224

＊ロンドンの博覧会―第二期―一八七二年五月から十月まで（阿部良雄）…… 225

＊アンリ・ルニョーの一周忌記念（阿部良雄）…… 225

＊一八七四年のための絵画審査委員会とマネ氏（阿部良雄）…… 225

＊印象派の画家たちとエドゥアール・マネ（阿部良雄）…… 226

＊「ゴシップ」（抄）（阿部良雄）…… 228

＊文芸 …… 229

＊レオン・ディエルクスの詩作品（井原鉄雄）…… 229

＊スウィンバーンの悲劇『エレクテウス』（川瀬武夫）…… 231

＊芝居のゴシップ〔一八七五年十月〕（渡辺守章）…… 233

＊芝居のゴシップ〔一八七五年十一月二十一日〕（渡辺守章）…… 234

＊芝居のゴシップ〔一八七六年一月三日〕（渡辺守章）…… 235

＊芝居のゴシップ〔一八七六年一月三十日〕（渡辺守章）…… 236

＊芝居のゴシップ〔一八七六年二月六日〕（渡辺守章）…… 236

＊文学のゴシップ〔一八七五年十一月二十七日〕（宮原信）…… 236

＊文学のゴシップ〔一八七六年一月九日〕（宮原信）…… 237

＊文学のゴシップ〔一八七六年三月二十日〕（宮原信）…… 237

＊文学のゴシップ〔一八七六年三月二十日〕（宮原信）…… 237

＊乾杯の辞、序文、その他 …… 237

＊ジャン・モレアスへの乾杯の辞（渋沢孝輔）…… 237

＊ルコント・ド・リールの名における乾杯の辞（渋沢孝輔）…… 237

＊エミール・ヴェラーレンへの乾杯の辞（渋沢孝輔）…… *238*
＊『黄昏の血』序文（井原鉄雄）…… *238*
＊アメリカの大学生（井原鉄雄）…… *239*
＊ギュスターヴ・カーンへの乾杯の辞（渋沢孝輔）…… *239*
＊ヴェルレーヌ一周忌にあたっての挨拶（渋沢孝輔）…… *240*
＊ポール・ヴェルレーヌのための書簡体序文（井原鉄雄）…… *240*
＊若い友人たちへの乾杯の辞（渋沢孝輔）…… *241*
＊レオポルド・ドーファン著『青と灰色の葡萄』のための緒言（井原鉄雄）…… *242*
＊前向上（井原鉄雄）…… *243*
＊カチュール・マンデスへの祝辞（渋沢孝輔）…… *243*
＊ジョルジェット・ルブラン夫人について（井原鉄雄）…… *245*
＊アンケート回答、インタヴュー記事 …… *246*
＊I …… *246*
＊文学の進展について（清水徹）…… *246*
＊II …… *253*
＊〔詩の定義〕（井原鉄雄）…… *253*
＊〔自由詩句と詩人たち〕（川瀬武夫）…… *254*
＊〔演劇について〕（立仙順郎）…… *256*
＊演劇について（ヴィクトリア・ピカ宛）（立仙順郎）…… *257*
＊〔『アクセル』をめぐる論争〕（川瀬武夫）…… *257*
＊III …… *260*
＊ヴォルテールについて（立仙順郎）…… *260*
＊マルスリーヌ・デボルド・ヴァルモールについて（立仙順郎）…… *260*
＊ポーについて（立仙順郎）…… *261*
＊〔テニソン―ステファヌ・マラルメ氏宅にて〕（川瀬武夫）…… *262*
＊ロバート＝ルイス・スティーヴンソンについて（立仙順郎）…… *264*
＊モーパッサンについて（立仙順郎）…… *264*
＊〔ヴェルレーヌを語る〕（立仙順郎）…… *265*
＊ヴェルレーヌについてのアンケート（立仙順郎）…… *265*
＊ヴェルレーヌについて（立仙順郎）…… *266*
＊〔コメディー＝フランセーズにベルギー人〕（川瀬武夫）…… *266*
＊トルストイについて（立仙順郎）…… *269*
＊〔芸術の役割―トルストイに答える〕（立仙順郎）…… *270*
＊IV …… *270*
＊〔拘束と自由〕（川瀬武夫）…… *270*
＊〔アナーキスト―陸軍省の職員逮捕〕（川瀬武夫）…… *273*
＊デプラース伯爵の著書について（立仙順郎）…… *279*
＊美と実用品について（立仙順郎）…… *280*
＊スカンディナヴィア文学について（立仙順郎）…… *280*
＊〔優れた知性人における夢〕（川瀬武夫）…… *280*
＊〔アルザス＝ロレーヌと今日の精神状況〕（川瀬武夫）…… *281*
＊二十歳のころの理想について（立仙順郎）…… *284*
＊V …… *281*
＊春について（立仙順郎）…… *285*
＊〔タバコ是か非か〕（川瀬武夫）…… *285*
＊〔動物と文学者たち〕（川瀬武夫）…… *286*
＊〔われらが友である猫〕（川瀬武夫）…… *288*
＊筆蹟学について（立仙順郎）…… *290*
＊自転車に跨った女性の服装について（立仙順郎）…… *290*
＊〔自転車と作家たち〕（立仙順郎）…… *291*
＊〔芸術家たちの村住まい―セーヌのほとり〕（立仙順郎）…… *291*
＊山高帽について（立仙順郎）…… *292*
＊挿絵本について（立仙順郎）…… *294*

＊〔詩人たちのために！—旅行給費についての小アンケート〕（川瀬武夫）…… 294
＊X　折りふしの詩句（安藤元雄）…… 297
＊女友人（菅野昭正）…… 307
＊出版人たち ほか（菅野昭正）…… 308
＊《牧神の午後》の献辞さまざま（安藤元雄）…… 308
＊写真（安藤元雄）…… 309
＊新年のフルーツゼリーの贈り物（安藤元雄）…… 309
＊別の年賀（菅野昭正）…… 309
＊復活祭の卵（安藤元雄）…… 309
＊聖人の日や誕生日（安藤元雄）…… 309
＊アルバム（安藤元雄）…… 309
＊献辞・書き入れ・そのほか（安藤元雄）…… 310
＊《独立評論》誌の事務所開きへの招待状（安藤元雄）…… 310
＊XI　少年・青年時代の詩と散文 …… 312
＊少年・青年時代の詩（田中淳一）…… 312
＊最初の聖体拝領のためのカンタータ …… 320
＊ある母の祈り …… 320
＊アラーの怒り！ …… 321
＊レダ—古代風田園恋愛詩 …… 321
＊別れの言葉—断章 …… 321
＊彼女の墓穴は掘られている！…… 322
＊彼女の墓穴は閉ざされている！… …… 323
＊昨日・今日・明日 …… 323
＊死者たちの鐘 …… 324
＊雲 …… 324
＊すべては過ぎゆく！… …… 324
＊返詩—エスピナスに …… 325
＊与えよ！… …… 325
＊悔悛—ソネ …… 326
＊一冊のアルバムの序として …… 326
＊一篇の詩に答えて …… 326
＊死者への礼儀 …… 327
＊小さな金髪の洗濯女に …… 327
＊ある背徳詩人に …… 327
＊蕩児 …… 328
＊神秘ノ翳り（愚者たちの頌歌）…… 328
＊令嬢たちの広場 …… 329
＊あるパリの詩人に反駁する—エマニュエル・デ・ゼッサールに…… 331
＊冬の陽 …… 332
＊（お肉がちょうど頃合いに焼けていたから…）…… 332
＊希望の城 …… 333
＊少年期の散文（竹内信夫）…… 335
＊守護天使 …… 337
＊黄金の盃 …… 338
＊三羽のこうのとりの昔話 …… 339
＊青年期の散文（兼子正勝）…… 343
＊『パリ詩篇』（兼子正勝）…… 357
＊『ミラノ女とオーストリア男』（兼子正勝）…… 360
＊『パリ詩篇』（兼子正勝）…… 362
＊芸術の異端—万人のための芸術（阿部良雄）…… 364
＊〈書物〉について（清水徹編訳）…… 365
＊〈書物〉について—註（清水徹）…… 474

第4巻　書簡 1

1991年8月1日刊

＊凡例 …… i
書簡 I（阿部良雄, 井原哲雄, 柏倉康夫, 兼子正勝, 川瀬武夫, 菅野昭正, 竹内信夫, 西川直子, 松室三郎, 立仙順朗, 渡辺守章訳）…… 3
一八六二年（二十歳）…… 5
一　デモラン氏宛 …… 6
二　デモラン氏宛 …… 9
三　デモラン氏宛 …… 11
四　デモラン氏宛 …… 13
五　デモラン夫人宛 …… 15
六　デモラン夫人宛 …… 19
七　アンリ・カザリス宛 …… 21
八　アンリ・カザリス宛 …… 24
九　アンリ・カザリス宛 …… 29
一〇　マリア・ゲルハルト宛 …… 34
一一　アンリ・カザリス宛 …… 37
一二　マリア・ゲルハルト宛 …… 42
一三　マリア・ゲルハルト宛 …… 45
一四　アンリ・カザリス宛 …… 48
一五　アンリ・カザリス宛 …… 50
一六　アンリ・カザリス宛 …… 54
一七　アンリ・カザリス宛 …… 57

一八　エマニュエル・デ・ゼッサール宛 …… 59
一九　アンリ・カザリス宛 …… 64
二〇　アンリ・カザリス宛 …… 67
二一　アンリ・カザリス宛 …… 69
二二　アンリ・カザリス宛 …… 76
二三　アンリ・カザリス宛 …… 80
二四　アンリ・カザリス宛 …… 82
二五　アンリ・カザリス宛 …… 85
二六　アンリ・カザリス宛 …… 96
一八六三年（二十一歳）…… 99
二七　アンリ・カザリス宛 …… 100
二八　アンリ・カザリス宛 …… 102
二九　アンリ・カザリス宛 …… 107
三〇　アンリ・カザリス宛 …… 111
三一　アンリ・カザリス宛 …… 113
三二　アンリ・カザリス宛 …… 117
三三　アンリ・カザリス宛 …… 119
三四　アンリ・カザリス宛 …… 124
三五　アンリ・カザリス宛 …… 126
三六　アンリ・カザリス宛 …… 130
三七　アンリ・カザリス宛 …… 134
三八　アンリ・カザリス宛 …… 136
三九　アンリ・カザリス宛 …… 141
四〇　文部大臣宛 …… 145
四一　アンリ・カザリス宛 …… 146
四二　アルベール・コリニョン宛 …… 148
四三　アンリ・カザリス宛 …… 150
一八六四年（二十二歳）…… 154
四四　アンリ・カザリス宛 …… 155
四五　アンリ・カザリス宛 …… 158
四六　アルベール・コリニョン宛 …… 160
四七　アンリ・カザリス宛 …… 163
四八　アンリ・カザリス宛 …… 167
四九　アルベール・コリニョン宛 …… 169
五〇　アンリ・カザリス宛 …… 171
五一　アンリ・カザリス宛 …… 175
五二　テオドール・オーバネル宛 …… 179
五三　アンリ・カザリス宛 …… 180
五四　テオドール・オーバネル宛 …… 182
五五　アンリ・カザリス宛 …… 183
五六　アンリ・カザリス宛 …… 186
五七　アルフレッド・デ・ゼッサール宛 …… 188
五八　テオドール・オーバネル宛 …… 190
五九　アンリ・カザリス宛 …… 192
六〇　デモラン夫人宛 …… 194
六一　アンリ・カザリス宛 …… 196
六二　テオドール・オーバネル宛 …… 197
一八六五年（二十三歳）…… 200
六三　アンリ・カザリス宛 …… 201
六四　アンリ・カザリス宛 …… 204
六五　ウージェーヌ・ルフェビュール宛 …… 206
六六　アンリ・カザリス宛 …… 213
六七　アンリ・カザリス宛 …… 216
六八　アンリ・カザリス宛 …… 220
六九　アンリ・カザリス宛 …… 222
七〇　アンリ・カザリス宛 …… 225
七一　ウージェーヌ・ルフェビュール宛 …… 227
七二　マリー・マラルメ宛 …… 230
七三　テオドール・オーバネル宛 …… 232
七四　アンリ・カザリス宛 …… 235
七五　テオドール・オーバネル宛 …… 237
七六　マリー・マラルメ宛 …… 239
七七　マリー・マラルメ宛 …… 242
七八　マリー・マラルメ宛 …… 244
七九　ジョゼ＝マリア・ド・エレディア宛 …… 248
八〇　ヴィクトル・パヴィー宛 …… 250
八一　テオドール・オーバネル宛 …… 251
八二　アンリ・カザリス宛 …… 253
八三　フレデリック・ミストラル宛 …… 255
八四　オーギュスト・ヴィリエ・ド・リラダン宛 …… 257
一八六六年（二十四歳）…… 260
八五　テオドール・オーバネル宛 …… 261
八六　ヴィクトル・パヴィー宛 …… 263
八七　ヴィクトル・パヴィー宛 …… 264
八八　イポリット・ル・ジョーヌ夫人宛 …… 267
八九　カチュール・マンデス宛 …… 269
九〇　マリー・マラルメ宛 …… 271
九一　マリー・マラルメ宛 …… 273
九二　カチュール・マンデス宛 …… 275
九三　アンリ・カザリス宛 …… 280
九四　アルベール・メラ宛 …… 284
九五　アンリ・カザリス宛 …… 287
九六　アンリ・カザリス宛 …… 292
九七　テオドール・オーバネル宛 …… 294

九八　文部大臣宛 …… 297
九九　テオドール・オーバネル宛 …… 298
一〇〇　テオドール・オーバネル宛 …… 300
一〇一　アンリ・カザリス宛 …… 302
一〇二　マリー・マラルメ宛 …… 304
一〇三　マリー・マラルメ宛 …… 306
一〇四　テオドール・オーバネル宛 …… 308
一〇五　グルノーブル大学区長宛 …… 310
一〇六　文部大臣宛 …… 311
一〇七　フランソワ・コペ宛 …… 312
一〇八　ポール・ヴェルレーヌ宛 …… 315
一〇九　アンリ・カザリス宛 …… 319
一八六七年(二十五歳) …… 321
一一〇　文部大臣宛 …… 322
一一一　ジョゼ＝マリア・ド・エレディア宛 …… 323
一一二　アンリ・カザリス宛 …… 325
一一三　ウージェーヌ・ルフェビュール宛 …… 330
一一四　アンリ・カザリス宛 …… 338
一一五　レオン・ディエルクス宛 …… 340
一一六　フレデリック・ミストラル宛 …… 342
一一七　オーギュスト・ヴィリエ・ド・リラダン宛 …… 344
一一八　オーギュスト・ヴィリエ・ド・リラダン宛 …… 346
一一九　文部大臣宛 …… 349
一二〇　テオドール・オーバネル宛 …… 350
一八六八年(二十六歳) …… 352
一二一　アンリ・カザリス宛 …… 353
一二二　アンリ・カザリス宛 …… 354
一二三　フランソワ・コペ宛 …… 356
一二四　ウィリアム・チャールズ・ボナパルト＝ワイズ宛 …… 357
一二五　ウージェーヌ・ルフェビュール宛 …… 361
一二六　ウィリアム・チャールズ・ボナパルト＝ワイズ宛 …… 365
一二七　アンリ・カザリス宛 …… 366
一二八　アンリ・カザリス宛 …… 370
一二九　アンリ・カザリス宛 …… 373
一三〇　アンリ・カザリス宛 …… 375
一三一　マリー・マラルメ宛 …… 378
一三二　アンリ・カザリス宛 …… 379
一八六九年(二十七歳) …… 383
一三三　アンリ・カザリス宛 …… 384
一三四　アンリ・カザリス宛 …… 386
一三五　アンリ・カザリス宛 …… 391
一三六　アンリ・カザリス宛 …… 393
一三七　アンリ・カザリス宛 …… 395
一三八　文部大臣宛 …… 398
一三九　フランソワ・コペ宛 …… 399
一四〇　アンリ・カザリス宛 …… 401
一四一　文部大臣宛 …… 404
一四二　アンリ・カザリス宛 …… 405
一八七〇年(二十八歳) …… 409
一四三　ウージェーヌ・ルフェビュール宛 …… 410
一四四　アンリ・カザリス宛 …… 413
一四五　アンリ・カザリス宛 …… 415
一四六　アンリ・カザリス宛 …… 417
一四七　カチュール・マンデス宛 …… 419
一四八　アンリ・カザリス宛 …… 421
一四九　オーギュスト・ヴィリエ・ド・リラダン宛 …… 424
一五〇　在トゥール文部大臣補佐官宛 …… 426
一八七一年(二十九歳) …… 428
一五一　カチュール・マンデス宛 …… 429
一五二　アンリ・カザリス宛 …… 432
一五三　アンリ・カザリス宛 …… 437
一五四　アンリ・カザリス宛 …… 439
一五五　アンリ・カザリス宛 …… 444
一五六　文部大臣宛 …… 447
一八七二年(三十歳) …… 450
一五七　ジョゼ＝マリア・ド・エレディア宛 …… 451
一五八　クロディユス・ポプラン宛 …… 453
一五九　文部大臣宛 …… 454
一六〇　「フランシュ＝コンテ新聞」編集長宛 …… 455
一六一　カチュール・マンデス〔?〕宛 …… 456
一八七三年(三十一歳) …… 460
一六二　マリー・マラルメ宛 …… 461
一六三　マリー・マラルメ宛 …… 463
一六四　マリー・マラルメ宛 …… 464

一六五　マリー・マラルメ宛 …… 469
一六六　ジュヌヴィエーヴ・マラルメ宛 …… 470
一六七　マリー・マラルメ宛 …… 472
一六八　マリー・マラルメ宛 …… 473
一六九　マリー・マラルメ宛 …… 475
一七〇　マリー・マラルメ宛 …… 478
一七一　マリー・マラルメ宛 …… 480
一七二　アルフォンス・ルメール宛 …… 482
一七三　フレデリック・ミストラル宛 …… 483
一七四　ジョルジュ・サンド宛 …… 486
一八七四年（三十二歳）…… 488
一七五　オーギュスト・ヴィリエ・ド・リラダン宛 …… 489
一七六　アルフォンス・ルメール宛 …… 491
一七七　エミール・ゾラ宛 …… 492
一七八　エミール・ペラン〔？〕宛 …… 494
一八七五年（三十三歳）…… 496
一七九　フランソワ・コペ宛 …… 497
一八〇　リチャード・ヘンギスト・ホーン宛 …… 499
一八一　レオン・クラデル宛 …… 502
一八二　ジュール・クラルシー宛 …… 504
一八三　アルフォンス・ルメール宛 …… 505
一八四　アルフォンス・ルメール宛 …… 506
一八五　カチュール・マンデス宛 …… 506
一八六　ジョン・ヘンリー・イングラム宛 …… 509
一八七　マリー・マラルメ宛 …… 511
一八八　マリー・マラルメ宛 …… 514
一八九　エドマンド・ゴス宛 …… 516
一九〇　マリー・マラルメ宛 …… 517
一九一　マリー・マラルメ宛 …… 519
一九二　マリー・マラルメ宛 …… 521
一九三　マリー・マラルメ宛 …… 523
一九四　アーサー・オショーネシー宛 …… 526
一九五　アルフォンス・ルメール宛 …… 529
一九六　アルフォンス・ルメール宛 …… 530
一九七　アーサー・オショーネシー宛 …… 531
一九八　アーサー・オショーネシー宛 …… 534
一九九　アーサー・オショーネシー宛 …… 536
二〇〇　アーサー・オショーネシー宛 …… 538
二〇一　チャールズ・スウィンバーン宛 …… 541
一八七六年（三十四歳）…… 544
二〇二　ジュール＝ピエール＝ギョーム・フィック宛 …… 545
二〇三　チャールズ・スウィンバーン宛 …… 546
二〇四　アーサー・オショーネシー宛 …… 551
二〇五　チャールズ・スウィンバーン宛 …… 552
二〇六　エミール・ゾラ宛 …… 554
二〇七　セアラ・シガニー・ライス嬢宛 …… 557
二〇八　セアラ・ヘレン・ホイットマン夫人宛 …… 560
二〇九　チャールズ・スウィンバーン宛 …… 562
二一〇　アナトール・フランス宛 …… 563
二一一　アーサー・オショーネシー宛 …… 565
二一二　チャールズ・スウィンバーン宛 …… 567
二一三　アーサー・オショーネシー宛 …… 570
二一四　セアラ・ヘレン・ホイットマン夫人宛 …… 572
二一五　リシャール・レスクリード宛 …… 575
二一六　セアラ・ヘレン・ホイットマン夫人宛 …… 577
一八七七年（三十五歳）…… 581
二一七　セアラ・シガニー・ライス嬢宛 …… 582
二一八　セアラ・ヘレン・ホイットマン夫人宛 …… 586
二一九　エミール・ゾラ宛 …… 589

二二〇　セアラ・ヘレン・ホイットマン夫人宛 …… 591
二二一　セアラ・ヘレン・ホイットマン夫人宛 …… 594
二二二　セアラ・ヘレン・ホイットマン夫人宛 …… 597
一八七八年（三十六歳） …… 601
二二三　エミール・ブレモン宛 …… 602
二二四　ジョン・ヘンリー・イングラム宛 …… 603
二二五　エミール・ゾラ宛 …… 607
二二六　リシャール・レスクリード宛 …… 610
二二七　ロベール・ド・モンテスキウ宛 …… 611
二二八　ロベール・ド・モンテスキウ宛 …… 613
一八七九年（三十七歳） …… 614
二二九　アーサー・オショーネシー宛 …… 615
二三〇　リシャール・レスクリード宛 …… 616
二三一　リシャール・レスクリード宛 …… 617
二三二　マリー・マラルメ宛 …… 618
二三三　レオン・ディエルクス宛 …… 620
二三四　レオン・クラデル宛 …… 621
二三五　N.A.デラ・ロッカ・デ・ベルガロ宛 …… 623
二三六　アンリ・カザリス宛 …… 625
二三七　ロベール・ド・モンテスキウ宛 …… 627
二三八　アンリ・カザリス宛 …… 628
二三九　アンリ・ルージョン宛 …… 630
二四〇　アンリ・カザリス宛 …… 633
二四一　ロベール・ド・モンテスキウ宛 …… 635
二四二　アンリ・カザリス宛 …… 637
二四三　アンリ・カザリス宛 …… 639
二四四　ジョン・ペイン宛 …… 642
二四五　アンリ・カザリス宛 …… 643
二四六　ロベール・ド・モンテスキウ宛 …… 645
二四七　アンリ・ルージョン宛 …… 645
二四八　アンリ・ルージョン宛 …… 646
一八八〇年（三十八歳） …… 649
二四九　ジョルジュ・シャルパンティエ宛 …… 650
二五〇　アルバート・デイリー夫人宛 …… 651
二五一　ジョルジュ・シャルパンティエ宛 …… 653
二五二　レオン・クラデル宛 …… 654
一八八一年（三十九歳） …… 656
二五三　ギュスターヴ・カーン宛 …… 657
二五四　ポール・ヴェルレーヌ宛 …… 659
二五五　アンリ・キストマケルス宛 …… 661
一八八二年（四十歳） …… 664
二五六　エドゥアール・マネ宛 …… 665
二五七　ジョン・ペイン宛 …… 666
二五八　ジョリス＝カルル・ユイスマンス宛 …… 668
一八八三年（四十一歳） …… 670
二五九　オーギュスト・ヴィリエ・ド・リラダン宛 …… 671
二六〇　ジョリス＝カルル・ユイスマンス宛 …… 672
二六一　アンリ・ルージョン宛 …… 673
二六二　ポール・ヴェルレーヌ宛 …… 675
二六三　ポール・ヴェルレーヌ宛 …… 677
一八八四年（四十二歳） …… 679
二六四　ポール・ヴェルレーヌ宛 …… 680
二六五　レオ・ドルフェ宛 …… 681
二六六　レオン・エニック宛 …… 682
二六七　ポール・ヴェルレーヌ宛 …… 684
二六八　レオポルド・ドーファン宛 …… 685
二六九　ジョリス＝カルル・ユイスマンス宛 …… 687
二七〇　レオ・ドルフェ宛 …… 690
二七一　マリー・マラルメ宛 …… 691
二七二　レオ・ドルフェ宛 …… 693
二七三　カチュール・マンデス宛 …… 694
二七四　ヴィクトール・マルグリット宛 …… 695
二七五　マリユス・ルー宛 …… 697
二七六　ポール・ヴェルレーヌ宛 …… 698
一八八五年（四十三歳） …… 700
二七七　エミール・エンヌカン宛 …… 701
二七八　オディロン・ルドン宛 …… 702
二七九　ジャン・モレアス宛 …… 704

二八〇　文部大臣宛 …… 706
二八一　ルネ・ギル宛 …… 707
二八二　テオドール・デュレ宛 …… 709
二八三　ギュスターヴ・カーン宛 …… 711
二八四　エドゥアール・デュジャルダン宛 …… 712
二八五　エドゥアール・デュジャルダン宛 …… 713
二八六　モーリス・バレス宛 …… 714
二八七　ジョン・ヘンリー・イングラム宛 …… 715
二八八　ポール・ヴェルレーヌ宛 …… 718
二八九　アンリ・ド・レニエ宛 …… 726
二九〇　フランシス・ヴィエレ＝グリファン宛 …… 728
＊解説 …… 729
＊マラルメの書簡（菅野昭正） …… 730
＊マラルメ書簡関係地図 …… 741
＊書簡索引 …… i

第5巻　書簡 2

2001年4月20日刊

＊凡例 …… i
書簡 II（阿部良雄, 井原哲雄, 兼子正勝, 川瀬武夫, 菅野昭正, 清水徹, 竹内信夫, 西川直子, 松室三郎, 立仙順朗, 渡辺守章訳） …… 3
一八八六年（四十四歳） …… 5
二九一　ギュスターヴ・カーン宛 …… 6
二九二　レオン・ヴァニエ宛 …… 7
二九三　レオン・ヴァニエ宛 …… 9
二九四　ジャン・モレアス宛 …… 10
二九五　ジョン・ヘンリー・イングラム宛 …… 12
二九六　ジョリス＝カルル・ユイスマンス宛 …… 14
二九七　ギュスターヴ・カーン宛 …… 15
二九八　レオン・ヴァニエ宛 …… 16
二九九　レオン・ヴァニエ宛 …… 17
三〇〇　レオ・ドルフェ宛 …… 18
三〇一　ヴィクトール・マルグリット宛 …… 19
三〇二　エドゥアール・デュジャルダン宛 …… 22
三〇三　ルネ・ギル宛 …… 26
三〇四　ヴィクトール・マルグリット宛 …… 27
三〇五　オーギュスト・ヴィリエ・ド・リラダン宛 …… 28
三〇六　レオ・ドルフェ宛 …… 29
三〇七　エドゥアール・デュジャルダン宛 …… 31
三〇八　ジャン・モレアス宛 …… 32
三〇九　アンリ・ド・レニエ宛 …… 33
三一〇　ヴィットリオ・ピカ宛 …… 34
三一一　ジャン・オーバネル宛 …… 35
三一二　ベルト・モリゾ宛 …… 36
三一三　ジャン・モレアス宛 …… 36
一八八七年（四十五歳） …… 38
三一四　ヴィットリオ・ピカ宛 …… 39
三一五　ルネ・ギル宛 …… 40
三一六　ルネ・ギル宛 …… 42
三一七　フランソワ・コペ宛 …… 43
三一八　フェリシアン・シャンソール宛 …… 45
三一九　ポール・ヴェルレーヌ宛 …… 47
三二〇　スチュアート・メリル宛 …… 48
三二一　ギュスターヴ・カーン宛 …… 51
三二二　ジョリス＝カルル・ユイスマンス宛 …… 52
三二三　ギー・ド・モーパッサン宛 …… 53
三二四　エドゥアール・デュジャルダン宛 …… 55
三二五　ウージェーヌ・マネ宛 …… 56
三二六　エドゥアール・デュジャルダン宛 …… 57
三二七　レオン・ヴァニエ宛 …… 60
三二八　フランシス・ヴィエレ＝グリファン宛 …… 61
三二九　エミール・ヴェラーレン宛 …… 62
三三〇　エミール・ゾラ宛 …… 63
三三一　メリー・ローラン宛 …… 65
一八八八年（四十六歳） …… 70
三三二　エミール・ヴェラーレン宛 …… 71
三三三　エミール・ヴェラーレン宛 …… 73
三三四　エドモン・ドマン宛 …… 75

三三五　ジョリス＝カルル・ユイスマンス宛……77
三三六　ジェイムズ・マクニール・ホイスラー宛……78
三三七　モーリス・ブーショール宛……79
三三八　オクターヴ・ミルボー宛……81
三三九　エドモン・ドマン宛……82
三四〇　アンリ・ド・レニエ宛……88
三四一　ジェイムズ・マクニール・ホイスラー宛……89
三四二　フランシス・ヴィエレ＝グリファン宛……91
三四三　アンリ・カザリス宛……92
三四四　クロード・モネ宛……94
三四五　X…宛……95
三四六　ジェイムズ・マクニール・ホイスラー宛……96
三四七　ヴィクトール・マルグリット宛……98
三四八　エドモン・ドマン宛……101
三四九　エドモン・ドマン宛……104
三五〇　マリー及びジュヌヴィエーヴ・マラルメ宛……110
三五一　マリー及びジュヌヴィエーヴ・マラルメ宛……112
三五二　マリー及びジュヌヴィエーヴ・マラルメ宛……113
三五三　マリー及びジュヌヴィエーヴ・マラルメ宛……115
三五四　マリー及びジュヌヴィエーヴ・マラルメ宛……117
三五五　マリー及びジュヌヴィエーヴ・マラルメ宛……118
三五六　マリー及びジュヌヴィエーヴ・マラルメ宛……119
三五七　エドモン・ドマン宛……120
三五八　エドモン・ドマン宛……122
三五九　エドモン・ドマン宛……124
三六〇　ベルト・モリゾ宛……126
三六一　エドモン・ドマン宛……128
三六二　オディロン・ルドン宛……132
一八八九年（四十七歳）……134
三六三　オディロン・ルドン宛……135
三六四　ウージェーヌ・マネとベルト・モリゾ宛……136
三六五　ポール・ヴェルレーヌ宛……137
三六六　ベルト・モリゾ宛……138
三六七　ジャック＝エミール・ブランシュ、その他宛……140
三六八　メリー・ローラン宛……141
三六九　アレクサンドル・デュマ・フィス宛……142
三七〇　オーギュスト・ヴィリエ・ド・リラダン宛……143
三七一　アンリ・カザリス宛……144
三七二　エドゥアール・デュジャルダン宛……146
三七三　オーギュスト・ヴィリエ・ド・リラダン宛……147
三七四　エドモン・フルニエ博士宛（？）……148
三七五　ジョリス＝カルル・ユイスマンス宛……149
三七六　オーギュスト・ヴィリエ・ド・リラダン宛……152
三七七　ポール・ブゥルドレー宛……155
三七八　メリー・ローラン宛……156
三七九　メリー・ローラン宛……157
三八〇　メリー・ローラン宛……158
三八一　マリー及びジュヌヴィエーヴ・マラルメ宛……162
三八二　ジョリス＝カルル・ユイスマンス宛……163
三八三　マリー及びジュヌヴィエーヴ・マラルメ宛……165
三八四　メリー・ローラン宛……167
三八五　メリー・ローラン宛……169
三八六　ジョリス＝カルル・ユイスマンス宛……171
三八七　ポール・ヴェルレーヌ宛……172
三八八　クロード・モネ宛……173
三八九　ポール・ヴェルレーヌ宛……174
三九〇　フランス・エーレンス宛……175
一八九〇年（四十八歳）……178
三九一　オクターヴ・モース宛……179
三九二　オクターヴ・ミルボー宛……180
三九三　ヴィリエ・ド・リラダン未亡人宛……182
三九四　レオン・デシャン宛……184
三九五　ジョリス＝カルル・ユイスマンス宛……185

三九六　エドモン・ドマン宛 …… 186
三九七　ヴァレール・ジル宛 …… 187
三九八　ジョリス＝カルル・ユイスマンス宛 …… 188
三九九　ジョルジュ・ロダンバック宛 …… 189
四〇〇　マリー及びジュヌヴィエーヴ・マラルメ宛 …… 191
四〇一　マリー及びジュヌヴィエーヴ・マラルメ宛 …… 192
四〇二　マリー及びジュヌヴィエーヴ・マラルメ宛 …… 193
四〇三　マリー及びジュヌヴィエーヴ・マラルメ宛 …… 194
四〇四　マリー及びジュヌヴィエーヴ・マラルメ宛 …… 195
四〇五　マリー及びジュヌヴィエーヴ・マラルメ宛 …… 197
四〇六　アンリ・ド・レニエ宛 …… 199
四〇七　ガブリエル・ムーレイ宛 …… 200
四〇八　メリー・ローラン宛 …… 201
四〇九　ロベール・ピカール宛 …… 202
四一〇　フランス・エーレンス宛 …… 205
四一一　ロドルフ・ダルザン宛 …… 205
四一二　フランソワ・コペ宛 …… 206
四一三　アンリ・ド・レニエ宛 …… 207
四一四　ヴァレール・ジル宛 …… 208
四一五　カリクスト・ラシェ宛 …… 209
四一六　ロドルフ・ダルザン宛 …… 210
四一七　ロドルフ・ダルザン宛 …… 211
四一八　フェリシアン・シャンソール宛 …… 212
四一九　オクターヴ・ミルボー宛 …… 213
四二〇　アルベール・ド・ノセー宛 …… 214
四二一　ポール・フォール宛 …… 216
四二二　ジェイムズ・マクニール・ホイスラー宛 …… 217
四二三　クロード・モネ宛 …… 219
四二四　マリー及びジュヌヴィエーヴ・マラルメ宛 …… 220
四二五　アンリ・カザリス宛 …… 221
四二六　クロード・モネ宛 …… 223
四二七　ジョルジュ・シュザンヌ宛 …… 223
四二八　オクターヴ・ミルボー宛 …… 225
四二九　ウージェーヌ・マネとベルト・モリゾ宛 …… 227
四三〇　オクターヴ・ミルボー宛 …… 228
四三一　オクターヴ・ミルボー宛 …… 230
四三二　ジョゼファン・ペラダン宛 …… 231
四三三　アンリ・ド・レニエ宛 …… 232
四三四　ポール・アダン宛 …… 233
四三五　ポール・ブールジェ宛 …… 235
四三六　マティアス・モラール宛 …… 236
四三七　エミール・ゾラ宛 …… 237
四三八　ヴィクトル＝エミール・ミシュレ宛 …… 239
四三九　オクターヴ・ミルボー宛 …… 240
四四〇　ポール・ヴァレリー宛 …… 241
四四一　ジェイムズ・マクニール・ホイスラー宛 …… 242
四四二　ジェイムズ・マクニール・ホイスラー宛 …… 244
四四三　ジェイムズ・マクニール・ホイスラー宛 …… 245
四四四　フランソワ・コペ宛 …… 246
四四五　エドモン・ドマン宛 …… 247
四四六　ヴァレール・ジル宛 …… 251
一八九一年（四十九歳） …… 252
四四七　ポール・ブールジェ宛 …… 253
四四八　ポール・クローデル宛 …… 254
四四九　ウジェーヌ・ルフェビュール宛 …… 256
四五〇　オクターヴ・ミルボー宛 …… 257
四五一　ジャン・モレアス宛 …… 260
四五二　アルベール・モッケル宛 …… 262
四五三　ポール・ヴェルレーヌ宛 …… 262
四五四　エルネスト・レーノー宛 …… 263
四五五　ベルト・モリゾ宛 …… 264
四五六　ジャン・グラーヴ宛 …… 265
四五七　ポール・ヴェルレーヌ宛 …… 266
四五八　アンドレ・ジッド宛 …… 267
四五九　エドモン・ドマン宛 …… 268
四六〇　エドゥアール・シュレ宛 …… 270
四六一　オーベルノン・ド・ネルヴィル夫人宛 …… 271
四六二　シュテファン・ゲオルゲ宛 …… 272
四六三　モーリス・バレス宛 …… 273
四六四　ジュール・ユレ宛 …… 274

四六五　レオポルド・ドーファン宛……274
四六六　ガブリエル・ムーレイ宛……275
四六七　文部大臣宛……276
四六八　エドモン・ドマン宛……277
四六九　アルベール・ジロー宛……279
四七〇　エドモン・ドマン宛……280
四七一　J.-H.ロスニー宛……282
四七二　エミール・ヴェラーレン宛……283
四七三　エドモン・ドマン宛……284
四七四　ジョルジュ・ロダンバック宛……286
四七五　ジョリス＝カルル・ユイスマンス宛……287
四七六　メリー・ローラン宛……288
四七七　エドモン・ドマン宛……290
四七八　エドゥアール・デュジャルダン宛……292
四七九　ローラン・タイヤード宛……293
四八〇　ポール・ヴァレリー宛……294
四八一　エドモン・ドマン宛……295
四八二　マリー及びジュヌヴィエーヴ・マラルメ宛……299
四八三　オクターヴ・ミルボー宛……300
四八四　ピエール・ルイス宛……301
四八五　ポール・フォール宛……302
四八六　レオン・ヴァニエ宛……304
四八七　パリ大学区副学区長宛……305
四八八　アンリ・ド・レニエ宛……306
四八九　シャルル・モリス宛……307
四九〇　エドモン・バイイ宛……309
四九一　ジェイムズ・マクニール・ホイスラー宛……311
四九二　ベルト・モリゾ宛……313
四九三　アンリ・ド・レニエ宛……314
四九四　ジュヌヴィエーヴ・マラルメ宛……316
四九五　ジュヌヴィエーヴ・マラルメ宛……317
四九六　ジュヌヴィエーヴ・マラルメ宛……318
四九七　アンリ・カザリス宛……320
四九八　エドモン・ドマン宛……322
四九九　ジョルジュ・ロダンバック宛……324
五〇〇　ジュヌヴィエーヴ・マラルメ宛……325
五〇一　ジュヌヴィエーヴ・マラルメ宛……326
五〇二　ジュヌヴィエーヴ・マラルメ宛……327
五〇三　リュシアン・ミュルフェルド宛……328
五〇四　フランシス・ヴィエレ＝グリファン宛……329
五〇五　エドモン・ドマン宛……330
五〇六　レオン・デシャン宛……333
五〇七　エドモン・ドマン宛……335
五〇八　エドモン・ドマン宛……337
五〇九　カチュール・マンデス宛……340
五一〇　カチュール・マンデス宛……343
五一一　フランシス・ヴィエレ＝グリファン宛……344
五一二　アンドレ＝フェルディナン・エロルド宛……345
五一三　アンリ・マゼル宛……346
五一四　アルベール・モッケル宛……347
五一五　アルフレッド・ヴァレット宛……348
五一六　アンリ・ド・レニエ宛……349
五一七　ジェイムズ・マクニール・ホイスラー宛……351
五一八　ピエール・ルイス宛……352
五一九　パリ大学区副学区長宛……353
五二〇　ジェイムズ・マクニール・ホイスラー宛……354
五二一　オディロン・ルドン宛……356
五二二　オスカー・ワイルド宛……357
五二三　ジェイムズ・マクニール・ホイスラー宛……358
五二四　ジェイムズ・マクニール・ホイスラー宛……360
五二五　ジェイムズ・マクニール・ホイスラー宛……362
五二六　ジェイムズ・マクニール・ホイスラー宛……364
五二七　ジェイムズ・マクニール・ホイスラー宛……366
五二八　ジェイムズ・マクニール・ホイスラー宛……368
五二九　ポール・ヴェルレーヌ宛……370

五三〇　アンリ・ド・レニエ宛 …… 371
五三一　エドモン・ドマン宛 …… 372
五三二　ポール・ラコンブレス宛 …… 373
五三三　ジュール・シェレ宛 …… 375
一八九二年（五十歳） …… 376
五三四　エドモン・ドマン宛 …… 377
五三五　ポール・ラコンブレス宛 …… 378
五三六　ポール・ラコンブレス宛 …… 379
五三七　ポール・ラコンブレス宛 …… 380
五三八　エドモン・ドマン宛 …… 381
五三九　ピエール・ルイス宛 …… 383
五四〇　J.–H.ロスニー宛 …… 384
五四一　ポール・ラコンブレス宛 …… 385
五四二　ロジェ・マルクス宛 …… 386
五四三　オクターヴ・ミルボー宛 …… 387
五四四　ロジェ・マルクス宛 …… 390
五四五　アリドール・デルザン宛 …… 391
五四六　ベルト・モリゾとジュリー・マネ宛 …… 392
五四七　アンドレ・モレル宛 …… 393
五四八　ピエール＝オーギュスト・ルノワール宛 …… 394
五四九　アンリ・ルージョン宛 …… 395
五五〇　アンドレ・ジッド宛 …… 396
五五一　ポール・ラコンブレス宛 …… 397
五五二　カミーユ・モークレール宛 …… 401
五五三　ジョルジュ・ロダンバック宛 …… 402
五五四　エドゥアール・デュジャルダン宛 …… 403
五五五　アーノルド・ゴファン宛 …… 404
五五六　ピエール・ルイス宛 …… 405
五五七　レオン・デシャン宛 …… 406
五五八　レオン・デシャン宛 …… 407
五五九　メリー・ローラン宛 …… 408
五六〇　ジュヌヴィエーヴ・マラルメ宛 …… 410
五六一　エミール・ゾラ宛 …… 412
五六二　レオン・デシャン宛 …… 413
五六三　ジェイムズ・マクニール・ホイスラー宛 …… 415
五六四　ポール・ペラン宛 …… 416
五六五　シュテファン・ゲオルゲ宛 …… 417
五六六　メリー・ローラン宛 …… 418
五六七　メリー・ローラン宛 …… 419
五六八　エリザ・ソッセ宛 …… 420
五六九　メリー・ローラン宛 …… 420
五七〇　メリー・ローラン宛 …… 421
五七一　メリー・ローラン宛 …… 422
五七二　ポンソ夫人宛 …… 422
五七三　ベルト・モリゾ宛 …… 424
五七四　メリー・ローラン宛 …… 426
五七五　アンリ・マゼル宛 …… 427
五七六　ウィリアム・アーネスト・ヘンリー宛 …… 427
五七七　シャルル・ラムルー宛 …… 429
五七八　ジェイムズ・マクニール・ホイスラー宛 …… 430
五七九　シャルル・ボニエ宛 …… 431
五八〇　ロジェ・マルクス宛 …… 433
五八一　ジュール・ボワシエール宛 …… 434
五八二　レオン・デシャン宛 …… 436
五八三　エドゥアール・デュジャルダン宛 …… 438
五八四　ジョルジュ・ボルティ宛 …… 439
五八五　ジェイムズ・マクニール・ホイスラー宛 …… 440
五八六　レオン・デシャン宛 …… 442
五八七　フェリシアン・シャンソール宛 …… 443
五八八　レオン・デシャン宛 …… 444
五八九　リュシアン・ミュルフェルド宛 …… 446
五九〇　フランソワ・クーロン宛 …… 447
一八九三年（五十一歳） …… 448
五九一　エドモン・ドマン宛 …… 449
五九二　ルイ・ル・カルドネル宛 …… 450
五九三　アルフレッド・ヴァレット宛 …… 451
五九四　ポール・ヴェルレーヌ宛 …… 452
五九五　メリー・ローラン宛 …… 454
五九六　アルフレッド・ヴァレット宛 …… 455
五九七　レオン・デシャン宛 …… 456
五九八　ジョルジュ・ロダンバック宛 …… 458
五九九　シュテファン・ゲオルゲ宛 …… 459
六〇〇　ロジェ・マルクス宛 …… 460

六〇一　ロマン・コーリュス宛 …… *461*
六〇二　レオン・デシャン宛 …… *462*
六〇三　ジョゼ＝マリア・ド・エレディア宛 …… *463*
六〇四　ジョゼ＝マリア・ド・エレディア宛 …… *465*
六〇五　ポール・クローデル宛 …… *467*
六〇六　テオドール・デュレ宛 …… *468*
六〇七　オスカー・ワイルド宛 …… *469*
六〇八　シャルル・ボニエ宛 …… *470*
六〇九　レオン・デシャン宛 …… *471*
六一〇　パリ大学区副学区長宛 …… *472*
六一一　ベルト・モリゾ宛 …… *473*
六一二　ポール・エルヴェー宛 …… *474*
六一三　アンリ・ド・レニエ宛 …… *475*
六一四　メリー・ローラン宛 …… *476*
六一五　フランシス・ヴィエレ＝グリファン宛 …… *477*
六一六　カミーユ・モークレール宛 …… *478*
六一七　エレミール・ブルジュ宛 …… *479*
六一八　アンリ・カザリス宛 …… *480*
六一九　モーリス・ピュジョー宛 …… *482*
六二〇　アドルフ・レッテ宛 …… *483*
六二一　ラシルド宛 …… *484*
六二二　シャルル・ボニエ宛 …… *485*
六二三　アンドレ・ロシニョール宛 …… *486*
六二四　アンドレ・ジッド宛 …… *487*
六二五　フランシス・ジャム宛 …… *488*
六二六　エルネスト・ジョベール宛 …… *489*
六二七　フランソワ・コペ宛 …… *490*
六二八　エミール・ゾラ宛 …… *492*
六二九　フランソワ・コペ宛 …… *493*
六三〇　ジュール・ボワシエール宛 …… *494*
六三一　メリー・ローラン宛 …… *496*
六三二　文部大臣宛 …… *498*
六三三　メリー・ローラン宛 …… *499*
六三四　メリー・ローラン宛 …… *501*
六三五　メリー・ローラン宛 …… *502*
六三六　ベルト・モリゾ宛 …… *504*
六三七　アンリ・ド・レニエ宛 …… *505*
六三八　エドモン・フルニエ宛 …… *506*
六三九　アルベール・サマン宛 …… *508*
六四〇　フランシス・ジャム宛 …… *509*
六四一　ポール・ヴェルレーヌ宛 …… *509*
六四二　スチュアート・メリル宛 …… *511*
六四三　文部省宛 …… *512*
六四四　アンドレ・ポニアトウスキー公宛 …… *513*
六四五　アンリ・ルージョン宛 …… *514*
六四六　ウージェーヌ・ド・ロベルティ宛 …… *515*
六四七　レオン・デシャン宛 …… *516*
一八九四年（五十二歳） …… *518*
六四八　クリストファー・ジョン・ブレナン宛 …… *519*
六四九　エドマンド・ゴス宛 …… *520*
六五〇　アンリ・ド・レニエ宛 …… *521*
六五一　シャルル・ゲラン宛 …… *522*
六五二　オディロン・ルドン宛 …… *523*
六五三　ジェイムズ・マクニール・ホイスラー宛 …… *524*
六五四　ポール・ヴェルレーヌ宛 …… *525*
六五五　エドマンド・ゴス宛 …… *526*
六五六　マリー及びジュヌヴィエーヴ・マラルメ宛 …… *528*
六五七　マリー及びジュヌヴィエーヴ・マラルメ宛 …… *529*
六五八　マリー及びジュヌヴィエーヴ・マラルメ宛 …… *531*
六五九　マリー及びジュヌヴィエーヴ・マラルメ宛 …… *533*
六六〇　マリー及びジュヌヴィエーヴ・マラルメ宛 …… *535*
六六一　メリー・ローラン宛 …… *537*
六六二　マリー及びジュヌヴィエーヴ・マラルメ宛 …… *538*
六六三　ルネ・ギル宛 …… *540*
六六四　レオン・デシャン宛 …… *541*
六六五　オクターヴ・ミルボー宛 …… *542*
六六六　ギュスターヴ・カーン夫人宛 …… *544*
六六七　フレデリック＝オーギュスト・カザル宛 …… *545*
六六八　ジョルジュ・ロダンバック宛 …… *546*
六六九　エドゥアール・シュレ宛 …… *547*
六七〇　レオン・ディエルクス宛 …… *548*

六七一　ポール・ナダールおよびマリー・ドゥグランディ宛 …… 549
六七二　エドモン・ドマン宛 …… 551
六七三　ルコント・ド・リール夫人宛 …… 553
六七四　フランシス・マニャール宛 …… 554
六七五　メリー・ローラン宛 …… 556
六七六　マルグリット・ポンソ夫人宛 …… 557
六七七　フェネオン未亡人宛 …… 558
六七八　メリー・ローラン宛 …… 559
六七九　アルマン・オカンポ宛 …… 561
六八〇　エドモン・ドマン宛 …… 562
六八一　シャルル・ゲラン宛 …… 564
六八二　エミール・ゾラ宛 …… 565
六八三　メリー・ローラン宛 …… 566
六八四　ベルト・モリゾとジュリー・マネ宛 …… 567
六八五　オーレリアン＝フランソワ・リュニェ＝ポー宛 …… 569
六八六　シャルル・モリス宛 …… 570
六八七　アンリ・ド・レニエ宛 …… 572
六八八　フェリシアン・ロップス宛 …… 573
六八九　レオン・デシャン宛 …… 574
六九〇　シャルル・モリス宛 …… 576
六九一　ロベール・ド・モンテスキウ宛 …… 577
六九二　エドゥアール・グラヴォレ宛 …… 578
六九三　アンリ・ド・レニエ宛 …… 579
六九四　ル・コック・ド・ロートレップ氏宛 …… 580
六九五　シャルル＝ルイ・フィリップ宛 …… 582
六九六　メリー・ローラン宛 …… 584
六九七　アルベール・モッケル宛 …… 585
六九八　ガブリエル・ムーレイ宛 …… 586
六九九　マルセル・シュウォブ宛 …… 587
七〇〇　エドモン・ドマン宛 …… 588
七〇一　シュヴァルツ氏宛 …… 589
七〇二　オーギュスト・ヴァクリー宛 …… 591
七〇三　フランシス・ヴィエレ＝グリファン宛 …… 591
七〇四　エドモン・ドマン宛 …… 592
七〇五　シャルル・ゲラン宛 …… 593
七〇六　アルフレッド・ジャリ宛 …… 595
七〇七　エドモン・ドマン宛 …… 596
七〇八　リュシアン・デカーヴ宛 …… 596
七〇九　エドモン・ドマン宛 …… 598
七一〇　ピエール・ルイス宛 …… 599
七一一　クロード・ドビュッシー宛 …… 600
七一二　シャルル・ゲラン宛 …… 601
一八九五年（五十三歳） …… 602
七一三　オクターヴ・ミルボー宛 …… 603
七一四　リュシアン・デカーヴ宛 …… 604
七一五　フェリックス・フェネオン宛 …… 605
七一六　シャルル・ボニエ宛 …… 606
七一七　ポール・エルヴェー宛 …… 608
七一八　スチュアート・メリル宛 …… 609
七一九　エミール・ヴェラーレン宛 …… 610
七二〇　ジェイムズ・マクニール・ホイスラー宛 …… 612
七二一　ジェイムズ・マクニール・ホイスラー宛 …… 614
七二二　アルベール・ボワシエール宛 …… 616
七二三　ポール・ゴーギャン宛 …… 617
七二四　アンリ・アルベール宛 …… 618
七二五　アンリ・ド・レニエ宛 …… 619
七二六　エドモン・ドマン宛 …… 620
七二七　ジェイムズ・マクニール・ホイスラー宛 …… 621
七二八　ルネ・ギル宛 …… 623
七二九　ポール・ゴビヤール宛 …… 624
七三〇　ジャン・マラス宛 …… 625
七三一　エドモン・ドマン宛 …… 626
七三二　フェリシアン・ロップス宛 …… 627
七三三　ジョリス＝カルル・ユイスマンス宛 …… 628
七三四　カミーユ・モークレール宛 …… 629
七三五　アリドール・デルザン宛 …… 630
七三六　アンリ・バルビュス宛 …… 631
七三七　メリー・ローラン宛 …… 632

七三八　アルフォンス・ドーデ夫人宛 ……633
七三九　ローラン・タイヤード宛 ……635
七四〇　アンリ・ド・レニエ宛 ……636
七四一　ジョルジュ・ロダンバック宛 ……637
七四二　シャルル・ゲラン宛 ……638
七四三　ポール・ブールジェ宛 ……639
七四四　カチュール・マンデス宛 ……640
七四五　エルネスト・レーノー宛 ……642
七四六　レオン・ディエルクス宛 ……642
七四七　ヴィクトール・バリュカン宛 ……644
七四八　エマニュエル・デルブスケ宛 ……645
七四九　ジョルジュ・ロダンバック宛 ……647
七五〇　ジョルジュ・ロダンバック宛 ……648
七五一　アンリ・ド・レニエ宛 ……649
七五二　アンドレ・ジッド宛 ……650
七五三　ロベール・ド・モンテスキウ宛 ……651
七五四　ポール・ヴァレリー宛 ……652
七五五　ポール・ヴェルレーヌ宛 ……654
七五六　レオポルド・ドーファン宛 ……656
七五七　ギュスターヴ・カーン宛 ……657
七五八　ポール・ヴァレリー宛 ……658
七五九　ジョルジュ・ロダンバック宛 ……659
七六〇　アンドレ・ジッド宛 ……661
七六一　シャルル・ゲラン宛 ……661
七六二　フランシス・ジャム宛 ……662
七六三　アベル・ペルティエ宛 ……663
七六四　エドモン・フルニエ宛 ……664
七六五　レーモン・ポワンカレ宛 ……665
七六六　ジョゼフ・ルーベ宛 ……666
七六七　オーレリアン＝フランソワ・リュニェ＝ポー宛 ……667
七六八　レオポルド・ドーファン宛 ……668
七六九　メリー・ローラン宛 ……669
七七〇　ベルナール・ラザール宛 ……671
七七一　オクターヴ・ミルボー宛 ……672
七七二　ジュリー・マネ宛 ……673
七七三　ジェイムズ・マクニール・ホイスラー宛 ……674
一八九六年（五十四歳） ……675
七七四　アルフレッド・ジャリ宛 ……676
七七五　マティアス・モラール宛 ……676
七七六　エドモン・ピロン宛 ……678
七七七　レオポルド・ドーファン宛 ……679
七七八　レオン・デシャン宛 ……680
七七九　アンドレ・モレル宛 ……682
七八〇　レオン・デシャン宛 ……683
七八一　シャルル・ヴァランティーノ宛 ……684
七八二　ポール・クローデル宛 ……685
七八三　ラウル・ポンション宛 ……689
七八四　レオポルド・ドーファン宛 ……690
七八五　オーギュスト・ルノワール宛 ……691
七八六　シャルル・モリス宛 ……692
七八七　シャルル・ヴァランティーノ宛 ……694
七八八　ジュール・ボワシエール宛 ……695
七八九　ジョルジュ・ロダンバック宛 ……696
七九〇　エミール・ヴェラーレン宛 ……697
七九一　アンリ・ド・レニエ宛 ……699
七九二　フェリックス・ナダール宛 ……700
七九三　シモン・レオナルダス・ファン・ローイ宛 ……701
七九四　ヨハン＝ヘンドリック＝ヴィレム・ユンゲル宛 ……702
七九五　ルイス・ウェルデン・ホーキンズ宛 ……703
七九六　フェリックス・ヴァロトン宛 ……704
七九七　エドモン・ジャルー宛 ……706
七九八　エドモン・ドマン宛 ……706
七九九　ロベール・ド・モンテスキウ宛 ……709
八〇〇　オディロン・ルドン宛 ……710
八〇一　フェリックス・フェネオン宛 ……711

八〇二　マリー及びジュヌヴィエーヴ・マラルメ宛 …… 712
八〇三　マリー及びジュヌヴィエーヴ・マラルメ宛 …… 714
八〇四　ジョルジュ・ロダンバック宛 …… 716
八〇五　エドモン・ド・ゴンクール宛 …… 717
八〇六　マリー及びジュヌヴィエーヴ・マラルメ宛 …… 719
八〇七　ジェイムズ・マクニール・ホイスラー宛 …… 721
八〇八　アンリ・ド・レニエ宛 …… 722
八〇九　ハイン・ブーケン宛 …… 723
八一〇　エドモン・ボニオ博士宛 …… 725
八一一　アンリ・ルージョン宛 …… 726
八一二　フレデリック＝オーギュスト・カザル宛 …… 727
八一三　アドルフ・ヴァン・ベヴェール宛 …… 728
八一四　アンリ・ド・レニエ宛 …… 729
八一五　フランソワ・コペ宛 …… 730
八一六　アーサー・シモンズ宛 …… 733
八一七　フレデリック＝オーギュスト・カザル宛 …… 734
八一八　ピエール・ルイス宛 …… 736
八一九　エドモン・ドマン宛 …… 737
八二〇　エドモン・ドマン宛 …… 740
八二一　フェリックス・フェネオン宛 …… 740
八二二　レオポルド・ドーファン宛 …… 742
八二三　エマニュエル・デルブスケ宛 …… 744
八二四　フィリップ・ジルケン宛 …… 746
八二五　ヴァンサン・ダンディー宛 …… 747
八二六　レオポルド・ドーファン宛 …… 748
八二七　エドモン・ドマン宛 …… 750
八二八　エドゥアール・グラヴォレ宛 …… 751
八二九　ジュヌヴィエーヴ・マラルメ宛 …… 753
八三〇　ルイーズ・チャンドラー・マウルトン宛 …… 755
八三一　アルフレッド・ジャリ宛 …… 756
八三二　エマニュエル・デルブスケ宛 …… 757
八三三　エドモン・ドマン宛 …… 758
八三四　マリー及びジュヌヴィエーヴ・マラルメ宛 …… 760
八三五　アドリアン・ミツアール宛 …… 762
八三六　ジョルジュ・ランシー宛 …… 763
八三七　ジュリー・マネ宛 …… 764
八三八　ダニエル・ボー＝ボヴィ宛 …… 765
八三九　アンリ・カザリス宛 …… 766
八四〇　フェリックス・フェネオン宛 …… 767
八四一　マリー及びジュヌヴィエーヴ・マラルメ宛 …… 768
八四二　ジャン・ド・ティナン宛 …… 771
八四三　エドモン・ドマン宛 …… 772
八四四　マリー及びジュヌヴィエーヴ・マラルメ宛 …… 775
八四五　レオン・デシャン宛 …… 776
八四六　エミール・ゾラ宛 …… 778
八四七　エドモン・ドマン宛 …… 779
一八九七年（五十五歳） …… 783
八四八　ギュスターヴ・カーン宛 …… 784
八四九　ギュスターヴ・ジェフロワ宛 …… 784
八五〇　アーサー・シモンズ宛 …… 785
八五一　シャルル・モリス宛 …… 786
八五二　レオポルド・ドーファン宛 …… 788
八五三　タデ・ナタンソン宛 …… 789
八五四　アンドレ・ジッド宛 …… 790
八五五　アンドレ・ジッド宛 …… 793
八五六　カミーユ・モークレール宛 …… 794
八五七　ポール・ヴァレリー宛 …… 795
八五八　オクターヴ・ミルボー宛 …… 796
八五九　アンドレ・ジッド宛 …… 798
八六〇　アンドレ・フォンテナス宛 …… 799
八六一　ロマン・コーリュス宛 …… 800
八六二　アンドレ・ジッド宛 …… 801
八六三　ローラン・タイヤード宛 …… 802

八六四　ジョルジュ・ロダンバック宛 …… 803
八六五　エマニュエル・デルブスケ宛 …… 804
八六六　エミール・ヴェラーレン宛 …… 806
八六七　アーサー・シモンズ宛 …… 807
八六八　エミール・ゾラ宛 …… 808
八六九　エレミール・ブルジュ宛 …… 809
八七〇　アンリ・ド・レニエ宛 …… 811
八七一　ロード・アルフレド・ダグラス宛 …… 812
八七二　ランボー未亡人宛 …… 813
八七三　アルベール・モッケル宛 …… 815
八七四　アンリ・ド・レニエ宛 …… 816
八七五　シュテファン・ゲオルゲ宛 …… 817
八七六　ポール・ヴァレリー宛 …… 817
八七七　フランシス・ヴィエレ＝グリファン宛 …… 819
八七八　アルフォンス・ドーデ夫人宛 …… 821
八七九　レオポルド・ドーファン宛 …… 822
八八〇　ギュスターヴ・カーン宛 …… 823
八八一　ギュスターヴ・カーン宛 …… 824
八八二　マリー及びジュヌヴィエーヴ・マラルメ宛 …… 826
八八三　シャルル・モリス宛 …… 827
八八四　メリー・ローラン宛 …… 828
八八五　マリー及びジュヌヴィエーヴ・マラルメ宛 …… 830
八八六　アンドレ・ジッド宛 …… 832
八八七　アンリ・ド・レニエ宛 …… 833
八八八　マリー及びジュヌヴィエーヴ・マラルメ宛 …… 835
八八九　マリー及びジュヌヴィエーヴ・マラルメ宛 …… 836
八九〇　マリー及びジュヌヴィエーヴ・マラルメ宛 …… 837
八九一　ポール・ヴァレリー宛 …… 839
八九二　マリー及びジュヌヴィエーヴ・マラルメ宛 …… 841
八九三　アルシャグ・チョバニアン宛 …… 843
八九四　アンドレ・ジッド宛 …… 844
八九五　ガブリエル・ランドン（ジャン・リクチュス）宛 …… 845
八九六　アンドレ・フォンテナス宛 …… 846
八九七　アンドレ・ジッド宛 …… 847
八九八　カミーユ・モークレール宛 …… 848
八九九　ラシルド宛 …… 849
九〇〇　ルネ・ギル宛 …… 850
九〇一　エドヴァルト・ムンク宛 …… 851
九〇二　シャルル・ゲラン宛 …… 852
九〇三　フレデリック・ミストラル宛 …… 853
九〇四　テレーズ・ボワシエール宛 …… 856
九〇五　アルフレッド・ジャリ宛 …… 857
九〇六　ロベール・ド・モンテスキウ宛 …… 858
九〇七　テオドール・デュレ宛 …… 859
九〇八　フランシス・ジャム宛 …… 861
九〇九　クリストファー・ジョン・ブレナン宛 …… 862
九一〇　アンブロワーズ・ヴォラール宛 …… 863
九一一　ギュスターヴ・カーン宛 …… 864
九一二　カミーユ・モークレール宛 …… 866
九一三　フランシス・ヴィエレ＝グリファン宛 …… 868
九一四　ポール・ヴァレリー宛 …… 869
九一五　カミーユ・モークレール宛 …… 870
九一六　シャルル・モリス宛 …… 872
九一七　ポール・ヴァレリー宛 …… 873
九一八　ジェイムズ・マクニール・ホイスラー宛 …… 874
九一九　マリー及びジュヌヴィエーヴ・マラルメ宛 …… 876
九二〇　ジェイムズ・マクニール・ホイスラー宛 …… 877
九二一　パテルヌ・ベリション宛 …… 879
九二二　ジョルジュ・ロダンバック宛 …… 880
九二三　サダキチ・ハルトマン宛 …… 881
九二四　ジョルジュ・クルトリーヌ宛 …… 882

九二五　アンリ・ド・レニエ宛 …… 883
九二六　エマニュエル・シニョレ宛 …… 884
九二七　エドモン・ドマン宛 …… 885
一八九八年（五十六歳）…… 888
九二八　スチュアート・メリル宛 …… 890
九二九　J.–H.ロスニー兄弟宛 …… 891
九三〇　アンドレ・ポニアトウスキー公宛 …… 892
九三一　カチュール・マンデス宛 …… 893
九三二　ロベール・ド・モンテスキウ宛 …… 894
九三三　メリー・ローラン宛 …… 896
九三四　シャルル・モリス宛 …… 897
九三五　ジョリス＝カルル・ユイスマンス宛 …… 898
九三六　エミール・ゾラ〔電報〕宛 …… 900
九三七　レオポルド・ドーファン宛 …… 901
九三八　フランシス・ヴィエレ＝グリファン宛 …… 902
九三九　マックス・エルスカンプ宛 …… 903
九四〇　ポール・フォール宛 …… 904
九四一　シャルル・ファン・レルベルグ宛 …… 905
九四二　エミール・ヴェラーレン宛 …… 906
九四三　シャルル・ゲラン宛 …… 907
九四四　ウージェーヌ・モンフォール宛 …… 908
九四五　アンドレ・リュイテール宛 …… 909
九四六　マリー及びジュヌヴィエーヴ・マラルメ宛 …… 909
九四七　メリー・ローラン宛 …… 911
九四八　ギュスターヴ・カーン宛 …… 912
九四九　メリー・ローラン宛 …… 914
九五〇　ドーデ夫人宛 …… 916
九五一　オーギュスト・ロダン宛 …… 917
九五二　マリー及びジュヌヴィエーヴ・マラルメ宛 …… 918
九五三　マリー及びジュヌヴィエーヴ・マラルメ宛 …… 919
九五四　メリー・ローラン宛 …… 922
九五五　オーギュスト・ロダン宛 …… 923
九五六　アンブロワーズ・ヴォラール宛 …… 924
九五七　アルフレッド・ジャリ宛 …… 926
九五八　マリー及びジュヌヴィエーヴ・マラルメ宛 …… 927
九五九　マリー及びジュヌヴィエーヴ・マラルメ宛 …… 928
九六〇　ピエール・ルイス宛 …… 932
九六一　オクターヴ・ミルボー宛 …… 933
九六二　エドゥアール・デュジャルダン宛 …… 934
九六三　カミーユ・モークレール宛 …… 935
九六四　ヴィクトール・マルグリット宛 …… 936
九六五　アリドール・デルザン宛 …… 939
九六六　レオポルド・ドーファン宛 …… 941
九六七　ギュスターヴ・カーン宛 …… 942
九六八　パテルヌ・ベリション宛 …… 943
九六九　ポール・ヴァレリー宛 …… 944
九七〇　レオン・ディエルクス宛 …… 946
九七一　エドモン・ボニオ博士宛 …… 947
九七二　レオポルド・ドーファン宛 …… 948
九七三　アンリ・ゴーティエ＝ヴィラール宛 …… 949
九七四　オクターヴ・ユザンヌ宛 …… 950
九七五　ジュヌヴィエーヴ・マラルメ宛 …… 951
九七六　マリー及びジュヌヴィエーヴ・マラルメ宛 …… 952
補遺 …… 957
補一　アルマン・ルノー宛 …… 958
補二　デモラン夫人宛 …… 961
補三　デモラン夫人宛 …… 967
補四　アルマン・ルノー宛 …… 970
補五　アルマン・ルノー宛 …… 973
補六　フレデリック・ミストラル宛 …… 975
補七　アーサー・オショーネシー宛 …… 977
補八　アンリ・ファンタン＝ラトゥール宛 …… 979
補九　E.カステル宛 …… 980

補一〇　テオドール・デュレ宛 …… 982
補一一　アルフレッド・プリュネール宛 …… 984
補一二　シャルル・ヴィニエ宛 …… 985
補一三　モーリス・ブーショール宛 …… 987
＊書簡家(エピストリエ)マラルメ雑感(菅野昭正) …… 990
＊書簡索引 …… i

マルセル・シュオッブ全集
国書刊行会
全1巻
2015年6月

マルセル・シュオッブ全集

2015年6月25日刊

二重の心 …… 15
I　二重の心 …… 17
吸血鬼(大濱甫訳) …… 19
木靴(大濱甫訳) …… 24
三人の税関吏(大野多加志訳) …… 30
〇八一号列車(多田智満子訳) …… 38
要塞(大濱甫訳) …… 43
顔無し(大濱甫訳) …… 48
アラクネ(大濱甫訳) …… 53
二重の男(大野多加志訳) …… 58
顔を覆った男(大濱甫訳) …… 63
ベアトリス(大濱甫訳) …… 68
リリス(多田智満子訳) …… 73
阿片の扉(多田智満子訳) …… 79
交霊術(大濱甫訳) …… 85
骸骨(大濱甫訳) …… 91
歯について(大濱甫訳) …… 97
太った男(大野多加志訳) …… 103
卵物語(多田智満子訳) …… 109
師(ドン)(大濱甫訳) …… 116
II　貧者伝説 …… 121
磨製石器時代 琥珀売りの女(大野多加志訳) …… 123
ローマ時代 サビナの収穫(とりいれ)(大濱甫訳) …… 128
十四世紀 メリゴ・マルシェス(大濱甫訳) …… 133
十五世紀 「赤文書(パピエ・ルージュ)」(大野多加志訳) …… 138
十六世紀 放火魔(大野多加志訳) …… 144
十八世紀 最後の夜(大濱甫訳) …… 149
革命時代 人形娘(プーペ)ファンション(大濱甫訳) …… 156
ポデール(大濱甫訳) …… 163
アルス島の婚礼(大野多加志訳) …… 167
ミロのために(大野多加志訳) …… 171

病院（大濱甫訳）…… 180
心臓破り（大野多加志訳）…… 185
面（大野多加志訳）…… 190
サン・ピエールの華（大濱甫訳）…… 195
スナップ写真（大濱甫訳）…… 200
未来のテロ（大濱甫訳）…… 203
黄金仮面の王 …… 209
黄金仮面の王（多田智満子訳）…… 211
オジグの死（宮下志朗訳）…… 224
大地炎上（多田智満子訳）…… 230
ミイラ造りの女（大濱甫訳）…… 234
ペスト（多田智満子訳）…… 239
贋顔団（宮下志朗訳）…… 245
宦官（宮下志朗訳）…… 251
ミレトスの女たち（大濱甫訳）…… 255
オルフィラ五十二番と五十三番（千葉文夫訳）…… 259
モフレーヌの魔宴（サバト）（大濱甫訳）…… 265
話す機械（千葉文夫訳）…… 269
血まみれのブランシュ（大濱甫訳）…… 274
ラ・グランド・ブリエール（千葉文夫訳）…… 279
塩密売人たち（千葉文夫訳）…… 284
フルート（大濱甫訳）…… 289
荷馬車（千葉文夫訳）…… 294
眠れる都市（まち）（多田智満子訳）…… 299
青い国（大濱甫訳）…… 304
故郷への帰還（千葉文夫訳）…… 309
クリュシェット（大濱甫訳）…… 314
擬曲（ミーム）（大濱甫訳）…… 319
モネルの書（大濱甫訳）…… 349
I　モネルの言葉 …… 351
II　モネルの姉妹 …… 365
利己的な娘（エゴイスト）…… 367
官能的な娘 …… 371
倒錯的な娘 …… 375
裏切られた娘 …… 380
野生の娘 …… 385
忠実な娘 …… 389
運命を負った娘 …… 393
夢想する娘 …… 397
願いを叶えられた娘 …… 401
非情な娘 …… 405
自分を犠牲にした娘 …… 409
III　モネル …… 415
彼女の出現について …… 417
彼女の生活について …… 421
彼女の逃亡について …… 425
彼女の辛抱強さについて …… 429
彼女の王国について …… 433
彼女の復活について …… 437
少年十字軍（多田智満子訳）…… 441
托鉢僧の語り …… 445
癩者の語り …… 447
法王インノケンティウス三世の語り …… 451
三人の児の語り …… 456
書記フランソワ・ロングジューの語り …… 458
回教托鉢僧の語り …… 460
幼ないアリスの語り …… 463
法王グレゴリウス九世の語り …… 465
架空の伝記 …… 469
エンペドクレス（大濱甫訳）…… 471
ヘロストラトス（大濱甫訳）…… 475
クラテース（大濱甫訳）…… 479
セプティマ（大濱甫訳）…… 483
ルクレティウス（大濱甫訳）…… 487
クロディア（大濱甫訳）…… 491
ペトロニウス（大濱甫訳）…… 495
スーフラー（大濱甫訳）…… 499
修道士（フラーテ）ドルチノ（大濱甫訳）…… 503
チェッコ・アンジョリエーリ（大濱甫訳）…… 507
パオロ・ウッチェルロ（大濱甫訳）…… 512
ニコラ・ロワズルール（大濱甫訳）…… 516
レース作りのカトリーヌ（大濱甫訳）…… 521
アラン・ル・ジャンティ（大濱甫訳）…… 525
ゲイブリエル・スペンサー（大濱甫訳）…… 529
ポカホンタス（大濱甫訳）…… 534
シリル・ターナー（大濱甫訳）…… 538
ウィリアム・フィップス（大濱甫訳）…… 542
キャプテン・キッド（大濱甫訳）…… 546
ウォルター・ケネディ（大濱甫訳）…… 550
ステッド・ボニット少佐（大濱甫訳）…… 554
バーク、ヘアー両氏（大濱甫訳）…… 560
モルフィエル伝（千葉文夫訳）…… 567
木の星（大濱甫訳）…… 571
単行本未収録短編 …… 589

金の留め針（尾方邦雄訳）……………… 591
ティベリスの婚礼（大野多加志訳）…… 596
白い手の男（尾方邦雄訳）……………… 601
悪魔に取り憑かれた女（大野多加志訳）…………………………………… 606
黒髭（大野多加志訳）…………………… 609
栄光の手（大野多加志訳）……………… 613
ランプシニト（尾方邦雄訳）…………… 616
素性（尾方邦雄訳）……………………… 621
閉ざされた家（尾方邦雄訳）…………… 625
ユートピア対話（尾方邦雄訳）………… 629
マウア（尾方邦雄訳）…………………… 636
拾穂抄 …………………………………… 649
フランソワ・ヴィヨン（宮下志朗訳）‥ 651
ロバート・ルイス・スティーヴンソン（千葉文夫訳）…………………… 707
ジョージ・メレディス（千葉文夫訳）‥ 719
プランゴンとバッキス（千葉文夫訳）…………………………………… 726
歓待の聖ジュリアン（千葉文夫訳）…… 738
怖れと憐れみ（千葉文夫訳）…………… 753
倒錯（千葉文夫訳）……………………… 767
相違と類似（千葉文夫訳）……………… 774
笑い（千葉文夫訳）……………………… 780
伝記の技法（大濱甫訳）………………… 787
愛（千葉文夫訳）………………………… 795
藝術（千葉文夫訳）……………………… 809
混沌（千葉文夫訳）……………………… 826
記憶の書（大野多加志訳）……………… 835
単行本未収録評論（大野多加志訳）…… 845
ラシルドの『不条理の悪魔』………… 847
『アナベラとジョヴァンニ』講演 …… 850
スティーヴンソンの『爆弾魔』……… 863
デフォーの『モル・フランダーズ』… 869
シェイクスピアの『ハムレット』序文 ……………………………………… 878
＊解説・解題・年譜 …………………… 897
＊解説―マルセル・シュオップの生涯と作品（ピエール・シャンピオン著, 大野多加志訳）…………………… 899
＊解題（瀬高道助）…………………… 916
＊年譜（大野多加志編）……………… 931

ミステリーの本棚

国書刊行会
全6巻
2000年6月～2001年10月

トレント乗り出す（E.C.ベントリー著, 好野理恵訳）
2000年6月20日刊

ほんもののタバード …………………………… 7
絶妙のショット ………………………………… 33
りこうな鸚鵡 …………………………………… 55
消えた弁護士 …………………………………… 87
逆らえなかった大尉 ………………………… 109
安全なリフト ………………………………… 139
時代遅れの悪党 ……………………………… 163
トレントと行儀の悪い犬 …………………… 189
名のある篤志家 ……………………………… 211
ちょっとしたミステリー …………………… 235
隠遁貴族 ……………………………………… 259
ありふれたヘアピン ………………………… 283
＊解説 トレントと生みの親ベントリー（塚田よしと）…………………………… 313

箱ちがい（ロバート・ルイス・スティーヴンスン, ロイド・オズボーン著, 千葉康樹訳）
2000年9月5日刊

箱ちがい ………………………………………… 5
＊『箱ちがい』、大文豪の知られざる“お気楽メタ・ミステリー”（訳者）… 277

悪党どものお楽しみ（パーシヴァル・ワイルド著, 巴妙子訳）
2000年11月5日刊

シンボル ………………………………………… 7
カードの出方 ………………………………… 35
ポーカー・ドッグ …………………………… 67
赤と黒 ………………………………………… 95
良心の問題 …………………………………… 125
ビギナーズ・ラック ………………………… 159
火の柱 ………………………………………… 207
アカニレの皮 ………………………………… 241

エピローグ …… 293
＊付録 ポーカーとカシーノ …… 297
＊解説 表が出たらぼくの勝ち、裏が出たらきみの負け（森英俊）…… 303

怪盗ゴダールの冒険（フレデリック・アーヴィング・アンダースン著, 駒瀬裕子訳）
2001年3月10日刊

百発百中のゴダール …… 9
目隠し遊び …… 69
千人の盗賊の夜 …… 101
隠された旋律 …… 139
五本めの管 …… 169
スター総出演 …… 201
＊ハウダニット・ミステリの達人（羽柴壮一）…… 245

四人の申し分なき重罪人（G.K.チェスタトン著, 西崎憲訳）
2001年8月20日刊

新聞記者のプロローグ …… 7
穏和な殺人者 …… 25
頼もしい藪医者 …… 91
不注意な泥棒 …… 161
忠義な反逆者 …… 233
新聞記者のエピローグ …… 301
＊チェスタトンと魔法の庭（巽昌章）…… 305

銀の仮面（ヒュー・ウォルポール著, 倉阪鬼一郎訳）
2001年10月20日刊

I …… 7
　銀の仮面 …… 9
　敵 …… 35
　死の恐怖 …… 55
　中国の馬 …… 85
　ルビー色のグラス …… 113
　トーランド家の長老 …… 131
II …… 153
　みずうみ …… 155
　海辺の不気味な出来事 …… 179
　虎 …… 189
　雪 …… 217
　ちいさな幽霊 …… 235
＊編訳者あとがき …… 259
＊悪因縁のアラベスク模様（千街晶之）…… 261

Modern & Classic
河出書房新社
全22巻
2003年12月～2008年8月

ロサリオの鋏（ホルヘ・フランコ著，田村さと子訳）
2003年12月30日刊

ロサリオの鋏 …… *1*
＊訳者あとがき（田村さと子）…… *222*

すべての小さきもののために（ウォーカー・ハミルトン著，北代美和子訳）
2004年1月30日刊

すべての小さきもののために …… *3*
＊訳者あとがき（北代美和子）…… *161*

年老いた子どもの話（ジェニー・エルペンベック著，松永美穂訳）
2004年2月28日刊

年老いた子どもの話 …… *3*
＊訳者あとがき（松永美穂）…… *129*

月ノ石（トンマーゾ・ランドルフィ著，中山エツコ訳）
2004年4月30日刊

月ノ石 …… *3*
＊附録／本作品に対するジャコモ・レオパルディ氏の評価から …… *178*
＊訳者あとがき（中山エツコ）…… *183*

ベル・ジャー（シルヴィア・プラス著，青柳祐美子訳）
2004年6月20日刊

ベル・ジャー …… *1*
＊訳者あとがき（青柳祐美子）…… *337*

天使はポケットに何も持っていない（ダン・ファンテ著，中川五郎訳）
2004年7月30日刊

天使はポケットに何も持っていない …… *1*
＊訳者あとがき（中川五郎）…… *257*

9歳の人生（ウィ・ギチョル著，清水由希子訳）
2004年9月30日刊

9歳の人生 …… *5*
＊あとがき …… *234*
＊改訂版に寄せて …… *236*
＊訳者あとがき（清水由希子）…… *238*

ブラック・ヴィーナス（アンジェラ・カーター著，植松みどり訳）
2004年12月30日刊

ブラック・ヴィーナス …… *5*
キス …… *33*
わが殺戮の聖女 …… *41*
エドガー・アラン・ポーとその身内 …… *71*
『真夏の夜の夢』序曲と付随音楽 …… *93*
ピーターと狼 …… *117*
キッチン・チャイルド …… *135*
フォール・リヴァー手斧殺人 …… *155*
＊訳者あとがき（植松みどり）…… *191*

ヤング・アダム（アレグザンダー・トロッキ著，浜野アキオ訳）
2005年1月30日刊

ヤング・アダム …… *1*
＊アレグザンダー・トロッキ試論―訳者あとがきにかえて（浜野アキオ）…… *185*

待ち合わせ（クリスチャン・オステール著，宮林寛訳）
2005年4月20日刊

待ち合わせ …… *1*
＊訳者あとがき（宮林寛）…… *165*

トラウマ・プレート（アダム・ジョンソン著, 金原瑞人, 大谷真弓訳）
2005年5月30日刊

ティーン・スナイパー …… 5
みんなの裏庭 …… 51
死の衛星カッシーニ …… 89
トラウマ・プレート …… 119
アカプルコの断崖の神さま …… 145
大酒飲みのベルリン …… 187
ガンの進行過程 …… 229
カナダノート …… 247
八番目の海 …… 301
＊謝辞 …… 354
＊訳者あとがき（金原瑞人）…… 357

カレーソーセージをめぐるレーナの物語（ウーヴェ・ティム著, 浅井晶子訳）
2005年6月20日刊

カレーソーセージをめぐるレーナの物語‥ 1
＊訳者あとがき（浅井晶子）…… 213

夏の家、その後（ユーディット・ヘルマン著, 松永美穂訳）
2005年7月20日刊

紅珊瑚 …… 7
ハリケーン（サヨナラのかたち）…… 27
ソニヤ …… 55
何かの終わり …… 87
バリの女（ひと）…… 99
ハンター・ジョンソンの音楽 …… 117
夏の家、その後 …… 143
カメラ＝オブスキュラ …… 165
オーダー川のこちら側 …… 175
＊訳者あとがき（松永美穂）…… 199

大西洋の海草のように（ファトゥ・ディオム著, 飛幡祐規訳）
2005年8月30日刊

大西洋の海草のように …… 1
＊訳者あとがき（飛幡祐規）…… 246

なつかしく謎めいて（アーシュラ・K.ル＝グヴィン著, 谷垣暁美訳）
2005年11月30日刊

なつかしく謎めいて …… 3
シータ・ドゥリープ式次元間移動法 …… 7
玉蜀黍（とうもろこし）の髪の女（ひと）…… 14
アソヌの沈黙 …… 28
その人たちもここにいる …… 40
ヴェクシの怒り …… 54
渡りをする人々 …… 66
夜を通る道 …… 92
ヘーニャの王族たち …… 106
四つの悲惨な物語 …… 123
グレート・ジョイ …… 151
眠らない島 …… 171
海星（ひとで）のような言語 …… 186
謎の建築物 …… 203
翼人間の選択 …… 218
不死の人の島 …… 239
しっちゃかめっちゃか …… 257
＊訳者あとがき（谷垣暁美）…… 277

小鳥はいつ歌をうたう（ドミニク・メナール著, 北代美和子訳）
2006年1月30日刊

小鳥はいつ歌をうたう …… 1
＊訳者あとがき（北代美和子）…… 183

口ひげを剃る男（エマニュエル・カレール著, 田中千春訳）
2006年6月30日刊

口ひげを剃る男 …… 1
＊訳者あとがき（田中千春）…… 166

エルサレムの秋（アブラハム・B.イェホシュア著, 母袋夏生訳）
2006年11月30日刊

詩人の、絶え間なき沈黙 …… 5
エルサレムの秋 …… 69
＊訳者あとがき（母袋夏生）…… 179

アメリカにいる、きみ（チママンダ・ンゴズィ・アディーチェ著，くぼたのぞみ訳）
2007年9月30日刊

アメリカにいる、きみ …… 5
アメリカ大使館 …… 23
見知らぬ人の深い悲しみ …… 41
スカーフ–ひそかな経験 …… 69
半分のぼった黄色い太陽 …… 89
ゴースト …… 119
新しい夫 …… 143
イミテーション …… 169
ここでは女の人がバスを運転する …… 197
ママ・ンクウの神さま …… 211
＊訳者あとがき（くぼたのぞみ） …… 237

ファラゴ（ヤン・アペリ著，大浦康介訳）
2008年1月30日刊

ファラゴ …… 1
＊訳者あとがき（大浦康介） …… 439

スコルタの太陽（ロラン・ゴデ著，新島進訳）
2008年6月30日刊

スコルタの太陽 …… 3
＊訳者あとがき（新島進） …… 227
＊〈ロラン・ゴデ作品解題〉 …… 236

ノック人とツルの森（アクセル・ブラウンズ著，浅井晶子訳）
2008年8月30日刊

ノック人とツルの森 …… 3
＊訳者あとがき（浅井晶子） …… 335

モーパッサン短編集

改版
新潮社
全3巻
2006年12月～2008年7月
（新潮文庫）
（青柳瑞穂訳）

第1巻
2006年12月15日刊

トワーヌ …… 7
酒樽 …… 27
田舎娘のはなし …… 41
ベロムとっさんのけだもの …… 81
紐 …… 99
アンドレの災難 …… 115
奇策 …… 127
目ざめ …… 139
木靴 …… 151
帰郷 …… 163
牧歌 …… 177
旅路 …… 189
アマブルじいさん …… 203
悲恋 …… 245
未亡人 …… 287
クロシェート …… 299
幸福 …… 311
椅子なおしの女 …… 325
ジュール叔父 …… 341
洗礼 …… 359
海上悲話 …… 369
田園悲話 …… 381
ピエロ …… 395
老人 …… 407
＊あとがき（青柳瑞穂） …… 422

第2巻
2008年7月10日刊

あな …… 7
蠅—あるボート乗りの思い出話 …… 23
ポールの恋人 …… 45
春に寄す …… 81

首かざり ………… 95
野あそび ………… 115
勲章 ………… 137
クリスマスの夜 ………… 149
宝石 ………… 159
かるはずみ ………… 175
父親 ………… 189
シモンのとうちゃん ………… 209
夫の復讐 ………… 227
肖像画 ………… 239
墓場の女 ………… 249
メヌエット ………… 267
マドモワゼル・ペルル ………… 277
オルタンス女王 ………… 309
待ちこがれ ………… 325
泥棒 ………… 337
馬に乗って ………… 349
家庭 ………… 365
＊あとがき（青柳瑞穂）………… 417

第3巻
2006年12月15日刊

二人の友 ………… 7
狂女 ………… 21
母親 ………… 29
口ひげ——一八八三年、七月三十日、日曜日、ソールの館にて ………… 43
ミロンじいさん ………… 53
二十九号の寝台 ………… 67
捕虜 ………… 91
ヴァルター・シュナッフスの冒険 ………… 115
廃兵 ………… 131
従卒 ………… 143
恐怖 ………… 153
オルラ ………… 167
たれぞ知る ………… 217
手 ………… 243
水の上 ………… 257
山の宿 ………… 269
狼 ………… 295
月光 ………… 307
パリ人の日曜日 ………… 317
＊あとがき ………… 418

夢の文学館

早川書房
全6巻
1995年6月～1995年12月

※既刊1～5巻

第1巻　ワイズ・チルドレン（アンジェラ・カーター著, 太田良子訳）
1995年6月30日刊

ワイズ・チルドレン ………… 1
＊訳者あとがき ………… 303

第2巻　螺旋（エドマンド・ホワイト著, 浅羽莢子訳）
1995年6月30日刊

螺旋 ………… 1
＊解説（柿沼瑛子）………… 307

第3巻　夢の終わりに…（ジェフ・ライマン著, 古沢嘉通訳）
1995年8月31日刊

夢の終わりに… ………… 1
＊リアリティ・チェック ………… 423
＊謝辞 ………… 429
＊解説（川本三郎）………… 431

第4巻　ドゥームズデイ・ブック（コニー・ウィリス著, 大森望訳）
1995年10月31日刊

ドゥームズデイ・ブック ………… 1
＊訳者あとがき ………… 613

第5巻　魔法（クリストファー・プリースト著, 古沢嘉通訳）
1995年12月25日刊

魔法 ………… 1
＊訳者あとがき ………… 305

ランペドゥーザ全小説

作品社
全1巻
2014年8月
（脇功, 武谷なおみ訳）

ランペドゥーザ全小説
2014年8月10日刊

山猫（脇功訳）…… 7
＊『山猫』解題（ジョアッキーノ・ランツァ・トマージ）…… 277
＊『山猫』補遺（ジョアッキーノ・ランツァ・トマージ）…… 304
短編集 …… 323
　幼年時代の想い出（武谷なおみ訳）…… 324
　喜びと掟（武谷なおみ訳）…… 387
　セイレーン（武谷なおみ訳）…… 394
　盲目の子猫たち（武谷なおみ訳）…… 428
＊『短編集』解題（ジョアッキーノ・ランツァ・トマージ）…… 449
スタンダール論（脇功訳）…… 469
＊『スタンダール論』解題（ジョアッキーノ・ランツァ・トマージ）…… 539
＊『山猫』、『スタンダール論』訳者あとがき（脇功）…… 552
＊『短編集』訳者あとがき―トマージ・ディ・ランペドゥーザと〈『山猫』事件〉（武谷なおみ）…… 556

ランボー全集

青土社
全1巻
2006年9月
（平井啓之, 湯浅博雄, 中地義和, 川那部保明訳）

ランボー全集
2006年9月7日刊

詩集（ポエジー）（平井啓之訳）…… 15
　遺児たちのお年玉 …… 17
　初めての宵 …… 23
　感覚 …… 25
　鍛冶屋 …… 26
　太陽と肉体 …… 35
　オフェリヤ …… 45
　縊られた奴らの舞踏会 …… 47
　タルチュフ懲罰 …… 50
　水から立ち現われるヴィーナス …… 51
　ニナの返事 …… 52
　音楽会で …… 60
　呆気にとられた子供たち …… 63
　小説（ロマン）…… 65
　〔92年と93年の死者たちよ、……〕…… 68
　悪 …… 69
　皇帝の怒り …… 70
　冬に寄せる夢 …… 72
　谷間に眠る人 …… 73
　みどり軒で …… 74
　いたずら娘 …… 75
　ザルブルックの目覚ましい勝利 …… 77
　戸棚 …… 78
　わが放浪 …… 79
　烏たち …… 80
　坐ったやつら …… 82
　半獣神（フォーヌ）の頭 …… 85
　税関吏 …… 86
　ぼくの小さな恋人たち …… 87
　7歳の詩人たち …… 90
　夕の祈禱 …… 93
　うずくまるやつ …… 94
　教会の貧民たち …… 97
　拷問にかけられた心臓 …… 99

パリの軍歌 …… 101
ジャンヌ＝マリの手 …… 103
パリのどんちゃん騒ぎ または パリ再び大にぎわい …… 107
正義の人 …… 112
しらみを探す女たち …… 115
愛の看護尼 …… 117
最初の聖体拝受 …… 119
花について詩人に語られたこと（湯浅博雄共訳）…… 129
母音 …… 139
〔星はきみの耳の核心に……〕…… 140
酔い痴れた船（湯浅博雄共訳）…… 141
新しい韻文詩（平井啓之訳）…… 149
〔おれの心よ、血と燠の……〕…… 151
記憶 …… 152
涙 …… 156
カシスの川 …… 157
渇きの喜劇 …… 158
I　ご先祖 …… 158
II　精神 …… 160
III　友だち …… 161
IV　あわれな夢想 …… 162
V　むすび …… 163
朝の良き想念 …… 164
我慢の祭 …… 165
I　5月の軍旗 …… 166
II　最も高い塔の歌 …… 167
III　永遠 …… 169
IV　黄金時代（湯浅博雄共訳）…… 171
若夫婦 …… 174
〔鶏頭の花壇つづきだ……〕…… 174
〔彼女（あれ）は印度舞妓（アルメ）か？……〕…… 178
飢えの祭 …… 179
〔聴け アカシヤの樹々のほとり……〕…… 180
ミシェルとクリスチーヌ …… 182
恥 …… 184
〔おお季節よ、おお楼閣よ……〕…… 185
〔狼は群葉の蔭で叫んでいた……〕…… 187
愛の砂漠（平井啓之, 中地義和訳）…… 189
地獄の一季節（湯浅博雄訳）…… 195
〔かつては、ぼくの記憶がたしかなら……〕…… 197
悪い血 …… 198
地獄の夜 …… 208
錯乱I 狂える処女（おとめ）―地獄の夫 …… 212
錯乱II 言葉の錬金術 …… 219
不可能なこと …… 231
閃光 …… 234
朝 …… 236
別れ …… 237
イリュミナシオン（中地義和訳）…… 241
大洪水のあとで …… 243
子供のころ …… 244
おはなし …… 248
客寄せ道化 …… 250
古代彫像 …… 251
美しい存在（ビーング・ビューティアス）…… 252
××× …… 252
生活 …… 253
出発 …… 255
ある〈理性〉に …… 256
陶酔の朝 …… 257
断章 …… 258
（国立図書館所蔵『イリュミナシオン』草稿第1巻第12枚目に書かれた無題の5つの断片）…… 260
労働者たち …… 261
橋 …… 262
都市 …… 263
轍 …… 264
都市〔I〕…… 265
都市〔II〕…… 267
さすらう者たち …… 268
眠らない夜 …… 269
神秘的 …… 271
夜明け …… 272
花 …… 273
俗な夜景画 …… 273
海の絵 …… 274
冬の祭 …… 275
不安 …… 276
都会人（メトロポリタン）…… 277
野蛮人 …… 278
岬 …… 279
場面 …… 280
運動 …… 281
ボトム …… 283
H（アッシュ）…… 284
妖精譚（フェアリー）…… 284

戦争 …… 285
青春 …… 286
I 日曜日 …… 286
II ソネ …… 286
III 20歳 …… 287
IV …… 288
セール …… 288
歴史的な夕暮 …… 290
精霊 …… 291
帰依 …… 293
民主主義 …… 294
少年時代の作文 …… 295
〔太陽はなお温かだった……〕(平井啓之訳) …… 297
初期の散文と詩 …… 301
ヴィーナスへの祈り(平井啓之訳) …… 303
シャルル・ドルレアン公からルイ11世に宛てた手紙(湯浅博雄訳) …… 304
高等中学でのラテン語作文 …… 311
春であった……(生徒の夢想)(湯浅博雄訳) …… 313
そして新しい年は、早くも……(天使と子供)(中地義和訳) …… 316
むかしアケロースは……(ヘラクレースとアケロースの闘い)(湯浅博雄訳) …… 319
ユグルタ(湯浅博雄訳) …… 322
その当時イエスは……(ナザレのイエス)(中地義和訳) …… 327
マルクス・キケロに関するアポローニオスの言葉(中地義和訳) …… 330
神父服の下の心(湯浅博雄訳) …… 337
アルバム・ジュティック、アルバム・レガメー、淫行詩三題レ・スチュープラ、小詩篇 …… 365
アルバム・ジュティック(平井啓之訳) …… 367
百合 …… 367
閉じた唇 ローマで見た …… 367
艶なる宴 …… 368
〔ぼくは3等の客車にいた……〕 …… 369
〔ぼくが春に好むのは、たぶん……〕 …… 370
〔〈人類〉は〈進歩〉という……〕 …… 371
与太噺 …… 372
I 若い大喰(ぐら)い …… 372
II パリ …… 373
与太噺 2番手 …… 374
I 酔っぱらった御者 …… 374
皇帝麾下の古兵よ! …… 375
戒厳令(レタ・ド・シェージュ)か? …… 376
箒 …… 377
追放 …… 378
呪われた小天使 …… 378
〔夏の夜ごとに、……〕 …… 380
〔枕頭の書、……〕 …… 381
陰鬱な活写、ベルモンテ抄(中地義和共訳) …… 382
ぼけ老人の思い出(中地義和共訳) …… 383
追憶 …… 386
アルバム・レガメー(平井啓之訳) …… 387
〔敵弾を拾い上げた……〕 …… 387
淫行詩三題(レ・スチュープラ)(平井啓之訳) …… 388
偶像 尻の穴のソネ …… 388
〔わたしたちの尻つきは…〕 …… 389
〔昔のけものたちは……〕(中地義和共訳) …… 390
小詩篇(平井啓之訳) …… 392
〔おお! 鐘がブロンズなら……〕 …… 392
便所にささげる詩 …… 392
「福音書」の余白に書かれた散文(湯浅博雄訳) …… 395
〔I〕 …… 397
〔II〕 …… 398
〔III〕 …… 399
『地獄の一季節』反古草稿(湯浅博雄訳) …… 403
〔I〕 〔悪い血〕 …… 405
〔II〕 偽りの回心 …… 407
〔III〕 〔言葉の錬金術〕 …… 409
「飢え」 …… 410
「最も高い塔の歌」 …… 410
「永遠」 …… 410
「黄金時代」 …… 411
「記憶」 …… 412
「この世の果て」 …… 412
「幸福」 …… 413
文学書簡(1870〜75) 付・調書(平井啓之, 湯浅博雄, 中地義和訳) …… 415

1 テオドール＝ド・バンヴィル宛 シャルルヴィル（アルデンヌ県） 一八七〇年五月二四日 …… 417
2 ジョルジュ・イザンバール宛 シャルルヴィル 〔一八〕七〇年八月二五日 …… 419
3 ジョルジュ・イザンバール宛 パリ 一八七〇年九月五日 …… 423
4 ポール・ドメニー宛 〔ドゥエ 一八七〇年九月二六日〕 …… 424
5 レオン・ビリュアール宛 シャルルロワ 〔一八七〇年一〇月八日〕 …… 425
6 ジョルジュ・イザンバール宛 シャルルヴィル 一八七〇年一一月二日 …… 426
7 ポール・ドメニー宛 シャルルヴィル 一八七一年四月一七日 …… 428
8 ジョルジュ・イザンバール宛 シャルルヴィル 一八七一年五月〔一三日〕 …… 430
9 ポール・ドメニー宛 シャルルヴィル 一八七一年五月一五日 …… 434
10 ポール・ドメニー宛 シャルルヴィル 一八七一年六月一〇日 …… 444
11 ジョルジュ・イザンバール宛 シャルルヴィル 一八七一年七月一二日 …… 446
12 テオドール＝ド・バンヴィル宛 アルデンヌ県シャルルヴィル 一八七一年八月一五日 …… 448
13 ポール・ドメニー宛（アルデンヌ県）シャルルヴィル 一八七一年八月〔二八日〕 …… 449
14 ヴェルレーヌ宛 〔シャルルヴィル 一八七一年九月〕 …… 451
15 ヴェルレーヌよりランボー宛 パリ 〔一八〕七二年四月二日 …… 451
16 ヴェルレーヌ宛 シャルルヴィル 一八七二年四月 …… 453
17 ヴェルレーヌからランボー宛 〔パリ 一八七二年四月〕 …… 454
18 ヴェルレーヌよりランボー宛 〔パリ 一八七二年五月〕 …… 454
19 エルネスト・ドラエー宛 パリ〔＝糞〕にて 〔一八〕七二年六月 …… 456
20 エルネスト・ドラエー宛 ライトゥ（ロッシュ）（アティニー郡） 〔一八〕七三年五月 …… 458
21 ヴェルレーヌよりランボー宛 ボグリオーヌ 〔一八七三年五月〕一八日日曜日 …… 461
22 ヴェルレーヌよりランボー宛 海上にて 〔一八七三年七月三日〕 …… 463
23 ヴェルレーヌ宛 ロンドン 金曜日午後〔一八七三年七月四日〕 …… 464
24 ヴェルレーヌ宛 ロンドン 一八七三年七月五日 …… 466
25 ヴェルレーヌ宛 〔ロンドン 一八七三年七月七日〕月曜日正午 …… 467
26 エルネスト・ドラエー宛 〔シュトゥットガルト〕 〔一八〕七五年〔三月五日〕 …… 468
27 家族宛 〔シュトゥットガルト〕 一八七五年三月一七日 …… 470
28 エルネスト・ドラエー宛 〔シャルルヴィル〕 〔一八〕七五年一〇月一四日 …… 471
29 ヴェルレーヌよりランボー宛 ロンドン 〔一八〕七五年一二月一二日日曜日 …… 473
付 Appendicesブリュッセルにおけるヴェルレーヌ＝ランボー事件の調書 …… 475
警視に対するランボーの陳述 一八七三年七月一〇日（夕方八時ごろ） …… 475
警視に対するヴェルレーヌの母親の陳述 …… 476
警視に対するヴェルレーヌの供述 一八七三年七月一〇日 …… 477
予審判事によるヴェルレーヌ尋問調書 …… 478
予審判事に対するランボーの証言 一八七三年七月一二日 …… 479
ヴェルレーヌに対する再度の尋問調書 一八七三年七月一八日 …… 481
ランボーの再度の証言 一八七三年七月一八日 …… 482
ランボーの訴訟放棄証書 …… 483
その他の書簡（一八七七〜九二）（中地義和, 川那部保明, 湯浅博雄訳） …… 487

エルネスト・ドラエーからエルネスト・ミヨ宛 ルテル 一八七七年一月二八日 …… 489

在ブレーメン、アメリカ領事宛 ブレーメン 〔一八〕七七年五月一四日 …… 490

エルネスト・ドラエーからエルネスト・ミヨ宛 〔一八七七年八月九日〕…… 491

家族宛 ジェノヴァ 〔一八〕七八年一一月一七日 …… 491

家族宛 アレクサンドリア 一八七八年〔一二月〕…… 494

家族宛 ラルナカ（キプロス） 一八七九年二月一五日 …… 495

家族宛 ラルナカ（キプロス） 一八七九年四月二四日 …… 496

証明書 ラルナカ（キプロス） 一八七九年五月二八日 …… 497

家族宛 トロオドス山（キプロス） 一八八〇年五月二三日日曜 …… 497

家族宛 一八八〇年六月四日金曜日 …… 500

家族宛 アデン 一八八〇年八月一七日 …… 501

家族宛 アデン 一八八〇年八月二五日 …… 502

家族宛 アデン 一八八〇年九月二二日 …… 503

家族宛 アデン 一八八〇年一一月二日 …… 505

ランボーがアデンのヴィアネー＝バルデー商会との間に結んだ最初の契約 アデン 一八八〇年一一月一〇日 …… 508

領収証 ハラル 一八八〇年一一月一二日 …… 508

家族宛 ハラル 一八八〇年一二月一三日 …… 509

家族宛 ハラル 一八八一年一月一五日 …… 510

家族宛 ハラル 一八八一年二月一五日 …… 512

家族宛 ハラル 一八八一年三月一二日 …… 515

家族宛 ハラル 一八八一年四月一六日日曜 …… 516

家族宛 ハラル 一八八一年五月四日 …… 517

家族宛 ハラル 一八八一年五月二五日 …… 517

家族宛 ハラル 一八八一年六月一〇日 …… 518

家族宛 ハラル 一八八一年七月二日 …… 518

家族宛 ハラル 一八八一年七月二二日金曜 …… 519

家族宛 ハラル 一八八一年八月五日 …… 520

家族宛 ハラル 一八八一年九月二日 …… 521

家族宛 ハラル 一八八一年九月二二日 …… 522

家族宛 アデン …… 523

家族宛 ハラル 一八八一年一二月三日 …… 525

アルフレッド・バルデー宛 ハラル 一八八一年一二月九日 …… 525

家族宛 ハラル 一八八一年一二月九日 …… 526

家族宛 アデン 一八八二年一月一八日 …… 526

エルネスト・ドラエー宛 アデン 一八八二年一月一八日 …… 527

家族宛 アデン 一八八二年一月二二日 …… 529

ドゥヴィスム氏宛 アデン 一八八二年一月二二日 …… 531

家族宛 アデン 一八八二年二月一二日 …… 531

F.デュバルよりルドゥー宛 アデン 一八八二年三月六日 …… 532

母親宛 アデン 一八八二年四月一五日 …… 533

家族宛 アデン 一八八二年五月一〇日 …… 533

家族宛 アデン 一八八二年七月一〇日 …… 534

家族宛 アデン 一八八二年七月三一日 …… 535

家族宛 アデン 一八八二年九月一〇日 …… 535

家族宛 アデン 一八八二年九月二八日 …… 536

家族宛 アデン 一八八二年一一月三日 …… 536

家族宛 アデン 一八八二年一一月一六日 …… 537

母親宛 アデン 一八八二年一一月一八日 …… *538*
母親宛 アデン 一八八二年一二月八日 …… *539*
母親および妹宛 アデン 一八八三年一月六日 …… *540*
家族宛 アデン 一八八三年一月一五日 …… *541*
ド・ガスパリ氏宛 アデン 一八八三年一月二八日 …… *543*
母親および妹宛 アデン 一八八三年二月八日 …… *543*
家族宛 アデン 一八八三年三月一四日 …… *544*
家族宛 …… *544*
家族宛 アデン 〔一八〕八三年三月二〇日 …… *545*
家族宛 ハラル 一八八三年五月六日 …… *546*
家族宛 ハラル 一八八三年五月二〇日 …… *548*
アルフレッド・バルデーよりランボー宛 ヴィシー 一八八三年七月二四日 …… *548*
家族宛 ハラル 一八八三年八月一二日 …… *549*
マズラン、ヴィアネー、バルデー三氏宛 ハラル 一八八三年八月二五日 …… *549*
第7回商品研究 〔一八八三年〕 …… *551*
アルフレッド・バルデー宛 ハラル 一八八三年八月二六日 …… *552*
マズラン、ヴィアネー、バルデー三氏宛 ハラル 一八八三年九月二三日 …… *553*
家族宛 ハラル 一八八三年一〇月四日 …… *555*
家族宛 ハラル 一八八三年一〇月七日 …… *555*
アシェット氏宛 アティニー郡(アルデンヌ県)ロッシュ村 …… *556*
オガデンに関する報告書 ハラル 一八八三年一二月一〇日 …… *556*
家族宛 ハラル 一八八三年一二月二一日 …… *561*
家族宛 ハラル 一八八四年一月一四日 …… *561*
地理学協会書記長よりランボー宛 パリ 一八八四年二月一日 …… *562*
ランボーに交付された証明書 アデン 一八八四年四月二三日 …… *563*
家族宛 アデン 一八八四年四月二四日 …… *563*
家族宛 アデン 一八八四年五月五日 …… *563*
家族宛 アデン 一八八四年五月二〇日 …… *565*
家族宛 アデン 一八八四年五月二九日 …… *566*
家族宛 アデン 一八八四年六月一六日 …… *567*
家族宛 アデン 一八八四年六月一九日 …… *567*
家族宛 アデン 一八八四年七月一〇日 …… *568*
家族宛 アデン 一八八四年七月三一日 …… *568*
家族宛 アデン 一八八四年九月一〇日 …… *569*
家族宛 アデン 一八八四年一〇月二日 …… *570*
家族宛 アデン 一八八四年一〇月七日 …… *570*
家族宛 アデン 一八八四年一二月三〇日 …… *572*
ランボーとアデンのバルデー商会との契約 アデン 一八八五年一月一〇日 …… *574*
家族宛 アデン 一八八五年一月一五日 …… *574*
家族宛 アデン 一八八五年四月一四日 …… *576*
エルネスト・ドラエー宛 アデン 一八八五年五月三／一七日 …… *578*
家族宛 アデン 一八八五年五月二六日 …… *578*
フランゾイ氏 〔1885年9月〕 …… *579*
家族宛 アデン 一八八五年九月二八日 …… *579*
ピエール・ラバチュの契約書 アデン 一八八五年一〇月五日 …… *581*
ランボー夫人から息子宛 ロッシュ 一八八五年一〇月一〇日 …… *582*
アルフレッド・バルデーからランボーに交付された証明書 アデン 一八八五年一〇月一四日 …… *582*

家族宛 アデン 一八八五年一〇月二二日 …… 583
家族宛 アデン 一八八五年一一月一八日 …… 584
ラバチュの受領書 アデン 一八八五年一一月二三日 …… 586
家族宛 タジュラ 一八八五年一二月三日 …… 586
家族宛 タジュラ 一八八五年一二月一〇日 …… 587
家族宛 タジュラ 一八八六年一月二日 …… 588
家族宛 タジュラ 一八八六年一月六日 …… 589
家族宛 タジュラ 一八八六年一月三一日 …… 589
家族宛 タジュラ 一八八六年二月二八日 …… 590
家族宛 タジュラ 一八八六年三月八日 …… 591
ラバチュとランボーよりフランス外務大臣宛 …… 591
家族宛 アデン 一八八六年五月二一日 …… 594
借用証 アデン 一八八六年六月一日 …… 594
シュエル氏の許可証 アデン 一八八六年六月四日 …… 595
受領証 アデン 一八八六年六月一六 …… 595
借用証書 タジュラ 一八八六年六月二七日 …… 595
シュエルよりランボー宛 アデン 一八八六年七月三日 …… 596
家族宛 タジュラ 一八八六年七月九日 …… 596
家族宛 タジュラ 一八八六年九月一五日 …… 597
ジュール・シュエルよりランボー宛 アデン 一八八六年九月一六日 …… 598
ハラル総督アリ–ルダーヌ・パシャよりガディ–ブルシ族族長ヌール–ロブレ宛 …… 599
家族宛 エントット（ショア） 一八八七年四月七日 …… 599
領収証 ハラル 一八八七年六月二〇日 …… 599
メネリク2世からランボー宛 アデア・ボゴフ 一八七九年サニエ三〇日〔一八八七年六月〕 …… 600
デジャズマッチ・メコンネンよりアデン駐在フランス領事宛 ハラル 一八八七年六月二九日 …… 600
領収証 アデン 〔一八〕八七年七月二七日 …… 601
ド・ガスパリ氏宛 アデン 一八八七年七月三〇日 …… 601
マサウア副領事よりアデン副領事宛 マサウア 一八八七年八月五日 …… 602
マサウア駐在フランス副領事よりグリマルディ–レギュス侯爵宛 マサウア 一八八七年八月一二日 …… 603
『ボスフォール・エジプシアン』紙主幹宛 カイロ 一八八七年八月〔二〇日〕 …… 604
家族宛 カイロ 一八八七年八月二三日 …… 612
母親宛 カイロ 一八八七年八月二四日 …… 614
母親宛 カイロ 一八八七年八月二五日 …… 615
アルフレッド・バルデー宛 カイロ 一八八七年八月二六日 …… 615
地理学協会秘書よりランボー宛 パリ 一八八七年一〇月四日 …… 619
家族宛 アデン 一八八七年一〇月八日 …… 620
ベイルート駐在フランス領事宛 アデン 一八八七年一〇月一二日 …… 622
デシャンよりアデン駐在フランス領事宛 アデン 一八八七年一〇月二八日 …… 622
ド・ガスパリ氏宛 アデン 一八八七年一一月三日 …… 623
ラバチュ隊商（明細表） …… 623
ラバチュ隊商の決済報告 …… 625
トーラン大司教宛 アデン 一八八七年一一月四日 …… 626
家族宛 アデン 一八八七年一一月五日 …… 629
アデン駐在フランス副領事よりランボー宛 アデン 一八八七年一一月八日 …… 630

ド・ガスパリ氏宛 アデン 一八八七年一一月九日 …… 631
ラバチュ隊商の経費の勘定書 …… 635
家族宛 アデン 一八八七年一一月二二日 …… 636
プティットヴィル子爵よりランボー宛 ベイルート 一八八七年一二月三日 …… 637
家族宛 アデン 一八八七年一二月一五日 …… 637
ファゴ宛 アデン 一八八七年一二月一五日 …… 639
海軍・植民地大臣宛 アデン 一八八七年一二月一五日 …… 640
サヴレよりランボー宛 パリ 一八八八年一月一四日 …… 641
海軍・植民地省次官より代議士ファゴ氏宛 パリ 一八八八年一月一八日 …… 642
アルデンヌ県代議士ファゴ氏よりランボー宛 パリ 一八八八年一月一八日 …… 642
海軍・植民地省次官より在アデン、アルチュール・ランボー氏宛 パリ 一八八八年一月一八日 …… 643
家族宛 アデン 一八八八年一月二五日 …… 643
サヴレよりランボー宛 パリ 一八八八年一月二七日 …… 644
イルグ宛 アデン 一八八八年二月一日 …… 645
サヴレよりイルグ宛 パリ 一八八八年二月一三日 …… 648
イルグよりランボー宛 チューリッヒ 一八八八年二月一九日 …… 649
バルデー氏の受け取り アデン 一八八八年三月二七日 …… 651
A.バルデーよりランボー宛 アデン 一八八八年三月二八日 …… 651
イルグ宛 アデン 一八八八年三月二九日 …… 652
家族宛 アデン 一八八八年四月四日 …… 653
在アデン・フランス副領事よりランボー宛 アデン 一八八八年四月九日 …… 653
イルグ宛 アデン 一八八八年四月一二日 …… 654
リュシアン・ラボスよりランボー宛 スエズ 一八八八年四月二二日 …… 655
サヴレよりランボー宛 オボック 一八八八年四月二六日 …… 655
イルグよりビドー宛 チューリッヒ 一八八八年四月二七日 …… 657
イルグよりランボー宛 チューリッヒ 一八八八年四月二七日 …… 658
海軍・植民地省次官よりアルチュール・ランボー氏宛 パリ 一八八八年五月二日 …… 659
アルフレッド・バルデー宛 〔ハラル 一八八八年五月三日〕 …… 660
家族宛 ハラル 一八八八年五月一五日 …… 660
海軍・植民地省次官よりアルチュール・ランボー氏宛 パリ 一八八八年五月一五日 …… 661
イルグ宛 ハラル 一八八八年六月二五日 …… 661
家族宛 ハラル 一八八八年七月四日 …… 662
ジュール・ボレリよりランボー宛 エントット 一八八八年七月二六日 …… 663
家族宛 ハラル 一八八八年八月四日 …… 666
エロワ・ピノよりランボー宛 ファレ 一九八八年九月一一日 …… 667
家族宛 ハラル 一八八八年一一月一〇日 …… 668
A.サヴレよりランボー宛 エントット 一八八八年一二月一〇日 …… 669
エロワ・ピノよりランボー宛 ファレ 一八八八年一二月三〇日 …… 670
サヴレよりランボー宛 エントット 一八八九年一月一日 …… 670
サヴレよりランボー宛 エントット 〔一八〕八九年一月四日 …… 672
母親と妹宛 ハラル 一八八九年一月一〇日 …… 673
サヴレよりランボー宛 エントット 一八八九年一月二〇日 …… 673
エロワ・ピノよりランボー宛 ファレ 一八八九年一月二四日 …… 677
サヴレよりランボー宛 エントット 一八八九年一月三一日 …… 677
L.ブレモンよりランボー宛 アデン 一八八九年二月一〇日 …… 678

L.ブレモンよりランボー宛 オボック 一八八九年二月一六日 …… 679
母親と妹宛 ハラル 一八八九年二月二五日 …… 681
ジュール・ボレリ宛 ハラル 一八八九年二月二五日 …… 681
サヴレよりランボー宛 エントット 一八八九年二月二六日 …… 684
アト・テッサマ・メクベブ宛メネリク王の書簡の翻訳ランボー氏宛 一八八九年二月二五日付送付 …… 687
サヴレよりアト・テッサマ・メクベブ宛 一八八九年二月二五日 …… 687
サヴレよりランボー宛 エントット 一八八九年二月二八日 …… 688
サヴレよりランボー宛 アンコベール 一八八九年三月一五日 …… 690
イルグよりランボー宛 アンコベール 一八八九年三月三〇日 …… 691
サヴレよりランボー宛 ファレ 一八八九年四月一一日 …… 692
エルネスト・ラフィヌールよりランボー宛 ゴタ 一八八九年四月二六日 …… 694
エロワ・ピノよりランボー宛 ゴンタ、ヘレル 一八八九年四月二七日 …… 695
ウゴ・フェランディ宛 ハラル 一八八九年四月三〇日 …… 696
サヴレよりランボー宛 アンコベール 一八八九年五月一日 …… 696
サヴレよりランボー宛 アンコベール 一八八九年五月一日 …… 698
イルグよりランボー宛 アンコベール 一八八九年五月三日 …… 700
エロワ・ピノよりランボー宛 ゲルデセ 一八八九年五月一一日 …… 702
サヴレよりランボー宛 アンコベール 一八八九年五月一五日 …… 702
母親と妹宛 ハラル 一八八九年五月一八日 …… 703
イルグよりランボー宛 アンコベール 一八八九年五月二三日 …… 704
サヴレよりランボー宛 アンコベール 一八八九年五月二三日 …… 705
サヴレよりランボー宛 アンコベール 一八八九年六月一六日 …… 705
イルグよりランボー宛 アンコベール 一八八九年六月一六日 …… 708
サヴレよりランボー宛 アンコベール 〔一八〕八九年六月一七日 …… 712
サヴレよりランボー宛 アンコベール 〔一八〕八九年六月二七日 …… 712
イルグよりランボー宛 アンコベール 一八八九年六月二八日 …… 713
イルグ宛 ハラル 〔一八〕八九年七月一日 …… 713
イルグ宛 ハラル 〔一八〕八九年七月二〇日 …… 718
イルグよりランボー宛 エントット 一八八九年八月二一日 …… 721
イルグ宛 ハラル 〔一八〕八九年八月二四日 …… 722
申告書 ハラル 一八八九年八月一三日 …… 725
イルグ宛 ハラル 一八八九年八月二六日 …… 726
サヴレよりランボー宛 コリカテ 一八八九年八月二七日 …… 729
イルグ宛 ハラル 一八八九年八月七日 …… 730
イルグ宛 ハラル 〔一八〕八九年九月一二日 …… 735
イルグ宛 ハラル 〔一八〕八九年九月一三日 …… 737
イルグよりランボー宛 アイブ–アンバ 一八八九年九月一〇日 …… 738
イルグ宛 ハラル 〔一八〕八九年九月一八日 …… 739
メネリク2世よりランボー宛 エントット テケムト五日〔一八八九年一〇月二〇日〕 …… 740
イルグ宛 ハラル 一八八九年一〇月七日 …… 741
副本 ハラル 一八八九年一〇月八日 …… 745
ハラル税関に提出されたランボーの2枚の受領書の写し …… 747
イルグよりランボー宛 エントット 一八八九年一〇月八日 …… 748
イルグよりランボー宛 エントット 一八八九年一〇月二六日 …… 748
イルグよりランボー宛 エントット 一八八九年一一月一三日 …… 750

イルグ宛 ハラル 一八八九年一一月一六日 …… 750
A.サヴレよりランボー宛 パリ 一八八九年一二月一〇日 …… 753
イルグ宛 ハラル 〔一八〕八九年一二月一一日 …… 755
イルグ宛 ハラル 一八八九年一二月二〇日 …… 755
ランボーがハラル税関に提出した受領書の写し ハラル 一八八九年一二月一七日 …… 758
母親と妹宛 ハラル 一八八九年一二月二〇日 …… 759
エルンスト・ツィンメルマンよりランボー宛 エントット 〔一八〕九〇年一月二日 …… 759
母親と妹宛 ハラル 一八九〇年一月三日 …… 760
エルネスト・ツィンメルマンよりランボー宛 エントット 〔一八〕九〇年一月四日 …… 761
セザール・ティアンよりランボー夫人宛 アデン 一八九〇年一月八日 …… 761
デシャン宛 ハラル 一八九〇年一月二七日 …… 762
イルグ宛 ハラル 一八九〇年二月二四日 …… 763
受領書 ハラル 一八八九年一二月二〇日 …… 766
母親と妹宛 ハラル 一八九〇年二月二五日 …… 767
イルグ宛 ハラル 〔一八〕九〇年三月一日 …… 768
商品の相場 〔一八〕九〇年三月一日 …… 770
イルグ宛 ハラル 〔一八〕九〇年三月一六日 …… 770
イルグ宛 ハラル 一八九〇年三月一八日 …… 771
エルネスト・ツィンメルマンよりランボー宛 アンコベール 〔一八〕九〇年三月二六日 …… 773
エルネスト・ツィンメルマンよりランボー宛 アンコベール 〔一八〕九〇年四月四日 …… 773
イルグ宛 ハラル 一八九〇年四月七日 …… 774
メネリク宛 ハラル 一八九〇年四月七日 …… 775
サヴレよりランボー宛 ジブチ 一八九〇年四月一五日 …… 776
受領書 ハラル 一八九〇年四月一八日 …… 777
母親宛 ハラル 一八九〇年四月二一日 …… 777
イルグとツィンメルマン宛 ハラル 一八九〇年四月二五日 …… 778
イルグとツィンメルマン宛 一八九〇年四月三〇日 …… 780
サヴレ宛 〔一八九〇年四月？〕…… 781
サヴレよりランボー宛 ジブチ 一八九〇年五月四日 …… 782
イルグよりランボー宛 エントット 一八九〇年五月九日 …… 783
イルグとツィンメルマン宛 ハラル 一八九〇年五月一五日 …… 784
イルグ宛 ハラル 〔一八〕九〇年六月六日 …… 786
フランス副領事の証言 アデン 一八九〇年七月八日 …… 787
ローランド・ド・ガヴォティよりランボー宛 一八九〇年七月一七日 …… 788
イルグよりランボー宛 ブリュック 一八九〇年七月一七日 …… 788
母親宛 ハラル 一八九〇年八月一〇日 …… 790
イルグよりランボー宛 エントット 一八九〇年八月二三日 …… 791
イルグ宛 ハラル 〔一八〕九〇年九月二〇日 …… 792
イルグよりランボー宛 エントット 一八九〇年一〇月七日 …… 795
母親宛 ハラル 一八九〇年一一月一〇日 …… 795
イルグ宛 ハラル 一八九〇年一一月一八日 …… 796
イルグ宛 ハラル 一八九〇年一一月一八日 …… 798
イルグ宛 ハラル 〔一八〕九〇年一一月二〇日 …… 800
イルグ宛 ハラル 〔一八〕九〇年一一月二六日 …… 801
イルグよりランボー宛 エントット 一八九一年一月三〇日 …… 801

L.シェフヌーよりランボー宛 エントット 〔一八〕九一年一月三〇日‥ 803
イルグ宛 ハラル 一八九一年二月一日 …… 803
イルグ宛 ハラル 〔一八〕九一年二月五日 …… 804
メネリクよりイルグ宛 …… 805
イルグよりランボー宛 エントット 一八九一年二月一五日 …… 805
テイヤール氏の受領書 ハラル 一八九一年二月一九日 …… 806
母親宛 ハラル 一八九一年二月二〇日 …… 807
イルグ宛 ハラル 〔一八〕九一年二月二〇日 …… 809
イルグよりランボー宛 エントット 一八九一年三月一五日 …… 810
母親よりランボー宛 ロッシュ 一八九一年三月二七日 …… 810
ハラルからワランボまでの旅程 〔一八九一年〕四月七日火曜～一七日金曜 …… 811
母親宛 アデン 一八九一年四月三〇日 …… 813
セザール・ティアンよりランボー宛 アデン 一八九一年五月六日 …… 815
セザール・ティアン宛 アデン 一八九一年五月六日 …… 816
フェルテールよりランボー宛 ハラル 一八九一年五月一三日 …… 816
母親と妹宛 マルセイユ 〔一八九一年、五月二一日木曜〕…… 816
母親宛の電報 マルセイユ 〔一八九一年五月二二日〕…… 818
母親よりランボー宛の電報 …… 818
ソティロよりランボー宛 ゼイラ 一八九一年五月二九日 …… 818
ハラル総督ラズ・メコンネン宛 マルセイユ 一八九一年五月三〇日 …… 820
母親よりイザベル宛 マルセイユ 一八九一年六月八日月曜 …… 820
セザール・ティアンよりランボー宛 アデン 〔一八〕九一年六月一一日‥ 821
妹イザベル宛 マルセイユ 一八九一年六月一七日 …… 821
ソティロよりランボー宛 アデン 一八九一年六月二一日 …… 822
妹イザベル宛 マルセイユ 一八九一年六月二三日 …… 823
妹イザベル宛 マルセイユ 一八九一年六月二四日 …… 824
妹イザベル宛 マルセイユ 一八九一年六月二九日 …… 825
妹イザベルよりランボー宛 ロッシュ 一八九一年六月三〇日 …… 826
妹イザベル宛 マルセイユ 一八九一年七月二日 …… 828
妹イザベルよりランボー宛 ロッシュ 一八九一年七月四日 …… 829
妹イザベルよりランボー宛 ロッシュ 一八九一年七月八日 …… 830
妹イザベル宛 マルセイユ 一八九一年七月一〇日 …… 831
ソティロよりランボー宛 ゼイラ 一八九一年七月一〇日 …… 833
ラズ・メコンネンよりランボー宛 ハラル 一八九一年六月一二日 …… 834
妹イザベルよりランボー宛 ロッシュ 一八九一年七月一三日 …… 834
フェルテールよりランボー宛 ハラル出張所 一八九一年七月一三日 …… 836
ディミトリ・リガスよりランボー宛 ハラル 一八九一年七月一五日 …… 836
妹イザベル宛 マルセイユ 一八九一年七月一五日 …… 837
妹イザベルよりランボー宛 フォントニル牧場 一八九一年七月一八日 … 840
マルセイユ徴兵局長宛 …… 841
妹イザベル宛 マルセイユ 一八九〔一〕年七月二〇日 …… 841
セザール・ティアンよりランボー宛 アデン 〔一八〕九一年七月二三日‥ 842
ソティロよりランボー宛 ゼイラ 一八九一年七月二五日 …… 843
ディミトリ・リガスよりランボー宛 ハラル 一八九一年七月二八日 …… 844
モーリス・リエスよりランボー宛 マルセイユ 一八九一年八月三日 …… 844
ソティロよりランボー宛 ゼイラ 一八九一年八月一四日 …… 844
サヴレよりランボー宛 ハラル 一八九一年八月一五日 …… 846
モーリス・リエスよりランボーの母親宛 パリ 一八九一年九月一〇日 ‥ 847

イザベル・ランボーより母親宛 マルセイユ 一八九一年九月二二日火曜 …… *847*

イザベル・ランボーより母親宛 マルセイユ 一八九一年一〇月三日 …… *849*

イザベル・ランボーより母親宛 マルセイユ 一八九一年一〇月五日月曜 …… *849*

妹イザベルの覚書 一八九一年一〇月四日日曜 …… *851*

イザベル・ランボーより母親宛 〔マルセイユ〕 一八九一年一〇月二八日水曜 …… *853*

「郵船会社（メッサージュリー・マリティー）」支配人宛 マルセイユ 一八九一年一一月九日 …… *856*

＊ランボーが行動した当時のエチオピアとその周辺の略図 …… *858*

＊地名・人名・尊称・諸単位に関する語彙集（川那部保明） …… *859*

＊ランボー書簡リスト（谷口円香, 塚島真実作成） …… *863*

＊解題と註 …… *883*

＊『詩集』および「新しい韻文詩」の成立について（平井啓之） …… *885*

＊〔『詩集』註〕（平井啓之） …… *897*

＊「新しい韻文詩」について（湯浅博雄） …… *925*

＊〔「新しい韻文詩」註〕（平井啓之） …… *937*

＊〔『愛の砂漠』註〕（中地義和） …… *950*

＊『地獄の一季節』について（湯浅博雄） …… *954*

＊〔『地獄の一季節』註〕（湯浅博雄） …… *985*

＊『イリュミナシオン』の成立（中地義和） …… *1049*

＊〔『イリュミナシオン』註〕（中地義和） …… *1066*

＊〔「少年時代の作文」註〕（湯浅博雄） …… *1157*

＊〔「初期の散文と詩」註〕（湯浅博雄） …… *1157*

＊〔「高等中学でのラテン語作文」註〕（中地義和, 湯浅・博雄） …… *1162*

＊〔「神父服の下の心」註〕（湯浅博雄） …… *1166*

＊〔『アルバム・ジュティック』註〕（中地義和） …… *1168*

＊〔『アルバム・レガメー』註〕（中地義和） …… *1178*

＊〔「淫行詩三題」註〕（中地義和） …… *1178*

＊〔「小詩篇」註〕（湯浅博雄） …… *1180*

＊〔「福音書」の余白に書かれた散文・註〕（湯浅博雄） …… *1181*

＊〔『地獄の一季節』反古草稿・解説〕（湯浅博雄） …… *1186*

＊略年譜（湯浅博雄） …… *1189*

＊書誌（中地義和） …… *1195*

＊翻訳・解題・註 担当一覧 …… *1207*

＊あとがき（湯浅博雄, 中地義和） …… *1209*

＊『ランボー全集』あとがき（湯浅博雄, 中地義和, 川那部保明） …… *1214*

ランボー全集

みすず書房
全1巻
2011年9月
（鈴村和成訳）

ランボー全集―個人新訳

2011年9月1日刊

詩篇と散文 …… 7
　感覚 …… 8
　オフェリヤ …… 8
　みなし子たちのお年玉 …… 11
　太陽と肉体 …… 17
　聖衣（スータン）の下の心―ある神学生の日記 …… 26
　水から出てくるヴィーナス …… 47
　最初の夕べ …… 48
　ニナの即答 …… 50
　〔九二年と九三年の死者たちよ…〕 …… 58
　首吊りどものダンス・パーティ …… 59
　たまげる子どもたち …… 62
　ロマン …… 65
　皇帝の憤激 …… 67
　悪 …… 69
　タルチュフ懲らしめ …… 70
　音楽につれて …… 71
　鍛冶屋 …… 73
　わが放浪（ファンタジー） …… 83
　冬に夢みて …… 84
　タンス …… 86
　ザールブルックの赫々たる勝利 …… 87
　おませな女の子 …… 88
　みどり亭で 午後五時 …… 89
　谷に眠る男 …… 91
　ビスマルクの夢（ファンタジー） …… 92
　盗まれた心臓 …… 94
　パリジャンの戦争の唄 …… 95
　僕のかわいい恋人ちゃん …… 98
　しゃがみこんで …… 101
　七歳の詩人たち …… 103
　パリのばか騒ぎ あるいはパリまたごった返し …… 107
　教会の貧乏人たち …… 112
　慈悲の姉妹 …… 115
　正義の人 …… 117
　最初の聖体拝領 …… 121
　花について詩人に語ったこと …… 130
　座る人たち …… 141
　シラミをさがす女たち …… 144
　税関の役人 …… 145
　夕べの祈禱 …… 146
　酔いどれボート …… 147
　半獣神の頭 …… 154
　母音 …… 155
　〔星はきみの耳の核心に…〕 …… 156
　尻の穴のソネット …… 156
　百合 …… 158
　ローマで見た …… 158
　艶なる宴 …… 159
　〔僕は三等の客室にいた。…〕 …… 160
　〔《人類》は、ばかでかい《進歩》という…〕 …… 162
　たわごと …… 162
　たわごと シリーズ2 …… 164
　皇帝陛下の古参兵よ！ …… 165
　座席の戒厳令？ …… 166
　ほうき …… 167
　追放 …… 167
　呪われた小天使 …… 168
　〔夏の夕暮、ショーウィンドーの…〕 …… 170
　〔枕頭の書、心を鎮める…〕 …… 171
　陰鬱なる活写、ベルモンテ抄 …… 171
　痴呆老人の追憶 …… 173
　回想 …… 176
　フェリックス・レガメー［画家 1844–1907］のアルバム所収の十行詩 …… 177
　淫行詩篇 …… 177
　〔われらの尻は…〕 …… 179
　便所のための詩 …… 180
　カラス …… 180
　ジャンヌ・マリーの手 …… 182
　愛の砂漠 …… 186
　渇きのコメディー …… 190
　朝のよい思い …… 195
　カシスの河 …… 196
　涙 …… 198
　忍耐の祭り …… 199
　五月の軍旗 …… 199
　いちばん高い《塔》の唄 …… 201

永遠 …… 203
黄金時代 …… 205
若夫婦 …… 208
〔かの女はエジプトの舞姫か？…〕…… 209
〔アマランスの花壇がジュピターの…〕…… 210
飢えの祭り …… 212
〔季節よ、城よ、…〕…… 214
〔聞けよ、鹿の鳴き声のように…〕…… 216
恥 …… 217
〔僕らにとって何だというのだ、…〕…… 219
ミシェルとクリスティーヌ …… 220
記憶 …… 222
福音書による散文 …… 225
地獄の季節 …… 229
＊＊＊＊＊ …… 230
悪い血 …… 231
地獄の夜 …… 240
錯乱I 狂乱の乙女―地獄の夫 …… 243
錯乱II 言葉の錬金術 …… 250
不可能 …… 262
閃光 …… 265
朝 …… 266
訣別 …… 267
イリュミナシオン …… 271
大洪水の後 …… 272
少年時 …… 273
コント …… 276
パレード …… 278
アンティック …… 279
BEING BEAUTEOUS …… 279
生 …… 280
出発 …… 282
王権 …… 282
ある理性に …… 283
陶酔の午前 …… 283
フレーズ …… 284
労働者 …… 287
橋 …… 288
街 …… 288
轍 …… 289
街または街 …… 290
バガボンド …… 291
都市 …… 292
眠れない夜 …… 293
ミスティック …… 295
あけぼの …… 295
花 …… 296
俗なノクターン …… 297
航海 …… 298
冬の祭り …… 299
苦悩 …… 299
メトロポリタン …… 300
野蛮 …… 301
岬 …… 302
場面 …… 303
歴史の夕暮 …… 304
運動 …… 305
ボトム …… 306
H …… 307
献身 …… 308
デモクラシー …… 309
フェアリー …… 309
戦争 …… 310
魔人(ジン) …… 311
青春 …… 312
バーゲン …… 314
書簡集 …… 317
一　ジョルジュ・イザンバール〔シャルルヴィル高等中学の教師〕宛 シャルルヴィル、一八七〇年初頭 …… 318
二　テオドール・ド・バンヴィル宛 シャルルヴィル、一八七〇年五月二四日 …… 318
三　ジョルジュ・イザンバール宛 シャルルヴィル、一八七〇年八月二五日 …… 319
四　ジョルジュ・イザンバール宛 パリ、マザス、一八七〇年九月五日 …… 322
五　ポール・ドムニー〔イザンバールの友人の詩人〕宛 ドゥエ、一八七〇年九月末 …… 323
六　ジョルジュ・イザンバール宛 シャルルヴィル、一八七〇年十一月二日 …… 323
七　ポール・ドムニー宛 シャルルヴィル、一八七一年四月十七日 …… 324
八　ジョルジュ・イザンバール宛 シャルルヴィル、一八七一年五月〔十三日〕…… 325
九　ポール・ドムニー宛 シャルルヴィル、一八七一年五月十五日 …… 326

一〇　ポール・ドムニー宛 シャルルヴィル、一八七一年六月十日 …… 331

一一　ジョルジュ・イザンバール宛 シャルルヴィル、一八七一年七月十二日 …… 332

一二　テオドール・ド・バンヴィル宛 シャルルヴィル、一八七一年八月十五日 …… 334

一三　ポール・ドムニー宛 シャルルヴィル、一八七一年八月二八日 …… 334

一四　ポール・ヴェルレーヌ宛 シャルルヴィル、一八七一年八月 …… 336

一五　ポール・ヴェルレーヌ宛 シャルルヴィル、一八七二年四月 …… 336

一六　エルネスト・ドラエー〔シャルルヴィル高等中学時代の親友〕宛 クソッパリ、一八七二年六でなし月〔パリ、一八七二年六月〕…… 336

一七　エルネスト・ドラエー宛 ライトウー（ローシュ）、（アティニー郡）、一八七三年五月 …… 338

一八　ポール・ヴェルレーヌ宛 ロンドン、金曜日、午後〔一八七三年七月四–五日〕…… 339

一九　ポール・ヴェルレーヌ宛 ロンドン、月曜、正午〔一八七三年七月七日〕…… 341

二〇　エルネスト・ドラエー宛 シュトゥットガルト、一八七五年三月五日 …… 342

二一　家族宛 シュトゥットガルト、一八七五年三月十七日 …… 342

二二　エルネスト・ドラエー宛 シャルルヴィル、一八七五年十月十四日 …… 343

二三　家族宛 ジェノヴァ、一八七八年十一月十七日 …… 345

二四　家族宛 アレクサンドリア、一八七八年十一月 …… 347

二五　家族宛 ラルナカ（キプロス）、一八七九年二月十五日 …… 348

二六　家族宛 ラルナカ（キプロス）、一八七九年四月二四日 …… 349

二七　家族宛、ラルナカ、一八七九年五月？ …… 350

二八　家族宛 トロードス山（キプロス）、一八八〇年五月二三日 …… 350

二九　家族宛 トロードス山（キプロス）、一八八〇年六月四日 …… 352

三〇　家族宛 アデン、一八八〇年八月十七日 …… 352

三一　家族宛 アデン、一八八〇年八月二五日 …… 354

三二　家族宛 アデン、一八八〇年九月二二日 …… 354

三三　家族宛 アデン、一八八〇年十一月二日 …… 356

三四　家族宛 ハラル、一八八〇年十二月十三日 …… 358

三五　家族宛 ハラル、一八八一年一月十五日 …… 359

三六　家族宛 ハラル、一八八一年二月十五日 …… 361

三七　家族宛 ハラル、一八八一年三月十二日 …… 363

三八　家族宛 ハラル、一八八一年四月十六日 …… 364

三九　家族宛 ハラル、一八八一年五月四日 …… 365

四〇　家族（母）宛 ハラル、一八八一年五月二五日 …… 366

四一　家族宛 ハラル、一八八一年六月十日 …… 366

四二　家族宛 ハラル、一八八一年七月二日 …… 366

四三　家族宛 ハラル、一八八一年七月二二日 …… 367

四四　家族宛 ハラル、一八八一年八月五日 …… 368

四五　家族宛 ハラル、一八八一年九月二日 …… 369

四六　家族宛 ハラル、一八八一年九月二二日 …… 370

四七　家族宛 ハラル、一八八一年十一月七日 …… 370

四八　家族宛 ハラル、一八八一年十二月三日 …… 372

四九　家族宛 ハラル、一八八一年十二月九日 …… 373

五〇　家族宛 アデン、一八八二年一月十八日 …… 373

五一　エルネスト・ドラエー宛 アデン、一八八二年一月十八日 …… 374

五二　家族宛 アデン、一八八二年一月二二日 …… 376
五三　ドヴィーム氏宛 アデン、一八八二年一月二二日 …… 378
五四　家族宛 アデン、一八八二年二月十二日 …… 378
五五　母宛 アデン、一八八二年四月十五日 …… 379
五六　家族宛 アデン、一八八二年五月十日 …… 379
五七　家族宛 アデン、一八八二年七月十日 …… 380
五八　家族宛 アデン、一八八二年七月三一日 …… 381
五九　家族宛 アデン、一八八二年九月十日 …… 381
六〇　家族宛 アデン、一八八二年九月二八日 …… 382
六一　家族宛 アデン、一八八二年十一月三日 …… 382
六二　家族宛 アデン、一八八二年十一月十六日 …… 383
六三　母宛 アデン、一八八二年十一月十八日 …… 384
六四　母宛 アデン、一八八二年十二月八日 …… 385
六五　母と妹宛 アデン、一八八三年一月六日 …… 386
六六　家族宛 アデン、一八八三年一月十五日 …… 387
六七　アデン・フランス副領事アルベール・ドラジュニエール宛 アデン、一八八三年一月二八日 …… 388
六八　母と妹宛 アデン、一八八三年二月八日 …… 389
六九　家族宛 アデン、一八八三年三月十四日 …… 389
七〇　家族宛 アデン、一八八三年三月十九日 …… 390
七一　家族宛 アデン、一八八三年三月二十日 …… 391
七二　家族宛 ハラル、一八八三年五月六日 …… 391
七三　家族宛 ハラル、一八八三年五月二十日 …… 393
七四　家族宛 ハラル、一八八三年八月十二日 …… 393
七五　マズラン、ヴィアネー、バルデー宛 ハラル、一八八三年八月二五日 …… 394
七六　アルフレッド・バルデー宛 ハラル、一八八三年八月二六日 …… 397
七七　マズラン、ヴィアネー、バルデー宛 ハラル、一八八三年九月二三日 …… 398
七八　家族宛 ハラル、一八八三年十月四日 …… 399
七九　家族宛 ハラル、一八八三年十月七日 …… 399
八〇　オガディン報告 アルフレッド・バルデー宛 ハラル、一八八三年十二月十日「地理学協会会報」一八八四年二月掲載 …… 400
八一　家族宛 ハラル、一八八三年十二月二一日 …… 405
八二　家族宛 ハラル、一八八四年一月十四日 …… 406
八三　家族宛 アデン、一八八四年四月二四日 …… 406
八四　家族宛 アデン、一八八四年五月五日 …… 407
八五　家族宛 アデン、一八八四年五月二十日 …… 408
八六　家族宛 アデン、一八八四年五月二九日 …… 409
八七　家族宛 アデン、一八八四年六月十六日 …… 410
八八　家族宛 アデン、一八八四年六月十九日 …… 410
八九　家族宛 アデン、一八八四年七月十日 …… 411
九〇　家族宛 アデン、一八八四年七月三一日 …… 411
九一　家族宛 アデン、一八八四年九月十日 …… 411
九二　家族宛 アデン、一八八四年十月二日 …… 413
九三　家族宛 アデン、一八八四年十月七日 …… 413
九四　家族宛 アデン、一八八四年十二月三十日 …… 414
九五　家族宛 アデン、一八八五年一月十五日 …… 416

九六　家族宛 アデン、一八八五年四月十四日 …… 418
九七　家族宛 アデン、一八八五年五月二六日 …… 420
九八　家族宛 アデン、一八八五年九月二八日 …… 421
九九　家族宛 アデン、一八八五年十月二二日 …… 422
一〇〇　家族宛 アデン、一八八五年十一月十八日 …… 423
一〇一　家族宛 タジュラー、一八八五年十二月三日 …… 425
一〇二　家族宛 タジュラー、一八八五年十二月十日 …… 426
一〇三　アウグスト・フランゾイ〔イタリアのジャーナリスト、探検家〕宛〔一八八五–一八八六年？〕‥ 427
一〇四　家族宛 タジュラー、一八八六年一月二日 …… 427
一〇五　家族宛 タジュラー、一八八六年一月六日 …… 428
一〇六　家族宛 タジュラー、一八八六年一月三一日 …… 429
一〇七　家族宛 タジュラー、一八八六年二月二八日 …… 430
一〇八　家族宛 タジュラー、一八八六年三月八日 …… 430
一〇九　フランス外務大臣宛 タジュラー、一八八六年四月十五日〔ピエール・ラバチュと連名の抗議文。ラバチュを代表者とするが、起草者はランボー〕…… 431
一一〇　家族宛 アデン、一八八六年五月二一日 …… 434
一一一　家族宛 タジュラー、一八八六年七月九日 …… 434
一一二　家族宛 タジュラー、一八八六年九月十五日 …… 435
一一三　家族宛 南アビシニア・エントット（ショア）、一八八七年四月七日 …… 435
一一四　アデン在任フランス副領事エミール・ド・ガスパリ宛 アデン、一八八七年七月三十日 …… 435
一一五　「エジプトのボスポラス」紙〔カイロの有力な仏語日刊紙〕編集長宛 カイロ、一八八七年八月二十日 同紙一八八七年八月二五、二七両日掲載 …… 437
一一六　家族宛 カイロ、一八八七年八月二三日 …… 447
一一七　母宛 カイロ、一八八七年八月二四日 …… 448
一一八　母宛 カイロ、一八八七年八月二五日 …… 449
一一九　アルフレッド・バルデー宛 カイロ、一八八七年八月二六日「地理学協会会報」一八八七年十一月掲載 …… 450
一二〇　家族宛 アデン、一八八七年十月八日 …… 454
一二一　アデン在任フランス副領事エミール・ド・ガスパリ宛 アデン、一八八七年十一月三日 …… 455
一二二　ハラル在任ガラ使徒座代理区長トーラン・カーニュ猊下宛 アデン、一八八七年十一月四日 …… 456
一二三　家族宛 アデン、一八八七年十一月五日 …… 458
一二四　アデン在住フランス副領事エミール・ド・ガスパリ宛 アデン、一八八七年十一月九日 …… 459
一二五　家族宛 アデン、一八八七年十一月二二日 …… 464
一二六　家族宛 アデン、一八八七年十二月十五日 …… 465
一二七　ヴジエ郡代議士ジャン・バチスト・ファゴ宛 アデン、一八八七年十二月十五日 …… 466
一二八　海軍ならびに植民地担当大臣殿 アデン、一八八七年十二月十五日 …… 467
一二九　家族宛 アデン、一八八八年一月二五日 …… 468
一三〇　アルフレッド・イルグ宛 アデン、一八八八年二月一日 …… 469
一三一　アデン在住フランス副領事エミール・ド・ガスパリ宛 アデン、一八八八年三月二七日 …… 472

一三二　デジャズマッチ・マコンネン宛 アデン、一八八八年三月二七日〔ランボー代筆による、フラン領事名義の推薦状〕…… 473
一三三　アルフレッド・イルグ宛 アデン、一八八八年三月二九日 …… 473
一三四　ウーゴ・フェランディ〔イタリアの探検家〕宛 アデン、一八八八年四月二日 …… 474
一三五　家族宛 アデン、一八八八年四月四日 …… 474
一三六　ウーゴ・フェランディ宛 アデン、一八八八年四月十日 …… 475
一三七　アルフレッド・イルグ宛 アデン、一八八八年四月十二日 …… 476
一三八　アルフレッド・バルデー宛 ハラル、一八八八年五月三日「地理学協会会報」一八八八年七月十五日掲載 …… 476
一三九　家族宛 ハラル、一八八八年五月十五日 …… 477
一四〇　アルフレッド・イルグ宛 ハラル、一八八八年六月二五日〔ハラル発イルグ宛飛脚便一号〕…… 478
一四一　家族宛 ハラル、一八八八年七月四日 …… 479
一四二　家族宛 ハラル、一八八八年八月四日 …… 479
一四三　家族宛 ハラル、一八八八年十一月十日 …… 481
一四四　家族宛 ハラル、一八八九年一月十日 …… 481
一四五　ジュール・ボレリ〔著名な探検家。主著『南エチオピア』一八九〇年〕宛 ハラル、一八八九年二月二五日 …… 482
一四六　家族宛 ハラル、一八八九年二月二五日 …… 486
一四七　ウーゴ・フェランディ宛 ハラル、一八八九年四月三十日 …… 486
一四八　家族宛 ハラル、一八八九年五月十八日 …… 487
一四九　アルフレッド・イルグ宛 ハラル、一八八九年七月一日〔ハラル発イルグ宛飛脚便二号〕…… 488
一五〇　アルフレッド・イルグ宛 ハラル、一八八九年七月二十日〔ハラル発イルグ宛飛脚便三号〕…… 493
一五一　アルフレッド・イルグ宛 ハラル、一八八九年八月二四日〔ハラル発イルグ宛飛脚便四号〕…… 496
一五二　アルフレッド・イルグ宛 ハラル、一八八九年八月二六日〔ハラル発イルグ宛飛脚便五号〕…… 499
一五三　アルフレッド・イルグ宛 ハラル、一八八九年九月七日〔ハラル発イルグ宛飛脚便六号〕…… 502
一五四　アルフレッド・イルグ宛 ハラル、一八八九年九月十二日〔ハラル発イルグ宛飛脚便七号〕…… 507
一五五　アルフレッド・イルグ宛 ハラル、一八八九年九月十三日〔ハラル発イルグ宛飛脚便八号〕…… 509
一五六　アルフレッド・イルグ宛 ハラル、一八八九年九月八日〔ハラル発イルグ宛飛脚便九号〕…… 510
一五七　アルフレッド・イルグ宛 ハラル、一八八九年十月七日〔ハラル発イルグ宛飛脚便一〇号〕…… 511
一五八　アルフレッド・イルグ宛 ハラル、一八八九年十一月十六日 飛脚便一一号 …… 516
一五九　アルフレッド・イルグ宛 ハラル、一八八九年十二月十一日 飛脚便一二号 …… 519
一六〇　アルフレッド・イルグ宛 ハラル、一八八九年十二月二十日 飛脚便一三号 …… 520
一六一　家族宛 ハラル、一八八九年十二月二十日 …… 523
一六二　家族宛 ハラル、一八九〇年一月三日 …… 523
一六三　A.デシャン宛 ハラル、一八九〇年一月二七日 …… 523
一六四　アルフレッド・イルグ宛 ハラル、一八九〇年二月二四日 飛脚便一四号 …… 524
一六五　家族宛 ハラル、一八九〇年二月二五日 …… 527
一六六　アルフレッド・イルグ宛 ハラル、一八九〇年三月一日 飛脚便一五号 …… 528

一六七　アルフレッド・イルグ宛 ハラル、一八九〇年三月十六日 飛脚便一六号 …… 531
一六八　アルフレッド・イルグ宛 ハラル、一八九〇年三月十八日 飛脚便一七号 …… 532
一六九　アルフレッド・イルグ宛 ハラル、一八九〇年四月七日 飛脚便一八号 …… 533
一七〇　メネリック王宛 ハラル、一八九〇年四月七日 …… 534
一七一　家族宛 ハラル、一八九〇年四月二一日 …… 535
一七二　アルフレッド・イルグ、エルネスト・ツィンメルマン宛 ハラル、一八九〇年四月二五日 飛脚便一九号 …… 535
一七三　アルフレッド・イルグ、エルネスト・ツィンメルマン宛 ハラル、一八九〇年四月三十日 飛脚便二〇号 …… 537
一七四　アルマン・サヴレ宛 ハラル、一八九〇年四月後半 …… 537
一七五　アルフレッド・イルグ、エルネスト・ツィンメルマン宛 ハラル、一八九〇年五月十五日 飛脚便二一号 …… 538
一七六　アルフレッド・イルグ宛 ハラル、一八九〇年六月六日 飛脚便二二号 …… 541
一七七　家族宛 ハラル、一八九〇年八月十日 …… 541
一七八　アルフレッド・イルグ宛 ハラル、一八九〇年九月二十日 飛脚便二三号 …… 542
一七九　母宛 ハラル、一八九〇年十一月十日 …… 544
一八〇　アルフレッド・イルグ宛 ハラル、一八九〇年十一月十八日 飛脚便二四号 …… 545
一八一　アルフレッド・イルグ宛 ハラル、一八九〇年十一月十八日 飛脚便二四号 …… 548
一八二　アルフレッド・イルグ宛 ハラル、一八九〇年十一月二十日 飛脚便二四号 …… 548
一八三　アルフレッド・イルグ宛 ハラル、一八九〇年十一月二六日 飛脚便二五号 …… 549
一八四　アルフレッド・イルグ宛 ハラル、一八九一年二月一日 飛脚便二六号 …… 550
一八五　アルフレッド・イルグ宛 ハラル、一八九一年二月五日 飛脚便二七号 …… 551
一八六　母宛 ハラル、一八九一年二月二十日 …… 552
一八七　アルフレッド・イルグ宛 ハラル、一八九一年二月二十日 飛脚便二八号 …… 553
一八八　ハラルからゼイラーへの行程 ハラル～ゼイラー、一八九一年四月七日～十七日 …… 555
一八九　母宛 アデン、一八九一年四月三〇日 …… 557
一九〇　セザール・ティアン宛 アデン（スティーマー・ポイント）、一八九一五月六日 …… 558
一九一　母と妹宛 マルセイユ、コンセプシオン病院、一八九一年五月二一日 …… 559
一九二　母への電報 マルセイユ、コンセプシオン病院、一八九一年五月二二日 …… 559
一九三　ラス・メコンネン宛 マルセイユ、コンセプシオン病院、一八九一年五月三十日 …… 560
一九四　イザベル宛 マルセイユ、コンセプシオン病院、一八九一年六月十七日 …… 560
一九五　イザベル宛 マルセイユ、コンセプシオン病院、一八九一年六月二三日 …… 561
一九六　イザベル宛 マルセイユ、コンセプシオン病院、一八九一年六月二四日 …… 561
一九七　イザベル宛 マルセイユ、コンセプシオン病院、一八九一年六月二九日 …… 563
一九八　イザベル宛 マルセイユ、コンセプシオン病院、一八九一年七月二日 …… 564

一九九　イザベル宛 マルセイユ、コンセプシオン病院、一八九一年七月十日 …… 565

二〇〇　イザベル宛 マルセイユ、コンセプシオン病院、一八九一年七月十五日 …… 567

二〇一　イザベル宛 マルセイユ、コンセプシオン病院、一八九一年七月二十日 …… 570

二〇二　アンリ・ボディエ博士〔ローシュのランボーの主治医〕宛 マルセイユ、コンセプシオン病院〔ローシュの実家で夏を過ごしたランボーは、容体の悪化にもかかわらず、アフリカに戻ろうとして、イザベルに付き添われマルセイユまで行き、コンセプシオン病院に再入院した〕、一八九一年九月三日 … 571

二〇三　メサジュリー・マリティーム支配人宛〔死の前日、妹に口述筆記させた手紙〕 マルセイユ、コンセプシオン病院、一八九一年十一月九日 …… 571

＊ランボー年譜 …… 573

＊解題（訳者識） …… 581

レーモン・クノー・コレクション

水声社

全13巻

2011年9月～2013年1月

第1巻　はまむぎ（久保昭博訳）

2012年6月30日刊

はまむぎ …… 9

＊解説（久保昭博） …… 355

第2巻　最後の日々（宮川明子訳）

2011年11月30日刊

最後の日々 …… 9

＊解説（宮川明子） …… 273

第3巻　リモンの子供たち（塩塚秀一郎訳）

2013年1月10日刊

リモンの子供たち …… 9

＊訳者あとがき（塩塚秀一郎） …… 381

第4巻　きびしい冬（鈴木雅生訳）

2012年2月25日刊

きびしい冬 …… 9

＊解説（鈴木雅生） …… 157

第5巻　わが友ピエロ（菅野昭正訳）

2012年8月30日刊

わが友ピエロ …… 9

＊訳注 …… 241

＊訳者あとがき（菅野昭正） …… 249

第6巻　ルイユから遠くはなれて（三ツ堀広一郎訳）

2012年1月30日刊

ルイユから遠くはなれて …… 9

＊解説（三ツ堀広一郎） …… 211

第7巻　文体練習（松島征, 原野葉子, 福田裕大, 河田学訳）
2012年9月30日刊

文体練習 …… *9*
＊おまけの文体1 反動的に …… *145*
＊おまけの文体2 俳句 …… *148*
＊おまけの文体3 女性的に …… *149*
＊おまけの文体4 数学的に …… *152*
＊紙の上のパロディ群―レーモン・クノー『文体練習』を読む（松島征）…… *153*
＊なぜ99の文体なのか？―『文体練習』解説（原野葉子）…… *197*
＊訳者あとがき（河田学）…… *255*

第8巻　聖グラングラン祭（渡邊一民訳）
2011年10月30日刊

聖グラングラン祭 …… *9*
＊解説（渡邊一民）…… *297*

第9巻　人生の日曜日（芳川泰久訳）
2012年3月20日刊

人生の日曜日 …… *9*
＊訳者あとがき―「歴史の終わり」と〈とりとめのなさ〉…… *269*

第10巻　地下鉄のザジ（久保昭博訳）
2011年9月30日刊

地下鉄のザジ …… *9*
＊解説（久保昭博）…… *215*

第11巻　サリー・マーラ全集（中島万紀子訳）
2011年9月20日刊

序文 …… *9*
サリー・マーラの日記 …… *13*
皆いつも女に甘すぎる …… *265*
もっと内密なサリー …… *425*
＊訳者あとがき―解説にかえて（中島万紀子）…… *447*

第12巻　青い花（新島進訳）
2012年12月10日刊

青い花 …… *9*
＊訳注 …… *275*
＊訳者あとがき …… *293*

第13巻　イカロスの飛行（石川清子訳）
2012年10月30日刊

イカロスの飛行 …… *9*
＊訳者あとがき（石川清子）…… *193*

ローベルト・ヴァルザー作品集

鳥影社・ロゴス企画
全5巻
2010年7月～2015年11月

第1巻　タンナー兄弟姉妹（新本史斉, フランツ・ヒンターエーダー＝エムデ訳）

2010年7月30日刊

タンナー兄弟姉妹 …… 1
＊訳者後書き（新本史斉）…… 349
＊ローベルト・ヴァルザー年譜 …… 399

第2巻　助手（若林恵訳）

2011年6月30日刊

助手 …… 1
＊訳者後書き（若林恵）…… 289

第3巻　長編小説と散文集（若林恵訳）

2013年5月30日刊

ヤーコプ・フォン・グンテン …… 5
フリッツ・コハーの作文集 …… 191
　序文 …… 193
　人間 …… 194
　秋 …… 196
　友情 …… 201
　貧困 …… 204
　学校 …… 206
　礼儀 …… 208
　自然 …… 211
　自由テーマ …… 213
　空想から …… 215
　職業 …… 218
　祖国 …… 220
　僕の山 …… 222
　僕たちの街 …… 225
　クリスマス …… 227
　作文の代わりに …… 229
　歳の市 …… 232
　音楽 …… 234
　学校作文 …… 237
　クラス …… 239
＊訳者後書き（若林恵）…… 243

第4巻　散文小品集 1（新本史斉, フランツ・ヒンターエーダー＝エムデ訳）

2012年10月25日刊

路上で …… 7
　グライフェン湖 …… 9
　小さな徒歩旅行 …… 12
　雪が降る …… 14
　入行 …… 18
　世界の果て …… 20
会社で …… 25
　見習い社員―イラストのようなもの …… 27
　ヘルプリンクの物語 …… 48
　ゲルマー …… 65
劇場 …… 73
　劇場、一睡の夢 …… 75
　舞台に嘘を …… 80
　劇場公演 …… 82
　散文でのウィリアム・テル …… 88
　劇場火災 …… 90
ベルリン …… 95
　ベルリンと芸術家 …… 97
　大都市の通り …… 101
　フリードリヒ通り（シュトラーセ）…… 106
　動物園（ティーアガルテン）…… 110
　山岳ホール（ゲビルクスハレ）…… 114
　すばらしい …… 116
テクストは踊る …… 119
　神経過敏 …… 121
　おしまい …… 125
　日記のページ …… 129
作家の肖像 …… 133
　作家 …… 135
　トゥーンのクライスト …… 140
　ビュヒナーの逃走 …… 152
　レンツ …… 154
　ブレンターノ …… 163
　部屋小品 …… 167
　ヘルダーリン …… 170
　詩人の生 …… 175
僕はどうなったのか …… 187
　僕はどうなったのか …… 189
　最後の散文小品 …… 191

ヴァルザーについてのヴァルザー …… 199
誕生日の散文小品 …… 202
物語のようなもの …… 205
わたしの努力奮闘 …… 210
散歩 …… 215
＊訳者後書き（新本史斉） …… 291

第5巻　盗賊／散文小品集 2（新本史斉, フランツ・ヒンターエーダー＝エムデ, 若林恵訳）
2015年11月10日刊

盗賊（新本史斉, フランツ・ヒンターエーダー＝エムデ訳） …… 7
フェリクス場面集（若林恵訳） …… 219
ベルン時代の既刊・未刊の散文小品から …… 277
セザンヌ思考（新本史斉, フランツ・ヒンターエーダー＝エムデ訳） …… 279
あつあつのおかゆ（新本史斉, フランツ・ヒンターエーダー＝エムデ訳） …… 284
鉛筆書きスケッチ（新本史斉, フランツ・ヒンターエーダー＝エムデ訳） …… 288
新年の一頁（新本史斉, フランツ・ヒンターエーダー＝エムデ訳） …… 292
ちょっとした敬意（新本史斉, フランツ・ヒンターエーダー＝エムデ訳） …… 296
ミノタウロス（新本史斉, フランツ・ヒンターエーダー＝エムデ訳） …… 301
猫にくれろ（新本史斉, フランツ・ヒンターエーダー＝エムデ訳） …… 305
ミクログラム …… 309
この都市に、いったいどのくらいの人間が住んでいるのかすら知らないけれど（新本史斉, フランツ・ヒンターエーダー＝エムデ訳） …… 311
緑蜘蛛（新本史斉, フランツ・ヒンターエーダー＝エムデ訳） …… 316
あの頃、ああ、あの頃（新本史斉, フランツ・ヒンターエーダー＝エムデ訳） …… 320
ぶらぶらと、つまりは、あてもなく、昨日の午後わたしは（新本史斉, フランツ・ヒンターエーダー＝エムデ訳） …… 325
ああ、わたしはここで散文で作文を書いていて（新本史斉, フランツ・ヒンターエーダー＝エムデ訳） …… 328
わたしの知るところ、かつて、法外なまでに感覚細やかな女性随行者であることを身をもって示した一人の詩人がおり（新本史斉, フランツ・ヒンターエーダー＝エムデ訳） …… 333
様式（スタイル）（新本史斉, フランツ・ヒンターエーダー＝エムデ訳） …… 337
この雪景色が可愛らしいものになりますように（新本史斉, フランツ・ヒンターエーダー＝エムデ訳） …… 341
もしや今日またふたたび（新本史斉, フランツ・ヒンターエーダー＝エムデ訳） …… 345
少なくとも何かが起きてはいた（新本史斉, フランツ・ヒンターエーダー＝エムデ訳） …… 349
「あなた」という呼び方で彼女はわたしと話したのだけれど（新本史斉, フランツ・ヒンターエーダー＝エムデ訳） …… 352
つい先ほどある出版社から一冊の本が飛び出してきたところなのだけれど（新本史斉, フランツ・ヒンターエーダー＝エムデ訳） …… 356
＊訳者後書き（新本史斉, フランツ・ヒンターエーダー＝エムデ, 若林恵） …… 359

世界文学綜覧シリーズ 20

世界文学全集/個人全集・内容綜覧
第Ⅳ期

2017年9月25日　第1刷発行

発 行 者／大高利夫
編集・発行／日外アソシエーツ株式会社
〒140-0013 東京都品川区南大井6-16-16 鈴中ビル大森アネックス
電話 (03)3763-5241（代表） FAX(03)3764-0845
URL http://www.nichigai.co.jp/
発 売 元／株式会社紀伊國屋書店
〒163-8636 東京都新宿区新宿 3-17-7
電話 (03)3354-0131（代表）
ホールセール部（営業） 電話 (03)6910-0519

電算漢字処理／日外アソシエーツ株式会社
印刷・製本／株式会社平河工業社

ISBN978-4-8169-2680-8　　***Printed in Japan,2017***

本書はディジタルデータでご利用いただくことができます。詳細はお問い合わせください。